梁晓声文集·长篇小说

20

生非

青岛出版社

第一章

天气是难得地好,陶妲女士的心情却烂透了——丈夫因"流氓行为"被镇派出所拘押了两个多小时;最终在她的强力交涉下,交了一千元罚款才解除拘押。

"你怎么可以给钱?!"

丈夫沃克·奥尼尔一获得自由便对她大光其火;而她一言没发,甩了丈夫一记耳光。

丈夫一只手揉着另一只手的手腕,呆瞪着她,像受委屈的孩子,几乎要哭了。尽管他外国人特征鲜明,一只手却还是被铐在了派出所的护窗铁条上——南方的派出所通常是将待审的人铐那儿的。幸而陶妲交涉得及时,否则"待"多久是难说的。

两千多户人家的小镇,传达暗号似的,迅速就将她丈夫那一件丢人现眼的事传播了开来。自然地,使她也成了一个狼狈的女人。从派出所往旅店走的路上,他俩身后始终跟着些看热闹的人,像走在荒野的两口子后边紧跟一群狼,一直跟到旅店门口。等他俩出来,他们仍守候未去。又跟着,直跟到他俩上了一辆小面包车为止……

只能坐六个人的小面包车已然超载,他俩在门口是犹豫了一下的。

"上啊上啊,下辆车也会这么挤的! 今天是集日,哪有不挤的车?……"

招揽乘客并且卖票的人,一边说一边将他俩推上了车。之后,自己便上了车,理所当然地坐在司机旁的空座上。陶姮的老外丈夫,立刻聚焦了全车人的目光,包括一个抱在母亲怀中的两三岁孩子的目光。她先被推上车的,吸入一口污浊的空气,本能地朝车门转过身,双手撑于门上方。尚在车下的沃克,见状更加犹豫。他张张嘴,分明想要说句什么,大概想说"那你下来吧";不待他那话说出口,也被卖票的推上了车。车门一关,车内的空气更加污浊。没在集上卖掉鸡的一个农妇,将两只双爪捆在一起的公鸡带上了车;而一个四十多岁的精瘦黢黑的小个汉子,膝上则横着扎口的麻袋,听里边发出的声音,显然是一头小猪。沃克不得不弯曲他那一米八的身体,即使那样,后脑脖子以及双肩,还是与车顶紧贴着了。他用屁股顶着车门,双脚蹬着车门口那一级台阶,为了保持平衡,搂住陶姮的腰。陶姮不太情愿,却无可奈何,因为再没有一点儿空间能将丈夫推开一些。丈夫的长下巴抵在她的肩部,而她倒宁愿和他脸对脸。不论对于她还是丈夫,脸对脸的别扭也强过那么样。

车一开,空气总算不那么窒人了。

沃克的唇触着了她的耳廓,他小声说:"我没做那种事。"

"别说了!"——陶姮心里的火气腾地又蹿上脑门,语调听来就挺严厉。

沃克执拗地说:"我明明是上了一个圈套,你怎么就不肯相信我,而非相信他们不可呢?"

听来,沃克也有点儿火了。

"我非相信他们了吗? 你暂时闭上嘴行不行啊?!"

陶姮嚷嚷了起来。

一时间,车上所有人的目光又都望向他俩了,连卖票的人也回过头来,连司机也说"不许再吵啊,看吓着孩子",连麻袋里那只猪崽也停止了哼哼。

沃克咒骂了一句:"他妈的!"

之后,小面包车劣质的收音机里传出嘶嘶啦啦的歌声:

> 越来越好,来……
>
> 越来越好……

再之后,不知是开车的还是卖票的换了频道,收音机里又传出了相声。于是,车厢里有人笑了。相声延续了几分钟,车厢里也就笑声不断。至于那段相声究竟说了些什么,陶姐的耳朵是一句也没听进去的。她只听到了笑声,别人们的笑声,对于她不啻火上浇油……

陶姐当然是一位中国女性,不,应该说曾是一位中国女性;自从二十几年前嫁给沃克,便是一位美国公民了。目前,她是美国某州立大学的教授,教中国古典诗词。同时,还是那一州由中国政府开办的孔子学院的客座教授,每周两节课。第一节课用英语讲,第二节课用汉语讲。沃克是同一所大学的教授,教比较文学,热爱摄影,摄影作品曾在《国家地理》杂志上发表过,算得上是一位业余摄影家了。

以前,只要陶姐想回中国,沃克总是表示乐于伴她成行。他不但爱他的中国妻子,渐渐地也开始爱中国了。每一次准备陪妻子回中国,都显得有些兴奋。六年前,陶姐的父亲去世了。四年前,她母亲去世了。陶姐的父亲曾是一位大学校长,而母亲曾是省城的中学校长。父母只有她这么一个女儿,他们先后去世,她在国内便没亲人了,故而回国的动念起得不怎么热切了。

一种现象相当普遍,不论哪一个国家的人,即使早已成了外国人,对于回到或打算回到原属国这一件事,习惯上往往还是要说成"回国"的。仿佛对于他或她,原属国才更是自己的"国"。这与是否喜欢或热爱后来加入国籍的那一国其实没什么必然关系,与是否融入到了那一国家的主流社会也没什么必然关系。必然的原因只有一个,便是——人性更倾向于维系住对自己来说最具有母体意味的原属对象。这乃是人性的自然表现，也差不多是普遍之动物性的自然表现。所以，举凡一切拥有第二国籍的人，回到或打算回到原属国，说法上总是那么相同。"回国"——说汉语的这么说，说英语法语德语等等语言的也这么说；全世界差不多都这么说，发音不同而已。

陶姈是很喜欢美国的，甚至也可以说，她已经恋上了美国这个国家。在她所居住的那一个州那一座城市里，她和丈夫拥有一幢别墅式住宅，是他们婚后贷款买的。今年，也就是二〇一〇年，还清了贷款。在中国，宣传给许多中国人这么一种印象，仿佛金融海啸使美国变成了一只烂苹果，大多数美国人都已处在水深火热之中了。而事实上，大多数美国人并没觉得金融海啸一下子使自己的生活过不下去了，正如许多中国人也并没这么觉得。单论房价的话，虽然她才回国一个星期左右，耳濡目染地，她感到中国的问题比美国严重多了。这使她很替中国忧虑。然而以上一切，都不影响她一如既往地热爱中国。在已经过去的一个星期左右的日子里，她每每被人问道："你觉得美国好还是中国好？"——这么问她的，主要是她当年的同学或老师。

而她每次总是这么回答："都好。"

一种有所准备的变聪明了的回答。

以前她可不够聪明。有次她回国后，几名大学同学聚在一起，交谈甚欢的情况下，也有人问了如上这么一句话，而她当时的回答却是："我觉得还是美国好一些。否则我也不会加入美国国籍，嫁给一个美国男人，在美国长久定居下去啊！"

她那些同学，皆非庸常之辈。有的做了教授、院长；有的仕途得意，当上了副局长局长；差点儿的一个，也当上了建委的处长；还有的经商了，开上了宝马、奔驰、奥迪什么的好车。总而言之，当年大学中文系那几位关系良好的同学，都已是事业有成的中年人了，而且一个个踌躇满志，仿佛前途光明远大。当时她认为，既然都是关系良好的大学同学，没有必要不实话实说。然而她想错了，在她回美国之前，打电话逐个联系大家，提出想再聚一次时，他们一个个皆找借口回绝，有人回绝的态度还特冷淡。这使她好生纳闷，心想自己肯定是将大家都得罪了。可究竟在什么情况之下怎么着就得罪的，她却反省不出个所以然来。直至回到美国一个多月以后，才从一位已经退休了的老师的信中嗅出了点儿味儿。那老师在信中提醒她——即使已经成为美国公民了，也还是要继续懂一点儿中国政治。在回国后，哪怕是和自认为关系良好的人在一起，某些不该那么说的话如果那么说了，也有可能给自己造成负面影响。而一旦造成了，再想纠正就不太容易了。

陶姬立刻明白，原来是自己说了不该"那么"说的话，自然也就联想到了和同学们的那一次聚会。可当时自己究竟说了什么不该"那么"说的话，却还是怎么回忆也回忆不起来。不久，参加了那次聚会的乔雅娟给她打了一次越洋电话，指名道姓地告诉她，在那次聚会后，是李辰刚出卖了她，而对方是一位地级市的宣传部副部长，当时正在省党校学习。他还是一名"信息联络员"，负责向有关方面定期呈报具有呈报价值的各种信息。他把她在聚会场合说的"美国当然比中国好"那一番话，当成具有呈报价值的"信息"向有关方面呈报了；同时还加上了表示气愤的评论语——"冷嘲热讽抑中扬美的言论，竟无一人予以反驳，有人还居然表示了赞同……"这么一来，引起了有关方面的重视，批示曰"查一查，有人是哪些人"。于是，等于所有参加那一次聚会的人都受牵连了，结果人人撇清，人人自保。毕竟，皆是有强烈上进心的人，做不到满不在乎。

"可我并没冷嘲热讽地说，如果没人问我根本不会说那些话是不是？当时我的话说得很诚恳！起码你是可以做证的吧雅娟？他为什么要把'冷嘲热讽'四个字加在我头上呢？……"

那一天是周六，陶姬做完家务，正和丈夫在花园里闲悦地饮着上午茶。一个国际长途听下来，她的情绪大为激动。

大学时期曾经要好得如同死党的乔雅娟在万里之外的中国劝她：

"陶妲啊,你也不要太生气,而且你还要理解他一点儿。我想,他那么做,恐怕也是迫不得已……"

"我实难理解!迫不得已?总不会是因为有人持刀逼着他那么做的吧?"

陶妲起身离开小桌,绕到了房舍后边,她不愿丈夫听到她的话。

"当然绝不会有什么人逼他那么做。可他毕竟是一位官员啊!不论当的什么官,身在官场,那也就是在政治场。我猜他是这么想的,自己如果不那么做,万一有当时在场的另一个人那么做了,倘若自己被追问到头上,不是会很被动嘛!他也不过就是出于防一手的心理,变被动为主动。他那人你也是了解的,一向谨小慎微。当了那么一个半大不小的官儿以后,更加把自己包裹得严严实实的了。怎么说他呢,特像契诃夫笔下的'套中人'。何况,你上次回国,不是正赶上中美关系闹得挺紧张的嘛!非常时期,你和他都是非常身份,他的做法确实超明智了,但怎么说也是你应该予以原谅的。啊对了,我还得提醒你一下,以后要在中美关系好了的时候回国来,别偏偏赶上中美关系挺紧张的时候……"

她没耐性听下去,找个借口,说声"拜拜",啪地合上了手机。回到前院,立刻冲丈夫发起火来:"你们美国政府为什么总和中国政府过不去?!……"

坐在椅子上的丈夫放下报纸,定睛看了她片刻,慢条斯理地说:"妲,别忘了你早已经加入美国国籍了!你和我一样,都是美国公民。"

平平淡淡的两句话,噎得陶妲一愣一愣的。

丈夫又表情严肃地说:"我再强调一次,我不懂政治。而且,也不喜欢和自己的妻子讨论政治,尤其不喜欢和妻子讨论中美关系的是是非非……"

他一说完。起身进到屋里去了。

陶妲被晾在那儿,久久发呆。

其实她对政治也不感兴趣。她一向认为政治完全是政治家们的事。

而即使对于老牌政治家们,政治有时也难免会是一种非凡的痛苦。因为如果缺乏谋略,几乎就没有什么所谓政治的能力可言。但却进一步认为,深谙谋略肯定会使人变得不怎么可爱的。尽管如此,她仍特别关注中美关系今天怎样了明天怎样了,还一向要求自己充当促进中美关系健康有益地发展的民间使者。凡是这类民间活动,她都积极参与。至于丈夫对中国的良好态度,那更是不容怀疑。当初他们准备结婚时,她就有言在先:"你如果真爱我,那也必须做一个始终对中国态度友善的人。"——沃克当时说:"在认识你以前,我就是一个对中国态度友善的美国人。我从不与对中国态度不友善的美国人深交。"

……

当天晚上,夫妻二人躺在床上以后,她将自己心中的烦恼告诉了丈夫。

丈夫反而这么劝她:"想开点儿,不要太在意。我们结婚以前,我还受到过美国联邦调查局的调查呢,他们曾怀疑你是中国克格勃派到美国来的。有些人的职业本能使别人不愉快,理解万岁吧!"

偏偏那时候,电话响了。她抓起电话一听,恰是李辰刚打来的。他寒暄了几句之后,开始向她咨询他儿子如果到美国留学,怎么样才能顺利些。

她呢,则有问必答,告知周详。

最后他语调温柔地问:"陶姬啊,你任教的那所大学也是一所不错的大学对吧?"

她说:"是的。"立刻就猜到他下一句要说什么话了。

果然,他紧接着说:"那,如果我儿子想进那所大学,你能帮上些忙吗?"

"我……我一定尽力而为……"

她回答得有些迟疑。

对方却步步紧逼:"有你这句话太好了!那我就决定了,干脆让我儿子进你们那所大学！他到了那儿，你还会像关心自己儿子一样关心他，对不对陶姐？"

连她自己也不明白，自己怎么就顺口说出了一个"对"字。

"陶姐，你回答得这么痛快，真让我感动！那，咱们一言为定啰？喂，喂，能听清楚吗？"

"能。"

"一言为定？"

"可是，我只承诺尽力而为，至于结果如何⋯⋯"

"你尽力而为还不就等于板上钉钉了嘛！你在你们那所大学当了十几年教授，你先生当教授的时间比你还长，有你们两位教授鼎力相助，我儿子的事儿再难那还能难到哪儿去呀？我放心了，一百个放心啦！人情后补，等你什么时候又回国了补⋯⋯"

放下电话后，陶姐骂了一句："浑蛋！"

丈夫问："你为什么骂人家？"

她说："我才不愿帮他！"

"那你还说尽力而为？"

"我不得不那么说！大学时期他追求过我，我俩谈了一年多的恋爱，不那么说你让我怎么说？"

"就是那个出卖了你的人？"

"不错。是他！"

"你本来完全可以拒绝的。"

"我不愿让他猜到他的所作所为我已经知道了。"

"那你不是⋯⋯使自己陷入了虚伪的境地？"

"那又怎么样？说了尽力而为我也可以不为！"

"可虚伪，总是不好的吧？"

"人有时候那就不能不虚伪一下！"

"你们中国人不是主张'君子坦荡荡'吗？"

"可我现在已经是美国人了！"

"听你这话的意思，是美国使你变得虚伪啰？"

"美国就是专使人变成君子的君子国了吗？你们美国人就没有虚伪的时候了吗？"

"咱们美国！"——沃克有点儿生气了。

"那你也应该说咱们中国！"——陶姞提高了嗓门儿。

因为丈夫比自己大八岁，因为他看去比实际年龄老；也因为自己虽然也已经四十八岁了，但形象好，皮肤好，脸上几乎仍没皱纹，所以在他们夫妻之间，在她心里不痛快的时候，她往往会显得有那么点儿霸气。当然，说到底，是他将她惯的。自从结为夫妻以后，大她八岁的美国佬是那么乐于处处让着她。自从他开始秃顶了，则不但处处让着她，而且更加惯着她那种特权性质的霸气了。

丈夫那一天晚上似乎要认认真真地和她抬一次杠，他故意板着脸说："我不能那么说。我那么说不符合事实，因为我从来不曾是过中国人。"

"但你是中国的女婿！"

丈夫也被噎得直眨巴眼睛说不出话来。

"你说你说！你已经是中国的女婿了，中国还不是咱们的中国吗？"——陶姞得理不让人，不躺着了，在床上盘腿一坐，一副不争出个谁是谁非绝不罢休的样子。

丈夫只得耸耸肩，苦笑着嘟囔："我从来也没敢把自己当成中国的姑爷，我认为我只不过是你爸妈的姑爷。人贵有自知之明，不可以得寸进尺。"

"姑爷"二字，使陶姞扑哧笑了。

她一笑，丈夫便将她拖倒，拽入被窝，搂在了怀里。

他又说："我们好久没抬杠了。"

她说："是啊。"

他接着说："其实两口子之间抬杠玩儿,挺来劲儿的,也挺过瘾的是不是?"

她就什么也不再说,吻了他一下,背过身去。沃克喜欢从她身后搂着她睡。她也早已习惯了被丈夫那么搂着睡,觉得很舒服。他们是一对恩爱的夫妻,虽然已经结婚二十多年了,可谓老夫老妻也,但那份相互间的恩爱却一如当年。性生活也一如当年那么有质量,仍能令彼此获得心满意足的享受。如果不是因为他们的女儿在三岁时患病夭折,都不觉得生活有什么遗憾。经那一次打击之后,他们决定不再要孩子了。可是近来,丈夫却时而谈起有一个孩子的好处⋯⋯

陶姐叹了口气。丈夫便开始爱抚她,他以为她又想起他们的女儿了。

她心里想的竟不是女儿,低声问:"亲爱的,你觉得会不会是别一种情况?"

他困惑地反问:"什么?"

她寻思着说:"就是我被出卖了那件事。"

他不得不又问:"哪一种情况?"

"如果出卖我的不是李辰刚呢?恰恰相反,是当年在大学时期和我最要好的乔雅娟呢?比如她自己出于往上爬的目的,于是抓住一个机会想要在政治上有所表现,结果就做了那种可恶的事。明明是她干的,却又怕别人猜到了是她,先告诉我,就主动给我打电话,把她自己干的卑鄙勾当说成是别人干的?⋯⋯"

丈夫沉默片刻,在她肩头轻轻吻了一下,之后温柔地说:"睡吧,别想那件破事了。"

一个外国男人娶了一位中国妻子,并且与之恩恩爱爱地生活了二十余年的话,附带的好处是,他说起中国话来和一个中国人那就毫无区别了,甚至连语调也会变得地地道道的中国味儿了——起码地地道道的中国老婆味儿。

她却又向丈夫转过身去,固执地说:"不,我要听听你的看法。否则我心里会总寻思那件事儿,想睡也睡不着。"

"非要听听我的看法不可?"

"对。非要听。"

"可你刚才还说,在大学时期乔雅娟和你最要好。我记得你对我提起过她多次,曾经形容她是你大学时期的死党。"

"事实正是那样。"

"后来她做过什么对不起你的事吗?"

"没有。"

"别人对她的人品有什么负面评价吗?"

"也没有。"

"那么,你根据什么把她想得很复杂呢?"

"因为,人有时候就是那么的复杂。"

"是啊,亲爱的,人有时候的确是复杂的。但我认为,关键是不要使自己也变得复杂起来。你看你,你明明并不打算帮李辰刚什么忙,却要在电话里对他承诺尽力而为,结果使自己显得挺虚伪。这会儿,你又无端地把乔雅娟猜测得很卑鄙,结果不是又使自己显得不够厚道了吗?对于她告知你的事,你有两个选择,信,或者不信。信不信都没什么,但你把她想得很卑鄙,那就连我,你的丈夫,也要替她鸣不平了。这就是我的看法……"

电话忽然又响了。

陶姐犹豫一下,第二次抓起电话,这一次却是乔雅娟打来的,使她大出所料。

"嗨,陶姐,没睡吧?"

乔雅娟的话听来急急切切的。

"已经躺下了。"

陶姐的话回答得淡淡的。

"你怎么了?"

"没怎么啊。"

"声音蔫蔫的。"

"感冒了,还发着烧呢。"

"那我不跟你多聊了,简单地说,李辰刚那家伙给你打电话了?"

"你怎么知道?"

"他刚刚也给我打了一次电话,对我说了一大堆感谢你的话。我猜,是希望通过我的嘴把他那一大堆话转告给你。凭咱俩的关系,傻瓜也会估计到这一点的!可你究竟是怎么回事儿呢?我明明告诉你了,他对你,对我们几个当年的同学做了什么勾当,你干吗还大包大揽地答应帮助他儿子的事?……"

陶姮一时嘴对着话筒哑口无言,不知说什么好。

"不信我的话是吧?"

分明,乔雅娟的情绪甚为不快。

陶姮愣了愣,慢悠悠地说:"雅娟呀,我不是感冒着嘛,困死了,美国的一种感冒药有安眠的作用……"

乔雅娟沉默了。

陶姮补充道:"真的。"

乔雅娟终于又开口了:"你认为我骗你?"

陶姮便也沉默了,更不知该如何回答了。

"那,你睡吧,算我自讨没趣!"

乔雅娟将电话挂了,陶姮握着话筒发愣。

不知何时,丈夫已下了床。他站在床边,一手持杯,一手伸向她,掌心托着小小的一片安眠药。他经常失眠,安眠药是家中的必备药。

她疑问地看着丈夫。

他不无同情地说:"要不你更睡不着了。"

她默默放下电话,接过水杯和药片,乖孩子似的服了下去。丈夫替她将杯放在床头柜上,她立刻仰躺下去,闭上了眼睛。

丈夫随之也上了床,关了灯。她一翻身,又背对着丈夫,并且主动向丈夫偎靠过去。丈夫也就又从她身后搂着她,爱抚着她。

黑暗中,陶姮说:"乔雅娟不信我感冒了。"

丈夫说:"你本来就是在撒谎。"

也许是为了抵消掉一部分自己的话的批评意味,他又吻了她的肩头一下。

她温柔地问:"你还想吗?"

丈夫不明白地反问:"想什么?"

她扑哧笑出了声,莫测高深地说:"真不明白就当我没问好了,睡吧。"

不料丈夫将她的身子一扳,使她脸朝着他了,追问:"不行,你得把话说明白,要不我也肯定失眠了!"

她就捧住他的脸,给了他一个深情的吻,语调中满是歉意地说:"都是电话给搅的,算我欠你一次,啊?下次加倍偿还。"

一向,在星期六的晚上,他们总是要好好做一次爱的。他们将做爱说成是充电。对于他们,做爱也确乎类似充电。星期日睡一上午懒觉,星期一夫妻俩都会精神焕发地去工作。但那一个夜晚,陶姮实在是没有良好的情绪和丈夫全心全意地做爱了。

丈夫这才明白她的话。他也又吻了她一次,照例吻在肩头,理解地说:"算我欠你一次,下次应该加倍偿还的是我。"

陶姮就又背贴着丈夫宽阔的胸膛了。虽然服了安眠药,她还是毫无睡意,小声说:"我们好久没去教堂了,明天咱们去教堂吧。"

丈夫说:"好啊,我也早想去了。可你,为什么忽然想去教堂呢?"

陶姮认真地说:"我什么时候变成了一个复杂的女人啊,又虚伪,又多疑,又想不开事儿,这真惭愧。明天我要去告解……"

药效终于发挥,她的话声越来越小了……

沃克是一位虔诚的基督徒。他家族的每一位成员都是虔诚的基督

13

徒。不过,目前他的家族成员健在的已经不多了,如果以至亲关系而论的话,那么仅有一人了,便是他的弟弟。他弟弟是加州大学的哲学教授。他的家族中出了不少学者教授,是一个典型的知识分子家族,也是一个典型的中产阶级家族。对于他和陶姐的婚事,他父母当年是持反对意见的。理由只有一条——陶姐不是基督教徒。

沃克当年为了爱情据理力争。

他说:"在美国,甚至在整个欧洲,年轻的女孩子中,又能有多少虔诚的基督徒呢?"

父亲说:"正因为少了,我们希望你能与一位笃信基督的女孩子结为夫妇。"

母亲说:"那样,就等于我们这个家族为延续基督教的神圣影响作出了一份贡献。只有你的妻子也是基督教信徒,将来你们的孩子才能也是。"

他父亲还郑重声明——如果陶姐不打算皈依基督教的话,做父母的也就绝不能参加儿子的婚礼。而且,在他们婚后,父母便不和他们来往。

于是双方陷入了僵持。

为了爱情,陶姐表示,她完全可以对基督教采取一种信奉的态度,但请求允许她暂不施洗,姑且先做一名教外信徒。实际上,她当年所言的"一种信奉的态度",指的是对基督教文化的兴趣而已。她不仅对基督教文化有兴趣,对佛教文化也有兴趣。

当年她曾对沃克说:"你干脆这么对你父亲讲,我来到美国之前,在中国已经是一名虔诚的佛教徒了。基督教和佛教的教义,有许多方面是相一致的。既然如此,我是一名虔诚的佛教徒,和是一名基督徒不也没什么两样嘛!"

"你……真是佛教徒?你可从没对我说起过……"

沃克当时呆呆地瞪着她,仿佛忽然不认识她了。

她调皮地一笑,说别当真,我不是佛教徒,不就是为了咱俩能顺利地结成婚嘛,你就那么骗骗你父母不行吗?

沃克这才长出了一口气,说当然不行。说他宁愿父母不参加他们的婚礼,也不愿用她的话骗自己的父母。还说,幸亏她并不真的是一名佛教徒,要是,他俩的婚事将更不顺利了。不但他的父母会坚决反对,他的全体家族成员也将会问罪于他的。这并不表示基督教徒们容不得佛教的存在,事实上在诸教派中,基督教徒们最为尊重的反而是东方的佛教。但尊重是一回事,一个信奉基督教的男人娶一个是佛教徒的女人为妻,便是另一回事。在同一个家庭里,倘若既挂耶稣圣像,摆着《圣经》,又设佛龛,同样摆着佛教经书的话,意味着是对两种宗教都不虔诚,都不尊敬了。

后来,多亏沃克的弟弟从中调和,沃克的父母才勉强同意了陶姮那种"姑且"的请求。沃克那位是哲学教授的弟弟很善于做思想工作,尤其善于做"活的思想工作"。他说:"耶稣不但爱他的信徒,肯定也爱一切爱他的信徒的女人。如果因为她们暂且还不是他的信徒就拆散一对恋人,肯定是有悖基督思想的。"

就这么两句话,矛盾迎刃而解。他们婚后,沃克的父母不但与他们来往频频,而且很快就开始喜欢起陶姮这位中国儿媳妇来。在他们结婚一周年的纪念日,沃克的父亲还用毛笔在宣纸上写下了"智趣善贤"四个大大的汉字,镶在美观的框子里送给他们。美国老公公用磕磕绊绊的中国话说,那四个汉字代表他们老两口对陶姮这位中国儿媳妇的评价。他们还感谢她使他们学会说许多中国话了。而陶姮对待他们也像对自己的父母一样,一向发乎真心地孝敬着。沃克的父母是在同一天去世的,一个逝于上午,一个逝于下午,都是以八十多岁的高龄逝于医院的同一间病房。在他们的葬礼上,陶姮哭得一把鼻涕一把泪的。

有次陶姮以一种讨教的口吻问丈夫:"亲爱的,你既然是一名虔诚的基督徒,那么,真能做到别人打了你的右脸,而你会心甘情愿地将左脸也伸过去吗?"

丈夫不假思索地说:"只有傻瓜才会那样,你的丈夫肯定不是傻瓜。绝大多数神职人员也会那样,因为他们是教众榜样。而我既不是傻瓜,也不愿做任何榜样,我只不过是一名普普通通的基督徒。如果打我右脸的是老人、孩子或妇女,我想我会微笑着把左脸也伸过去的,而我认为,通常情况之下,即使他们还想打你,往往也就不忍再打了。但如果是年龄比我小的男人,那就另当别论了。如果他明摆着是在欺负我,我会反过来把他的牙打掉的。你丈夫有时候可不是好惹的,我是个自卫意识和自卫能力都挺强的人。"

陶姁咯咯笑了,她说:"亲爱的,你的话证明你对基督教的信仰并不虔诚嘛。"

丈夫却庄重地说:"在中国,又究竟有多少官员能做到全心全意为人民服务呢? 政党口号也罢,宗教信条也罢,都有一些象征最高境界的提法。按中国的哲学,法乎其上,才能取乎其中啊。这是符合一般逻辑的。我对我的宗教信仰的态度就是这样。"

而陶姁,她对于基督教当然并无抵触。她只不过难以信服天堂和地狱之说罢了。但是,却有些相信因果报应。因为前者是无法证实的,而在现实社会中,后一种现象却是不少的,知道得多了,往往令人不由得一信……

第二天,在教堂里,陶姁真的向神父忏悔了一通。忏悔自己不应以虚伪的态度对待别人相求的事,也忏悔自己不应以复杂的心理猜度一位好朋友的品格……

出了教堂以后,丈夫问:"心情好些了?"

她由衷地说:"好多了。"

同时却暗想,既然国内已经没有亲人了,那么以后少回国几次吧。少回国,少惹是非。

忏悔之后,她即着手办理李辰刚委托于她的那一件事。正如丈夫说的,因为李辰刚儿子的英语水平与留学所要求达到的水平相差甚远,而且语文、数学两科都有不及格的记录，操作起来颇费周折。美国虽然也讲关系，讲情面，讲通融，但绝不像在中国那样只要关系硬便一路绿灯。何况陶姐只不过是那一所大学里五六百位教授中平平常常的一位。她恳求丈夫出面协助一下，丈夫拒绝了。他说："学习那么差的一个孩子，还非出国留学干吗呢？"陶姐说："正因为学习那么差，在中国也许连所普通的大学都考不上，所以只有曲线获得大学文凭啊。"丈夫说："如果他真来了，学习跟不上，毕不了业，甚至被取消学籍，别人一打听原来我也是推荐人，那就连我的脸也丢尽了。咱们两个人，应该确保一人不因这件事而丢脸。究竟确保你还是确保我，这倒可以由你来决定。"陶姐苦笑了，说："那就还是确保你吧。反而确保我的话，对你不是太不公平了吗？"于是她一边继续尽力而为地进行，一边不时向李辰刚"汇报"情况，提醒他不到最后办成，都要做好她办不成的思想准备。而李辰刚每次与她通话之后都会这么说："陶姐，你办事，我放心。我对你的办事能力充满信心，你也要对自己充满信心嘛！"——口吻听来亦庄亦谐，却令陶姐分不太清究竟是庄的成分为主，还是谐的成分为主。又像是一位大大的首长，在和蔼可亲地勉励小小的下属，为的是使下属能够心怀感激，诚惶诚恐地明白——这件事交给你办，那可是对你的倚重，否则这份"工作"早分配给别人了……

丈夫虽然拒绝参与那件事，但暗中还是给予了不少协助的。几度山穷水尽，几回柳暗花明，当终于对最后一位关键人物也游说成功之后，陶姐一回到家里就让丈夫看她嘴唇。丈夫奇怪得直眨巴眼睛，她说的话却是——"我觉得我嘴唇磨薄了。"尽管办成的是别人委托的一件事而已，夫妻二人还是觉得有必要庆贺一番，于是他们到一家消费价格最高的饭店去美美地撮了一顿。在餐桌旁，她打李辰刚的手机，想将好消息及时告诉他。李辰刚的手机响了近一分钟也没人接。无奈，她只得给他发了一条短信。第二天中午，也就是中国夜里十二点钟左右，李辰刚回了一条短信——我们又决定让儿子到英国去留学了，一切谢谢！

陶姈的索然无法形容,却没对丈夫说。有次丈夫问起,她编了一番谎话,说那孩子想通了,认为自己还是有必要在中国提高提高英语,明年再议。丈夫反倒释然了,说这才是好孩子……

第二章

两个月后的这一次回国,却是陶姮首先向丈夫提出的。丈夫惊讶得瞠目结舌,她就娓娓道来地向丈夫讲了一件事情。丈夫听罢,当即表态:"是应该回去。早就应该专为那件事回去一次了!"

于是第二天,夫妻双双向大学请假。丈夫预料,批假不会那么顺利,她也想到了这一点,将请假事由写在了纸上,结果顺利得不能再顺利。正如中国话所说—— 一路绿灯。

陶姮的请假书,成为该校有史以来最长的一份请假书。三千余字,亲笔用秀丽清新的英文写的……

那是一件三十五年前的事。确切地说,是一九七五年的一件事。当时中国还处于"文革"时期,而陶姮才十三岁。那一年她的父母已从中国的"教育战线"被"扫地出门"八年多了。"文革"伊始,她的父母就因为是"黑线人物"被打入了另册,八年中不断转移劳改地,最终被遣送回了她母亲的原籍。一般来说,对于是夫妻的"黑线人物",往原籍遣送那也首先考虑往男方的原籍遣送。但她父亲出生在香港,便只有将他们夫妻往女方的原籍遣送。父母往哪儿去,自己跟向哪儿,对于十三岁的陶姮,没有另外任何一种选择。起先是父母轮番抱着她背着她转移劳改地,年复一年，后来自己渐渐就能跟着父母走了。也可以说，从她五六岁的时候起，差不多便等同于一个小劳改犯了。当年她父亲的罪名是"特嫌"，在所谓"黑帮"分子中，尤其是万劫不复的罪名，甚至在"另册"的人都避之唯恐不及。"走资派"是在"路线斗争"中站错了队，还有经过批斗和改造重新站回到"红线"的可能；"右派分子"还有熬到"摘帽"那一天的盼头；曾经的地主富农，只要对无产阶级专政表示彻底的敬畏，不乱说乱动，也只不过就是被视为"死老虎"；而坏分子性质上属于人民内部矛盾。"特嫌"却是和"现行反革命"的罪行性质同属一类的。"现行"就是现在还有行动；"嫌"在当年差不多就等于"是"。只不过罪证还不够充分，哪天一经查实，或将被关入监狱，或将被枪毙。陶姮就伴随着这样的父母，在经常转移劳改地的过程中，从五六岁一晃成长到十三岁的。她的眼，从小见惯了父母所受的种种凌辱，也见惯了人间种种悲惨又冷酷无情的事情……

母亲的原籍是南方某省一个有八九百户人家的农村。在当年的中国，算得上是一个大大的农村，是乡政府所在地，有小学还有中学。那小学中学，都是解放前陶姮的外祖父发起集资创办的，她外祖父是科举终年的举人，那以后科举制度就废除了。为了创建村里的小学和中学，她外公将家产折卖了十之七八。她外公家确实曾是村里的首富，他虽然被拥戴为中学校长并兼着小学校长，家境却随之降低得几近于清贫。陶姮跟随父母在村里落户不久，某日村里同时进行了两件事：一是庆祝文化大革命取得伟大胜利九周年；二是把她外祖父的坟墓给掘了，并当场将骨骸用锄头砸碎，搅拌进粪堆里了。接着开了一通批判会。在批判会上，她的外公被众口一词说成是"假善人"。更有甚者，一个是中学革命委员会委员并是语文老师的男人，瞪着她的父母严厉地问："知道为什么以前没有动假善人的坟墓吗？"——站在台下第一排的她的父母，此时才敢于抬起头来，都默默地摇头。

那男人大声说："因为早料到了你们总有一天会被遣送回来，就是要当众掘给你们这些孝子贤孙的看！"——他的左脸有一大片紫痣。

陶姐一下子便记清了他的样子。正如常言所说的，"扒了皮也认得出骨头"。

那天，陶姐的母亲一回到腾给他们一家三口住的小破屋里，对她父亲开口说的第一句话是："这么活着，还不如干脆死了算了！"

父亲便长叹一口气说："是啊，我也这么想的。但如果我们真死了，女儿更可怜了。"

于是母亲一下子紧紧搂抱住她悲哭起来，不敢哭出声，怕被人听到。

陶姐却没哭，也没流泪。

她暗想——世界上不可能有一件事是永远也不会结束的。自己才十三岁，熬得到那一天的。熬到了那一天，她就会看到一些自己所憎恨的家伙反过来低头认罪了……

令她的父母和她自己都没想到的是，村里掌权的一些造反派们，居然命令式地要求她去上学。他们的说法是："你们的女儿必须接受学校里的红色影响。那她的一生还有救，也许还可以争取成为无产阶级的人！"

于是陶姐得以入学。虽然自幼失去正常享受教育的机会和权利，但她那是高级知识分子的父母充当起了有水平的老师，使她开智甚早。才十三岁，却将初三各科都已学通。学校起初是不了解这一点的，让她插在初一的一个班。那个班的班主任，正是左脸有一大片紫痣的语文老师，竟然也姓陶。

陶姐很快便成为那个初一班级里学习成绩拔尖的学生，又很快成为全体初一年级学习成绩各科第一的学生。起先第一过的一些孩子，嫉妒了一阵子，对她同仇敌忾了一阵子，后来见她并不因此而傲视他们，不知怎么一来，又暗中成了她的朋友。

孩子之间互相放弃嫌恶，成为朋友，比大人之间容易多了，也自然多了。那些学习好的学生中的几名男生，甚至以保护她不受欺辱和伤害为

21

己任了。他们对她的同情和保护,像阳光照耀进她的心田。也使她更加坚信,一切恶事都将结束的那一天肯定是会到来的。

陶老师认为她不应该再是初一的学生了,建议学校让她跳级到初三去。学校还为此开了一次会,会上有别的几位老师对陶老师的建议大加批判,他们说:"你别忘了陶妲她是什么阶级的后代!她外公早年间是典型的封建地主阶级人物,她父母都是留过洋的资产阶级知识分子!她是双料的反动阶级的后代,让她跳级,等于是对全校出身于贫下中农家庭的学生的精神打击!那是绝对不行的!……"

陶老师反驳道:"让她继续留在初一,一直成为全体初一年级各科第一的学生,难道就不是对出身好的学生们的精神打击了?……"

"分数是老师判的,你为什么总给她判那么高的分?!"

"她题题都对,不给她判一百分,那你让我怎么给她判?"

"还有卷面分!还有格式分!难道哪方面都不能扣去几分吗?"

"她卷面清洁!她格式规范!反正我是找不出理由扣分的!……"

陶老师就出示她的卷子给对方们看,以证明自己判得公正。

孰料一位老师还真的从她的卷子上看出问题来了,指点着质问:"这里,这里,还有这里,这三道代数题,全都少一个解题步骤,冲这点就该扣分!一道扣五分,那一百分也变成八十五分了!"

陶老师急赤白脸地说:"我认为对她这样一名学生,那个步骤是完全可以省略的!"

一位老师强词夺理:"省略?还完全?谁知道她那结果是不是抄别的同学的呢?有她的解题草稿证明肯定是她自己解出来的吗?"

陶老师自然拿不出陶妲的解题草稿,他不禁拍了一下桌子:"抄别的同学的?她在全年级甚至可以说在全校学习最好,能抄谁?只有别的同学抄她的份儿!"

主持会议的女老师终于开口了,板着一副正义化身似的面孔,语气极为严肃地指斥:"陶老师,我提醒你不要忘了,你不但是一位老师,还是校革命委员会的委员！你的做法当然那就等于——长资产阶级后代的威风，灭贫下中农后代的志气！怎么，同志们批评得不对啊？姑且不论数学了，再说作文吧。作文有标准答案吗？没有吧？连没有标准答案的作文，你都要次次给她优上，你究竟怎么想的？我看同志们不但批评得对，还不够刺刀见红呢，还没挖到你的思想根源！依我看，是你头脑中那一条阶级的红线画歪了，体现在给分情况上只不过是表面现象。一个人头脑之中的阶级红线画歪了，那他对人对事的一切立场也就全是错误的！他的每一言每一行也都必然大成问题！……"

陶老师张张嘴，分明欲分辩，致使对方又拍了下桌子。

"你不要再辩解了！我还要提醒你一句，别忘了你自己又是什么出身！……"

陶老师的父亲解放前在省城教育厅当过科长，这是他的软肋，别人无意间触碰到了都会令他全身的神经顿时紧绷起来，何况是在开会之时被校革命委员会主任拍着桌子大加训斥！如果不是由于他在"文革"中与父亲划清了阶级界线，脱离了关系；如果不是由于他毕业于师范学院；如果不是由于他写批判文章的能力强（每可达到挥笔成章的水平），按他的出身，连分到这样一个人口众多的大村的中学当老师的资格那也是不具备的，更不要说当上一名"革委会"委员了。尽管他一向言行谨束，其实还是有不少人背地里议论他是混入"革委会"的，应该及时将他清除出去……

那次因陶姐开的会，最终以责令陶老师写一份深刻的检讨而结束。

陶老师们集中在教研室开会之时，一个正在操场上体育课的班级获得了十分钟自由活动的时间。于是使这个班级的几名学生有机会偷听到了教研室里的会议内容。那几名学生传播给另外几名学生，另外几名学生传播给更多的学生，最终由那些暗中与陶姐结下了友好关系的学生告诉了她。但他们告诉她的情况，已经与教研室里那次会议的实际情况大相径庭了。

即使你今后的作业尤其是考试没有错误,那陶老师也不会再给你满分了!他一定会鸡蛋里挑骨头地硬找出毛病扣你分的!特别是作文,他再也不会给你优上了!——陶姐听到的是诸如此类的话。自然,那几名同学是同情又愤愤不平地说的。

在当年,女人一旦掌权并且"左"起来,往往"左"得比同样的男人可怕多了。而大人们,本应是比孩子们更具有同情心和正义感的,在当年却又完全不是那样。在当年,许多许多大人像是邪教徒了。也不过只有少数的孩子表现出人本能的同情心和正义感。对于陶姐,那实在是不幸中的万幸……

陶姐听了几名和她暗中友好的同学的话,愣了一会儿,仿佛不在乎地说:"随便他怎么样。"

其实她不是对分数一点儿都不在乎,而是很在乎。因为分数,只有分数,某些情况之下,对她的尊严能起到微小的,甚至意想不到的维护作用。

期末考试后,放暑假前的一天,她在她家住的那间东倒西歪的小破泥草房附近看见了陶老师。她猜不到陶老师为什么会出现在她家附近。其实陶老师已经在那儿转悠好一会儿了,为的是也看见她。她刚从屋后的山上下来,背着一小捆在山上捡的干树枝,用野蒿拧成的草绳捆着,双手攥着草绳的末端。

她一看见陶老师,暗吃一惊,手一松,干树枝散落于背后。如果有人呵斥她"盗窃集体之物",那罪名尽管小题大做,对于她却也是能够成立的。在当年,山是集体的山,地上长的一草一木,理论上全都归集体所有。村中有个老地主,只因为在河里发现了一条被水禽啄伤,半死不活地漂在河面的巴掌那么大的鱼,捞起捡回家,偷偷炖了锅汤,还被召集百多人的大会批了一通呢!

陶老师四下望望,确定周围没人,快步走到她跟前,替她归拢了干树枝。接着,他捡起了草绳……

她看出他是想替她扎捆,夺下草绳说:"不用您,我自己来。"

她并没说出谢意。事实上,她的话明显有种排斥的意味。弯下腰自己扎捆时,听到陶老师结结巴巴地说:"陶姮啊……我……那个……就……就是你这次考试的作……文……其,其实呢……"

她又将树枝背起,瞪着陶老师的脸问:"老师,您到底想说什么?"

她看出陶老师脸上那片紫痣,分明是更加紫了。

陶老师越发结巴地说,他希望她知道,他觉得她这次的作文那也还是写得不错的。写一些孩子爱护一窝小鸟的事,起码他是喜欢的。分数嘛,只不过是分数,希望她不必太计较,他有他的难处,更希望她能理解……

陶老师是能说会道之人,从没结巴过的。

她低声说:"我能正确对待。我早就能正确对待好多事了。"

说完就走。

她忽然想到了一条毛主席语录:"假的就是假的,伪装应该剥去。"

……

那一个暑假,确切地说,是一九七六年的暑假,她和那几名暗中与她友好着的同学经常偷偷在一起玩儿。尽管得避开某些"特革命"的大人们的眼才能聚在一起,却终究还是玩得较为开心的。酒能使男人和男人间更讲义气;儿女能使女人和女人之间更快地找到共同话题;而玩儿能使孩子和孩子之间的友谊巩固。

九月份开学后,村路上出现了一种当年司空见惯的情形——从小学生到初中生,成群结队地拖着或扛着或抬着竹子去往学校。那是南方生长得最多的青竹,也是用途最广的竹。在一个普通的农民手中一年到头没点数过几次钱的时代,上学了的孩子们,只得用自家房前屋后的竹所卖的钱来交学费。一根成竹也就是杯口般粗的竹,可以卖五角钱。细一些的卖三角钱。再细的卖两角钱。每到要交学费的月份,村路上一向会出现以上那一种情形。在学校附近,专为卖竹的学生们设立了收购点。

一二年级的小学生,还是要由家长代他们去将竹卖了的。三年级以上的学生,竹粗人瘦的话,便只有将竹拴根绳在地拖。五六年级的学生却宁愿两个人抬一根,那样走得快。而初中生们,则差不多都是一人扛一根,并尽量装出轻松的模样,以显示自己是有把子力气的;连女生也不例外。当年小学生每学期的学费是三元,中学生每学期的学费是五元。许多农村里不正规的学校,学费会低些。而那村是个大村,学校上了规模,定为正规学校,学费按县城里学校的标准收。

陶姐的父母都已经没有了工资。起先在不同的别处劳改时,每月各自还有十来元生活费的。自从被遣送到风雷村,连那十来元也取消了,得靠挣工分才能吃上饭。陶姐父母的身体都不太好。尤其母亲,被押送到风雷村后,连精神有时候也似乎不怎么正常了。何况,他们从没干过农活,干农活时的笨拙劲儿,比半大的农村孩子还不如。靠他们挣那点儿可怜的工分,一家三口是会饿死的。幸亏父亲对一家的苦难处境是有长期思想准备的,在还有点儿生活费的那几年,硬是口挪肚攒地存下了七八十元钱,缝在一件衣服的兜里。一说又要转移劳改地,别的什么东西都顾不上,首先找出来紧紧抓在手里的便是那件衣服。实际上,一家三口来到风雷村以后,主要是靠那点儿钱才得以继续活着。陶姐心中有数,那点儿钱肯定所剩无几了。开学前,她接连做了几次梦。梦到陶老师冷着面孔伸手向她要学费,而她没钱交,低着头手足无措。她不忍心向父母伸手要学费,有时甚至不想上学了。还有时,甚至想一了百了,干脆死了算了。她预料得到,如果自己真的死了,父母紧跟着就会双双自杀的。她明白父母其实是为了她才屈辱地活着。而自己也是为了父母还能活着,才同样忍受屈辱地活着。

开学前那几天,她还在梦里偷偷砍过别人家的竹,结果被发现。在现场开起了她的批斗会,父母也被拖来陪斗……

然而苦难之境中,居然会有救星。救星是那几名暗中与她友好往来的同学,他们劝她不必因学费而发愁,各自早已为她多砍了一根或两根自家的竹。甚至,也不用她自己一根一根地往学校扛,他们代劳了。她心里既感动又充满温暖,她想自己也总得为他们做些什么,于是就在一本作业本的背面负责记录。谁又卖了第几根竹,卖了多少钱,一笔笔记得一目了然。他们就索性将卖竹所得的钱交由她保管,并委托她一并交给陶老师。不消说,其中包括她的学费。

村路上学生"竹子搬运工"的身影日渐少了,终于有一天,竹与孩子并不形影相随了。新学期开始,各年级各班级正式上课。

一天课间,陶妲像往常一样,独自坐在篮球架下的石条上,望着满操场的学生跑跑跳跳,喊喊叫叫,或仨一堆俩一伙地说话。在学校里她仍很孤独。那是明智的孤独。用现在的说法,是"自行边缘化"。为了不使那几名暗中与自己友好的同学受什么"政治牵连",也为了不给自己和父母惹什么麻烦。那位是校"革委会"主任的女人的眼,即使在中小学生之间,往往也会发现"政治新动向"。十三岁的陶妲对她和唯其马首是瞻的几个老师,不得不防。在她看来,陶老师当然是他们一伙的。

正望得发呆,陶老师不知什么时候走到了她身旁,向她伸出一只手,好像被别人逼着似的说:"陶妲。你的学费也得交了……我知道……但今天,已经是学校限定的最后一天。另外八名同学,他们说……他们的学费也在你这儿……由你一总来交?……"

最后的话,他说得不太确定,似有求证的意思。

陶妲愣了愣,反应迅速而强烈地回答:"我交了呀!"

与陶老师那种不太能确定的话相比,她的话说得极为肯定。

陶老师诧异了:"交了?交给谁了?"

陶妲不高兴了,往起一站,抗议般地说:"交给你了啊!"

"交给我了?什么时候?在什么地方?"

"昨天早上!在校门口!我碰到了你,就把我们几个的学费交给了你。用手绢包着,有几名同学是可以做证的……"

陶老师眯起眼,呆望远处。望了半分来钟,犹犹豫豫地说:"那……

既然是你说的这样……我……我再对对钱数和人数……"

他说罢转身就走。走得急匆匆的,边走还径自嘟囔了句什么。

而陶姐,一时气得浑身发抖。怎么能不气呢? 连自己在内九名同学的学费加上课本费杂费什么的,五十多元啊! 卖了一百多根竹的钱啊! 五十多元在当年的农村,可是不少的一笔钱! 没有壮劳力的人家,辛辛苦苦干一年,到头来也不过仅能挣五十多元! 那么大的人了,才昨天的事儿,怎么可以说忘就忘呢? 真忘了还是假忘了啊! ……

然而下一堂的化学课,陶姐倒也没太由于陶老师问她学费的事分心。她明明将学费交给他了,那是一个千真万确的事实,而且有三名同学看见了。他们都是和她友好的同学,她相信他们肯定会做证的。再说他们也不太喜欢陶老师,因为他平时对学生的要求太严格。但她也没怎么用心听课,在别人家孩子才上小学四五年级时,父亲就已经将初一至初三的化学常识基本上对她讲过了。父亲曾是大学里的化学教授,比这一所中学的化学老师讲得有趣多了。她只不过背着手端端正正地坐着,想自己一家以后的命运可能还会糟到什么地步。想到伤心处,眼眶一湿,伏在了桌上。

不料下课后,守在教室门边的陶老师叫住了她,阴沉着脸让她跟他到教研室去一下。师生二人进入教研室,已有四位下课了的老师也回到教研室了。有的在喝茶,有的在看报。

陶老师坐下后,对肃立在自己跟前的陶姐说:"我又对着登记册统计了一下钱数,还是少你们九名同学的学费和书杂费。不错,昨天上午我是在校门口碰到了你,但你只问我如果你不买课本行不行,我当时的回答是,'没有课本你怎么能在学校里学习呢?'是这样吧? 但是之后你绝对没给我什么用手绢包着的钱……"

"我绝对给了!"——陶姐大叫起来。

陶老师愣了愣,也提高了声音:"老师是不会记错的!"

"我也是不会记错的! 有同学可以为我做证!"

陶姐的声音都发尖了。先进入教研室的,刚进入教研室的,每一位老师的目光都望向了她和陶老师。

陶老师就愣得发呆,良久说不出话来。

陶姐哭了。不但觉得委屈,而且认为清白无端地受到了怀疑,人格也受到了严重侮辱。

"凭什么你说你是不会记错的,我就非得承认是我记错了!我有证人可以证明我当时把钱交给了你,你有证人证明我当时没把钱交给你吗?我明明把钱交给你了,你当老师的还朝我要,你就是成心欺负学生!今天我把话说清楚了,要钱没有,要命一条!把我逼得没法了,我就死在你家门口给全校的学生和老师看!给全村人看!我如果被你逼死了,即使我父母无法替我申冤,老天爷有眼,他也饶不了你的!……"

陶姐宣泄着大喊大叫,愤怒地挥动手臂,轮番跺着双脚。长期的屈辱,长期的压抑,不,是长期的被压迫感,在那一时刻,全面地、总体地、骤然地爆发了!就像通常所形容的,"火山喷发了!"——也可以这么说,十三岁的少女,当时歇斯底里大发作了!她叫喊。后来,一屁股坐在地上,蹬踹双脚号啕大哭。

那意味着是她对自己和父母以往所遭受的一切一切迫害的表现猛烈的总抗议。当然,也是第一次抗议。十三岁之前,她连那样的意识那样的勇气也丝毫没有。

陶老师半张着嘴,双眼瞪得大大地看着她,惊骇的表情僵在脸上,身子也仿佛被浇铸在椅子上,动弹不得了似的。他脸上那一大片紫痣,紫得发黑了,如同老茄子的颜色了。

一位女老师站了起来,一言不发地走到陶姐跟前,将她拽起,拉扯到了门外。

门关上后,她小声对陶姐说:"别哭了,回家去。起码我听明白了,没你什么责任。有些公道,到时候还是会有些人愿意出面主持一下的……"

女老师的话,使陶姐内心里那巨大的难以控制的宣泄情绪,总算平缓了一下。她走在回家的路上时,用各种解恨的话语,在心里将陶老师诅咒了一遍又一遍。

进了家门,父母还没回家。据父母说,他们这几天跟村里的些个"专政对象"在砍茶秧。当然,是在被监视的情况之下。村里的干部们一时觉悟不高,允许村民偷偷将几亩农田栽上了茶秧,为的是可以用卖茶叶的钱解决一下缺少办公费的问题。而所谓办公费,又只不过是迎来送往吃吃喝喝的支出。此事被革命群众向县"革委会"揭发了,于是引起县里干部们的高度重视,予以严厉批评,勒令限期将茶秧砍光。怕父母一回来看出她哭过,她赶紧洗了脸。擦脸时,目光不禁落在床头唯一的一个旧柳条箱上。柳条箱的四角全被老鼠啃破了,却挂着把小锁。一家三口每人有一把钥匙,全都将自己认为还有点儿保存价值或重要的东西放在里边。陶姮那一把钥匙总是挂在颈上,她俯身开了锁,从中取出了一个小木匣子。包括自己在内的九名同学的学费和书杂费,在没交给陶老师之前,便放在小木匣子里。她那么做,可以说是条件反射的促使。就好比大人怀疑孩子刚偷了什么东西,而孩子将所有的兜都弄了个兜里外翻,然后大声说:看,我就这几个兜,有吗?!

但是当她打开小木匣时,傻眼了——手绢包着的钱竟还在里边!

怎么会这样!

她觉得自己全身的血液仿佛都不流动了,觉得连心跳也停止了。

如果……

如果这时候陶老师出现在面前,那自己就是全身长一百张嘴也说不清了!即使出现在面前的不是陶老师,是在教研室里亲眼看到自己号啕大哭起来的任何一位老师,自己也完了!就算出现在面前的不是那几位老师中的一位,而是几名与自己暗中友好的同学中的一名,自己的下场也肯定会是身败名裂遗臭万年的!他们是出于同情和正义才暗中维护她的,他们是认为她品行好才不顾她的家庭问题暗中和她成为朋友的——而现在事情变成了这样,谁还能认为她品行好呢?

怎么会这样啊?!

但事情又确确实实变成了这样!

不管是谁看到了此刻那些用手绢包着的钱居然在她手上,她也肯定将被视为一个极其卑鄙的人无疑!尽管她才十三岁!而且还会视她为一个极其善于表演的人!在教研室里她的号啕大哭,尽管事实上是真哭,在别人看来那也肯定是逼真的表演了!

那自己还有脸活吗?

只有自杀!

那父母还活个什么劲儿呢?

也只有自杀!

想到以上一环套一环的可怕结果……不,那简直可以说是可怕的下场啊!不但可怕,而且死了也没人同情,只会被说成是可耻的下场……她腾地从床边站起,目光迅速巡视一番,拿起了窗台上的一只空饭盒,将手绢包慌张地塞入饭盒,盖好之后,夹着就往外跑。跑出家门,考虑到了什么,返身又跑回屋,再抓起了一把镰刀……

她一口气跑到屋后山上,选择了一棵最粗的树,蹲下飞快地用镰刀掘个坑,将饭盒埋入了坑里。直起身后,再将浮土踩平,收集了些落叶盖在上边……

之后,这十三岁的少女在一块山石上坐了下去,开始寻思事情怎么会变成了现在这样。渐渐地,她理清了头绪。原来,和同学们一起卖竹子那几天夜里,她接连做过情形相似的梦,梦见在校门口或教室门外碰到了陶老师,主动地甚至有些高傲地将包括自己在内总共九名同学的学费交给了陶老师……

你不是几次在课堂上强调——非贫下中农子女是没资格申请免费的吗?

我陶姮绝不会低三下四地苦苦哀求免费的。

你看,我交得起学费!

这样的梦做了几次之后,在她头脑中,梦境于是"变成"了事实。或者这么说,当陶老师伸手向她要学费时,深深印在她头脑之中的那深刻的梦境,条件反射地促使她立刻就这么回答了一句:"我交了呀!"

这十三岁的少女,当时自然是并没想到"条件反射"四个字的。但却一点儿也不影响她终于寻思明白了这么一点——原来是自己将梦里的情形和事实搞混了……

接下来她不得不苦苦寻思的是——事情已然变成了这样,那我究竟该怎么办?寻思了半天,却并没寻思出一个自己比较满意的办法。而她比较满意的办法那就是,既足以保护了自己的品行不受怀疑,又不至于昧着良心使陶老师替自己背上黑锅的办法。主动承认自己记错了,当然也就全没陶老师什么事儿了。但谁又能相信自己确实是记错了,而不是原本打算贪污了同学们辛辛苦苦卖竹子所得的学费,只不过在陶老师的"审问"之下才不得不放弃卑鄙可耻的企图呢?那是一个全社会都相当一致地习惯于有罪推断的年代。不论什么人,如果不幸和"坏"字、"罪"字或"卑鄙"之类的字词发生了干系,只要有几个人甚至一个人带头坚持认为他或她肯定是有罪的起码是企图犯罪的,那么许许多多的人都会将那不幸之人视为过街老鼠,人人喊打。陶老师肯定是一个坚持认为她罪名成立的人无疑了,估计那八名和自己暗中成为好朋友的同学,也会认为她玷污了他们对她的友情,而他们看错了人。

她转而又这么想——陶姮,你为什么坐在这儿苦苦寻思,寻思来寻思去的,非寻思出一个对陶老师也有利的办法不可似的呢?事情明摆着,如果对他有利了,对你自己肯定就是一场灾难了啊!他如果是个还不错地对待过你的人,你倒也值得替他考虑。可他对你是多么不公正啊!作为老师,他甚至非昧着良心鸡蛋里挑骨头,硬是从你的作业和考试卷上挑出根本不是错误的错误,于是仿佛理所当然地降低给你的分数。他那么做之前替你考虑过吗?在乎过你的感受吗?他那么做就不"坏"就不"卑鄙"就不"可耻"了吗?进而,她又联想到了陶老师在批斗大会上当着自己一家三口所说的那些恶狠狠的话。他当时的样子,以及他当时所说的某些话,直到那一天,仍像一根根钉子钉在十三岁的少女心上。

当这少女下山时,她已经决定了坚持将那些学费交给了陶老师的说法。哪怕刀架在脖梗上也不改口。劝她离开教研室的那位女老师不是显然地相信了她的话吗?这对她有利。只要采取一种宁死不屈的坚持态度,事情的结果将肯定对自己更有利。至于陶老师,见他妈的鬼去!谁叫他是一个坏人呢!十三岁的少女经由自己一家的命运,总结出了一条区别好人和坏人的经验——凡是对命运被踢入悲惨之境的人麻木不仁,毫无同情心者,都只不过勉强算个人,却绝非好人。而乘人之危,落井下石,为了争取到什么利益而不惜加重别人悲惨命运的人,当然是从里坏到外的百分之百的坏人!对坏人怎么样那是谈不上昧良心不昧良心的!她要替许许多多她这样命运的孩子,她父母那般命运的父母惩罚惩罚坏人。有机会能够惩罚一个,为什么不惩罚?

当她二次进入家门时,父母已经回到了家里,都背靠一面墙肃立着。除了父母,还有两个男人。一个是学校负责保卫工作的副校长,也是"革委会"成员。另一个是县教育局的什么人物,在开学典礼上,代表县教育局革命委员会到学校来讲过话的。

破家里虽然东西少得可怜,但还是被翻得乱七八糟。连枕头和被褥也被拆开了。她明白,那两个男人对她的家进行了彻底搜查。

十三岁的少女丝毫也没表现出忐忑不安的样子。一则那是她自幼便见惯了习惯了的事;二则她内心里已经树立了一种"正义信念"。起码她自己认为是正义的。

县教育局的干部上下打量着她问:"你就是陶姮吧?"

她默默点了一下头,默默站到了母亲身旁。但却并不像父母一样垂着双臂低着头。相反,她将腰挺得格外直,昂着头,下巴微微翘起,睥睨地看着两个大男人。

副校长问:"陶姐,你干什么去了?"

她立即回答:"到河边去了。"

她想她不能说到山上去了,万一他们组织人搜山呢?五十多元钱的事儿,在如今是屁大点儿的事儿,在当年可是非常严重的一个事件。当年有些仅仅挪用了二十几元公款的人,那还被判了三五年不等的刑呢!何况那五十几元钱关系到九名学生的学费和书杂费。

副校长又问:"刚放学不久,拿着镰刀到河边去干什么?"

"想砍些柳条。"

她平平静静地回答。那一时刻,十三岁少女的应急反应被空前机智地调动了起来。如同十三岁的阿庆嫂,刚回答了上句,下句便已成竹在胸了。句句回答得严丝合缝,滴水不漏。

县教育局的干部迅速地接着问:"砍柳条干什么?"

他以为他问得那么迅速,如果她是在撒谎,定会被问得张口结舌。

十三岁的少女抬起一只手臂,指着被翻得见底的柳条箱说:"我家柳条箱被老鼠啃了那么多洞,我想用柳条把那些破窟窿补上。"

副校长紧接着问了两个字:"你会?"

她说:"毛主席教导我们:'实践出真知。'任何人做任何事,都必将有个从不会到会的过程。我爸妈以前还不会干农活呢。他们现在不是渐渐地在干中学会了点儿吗?我已经十三岁了。对于我,不应该再把自己当小孩儿了。毛主席又教导我们:'农村是一个广阔的天地。'我要从现在开始,在农村这个广阔的天地里,学会做种种我以前不会做的事。"

教育局的干部紧接着又问:"那为什么空手回来了?"

她说:"看到了一条蛇盘在柳树枝上,这么长,这么粗,吓得我不敢在河边了……"

两个男人交换了一下眼色,县教育局的干部一摆头,他们先后走了出去。

而陶姐,紧跟在他们后边去关门。她从门缝看见也听到了,县教育局的干部刚走两步站住,问副校长:"你怎么认为?"

副校长嗫嗫嚅嚅地说:"我觉得,不太可能是……陶姮想要昧了那笔……"

县教育局的干部说:"那还用说? 当然不可能! 我指的是,你对陶姮这名学生有什么看法?"

副校长张张嘴,什么话也没说,想必是不敢轻易发表看法。

县教育局的干部却说:"我倒是觉得,咱俩刚才,有点儿像《沙家浜》'智斗'那场戏里的胡传魁和刁德一……"

副校长却说:"胡传魁对阿庆嫂当时还讲那么点儿义气,从我这方面而言,对陶姮一家绝没什么义气可讲。不论我们学校还是我们村的干部,在大的政治原则问题上,那是从来也不含糊的……"

县教育局的干部大声打断了他:"得啦得啦,别净扯些不三不四的! 我认为,陶姮这一名女生,很是与众不同。才十三岁,你看她那种从容镇定的模样,比不怕事儿的大人还不怕事儿! 今年是哪一年?"

"今年……一九七六年……"

"'文革'进行几个年头了?"

"可能……十年了……对,十年都多了……"

"亏你还知道今年是一九七六年,亏你还知道'文革'已经进行十年多了! 同志,政治斗争更激烈了! 各条战线都更需要政治典型了! 我看陶姮就是一个值得树立的'可以教育好的子女'的典型! 要是连她都成了那样的典型,那就等于为'文革'立了一大功! 你们要尽快将陶姮树立成那样的典型! 谁有什么异议,就说是县教育局的指示! ……"

副校长诺诺连声地听了一通训后,跟随在县教育局干部身后,一步三回头地走了。这使陶姮未免奇怪,不明白副校长为什么回望她的家门。然而县教育局那位干部的话,对于她如同服下了一颗药效极快又极强的定心丸。她暗想:看来事情往下的发展对我更加有利了。

这十三岁的少女,从那一天开始善于审时度势了。

她刚从门口退开,母亲首先走到了她跟前,心有余悸地问:"女儿,告诉妈实话,你究竟在学校闯了什么祸?"

她若无其事地回答:"妈,我发誓,我绝对没做任何招惹他们到家里来搜查的事。"

她竟能把话说得很安慰。

"那他们为什么来?"

"不是快过'十一'了嘛,也许是按照要求,例行公事呗。"

父亲也走到了她跟前,狐疑地问:"你在门口站那么久干什么?"

她说:"他们站在不远的地方说话,我想听听他们说些什么。"

父亲走到门前,弯下腰,也将脸贴在门缝朝外望了一眼,转身又问:"听到了?"

她点一下头。

"说了些什么?"

"他们说,应该把我树立成'可以教育好的子女'的典型。"

父亲就又走到她跟前,一下子将她紧紧搂在怀里,好像马上有人要来将她从家里拖走似的,顿时流下泪来,无奈而悲怆地说:"她妈,他们这是要从感情上和咱们争夺女儿啊,那咱们怎么争得过呢……"

结果母亲低声哭了。

而她发誓般地说:"爸,妈,你们都放心好了,我永远是爱你们的女儿。不管是谁,哪怕他说得天花乱坠,也休想从感情上把我和你们分开。"

她从父亲怀里挣脱了,走到床那儿去,往柳条箱里收拾东西。

父母对视一眼,随即一齐望着她,都吃惊他们十三岁的女儿口中,怎么一下子说出了大人话,而且说得不动声色。

正是从那一天起,十三岁的陶姆,与她的少女时期告别了,如同在思想上破瓜。

副校长回头望她的家门自然是有原因的。那位副校长与陶老师长期不和。他出身比陶老师好,却不如陶老师那么有才。确切地说,陶老师那种挥笔成章写大字报的能力,是他这一辈子也难以具有的。有才的人,总是难免被嫉妒的。嫉妒陶老师的老师不少,那位副校长是嫉妒得最公然也最厉害的一个。其实陶老师也不值得多么嫉妒,因为对陶老师的政治原则是早已内定了的,即——"只可利用,不可重用"。但是在当年,许多有这样或那样才能的人,不敢痴心妄想被重用,只不过希望被偶尔利用一下,那也是没有资格的。县里有次派人到学校考察干部,对那位副校长的结论中竟有这么一句:"政治上是位可靠的好同志,遗憾的是能力不足。如果有陶老师一半的才华,那也可以继续培养提拔。"这一结论的意思明摆着是,认为他没有继续培养提拔的前途了。也许人家并没有这么绝对的意思,而且也不是白纸黑字的正式结论。但那话一传到他耳中,简直要把他气疯了。从此以后,他对陶老师不仅心怀嫉妒,而且滋生恨意了。偏偏,少了五十多元学费的事,由他来负责处理。由他一处理,上升为案件的性质了。而既然连县教育局的干部都认为陶姐这名学生不可能昧了那五十多元钱,结论也就只有一种了。想不到竟有由他来给陶老师作结论的这一天,他高兴得都想唱歌。

他还是找了三名学生来了解情况。那三名学生竟是陶老师一一点出的。这对于陶老师就又很不幸了。因为他们都是与陶姐暗中要好的学生。他们似乎从副校长的询问中品咂出这么一种意思——事情基本上已经搞清楚了,陶姐一方是没问题的,但仍需有旁证才能下结论。这三名学生的学费也在那五十多元之中,他们当然希望早点儿下结论。

一名学生说:"我虽然没亲眼看见,但我和陶姐一块儿往学校走时,听她说过那一天要把我们的学费给陶老师。"

另一名学生说:"我也听她那么说了。而且,在学校门口是陶姐主动叫住陶老师的。她一只手一边还往书包里伸,我想她就是要掏出那五十几元钱来……"

前两名学生是女生,第三名学生是男生。

那男生说:"陶姐叫住陶老师后,她俩先进校门了。但是我等了陶姐

梁晓声文集·长篇小说

一会儿,我亲眼看到陶姮从书包里掏出了用手绢包着的钱,并且一递一接地交给了陶老师。我愿意把我亲眼看到的事实写成证言……"

之后,那位副校长自然就该找陶老师谈话了。那是一场就两个人的谈话,气氛严肃得接近严峻,陶老师显出忐忑不安的表情来。

"陶老师,那么,只得请你看看这个啰!"

陶老师看过那名男生写的证言,脸上就淌下汗来了。

他说:"这……或者……也许真的是……可我确实不记得……那,我会把钱放哪儿了呢?……"

"是啊,你把钱放哪儿了呢?"

"大概……是我一时大意,把他们九名同学的学费弄丢了……也不能说……完全没有这种可能。副校长,您看这样行不行?我宁愿补上那五十多元钱,下个月就开始从我的工资里扣好了……"

而副校长却嗤了一声,不置可否地说:"先谈到这儿吧。"

说完起身便走。

坐在椅子上的陶老师呆如石人……

隔日,第一节课的铃声响过了许久,老师才进入陶姮那个班的教室。但却不是应该给他们上那一节语文课的陶老师,而是别的班的一位班主任,身后紧跟着副校长。

副校长宣布:陶老师已经没有资格再当一位老师了,从即日起,由别的班的那位班主任暂时代理这个班的班主任。

那一节课的纪律空前地好,连平日里惯于搞笑捣蛋的学生,也皆坐得端端正正。几乎每一个同学,似乎都是在屏息敛气地听课。又似乎是被施了定身法,灵魂集体出窍,游荡向四面八方去了……

放学时,一辆从县里开来的警车停在校门口,垂头耷拉脑袋的陶老师,被两名公安人员押上了警车。

许多同学目睹了那一幕,陶姮也看见了。

38

据说,陶老师哀求在他被押上警车之前,不要给他戴手铐;两名公安人员没理他的哀求……

在一个案件涉及一笔去向不明的钱的情况之下,主要当事人如果承认是被自己丢失了,表示愿意从自己的工资里扣,那其实也就等于承认是被他贪污了。

当年,结果必定会是那样。

那五十多元钱并没从陶老师的工资里扣。他既已从一位老师变成了一个贪污犯,也就同时失去了当老师的那一份工资。五十多元钱,比他此前每月的工资还多二十元。五十多元钱,于是成了他家以后欠学校的债务。他家还有四口人:老母亲,是社员的妻子,一个刚上小学一年级的儿子和才五岁的女儿……

那天,陶姮回到家里没吃午饭。晚上父母回到家里时,见她躺在床上。她说她有点儿不舒服;父母以为她来例假了,既没多问,也没勉强她吃晚饭。

夜里,她咬住被角,无声地哭,泪水湿透了枕头……

几天后,代理班主任与她郑重其事地谈了一次话,严严肃肃地对她说,校革命委员会经开会研究,已内定她为"可以教育好的子女"的典型了,希望她以后在各方面都努力争取表现得突出一些,尤其在政治方面要有突出的表现。绝不可错过机会,辜负培养……

从此,她成为班级里乃至学校里一名很忙的学生了。她开始被通知参加各种政治思想学习班了,也开始被要求写大批判稿,在各种大批判会上发言了。她写的大批判稿,代理班主任替她一稿两稿地改不说,校"革委会"的头头们还要互相传阅,各自勾改一番才能定稿。以至于连她自己也搞不清,自己登台所念的究竟算是谁写的批判稿。

整个九月份,学校似乎不是学校了。三天两头地开批判大会,批林批孔、批宋江、批"幕后那个最大的走资派"、批"隐蔽在地下的翻案集团"……究竟批的是谁们,全校没有一名学生能说明白。陶姮也不明白。

由于根本不明白,反而全没了半点儿有可能伤害到某个具体的、活在当世的人的心理障碍。写那类批判稿,她只当是在被迫练字;而登台读那类批判稿,她只当是在当众"开嗓子"。"开嗓子"是村里的一种普遍说法,即可着嗓子喊,据言对少男少女们的成长是有益的。否则,少男少女们变声以后,男的也许会是公鸭嗓,女的说起话来则永远的细声细气。那样的大姑娘,一旦做了媳妇,岂不是要受婆家人的欺负?故,谁家的少男少女大哭大闹,大喊大叫时,父母和邻人们是不理不睬的,只当那也是在"开嗓子"。

是的,陶姐每在台上激昂慷慨地大声读那类批判稿,并且一次次带头振臂高呼口号时,只当自己是在"开嗓子"而已。

于是她听到些夸奖话了。当面听到的夸奖话全是同学口中说出的,而老师们口中说出的夸奖话,则全是同学们转述给她听的。

她对那些转述半信半疑。

然而确实,她的嗓音变得响亮了。她渐渐习惯于将一篇批判稿大声读得惊神泣鬼了,有一定经验了,知道应该将哪些句子读得铿锵有力,掷地有声了。

那是一些人心躁动不安的日子。几乎每一个人的心都在躁动之中加深着不安,如同动物本能地预感到将要发生大地震。似乎一切革命歌曲都失去了鼓舞的作用和影响。最后经常响彻校园的只是同一首歌了——《无产阶级文化大革命就是好》。歌词仅仅一句,不比歌名多一个字,也不比歌名少一个字。

陶姐最听不得的夸奖话是——"有老师说你的才能将来一定会超过陶老师!"

每次听到同学转述那样的夸奖话,陶老师双手被手铐铐着,并且被推搡着经过校园的情形立刻像电影片断一般浮现在她眼前。那时她即使高兴着,也会顿时高兴不起来了。

十三岁的这一个少女,内心里开始迷信因果报应。独自一人时,往往会想到"天谴"二字。这两个字是她从母亲口中听说的。母亲在家里诅咒那些不把她当人对待的家伙时,就说他们迟早会遭"天谴"。

"天谴"二字每使陶姄陷入无边无际的恐惧。

虽然,由于她差不多快是"可以教育好的子女"之典型了,父母竟也沾光,有时候有点儿被当人看待了,但这也抵消不了她内心深处的那一种恐惧。

"十一"照例放了三天假。

以前和她暗中要好的同学中,只有那名写了文字证言的男生来找她玩过。另外几名同学,因为她有点儿像是学校里的"红人"了,觉得他们的同情和保护对她有些多余了,一个又一个主动疏远她了。而那名男生叫李辰刚——正是他后来追求过陶姄。

这使她很伤心,也很无奈。

李辰刚将她引到了河边,两人之间保持距离地待坐了一会儿,谁也不敢看谁。

终于,她听到他小声说:"我永远也不会出卖你的!"

她缓缓抬起头,鼓足勇气望向他;他却已经站了起来,头也不回地跑了……

到了十月中旬,某日从省城开来一辆小汽车,将陶姄一家接走了。

直至那时,她才觉得,恐惧将离自己远了。但"天谴"二字,却似乎仍黏着她。

在省城,他们一家三口被临时安排在招待所里。每天都有人来看她的父母,那时她便躲出房间去。

两天以后的一个晚上,父母一块儿从外回来。显然都喝了不少酒,半醉不醉的。

母亲说:"女儿,'四人帮'粉碎了!"

她疑惑地望着母亲,不明白什么"四人帮"不"四人帮"的,头一次听说。

父亲说:"文化大革命结束了。以后,咱们一家可以过正常生活了。"

她愣了片刻,小声问:"不必再回风雷村接受改造了?"

父亲说:"不必了。"

母亲说:"真的!"

十三岁的少女,哇的一声大哭起来……

第三章

风雷村早已恢复了起先的村名,八十年代初就又叫尚仁村了。

小面包车一路停了几次,抱小孩儿的女人下去了,带上车两只公鸡的女人也下去了,一对显然是恋爱关系的青年刚刚下去。卖票的将收音机关了,车里安静了,陶妲和丈夫终于可以坐下了。

他俩的情绪都坏透了,你懒得跟我说话,我也懒得跟你说话。

买了一头小猪的男人却没下车,座位有空余了,装小猪的麻袋不必放在他膝上了,单独放在一个座位上了。小猪不再吱哇乱叫,只不过偶尔哼几声了。

小猪的主人问:"你们从哪儿来?"

陶妲明知是在问他俩,却懒得回答。分明是出于礼貌,沃克回答了两个字是"美国"。当他要尽量使自己说的中国话清清楚楚时,发音反而就古怪了。

"梅果?有把果子当地名的地方吗?从没听说过,那是哪儿?"

瘦小黪黑的男人显然对沃克和陶妲产生了某种兴趣,刨根问底。

"梅果你都没听说过?"

沃克将身子一转,一副"友邦惊诧"的表情。

"梅果谁不知道啊,我还吃过呢!但就是没听说过有这么一个地方!在中国?还是在你的国家?……"

那男人和丈夫之间的话,令陶姐烦透了。

她不但自己懒得开口说话,也听不得别人在旁边净说些可说可不说的话。那会儿,她真希望全世界都一下子静下来。

"不是吃的果子,那是我的国家!你不可能没听说过我的国家!梅、果!没听说过你们中国人就等于没活!……"

沃克又犯了容易激动的毛病了。

"噢……明白了明白了。你是美国人,从美国来,对吧?"

那男人恍然大悟,也不知他刚才是真没听明白,还是假装没听明白。

沃克这才将身子坐正,还长长出了一口气。如同老师终于向学生讲明白了一道什么难题,如释重负。

不料卖票的接着开口说话了:"哎,这位美国人,你刚才最后那句话,我作为一个中国人,听着太不舒服了!怎么,就算有哪个中国人真没听说过美国,那也不等于我们全中国人都白活了呀!……"

卖票的说得很不高兴。岂止不高兴,简直愤愤然了。

"你误会了……我,不是那个意思……我想说的是……生活……不,也不是……快活,不对不对,更不是……"

沃克语无伦次了。

陶姐终于开口道:"他想说的是'搞活'。"

"这么说还行。那倒也是,中国都搞活三十年了,听说得最多的一个外国那就是你们美国,要不,要不可不白搞活了呗!"

卖票的那种缓和了的语气,听来是表示愤然消除了。陶姐正暗想,上帝啊,现在总该安静下来了!——坐在后排的那男人,却将手臂搭在前排的靠背上,嘴对着沃克的一只耳朵小声说:"我不信你真耍流氓了……"

陶姐心底的火又腾地蹿起了老高,恨不得立刻站起来,转身抽对方一个大嘴巴子！尽管对方明明说的是"我不信"。

沃克却用自己的一只手拍拍对方的一只手,感激地说:"谢谢!"

那男人以更小的声音说:"那是几方面的人设下的一个圈套,专诓外地人上套儿。一说谁耍流氓了,谁都得马上点钞票嘛!怕丢脸嘛!以为你们美国人不怕丢脸,没想到你们更怕,一出手就给了一千元!真够大方的!他们这次可钓到了条大鱼!要是我们当地人的外来亲戚不小心上了他们的圈套,其实一百二百就能把事给了啦。他们虽然勾结成一伙了,但那也不敢轻易把我们当地人往急了惹。真把我们惹急了,揭他们个底儿朝上,那也没他们什么便宜占!……"

沃克冲陶姐大光其火了:"你给了他们一千元钱?你怎么可以那么做?为什么不征得我的同意?!你那么做不就是等于……"

陶姐大叫:"都给我住口!"

车上这才顿时安静。即使在那种有些突然的安静之中,沃克却还是要据理力争地嘟囔:"陶姐,你太不尊重我了!你太……"

司机也忍不住大声说:"都少说两句!要和谐!美国人到了中国,那也得讲和谐!讲和谐那就是,有的事儿,不争论。过去了,干脆当成根本没发生过!"

沃克大吼:"可是我不能!"

"不能?不能也得能!这是在我们中国,不是在你们美国。不能你想怎么样?"

司机的话,说得挖苦意味十足。

才不到半分钟的安静,就这么又被打破了。

"都给我住口!"

陶姐又喊叫起来。与此同时,面包车顺着路口朝左一拐,发出一阵刺耳的急刹车声,猛地停住了。她和她的丈夫,上身都不由自主向前一倾,也都同时用双手撑住了前排座位的靠背……

车里真的安静了下来,每一个人望向车前方的双眼都瞪大了。但那一种安静,和陶妲如出一辙的喊叫关系不大,而是由于车前方他们所看到的情形——廉价的小汽车、面包车、带斗的拖拉机,单人骑着的或双人骑着的摩托车以及几辆马车,横七竖八地堵满了并不宽阔的路面。估计有五六十辆,堵了一二百米……

然而,却没有喇叭声。就那么安安静静地一辆挨一辆堵着塞着。

"嘿,他妈的,又赶上了!"

司机骂一句,跳下车,嘭地将车门一关。卖票的也下了车,司机掏出烟盒,递给了卖票的一支,卖票的则掏出打火机,二人吸起烟来。

沃克问:"为什么没人按喇叭?"

陶妲装没听到,将脸朝车窗外一扭。

其实沃克也不是在问她,更没希望从她那儿获得回答。他是在问坐在后排的那个瘦小的男人,认为只有那个瘦小男人才能给他一个令他信服得无话可说的答案。

那瘦小的男人不但善于察言观色,也是极善于讨好的。他听出了沃克的话实际上是在问他,欠起身,将头探过前排座位的靠背,一位素质良好的导游似的说:"别急。两位都别急。再急也没用。堵着,都按喇叭也还是个堵。该通畅了,自然也就通畅了。生活中,不论碰到什么情况,都得有足够的耐心是不是?咱们中国人,从古至今,讲的就是这么一种修炼嘛!……"

他的头,夹在陶妲与沃克的头之间。大概他在镇上的什么地方喝酒了,口中散发着酒气和胃气。两股不好的气味混杂在一起,更不好闻了。

陶妲嫌厌地将头往另一边偏,同时拉开了那边的小窗。而沃克则拉开车门下了车。对于他那一米八以上的大个子,这辆破旧肮脏的小面包车如同囚笼。他一站到地上,便开始前后左右扭动脖子,接着扭腰,抡胳膊踢腿,还做了几次下蹲运动。之后,他走到司机和卖票的跟前,搭讪着向他俩要烟。在美国,他已经戒烟很长一个时期了,但这会儿,他不但想吸烟,还想喝烈性酒,索性一醉方休。那俩男人,一时表现得诚惶诚恐。

这个赶紧给他一支烟,那个赶紧将按着的打火机伸向他。廉价且劣质的烟,使沃克吸第一口后被呛得咳嗽起来,那俩男人就看着他笑。他想将烟扔了,却又不好意思扔。自从成为陶妲的丈夫,他早已心悦诚服地接受了这么一种礼貌原则——中国人给你的东西,凡是当着中国人的面入了口的,再不好吃再不好喝再使你觉得不对头,那你也得咽下去。如果当着人家的面吐了出来,等于扇了人家一个大嘴巴子。而若是你主动向人家讨要,人家又挺乐意地给了你的东西,哪怕你一接到手立刻发现原来是对你有害的东西,那也得背着人家的面偷偷扔掉。如果当着人家的面扔在了地上,遇到性格暴烈的中国人,很可能真扇你一个大嘴巴子。沃克之所以能够心悦诚服地接受这么一种礼貌原则,乃因依他想来,绝大多数人类都是很在乎"面子问题"的。

为了证明自己对那支烟是格外领情的,他又吸了几小口。烟一入口,立刻吐出,连说:"顶!顶!……"

"顶"是他从中国的互联网上学到的,也是他近来常喜欢说的一个汉字。他特喜欢"顶"字所包含的多意性,尤其喜欢"那咱们可是一伙的了"那么一种意思。

开车的和卖票的,以为他想说的是"冲",笑过之后,走向前边看情况去了。沃克趁他俩一转身赶紧将烟扔了,跟在他俩后边也往前走。

前边并没发生车祸,是几名农民脸但穿工作服的汉子在伐路边的大树。已经伐倒了十几棵,正是那十几棵倒在路上的大树,使交通完全堵塞住了。有几个汉子还在伐,另几名汉子手持大斧或小锯,处理倒树的枝枝丫丫。而从各种车上下来的男女老少,则围着看。有的抱着孩子看,有的背着背篓看,有的吸着烟嗑着瓜子看,有的相互勾肩搭背地看……如同都是在围观江湖人"耍把式"。

沃克通过与多个围观者交谈,才明白那些伐树的汉子是公路养护队的。他们要将被伐倒的大树锯成段,然后卖了。因为单位已经欠他们三个多月的工资了,而单位是将他们的工资"暂借"去为领导买车买房了。

"好不容易长这么粗这么高的树,说伐倒就给伐倒了,太可惜啦!怎么没人管管?"

"以后这一段路可就一点儿荫凉也没有了!"

"听他们说,他们负责给栽上小树。"

"没有十几年,小树能长到那么粗那么高吗?"

"不给发工资咋办?事情逼在我头上,也那么干!"

"是啊,逼的嘛!"

"扣发员工工资是违反《劳动法》的,可以告他们的领导嘛!"

"听他们讲,法院的人跟他们谈了,说案件太多,一年半以后才能轮到审理他们的起诉……"

"那也最好夜里伐嘛!把这么多车堵了一路,不合适!"

"夜里伐那不成偷偷摸摸的了吗?人家是明人不做暗事,偏要在光天化日这么干!而且偏要选今天这么个大集日来干!我要是他们,那也这么个干法!不干则已,干就得干出一番大响动来!……"

围观者们,尤其围观者中的男人们,不管认识的不认识的,三三两两站一起,介绍情况,交流看法,议论纷纷。不高兴的固然有之,多数却表达着莫大的理解和同情。

突然,不知哪一辆车的收音机里,传出了吼唱声:

> 大河向东流哇,
> 天上的星星参北斗哇……
> 说走咱就走哇,
> 你有我有全都有哇……

围观的男人们,似乎听到了暗号,转眼间几乎全都回到了各自的车内。而沃克站在各种车辆之间,大为困惑。明明道路还在堵着,这些个中国男人忽然一下子都回到自己开的车里干什么去呢?

他拦住一个男人问："又,发生,什么情况了?"

那男人学他的语调笑道："一休哥,休息,休息一会儿!"

而在沃克和陶姐坐的那辆面包车里,与猪崽同在的瘦小男人紧紧抓住机遇,在"大河"尚未开始"向东流"那会儿工夫里,他对陶姐进行了一步步的游说。他先问她要到风雷村去还什么心愿,这使敏感的陶姐暗自一惊。

她反问："你怎么知道我是要去还心愿?"

他一笑,慢条斯理地说："听你口音,看你样子,根本就不是从那个村走出去的人。风雷村现在又叫尚仁村了,这二三十年来,虽说也走出去了些混成人物的人,但地位最高的也不过就是有在北京当上什么处长的,有在省城当上什么副局长的,有做茶叶生意做出了点儿名堂的,却没有能在美国的大学里当教授的……"

陶姐又暗自一惊,不由得再问："你怎么知道我在美国的大学里当教授?"

他也又一笑,卖关子地说："你就当我能掐会算吧!我不但知道你是教授,还知道你的美国先生也是教授。你俩到尚仁村去,要解决些和当年尚仁中学的陶老师有关的事对不对?"

陶姐不禁扭头瞪着他,吃惊得说不出话来。

"跟您开玩笑呢,我既不能掐,也不会算,才不信那套。当真人不说假话,我小姨子在镇上的派出所当警察,中午我去她那儿吃的饭,你先生的事儿是她讲给我听的……"

"那是一个卑鄙的圈套!"

陶姐又火了。她当然相信自己的丈夫肯定是清白无辜的。正因为相信这一点,心里的一股火才不知该向谁去发泄。

"是啊是啊,那当然是个圈套。可既然把您先生给套住了,那就得把假戏唱到底啊!要不,岂不白下套了?"

陶姐不禁第二次扭头瞪着他,又说不出话来。不是由于吃惊,而是被他那种和稀泥的话给气的。

"您也别这么瞪着我。我这人实诚,有什么说什么。既然你俩有愿要还,就得有个住处是不?我家住的村离尚仁村不远,才三里多地。希望你俩赏我个脸,能成为我家的贵客。我家去年盖起的新楼,保证让你俩住得处处方便。钱方面嘛,绝不会多收你们的……"

他说得还是那么慢条斯理。

"休想!"

陶姮几乎是从牙缝里挤出了两个字。

"你也别偏不。又不是我设的圈套,你犯不着对我气呼呼的嘛!小愿即还,中愿必还,大愿近还。这是民间的讲究。你俩从美国回到中国来还愿,那肯定是大愿了。到什么地方去还大愿,不能直奔那个地方去,更不能愿还没还成呢,倒先在那地方住下了。那不吉利,民间认为大不吉利。再者说了,你俩在尚仁村无亲无故的,进了村往谁家去呢?……"

陶姮不瞪着他,将头回正了。他那番关于吉利不吉利的话,竟多少对她起到了一些心理影响。她和丈夫起先打算,一到尚仁村,先打听陶老师家住哪儿,应该直奔而去。不管陶老师家的居住条件怎样,都应该首选住陶老师家,以证心诚。如果陶老师寿短,已不在世了,那就住在陶老师的儿女家或亲戚家。她认为只有这样,才算心诚。现在看来,也许自己和丈夫都想得太天真了——万一不论是陶老师,还是陶老师的儿女或亲戚,一确信面前站的是她陶姮,结果如同仇人相见,咬牙切齿呢?

瘦小的男人又说:"我还是要强调刚才的话,大愿近还,要不真不吉利。我住那个村正应了一个近字,这你得当成是咱们的一种缘分才对。要是往别处想,可就把我想歪了。我是诚心诚意的。就算也有所图吧,除了图能收你们夫妇一点儿钱,那还能图什么呢?"

这倒是一句实话,陶姮开始这么想了。

"我小姨子是镇上的警察,你俩住我家,有我小姨子罩着,不是许多事儿都会顺利点儿嘛,那少操多少心啊!"

陶姐不由得说:"我考虑考虑。"

"如果你俩真住我家,我争取让我小姨子办办,也许能替你把那一千元要回来,那不等于替你先生刷洗清白恢复名誉了吗?"

"你贵姓?"

陶姐第三次回头看他。简直就不能不回头,像被一双手扭了她的头一下似的。目光里没有了排斥,语调也和气了。

"免贵姓王。"

那男人说着,一只手同时掏兜,掏出一张名片,恭恭敬敬双手相递。陶姐接过,低头一看,中间三个醒目的黑字印的是他的名字"王福至"。再细看上方的一行小字,原来是"你的愿望我帮你实现。"

"你究竟是干什么的?"

"上边不是写着嘛。谁碰到了什么难事,帮谁打听打听情况,疏通疏通门路,联系联系主事的人,费费嘴,跑跑腿,说情转礼,多少收点儿服务费,也就这么点儿能耐。不过呢,真为一些人摆平过几件头疼窝心的事儿。怎么样?一言为定?"

陶姐看着他,犹豫。

"你可别犹豫。你那一千元钱不是那么好往回要的。转眼我没耐心了,你后悔也晚了!"

他的话居然说得严肃起来。

陶姐点了一下头,像有人按着她的头,简直就不能不点一下似的。

此刻,外边的吼唱忽然响成了一片,歌词也变成了"该出手时就出手,风风火火闯九州"。那些回到了自己汽车里的男人,将各自车里的收音机全都调准在一个频道,并且全都开到了最大音量。几十辆汽车里传出的歌声,形成轰轰烈烈的同一首歌,如同是在为几名砍树的汉子鼓足干劲。

这辆面包车的两个主人回到了车上,沃克紧跟在他俩后边上了车。司机一上车,也开了收音机,也调频道。

卖票的冲他喊:"别找台了! 找到了也该唱完了!"

司机也喊着说:"跟上一句也好!"——并且自己敞开嗓子唱了一句,"该出手时就出手哇!"

沃克问王福至:"怎么回事? 为什么都挺高兴的?"

王福至大声说:"中国人现在可爱唱歌了,一听就想跟着唱! 一唱就高兴! 中国人与时俱进啦!"

"他们砍那些树,我心疼! 造成了这么久的堵塞,我不高兴!"——沃克皱起了眉。

卖票的大声插了一句:"车上说说行啊,在下边可别乱说,小心挨揍!"

在一片"依呼嗨呀呼嗨"的吼唱声中,面包车上四个男人的话都得喊着说。陶姬的脑仁儿都被吵疼了,捂上了双耳。

"亲爱的听众朋友,这一期'我最喜爱的歌曲节目'到此结束了,咱们又该说再见了!……"

甜润的女广播员的声音,由几十辆汽车的收音机以最大音量播出,如同观音菩萨从天穹向下界说出的话,尽管听来还是甜润的,但却具有回响于天地之间的共鸣似的。

接下来,那一段严重堵塞的公路又安静了。一些个男人们,又都离开了他们的汽车,一个个穿行于汽车与汽车之间,迂回地又朝前方聚集。

忽然,他们全都朝前方跑。

"出事了!"——卖票的跳下了车。

"不出事才怪!"——司机也跳下了车。

"你待在车里别下来!"——沃克叮嘱陶姬一句紧跟着下了车。

王福至对陶姬说:"你替我照看一下猪崽啊!"——说罢,仿佛前方有人在撒钱似的,跳下车就往前方跑。

片刻之间,车上只剩下了陶姬一人。她又掏出王福至的名片看,见背面还印着三行字是:

收人钱物,替人消灾。

说到做到,诚信第一。

为社会和谐,有一分热,发一分光!

她有点儿怀疑自己是不是点头点早了。但转而一想,那王福至的话,说得也不是完全没有道理——直接去往尚仁村,确乎是不太明智的……

前方的情况复杂了。

一辆黑色的半新不旧的"奥迪"相向驶来,自然也被堵住了。在前方的公路上,岔出一条土路。大多数相向驶来的车辆都拐上了那一条土路。即使一时开快了,过了那一条土路路口的车辆,司机在别人的指点下,也只有将车倒退几十米,再拐到那条土路上去。所以在横七竖八地倒着许多大树的路面的那一边,并没形成车辆堵塞的情况。而被堵在这一边的车辆,因为后边的司机们根本没有想到此处堵塞,越堵越多,连倒车也倒不回去了。

偏偏"奥迪"里坐的非是一般人,是省城的一位局长和县城的一位副县长,二人都喝得半醉不醉的,并坐在后排眯着。车一停,才都睁开了眼。

局长对司机说:"下去,让他们把树挪开!"那车是局长的专车,司机也是专职司机,一个二十五六岁的小伙子,复员兵。

小伙子就立刻下了车,要求几名伐树的汉子赶快把树挪开。那几名汉子已不伐树了,分成几组在锯树了。小伙子嚷了半天,汉子们不理他。小伙子又指着车牌对他们说:"看清楚了,这可是省城的车,车上坐的可是省城的领导干部!"这时才有一个汉子放开了锯把,走到小伙子跟前,拍拍小伙子肩,指指那条土路,接着朝土路路口挥手。小伙子回头看看,只得又上了车,朝后倒车。

局长不高兴了,斥问小伙子:"你倒车干什么?"

小伙子说:"有跟他们费嘴皮子那工夫,还不早在土路上开着了?"

"拐上那条土路,得多绕六七里地才能再上公路!"——局长更不高兴了。

小伙子却说:"那也没辙啊!我脚下多给几次油,耽误那几分钟就找回来了。"

局长火了,喝道:"是你听我的,还是我听你的?!"

小伙子便又将车刹住,呆望着那几名正在锯树的汉子,不知如何是好。

副县长这时觉得脸上太挂不住了,毕竟是在自己管辖的地盘以内啊!他一开车门下了车,脚步虚浮地走到了那几名汉子跟前,首先声明自己是本县副县长,接着声色俱厉地告知那几名汉子,车内坐的是省里的领导,命令他们必须在几分钟内将树搬开。

为首的一名汉子,就是刚才拍过局长司机肩的那名汉子,指着堵塞一片的车辆说:"就是我们把树搬开了,领导的车也还是开不过去啊!"

看来,他不是不相信车里坐的是省城的领导,也不是不相信站在跟前的是本县的一位副县长。而是希望副县长现实一点儿,最好还是让司机将车倒回去。

副县长也火了,指着那汉子的脸吼:"是我说了算,还是你说了算?!快搬快搬!其他事用不着你们管!"

他跨过一截截树干,走到了堵塞着的车辆之间。在跨过树干时,还不小心绊了一跤。

"你们,都听我指挥!都回到自己车里去!能把车往路边靠的,尽量靠路边!能往回倒的,先给我把车倒回去!一会儿路面清理出来了,谁也不许争着往前开!谁的车跟省城领导的车抢占路面,我对谁不客气!最后边那几辆车谁的?谁的?!立刻给我往回倒!……"

副县长话一说完,猛转身往回便走。大概他以为,在他转身之际,已有人回到了最后那几辆车里,已有车辆开始往后倒了。自己一位副县长亲自指挥解决交通堵塞问题,谁还能不服从呢?

然而他想得大错特错了。根本没有任何一个男人往自己的车那儿移动。他们都望着他的背影笑。有的独自笑,有的互相交换着开心的眼神儿笑。他们也都不怀疑对他们颐指气使的确实是位副县长。真是副县长还是冒牌的副县长,他们认真看对方一眼,注意听对方说几句话,便可以得出八九不离十的结论了。中国百姓,尤其长久生活在县界内的百姓,在判断一个人是"县官"或不是"县官"方面,经验是特别丰富的。"领导干部",走到哪儿,那都是带着"气场"的,就像气功师们走到哪儿都自称是带着"气场"的。但气功师们所言,往往是自我吹嘘。中国的一些"领导干部"们,即使自己不言,那"气场"也是客观存在的。并且,往往越是半大不小的官,所发散的"气场"越显然。小百姓们正是凭了那"气场"的有无,才能判断无误的。

但也正因为都不怀疑那位副县长的身份,所以才都巴望着看他的笑话。他们被堵在公路的这一边不急也不气,正是希望能够亲眼目睹堵塞出一件什么不寻常的事情来,最好是一件足以使某些大小干部们束手无策气急败坏的事件。否则,岂不白白被堵住了?他们大多数是农民,或虽改行了一心发达起来却怎么也发达不起来的农民。他们觉得自己哪方面都差着许多许多就是一点儿也不差时间。在离各自的村子不远的路上被堵了一两个钟头,对他们不会造成任何实际的损失,所以不在乎。倘还有笑话可看,而笑话又发生在一位半醉不醉的副县长身上,反而认为被堵得很值。起码,今天及今天以后的几天里,有了一种说起来有意思的谈资了。

然而副县长却并未意识到自己已成一场笑话的主角了。相反,那一时刻他觉得他浑身又发散着身为干部的强大"气场",而那"气场"是有威慑作用的,发散那样的"气场"也是极良好的一种感觉。

他一转身看到的情形使他火冒三丈——几名伐树的汉子非但没开始搬树,竟都坐在树段上歇着了,有的还优哉游哉吸起烟来。

"嗨,你们! 都聋啦? 瞎啦? 因为我对你们太客气了是不是? 敬酒不吃要吃罚酒是不是?! ……"

他呵斥着,不小心又被树段绊倒了。

为首的汉子扔了烟,起身走过去扶起他,向他汇报他们由于单位已经欠发了三个多月工资所面临的大烦恼,以及他们的诉求。

"滚你妈的! 干部各管一段,你们那些屁事老子才不管! ……"

终究是有几分醉了,副县长失态了,开始骂骂咧咧的了。

"滚你妈的!"——为首的汉子也大光其火了,不但回骂了一句,还表示轻蔑地往地上啐了一口。

副县长甩手给了那汉子一耳光。那汉子当胸一掌,将副县长推了个四仰八叉。

隔着些树干,路这一边看笑话的男人中发出几声喝彩,就像在早年间的戏院里那样,是不约而同的一个字:"好!"

举着照相机的沃克,刚拍完路那边,迅速将镜头对准了路这边,不但拍喝彩的男人们,还拍女人和半大孩子们,因为他觉得比之于喝彩的男人们,女人和孩子们的笑,更接近于纯粹的看笑话时的笑,并不掺杂有幸灾乐祸的成分;笑得更灿然,更开心。

"沃克!"——陶姐喊了丈夫一声。她感到他作为自己的丈夫,尤其是美国丈夫,在这么一种情况之下跑前跑后地进行拍摄,其动机无论如何不能说是对中国友好的。

丈夫却只顾改变着姿势拍摄,显然没听到她的喊声。

她看到那副县长一爬起来,双手已握着一根胳膊粗的树杈了。他瞪着那将他推倒的汉子,高高举起了树杈。树杈在空中的一端,有个碗口大的树瘤。那要是一家伙砸在谁头上,如果还用足了力气,被砸的人非落个脑浆迸溅的下场不可。她也下了车,也往前走,欲拖开丈夫。

另外几名汉子,立即操起大斧、手锯、树杈或抬杠什么的,呼啦一下将副县长围住了。看那架势,只要副县长手中的树杈敢往下落,他们非将他打成一摊肉酱不可。副县长手中的树杈自是未敢轻易往下落的。他就那么一动不动地高举着树杈，与双手叉腰的汉子僵持着。

"要文斗不要武斗！"

陶姐忍不住又喊了一句。她觉得自己所看到的情形正是所谓"一触即发"，必须有个人喊句什么话加以制止。话一出口，她呆住了，因为自己喊出的是一句"文革"时期的经典口号。"文革"都结束三十多年了，我怎么会喊出这么一句话？——她对自己百思不得其解了。忽而又恍然大悟了——自己眼前所见，正是小时候司空见惯的武斗情形啊！条件反射嘛！她不好意思地环顾左右，见些个男人女人和半大孩子也在看着她笑。

一个三十来岁的女人对另一个三十来岁的女人说："听人家那话喊得多有文化，像咱们这种没有什么文化的女人，一辈子也喊不出那么有文化的话！"

另一个三十来岁的女人，就用手指戳着一个站在身旁的少年的额角大加训斥："听到那阿姨刚才怎么喊的没有？会那么喊就证明有文化！你现在不好好学习，一辈子也喊不出那么有文化的话！"

两个女人站在陶姐斜对面，离她只有四五步远。她们的话声不大也不小，刚好使她可以听清楚。而显然，她们正是要让她听到的。她们说时，还都望着她微笑，笑出一种由衷的，对文化的敬意。那分明是一个儿子的少年，也目不转睛地望着她，不笑。非但不笑，且一脸庄严，仿佛是在望着一尊文化神，心里虽没什么敬意，却也不敢生出什么不敬，于是只有伪装出庄严。

陶姐便惭愧极了。

她不愿在这种情况之下引起任何人的注意，即使是有敬意的注意。为了掩饰自己的惭愧，她又用目光寻找丈夫；发现不知怎么一来，丈夫竟置身于副县长和那双手叉腰的汉子之间了。他伸展着双臂，像要开始做操。如果穿着教袍，胸前挂着的不是照相机而是十字架，那么也会像一位神父。

"沃克！"

她的喊声里不无愤怒了！听来更像是在喊一条挣脱了狗链四处乱窜就要惹出麻烦的狗。

这一次，丈夫听到了她的喊声，但也只不过扭头看了她一眼，旋即又看着近在咫尺的那位副县长了，而对方手中那粗树杈上的大树瘤几乎已碰着他的头了。

"没事儿的，当戏看好了。闹到这份儿上，就快结束了。我们这地方的人，尽瞎咋呼。别担心，哪一方也不敢动真的……"

卖票的不知何时出现在陶姮身边，二指夹烟，低声相劝。之后眯起双眼，深吸了一大口烟。

然而他太自以为是了。

他那口烟刚吐出来，从"奥迪"里踏下了那一位省城的局长，双手平端着猎枪，而且是双筒的。

砰！——局长朝天开了一枪。之后，如处无人之境似的，哪儿都不看，从兜里往外掏子弹。手没准头，子弹掉地上了。就又往外掏，又掉地上了。第三次抓紧一颗子弹，将枪筒一折，低着头只顾往枪筒里补子弹。

他的司机又下车了，在他身后一个劲儿说："局长，局长您冷静点儿！您现在这是还醉着，千万别冲动！跟些老百姓，您犯不着这样……"

那小伙子怕枪走火伤着自己，不敢往局长正面或左右靠近，而是站在局长身后一步远的地方，一副唯唯诺诺又不得已的样子。

枪声响过之后，路这边路那边一阵大寂。几乎所有人的目光全都盯在那位局长一个人身上了。

局长终于将一颗子弹成功地补充进枪筒里。一做完这件事儿，他顿时来了精神，猛一转身，枪口对着他的司机厉喝："滚开！离我远点儿。要不我先崩了你！"

小伙子吓得抱头鼠窜，跑到一棵大树那儿，猫在树后连头都不敢露一下了。

局长又猛一转身,冲着人们就骂开了:"王八蛋!刁民!想造反啊?太不拿干部当干部了!干部不是人是三孙子啊?谁想造反冲我来!单练!你们些个王八蛋!你们些个刁民!你们些个狗娘养的!……"

他仗着手中有枪,骂得那叫痛快!

只要他的枪口朝向哪个方向,聚在那个方向的人们立即四散。大多数赶紧蹲下,猫在车辆后边。还有的干脆躲上车去了。女人和孩子首先由她们的男人护着上了各自的车。没人喝彩了,也没人笑了。事情发展到这一步,看来太超出一般人的想象了,显然这并不怎么可笑了。连那几名伐树汉子在被枪口指向着的时候,也纷纷丢下手中家伙,张皇失措地四处躲藏唯恐不及了。转眼,在树段和树杈和树枝之间,只剩下了两名干部。此时情形仿佛变成了这样——倒像是造成堵塞的首先是人,其次才是树段。树段是那两个人放倒的,其中一个还握着双筒猎枪。他俩在光天化日之下干起了拦路劫匪的勾当,而其他一切人,全都慑于他俩的匪威,不敢有任何贸然举动,只能忐忑不安地四处躲避着随时会从双筒猎枪射出的子弹……

沃克终于来到了陶妲身旁,对她说:"怎么会搞成这样?"

陶妲瞪了他一眼,将脸一转,不愿再理他。

"是啊,搞成这样,就太不好玩儿了。"

陶妲循声望去,见那辆面包车的司机,不知何时从离她最近的一辆手扶拖拉机的拖斗后冒了出来。

沃克也看到了他,大声对他说:"从一开始,就不好玩儿!总得有人出面来解决,大家不能只看着!"

司机白了沃克一眼,抢白道:"说得轻巧,吃根灯草!怎么解决?你出面?"

沃克跃跃欲试地说:"那得大多数人同意我出面!"

陶妲忍不住呵斥他:"你敢!"

他耸耸肩,反问陶妲:"这件事和灯草有什么关系?灯草怎么吃?"

陶妲就又将脸一扭不理他了。

而司机却嘟囔:"你个美国佬,根本不了解中国国情,还总想瞎掺和!"

那位局长大概是由于后酒劲儿上来了,站不稳了,晃晃悠悠地走向一段树干,缓缓坐下去了。坐下后,将手中的猎枪靠着树干一放。刚放下,一口口大吐起来。

而那位副县长则在打手机,对着手机吆五喝六地嚷嚷了一通,这才关注起局长来。他走到局长身边,也坐下,一条手臂搂着局长,对局长小声说什么。那时两名干部的样子,看去竟有点儿耳鬓厮磨的意思,极像是一对在卿卿我我着的恋人。忽然局长放声大哭,而副县长的一只手,不停地在他后背抚着,拍着。

局长哭着哭着,戛然一停不哭了,指着路这边的人们,又开始"王八蛋""刁民"地骂起来。

因为猎枪离了他的手,人们的神色不那么紧张了。并且,被骂着也都不生气,又开始笑起两名领导干部来。有的人甚至开始以同情的目光望着他俩了。

"唉,怎么都醉成这样!"

"带着猎枪,肯定是进山打野物去了。"

"刚才副县长给县里打手机了,我听得很清楚,最多半个小时,县里就会有人来解决问题,都耐心等着吧!"

"对对,我也听到了!闹到这份儿上,可不非得县里派人来才能解决嘛!"

陶妲眼望着两位喝高了的领导干部,耳听着人们的议论,竟也对他俩心生出几分同情来。别人脸上的笑,是她内心里那种同情的起缘。这时,她也不急了,反倒只想耐心地等着,单要看眼前之事究竟会是种什么结果了。

情况又突变了——那几名伐树的汉子中有一人,又是为首的那名汉子,此时不知怎么非要证明勇敢;他从一棵树后纵身而现,迅速地跃向两位干部。众人看得分明,他企图夺取猎枪……

人们中不知谁喊道:"那带照相机的老外还不快拍!这么好的机会哪儿找去!……"

其实不用有人提醒,沃克已然举起了相机。

正应了那句评书里动辄形容的话:"说时迟,那时快!"——眼见那汉子再跃那么两三跃就会将猎枪夺取在手,却不幸被发现了。局长还在一把鼻涕一把泪地往所坐的树段上抹着,副县长却手疾眼快地将猎枪抄了起来。待那汉子跃到了二人跟前,猎枪枪筒也几乎顶着他的肚子了。汉子愣了愣,双手握住枪筒用力一拽,将坐着的副县长连枪带人拽了起来。汉子用的劲儿真够大的,居然将猎枪倒着夺在了自己手里……

砰!

同时枪也响了……

副县长挓挲着双手,动作很僵地往下一坐;没坐在树段上,一屁股坐在了地上。已然坐在了地上,仍挓挲着双手,呆瞪着汉子……

双手握着猎枪枪筒的汉子,一动不动地叉腿而立,低头看自己肚子。他那双手确实不愧是一双劳动者的手,就那么握着枪筒,竟将猎枪持得水平。而在众人的眼看来,双筒猎枪如同上了刺刀,刺刀完全捅进他肚子里去了……

枪声响后,又是一阵寂静。在寂静中,那汉子仍低头看自己肚子,双手也仍握着猎枪枪筒,一步步倒退。更准确地说,是一步步缓慢往后蹭……

陶妲连他的鞋底摩擦路面的声音都听到了。

啪嗒!——猎枪掉在地上。

汉子渐渐弯下了腰,越退腰弯得越低,最后几乎是半蹲着连退数步,双手捂肚子斜倒下了……

陶姮听到他口中发出一种长长的声音,显然是呻吟,却又类似叹息,还有点儿像是什么充气的东西撒气了。

一个男人小声说:"他中弹了。"

一个女人大声说:"那人被枪打了,你们这些大男人,别净看热闹,不能见死不救哇!"

人们骚动起来。

终于有一个女人跑过去,将猎枪捡了起来,举着喊:"枪在我手了,安全啦! 该过来帮忙的,快过来呀!"

于是又有一个男人跑过去,蹲下看那汉子,并喊:"他在流血,得赶紧把他送医院!"

更多的男人跑过去,齐心协力将那些树段抬到路边去;又跑过去一些女人,往路边抱树枝……

四个男人,两两一组,将局长和副县长架起,从左右两边塞入到"奥迪"车里去了。车门刚一关上,那车立刻朝后倒,一直倒至岔路口,拐上土路绝尘而去……

"哎哎哎,看,看,他俩溜了!"

拿着枪的女人说:"没关系,大家都是证人,证据在我这儿!"

一个男人立刻提醒她:"举着举着,别用手端,枪口要朝天!"

而另一个男人从那女人手中夺去枪,很内行地退出了另一颗子弹。

又有个女人喊:"枪和子弹要分开! 不能在一个人手里,更不能在一个男人手里!"

于是另一个男人将枪夺过去了。

"现在都听我指挥! 谁愿意出车把他送医院去?"

"你也有车,为什么不出你的车?"

"那……出我的车就出我的车,但得有人跟着帮忙……"

"我。"

"还有我!"

"人够了! 你俩坐他车上,我开车跟着……"

"我在医院有熟人,也开车跟着……"

在几个男人的指挥下,堵塞的车辆一辆接一辆向前行驶,路的中央很快让空了一条过道;那时受伤的汉子已被弄上了一辆车,帮忙的人也坐上了那辆车。三辆新的或旧的廉价私家车在前边调转车头,经过让空的过道,转眼一拐不见了。

陶姐将手中树枝放在路边,站在路边一时发起呆来。她想不明白,人们怎么忽然又都变得那么仁义,那么礼让,那么配合别人?

"早这样,后边的事,不是就不会发生了?"——沃克也将一些树枝放在了路边,不以为然地嘟囔了两句。

陶姐听到,看着他说:"沃克,你过来。"

沃克也帮着搬树段,他拍拍衣服,将吊在肩上的相机又挂在脖子上,走到陶姐跟前,大惑不解地耸耸肩。

陶姐冷冷地问:"你刚才拍照起来没完没了地干什么?"

沃克说:"我喜欢拍照啊,这你知道的。"

陶姐愤怒地说:"浑蛋!"

沃克瞪着她愣住了。

"喜欢拍回你们美国拍去! 这是在我们中国,刚才发生冲突的是我同胞,为什么制止了你几次你不理我? 你嫌给我惹的麻烦不够啊?! ……"

由于被堵塞的时间太久,陶姐心烦得快要发疯了,失态地大喊大叫。

"哎哎哎,女人当众骂老公可不对! 消消气儿消消气儿……"

"别跟你老婆一般见识,咱们男子汉大丈夫,该忍就得忍!"

开车的和卖票的及时出现,分别将陶姐和沃克劝上了车。

王福至已经等在车上了,他愁眉苦脸地说他买的猪崽拱开麻袋,不知跑哪去了。

开车的和卖票的以及陶姐夫妇,四个人都没理睬他。

面包车又往前开了二十几分钟,停在一个大村村口。卖票的回头对陶姞说:"这就是以前的风雷村,现在的尚仁村了,你和你先生该下车了。"

陶姞心头一热,却不动声色地说:"我们决定住在这位姓王的老乡家了。"

沃克惊讶地看着她,张了张嘴,没说出话来。等车继续往前开,他才小声问王福至:"你家厕所怎么样?"

王福至由于丢了猪崽,一脸不开心,敷衍道:"起码够大,估计你们美国人家也没有那么大的厕所。"

沃克就又惊讶得说不出话来。

开车的有点儿心理不平衡地对卖票的说:"你看人家多会揽生意,学学!"

第四章

王福至没骗陶姐,他的家确实是新盖的二层楼,总共五六间可以住人的房间。砖墙围成的院子也不小,有竹、花和两棵石榴树。枝间的石榴已红,大个的已裂开了,暴露着珍珠般的榴籽。在王福至的引导下,陶姐和沃克楼下楼上参观了一番,都觉处处还算干净。王福至说他家暂时就他自己住。他无儿无女,媳妇在京城一位高干家当佣人,已当多年了。不想再当下去,可高干一家离不开她,求她再当几年,还给她加了薪。这么说时,显出光荣的样子。

"你们住我这儿,多清静啊,是不?"

陶姐听着他的话,眼望着枝间的石榴,若有所思。"眉欺杨柳叶,裙妒石榴花。"她忽然想到了这么两句诗。当年留美时,她正是这么一个喜欢穿花裙子的中国美眉,沃克终于获得她的芳心,那是大动了一番智慧,颇下了一番功夫的。而现在,女儿夭折了,美国的医生断言她最多也只能再活半年了。她内心不禁地涌动起伤感的波澜,还有不可名状也难与人言的恐惧。"天谴"——这两个在她十三岁时狠狠地折磨过她的字,在她已经四十八岁的现在,又开始威吓她了。

她不由得打了个寒战。

沃克看在眼里,将王福至扯到一旁,对他耳语了几句。王福至就转身进楼里去了,不一会儿拿着一件女外衣出来,递向陶姐。

"我老婆带回来的,还没穿过。乡下的傍晚是有点儿凉,披上吧。"

陶姐接过披了,对王福至报以一笑。她认为,自己在车上的决定是英明的,王福至这个人也基本上是靠得住的。

王福至看出陶姐颇为满意,为了加深她对自己的好印象,又恭敬地说:"乡下人家那就是乡下人家,当然没法儿与大城市里的高级宾馆相比。但就乡下人家和乡下人家比,我这儿算是够星级的了。您看,您还有什么要求,只管提出来,凡我能实现的,一定照您的吩咐做到。"

陶姐小声说:"问问他。"

王福至便将脸转向了沃克。

沃克也小声对他说:"一切全都由她决定,我什么另外的要求也没有。我的当务之急是上厕所。"

王福至朝院子一侧的一扇简陋木板门一指,沃克将照相机交他拎着,三步并作两步,急不可待地走将过去。那是一长排低矮无窗的砖房的门,那排砖房大约有十来米长。

沃克推开门,一只刚刚迈入的脚立刻又缩回了,扭头望着王福至大声说:"这不是厕所。"

王福至笑道:"那就是厕所。在我们乡下,厕所都是和猪圈在一块儿的。"

沃克犹犹豫豫的,终究还是义无反顾地进去了。圈里共分隔成六个猪栏,一眼看去,却都是空的。而所谓茅坑,只不过是搭在粪池上的两块板儿。这美国佬儿从没上过这样的厕所。见一块板儿有些朽,心里就很忐忑,怕那块板儿禁不住自己的体重。

王福至却在外边大声说:"放心,两块板儿结实着呢,都是榆木的,禁得住你!"

偏偏沃克又是要解大便,总不能因为从没上过这样的厕所就不蹲下。他将双脚小心翼翼地踏在两块板儿上,才一蹲下,猛听一声咆哮,有一怪兽,从一个猪栏里呼地跃起,向他龇出一口白森森的利齿。怪兽的头,被雄狮般的鬃毛围拢着,两只大前爪搭在栏墙,一蹿一蹿的,将拴它的铁链挣得哗啦哗啦响。

沃克那一惊非同小可,不说是被吓得魂飞魄散,也可以说是面无人色。他提上裤子,慌里慌张地逃出了厕所。

而那怪兽的咆哮,也早已惊动了院子里的王福至和陶姐。沃克刚一逃出厕所,王福至随即进入了厕所。

沃克对陶姐说:"幸亏我和它隔着一间猪的宿舍,要不然它的大嘴咬着我的头了!"

陶姐说:"我听那叫声像条狗。无非是条很大的狗罢了。"

沃克说:"不像狗。我从没见过这么可怕的狗!"

陶姐说:"不跟你争。不是狗又会是什么呢?"

二人说话间,王福至将一条称得上巨大的长毛黑狗牵出了厕所。那大黑狗仍冲着沃克狂吠不已,吓得陶姐赶紧往沃克身后躲,而沃克则护着她退得远远的。王福至使出了好大的劲儿,才算将它拖往后院去了。

陶姐抚着心口,强自镇定地说:"是条狗吧?"

沃克奇怪地问:"为什么它那样子,只想咬我,却不想咬你?"

陶姐说:"大概它从没见过外国人吧。"

片刻,王福至回到前院来了。他说那是一条藏獒,它的主人是镇派出所的所长,将那藏獒从小养大。怕它伤人,经由他小姨子的介绍,寄养在他这儿了。他一个劲儿向沃克道歉,说因为自己心里一直想着他买的那头小猪而郁闷,忘了猪栏里拴着藏獒了。说自己已将那狗拴牢在后院的大树上了,就当它不存在好了。

陶姐理解地说没什么,谁还没有一时疏忽的时候呢?哪户农家又没养过狗呢?

王福至又说,和村里其他人家的厕所比起来,自己家的厕所真是够卫生的了。第一,那猪圈也是新盖的,前边墙用的全是新砖。第二,自打那猪圈盖起来,其实还没养过猪呢。第三,通风好,为了减少苍蝇,自己还经常往茅坑四周撒石灰……

沃克说他对上那样的厕所肯定也是会习惯的,只不过他对其中一块踏脚板的结实程度,与王福至的看法分歧太大了。王福至就不再说什么,转身进入了猪圈对面的仓房,片刻扛着两块木板出来,接着进了猪圈。片刻,从猪圈里出来,对沃克说:"我把那两块板儿也垫上了,现在你可以放心大胆地上厕所了。"

望着丈夫第二次走入厕所的高大背影,陶姐暗暗地感激起那条可怕的藏獒来。她因不但当众跟丈夫吵,居然还打了丈夫一耳光而后悔莫及。要不是那条藏獒对丈夫大发其威,为自己和丈夫说话作了仿佛自然而然的铺垫,那自己还真是难以轻轻松松地就消除了和丈夫之间的不快呢。

她正这么想着,王福至凑近她小声说:"既然您先生说一切由您决定,趁他不在跟前,我得斗胆问上一句,你们是各睡各的,还是俩人睡一间屋也行?"

陶姐被问得一愣。

王福至笑道:"我没别的意思。我虽然是个粗人,可外国的事,多少还是知道些的。在外国,你们有身份的人家,不是讲究夫妻各有各的睡房吗?"

陶姐也笑了。说她和丈夫在美国只不过算是中产阶级人士,都算不上什么有身份的人。在美国他们自己家里,夫妻二人也一向睡同一个房间。除了谁要加班工作,从没分开睡过。还说,不论对她或她丈夫,都不必客气地您、您相称,越随便越好。路上相互之间都挺随便的,怎么住到你家了,反倒您、您的了呢?

王福至感动地说:"有您这句话,那我就一点儿压力也没有了,我家里是头一回接待外宾,生怕有什么地方照顾不周。这样吧,我再给您收拾出一间睡房,备在那儿。客厅也归您用,我没什么事儿不上二楼影响您……"

陶姮批评道:"你怎么非您、您的,改不过来了?"

王福至不好意思地笑了,连说:"改得过来改得过来……"

想不到王福至家还安装了太阳能热水器。陶姮和丈夫洗罢热水澡,石榴树下已摆着一张小桌了,从桌上的茶壶嘴飘散出淡淡的芳香气息。王福至说那是用从自家的一亩茶秧上采下的新茶沏的,绝对是"绿色"的。

陶姮就不解了,问怎么才算是"自家"的茶秧?怎么又不算是?土地不是归农民所有了吗?

王福至说,那是。但茶秧也是要施肥的,不施肥照样长不壮。从施化肥的茶秧上采下的茶卖到市场去,施农家肥的茶秧上采下的茶留着自己家的人沏茶喝,或招待客人。化肥也容易被茶叶吸收,经常喝那样的茶水,不但对身体没什么益处,反而是有害的。如今的农民,这点儿科学知识也是懂得的了。不仅茶叶,蔬菜啦,粮食啦,瓜果啦,凡施农家肥的,都是留着自己吃的,所以习惯上叫"自家"的。不过南方农民的土地毕竟不多,不可能留太多"自家"的。而他家居然留出一亩地来专栽施农家肥的茶秧,也是因为总得有点儿好东西值当送人……

沃克想了想,天真地问:"从市场上买茶叶喝的中国人,不是就大受化肥的危害了吗?"

王福至理直气壮地说:"那我们农民可就管不了那么多了!反正从市场上买茶叶的大部分是城里人。现在城乡差别更大了,城里人替我们农民着想过什么啦?近水楼台先得月嘛,我们农民也只剩下了吃自家栽种的东西这么一点点可怜的优越了……"

陶姮说:"这一条优越,那可太重要了!"

沃克却又"友邦惊诧"起来:"你刚才说'近水楼台先得月'?这可是一句诗!"

王福至顿时矜持起来，说："诗句我会背的可不少！'五月榴花似火红，枝间每见榴籽开'，这不也是一句诗？但是哪个古人的诗我忘了。毕竟我也是读完了高中的人！……"

于是陶姐和沃克一时都对他刮目相看。王福至却特别识趣，不再说诗，请他俩慢慢用茶，耐心等待，说他很快就会做好饭……

他离开后，沃克问陶姐："他给咱们沏的，肯定是自家的茶？"

陶姐嘘道："渴你就喝，不渴别喝，少说些没意思的话。"

更令夫妻二人没想到的是，王福至还是个好厨师。他做的一小桌农家菜很合他俩的胃口。豆角炖山药、腊肉炒青椒、清拌地瓜秧之类的菜，获得了夫妻二人一致青睐。

饭罢，王福至擦净桌子，吸着一支烟，党支部书记主持支部会似的说："同志们，现在开始商讨商讨你们的问题吧！"

夫妻二人闻他此言，一时你看我，我看你。

沃克困惑地反问："我们的问题？我们有什么问题？"

王福至说："你们怎么又没问题了呢？忘了？我在车上承诺的，争取帮你们把那一千元要回来。"

陶姐说："对，你是这么承诺过的。你自己不提，我倒忘了。"

王福至说："以我的能力，估计要回来也不是多难的事儿。"

沃克又生起气来，大声说："那就证明他们明知他们做错了，心虚。不但应该退还钱，还应该赔礼道歉！"

王福至默默看他一会儿，高瞻远瞩地说："我还是那句话，把钱要回来不是多么难的事儿。但是要使他们认错，想都别想，我也绝没那么大能耐。"

沃克就嘟囔："他们不认错，我怎么证明我清白？"

陶姐说："他还有话没说完，你先听他把话说完。"

王福至吞云吐雾一口，接着说："沃克先生，我一路都在暗中观察你，相信你是一位美国的正人君子。也丝毫都不怀疑，他们明明用的是一种惯技。但是呢,那种事儿摊在谁身上了,谁就得想开点儿。您二位一还完愿,还不启程回美国了?何必非在中国认这份儿真呢?要回钱,起码心里的别扭减轻不少吧?"

沃克便不作声了,而陶姮同意地点了下头。

王福至胸有成竹地说,要钱的事该这么办这么办这么办。沃克就只听着,再不开口了。有时明显是反对的,也忍着不说。像个本不懂事开始学着懂事的孩子,只将询问的目光望向陶姮。陶姮一看他,他就拿起杯子喝茶。听着王福至头头是道地说。陶姮偶尔也摇一下头。她一摇头,王福至就低下头去了。而他一低下头去,陶姮就小声说:"你觉得那么办更有把握,那就按你的想法办吧。"

最终,等于夫妻二人同意,一切全按王福至的想法办。

当夫妻二人躺在床上后,陶姮又正式向丈夫认了一番错,沃克也表示彻底原谅了她……

第二天白天,他俩除了在村里四处走走,再哪儿也没去。沃克对那条藏獒发生了强烈的兴趣,费尽心机讨好之,还为那狗拍了不少照。有王福至从旁管束着训喝着,那狗对他不再凶相毕露了。

到了晚上,从镇里开入村里两辆车。打头的是警车,后边是"广本"。

王福至正和陶姮夫妻在院子里说话,无非是他叮嘱他俩几条"注意事项"。他耳尖,忽然说:"来了!"——抬脚往外便走。走到院门口又站住,再转身走回陶姮跟前,将她扯到一旁,压低声音不放心地说:"你看你先生那样儿,一脸不高兴!你千万要求要求他,凡事儿得顾全大局,和为贵。别戗着来,那还不把好端端的事儿给搞砸了!"

陶姮点头道:"你放心吧,他不至于非戗着来的。"

王福至这才走出院去。

陶姮转脸问丈夫:"听到了?"

沃克没好气地说:"不就是叫我要高兴吗?你真的高兴吗?那件事

儿,怎么就一下子变成件好端端的事儿了?"

陶姐无声地叹口气说:"难道我还不清楚你是被陷害了吗? 但是你也不要挑他的字眼儿,更不要钻牛角尖儿。他不也是好心好意吗? 中国有中国的国情,你入乡随俗吧!"

这时,门外响起了停车声、车门开关声以及王福至热情洋溢的迎客声。陶姐和沃克,就都将目光望着院门了。

沃克问:"我和你,也要出去笑脸相迎吗?"

陶姐明知他说的是恼火的话,一皱眉,瞪了他一眼。

院门一开,王福至侧身请人进来。进来一个男人,又进来一个男人,总共进来了四个男人一个女人,皆着便装。那女人三十二三岁,高挑身材,瓜子脸,漂亮,称得上美人儿,是王福至的小姨子。她上穿短袖开领的粉色衫,下穿一条长及膝盖的碎花裙子,脚上是一双皮凉鞋,没穿袜子。

这四男一女中,陶姐见过两个男的一个女的,她在镇派出所和他们交涉过。而沃克比陶姐多见过一个男的,他和他们吵过。王福至正经八百煞有介事地替双方作介绍,四男一女,都装出初次和陶姐夫妻见面的样子,也正经八百煞有介事地与他俩握手,说些"幸会""欢迎"之类不三不四的话,半点儿尴尬也没有。陶姐见他们并不觉得尴尬,也在心里对自己说"何必尴尬?"这么暗自说过,竟也觉得没什么可尴尬的了。觉得尴尬的只有一个人,便是沃克。他一副屈辱得无地自容的模样。陶姐看在眼里,极怜悯。

王福至又将大家往楼里请。一楼的厅堂早已支起大圆桌,摆好了一桌菜。在王福至的指点下,纷纷坐定。陶姐和沃克自然坐在一起,沃克另一边是夫妻俩都没见过的那男人,陶姐另一边是王福至的小姨子,王福至叫她"三妹",而那几个男人叫她"丽丽"。她身旁依次是所长、副所长、王福至和一个叫"大力"的男人。四个男人中,陶姐夫妇没见过的那男人显得与另外三个男人不同,文质彬彬的,话不多。谁说话时,他便目不转睛表情平和地望着谁,认真听对方说的每一句话。王福至没介绍他,看来也不知道他的来头。丽丽他们也不介绍,陶妲夫妻更是懒得问,就那么糊里巴涂地围桌而坐。

王福至取来一个大肚瓶子,内中盛有二斤多酒,还泡着人参、枸杞等乱七八糟的东西。一目了然的东西是一只三四寸长的蜥蜴,陶妲看了觉得一阵恶心。

在日光灯管的照耀下,丽丽的脸和胳膊白皙得耀眼。陶妲不由得联想到了"天生丽质"四个字。一个如此美丽的女人窝在一个小镇的派出所里,陶妲不禁替她暗自惋惜。可她却是那么开朗、快乐,表现出一种对命运和生活的极大满足。陶妲无意中发现,这小镇的警花,脚趾上涂了深红色指甲油……

王福至指着酒瓶子说:"咱就喝咱自家这个? 这个好。看酒都快泡成酱油色了! 绝对补,还壮阳!"

丽丽半真半假地说:"姐夫,你注意点儿啊。我姐不在家,你别整天又是补又是壮阳的。把自己补的猴急猴急的,哪儿泄去呀?"

于是她的两位领导一位同事都笑将起来。那来头不明的男人仍不笑,反而一脸庄重,仿佛下定决心,拒俗气永不沾。沃克当然也不笑,誓与那男人比赛庄严似的。

所长笑过后问:"先说说,你那是拿什么酒泡的?"

王福至说:"哥,里边的酒咱今晚喝着不跌份儿。你去年给我那两瓶茅台,我一带回来就全灌进去了。"

所长又说:"那也是别人送给我的。别人送给我的茅台,肯定假不了,就先对付光了这瓶里的吧! 革命工作都快把弟兄几个的身子骨儿耗空了,该补也得补,该壮也得壮!"

于是他的属下们又都通趣地笑了。

于是王福至拧开瓶盖儿,依次给大家斟满酒。

接下来,无非互相碰杯,无非各显豪气,无非大快朵颐,无非你讲一段黄段子,我接着讲一段黄段子;无非再次彼此满酒、敬酒,各自一饮而尽罢了。丽丽也讲了两段黄段子,引起的笑声最持久,她的领导和同事都评价她讲的黄段子最黄也最精妙。她为了感谢夸奖,自己主动饮尽了一杯。她白皙的脸儿开始变红,开始一口一个"姐"地称呼着陶姐。陶姐已有言在先,说自己绝不喝白酒。作为主人的王福至不勉强她,只给她一个人倒满了一杯啤酒。对于啤酒,陶姐倒是量不小的。但和对方在一起,她压根儿没有放开量的兴头。每次只饮一小口,饮得斯文无比。再者,她的病情也不允许她放开量。

丽丽和她碰了一次杯后,耳语道:"姐你放心,那一千元我们带来了。一回生,二回熟,三回见面是朋友。那点儿不快,咱们双方面应该都把它忘了。"

听着丽丽掏心掏肺的话,看着她一脸真诚的表情,陶姐想嫌恶她都嫌恶不起来了。而且觉得,若真嫌恶这么一个豪爽的漂亮人儿,反倒显得自己不近人情了。

沃克也并没被冷落,他身旁那个莫测高深的男人,不时地与他碰杯。也许因为对方与别的男人不同的那份庄重博得了他的几分好感吧,每次他都很领情地喝光,还学某些中国男人豪饮时的样子,向对方亮杯底儿。丈夫酒量颇大,不说是海量那也差不多。欧洲有酒量的男人们,豪饮起来与中国的酒徒们那也有一拼的。但陶姐还是担心,他喝那种泡了些乱七八糟的东西的酒不适应。别一大意不知不觉就醉了,不时以眼神制止。趁别人们都在互相劝酒,她小声对丈夫说:"悠着点儿。"

丈夫却声音挺大地回答了一句:"小意思。"

王福至们闻言,目光全都集中在沃克身上,忽然向他齐举其杯,嚷嚷着要为中美关系之良好发展干杯!

陶姐暗替丈夫叫苦不迭。

沃克却安坐不动,话中有话地问:"我知道中美关系前一时期不太好,现在又良好了吗?"

王福至们皆被问得一愣。

丽丽擎杯站起,振振有词地说:"中美关系时好时坏很正常,但总的趋势肯定是朝良好的方面发展,对这一点我们应该抱有充分的信心!而在民间,自从中国改革开放以来,关系一直是良好的。"

所长赞道:"哎呀哎呀,听听,听听,咱们丽丽一张小嘴儿多会说话啊!可爱死了!"——赞罢,放下杯,双手捂住丽丽的俏脸,啧啧有声地连亲几口。之后又说,"那什么,首轮让给你丽丽,你先代表中国人民和沃克先生干一杯!"

丽丽娇言娇语地说:"人家站起来,举了半天杯,不正是这个意思嘛!"——接着将杯向沃克一伸,"洋姐夫,要是肯给我面子,咱俩干了这一杯!"

沃克说:"我不姓杨。"

大家便笑将起来,连陶姐也笑了笑。

丽丽笑道:"姓什么不是重点。重点是,小妹已经叫你姐夫了。干不干?不干我一句姐夫白叫了!"

沃克往起一站,举杯大声说:"那我和你喝交杯酒!"

所长们便起哄,都哎呀哎呀地说,看来"中国通"那是真的"通",连"交杯酒"都知道,你俩这一杯非干不可,要不连中国人民的面子都给卷了!

丽丽低头看着陶姐笑问:"姐,这可得你批准,否则小妹不敢放肆。"

见大家的目光一齐望着自己,陶姐只得也赔着笑脸说:"我不横加干涉。"

于是丽丽绕过陶姐,走到沃克身旁,大大方方地与沃克手臂勾手臂,四目相睇,各自一饮而尽。王福至们则不但叫好,而且大鼓其掌。丽丽归座后,自满一杯,又对陶姐说:"姐,我祝你和姐夫凡事顺心,永远健康、快乐、幸福!"——言罢,又一饮而尽。

陶姐真的有点儿被丽丽的豪爽感动了,连说"同祝同祝,我也祝你全家!"——遂将半杯啤酒也一饮而尽。

王福至们则都举着杯走到沃克身旁,围住他,轮番与他干杯,沃克一时就显得难以招架。幸而后院突然响起藏獒的凶吠,所长立刻放下杯,魂不守舍地说:"光顾喝酒了,我还没看上它一眼呢!它这是听到了我的声音,想我了,急了。不行,我得先看看它去!"边说边起身走出了屋。

王福至赶紧放下杯跟出去,剩下的三个男人互相看看,也都二话不说地跟出,桌旁转眼只坐着陶姐和丽丽了。

陶姐推说昨晚没睡好,头有点儿疼,得上楼去睡了。丽丽要陪她上楼,她说:"我又没喝多少酒,你坐着别动了。"丽丽倒也孩子似的听话,就真坐着不动,望着陶姐上楼。陶姐刚上两级台阶,听丽丽亲昵地叫了一声"姐"。她扭头看丽丽,丽丽说:"姐你要是信得过我,那也就信我姐夫好了。他挺有办事儿能力的,某些事儿,你完全可以交代给他,让他代劳。他办不了的,还有我。"

陶姐笑着点了点头,也说:"替我关照点儿你那位洋姐夫,别让他们把他灌醉了。"

丽丽说:"姐放心吧。"

陶姐回到房间,坐在床边,想想双方的关系竟一下子变得这么亲密无间了似的,半天转不过弯子来。然而现在的关系毕竟比互相厌恶敌对的关系好,哪怕是逢场作戏,也还是要好,便也觉得欣慰。进而又想,酒真是好东西……

在后院,所长与藏獒百般亲热,问这问那,包括沃克在内的四个男人,围一圈看着,或夸奖那狗样子的威风,或称赞所长对那狗的真切关怀。

所长蹲着,搂着大狗的脖子,又问王福至狗吃食的情况怎么样?

王福至说不挑食,每天仍吃得很多。

所长又问:"镇上那几个卖肉的,还肯给些骨头什么的吗?"

王福至回答:"肯,肯,一听说您的狗养在我家,都争着给呢!尤其商场边上摆摊儿那矮胖子,每次一看见我,都主动叫住我,上赶着给。我拿的东西多,不想接他还不高兴呢!端午节前我到镇上去赶集,他又叫住我,当场切下三斤多五花肉来叫我拎上,说是也给您的狗过节。"

"结果你把肉自己做着吃了吧?"——所长问得很严肃。

王福至一迭声地说:"不敢不敢。那怎么敢呢?那不太辜负您的信任了嘛!"

副所长笑道:"瞧你吓得这副熊样儿!所长在开玩笑你听不出来呀?"

王福至这才放松一脸肌肉笑了。

所长又问:"你说那矮胖子,他姓什么?"

王福至挠头道:"这我还真不知道,没问过。"

所长就把脸转向叫"大力"的属下说:"你记着,这几天内就替我谢谢他。"

大力诺诺连声。

副所长接着说:"再问问他,有没有什么需要咱们服务一下的事儿。"

所长放开狗,站起来,下达指示般地说:"对。一定要问。对于好人、良民,今后我们的责任心要更多些,更大些。"

王福至却诉起苦来。他说他家冰箱里几乎都塞满了留给狗吃的骨头和下水什么的了,自己需要冷藏的东西都放不进去了。

大力说:"现在家电下乡,给补贴,多好的机会,再买一台嘛!"

王福至说:"我那台冰箱差不多还是新的!不是因为替所长养狗,我家一台冰箱就足够用了!"

所长就扭王福至耳朵,教训道:"你小子,跟我来这套!不是看你小姨子的份儿上,我还不用你养呢!"

王福至夸张地吱哇乱叫。

所长放开他耳朵,对副所长说:"他也有他的道理,那你就看着再从哪儿给他弄一台送来吧。”

副所长说："没问题,尽快落实。"

大力随后说："两位领导都别操心了,包我身上。"——扭头问王福至,"给你弄台三开门的,七八成新的行不?"

王福至眉开眼笑,连说多谢。

大家又回到桌前。大肚瓶子里的酒已经喝光,就都开始喝啤酒了。一边喝,一边东拉西扯。酒的好处之一那就是,在人喝到半醉没醉的时候,没意思的事儿也能讲得声情并茂,而听的人同样也能听得乐不可支。沃克插不上嘴,只有充当表现出色的听众。那时的沃克,变得更像刚才那个莫测高深的男人了。不管谁讲什么,男盗女娼也罢,鸡毛蒜皮也罢,官场阴谋也罢,文人丑闻也罢,总之是目不转睛地看着人家,认真地听,友善地笑。不必别人劝,还一边听一边自斟自饮。这美国佬儿已醉到了六七分程度。已忘了他昨天在镇派出所遭受到的诬陷和耻辱。仿佛,他觉得自己已混进中国哥们儿之间了。感觉良好,愉快得一双浅蓝色的眼睛闪闪发光。

不知谁一句话提到了,大家的话题集中于昨天公路上发生的那件事了。王福至一会儿学省城那位局长说话的腔调和行为举止,一会儿又学县里那位副县长。他居然还有几分表演天赋,学得惟妙惟肖,逗大家笑得前仰后合。

而丽丽,则从沃克手中轻轻夺过去杯,小声且温柔地对他说："我姐怕你喝高了,让我替她照顾你。听话,别喝了,吃点儿菜吧。姐夫,王福至! 别净耍活宝了,把这几样菜热热去!"

王福至这才停止小品表演,尽主人的义务热菜去了。

丽丽又小声对沃克说："等热菜上来了,先吃豌豆角炖山药,连汤也喝了,山药对男人的身体有好处。他们还得聚半天呢,你要不愿陪着,那就先上楼去。"

沃克却说:"你真好。可我愿意陪着。他们讲的事儿都很有意思,我爱听!"

话题一集中于昨天公路上发生的事件,那来头不明莫测高深的男人忽然打开了话匣子,看去他也有六七分醉了。他一作出打算郑重"发言"的样子,所长嘘了一声,于是大家皆安静下来,个个洗耳恭听。

他说:"受枪伤的那人没死。"

仅这么一句话,顿时又将安静打破了,大家议论纷纷。有的说,那么近挨了一枪,而且是猎枪子弹,怎么能不死呢?那小子命也太大了吧?有的说,要是死了,咱们那位副县长不判刑才怪!这没死,可太便宜了他,兴许写份检查,承担医药费,私下里再塞给对方点儿钱,事也就过去了,以后该怎么当官照样怎么当官。还有的说,那就要看挨了一枪的是个什么样的人了,如果摊上个刺儿头,更或者摊上个刁民,恐怕没那么容易完事的……听大家的话的意思,都有点儿因为那个人居然没死而郁闷。

来头不明莫测高深的男人又说:"虽然没死,却没脱离生命危险,还在抢救之中。一个肾被打碎,摘除了。子弹斜着穿过肚子,从左背洞出,击断了两根肋骨……"

大力一拍桌子,解恨地说:"活该!"

"新闻发言人"问:"你和那人有仇?"

大力说:"我不是和那人有仇。我和那人连见也没见过,根本不认识。我是冲那姓韩的副县长说活该!活该活该活他妈的该!人死了才好!……"

"大力!你醉啦!别满嘴胡说八道!"

所长对大力严加制止。

副所长却说:"没事儿,让咱们大力嘴上发泄发泄吧。刘巡视员是自己人,今儿咱们饭桌上不论说什么,他都不会出卖咱们。"——说着,拍拍那位被称作"刘巡视员"的男人的肩,信赖地问,"是吧,'刘巡'?"

在楼上，陶姮独自待得怪无聊。她走出房间，站在露天阳台上望夜空。夜空澄清深远，月亮很大很圆，星星很多很亮，银色月光洒遍大地。百米开外另一户人家的屋脊上，有一大一小两只猫的影子从容不迫地散步，一声也不叫。端的夜色撩人。她听到楼下开始谈论昨天公路上发生的事件了，就隐在楼梯口，想要暗中听个端详。人真是奇怪的动物，尽管自己已经被绝症紧紧攥住，没多少时日可活了，而且还愿之事也不知能否顺利，但对某些亲眼目睹之事件的好奇心，居然还是那么强烈。

她听到那位被称作"刘巡"的男人说："副所长，稍微纠正一下你的话啊，除了都别说党不好，在这个前提之下，我保证大家不论说什么我都不见怪，也不汇报。朋友之间嘛，相处要厚道，哪说哪了。我跟副所长，我们是中学时的好同学。他总对我夸所长好，我想，那我得结识结识，所以今天晚上才跟来了。所长，以后我这中学好同学有什么配合不周之处，还请多担待啊！……"

她又听到所长说："我对我们副所长的评价一向很高，我俩互相支持，配合得没说的！……"

楼下的话题一下子又变得东拉西扯了，陶姮没耐心听了。刚欲转身再进入房间，听到话题又绕回昨天的事件上了，不由得止住了脚步。

楼下，丽丽敬给"刘巡"一支烟，并且按着打火机替他点烟。他缓吸一口，享受地吐出一长缕烟雾，悠悠然道："也算他俩倒霉吧！省城那位蔡局长，刚刚通过组织部门的考察，调令都下来了，过几天就正式宣布，一宣布就当副市长了。那权力更大了，以后再升还有空间，偏偏赶上了那么一场事儿，太背运了。副市长肯定是当不成了，档案里从此有污点了，永远不可能再升了。现在的官场，一个空位置许多人争，档案清清白白的还重用不过来，党又为什么非提拔一个自己把声名搞臭了的人呢？……"

"刘巡"一支烟吸得特享受，那番话说得也特享受。大家就都点头，都说"那是那是"。表情也都很欣慰,好像那位蔡局长的倒霉,使在公务员体制内的每一个人便都多了往上升的机会似的。尽管一个小镇派出所的干警们,与省城的局级官位之间,隔着除非发生奇迹否则一辈子也达不到的距离。

大力迫不及待地说:"咱不谈那局长了,谈那副县长吧!"

"刘巡"看他一眼,表白道:"我是真替他惋惜。我俩虽不认识,但听说他当官当得很低调,在局长的位置上,辛辛苦苦小心翼翼地为党工作了十几年……好,不说他了,说咱们县那位韩副县长。我接下来说的可是最新内幕,还是刚才那句话,哪说哪了。他更是一个倒霉蛋。不知道他怎么认识了省城那位蔡局长的,听说人家高升了,就一次次邀请人家,非要陪人家进山去打猎。人家盛情难却,结果就来了。老百姓手里没猎枪了,早收缴上去了。不知道他怎么就能搞到一把,还是支新的。其实昨天他俩白进了一次山,什么也没打着。挨枪的那个人的家属,今天闹到省委去了。一二十人,在省委门前吵吵嚷嚷了一上午,把省委书记气坏了。咱们省这几年挺消停的,他们那一闹,就聚了不少围观的,影响坏透了。总而言之,他彻底完了。据说省委书记已经批示了,要依法惩办。单凭非法携带枪支这一条,就够判他三年五年的。更何况还开枪伤人,还造成了极恶劣的社会影响……"

大力又一拍桌子,振聋发聩地说出一个字:"好!"

"我也就知道这么点儿最新消息,毫无保留,全说了。"

"刘巡"摁灭烟,结束了他的"新闻发布",看着丽丽温文尔雅地说:"请给我倒杯水,好吗?"他将"好吗"二字,拖出了那么一种腻不啦唧的语调。同时他的目光,也开始变得色迷迷的了。

王福至却不懂事儿地抢先站起来说:"我去我去。"

丽丽也紧接着站起,白了她姐夫一眼,娇嗔地说:"显不着你,人家刘巡请我去倒!"

王福至嘿嘿一笑,识相地又坐下了。

丽丽离开后,沃克起身上厕所去。

丽丽擎了一杯白开水回来,恭恭敬敬地放在"刘巡"面前,接着就站在"刘巡"身边,一口口吹手指。

"刘巡"仰脸看着她问:"烫着了?"

她也低头看着他,妩媚一笑,以惹人心疼的模样说:"可不呗,都烫红了。"

"刘巡"还要认真地问:"真的?"

丽丽将一只手朝他一伸,噘起嘴道:"还骗你呀?不信你看嘛!"

"刘巡"就抓住她那只手,拉至眼前细看,并说:"确实烫红了,对不起对不起,就坐这儿吧。"

丽丽就乖乖坐在了他身旁也就是沃克的那把椅子上。

沃克回到桌前,见自己的座位被丽丽坐了,一声不响地坐在了陶姐坐过的椅上。撒了一大泡尿,酒精随尿排出不少,他又耳聪目明起来,不想回楼上去,还愿听几个中国镇一级的县一级的大小吏们说些他从没亲耳听到过的中国故事;活像一个爱听鬼故事的小孩子,没听够。

王福至问大家需要上茶不。

都说那就上茶吧。

于是王福至撤下酒,将一大壶茶放在桌上,并给每人换了一只茶杯。这农民家里的饮具还挺全,还成套,一套套的还挺好看。分明,他经常在家里接待一拨拨镇里县里来的客人。

大家喝茶时,"刘巡"问大力:"你跟韩副县长有什么过节?"

不待大力开口,副所长替他解释:"他俩能有什么过节呢,只不过那姓韩的对我们派出所太不公平了!他不是分管过一时期治安嘛,到我们镇上来架子烘烘地视察过,抓住我们派出所一点儿鸡毛蒜皮的警风警纪问题不放,大做文章,结果把我们好不容易保持住三年的模范荣誉给取消了……"

"刘巡"就说:"身为领导干部,首要的政绩之一就是抓典型,也是工作能力的一种证明。抓住了就得弄出动静来,只有弄出动静才会引起上级的关注。只有被上级关注了,自己才会进入上级的视野,才会有被提拔的可能。韩副县长,我是熟悉的。当年我俩都在副县长的候选名单上,我这人不太善于钻营,结果他就上去了。可我从没嫉妒过他,客观地讲,他那副县长做得一向还算称职……"

他说时,每个人依然认真地听,如同听指示,听教诲。而他的话虽然表达着同情,嘴角却难掩一种内心快哉的笑意。并且,他的一只手在桌子底下摸在了丽丽细皮嫩肉的大腿根儿那儿。

丽丽也说:"就是。'刘巡'的话我爱听!人家那次来镇上视察的时候,其实也没架子烘烘的。"

大力反驳道:"口口声声代表县委县政府,还不算架子烘烘的?我是替所长恨他,要不是他搞那么一下,咱们所长调县里去了,家也会跟着搬县里去!咱们副所长,那现在是咱们所长了……"

丽丽听他如此一反驳,吸起烟来,垂着目光看烟头,不说话了。而她的一只手在桌子底下放在了"刘巡"的手上,摆弄他手指。

沃克无声地笑了。

所长们的目光一时都奇怪地望向他。

他则单望着大力说:"你这人,太可爱了。我要是你领导,没法不喜欢你。"

所长撸了大力的后脑勺一下,严肃地说:"我们大力当然可爱啦!不过大力啊,当着'刘巡'的面儿,净说些半醉不醉的气话,那可显得太没政治觉悟了是不是?归根结底,咱们是为党工作。为党工作,受点儿委屈算什么?至于我本人能不能调到县里去,那就更不算个事儿了。真调我走,我还舍不得离开你们呢!"

和沃克一样高大的大力,就像个听话的孩子似的,嘿嘿笑了。

所长又望着"刘巡",话锋一转,试探地问:"'刘巡',咱们虽然初次见面,可我们都拿你当朋友了,我觉得你也拿我们当朋友了。有件事,我还真得请教请教您……"

"刘巡"那只手还恋在丽丽的大腿根儿,他谦虚地说:"请教那实在担当不起,您只管问。帮不上忙,那我也能帮着出出主意啊。"

所长说:"就是,依你看,我们所那模范,能不能再争取回来?如果还能,我们应该再怎么努力?我本人对荣誉倒是不太看重的,但我们全所的同志们,还是需要那么一种荣誉的激励啊!"

副所长接着说:"是啊是啊,我们全所,都是有荣誉感的好同志。'刘巡',你一定得指点指点迷津。刚才光说别的了,差点儿把这么重要的事儿给忘了!"

丽丽用自己的肩碰了碰"刘巡"的肩,也说:"刘巡,我们所长和副所长可是从不求人的,他两一块儿开口求您了,您无论如何得指点指点我们该怎么做,不该怎么做,何况我们是为了把党和人民交给的工作做得更好。"

"刘巡"一边听她柔声细语地说着,一边"嗯、嗯"连声。俩人碰在一起的肩头,像都涂了胶,粘住分不开了。他塞了牙,向王福至要牙签。王福至像央视的"春晚"总导演似的,运筹帷幄,不敢有半点儿的粗心大意,直到此时其实仍承受不小的心理压力,生怕在哪一个细节上考虑不周,使大家高兴而来,扫兴而去。"刘巡"伸手一要牙签,他傻眼了。

"刘巡"看出他家没有,宽宏大量地说:"不一定非得是牙签,随便找个什么能剔牙的就行。"

丽丽说:"那怎么行!"——白了她姐夫一眼,训道,"就想到了你家可能没有,幸亏我带了一包。"

她说罢,起身走到衣架那儿,从她的小挎包里取出了一个漂亮的小塑料盒,打开来,一一将带纸封的牙签分给大家,连她姐夫也分给了一支。

于是大家都夸她想得周到。

顶数所长夸得最到位,他说:"我们所如果缺少了丽丽可怎么得了啊！"

丽丽那张浮现了两朵微红酒晕的脸上，就又濡上了两朵羞晕，更红了，也更俊俏了。

"刘巡"一手掩口，斯斯文文地剔了一会儿牙，显然在思考。包括沃克在内的每一个人，便都剔起牙来。那会儿气氛很肃静，仿佛共同在进行一种仪式。

终于，"刘巡"将牙签放入烟灰缸，吸起了一支烟，照例是丽丽替他点燃的。

于是大家全不剔牙了，也全吸起烟来；气氛却还是那么肃静。

"你们的事儿，说容易，也容易。说难，比咸鱼翻身还难。"

到底，"刘巡"是又开口说话了；而大家全都指间夹着烟，屏息敛气，洗耳恭听地看他。

他接着说："全县那么多镇，每年只评一两个模范派出所，竞争激烈，这一点你们心里都是清楚的。何况你们所，是被韩副县长给摘掉了荣誉称号的，已成事实，又变成模范所，凭什么？难就难在这儿。你们说，凭什么？"

所长、副所长和大力默不作声地你看我，我看他。王福至直嘬牙，嘬出一阵啧啧之声，仿佛是在以此证明，他最了解那种难度。

丽丽就又板着脸训她姐夫："你出的什么怪动静？真讨厌！"

王福至尴尬之极，连说："不敢出声了，不敢出声了。"

沃克一会儿将目光盯在这个人脸上，一会儿又扭头注视着那一个人的脸。这美国佬儿此时明白了——敢情今晚这几个不寻常的中国人聚集在这里，不只是因为他的事儿，更因为他们自己的事儿。那事儿表面听起来事关荣誉，而实际上事关他们各自的切身利益。只不过他们都不那么直说，借着荣誉来说事儿。他越听越有趣，一心非听个结果不可。

"但是呢，说容易，我想也容易。韩副县长现在出事了，差不多等于身败名裂了。那么,他以前所做的事儿,是否正确,也就有理由认真认真了。这样吧,你们写一份申诉材料,我替你们转给县里各位领导。你们要强调是强烈要求恢复你们所的模范称号,这样呢,实际上就避开了参与荣誉的竞争。有错必纠,符合党的工作原则嘛!我跟县里几位领导关系都不错,我再助你们一臂之力,从旁发挥发挥必要的个人影响。你们看,这么办如何?"

不待所长开口,丽丽已问:"您的意思是,包您身上了?"

她的手同时在桌下抓住了他的一只手,并且与他的手五指交叉,轻轻相扣。

"刘巡"犹豫一下,反问:"丽丽,你说呢?"

丽丽嫣然笑道:"我的理解,就是包在您身上了啊!"

"刘巡"也一笑:"那,就是你理解的那样啰!"

于是另外五个男人也都笑了。所长、副所长和大力笑得极为悦然。王福至笑得如释重负。而沃克笑得心满意足。妻子早已离开了,他还奉陪着这几个不寻常的中国人,不仅是为了能使自己的清白得以顺利刷洗,也同时为了在酒桌上了解几个自己以前从未接触过的中国人。他觉得,后一个目的他完全达到了,因而这一个晚上他赔上再多的时间也是特值的。这时的这一个美国佬,酒劲儿完全消散了。

王福至忽然大声说:"不聊别的了,不聊别的了,都到院子里去,大家乐和乐和!我特意为今天晚上买了几张歌曲碟,能唱的唱,想跳舞的跳舞!"

"刘巡"第一个站起,正中下怀地说:"我听副所长说,丽丽跳舞跳得可好了,今晚那得上心思地教教我!"

丽丽笑道:"也就一般水平,不过只要您高兴,我当然要陪您跳个够!"说罢,亲密倍加地挽着"刘巡"率先走到院子里。

大力已帮王福至抬电视机什么的去了,桌旁一时只剩下了所长、副所长和沃克。

沃克不无请示意味地说:"我妻子身体有点儿不舒服,那我先回房间了!"

所长似乎没听到,微眯双眼在想心事。副所长朝他笑笑,点一下头。沃克离开后,副所长对所长说:"我看,算是搞定了。"

所长说:"但愿如此吧。"

二人便也起身离开了房间……

沃克回到楼上,见陶姐站在窗前;他走到她身旁,见王福至和大力已将电视机抬到了院子里。

妻子也不转脸看他,望着院子问:"高兴了?"

他说:"是的。"

她又问:"没有被侮辱与被损害的感觉了?"

他说:"基本上没那种感觉了。"

她不再说什么,二人之间陷入了一阵微妙的沉默。那令他感到了某种难以适应的别扭,于是将一只手从她背后绕过,搂着她另一边肩,主动地说:"我觉得,喝醉了的中国人更可爱一些。"

她说:"那要看醉到什么程度了。"——一动未动,仍望着窗外。

"当然是他们那种半醉不醉的程度。"

"那么你也当然觉得丽丽很可爱了?"

"你呢? 你怎么看她?"

她不回答。

"我觉得,她身上有潘金莲的特征,就是你们中国男人赞美女人的那两个字——'尤物'的特征。她身上也有阿庆嫂的特征,鬼机灵,还善解人意,总之不使人反感。"

她这才将脸转向他,特别庄严地问:"其实,你想说的是她对你很有吸引力是吧?"

他愣了一下,不自然地笑道:"如果一位美国名牌大学的教授被一个中国小镇上的女子所吸引,你不是应该感到骄傲吗?"

陶姮将肩头一扭,摆脱了丈夫那只手,低声说:"我累了。"——说罢,走到床那儿,脱了鞋,和衣躺倒下去。

沃克转身看着她又愣了片刻,跟过去,也脱了鞋和衣躺下。他想从后搂抱着她,可她将他的手从胸前抓起,甩开,冷淡地说:"听明白,我累了,希望能很快入睡,请别烦我。"

他问:"连衣服也不脱了?"

她说:"对。"

然而她的希望立刻落空,因为院子里的一只大灯亮了,并且同时响起了丽丽的歌声:

> 你问我爱你有多深,
>
> 我爱你有几分,
>
> 你去想一想,
>
> 你去看一看,
>
> 月亮代表我的心……

好在话筒的音量开得不大,丽丽又是在小声唱,听来嗓音也还算甜美,陶姮倒也不觉得多么受滋扰。她白天睡了一大觉,到现在精神还挺足,实际上既不累,也无困意。

丈夫说:"我去要求他们别唱?"

她说:"不用。"

丽丽唱罢,不知哪个男人唱起了《妹妹你大胆地往前走》——因为那几乎等于吼,不要说陶姮,连沃克也听不出来是谁的声音。

他一跃而起,愤然道:"如果这还不提出抗议,行吗?!"

陶姮拖过一只枕头,压住耳朵,而这等于同意了丈夫的主张。

沃克怒气冲冲刚一走到院子里,丽丽立刻说:"别唱了别唱了,咱们这么唱,人家夫妇俩想早点儿休息也不可能了!"

吼唱着的是大力,他收声看一眼手表,意犹未尽地嘟囔:"还不到十点呢。"

丽丽一把从他手中夺过话筒,严肃地说:"那也不许唱了!我说不许就不许,谁都不许唱了!"

仿佛,她不但有资格,而且有无可争议的权威那么禁止似的。

一时间,所长等五个男人面面相觑。

王福至也从她手中将话筒夺过去,斥责道:"领导们正高兴着,你这是干什么你!"

丽丽指着她姐夫又大声说:"王福至,没你做主的份儿,把话筒给我乖乖放下!"

王福至没听她的,将话筒朝所长一递:"别理她。在我家,我当然有做主的份儿!"

包括沃克在内的几个男人,全都将目光集中在所长身上了。

丽丽也眼望所长,手指着沃克说:"人家就是想要抗议的,非得人家把抗议的话说出口呀?自己高兴了,也要想到别人高兴不高兴,让人家把不高兴表现出来,那搞得大家好意思吗?"

"刘巡"说:"丽丽批评得对,批评得很对。"

所长说:"那,都听丽丽的吧。"——望着沃克问,"我们不唱了。我们小声放几段音乐,跳一会儿舞,应该是可以的吧?"

沃克此时反觉不好意思了,连说:"可以可以,其实我也不是……"

他想说不是出来抗议的,干张了几下嘴,将后半句咽回去了。那么说谁信呢?

王福至迅速地换了盘碟,院子里飘荡着柔曼动听的音乐了。几乎与音乐响起是同时的,丽丽轻盈地旋转着身子到了所长跟前,双手拎起裙边,行了一个地地道道的屈膝礼。裙子本不长,又被她双手拎起,看去像芭蕾舞裙那么短了,沃克看她那两条白皙的长腿看得发呆,他被她行屈膝礼的姿态迷住了。

所长颇绅士地将丽丽扶起,并朝"刘巡"翘翘下巴。丽丽又蝴蝶似的旋到了"刘巡"跟前,同样行了一个屈膝礼。"刘巡"却往后退了一步,惭愧地说:"这是一首'探戈'舞曲嘛,我哪里会跳那个呀!"

"我会!"沃克的话一出口,连他自己也一愣。他觉得自己如同一台开关失灵了的录放机。"我会"二字是自行从胸腔里"播放"出来的。

另外五个男人全都愣了一下,已经站起的丽丽略一犹豫,立刻又一笑,轻快地走到沃克跟前,没再行屈膝礼,而是将一只手搭在他肩上,另一只手舒缓一摆,小声又满怀敬意地说出一个"请"字。

沃克迫不及待地握住了她的手,觉得她的小手绵软又滑润,于是二人跳起了"探戈"。在中国南方的农村,在一个大农家院里,一位美国教授和一位小镇警花伴着音乐翩翩起舞,而且跳的是"探戈",实在够得上是一道农村风景了。院子里的哪一个人都没注意到,对面那幢小二层楼的楼脊上,不知何时,已趴着几个被这院子里的热闹所吸引的孩子了。

然而陶姐却发现了。院子里没人再吼歌了,但丈夫也没及时回到房间里,她很奇怪,起身走到窗前朝院子里看,正看到丽丽的上身担着丈夫的长胳膊朝后仰,同时高高踢起一条好看的白腿。那院子是铺了水泥的,水泥面儿抹得光光滑滑的,溜平。但那也毕竟是水泥的而非是铺了大理石的,一对舞着的男女,却像是在宫廷那种铺了大理石的地面上一样舞得全身心地投入,舞得带劲儿而又亢奋……

就是在那会儿,陶姐不想看下去了,一抬头发现了趴在对面楼脊上的孩子们。

她转过身,靠着窗台发了一会儿呆,翻出安眠药服了一片。又发了一会儿呆后,再服了一片……

不过沃克和丽丽也并没能将那一曲"探戈"跳完,王福至生气地换了一盘碟,"探戈"舞曲改成"华尔兹"舞曲了。也多亏王福至换了碟,否则,五十六岁的沃克这个美国老男人,也许就要因为气喘吁吁脚步乱套而被丽丽旋带得大出洋相了。

丽丽却没事儿似的,不喘也没出汗。"华尔兹"舞曲一起,她又跟"刘巡"跳了起来。

沃克却还不愿回到房间里去,他一时因为眼里只有丽丽,心里完全没有陶姐这位妻子了。其实他的存在已经应该有点儿自觉尴尬,因为所长等三个领导和同事关系的人,那会儿站在一处,都成心不看他了,更不打算跟他说话。然而他却真的觉不出自己实际上是被冷落在一边了。或者,他也感觉到了,却不在乎。他还没跟丽丽跳够,暗自在乎的也是别的。王福至走到了他跟前他都没觉察。

王福至没好气地说:"哎,你该回房间就回房间吧,把你老婆一个人撇房间里,不怎么像话吧?"

他仍目光追随着丽丽说:"没事儿。"

他的话将王福至气得直翻白眼。

他却还要问:"你小姨子,怎么连'探戈'也会跳?"

王福至说:"那讲起来话就长了,以后再告诉你。回房间吧,回房间吧,陪你老婆早点儿休息才像话!"

沃克几乎等于是被王福至推进了楼里。不过沃克还是并没上楼去,他斜倚门框站在楼门内,望着丽丽和"刘巡"跳完一曲,坐下饮了几口茶,与围在她身边的几个男人说笑了一阵,站起来又和所长跳。

他暗自惊讶于她对跳舞有那么高涨的兴致也有那么良好的身体素质。同时,这位美国教授心头涌起一大股苍凉之感。以前他还没太觉得自己老,在中国的农村,在这一个大农家院儿里,半轮"探戈",使他忽然意识到自己老了。更确切地说,是一个出落于无名小镇的,妩媚又精力充沛的中国女子使他忽然意识到自己老了;正如刚才陶姐望着他和丽丽跳舞时,倍感空前孤独那么忽然。

当院子里终于安静下来,沃克回到房间里时,陶姮已在两片安眠药片的作用下睡得像死过去了一样。

他带着毛巾什么的下楼去冲澡,在冲澡房门外碰到了丽丽。她只着短裤和一件鸡心领小背心,丰满的乳房将小背心胀得鼓起很高。月光下,她身体裸露的部分如同白玉雕成。

美国老男人被她白皙的肤色晃得头晕目眩。

中国女子要是白起来,那也绝对称得上是"白种人"的。

他强自镇定地拦住她问:"为什么你只对他们二人行屈膝礼,对我就不?"

她将拿着东西的双手背在身后,向他俯着身子对他耳语:"那是逢场作戏。"

他刚才暗自在乎的正是他问的这件事儿,听了她的回答,心里不那么失衡了。本来他以为,在她心目中,他是低于她的所长和那位叫"刘巡"的一个男人。她的耳语,使他得到了极大的安慰。

她又那样子对他耳语:"把你的手机号码告诉我。"他连想也没想就告诉了她。

她飞快地一个数字也不差地背了一遍,问:"对吧?"他连连点头。

"记住了。"——她嫣然一笑,猫似的悄无声息地上楼去了……

沃克在冲澡房里往自己汗毛浓密的由于出汗而发黏的身体上打肥皂时,有点儿惴惴不安。他想不明白她为什么需要他的手机号码,更不明白为什么她开口一要,自己就那么乐意地告诉了她。即使在美国,他也不会那么随便地就将自己的手机号码告诉一个几乎完全不了解的人的,哪怕对方是一个美女。而且,尤其当对方是美女时,已婚的有身份的美国男人反而会更谨慎的。要说完全不明白自己究竟是怎么了,那也等于是自己将自己看成一个不谙世事深浅的小孩子了。事实上他预感到了,在自己和那个叫丽丽的堪称"尤物"的中国小镇美女之间,肯定将会有些故事发生了。那是几乎全世界一切男人都喜欢的一类故事吗?对于这一点,他则没有多大把握了。那类故事,往往也会使男人们,尤其结了婚的男人们焦头烂额的。与其说不明白,还莫如说是假装不明白。因为假装不明白,起码可以减少一些罪过感。是的,他内心里同时也产生了罪过感,觉得很对不起正生着病的妻子。那种罪过感使他往身上多打了一遍肥皂,也搓出了更多的泡沫。

然而,除了不安,除了罪过感,还有第三种心情使他处于心花怒放般的状态,那便是久违了的激动万分。当年——对于人有限的生命,那真是很遥远的当年了;当年他第一次成功地邀请陶妲与他共进晚餐时,那种激动万分的心情也是足以用心花怒放来形容的……

那一夜,一向睡眠状态很好的五十六岁的美国佬失眠了。与不安有点儿关系,与罪过感也有点儿关系,与激动万分的关系更大些。但主要都不是因为那些关系——隔壁房间里不断地传过来床头撞击墙壁的响声,两个房间的床头所靠的是同一堵墙;那堵墙又不是厚厚的承重墙,只不过是单砖的间壁墙。有几次间壁墙被床头撞击时,他都感到了整面墙似乎在颤抖,生怕再来那么几下,墙会轰然倒塌。

然而妻子睡得像死过去了一样。

他知道床头为什么不断地撞击墙壁。

还能为什么呢?肯定是因为丽丽在隔壁的房间里啊!

但在隔壁房间里的那个男人是谁,他就猜不到了。教授用排除法排除了王福至和大力,接着将副所长也排除掉了。那么就只锁定两个男人了,在剩下的两个男人之间,他再也无法从中断定一个了。丽丽邀请那两个男人跳舞时都拎起裙子行了屈膝礼,一想到这一点他又妒火中烧起来,按丽丽的说法,她那是在"逢场作戏"。

那么现在又是怎么回事呢?又该作何解释呢?"逢床作戏"么?

但是他多么希望自己也被那叫丽丽的女子"逢床作戏"地对待对待啊!被"逢场作戏"地对待没有自己的份儿已成铁的事实,却还要隔壁听到她"逢床作戏"地对待别的男人时弄出的不断响声,这使他不但妒火中烧而且恼火透顶。

可那又有什么用呢？

他只得也起身服了一片安眠药。

第五章

翌日，夫妇俩醒来时，已快中午了。双双下楼，但见王福至独坐桌旁，正优哉游哉地饮茶。不消说，饮的是"自家茶"。

"请先别洗漱，都先坐这儿。"

王福至的话说得客客气气的。但客客气气的是他那种语调。至于话本身，使夫妻二人听来像是在对两个孩子说的。

他俩乖乖走过去，也在桌旁坐下了。

"我先不给你们二位倒茶了啊，茶杯什么的还没洗出来呢。咱们先谈正事儿行不？"

王福至说罢，饮了一口茶。

陶姮点头道："行。"

王福至探手衣内兜，掏出一沓钱，在夫妻二人面前晃晃，洋洋自得地说："看，一千元已经在我手里了。我办事儿，不忽悠。没有金刚钻，哪敢揽瓷器活儿呢！"说罢，将十张百元钞一张张等距排列在桌面上，像扑克牌魔术师准备变魔术那样。陶姮与丈夫互视一眼，不明白他葫芦里装的什么药。

王福至看着夫妇二人又说："那什么，昨天晚上那顿饭，加上买啤酒买唱碟,总共花了二百多元,就算二百整吧。我可纯粹是为了你们才那么张罗的,你们不至于好意思让我出那份儿钱吧?"

他终于改口对两位住客说"你们"了,语气仍挺客气的,敬意嘛也还是有些的,但却已没了接待方的荣幸感。

夫妇二人同时点头。

"另外,按我给自己定的规则呢,如果帮谁办成的是钱方面的事儿,要抽三成业务承包费的。有的事儿,表面看起来挺容易就办成了,其实是很伤脑筋的,该怎么办,不该怎么办,注意哪些细节,都得考虑得周周到到的。预先忘了向你们声明这一点,现在讲清楚也不晚吧?"

王福至仍目不转睛地看着夫妻二人,表情庄严,看得夫妻二人都怪不好意思的。他俩又点头不止,于是王福至也就又从桌上拿起三百元钱,与另只手中的二百元合在一起,一折,揣入内衣兜了。他将剩下的五百元收拢,用一根手指推向夫妇二人。

"这五百元归你俩了。"

他这时才笑了笑,笑出大功告成的一种意味。

沃克慷慨地说:"你真是费了不少心,这五百元也是你的了。"

陶姮附和道:"行,行。"

"那多谢了!"

王福至出手极快,一下子将那五百元抓在手里了,但抓钱的手还没完全收回去,却又将钱放下了。

"那不好。"

他的表情又变得庄严了。

陶姮说:"我们是诚心诚意的。"

王福至说:"我看出你们是诚心诚意的,可我也不能太贪心啊!如果你们根本没收一部分钱,怎么能证明镇派出所确实是把钱退给你们了呢?"

沃克问:"你的意思是,我们还得打收条?"

王福至微微一笑:"我倒不是那个意思。咱们之间,还需要那麻烦? 我想的是,你们只有确实收下了一部分钱,才能证明那事儿是由镇派出所还了清白了。不管什么时候,在什么地方,说起来都理直气壮。沃克先生,你呢,说不定将来能当美国总统呢!陶女士,你也不定哪天忽然打算竞选议员啊!那时候,万一有你们美国的报纸把你们在中国遇到的这点儿不高兴给翻扯出来,你们不是也好正面回应吗?"

陶妲忍不住扑哧笑了,说:"当那些得是对美国有特别大的使命感责任感的人。我们两口子都对美国没那么大的使命感和责任感,也没那么大的能力,所以从没产生过竞选那些的怪想法。大学教授当得感觉挺好的,干吗非自找着受那份儿折腾呢?"

沃克急忙说:"那事情也千万别传到美国去!一旦传到美国去,我在大学里的形象肯定还是会受到影响的。"

王福至笑道:"可不嘛,现在,网络这东西,真真假假,假假真真的,把些事儿从一个国家传到另一个国家去,太简单太容易了啊。就我这样的农民,闲着没事儿的时候,还骑上摩托,逛到镇里,在网吧中泡几个小时呢。我前天坐别人的车到镇上去,那是因为摩托出了毛病。要不,也遇不上你们二位了。人和人,还真得信几分缘分。"

他东一句西一句的,虽然说得散漫,却还是使夫妻二人听得不安起来。他们都看出,他笑得多少有点儿坏。

沃克盯着他问:"你不会那么干吧?"

陶妲也不由得随之发问:"是啊是啊,你能保证镇派出所的人也不会那么干吧?"

王福至见夫妻二人确实有些不安,正色道:"那怎么会呢?我如果那么干,我还算个人吗?做人也不能那么不地道啊!镇派出所的人也绝对不会那么干的,这一点我百分之百地保证。所长和副所长你们都见到了,人家都是讲义气的人。再说,不是还有我小姨子嘛!敢那么干的人,不等于成心得罪我小姨子嘛!我小姨子那可不是好得罪的,连所长副所长有时还得让她三分呢！我刚才的话只不过是这么个意思——你们收下一部分钱,才更能证明镇派出所还你们清白了,心气儿从此自然就顺了。而如果我全独吞了,你们心里结下的疙瘩还是没彻底解开呀。我哪能那么办事儿呢,快把钱收了,收了!"

王福至的话说得实在,虔诚,陶姮便默默将剩在桌面上的五百元揣了起来。并且,她对王福至肃然起敬了。

王福至问:"我承诺替你们摆平的第一件事,这么着就算摆平了,是不是?"

陶姮率先点头,沃克随之点了点头。

王福至话题一转:"那,咱们现在就讨论第二件事?"

陶姮心中一惊:"第二件事? 还不算完? 还得怎么样?"

王福至又笑了:"我指的是你还愿的事儿。我办事儿的能力、原则,你们夫妇二人都有个初步的认识了。要是真信得过我呢,我愿意接着替你们服务,而且保证服务得令你们满意。第二件事比第一件事复杂啊同志们! 你当年的陶老师现如今情况如何? 他愿意接受你的道歉不? 他已经是一个精神病人,一时明白一时糊涂的,所以还得看他的亲人朋友们对道歉这件事的态度怎么样是不是? 这得先进行一番暗中了解对不对? 对记仇的人,还得做思想工作对不对? 一切都你们自己亲自出面,不那么方便吧?"

陶姮认为他说的有道理,点点头。灵机一动,忽然问:"要是依靠组织呢? 那是不是显得我们更郑重一些呢?"

王福至直眨巴眼睛,看去完全不明白陶姮的话。

陶姮解释道:"尚仁村那么大个村子,肯定还有党支部吧? 我不是不信任你的能力,对于你办事的认真态度也有好感。但如果通过党支部,你说的那些事儿,是不是会更顺利点儿?"

王福至打鼻孔里嗤出了一声,大不以为然地说:"党支部当然还是有的啰! 人家支书家自己办起了茶叶加工厂,买了辆小车,整天忙碌自家的事儿,哪儿有精力管你这种事? 六七个党员都分散在全国各地打工呢! 我们这村也如此。村村的情况都差不多。就你那事儿还想依靠党的组织? 亏你能寻思得出来! "

王福至说完他的话,又嗤了一声。他的话,尤其一头一尾的两次嗤声,令陶妲甚觉尴尬。

沃克及时替妻子搭台阶,表情也颇庄严地问:"要是依靠你,你收多少服务费? "

王福至掏心掏肺地说:"我为的不是钱,是一份儿成就感! 办成了,你们看着给。办不成,一分不要! 但我可以给你们一个保证——你们如果依靠我,肯定比你们依靠组织顺利得多,省心得多! 再者说了,我也是有二十来年党龄的党员,依靠我也差不多就等于依靠党嘛! 实话实说,党的种种教育,十之七八我都忘了! 但共产党员最讲'认真'二字,我王福至是直到今天也牢记不忘的。这么着,交给我办还是不交给我办,你俩商量商量,半点钟后给我个回话! "

他言罢起身,走到院子里去煞有介事地扫起院子来。

陶妲愣了片刻,扭头问丈夫:"你的感觉呢? "

沃克说:"我心里的疙瘩松了一点,但还是没有完全解开。他们一句承认他们偏听偏信了的道歉话都没说,和我的希望差距太大了! "

陶妲白他一眼,挖苦地说:"你那件事的结果已经很不错了,别忘了你现在是在中国。我问的是我的事。"

沃克也不无挖苦意味地说:"我自己的事我都做不了主,一切听你的了,你那件事更得你说了算了。你怎么决定我都没意见。"

"你这话等于我白问了。"

陶妲不满地撇下一句,起身走到院子里去了。王福至看见她,拄着扫把,很失望地说:"还不到半点钟,这么快就决定了? "

显然,他以为将要听到的是否定了他的话。

陶妲说:"我们谁也不依靠,就依靠你了。"

"这就对了嘛!"王福至顿时眉开眼笑,紧接着又说,"进屋,喝茶去!"

陶妲和丈夫都不饿,倒也乐得陪着王福至喝茶。王福至高兴,话更加多。而且一再将存在自己手机上的某些"段子"传到夫妇二人的手机上,便也一再令他俩看得笑将起来。陶妲说太想不到了,连农民也受中国手机段子文化的影响了!王福至说他不是不一样的中国农民嘛!沃克就问他,他觉得自己和其他中国农民有什么不一样?王福至骄傲地回答他是一个"与时俱进"的农民。用城里人的话说,也是一个"智慧型"的农民。他说他每月出一百元钱,向镇中学的一名穷困高中生买十条最新流行的短信,红色的黄色的浅黄色的五颜六色的什么颜色的都行,然后由他自己经过筛选,分成"精品""极品"两类,再发给镇派出所的所长副所长们……

陶妲吃了一惊,说:"那你一年花在这方面的钱不就一千多元了吗?!"

他说:"是啊是啊,那点儿钱,该花就得花。"

陶妲和丈夫听得瞠目结舌,二人互视一眼,沃克忍不住问:"可你为什么非要把一千多元花在那方面呢?觉得值吗?"

王福至说怎么不值呢?太值了啊!一来,帮了那名穷学生,也是一种慈善行为呀。如果每月白给对方一百元钱,那叫"资助"。现在的孩子自尊心强,人家还未必愿意每月接受区区一百元的"资助"呢!而"自由交易",对人家那孩子,不就有点儿"勤工俭学"的色彩了吗?他笑盈盈地说,对他自己的好处是,通过转发那些"极品"的"精品"的"段子",加强了他和所长们副所长们的关系。他说自己一个男人,不能只靠小姨子这唯一的纽带和对方加强关系,总得建立一种和对方更直接的关系纽带啊!说穿警服的那也是人啊,该开心也得有开心的时候啊!现在对他们的警风警纪要求特严,再像从前那么涉足某些娱乐场所风险很大,弄不好会被扒下警服的。所以呢,收到一条有意思的短信,自己看着是个乐子。互相转发一下,是个共同的乐子……

"看，比如这条，有意思吧？看最后，所长给我留了这么一句话——福至老弟，喜欢，谢谢！一条'段子'能使人家说'喜欢'，还说'谢谢'，我这个月的一百元就花得值！别说我一个农民了，就是你们二位，给你们一百元，让你们去使他说'喜欢'，说'谢谢'，估计你们想到脑仁儿疼也想不出办法来！人家毕竟正科级，让人家高兴那也不是一件容易的事。对不对？"

陶姮连说："对，对。"

但那条"段子"却令她很不快，因为是一条丑化大学教授们的黄段子。她看出丈夫的情绪倒没受什么影响，一手拿自己的手机，一手拿王福至的手机，挺欣赏地将那条"段子"传到了自己手机上。

王福至看出了陶姮的表情有点儿不自然，笑道："你还在乎啊？你看你丈夫多好，人家就不在乎。你得向人家学习。"

"他是他，我是我。"

陶姮的表情更加不自然了。

"我发给他们的段子，总不能是讽刺当官的吧？更不能是作践他们穿警服的呀，那不都成了政治感情问题？所以呢，一般只发黄的。偶尔呢，也发几条作践知识分子和文化人的，后种他们最欢迎。转发率高。他们也会转发给他们的朋友包括他们的上级。当然那上级，也不能是比他们大好几级的官儿，那显得下级太放肆了。只能发给比自己大那么一级半级的上级，还得是不反感自己的。啪，一个'段子'发过去了，那样的上级看后乐了，不回短信表达表达自己的快乐才怪了呢！那不是证明他自己太没人情味儿也太没幽默感了吗？要不就证明他太假正经了呗！谁的上级一开始给谁回短信了，一来二去，不显山不露水地，不就为良好的上下级关系铺了垫了吗？逢年过节的，发个短信给上级请请安，拜拜年，不就也是一件有资格的事儿了吗？官场上，哪个甘于落后呀？谁不是比着要把工作做好呢？都干得不错，提拔这个，始终没提拔那个，不是也得看谁和领导的关系走得近便吗？在从前，谁过年过节登上级领导的家门上级领导挺欢迎,和今天谁给上级领导发个'段子'能使上级领导看了乐一阵子,那是同一种人情世故。从前逢年过节的互相拜年,越拜关系越铁圈子越大。现在发手机'段子'也是这样嘛,越发也越有感情,人际资源的圈子也越大嘛! 所长他们通过发'段子'和他们的上级关系越来越良好了,那他们好意思忘了我这个不断提供给他们'段子'的人么? ……"

沃克听王福至说到这儿,忍不住指点着他道:"你,伟大! 农民思想家!" 还转脸问陶姮,"他怎么这么聪明啊? 我太服气他了!"

陶姮说:"你别打断人家,我看他还有更精彩的要讲呢!"

王福至享受到了被刮目相看的极大满足,于是眉飞色舞起来。他说等他资金充足了,要注册一家培训中心,专招考不上大学的农家儿女,培养他们整天编"段子",要让中国独具特色的"农民段子"传遍大江南北,长城内外! 还要译成世界各国的语言文字,让中国的"农民段子"红透全世界!

"中国有八亿多农民,是吧? 编'段子'有什么难的呀? 从前的中国农民,在田间在炕头在房檐下在小饭桌上,最喜欢讲荤事儿了! 要是把八亿多中国农民这方面的智慧调动起来,那多大的文化创造力! 现在不是总提要发展文化软实力吗? 八亿多中国农民中绝对具有这种文化软实力! 八亿多啊! 比大油田还宝贵的软实力啊! 谁把它给开发出来了,把它给规模化了,产业化了,最后把它给一手垄断了,谁不就成了中国的比尔·盖茨了吗? 哎,你们两口子说,是不是? ……"

王福至亢奋地尽说尽话,说得嘴角出现了唾沫,嗓子都快哑了。他面前的那部分桌面上,已然快落一层细密的唾沫星子。陶姮和沃克直往后仰身躲他的唾沫星子,那他也不管。

陶姮只得亲近相称地打断他道:"福至,歇会儿再说,喝口茶。"

沃克起身替他往杯里续了些水。

他听话地连喝了几大口茶,抹抹嘴角,看看陶姮又看看沃克,突然问:"你们投不投资?"

陶姐一愣,反问:"投什么资呀?"

王福至满怀希望,两眼熠熠闪光地说:"中国农民段子培训中心啊!刚成立的时候肯定只能叫'中心'的,以后渐渐发展壮大了,当然要叫基地的。再以后,应该叫'中国农民段子华莱坞','华莱坞'听着怎么样?我想了好几个晚上才灵机一动想出来的!到那时,当然应该在国内国外都上市了……"

陶姐笑道:"多谢你好意了。可你千万别以为美国教授都很有钱。尽管我俩都是教授,其实那也没多少存款。以前我俩的工资几乎都用来还贷了,去年才将房贷还清……"

沃克刚欲开口说什么,陶姐使劲儿踩了他的脚一下;他干咳一声,只有点头的份儿了。

王福至有所觉察,立刻又说:"我开玩笑,开玩笑,你们别当真。互相之间才有点儿了解,哪儿能就对你们寄托那么大的希望呢!"

陶姐有意扭转话题,问:"你们昨晚又唱又跳的,附近人家没意见呀?"

王福至说:"意见嘛,起先肯定是有的了。一见我,都不拿好眼色瞪我。还有的,指桑骂槐地骂我。后来经过一件事儿的教育,对我的态度全转变了,把我当成人物看了,又都有点儿巴结我了。"

陶姐和丈夫不禁同时"唔"了一声,她追问:"那是件什么事儿呢?"

王福至说,这村上有户人家,辛辛苦苦靠全家人打工攒了点儿钱,想在镇上开家小卖店,租了不小一间屋,签了五年的合同,交了三四万预付款,又花不少钱里里外外装修一新,可营业执照却办不下来。起先工商部门说没问题,可以批。真要开张了,又说那间屋是非门面房,根本不能批了。急得那家人集体上吊的心都有了,上天无梯,入地无门的情况下,当家人哭唧唧地求到了他头上,问他有没有什么办法。他答应尽力而为,帮帮看。不久,由镇派出所所长亲自出面通融,执照给批下来了,还没再多花一分钱,没再送一份礼。那户人家自然感恩不尽,而事情,也一传十,十传百地传开了,连别的村都知道,这村有个善于替人办成难事儿的"大能人"王福至了……

"现而今他们的态度变成了这样,如果派出所的车好久没开到我家院门前了,都反倒要关心地问,我和派出所的关系是不是还好着呢? 我就总说,只能更好,不会不好啊! 我小姨子在镇派出所当警员,关系不好了她也不答应啊! 我这么说,他们才放心。因为村里有我,全村的人沾光,别村的人对我们村的人,那都得处处礼让三分。所长副所长,也高兴在我小姨子的陪同下,每个月到我这儿来放松一两次。无非就是喝喝酒、唱唱歌、跳跳舞、摆摆龙门阵嘛! 在镇上那样,影响不好,也许还会有那讨厌的人举报。在我这儿,愿意胡闹一夜那就胡闹一夜吧,闹出花儿来也不会有人举报啊! 何况他们每次来,还自带着好多吃的喝的。他们自己才能吃多少喝多少? 抬屁股一走,还不都留给我了? 你们猜,我最想成为一个什么样的人?"

这自我感觉极好的农民,似乎喝的不是茶,而是酒。又似乎,有几分醉了,醉于那种极好的自我感觉和远大抱负。

不待陶姮开口,沃克抢先问:"什么样的人?"

王福至语调缓慢地说:"'及时雨'宋江。"

沃克表现欲很强地说:"《水浒》我读过好几遍,还研究过宋江这个人物。文化大革命时期,他可是被批判成投降派的!"

王福至的鼻孔就又嗤出了一声,有点儿恼火地说:"文化大革命是反动的!"听来,仿佛宋江不是一个虚构的人物,而是他的先祖。

沃克辩论似的说:"宋江仗义疏财,帮助别人不收回扣。"

王福至非但没生气,反倒笑了,说:"我不是没有什么财可疏嘛! 我的事业刚起步,还处在原始积累阶段,现在不能对我要求太高啊!"

沃克还想说什么,陶姮又踩了他脚一下。

她问:"福至,对你的打算,你妻子支持吗?"

这一次她不是有意扭转话题,而是真的产生了解的心念了。

不知为什么,王福至脸红了。

陶妲赶紧又说:"问得冒昧啊,如果不便说,就当我没问。"

王福至窘窘地一笑:"有什么冒昧的呢,我也没什么不便说的。我那口子对我的打算,谈不上支持或者反对。她对我是无为而治。"转脸问沃克,"无为而治懂不懂?"

沃克刚欲开口,陶妲抢着替他说:"他懂。他的中文水平相当于国内的中文大一学生。"

王福至又笑道:"见笑了,那比我水平高。要说我那口子,年轻时比我小姨子还漂亮!正因为漂亮,交上了好运……"

接着,他大谈起他老婆来。他说九十年代初,他俩结婚不久,因为盖新房借了不少钱,还没享受几天小日子的新鲜劲儿呢,就有人登门催着还债了。门上贴的大喜字还红艳艳的哪,小两口心里的愁字比喜字还大。俩人一合计,靠种几亩薄地,哪辈子能还清借的一笔笔钱啊。于是呢,相互依依不舍地各自背井离乡,分头到不同的城市里打工挣钱去了。未满三个月,他打工不顺,过不下去那种得习惯于处处忍气吞声的日子,落荒而逃似的回到了村里。妻子却幸运得多,在省城一家宾馆当上了服务员。虽然工资低微,但管吃管住,每月还是能存下点儿钱的。一年后,省城开两会,宾馆里住满了两会代表。代表中有一位是离休的副省长,觉得她服务周到,善解人意,两会结束时便将她领回家去,于是呢她一摇身就变成了副省长家的"阿姨"。副省长的老伴死了,儿女又都在国外,照顾好副省长也就是尽了"阿姨"的职了。他儿女们从国外回来探望他,见父亲被照顾得白白胖胖的,整天乐乐呵呵的,对她感激得不得了,都说父亲太有福气了,由这么好的"阿姨"照顾他老人家,他们在国外太省心了!那一儿一女的感激可不只是嘴上说说而已,还大方地送给她种种从国外带回的东西。做女儿的,甚至将项链都从脖子上取下戴在她脖子上了。他们离开中国前,还交给了她一个存折,其上以她的名字存上了一千元钱。九十年代初,一千元那是一个大数目啊! 农村的新媳妇也是不负众望的,正所谓你敬我一尺,我敬你一丈,情义无价。两年后做父亲的患了癌症,当"阿姨"的更加服侍得无微不至。他临终前亲笔修书一封,将她介绍到了自己在北京的老首长家。而她替他的儿女尽了最后的孝心,守在病床前直至他撒手人寰。他那一儿一女,只不过回国参加了他的追悼会。之后她告别了省城,去了北京,至今已十六七年矣……

"我那口子,谱大了。不是她自己喜欢摆谱,再怎么论,也只不过是一位老革命家里的阿姨,自己想摆谱,那也摆不起来呀是不是? 她倒是很有自知之明,可每次回来探亲,低调都低不成的。真是那样! 一出省城机场,有人举牌子接在那儿了。往往还是两个人,一个开车的,一个护送的。哪方面出的车她都不知道,也从不问。小车一开到县里,县里也早有人和车候着了。像交货似的,交接了,她再坐县里的车回家……"

王福至讲到此处,收住话头,喝口茶,笑问:"那待遇可以吧?"

陶姮和丈夫一齐点头。

但陶姮觉得,他那笑成分挺复杂,除了引以为荣,似乎还有那么点儿酸。她瞟一眼丈夫,相信丈夫也看出来了。

"你们不要以为我这人的分量,只不过是在些农民眼里才有斤两的! 县里有些官场上的人,那是知道我们这个村有我这么一个人物的。省里有些官场上的人肯定也知道。该知道的不知道,有人会告诉他们,使他们知道。倒是我蒙在鼓里,不知道他们都是些什么人。不过即使知道,我也不会因为什么事去麻烦他们。人要活得有志气,我要靠自己的能力证明自己不是一个普通农民。再说,我一向本本分分地做人,自己也摊不上什么麻烦事。求我的人,也都是农民。他们的事,我启动一下镇上的关系,一般也就能替他们摆平了……"

王福至觉得只喝茶不足以助谈兴了,点着了一支烟。

沃克见他吸的是"中华",也讨了一支吸。

陶姮问:"你经常吸'中华'?"

"那我哪儿吸得起！有时候为别人排忧解难了,别人送一条。有时候所长他们来了,临走也会扔下几盒。基本上我已经不必买烟吸买酒喝了。"

王福至笑得很矜持,不酸了。

陶姮又问:"那,你媳妇,她当了十六七年阿姨,还没当够?"

王福至沉吟着说:"她倒是跟我讲过几次,说她当够了。可当够了也得当下去啊！人家那老革命一家三代,都和她处出感情来了,不肯放她走哇。人家拿她当家庭成员看待了,每月给三千多元钱,能说走一抬脚就走吗?去年,帮着把八十几岁的老夫人发送了,估计九十多岁的老革命家也挺不了太久了。再帮着把那老革命家送了终,大约嘛,那时她就该回来整天陪陪我了。不过也说不准。我觉得她喜欢上北京了,回来也没法儿再过惯农村生活了。好在她那儿存下了一笔钱,够我俩后半辈子花用的了。也许呢,她会在县城买处房,供我俩县城农村两边轮着住住……"

"你俩有孩子吗?"

陶姮的话问得像一位采访记者或访谈节目主持人。问完自责地笑了一下,又说:"看我这是怎么了,什么都问,真不好。"

沃克也对王福至说:"你别见怪。女人总是特别关心女人的事,孩子在夫妻关系中并不……"

他忽然想到了他们夫妻失去的可爱的女儿,将"重要"二字咽下去了。

陶姮却分明猜测到了他没说出口的是两个什么字,表情顿时一惬。

王福至却口吻极友好地说:"问我有没有孩子怎么了?那有什么不可以问的呢！聊天嘛,增进互相的了解嘛！你们想啊,我俩长年分居,她还一年到头住在别人家里,怎么能要孩子呢?真有了孩子,谁带大呀?总而言之,这对我俩可是重大损失！……"

陶姮赶紧安慰道:"以你俩现在的年龄,过两年再要孩子也来得及。"

她问他有没有孩子时,其实还没想到他们不幸夭亡的女儿。这会儿想到了,内心悲伤起来。进而想到了自己的病,结果也开始自怜了。

王福至说:"是啊是啊,不过那也得抓紧了。这我俩决定不了,得看那老革命……"

他意识到话说得不得体,掩饰地用烟堵住了嘴。

沃克轻轻一拍桌子,接着举起那只手,按捺不住地说:"我要求正式发言!"

陶姮和王福至看着他,一时都忍俊不禁。

他又拍一下王福至的肩,大为叹息地说:"你说你媳妇漂亮,漂亮的媳妇你还让她离你那么远!损失的不仅是没有孩子,还有性!连我都替你遗憾!对这么严肃的问题,你得有所认识!否则你是一个不可救药的男人!"

陶姮瞪着丈夫说:"你这是发的什么言!不管什么话都往外冒,讨厌不讨厌啊你?"

王福至说:"别限制他。我这儿是个言论自由的地方,让他一吐为快。"

沃克说:"发言完毕。"

他也一口喝下了半杯茶水。

王福至也重重地拍了他的肩一下,大声说:"还是男人更理解男人的苦处!你说的是我没好意思说出的话!这十六七年来,我心里憋屈的正是你说的那事儿!给,再陪我吸一支……"

于是二人又都吸着了烟。

王福至仰起头,向空中吐出一缕烟,却又深思熟虑地说出一番自我安慰的话:"但是呢,有时也得这么想,在从前,两地分居的中国人那多了去了,其中有身份的人也不少。国家规定的探亲假,一年不才十二天吗?我那口子每年可是回来多次,每次都住半个多月。现在那些进城打工的农民夫妻,一年也不见得有更多的日子能在一起啊!所以嘛,我也不该太抱怨什么。凡事,有一得,必有一失。把得失关系看透了,心里也就平衡了。人在世上,活得心理平衡点儿,只有好处,没有坏处……"

听来,他的话仿佛是对沃克进行的一次人生观教育,沃克不停地眨着蓝眼睛,被"教育"得一愣一愣的。

陶姐却很有同感,连说:"对的。对着呢。你能这么来想,那是正确的。"

话一说完,她又暗自奇怪——怎么自己在美国生活了三十来年,嫁给一位美国丈夫二十多年,成为美国大学里的教授也十好几年了,听丈夫的话和一个中国农民的话时,认同感还是会更倾向于一个中国农民呢?尽管她对于他那种抱负不以为然,对于他要做现代的"及时雨"宋江的话,也只不过左耳朵听右耳朵冒,但对于他那些关于人情世故的看法和分析,确实还是有几分佩服的。一个想要在中国活得如鱼得水的中国人,不深谙那些还成?她觉得,比起自己小时候在各个农村见到的那些农民,眼前的王福至终究还是有些可爱之处的。起码,他不至于一经唆使就操起镐来刨弱者的祖坟了,肯定也是不会怂恿别人那么干的。他无非想要通过自己的精明和关系网,过上一种好生活,实现一种能使自己获得成就感的人生价值而已。

陶姐内心交织着以上念头的同时,竟顺嘴问出了一句话是:"在对你自己没有任何好处的情况下,你不会刨别人的祖坟吧?"

王福至正要往烟灰缸里弹烟灰,结果那只手僵在烟灰缸上方了,忘了弹一下了。

沃克也一时目瞪口呆地看着陶姐。

陶姐立刻意识到自己犯傻了,赶紧解释:"对不起,我不该问你这么无礼的话,我道歉。刚才脑子一乱,想到别的事儿上去了。"

王福至却涨红了脸,使劲儿摁灭那支烟,将那支没吸几口的烟都弄断了。他根本不相信她的解释,认为她必然还对他的为人心存不好的印象,否则不会问出那么不像话的话。他显得很激动,双唇颤抖,分明是感到被当面羞辱了。

"您必须把话说清楚！我究竟哪一点做得不对，您指出，也要给我解释的权利！否则，您的第二件事儿我不承办了！如果您对我的看法那么不好，我还能替您把您的事儿办好吗？"

他不依不饶，逼着陶姐非交代出她内心里对他的真实看法不可。

无奈之下，陶姐讲起了自己十三岁跟随父母到尚仁村后发生的事。说到了村人们怎么样一哄而上刨了她外祖父外祖母的坟，又怎么样将她外祖父外祖母的骨骸东一锨西一锨扬得哪儿哪儿都是；也说到了之后陶老师站在临时搭起的台子上，怎么样手指着她的父母气势汹汹地批判，以及他为什么连在作业和考试分数上都不公正地对待她……

她说得特平静，如同做一天和尚撞一天钟的历史老师在上课。

沃克却早已坐不住了，站起来绕着桌子转圈走，待她沉默了，挥舞着手臂大声说："你从没对我讲过那些事！为什么?!"

他受了欺骗似的，仿佛那些早年间的事是像婚前财产和性经历一样也应该坦诚相告的。

"我又为什么非对你讲不可呢？"

陶姐问得也相当平静，对丈夫的激动大不以为然。

王福至却不再激动了，变得像陶姐一样平静了，仰起头看了一会儿屋顶，又开始望着陶姐的时候才语调缓慢地说："那年月我还太小，对那些事儿一点儿感受都没有。只记得那时候家家都很穷，顿顿吃不饱，大人们常开会，村里经常发生热闹……如果我那时候已经是大人了，谁给我一点儿好处，说不定我也会参与着那么干……"

沃克正站在他对面，不拿好眼色瞪他。

他还说："真的。"

陶姐说："那些人其实一点儿好处也没获得。"

他说："那就都不是人了，也只能这么解释。"手指点了几下桌子，又说，"可我不明白了，陶老师当年对你父母和你的所作所为，比你对不起他那点儿事儿更伤天害理,对不起,我不该拿你做的事儿和他做的事儿相比。你当时是孩子,你起初不是成心的,后来是因为害怕。总而言之我的意思是,你们师生之间的事儿当年算是扯平了,那你还从美国回来赎的什么罪还的什么愿呢? 你不是多此一举无事生非吗? "

陶姐说:"可是他后来疯了。"

王福至说:"那也不能赖在你身上,是因为当年一些嫉妒他的人借故往狠里整他。"

沃克说:"对。"

陶姐说:"如果不是因为我当年的做法,嫉妒他的人就没了往狠里整他的机会。"

王福至说:"那可不一定。一些人要是非想狠整一个人,今天没机会,明天还有机会。这件事成不了机会,那件事也许就成了机会。"

沃克又说:"对。"

王福至紧接着说:"我的意思是,你那第二件事,干脆拉他妈的倒! 太犯不着。你那头拉倒了,我这头的精神压力也没了。第一件事儿我帮得挺到位,你俩比较满意,咱们就此打住最好。老实说,第二件事办起来麻烦一定不少。"

沃克朝他一指,立场鲜明地说:"我支持你! "

陶姐看都不看丈夫一眼,坚定地说:"第二件事也非办不可。"

沃克耸耸肩道:"你怎么这么不听劝? "

陶姐还不看他,盯着王福至说:"我可全靠你了! "

王福至刚要说什么,他手机响了,掏出手机看一眼,起身道:"是我那口子。"言罢,走到院子里去了。

院子里的王福至,不但对着手机说话,还不停地嘬手机,如同在和女人亲嘴儿。

陶姐将脸一转,不隔窗望他了。

沃克却不眨眼地望着,还加以评论:"看,这就是妻子离得远造成的问题,肯定不是他老婆!"

陶姮又一转脸,看着他说:"妻子近在身边就不存在那种问题了?"

沃克愣了愣,红着脸说:"我和丽丽之间什么事都没有。"

陶姮讥道:"你这不是此地无银三百两吗?"

王福至进到屋里来了,表白道:"你们二位别乱猜啊,真是我那口子,她让我往北京寄茶。我对我老婆很忠,从没打过野食!有那心也不敢有那胆啊!她妹妹替她监视着我呢!可她那边对我忠不忠,就没谁替我监视着点儿了。这世上有多少事儿又是公道的呢?"

三人各怀心事,表情一时都不自然了。

后院那条藏獒突然吼起来,挣得链子哗啦哗啦响。

王福至一拍脑门儿,慌慌地说:"早上都忘了喂它了,发威了。我先把那位爷侍候好了,立马就为咱们做午饭!"

陶姮说:"不急。你先忙你的。"

她说完上楼去了。

沃克犹犹豫豫地也跟上了两阶楼梯,却又退了下来,帮着王福至往狗食盆里弄骨头,拌狗粮。

他边抢着做边说:"你再劝劝我那口子。"

王福至说:"你是她丈夫她都不听你的,能听我的吗?"

沃克就郁闷地长叹……

第六章

接下来的两天里,王福至着实很投入地为陶妲委办的第二件事忙开了。他修好了摩托,每天骑着早出晚归的。一回来,顾不上喝一口吃一口,先向陶妲汇报。吃罢晚饭,又向她详细地再汇报一番,并提供他认为应该予以考虑的情况,耳闻而未来得及核实的情况,以便陶妲作出下一步打算或决定。她说什么想法时,他不但听得极为认真,还往小本上记录,像下级记录上级的当面指示那样。

陶妲对他满意极了,每每当面感慨自己能遇上他真是幸运。她这么表达对他的信任和办事能力的好评价时,他则总是红了脸谦虚地说:"哪里哪里,能为你们夫妇服务,那才是我莫大的荣幸。在我的人生和事业发展历程中,这可是值得一吹的。将来我的事业真成功了,更是要载入史册的。"

实际上两天来他都是独自吃的晚饭。因为他回来得太晚,陶妲和丈夫等不及了,只得先做来吃。他俩早饭吃得晚,中午都不吃。有一天王福至中午也回来了一次,家里却没什么可吃的东西,只得饿着肚子骑上摩托又走了。

这令夫妇二人大为过意不去。

王福至也很过意不去,说自己不能为客人做饭吃,晚上回来还吃客人做的现成饭。太惭愧了!

两天来的晚饭,一顿是陶姐做的,一顿是沃克做的。陶姐做的,不但沃克爱吃,王福至也很爱吃。而沃克做的,不但陶姐觉得饭菜都难以下咽,沃克自己也没吃几口。王福至回到家里,打开冰箱看看,连热也不热,找个"买烟"的借口,跨上摩托噌一下冲出了院子,再回来时打着饱嗝衔着牙签儿。陶姐不愿浪费,从冰箱取出剩菜剩饭,要去喂狗。

王福至不直说狗才不会吃,却笑道:"你别去喂,它跟你还不熟,看咬着你!"

沃克自告奋勇:"要喂也得我去喂。它开始接受我了。"

确实,两天里有成就感的不只王福至一个人,沃克也有。他替王福至喂了那藏獒两天,藏獒允许他靠近了。然而他未免还是太过自作多情了,那大狗嗅了嗅他倒在狗食盆里的东西,一爪子将狗食盆挑翻了。

这两天陶姐倒过得怪闲适的,更多的时候是关了手机躺在床上看自己随身带的几本英文书,看倦了就睡,睡醒了就在村子里到处走。村子里的农舍倒几乎全是或新或旧的小楼了,但却寂静静的,像是无人村。偶尔见着的,也是老人和孩子的身影。但陶姐倒挺喜欢那种寂静,觉得像是在度假。对于王福至家的厕所,表现得也不像丈夫那么难以适应。

她内心隐藏着一个很大的谜团,那就是自从离开美国,她的背就再没疼过。按美国医生的说法,她的肩背疼是胃癌病灶区反射间接造成的。可为什么肩背又不疼了呢?难道癌细胞转移到别处去了?她已对生死想得比较开了,对癌症自然也就差不多持一种泰然处之的态度了。转移没转移的,转移到哪儿去了,都不怎么在乎了,只不过奇怪而已。她一心只想快点儿将第二件事儿也办完了,快点儿回到美国去,在自己家里而不是在医院里安安静静地死去。如果竟可以像目前这样毫无痛苦地死去,那么她简直认为死亡并非是一件多么可怕的事了。第二件事儿?她回国的目的明明只有一个,丈夫那件事儿是节外生枝生出来的。由丈夫那件事儿,自然联想到了丽丽。丈夫和丽丽,或反过来说丽丽和丈夫之间,虽并没发生什么令她忍无可忍的暧昧,但她内心里毕竟还是非常不快。尽管丽丽留给她的印象挺深也挺好,尽管主要是丈夫被丽丽所吸引,她还是觉得丽丽也有一定的责任。她几次想开口告诉丈夫自己已经患上了胃癌,而且是晚期了,却每一次都忍住了。

王福至的汇报,使她掌握了如下情况:

陶老师目前住在县民政局办的精神病院里。医疗费由社保负担一部分,再由民政局慈善基金出一部分,他自己负担一小部分,这一小部分是他的退休金的一半左右。"四人帮"被粉碎以后,尚仁村中学革命委员会的成员大部分被定性为"三种人",即在"文革"时期有政治劣迹的人。陶老师的事儿也很快就作为一件冤案平反了,不久就恢复了教师资格。他是在又当了一年多老师后才逐渐被发觉精神不正常的,所以他极幸运地一直享受着教师那份退休金。因为他是从师范学院正式毕业的,退休教师涨工资时他的退休金也随着涨……

这一情况使陶姮减少了几分罪过感。

陶老师的儿子目前成了县重点中学的语文老师,一家三口在县城里生活过得还不错。陶老师的女儿嫁给了尚仁村的一个农民,丈夫兄弟姐妹多,家家户户的日子都过得不太好,一个嫂子死了,哥哥至今仍是二茬子光棍,而且还经常酗酒。一个妹妹离婚了,妇道名声也不怎么样……现在陶老师的女儿也离婚了。

这情况使陶姮喜忧参半。为陶老师的儿子也算是中国的脱贫人口之一户而喜,为陶老师的女儿婚姻失败而忧。

陶姮夫妻住到王家的第五天上午,王福至从外边开进院里一辆破车,说是"奔驰"。

沃克绕着车细看一阵,点头说确实是辆"奔驰",但款式太老了,是德国七十年代的原装车。

王福至说是向朋友借的。

陶妲也绕车细看,还弯下腰从升起一半玻璃的左前窗往车内瞧了一眼:那"奔驰"里里外外遍布灰尘,前座后座之间结着残破的半张蜘蛛网——仿佛原先一直存放在没有顶盖且无人看管的废弃仓库里。

陶妲问:"你向什么朋友借来的呀?"

王福至第一次在她面前变得吞吞吐吐,不愿实话实说了。

陶妲又问:"你借这么一辆脏兮兮的破车干什么呢?"

双手油污的王福至一边掀开车前盖一边说:"下午好拉上你们夫妇二人到尚仁村去与陶老师的亲戚会晤呀!"

陶妲一听急了,板起脸说:"福至,今天下午的事儿你可没跟我提过一句,我完全没有思想准备啊!"

王福至说:"是吗?"想想又说,"那是我忘了,心思全在这辆车上了!"

陶妲说:"尚仁村不远,就是下午非去不可,也不必坐这么一辆破老爷车去呀!借辆自行车,你骑摩托带我,沃克骑自行车,不就去了吗?就是走去也行啊!"

王福至说:"走去可不行!骑着摩托和自行车去也不行!该讲的派,那还得讲。你们不了解农村人,我了解。他们要是觉得你们够不上是人物,就会根本不拿你们当回事儿。他们一小瞧你们,你们的愿就不好还了……"

沃克也困惑地说:"那为什么不包辆出租呢?租别人一辆干净的车也行啊。租金我们出就是了嘛!"

王福至说:"镇上哪儿有出租车呢?包出租车得到县城里去包。干净的车倒也不难租到,可都是小模小样的车,好歹这是辆'奔驰'!……"

他说着,扔下手中的油线团进屋去了。

站在"奔驰"左右的陶妲和丈夫,一时间大眼瞪小眼,都不知说什么好。

片刻,王福至从屋里拽出一长条塑料管,指使沃克进屋去开水龙头。

沃克将水量开得过大,王福至又正掐紧着塑料管口;一股水突然从管口四射而出,溅湿了他的头脸和衣服,也溅了陶妲一身⋯⋯

陶妲只得上楼去换衣服。

等她从楼上下来时,但见持塑料管的已换成她丈夫了,而王福至则脱去了衣服,只着裤衩,手拿一大块泡沫,命沃克将水柱往这儿射,往那儿射⋯⋯

看着王福至那种忙得忘我的劲头,想想他都是为了她的事儿,陶妲再一句责备的话也不忍说了。何况,丈夫分明在充当着那身为中国共产党党员并且自认为最讲"认真"二字的农民的助手;责备王福至也等于在批评丈夫,陶妲决定顺其自然,一切跟着那农民的感觉走。

沃克的衣服也湿了。他也像王福至一样,脱得只着裤衩了。陶妲蹲在楼门口那儿,呆呆望着他俩冲洗那辆灰头土脸的"奔驰"。二人忙了半天才将那辆车冲洗出了本色,那本色也早已全无光泽,像病痨之人的皮肤。王福至又从屋里拎出工具箱,沃克顿时情绪倍增。那美国佬业余时间最喜欢干的事之一就是修理别人出了毛病的汽车,并且拥有美国汽车维修行业工会颁发的资格证书。于是,轮到王福至诚心诚意当她丈夫的助手了。望着丈夫在掀起盖子的车头前,一会儿伸着毛茸茸的长臂猿般的手臂要扳子,一会儿要钳子,陶妲因下午将要坐入那辆"奔驰"里的恐慌消失了。

她听到王福至好强地说:"你能修好的地方,我也能修好。"

也听到丈夫好大喜功地说:"转发手机'段子',你行。修汽车,还是我行!"

丈夫终于盖上了车前盖,以专家的口吻说:"开三十里没问题。"

听丈夫这么一说,陶妲心里又恐慌了。

而王福至却乐观地说:"从咱这儿到尚仁村,来回才十几里!"

二人就让那辆"奔驰"四门大开地曝晒着,一个朝楼门口走来,一个转身朝淋浴房走去。

　　朝楼门口走来的是王福至,陶姐起身闪在门旁,问他:"沃克说的是公里还是华里?"

　　王福至说:"我也不知道,那得问他。"话还没说完呢,人已迈入屋里了。

　　两个男人换上干衣服后,王福至从后备箱翻出一个纸团。他剥洋葱似的,剥一层纸又剥一层纸,最后从纸团中剥出一个亮晶晶的金属物件。

　　陶姐好奇地问是什么。

　　王福至说是"奔驰"的车标。

　　沃克要过去翻来覆去地看着说是假的。

　　王福至说:"当然是假的了,哪儿搞得到真的呢?买个真的得八九百元,而且连县城里都没卖的。这是只花五十元在镇上让人给加工成的,猛眼一看还不跟真的一样?"

　　他将车标安在车头上,退后两步,欣赏地说:"活儿做得漂亮!跟真的似的,就是太亮了点儿,我别让他们镀出光来就好了。"

　　沃克一听说是在镇上只花五十元做的,不撇嘴了,反倒跷起大拇指称赞:"中国人真行!"

　　王福至笑道:"这话我爱听。由你这位美国人说我更爱听,但你的话应该改成中国农民真行,因为开那铁活儿铺的人,至今还是农民,农闲的时候才做点儿铁活儿挣点儿现钱。"

　　沃克说:"那就不是行不行了,我应该说中国农民伟大了!"

　　陶姐和王福至笑了,沃克自己也笑了。

　　陶姐掏出钱包,问王福至租那辆"奔驰"以及买那个假车标一共花了多少钱,要点给他。

　　王福至说:"那急个什么劲儿啊,我记笔账就是了,把你还愿的事儿办完了一总算吧!"

　　陶姐见他说得怪真诚的,就不再坚持。她看一眼手表,快到中午了,主动说:"你俩歇歇,聊聊天,我做饭。"

沃克说他不能居功自傲,要有更良好的表现,于是张张罗罗喂狗去了。

陶姮做饭时,王福至坐在小凳上洗菜,一边检讨地说,他忘了早点儿告诉她下午的安排,使她感到意外了,是他的过错。但下午她是必须去尚仁村的,而且要高高兴兴地去。因为他已经和陶老师的女儿和亲戚们进行了初步沟通,他们都愿意见她,简直还可以说都急于见到她。他认为他们的态度也都很好,他们都说,一切好商量。人和人之间结疙瘩的事儿,当面解开就是了……

陶姮听了高兴,又说了一番感激他的话,表示自己下午一定高高兴兴地出现在陶老师的女儿和她的亲戚们面前……

午饭照例受到两个男人的称赞。陶姮心情好,也吃得很饱。

两小时后,睡足了午觉的三人坐入那辆"奔驰"里,由沃克将车开出了院子。王福至锁上院门,又坐到沃克旁边,沃克说,安上那么个车标也等于白安,那些个农民哪里识得那是"奔驰"车的标志呢。

王福至以诲人不倦的口吻说,可千万别把现而今的中国农民瞧扁了,一个个走南闯北的,见多识广的可不少呢!

车还没开出村口,被一位老大娘拦住了,火烧眉毛似的央求王福至快去她家把她家的猪给"敲"了。

王福至对她挺恭敬的,叫她"三奶"。不过他没下车,只将头探出车外客客气气地说,这会儿不行啊,这会儿要去办要紧的事,车里坐着两位美国来的外宾呢!"敲"猪找别人帮忙也可以的呀,谁谁谁,谁谁谁不是都挺会"敲"的吗?

那"三奶"说,谁谁谁到外地打工去了,谁谁谁正在我家呢,我家那口猪已经长得太大了,也太凶了,他一个人对付不了。刚一刀割出口子,猪挣断了捆住四蹄的绳子,淌着血满院子乱窜呢!好福至,你不去怎么得了呀!我要是满村找不到你,那也就算了。可现在三奶把你拦了个正着,你这"敲猪王"偏不去,你以后还好意思叫我"三奶"吗?

那"三奶"一屁股坐在了车头上。怕坐不稳滑地上,一手同时把住了假车标。

"哎三奶三奶,别把那个,我去我去!"

王福至大惊小怪地下了车,将"三奶"搀至路旁,转身绕到驾驶座那边,伏在窗口,对沃克和陶姮说:"你们看巧劲儿的!她家成人都在外地打工,家里只剩她和小孙子……不过她的事,对我不算件事,三下五除二就摆平了,也耽误不了多大工夫……"

沃克和陶姮在车里听得清楚,看得分明,都说快去吧快去吧!

望着王福至搀扶三奶匆匆而去,沃克回头问陶姮"敲"猪的"敲"是汉字中的哪个"敲"字,又是件什么事,陶姮简单几句便解释清楚了,自认为解释清楚了。沃克却说还是不明白,为什么给猪做的手术非用"敲"字,而给牛马做那样的手术就说是"骟",并问要是给羊做那样的手术该用什么字呢,陶姮被问住了。

她说:"你的汉语言水平已经够高的了,保留点儿糊涂也没什么。"

沃克还想问什么,他手机短信铃响了几声。他将一只手伸入兜里,从车内镜中发现陶姮在看着他,没往外掏手机。

陶姮说:"看吧。别装受气孩子的样儿,好像我每时每刻都在监视着你似的。"

沃克说:"我从没那么认为过。"仿佛为了证明他的话,大大方方地掏出手机看起来。半分钟后,握着手机伏在方向盘上了。又半分钟后,忽然哭出了声。

陶姮这一惊非同小可,急问他谁发来的短信?是不是他弟弟家出了什么不幸?

沃克一句话也不说,握着手机的手朝后一伸。陶姮略一迟疑,接过了手机。

短信是丽丽发给沃克的,字数还不少:

洋姐夫,我觉得你对我的中国姐姐可不够好。她能当上你
们美国大学的教授,是我们中国女性的骄傲。怎么你给我的感
觉是,你一点儿也不关心她的生死? 她患了胃癌,你要更加爱
护她才对。我们镇上有一个人也患了胃癌,靠服县里一位老
中医给配的祖传秘方已经活了七八年,基本遏制住了癌细胞的
发展。我昨天见过那老中医了。他答应也为我陶妲姐配一服,
但得见见她,问她些情况,为她号号脉,你先跟我陶妲姐打声
招呼……

陶妲看完短信,心情复杂,一时无语。在镇派出所进行抗议交涉的
时候,她说到了自己此次回国的原因,那些个男人都半信半疑,看去根本
没走心,想不到一言不发负责记录的丽丽,不但信了她的话,而且还这么
古道热肠! 她被感动了。丽丽那晚的样子浮现在她眼前,她觉得不知该
如何评价丽丽才算公正了……

沃克一开车门下了车,接着开了后车门和陶妲坐在一处了。他搂抱
住她,像孩子搂抱住即将失去的母亲,边哭边问为什么瞒着他? 并且说
些谴责自己放浪形骸的话。陶妲说她想这次办完了还愿之事,回国后再
告诉他,说着自己也哭了……

"你们……怎么了?"

王福至不知何时回来了,站在车外,一手扶着打开的车前门,意外地
看着他俩。陶妲难为情地往旁边推丈夫,他却不肯放开她,仍用一只手
臂搂着她,又将手机递向王福至。

王福至瞪着他手上的手机,不知所措。

陶妲说:"我们也不瞒你了,你看短信吧,你妻妹发给他的。"

王福至误会了,尴尬了,不愿接过去手机了。

他既骂且又撇清:"这风骚的女人! 这……我一会儿就告诉她姐!
我这姐夫,我管不了她……"

陶妲只得又说:"不是你想的那种事儿,让你看你就看。"

王福至这才坐入车里看起来。看罢,将手机还给沃克,发呆。

沃克说:"你开车吧。"

王福至就移坐到驾驶座去,一声不吭地将车开向尚仁村。

三人都没再说什么。

快到尚仁村村口时,王福至才又开口说:"我明白了……我一定鞍前马后,非把你们的事儿办好不可,要不然连我小姨子也得埋怨我。至于服务费,到时候你们看着给,不给我都高高兴兴送你们走。人心七窍,有一窍得是人和人心心相通的。那一窍相通了,许多事都好商量了,对不对?……"

陶妲和丈夫没接他的话。

倒是她的一只手,握着丈夫的一只手了。那会儿,她忽然又怕死了,觉得其实并没活够。

车开至尚仁村僻幽之处的一户农家院落前停住,两扇用铁条简单焊成的院门敞开着,锈迹斑斑。三人下车后,从院内跑出一条小狗。毛色说灰不灰,说黑不黑,腹部结着泥巴,令人联想到耗子的颜色;不过狗脸长得还算可爱。陶妲见院内的水泥地由于塌陷而龟裂了一大片,院外的沙土地满目杂草。

小狗绕着三人的腿嗅来嗅去,这时吱呀一响,正对着院门口的一扇屋门开了。那门一开就歪斜了,看上去随时会脱离门框倒在地上。从屋里迈出一个女人,四十多岁,齐耳根的短发染过不久,黑得不真实;中等身材,消瘦,脸色憔悴;穿着身旧衣服,趿着双破布鞋。然而一边的耳垂上却戴着耳环,在日照下闪着金灿灿的光,不知是真金的还是镀金的。

她毫无表情地望着三人点一下头。

王福至小声说她就是陶老师的女儿,叫陶娟。

他问:"就把车停这儿吧?"

陶娟说:"开进来。"

他说:"不必了吧。"

陶娟坚持说:"还是开进来吧。开进来大家都放心。"

王福至看一眼院门,见院门挺宽,开进辆车不费什么事儿。于是就上了车,将车缓缓开入院子。

陶姐和丈夫跟在车后进了院子,但见正对院门的是一排三间老屋子,木结构,这里那里的木板木柱,业已腐朽,残破得难看。院子的左边是猪圈,静悄悄的,显然没猪。右边是柴草棚,似乎也是鸡窝,几只鸡无精打采地趴在干草上。

陶娟又说:"进屋吧。"

她还是面无表情,推了屋门一下,使门开得更大些。

王福至率先,沃克居中,三人依次往屋里进。跟在最后的陶姐听到院门响,回头看了一眼,见不知从哪儿出来的一个男人已将双扇铁门掩上,正往铁门上绕铁链子。她觉得奇怪,就没立刻跟进屋,想要看个究竟。

陶娟催促:"进屋啊!"

陶姐装没听到。

那男人不但往铁门上绕铁链子,还用一把锈迹斑斑的大锁将门锁上了。他一转身,见陶姐在望着他,将手中的钥匙抛接一下,大模大样地揣入兜里,复一转身,面朝铁门掏出烟吞云吐雾起来。

那男人也和陶娟一样面无表情。

"来都来了,还怕进屋啊?"

陶娟的目光和话语,流露着不善的意味了。

陶姐不自然地笑道:"不怕。怕就不来了。"

言罢,也进了屋。那照例是农村人家的堂屋,不见一人。而两边屋子的门都关着。

陶娟也进了屋,关门。那门的合叶掉了一个,不容易关上。陶姐想帮着关,陶娟却用肩膀撞开了她,没好气地说:"不用你帮。"陶姐觉得,她的气话绝不是因为那门不好关,只得默默站在一旁看着她关。陶娟怎么也无法将门关严,还差点儿弄掉了另一个合叶,无奈又没辙,索性便那样了,踢了门一脚,朝陶姐一转身,指着左屋门说:"进这屋。"

她话音刚落,右屋门突然开了,出来五六个年龄不等的女人,其中一个半敞着怀,露着一只白面大馍馍般的乳房。抱在她怀里的孩子睡着,小嘴儿仍衔着奶头。她们中一个小个子老太太上前一步,一手揪住陶姐衣襟,一手握拳便打,边打边哭边嚷嚷:"你这仇人呀,可把我们老陶家人害惨啦!今天你不把我们一个个全都答对高兴了,那你可就来得去不得啦!……"

那老太太的拳头打得倒没多大劲儿,但是陶姐却着实被吓傻了,脸都白了。

说时迟,那时快,左屋门也咣当一声开了,沃克跨将出来,怒视着老太太大吼一声:"你给我住手!"

老太太见眼前冷不丁出现一个蓝眼睛、黄头发、大个子的老外,而且指着自己对自己吼,一时也吓傻了,揪住陶姐衣襟的手松开了。沃克一把抓住老太太后衣领,拎只兔子似的,将老太太双脚拎得离了地,又像放一件易碎的东西似的,将老太太放入了已空无一人的右屋里。

而左屋里随之跨出两条汉子,捋胳膊挽袖子,要对沃克动武。

陶姐急忙上前一步,伸开双臂护在丈夫身前,挡住两个汉子的进犯。她的脸已恢复了血色,镇定地说:"事情跟我丈夫毫无关系,当年那笔账你们跟我一个人算好啦。"

中年母亲怀中的孩子被惊醒,哇哇大哭。

幸而王福至也及时从左屋出来了,挨个劝推,总算将沃克和两个汉子推进了屋里。混乱中,陶姐也不知是被陶娟还是被别的女人们推入了屋。这左屋只有一张光板单人床和一条换了一支新凳腿的旧长凳。光板床沿挤坐着四个男人,长凳上挤坐着三个男人。另外五个男人没地方坐,靠墙站着或靠墙蹲着。而陶姐夫妇和王福至仅有门口那点儿空间可站了。在三人背后是从外边围成人墙的女人们,正堵着门口的是陶娟和那抱孩子的女人。

王福至站在陶姐身旁,他小声说:"别怕,有我呢。"

陶姐狠狠瞪他一眼,用目光"说"出的话是——想不到我上了你的当!

王福至明白了她的目光,又小声表白:"我和他们没搞成一伙!"

在陶姐听来,他那是典型的"此地无银三百两"。她头脑中迅速地前思后想了一番,组合在一起的结论那就是——王福至或者是从一开始就精心策划好了今天这一步棋。一点儿一点儿地博取她的信任和好感,终于将她和丈夫诓入了这狼窝虎穴;或者是被收买了,叛变了,明明已成了同伙,却还企图充当"白脸儿"。

对方的男人中有四五个吸烟的,而且吸的还是劣质烟。屋子本就不大,虽然开着门,还是烟雾缭绕,熏得陶姐流出了眼泪。

丈夫扭头看她一眼,用手掌心替她拭去眼泪,也小声说:"别怕,有我呢!"

陶姐示意他将窗子打开。他大步走至窗前开窗时,两个蹲着的男人互相交换大人在戏弄孩子般的眼色,都笑了。他们笑得倒也没什么歹意,甚至可以说,笑得还挺纯真,挺善良。有一个男人却将沃克推开了,凶巴巴地说:"不许开窗!"

沃克也不示弱,双手往腰间一叉,打算与之理论。

两个蹲着笑的男人此时开口道:

"他开窗你不许干吗呢,咱们不也一样挨熏嘛!"

"就是的!熏腊肠腊肉啊?让他开。他不开我可要开了!"

说这话的男人站了起来。

挡着不许沃克开窗的男人一退,沃克将窗打开了。空气形成对流,满屋烟雾迅速向门外飘散,围在门外的女人们有的被呛咳嗽了。

陶娟回头看她们一眼,离开门口的三个女人赶紧又聚到门口。她阴沉着脸说:"打算走的趁早走。那留下的,才是非把今天这事儿解决了不可的人。此时此地，要的就是一股心齐的劲儿。"说罢，转脸也瞥了陶姬一眼。那显然是种告白，意思是我的话也是说给你听的。其实即使她不瞥那一眼，陶姬也听出了她的话明明也是在威胁。但是陶姬倒渐渐地镇定下来，不感到所陷的局面有多么凶险了。中国毕竟已进入一个法制的时代，她相信陶老师的这些亲属们不可能一点儿法制观念都没有，一味乱来。况且，她的初衷是良好的，就算王福至已与他们勾结在一起沆瀣一气了，那他也不至于居然没将她的初衷传达给他们。这么一想，她什么都不害怕，心中反而滋生了一种久违的兴奋，类似于一个小孩子参与到了冒险的游戏之中。她在心里对自己说，我一个将死的人，还有什么值得恐慌的呢？还有必要怕这么一些人吗？

于是她笑了一下。

几乎所有的人都看到她笑了一下。自然，除了一个人，几乎所有的人都被她笑得奇怪起来。最觉得奇怪的是陶娟。她一看到陶姬笑，立刻将目光转移到了那个秃头男人脸上，分明是在用目光问他——她笑什么？那男人的眼一接触到她的目光，竟仰起脸望着屋顶了，仿佛在以那种样子回答她——我怎么知道？你是主角，我只不过是配角。接下来的戏该怎么唱，还不是得看你的能耐吗？

这微妙的一幕被陶姬观察到了。

奇怪感仅次于陶娟的是王福至。他本已看出了陶姬起初的忐忑，正寻思着该如何有效地安抚她；忽见她一笑，困惑了。见她笑后的表情由不安转为镇定，他不但困惑，而且相当讶然。这使他自己也镇定了些，因为依他想来，有自己这么一个不可小觑的人物的面子碍着，自己还有着说和人的特殊身份，谅陶娟等人再怎么胡搅蛮缠，估计也不敢将一件好事闹到难以收拾的地步。所以他认为他的镇定是有充分理由的。陶娟也镇定了。她觉得陶姬的笑是好事，总比她满脸惊慌好。

但她为什么就一下子变得镇定了呢？她心里究竟是怎么想的忽然镇定了呢？她又为什么那么轻松地一笑呢？

连自己也并没镇定到不由一笑的地步啊!

陶娟一时瞠目结舌地瞪着陶姐发呆。

满屋子人中,那唯一对陶姐的笑不觉奇怪的人是沃克。说他不觉得奇怪其实也不完全是那样,看见她笑了一下,他的第一反应也是好生奇怪。是啊,她使他俩陷入如此凶多吉少之境,究竟有什么可笑的呢?但他立刻就解读清楚了妻子那笑的内涵——我本来极善,但谁们若不正确对待我的善意,我可也不是好欺负的。作为陶姐的丈夫,他对她为人处世的方式再深谙不过了。而且她正是凭着这一种你敬我一尺,我敬你一丈;你若误以为我好欺负便欺负于我,我便让你领教我不好欺负的一面的后发制人的性格,才在他们那所大学里赢得美国教授同行们的尊重的。典型的美国人不喜欢似乎比他们还惹不起的外国人,但也同样不喜欢任人欺负的外国人。他的父辈从荷兰移民美国以后,用了几近于小半生的时间才总算明白了这一点,而陶姐这个中国女性,一脚踏入美国,却仅用了一年多点儿的时间就明白了。这是不论他自己还是他的家人都佩服得五体投地的。

他以为她那笑,意味着她心中已有了应付眼前不利形势的策略,而且既是大无畏的又是稳操胜券的。所以他也没什么不安的了,只觉得挺刺激的了。这尚仁村毕竟是一个大村,古老的村,而且距县城才三四十里,非是荒僻之地穷山恶水中的一个村,眼前的这些个农民农妇,按王福至介绍的情况,又是连一辆汽车是不是"奔驰"都能够辨识的,难道还会伤人害命不成?看眼前这些个中国南方的肤色黝黑的小个子农民,面相全都并不凶恶。非但并不凶恶,有的还显出与世无争的自认弱势的模样。只要友善地与他们谈判,他们是不足为惧的嘛!

于是他也放松了绷紧的神经,一屁股坐到了那张黑不溜秋的出土文物似的桌上,脱下在美国买的中国出口的大号胶底布鞋,盘腿而坐。

蹲在墙角的一个农民用胳膊肘拐了另一个农民一下,朝桌上的沃克翘翘下巴。另一个农民正盯着指间已经灭了的半截烟发呆,被碰了一下后,朝沃克看去,不由笑了,小声说:"个美国佬还挺能耐的。"

南方的农民,大抵没在现实生活中见到过一个人能将双腿盘得那么平。在中国,现而今除了念经的和尚,除了打坐的禅士,再就只有些七八十岁的北方农民还习惯于那么盘腿了。这些南方的农民不晓得沃克在美国是修过禅的,所以无不好奇,觉得沃克这大个子美国佬挺有意思的。坐在炕上的几个,也效仿沃克的样子打算盘腿而坐,却谁也没盘成功,结果东倒西歪,嘻嘻哈哈互相打趣着笑将起来。在他们的笑声中,沃克的腰板挺得更加笔直了。

秃头男人不高兴了,数落道:"严肃点儿行不行? 有你们这么讨补偿的吗?"

他们顿时不笑了,又以同仇敌忾的目光瞪着沃克了。

王福至开口道:"哎你们,人家夫妇二人是怀揣着好意专程回来补偿的,你们怎么也不预备两把椅子给人家坐?"

秃头男人冷冷地说:"他不有地方坐了吗?"

王福至不软不硬地顶了他一句:"桌子是请客人坐的地方吗?"

秃头男人说:"我又没请他坐桌子,他自己坐上去的。"

王福至又顶了一句:"还不是因为你们没预备椅子? 还有她呢,她坐哪儿?"

陶姮说:"要是不用太久的时间就能把事情谈妥了,我站会儿也行。"

陶娟走到了秃头男人身旁,交抱双臂,瞪着王福至说:"我们没拿他俩当客人。"

王福至也顶了她一句:"那你拿他俩当什么人了?"

陶娟被顶得一时语塞。

王福至似乎一心要在状态上占优势,追问:"说呀,那你拿他俩当什么人? 就是公安局审问犯人,那也得让犯人坐下才审吧?"

秃头男人也不失时机地顶了他一句:"胡说! 公安局哪有让犯人坐下才审的?"

王福至反唇相讥:"你从不看电视呀?没在电视里见过公安局怎么审犯人吗?"

秃头男人却一味坚持说:"公安局是绝不会让犯人坐椅子上才进行审问的!这一点是不用看电视也该知道的常识!犯人嘛,你犯了法,还有资格与审问你的人平起平坐?"

王福至火了,大声嚷嚷起来:"你别你你的!我又不是犯人!你再这么胡搅,那我们走了。改天能谈就谈,如果还不能谈,我们还不跟你们谈了呢!"

二人你一句我一句饿饿的时候,沃克一会儿看这个,一会儿看那个,仿佛在听相声,一副兴趣盎然的样子。

陶姐却只盯着王福至一个人的脸,不放过他脸上每一细微的表情变化。但尽管目不转睛,还是无法断定他究竟是不是已经叛变了,是不是在演戏。

倒是有几个男人被王福至和秃头男人饿饿烦了,纷纷指出秃头男人一味坚持的说法肯定是不符合事实的。现而今公安局审犯人,千真万确是让犯人坐在一把椅子上的。

有个男人竟嘲讽道:"如果那次你被县公安局审只让你蹲地上没让你坐椅子上,那也是个别的现象。"

秃头男人大怒,扑过去想打对方,被几个男人及时拽住。

王福至指着秃头男人对陶娟说:"他是什么人?如果与我们要谈的事儿无关,最好让他走。有他在这儿乱搅,只怕我们一时半会儿还真谈不完。"

陶娟转脸看着他,一句一停地说:"别人想走的都可以走,就他不能走。他也不会事没谈完就走。他想走我也不让他走。"

陶姐看着她又笑了一下。

那些个男人看着陶姐也又纳闷了一阵。

陶姐不是笑别的,而是笑陶娟转脸的样子。转脸嘛,谁都是由脖子的转动来主导头的转动。陶娟却不是,她朝哪边转脸,却先将下巴甩过去,这使她转脸的样子既傲慢又显得怪里怪气。尤其一个女人那样子转脸,会给别人一种"滚刀肉"般的印象,起码给陶妲的是那么一种印象。她不怕"滚刀肉"式的女人,但打心眼儿里反感她们。她刚才那一笑,也仅仅是因为陶娟转脸时的样子可笑,其实并没有她丈夫自以为是地解读到的那么多内涵。

王福至听了陶娟的话,眨巴了半天眼睛,憋出一句话竟是:"他对你就那么重要?"

陶娟冷着脸说:"他是我的代理人。全权的。"

不仅王福至一愣,陶妲和丈夫也都不由一愣。

陶娟又说:"他还是我男人。"

王福至叫嚷起来:"骗人!昨天你还说你没再婚,怎么今天冒出个男人?"

陶娟不动声色地说:"再婚那得登记。登了记叫丈夫了。我又没说他是我丈夫。我俩是同居关系,你管得着吗?"

王福至被噎得又干眨巴眼睛说不出话来。虽然说不出话来,但他那副表情分明在说,同居你也该有个标准,和他那么一个不着调的男人同居,你也不觉得没面子吗?

陶娟看出了他那种表情的意思,维护尊严地说:"他也只不过是因为与人打架被判了一年刑。打架不是坑蒙拐骗,不是耍流氓。世上几个男人一辈子没打过架?我不觉得有多丢人。"

秃头男人也忽然叫嚷起来:"王福至,老子揍你!"

王福至不甘示弱地质问:"敢!我又没怎么你,你凭什么揍我?"

秃头男人指着他继续叫嚷:"你们看他脸上那副熊样子!他那明明是瞧不起我的样子!就他那副熊样子,还不是成心找打吗?"

于是有几个男人劝阻他。

于是有一个男人也火了,从高脚凳上往起一站,怒吼:"抽他娘的什么霸王疯?! 谈正事不? 不谈正事,老子别处打牌去了!"——吼罢,双手将高脚凳搬起,往陶姐跟前啪地一放。响声之大,使陶姐不禁低下头去,看水泥地面是否被凳腿蹾裂了。

刹那间一片肃静。

陶姐抬头再看那男人时,他又对她吼:"坐呀!"

陶姐略一犹豫,默默坐在高脚凳上了。

陶娟嘟囔:"贱。"

那男人猛一转身,瞪着陶娟喝问:"嘟囔什么了? 敢再说一遍? 论辈分我是你舅爷。对我不敬我教训你!"

陶姐终于忍不住开口道:"都别吵了,我为正事而来,你们也是为正事而来。咱们还是谈正事吧!"

又一片肃静。

忽然门口响起了孩子的哭声。

陶姐回头朝门口一看,见些个中老年妇女们众志成城地将门外堵了个水泄不通。像照集体照那样,一个人的肩压着另一个人的肩。那抱孩子的女人领唱者似的单独站在最前边,她怀中的孩子要是不哭,陶姐已将门外那些女人忘了。她暗暗惊讶于她们的纪律性,和她们甘当配角的自觉。

秃头男人吼:"你那是什么熊孩子! 刚才不哭,这会儿刚静下来,他倒哇哇号开了,烦死个人。抱他到院里去,不哭了再进来!"

众志成城的女人们往两边闪,人墙中间闪出了通道,抱孩子的女人一声不响斜着身子挤了出去。

然而那孩子在院子里继续哭。

满屋的男人们,包括陶姐夫妇和王福至都将脸转向窗子,望着那女人在院子里来回走,并晃悠她怀中的孩子。陶姐觉得,那一时刻,尚仁村的些个男人们,倒是显示出了几分可敬的耐心。

孩子的哭声终于停止了。

尚仁村的男人们一个个舒了口长气。接着,你望我,我看他。

陶娟的舅爷催促道:"又都大眼瞪小眼地干什么?该怎么谈,快怎么谈啊!"

陶娟仿佛被孩子哭得忘了自己的角色了,经一提醒,这才对秃头男人说:"那什么,开始吧!你也不用啰哩巴唆的了,干脆掏出来给他们看吧!"

听她那么说,陶妲等三人的目光一齐望向秃头男人,定睛细看,单看他那只探入衣襟里的手,将从内衣兜里掏出什么东西来。

满屋子的尚仁村的男人们,却没一个看他的。他们或抬头看屋顶,或低头看屋地,还有的呆看堵在门外的女人们。而她们,也呆看着屋里的男人们。

秃头男人掏出的是最寻常的东西,几页卷成筒的纸而已。他有很好的站功,金鸡独立地抬平一条腿的膝盖,将那几页纸在膝盖上抚平了些,放下腿,看看陶妲,看看沃克,最终决定了将那卷纸递向沃克。大概他认为,在陶妲夫妇之间,重大事情的决定权肯定是由沃克这位美国丈夫来掌握的。

沃克看陶妲,她向他点头,他才接过那卷纸看起来。第一页他看得还算认真,第二、三、四、五页则就看得马虎了,一扫而过的看法。最后一页看的时间最长。不,其实已不是在看,而是在盯着纸上的一个数字发呆。并且,眉头拧出了一个疙瘩。

陶妲轻咳一声。

沃克猛醒地将那卷纸递向她。

她接在手,并不从第一页看起,而是先看使沃克发呆的最后一页。那页纸上只有几行字。那几行字是这样的——"以上情况属实,绝无虚假。若以民间方式私了,总计补偿五十八万七千美元即可。若陶妲一方拒绝私了,我方不得不对簿公堂,由法院判决的话,则我方所要求的赔偿金额为一百万美元……"

陶姮也看着那几行字发呆了。确切地说,在她眼里,字已模糊了,但"五十八万七千美元"和"一百万美元"两行数字,却变得格外清晰,仿佛还变大了,从纸上凸显出来,成立体的了。

王福至也干咳一声。

陶姮听出是他在干咳,看也不看他,只说:"别急。"

接着她看首页。首页的字句,文白交杂,显然出自一位喜欢舞文弄墨的人笔下。大意无非是:三十五年前,尚仁村中学女学生陶姮,对她的班主任陶老师做下了罪过之事,致使陶老师蒙受了贪污学生学费的不白之冤,并被公安人员当众从学校里带走,斯文扫地,名誉完全毁灭,而且被判刑两年,在狱中被关押了数月之久。其后,陶老师一家及众亲戚,也都不同程度地因那一事件……

王福至又干咳一声,陶姮终于将那份"协议书"递给了他。他迫不及待地看时,陶姮的目光缓慢地从那些男人的脸上一一移过。十几年的教授生涯,使她对人脸具有相当丰富的"阅读"经验。某些学期她开的是大课,往往面对一二百名学生。那时学生们的一举一动,以及他们对于她提问的种种不同反应,全都尽收她的眼底。他们回答提问的话语,有几分认真,几分不认真;对她的观点是心悦诚服还是根本不屑,或者有所保留地接受,她都能迅速地在头脑中予以分类、辨析、解构、比较和进一步给出回答。用"阅人无数"四个字形容她,虽未免夸张,但却不算是用词不当。

满屋子的陌生男人(确切地说,是些男性农民),较年轻的也有四十几岁了,几位年长者的年龄皆在六十岁以上。陶娟的舅爷大约有六十四五岁的样子。陶姮从他们大多数人的脸上,读出了巴望、企图、沮丧、自责和无奈、无辜。他们仿佛是必须杀生的佛门弟子。不杀生,则自己的生存便大成问题。而白刀子进去,红刀子出来,又实在是违背自己的善性。但已操刀在手,看起来他们还是打算一边在心中默念"善哉善哉,罪过罪过",一边狠着心下手的。

这使陶姐的心情很复杂。一方面,她因为他们的贪婪而顿生嫌恶;另一方面,又因为毕竟看出了他们大多数人还有内疚而不无同情。

是的,她倒是不怎么同情自己,反而多少有些同情他们。中国已不是三十五年前的中国了,自己也不是三十五年前那个不管被谁瞪一眼都会接连数日忐忑不安的,即使深爱自己的父母也无法予以保护的少女了;而眼前的农民们,也断没了可以在"革命者"的指挥之下一拥而上刨别人家祖坟的"革命"权利了!三十五年前的她,单纯的双眼见惯了如此这般的些个农民,凌辱或虐待被"革命"打翻在地的人,包括女人和老人,有时对少男少女也不怜悯。而三十五年后的今天,她的双眼早已由单纯而变得敏锐又世故;他们的双眼里却一丝一毫也没有了当年那种不可名状的凶横之气,反而变得像羊、牛、马或小狗的眼一样温良又单纯了。即使嘴上说着凶横的话和装出凶横的样子时,从他们眼中所投出的目光的实质也还是善性的。

不错,除了几位年长者,其他男人肯定并不是三十五年前那些令她害怕的农民。当年他们大抵是孩子,显然与她一家当年的遭遇毫无关系。当年的某些事对她是不堪回首的,后来经常重现在她的梦境之中。而对于他们,则很可能不留任何记忆了。因为后来的中国,差不多是将"文革"彻底从一切国家叙事中剪辑掉了。绝大多数人的头脑都是不习惯于记住那些整个国家想要忘却的事的,如果那些事还引起童年记忆,那么和国家一起忘却,就不但是自然的必然的同时还是正确的应该的了。

但是那几位年长者,三十五年前他们可都是大人了啊!陶姐看着他们,内心里不由得这么想——他们也彻底忘了她一家当年被押解到尚仁村后,全村人如何集中在一起对包括十三岁的她在内的她一家三口进行口诛笔伐的情形了吗?忘了后来某些村人是如何高举锄镐将她外祖父母的坟刨了,将她外祖父母的骨骸扔得哪哪儿都是的情形了吗?忘了某些村人呵斥和辱骂她的父母如恐吓野狗一样的情形了吗?忘了某些村人威逼着她挑粪的父母用双手捧起晃洒在田埂上的稀屎汤的情形了吗？……

他们中，有没有当年那样令她害怕的农民呢？

如果有，那么他就不在乎有可能被她指认出来，并同样要求予以补偿吗？

如果没有，那么他们对于她从美国远道而来的初衷又究竟是怎么想的呢？

她企图与他们敞开心扉交流感受的愿望，在王福至认真看那几页纸的几分钟里，一下子变得特别强烈。

抱孩子的女人还在院子里。她怀中的孩子不哭了，分明又睡过去了。下午的骄阳照射着院子，女人的脸被晒出了汗。"奔驰"车的假标闪耀着贼亮的金属光，小狗钻到车底下去了，只露尾巴。院子里唯一的荫凉之处是房檐遮成的窄窄一条屏蔽阳光的地方，女人明智地抱着孩子躲过来了。她隐在窗子一侧，尽量不被屋里人发觉地向屋里窥视，却恰恰被陶姐首先看到了。

趁她还没来得及闪开去，陶姐微笑着说："进来呀，在外边多晒啊！"

她略一愣，也笑了笑，之后摇摇头，从窗前消失了。

她看去还不到三十岁，三十五年前她尚未出生。

陶姐问："她是陶老师的什么人？"

因为她问话的对象不明确，半天无人回答。在经久的静寂无声之后，陶娟冲窗外大声说："秀娥，你自己说！"

又是片刻的静寂，窗外传入这样的话：

"我……陶老师算是我二表姑父。"

陶姐说："啊，明白了。"

陶娟纠正道："不是算，就是！"——沉吟一下，又说，"我父亲也就是她二表姑父疯了以后，为治好我父亲的病，我家朝她家先后借了三万多元钱！都十几年了，一直还不上！十几年前的三万多元钱，还不顶现在的十几万元啊？如果不是亲戚，她家早告到法院了！是这么个事实不,秀娥?……"

窗外传入屋里极小声音的回答:"是。"

陶娟的舅爷,此时深重地叹了口气。

其他老少爷们儿,会吸烟的都掏出烟来,你的抛给我一支,我的抛给你一支。王福至看那几页纸看得太过认真了,他还随身带了一个小计算器。一手拿着那几页纸反反复复看起来没完没了,一手拿着计算器不停地按,像某些城里的"八零后"单手拿着手机发短信。

陶姮看出,满屋人的耐心都已到了极限。陶娟瞪着王福至的那种目光,仿佛会随时变成闪电,出其不意地从头顶劈到胯裆一下子将他劈为两半。

沃克忽然说:"请你们也给我一支烟行吗?"

满屋人的目光一时又集中在他身上了,吸烟的男人们互相望着,都有点儿犹豫。看得出他们认为,在这种情况下谁给他烟肯定都是不对的。

陶娟的舅爷始终没吸烟,他说:"给他一支。"

于是有男人抛给了沃克一支烟。有男人起身按着打火机替他点烟。样子还挺恭敬。

沃克吸两口烟,开口说:"我想使你们清楚这样一点,我和我的妻子,虽然是美国大学里的教授,但我们连做梦都没敢想过,我们这辈子会有存到一百万美元那一天。别说一百万元了,五十万也是不敢想的。除非我们把房子卖了,但要是把房子卖了,我们又住哪儿呢? 不瞒你们,其实我们此次只带回了……"

在近乎凝固的气氛中,王福至高叫:"别说! 凭什么非得告诉他们?! "

满屋人的目光又投射到王福至身上。

陶娟气势汹汹地质问:"你有什么权力不许他说?"

王福至冷笑道:"权力不敢说有,资格肯定是有的。我是他们夫妇二人的受托人,这一点我一开始就跟你声明过了。屋里别人不清楚不为过,你要是说你也糊涂,那不就是成心装傻吗?"——他一旋身,侧脸看着门外的女人们又说,"我再声明一次,我是他们夫妇的受托人,你们听明白了吗?"

由于屋里又有烟飘向门口那儿,门外的女人们又涣散了开去。王福至看着她们对她们说话时,她们才纷纷归位,并且一个个点头不止,脸上呈现出不同程度的敬意。显然,王福至郑重声明了的"受托人"身份,使她们对他刮目相看起来。

陶娟不理睬王福至了,她对沃克道:"别听他的,把你刚才没说完的话说完。"

沃克看一眼陶娟,这样回答:"他不许我说,我还真不能说,我们得尊重我们的受托人。"

陶娟对丈夫的回答感到很满意,她点头道:"对。他是我们唯一倚重的受托人。不但我们得尊重他,你们也应该尊重他,否则咱们之间的事难以顺利解决。"

王福至对陶娟的话更觉满意,他矜持地笑了,脸上甚至呈现出几分对陶娟的感激来。

陶娟双手往腰间一叉,柳眉倒竖,杏眼圆睁。她那双柳眉是后纹的,她那双杏眼是做过双眼皮儿后变成了杏核儿形的。

但她张了张嘴,一句话也没说出来。不是话到口边强咽下去了,而是根本没想好该说什么就急切地徒自张了张嘴。

秃头男人突然向王福至发飙:"我也是受托人,你刚才怎么不尊重我?!"——他一步跨到王福至跟前,手指几乎戳到王福至的脸了。

王福至对那根手指视而不见,冷笑道:"我也没不尊重你啊!陶娟一说你是她的代理人,我心里就开始老尊重你了。那你说,你具体要求我怎么尊重你?"

秃头男人也徒自张了张嘴,被讽刺得说不出话。如同胸口堵一个大嗝儿,怎么也打不上来,脸憋紫了,快要窒息得翻着白眼直挺挺地往后仰倒似的。他左扭头看,右扭头看,目光在些个男人中睃来睃去,流露着难以掩饰的求助的意思,希望有谁也能替他顶王福至几句,将王福至也噎得干张嘴说不出话来。但不管他满怀希望地看着谁,却一个挺身而出的人也没有。那些男人们仿佛皆变成了小孩子,或皆脑子进水了,难以领会他那目光的意思了。

然而他的手还指着王福至的脸。

王福至苦笑道:"大家如果不是瞎子,那就都看到了吧?就他现在对我这样子,反倒能说他尊重我胜过我尊重他吗?"

秃头男人的那只手臂,从肩头被砍断了筋骨一般,这才嗒然垂下。

陶妲和丈夫看着他俩那一幕,也都不说什么。在沃克,是对王福至的能说会道大为欣赏了,欣赏得无话可说。如果说此前他还对妻子信任王福至这么一个农民作为"全权代理人"心存歧见,那么这会儿他满心间都是对王福至的信赖和对妻子的佩服了——佩服妻子识人的眼光和用人的魄力。在陶妲,却是因为仍在考察王福至背叛与否而暂且有话不说。如果他真的已经与他们勾结在一起了,那他做戏的水平可委实太高超了。陶娟和她的"全权代理人"以及屋里屋外的男人女人们,做戏的水平也委实太高超了。那么,不论王福至还是屋里屋外的男人女人们,就都是很可怕的人了。当然,也是很令她嫌恶的人。陶妲的人生经验告诉她——世界上任何一个国家都会有一些人为了达到某种利己目的而串通一气集体做戏。对于那样一些人,水平并不怎么高的甚或水平拙劣的,她的嫌恶倒还有限。因为她觉得他们或许还有悔过自新的一天。但对于做戏水平高超者,她的嫌恶简直可以说是无限的。她认为后者们是不可救药的,并且认为跟他们是不必讲仁义和忏悔的。那会儿她暗自下了这么一种决心——倘若他们夫妇所面对的个个都是善于惯于做戏的人,那么她的忏悔将仅相对于陶老师一个人。找个机会巧妙脱身,再到精神病院去看望了陶老师后,就要以尽快离开中国为上策了。但是回到美国后,她会定期往精神病院寄美金的,为的是使陶老师能够受到较好的照顾。至于其他陶老师的亲戚,也就是眼前这些男女包括陶娟这个陶老师的女儿,一分钱都休想从她这里得到!她认为陶老师居然有陶娟这么一个女儿也是一种不幸……

陶姐正左思右想着,王福至又开口了。他将手中几页纸举得挺高,一边卷,一边冷笑着说:"这份所谓的'协议书',我要带走,因为是证据。什么证据呢?集体讹诈的证据!"——他将那几页纸卷成筒,往裤兜一揣,环指众人大加谴责,"陶老师有你们这么多亲戚吗?什么三老四少七大姑八大姨五叔六舅的还都敢往纸上写下姓名摁下红手印!还都敢几万十几万的要补偿!你们以为我的委托人又善良又傻又是亿万富豪啊?……"

"王福至你王八蛋!昨天你还跟我说有什么正当的要求只管写清楚,怎么今天你反水?!你成心想要与我们这么多人为敌是不是?!……我挠你!……"

陶娟耍起泼来,双手勾成爪形,舞舞扎扎地扑向王福至。

沃克想阻挡她,但穿上鞋站到地上已来不及,干脆将双腿一伸,如同铁道路口放下两根安全杠,将陶娟齐腰拦住了……

"我挠你我挠你!……"

陶娟隔着沃克的双腿继续舞扎虎爪般的双手。

"你今天得把话说明白!难道我昨天答应跟你们一伙了你今天说我反水?!你挑拨离间,你们写在纸上的那是些正当要求吗?!那纯纯粹粹就是讹诈!"

王福至站在沃克双腿的这一边,自以为安全,也双手叉腰,有恃无恐地唇枪舌剑。

然而沃克的双腿,毕竟不是固定牢了的两根杆子。他没那么了得的功夫,临时挡了陶娟一会儿就酸了,坚持不住了,垂下了。陶娟趁机扑到王福至跟前,向他脸上横挠一爪。王福至偏头避过那一爪,随之双手朝陶娟当胸一推,将陶娟推得连退数步。幸被一个男人从后扶住,才没倒在地上……

"王福至耍流氓！他占我便宜抓我的奶！……"

陶娟坐在地上哭闹起来。那是某些女人耍泼的另一招数。但这一招数并未激起尚仁村那些男女们的正义感，大家都看得分明，不是那么一回事。

只有一个男人表现了强烈的义愤，便是那个秃头男人。他趁大家呆看着陶娟而忽略了他的存在，冲上前去，对准王福至的面门就给了一拳。王福至遭到袭击，并没立刻暴怒起来，手捂着口鼻，一转身明智地躲避到外屋去了。

"君子动口不动手。你不讲理，动手打人。证明你没什么道理可讲！……我不跟你一般见识……"

屋外传入王福至君子姿态的不卑不亢之语。

屋里，秃头男人更加嚣张，情绪失去了控制。

"我有理也不跟你讲理！我今天非打死你不可！打死你个王八蛋，大不了一命抵一命！抵命老子也认了！……"

秃头男人抄起了高脚凳，陶娟的舅爷双手抓住凳面，与之争夺。

陶娟忽地一下蹿起，咬她舅爷的手。她舅爷手一疼，松开了。另有两个男人，赶紧接替她舅爷争夺高脚凳。

陶娟的舅爷，气得面皮抽搐，扇了陶娟一个大嘴巴子。

陶娟就又一屁股坐在地上哭号起来。

"你消停不消停？再不消停我几脚把你踢院子里去！"

陶娟的舅爷也怒不可遏了。

外屋的几个女人赶紧进入屋里，有推的有拽的，齐心协力先将陶娟的舅爷弄到院子里去了。高脚凳已被两个男人成功地夺过去。秃头男人失去了高脚凳，气焰并未消减。他推撞开阻拦他的人，突围到屋外，看那架势定要将王福至置于死地不可！

但王福至已又躲避到院子里去了。他的鼻子被打出血了，用不知哪个女人给他的手纸堵塞着鼻孔，半边脸染了血，像涂了化妆油彩。他衣襟上也滴染了几处血迹,双手也变红了,一只手拿着手机,在院子的一侧来回走动,不停地按手机,听手机。

院子另侧,陶娟的舅爷也在来回走动,几步一句嘟囔着气话。

两个男人,像圈在同一兽栏中的两只盲眼动物,单凭气味确定了各自的属地,虽然都能感觉到对方的存在,但却根本看不到对方似的。这个从左往右走着时,那个刚巧从右往左走着。各走各的,谁都不扭头看对方一眼。

抱孩子的女人,那时站在院门那儿,要求揣着钥匙的男人打开门上的锁,让她走。说怕接着发生什么更不好的事儿,吓着孩子。她怀中的孩子,也许是困急了,竟没被屋里后来的吵闹声所惊,衔着奶头睡得很实。揣着钥匙的男人安慰她,说都是为了办成一件正事儿,那就都是必有一定之规的。吵闹也吵闹不到多么离谱的程度。再者说了,民间方式嘛,私了嘛,事情关乎一大笔钱嘛,吵吵闹闹那也是在所难免的啊!吵闹不过是为了向对方证明自己不是善茬子罢了……

秃头男人挣脱别人的拖拽,已经由里屋冲撞到了外屋。挣脱冲撞之间,几个男人挨了他的拳脚。他们自然觉得划不来,但不加以阻拦又不好,便都跟到了外屋,说勇敢不勇敢地只用话语相劝。而沃克已穿了鞋,抢先于秃头男人到了外屋。本已在外屋的那些女人们,此时倒显得都很深明大义,一个紧挨一个,在外屋门内组成了人墙,依然又是众志成城的气概。沃克叉腿站在她们前边,交抱双臂,虎着脸瞪着那秃头男人。他那一米八九的大个子,他的粗胳膊长腿大手大脚,他那张表情凛凛的脸,他那种泰山石敢当的孔武实力,那会儿对秃头男人构成了巨大的威慑力。谁都看得出来,倘若秃头男人还不识时务,敢于对他轻举妄动的话,那么将很可能会被他抓举起来扔进里屋去。秃头男人当然也看出了这一点,当然不想自讨苦吃。所以他只不过是在沃克面前蹦蹦跶跶,吼吼叫叫,色厉内荏,并不真的冒犯。

那会儿里屋只剩下了陶姮和陶娟两个女人。陶姮仍坐高脚凳上,陶娟仍坐地上,不再哭闹了。两个都姓陶成长背景受教育程度文明意识人格养成以及从前和现在命运完全不同的女人互相注视着,都不说话,都希望通过那一种互相注视,能将对方研究得透彻一些。

是的,她们都姓陶渊明的陶,也许溯本寻源,她们的家族还都跟陶渊明有着某种或远或近的族系关系,这是很可能的。

但她们从前和现在的命运太不同了。

至于将来的命运——陶姮想,我已经没有什么将来的命运了。她微微眯着双眼,毫无表情地看着陶娟又想,陶娟陶娟,你呀你呀,但你明明还是有将来的呀!我也多么愿意尽量帮你实现一种较好的将来啊,可你狮子大张口,我也喂不饱你的欲望啊!你为什么要那么贪呢?为什么要把事情搞到这种地步呢?现在你可叫我如何是好呢?我已经觉得我三十五年后再次来到尚仁村是多此一举了。我已经开始后悔了,你知道吗?!……

而陶娟的眼里,却投射出一股子深仇大恨来,仿佛陶姮如果不痛快地满足她的要求,那么尚仁村就将是"十字坡",她自己就将是孙二娘,这个院子这间屋子就将是专卖人肉包子的黑店,而她陶姮两口子,就将被她亲自操刀剔巴剔巴剁巴剁巴搅成肉馅儿包进面皮儿蒸成一百几十笼大包子,雇人挑到镇上去卖了,哪怕卖得的钱仅够请些狐朋狗友到县里去大吃大喝一顿也痛快!

两个都姓陶的方方面面都截然不同的按年龄该互称姐妹的女人正那么彼此研究地注视着,院子里的王福至大声向屋里喊话了。

他说:"陶娟你听着,还有你那个全权代理也给我听着!你们一干人等都给我听着!人家陶姮女士和她丈夫不远万里来到尚仁村,为的是要向你们陶家人当面忏悔,人家希望能用一笔钱补偿当年那过错的想法也是真心实意的!可你们非但不能正确对待当年的事,还纠合在一起敲竹杠,搞讹诈!还设下陷阱,诓我陪他们来谈判!我们诚诚恳恳地来了,你们还锁上院门,将我们连人带车扣了!还要泼犯混!还打人!你们的所作所为都是犯法的！人家陶姐夫妇是美国公民！你们的做法是严重损害中美关系的！我已经通知镇派出所了，一会儿镇派出所的人就会到来，有理你们谁都别走！……"

里屋外屋，陶娟们全都屏息敛气地听着，看得出都明知自己的做法确实有些过分。

而院门口那儿，兜里揣着钥匙的男人终于掏出了钥匙，打开了门上那锈迹斑斑的大锁；抱孩子的女人将门拉开一道缝，悄无声息地偏斜着身子出去了。小狗从车底下钻出，也跟着那女人跑出去了……

斯时日已西坠，没有阳光晒到院子里了，屋里也照不进阳光了。外间屋的光线尤其暗了，如果不细看，人们互相看不大清对方脸上的表情变化了。

王福至的话，居然也使秃头男人渐渐安静了下来。沃克交抱的双臂，随之垂下。

屋里的安静鼓舞了院子里的王福至。

他又高声说："再者，尚仁村当年对人家陶姐一家是多么罪过，多么不拿人家当人看，你们有的人心里是应该有数的。古人云，不知者不怪。可那明明知道的，怎么不站出来替人家说句公道话？人家陶女士当年才十三岁，在尚仁村中学里，有的老师和学生，也做了不少对不起人家的事！是她班主任的陶老师，当年就做过伤害人家一个十三岁小姑娘的事！……"

"王福至，你一张破嘴哇啦起来有完没完？三十五年前的旧账你今天从头捎扯它干吗？要论罪过不罪过，那首先是'文革'的罪过！'文革'是该忘记的事！你今天捎扯'文革'期间那些破事儿，安的什么心！告诉你！我们尚仁村的党支部还存在着呢！我这个支委绝不允许你在我们尚仁村的地盘……"

院子里，陶娟的舅爷义正词严地驳斥王福至了。

王福至不吃他那一套，同样义正词严地驳斥陶娟的舅爷："那人家陶妲女士也可以说,她当年对不起陶老师那件事儿,首先也是'文革'的罪过! 如果说一说'文革'期间的是非就是捣扯,那你们这么多人纠集在这里算怎么回事儿? 你们不都是企图借着一件'文革'期间的往事狠敲一大笔钱吗? 这种情况发生在你们尚仁村的地盘,而且有你这个支委参与,你不觉得是扇自己的嘴巴子吗?"

半晌,听不到陶娟她舅爷的话了。

"人家陶妲女士,人家是患了晚期癌症的人! 你们该对人家忏悔的人从没对人家忏悔,人家抽出剩下不多了的时日亲自来到你们尚仁村忏悔,你们反而这么丢人现眼地对待人家,就一点儿惭愧的感觉都没有吗?"

外间屋里,沃克背后的女人们骚动了,她们中有的交头接耳了。

秃头男人一声不吭地进到了里间屋,将陶娟从地上扯起来。男人们也跟进了里间屋,恰巧那时院子里的王福至走到了窗前,站在窗外往里间屋看。男人们也都从屋里隔着几根铁条往外看他,像笼中动物呆看一个逛动物园的人。

陶妲起身走到了外间屋,见只有丈夫一人站在外屋的门口。她那讶然的表情,使丈夫意识到自己身后发生了变化,回头看时,见身后的女人们已全都消失了。二人走到院子里,又见院门大敞大开,陶娟的舅爷正向院门那儿移动。他本也可以大大方方地走出去的,但他偏不。每当王福至扭头看他,他就停止脚步。也竭力镇定地看王福至,装出并不打算离去的样子。那会儿,他差两三步就能迈出院子了,偏巧王福至又扭头看他,他就又神态自若似的站住了。

王福至居然显出胜利者的得意了,他尖酸刻薄地问:"老家伙,心虚了,也想开溜吗?"

那舅爷说:"脚长在我腿上,走或不走,都是我的自由,你还干涉得了不成?"

话虽说得不无尊严,但对王福至叫他"老家伙",却没表现出强烈的恼怒,这一点又显然在语势上处在了下风,暴露出确有几分心虚。

王福至"宜将剩勇追穷寇",继续用打狗棍般的话语攻击他:"老家伙,你三十五年前对人家陶女士父母做的那些坏事,难道你自己全部忘了? 就是你全都忘了,你们尚仁村记着那些事的人还没死绝,我也了解了个一清二楚! 我问你,你有什么资格今天在这儿露脸? 我刚才没当众训斥你,那是因为我想给你个主动忏悔的机会……"

王福至一边说,一边仍在院子的另一侧踱来踱去,并且对他指指点点。不知为什么,陶娟的舅爷竟不快走两步逃出院子去,反而老老实实地驻足听着。仿佛认为,若不那样,定有夺路而逃之嫌,日后必将遭人耻笑。直到王福至其言尖酸其色厉正地说罢那一大番"檄文"性质的话语,他才还了一句"王福至你血口喷人呢!"——仅仅一句而已,并不恋"战",末一个字刚落,身已闪出院外去也。似乎,又自认为那么走了,起码是走得体面的。

沃克刚想与陶姐说句什么话,陶姐也刚想与王福至说句什么话,王福至同样有话要对他俩说,正在这么一种时候,陶娟和她的"准丈夫"从屋里出来了。

陶娟拉扯着秃头男人,像在要求最后一名"战友"似的说:"不行! 我不许你也走! 别人爱走就走,反正你不许走! 你也胆小怕事一走了之,那就不配是个男人! 那我再也不能瞧得起你!……"

秃头男人一边挣着手臂一边信誓旦旦地说:"你别这样啊! 你这样像什么样子嘛! 我不是一走了之不管你的事了,你的事儿还不就是咱俩的事儿嘛! 我更不是怕,讨要赔偿又不犯法,我怕的什么嘛!……"

他总算挣脱了手臂,显然是要向陶娟证明自己不怕,一一指点着陶姐三人,古代武士下战书般地又说:"你们三个,今天暂且放你们一马! 但是王福至你可要给我听仔细了,我俩和他俩的事儿刚开始,如果你胆敢把他俩放跑了,那你小子麻烦可就大了去了! 那我就要让你王福至今后没一天安生的日子可过!"

王福至冷笑道:"怎么?这事儿变成只和你俩有关的事儿了吗?那你俩纠集些个不三不四的男女干什么?陶娟,你要想清楚,如果这事儿变成了只和你一个人进行谈判的事儿,连他也别瞎搅和,那可就更好办了!人家陶女士和她先生是通情达理之人,又是宽宏大量的人。我相信这一点你是有了感觉的!"

陶娟气呼呼地说:"我没感觉!"

秃头男人助威地说:"没感觉就对了!我也没感觉!"

陶姐说:"陶娟,一笔写不出两个陶,咱俩姓的可都是陶渊明的陶!你应该相信王福至的话,我们和你之间,没有什么是不可以坐下来好好谈的。你是陶老师的女儿,我们夫妇认为,只有你才最有资格和我们谈……"

沃克也频频点头道:"我完全同意我妻子的话,像我妻子说的那样,不受别人干扰,对咱们双方岂不都好?"

秃头男人气急败坏地大叫:"挑拨!你们挑拨离间!陶娟别听他们的,他们是想孤立你!"

他一时无处撒气,看着那辆"奔驰"分外碍眼,几步跨将过去,瞄准了薄弱处猝下狠手,用力一扳,将车标扳掉在手中,举着向王福至晃几晃。用力甚大甚猛,连车标插孔也被扳豁了。

王福至心疼得跺脚、咧嘴,说不出话。

秃头男人一挥胳膊,将车标扔出院墙外;"咚"的一声,谁都听出是沉到污水塘里了。

"你敢把老子怎么样?"

秃头男人摆出一副牛二的架势。

王福至欲扑过去与之拼搏,被沃克及时拦住。

沃克说:"你打不过他的,要教训他,那也得由我来。"

王福至自知非是对手,英雄气短地说:"那你替我打他。他刚才还一拳把我鼻子打出血了呢!我是因为你们的事儿才受欺负的,以往没人敢这么欺负我。你身高马大的,不应该眼瞧着我这么受欺负袖手旁观吧?你们美国电影里的男人总是那么英雄,你今天也不能装狗熊!"

陶姐正色道:"福至,你别拿话激他!"——又对丈夫说,"不许你动手啊。你俩打起来,对人家显失公平。打坏人家哪儿,还不又节外生枝?"

沃克望着秃头男人说:"是啊。他哪里是我的对手呢?"——拍拍王福至肩,劝道,"反正你借的是辆破车,车标又是假的,不值得多么心疼多么生气嘛!"

王福至显出快被欺负哭了的样子,大叫:"值得!"

秃头男人不屑于再理睬他,双手往车前盖一撑,借力一蹦,蹿将上去,随之在车前盖上发泄地踩踏。且言:"敢把我怎样?敢把我怎样?……"

王福至要冲过去一决雄雌,陶姐夫妇一个拽住他左胳膊,一个拽住他右胳膊。

陶姐说:"他那么做实在无礼,你一跟他打起来,明明有理也讲不清了!"

王福至说:"他那等于是骑在我脖颈儿上屙屎!"

沃克说:"你别那么认为,不就是了嘛!"

王福至又说:"看,看,被他踩出坑来了!再破那也是辆'奔驰',不修没法还的。一修得花不少钱!"

陶姐赶紧承诺:"我出,我出。"

秃头男人突然停止了踩踏,站在车前盖上愣住,因为听到院外响起关车门的声音。

陶姐等三人也听到了,一齐将头转向院门,但见大力在前,副所长第二,后边是所长,最后是丽丽,镇派出所的四员干警悄无声息地鱼贯而入。

秃头男人还愣在车前盖上,不知缘何反应迟钝。

所长望着他问:"李顺利,你站在车上干什么啊?"

陶姐夫妇这才知道秃头男人叫什么,王福至显然也刚知道,大声控诉:"他在破坏我租来的名车!"

那秃头李顺利终于从车上跳下,见大力已双手叉腰堵在了院门口,神色有些慌张地将目光望向陶娟。

陶娟站在原地不动,只大声替李顺利辩护:"所长,是他们三个先围攻他的!你们来得正好,要是再迟一步,不知会发生什么事儿呢!"

王福至刚欲反驳,被副所长举起一只手制止住。

所长又问:"顺利啊,听说你不想到外地打工去了,想在本地找点儿临时的活儿干。这也好。本地的工资虽然比外地低些,但故土人情的,不至于受蒙骗,是不是?"

其语和蔼,表情温良,仿佛可亲长者在与晚辈拉家常。

陶娟又抢着说:"是啊是啊,我也这么替他考虑的。"

所长再问:"找到没有啊?"

李顺利终于抢在陶娟前边说出了一句话:"正找呢!"

一说到工作,他不"牛二"似的了,"小三子"似的满腹忧愁了。

所长从头上摘下警帽,边扇凉风边又说:"一时找不到也别急,工作哪哪儿都不好找。如果你对工作的要求不太高,又希望我们帮忙介绍介绍关系的话,我们都是愿意的。"

陶娟抢话唯恐不及地说:"那敢情好啦!那我们多大面子呀!"

所长就将脸转向了陶娟,问她:"你父亲的病情最近好些了吗?"

陶娟脸一红,低头未语。

所长将帽子戴上了,不无批评意味地说:"很久没去看他了吧?这可就不对了。你哥人家在省城,工作忙,不能常去看你父亲,那是有情可谅。但你不同,你的时间比较能够自主,离县城又近,而且还是你父亲唯一的女儿,你很久没去看他,他肯定想你啊!"

"他才不会想我!他巴不得没我这么个女儿!"

陶娟双手一捂脸,抽泣了。

丽丽就走过去,轻轻搂抱她,还掏出纸巾替她擦泪。

王福至心理极不平衡地说:"看,看,本以为来的是给咱们撑腰的,却变成和他俩拉近乎了,这算秉公执法? 还有没有法律的正义立场了?"

陶姮夫妇装没听到。

所长望着李顺利又说:"你和陶娟的事,我耳闻了……"

"怎么,犯法啊?"

李顺利又"牛二"了。

所长无声而笑,喜闻乐见地说:"那犯的什么法呢! 你俩一个是离异妇女,一个是单身男子,哪天若真的组合为夫妻,好事一桩嘛! 我只不过想证实一下是不是别人传的那么一种关系。现在由你亲口证实了,我也就明白你为什么也在这儿了。那么,"——转身指着陶姮夫妇说,"他俩来到你们尚仁村的缘由,你想必也已清楚了?"

不待李顺利说什么,陶娟又抢先道:"所长,你可得给我做主啊! 我父亲当年被陷害得太冤枉啦! 从那以后,我们一家的命运就开始悲惨啦! ……"

陶娟哭出了声。

所长望着她循循善诱地说:"当年的事,首先是'文革'的罪过,也首先是尚仁村某些人对人家陶女士一家犯下了罪过。陶女士当年才十三岁,她的做法当然不对,但肯定不是出于陷害的动机,而是由于一个少女在特殊年代本能的自我保护意识,要是非说她陷害你父亲,那是不公平的。你们都是尚仁村的人嘛,仁的起码意思是凭良心为人处世嘛! 在仁不仁方面,咱们中国的老祖宗们有些话说得挺好,比如'凡取与,贵分晓;与宜多,取宜少;将加人,先问己,己不欲,即速已;恩欲报,怨欲忘,报怨短,报恩长;能亲仁,无限好,德日进,过日少;不亲仁,无限害,小人进,百事坏。'都是些什么意思的话呢? 无非是说,给予人家的东西,包括宽容,那要多些。想从别人那儿获得到的,那要少些。别人对自己的好处,要常记在内心里,时时希望有报答的机会。别人对不起自己的事,过去也就算过去了,不要总耿耿于怀的,寻思着哪一天能进行报复,那是不可取的为人处世。亲近好人，自己也会一天天变成好人。整天学不好的人怎么占便宜，小人就会来钻空子的。'近朱者赤，近墨者黑'讲的也是那么个道理嘛……"

那所长，像学生背书似的，一句接一句，滔滔不绝稔熟于胸地背出了一套套的古话，又解释又诱导的，不但令陶娟和李顺利听得瞠目结舌，像是被催眠了；就连王福至也惊讶得有点儿发傻了；连陶姮夫妇也不禁对他刮目相看……

所长话锋一转，忽问李顺利："顺利啊，我要与陶娟从容聊聊，争取帮双方把事情进行得都比较满意。你是愿意留下听呢，还是宁肯回避一下呢？"

李顺利犹豫。

所长约法三章："如果你愿意留下听，那我可对你有要求：第一不能随便打断我们的谈话；第二不许动不动又吵闹起来；第三……"

陶娟说："所长，那让他走吧！"

不知是所长的"催眠"起了作用，还是所长温和的态度博得了她的几分信赖，总之，她情绪稳定多了。

李顺利不再犹豫，明智地说："那你们聊你们的。我这人脾气坏，一犯驴脾气你们准讨厌。我走，我走……"

于是大力从院门口闪开，李顺利赶紧往外走。

所长叫住了他，接着向大力伸手要什么东西。大力摇头表示没带，副所长从兜里掏出了一本橘红色封面的小册子，无言地递给了所长。

所长手持那小册子，终于迈步走向李顺利，递在他手里，语重心长地说："你也看到了，这可是我们副所长的，现在由我借花献佛，赠送给你，它可代表着我们镇派出所对你李顺利的友爱。你要认真读它，以后，我们抽时间交流交流心得。"

李顺利低头看一眼手中的小册子，半信半疑地问："说话算话？"

所长说："驷马难追。不过，那也得你确实认真读了，确实有了心得，哪怕是反对它的内容都是一种心得,否则咱俩有什么可交流的?"

所长说罢,后退一步,向李顺利敬了一个庄严又标准的警礼。之后,伸出一只手臂,向院门口那儿,做出请的手势。

李顺利受宠若惊张口结舌。想必,他自出生以来也没受到过那么彬彬有礼又真诚的对待。他是完完全全地站在那儿呆住了。

大力也走到他跟前,也向他又庄严又标准地敬了个警礼,并朗声道:"您请走好!"

李顺利这才恢复了正常意识,对所长深鞠一躬,又对大力深鞠一躬,胆小怕事似的仓皇走出了院子。仿佛唯恐另外两个穿警服的人再都对他敬礼;仿佛再受两次警礼,他准会自燃起来似的。

李顺利刚一"逃"出院子,陶娟说:"所长,给他的书,那也得给我一本。"

丽丽赶紧说:"我的给你!"——也从兜里掏出本一模一样的小册子给了陶娟。

陶娟又说:"我看完了,谁跟我交流心得啊?"

丽丽笑道:"我啊。不过你要是愿意跟他们三个中的哪一个交流,我没什么意见。"

陶娟被她的话逗笑了,所长等三人也都笑了。

陶姮夫妇和王福至没笑,他们都被亲眼所见搞得莫名其妙。尤其陶姮夫妇,觉得刚才发生在眼前的一幕幕很不真实,像被导演过,像看戏或看电影。

所长却并没与陶娟聊什么。他命丽丽留下陪陶娟过一夜。对陶娟说,不管她有什么要求,那都是可以对丽丽坦诚相告的,而丽丽将会毫无保留地汇报给他。最后,他问陶娟:同意不同意他们三名男警员替她,也替尚仁村将两位来自美国的客人送走?

陶娟不无惭愧地点了一下头。

于是所长们相帮着王福至将"奔驰"推出了院子。之后,所长请陶妲夫妇坐进了由大力驾驶的警车,他和副所长坐进了"奔驰"。

所长对大力说:"在尚仁村绕两圈,广而告之,咱们来过了。"

于是警车前,"奔驰"后,在偌大的尚仁村的几条村路上绕来绕去地缓驶了两圈。沿路每见有人站在路边看着,陶妲夫妇认出,那些人中有他们在陶娟家见到过的男女。

陶妲忍不住问大力,所长给李顺利的那种封面橘红的小册子是什么书?

大力让她猜。

沃克十拿九稳地说:"还用猜吗? 不用猜的,对中国当代史但凡有点儿了解的人,一看那颜色不就心中有数了吗?"

陶妲奇怪了,她说:"我对中国当代史就相当了解呀,我怎么直到现在还猜不准那小册子是什么? 你心中有数你说说看!"

沃克指点迷津地说:"当今的中国,不是又产生了什么'新左派'吗? 那肯定是他们重新编印的《毛主席语录》啊,当年叫'红宝书'的那种东西是也啊!"

陶妲承认自己也那么猜过,但封面颜色分明不对呀,"红宝书"是深红色的,所长给李顺利和丽丽给陶娟的那一种小册子,封面是橘红色的呀……

大力说:"你俩都别费脑筋猜了,就是将你们高级的大脑猜伤了那也还是个瞎猜!"说着,也从兜里掏出了一本那种小册子朝后一递。沃克抢先接在手中,低头看时,却见橘红色封面上印着三个米黄色的字是"弟子规"。

沃克讶然道:"你们派出所的人现在时兴看这个?"

陶妲夺过去翻了翻,也讶然道:"我听我父母说过以前的中国曾有这么一本书,是一本少年儿童读物,但从没见过,不想今天开眼了!"

大力说,是他们所长从书摊上发现的,才五元钱一本,当时站那儿看了会儿,不成想一看看出了思想价值。掏钱包把几十册全买下了,回到所里后,分给每人几册,希望大家平时带在身上,没事儿就看看,有了感想就相互交流交流,见了值得赠给的人,那就赠给一册……

沃克问:"那你当时为什么不把你这册给李顺利?"

大力说:"我不认为他是值得我赠给的人啊!"

陶姐低头看着《弟子规》对丈夫说:"我念给你听啊——凡是人,皆须爱……同是人,类不齐……"

大力接着背诵:"流俗众,仁者稀;果仁者,人多畏;言不讳,色不媚……我知道你想说什么,对李顺利那等混混,我见他一次,想训他一次!要求我爱他,标准太高了。不是看到所长给他敬礼了,我才不会也给他敬礼!《弟子规》上边虽然也有不正确的话,但大多数话是教人好,不是教人自认为往狠里死里整别人还有理……"

由一名镇派出所的警察口中说出以上一番话,陶姐夫妇听得感慨良多,一时都沉默无语,沉浸在各自的感慨之中。

不知不觉,"奔驰"已停在了王福至家院门前……

第七章

所长命大力留住王福至家,以确保陶姐夫妇之安全。

沃克问:"我们还有什么不安全的吗?"

陶姐也说:"这也是我想问的话,请坦率明白地相告,我们也好有些心理准备和防范意识。"

副所长笑道:"我们派出所全体干警向你们保证,你们在一切方面都是绝对安全的……"

所长打断道:"亲爱的副所长,咱们也别把话说得那么绝对,有些事儿咱们还真保证不了,比如食品安全咱们就保证不了,出行的交通安全咱们也保证不了……"又对陶姐夫妇说,"你们要是逛集市丢了钱包或拎包,这种事儿我们不能保证不发生,更不能保证一定会替你们找回来,所以只能提醒你们自己当心点儿。又比如,你们绝对不可以再坐王福至租的那辆奔驰,实话告诉你们,那是辆当年被盗车团伙盗过的车,而且他们开着那辆车招摇撞骗,撞死过人,还在车内勒死过人。后来他们把车卖了,再后来那辆车又被转卖了好几次,现在,除了外壳还是原先的外壳,内里究竟还有多少零部件是奔驰车的,已没谁能说得清楚。开那辆车的人坐那辆车的人,等于拿自己的生命不当回事儿,也等于漠视别人的生命……"

陶姮夫妇听得同时倒吸凉气,你看我,我看你,接着一齐看王福至。

王福至大窘,连说对那辆"奔驰"经历的那些事儿他一概不知……

所长训他:"要不是看在你小姨子的份儿上,我非扇你几个大嘴巴子不可!"——转对陶姮接着说,"希望你们夫妇出行都要让福至陪着。你们别多心,不是让他监视着你们的行踪,而是要求他做你们身边的一个安全顾问。我们派出所将会为你们联系一辆县城里的正规出租车,提前半小时打过去电话,半小时后就开到这儿来接你们了。那样在出行方面安全多了,我们也放心多了。还有,尽量别在小镇上吃喝。除了小镇上卖的节令水果可以比较放心地买,大多数熟食品以不买不吃为好。不是说小镇上的食品都是垃圾食品,但劣质食品确实不少。当地大人孩子的胃肠功能特殊,常吃也没事儿,但你们二位不同。你们的胃肠肯定娇贵,再加上初来乍到,水土不服,也许几口就导致上吐下泻的结果。福至,你要尽量在家里弄饭给他们两位吃。如果你做得不干不净,他们两位还是吃出了问题,那我们就非拿你是问不可,别说到时候你小姨子的面子都不管用了!……"

王福至听得一脸肃然一脸凝重,如同被硬派给了一项艰巨的任务,却担心自己能力欠缺,因而会辜负希望败坏了考验似的。

副所长不客气地呵斥他:"记住了所长的话没有?"

王福至诺诺答道:"记住了记住了……"

副所长又训一句:"记住了就要有种表示,聋啦?"

王福至更窘,红了脸连说:"没聋没聋,请所长放心,请各位放心……"

副所长一转身将冰箱的门全都打开了,随之清理冰箱里的东西——拿起一样看看,闻闻,觉得有问题的,也不征求王福至的意见,甚至都不看他一眼,直接往地上一扔。片刻,冰箱里几乎腾空,地上却已堆了一大堆东西。

大力是很有眼力见儿的。不知从哪儿搞了一个装过化肥的编织袋,将那些东西一样样捡起,一股脑儿地全往编织袋里塞。

王福至斗胆问道:"都扔呀?"

副所长没好气地说:"不扔还留着让你做给他们两位吃吗?……这是什么?……"

副所长手拿一大块霉迹斑斑的东西问王福至,厚厚一层霉毛快使那东西变成灰白色的了。

王福至说:"你这不是明知故问吗?"

副所长厉声道:"你别管我是不是明知故问,我现在问的是你!"

王福至说:"你别鼻子不是鼻子脸不是脸的!好好好,问我我就告诉你,那是一大块腊肉。"

副所长追问:"腊肉也往冰箱里放?放冰冻层还好,那也算冻上了!还放常温层,今天取出切下几片明天放进去后天再取出切下几片,一会儿冻一会儿化的,能不变质吗?!"

副所长直接将那一大块腊肉扔编织袋里了,而大力,同时正将几嘟噜也长了厚厚一层霉毛的腊肠往编织袋里塞。

王福至又心疼得龇牙咧嘴了,上前与大力争夺编织袋,边嚷嚷道:"所长你看他俩,这不是要败我的家嘛!我不做给人吃,留着给狗吃还不行吗?……"

所长也厉声道:"福至你干什么?他俩是在执行我来之前的指示!以后你也不许拿那种东西喂我的狗!从现在起,你是在替县里市里做接待工作,你这里是整个接待工作重要的一环!这是政治任务,明白吗?你再计较那点儿个人损失就是太没政治觉悟的表现!"

王福至一头雾水地松开了手。

沃克一想到自己在饭桌上已津津有味地吃过的腊肉原来是从那一大块可怕之物上片下来的,顿时一阵反胃,捂着嘴跑到院子里去了。陶姐却没那么强烈的生理反应,她对腊肉的本来面貌有免疫力,而且一向承认那是中国食文化之一脉,故持相当尊重的态度。

使她反应敏感的是另一半原因。

她满腹狐疑地问所长："所长,我们的事儿,怎么竟成了你们的政治任务呢?"

所长说："咱们别在这儿看着他俩倒腾那些品相不佳的东西了。眼不见心不厌,也到院子里去吧!"

于是陶姮跟在所长身后走到了院子里。

沃克站在院子一角,干呕了几次,除了呕出几口胃水,并没呕出什么有形物质。

所长递给他一支"中华"烟,说烟民的一大好处那就是感到恶心的时候,吸几口烟就可以成功地将恶心压下去,起码可以起到转移生理反应的作用。

沃克猛吸几大口烟,脸上那种受到严重摧残般的苦难者表情果然渐渐消失。

所长这才对陶姮解释——他们夫妇俩的事,县里的市里的乃至省里的有关领导,都一级一级做了重要的电话指示,要求各级治安人员积极配合,不容节外生枝,不许出任何差错,须当成与中美关系息息相关的一件大事来关注……

"怎么会这样?"——陶姮吃惊极了。

"我们夫妇要办的事情,与美国政府没有任何瓜葛!上帝做证,我们要办的事是完完全全的个人行为!"——沃克也唯恐不及地发表声明。

他俩说话时,所长就停止了吸烟,将持烟的手背于身后,另一只手习惯成自然似的横在身前,谁说话专注地看着谁的脸。等他俩先后说完了非说不可的话(他俩显然是这么认为的),所长这才将吸烟的手又调动到身前。他缓缓吸一口烟,走开几步,将烟头踩灭在院子角落,并随手从长在那儿的栀子花棵上折下两段,走回来给了陶姮夫妇。

他说："这花好。有点儿土就活,开花又多,花气又香。睡前放枕边,闻着花香睡,连梦都是香的。"

两段花枝上各开着五六朵洁白的花,花气果然香得令人陶醉。

"这个季节,正是栀子花盛开的时候。有那农村的老太太小女孩儿,一采采一竹背篓,穿成大小串儿,再背到县城去卖钱。小串一元,大串两元,县城里的人很喜欢买。"

分明,所长是个对栀子花深有感情的人。

但栀子花的洁白与香气,并不能打消掉陶妲内心那种狐疑。

她提醒道:"所长,您还没回答我的问题呢。"

沃克也说:"是啊,那同样是我的问题。"

所长笑道:"两位,千万别误会啊!你们要办成的事,当然是百分之百的个人行为,这是毫无疑问的。可是在中国呢,各级领导一重视什么事儿,就习惯于强调那事儿是政治任务。领导们既然那么强调了,我们下边的人,当然也就只能那么来领会。我们不那么领会,不是就会显得我们下边的人掉以轻心了吗?陶教授,这也是中国特色,您是能够理解的嘛。"

沃克就说:"那,我明白了。"

陶妲却说:"但是所长,我还是有些不明白,怎么我们这种事儿,从县里到市里到省里,好几级领导都知道了?"

所长就耐心可嘉地解释了一大番话。他说:"您二位想啊,您从美国来到中国,再来到我们省城,那都不会引起特别关注。现在,全世界许许多多的外国人,每天都从四面八方往中国来嘛!我们省有两三处国家级旅游景点,每年吸引来的外国人也不少。那几处旅游景点集中在省城周边,所以他们基本上都是住在省城的宾馆饭店里,观光之后,往往第二天就飞离省城了。可您二位不一样,您只在省城住了一晚上,第二天来到了管辖我们这个县的市里。那只不过是我们省的一个地级小市,还不到五十万人口,全市最高级的宾馆去年才评上三星,周边没什么值得旅游的地方,全市也没一家外企或中外合资单位。总而言之,我们那地级小市太不起眼了呀,几年都见不到一个老外。忽然有一天来了一位,还有一位是我们中国侨胞的女士陪同着,住宾馆一登记,还都是美国一所著名大学的教授,您丈夫中国话还说得那么好,当然就引起……"

陶姁插问一句:"注意?"

所长说:"不是注意不是注意,仅仅是好奇而已。是啊,你们来到中国这么一个不起眼的小市干什么呢? 不由人不多想啊!"

陶姁又问:"哪些人?"

所长被问得一愣,随即又笑了,技巧地说:"听您的话使我觉得我越解释,您的疑惑反而越多了,越大了。没关系,怪我不会解释。总而言之吧,容易引起人多想的事儿,不管什么人多想了,那不都很正常吗?"

"所以,我们再从市里到县里,从县里到镇里再坐农民才坐的小面包到这个村里,一路上就都被关注啰? ……"

陶姁显出很不高兴的样子来。

沃克说:"如果真是那样,太伤害我们对中国的好感了。"

所长说:"两位还是先把您的一堆疑问往一边放放,听我解释完。我就是再口拙舌笨不善于解释,解释完了,相信你们的种种疑问那也会打消的。"

陶姁不无嘲讽地说:"您很善于解释。"

所长厚道地一笑,看上去一点儿也没往心里去,继续进行责无旁贷艰苦卓绝的解释。看得出,他对他的解释自我给出的分数其实也不低。

按他的说法是这样的——各级领导之所以重视陶姁夫妇的事,完全是由于他的汇报。他之所以汇报,完全是由于王福至在陶娟家发给丽丽的一通短信。丽丽看了短信,立刻也给他看了……

"王福至那小子,在短信中告急,说是他和您二位,被陶娟纠集的一伙刁民扣押在尚仁村了,对方情绪失控,你们三个的处境很严峻,很危险。您二位想啊,您是美国公民啊,两位美国著名大学的教授啊,而且您此行的愿望那么良好,令人感动,这要是有个三长两短,我们镇派出所能没责任吗? 那我这所长还当得成吗? 我事先见到过您二位啊,对您二位要办的事是清楚的呀。所以,我哪敢怠慢呢,抓起电话就向县里汇报了,能理解吧?"

陶姐夫妇同时点头。

"县里的有关领导听了我的汇报,先是命令我们火速赶往尚仁村去解围,紧接着也向市里的有关领导汇报了。事情关系到你们两位美国教授的安危,他们敢不汇报吗? 也能理解吧?"

陶姐夫妇不由得又点头。

"我刚才说过了,我们那是一个地级小市,冷不丁下边汇报上来这么一件事,有关领导的神经那也够紧张的啊! 怕你们有个三长两短,这只是他们的一怕。还怕你们的事儿如果办得不顺利,陶老师家族那一方不领情,纠集更多的人,闹到市里,甚至闹到省里,那不是好事变成坏事了吗? 两怕中的哪一怕一旦成真,不少人那就可能丢官啊! 所以市里也得及时向省里有关方面汇报对不对? 设身处地,您二位若也是我们这儿县里市里熬到了一官半职的人,第一反应不也是得赶紧汇报么? 县里的头头脑脑,除了书记和县长有百分之几进步到市里的可能,绝大多数副职退休前再能转正那就谢天谢地了。可即使转正了不才是个正处吗? 地级市的市长书记,进步到省里的机会更小了,比针眼儿还小。所以呢,他们胆小怕事是必然的。一旦丢了官,不是大半辈子白熬了吗? 胆大的当然也有,一手遮天的当然也有,但毕竟是少数。而且呢,十之八九还有靠山……理解? ……"

陶姐夫妇三点其头。

人家所长说得在情在理,他俩听得也只有点头的份儿了。

"我是在车上接到县里的指示的。一位副书记亲自给我打的手机,传达了市里省里的指示之后,要求我必须每天按时向他汇报一下您二位的情况,您那事进展如何。您二位倒是说说,一级一级这么关心您的事儿,他们和我们,到底应该不应该呢? 如果您二位还是认为不应该,那么请当面指出,他们和我们,又究竟错在哪儿呢? 我的解释到此完毕,现在我洗耳恭听了……"

陶姐夫妇互相看看，一时都面有愧色。

"要我说，您二位不远万里来到我们这儿，纯粹多此一举。弄不好还事与愿违，适得其反。真真诚诚地来了，兴许会懊懊恼恼而去……"

不知何时，副所长也从屋里出来了。陶姐夫妇转身看着他，听着他那种等于是不客气的批评的话，不但面有愧色，简直还有些无地自容了。

副所长也不想照顾他俩面子，乒乒乓乓地只管指责："你们的愿望虽然是那么良好，但是良好的愿望那更应该由良好的方式方法来实现。比如你们如果从美国寄来一笔钱，多的话，十万二十万的，够尚仁村中学当成一笔奖学金用几年了。少的话，比如三万五万的，委托信得过的朋友直接送给陶娟，再附上封短信，只字不提当年那档子双方都不堪回首的事儿，那不也很好吗？那陶娟就会觉得真是天上掉馅饼了，也许还会把你们的信供在家里呢！三万五万，对农村是大笔钱数，亲兄乃弟同胞姐妹之间都未必肯给！……"

所长打断道："都未必肯借。生活好的一方，即使有那种能力，还怕生活穷的一方还不起呢！"

副所长接着说："是啊是啊。现在，六亲不认只认钱的人，太多太多了呀！可您二位倒实在，亲自到尚仁村去了，还哪壶不开专提哪壶，非把当年陈芝麻烂谷子那些破事儿从头抖落！要抖落那就连尚仁村和陶老师摆不到台面上的做法一齐抖落呀，你们却又不，反而替尚仁村和陶老师掖着藏着的，只承认自己当年的不对。那，结果可不就成了这样——似乎对方是百分百的受害者了，占足了百分百的公理了，人家当然狮子大张口，漫天开价啰！人还怕钱咬手吗？哎，简简单单的事儿让你们搞复杂了！陶女士，你说你们两口子亲自回来干什么呢？不是无事生非自讨没趣吗？你们给我们、给我们省市县各级领导也添了多大烦恼多大麻烦啊！……"

陶姐夫妇被副所长夹枪带棍地数落得一愣一愣的。那情形如同交警训斥严重违反交通规则的没脑子司机,夫妇二人的脸红过一阵,刚恢复了常色,紧接着又红了。

陶姐低头沉默良久。抬头看着副所长,对他的批评有所保留地说:"我亲自回来,是因为只有这样,才能表达忏悔的真意,我的良心才会得以平静。并且我和我丈夫来之前都相信,当年同样对我一家做了罪过之事的人,也肯定希望有一个当面向我忏悔的机会……"

"懂了懂了,别说了!"——副所长不客气地打断她的话,老师教导笨蛋学生似的又是一番谆谆教导,"记住,许多中国人缺的就是忏悔心!能不忏悔就不忏悔!不忏悔根本不成什么良心问题!能把罪过之事一干二净地推给别人,那还很得意呢!'反右''文革',一些人把另一些人整得妻离子散,家破人亡,疯的疯、自杀的自杀、残疾的残疾,至今有几个真忏悔的?你们得记住,要习惯的是忘却!都善于忘,便你好我好大家都好!……"

陶姐据理力争:"但我认为,普遍的中国农民是最善良的,所以应该比你说的那些人更明白做了罪过的事应该忏悔的道……"

副所长又毫不客气地打断她的话:"错!你认为你认为,你认为只不过是你认为!普遍的中国农民依然很穷!依然对他们老来的日子看不到好光景!依然对他们下一代的人生充满忧虑。这种情况下你要求他们也像你们一样具有忏悔意识?他们的良心不安是要用好处来换的,有时候是要用钱来买的!如果你真拍出一百万美金,我替陶娟他们担保,你希望他们怎么忏悔他们怎么忏悔!写忏悔书交给你,登报,上电视,都没问题!他们绝对会百依百顺的!这不是因为他们天生就贱!是因为他们贫穷了几辈子穷得没了多少志气!……"

"我们真拍不出那么一大笔美金……"

陶姐的脸红得像西红柿了。

副所长半点儿面子也不给,顶了一句:"那你凭什么指望对等的忏悔?也许一百年后,忏悔在中国才不必用好处换,不必用金钱买了!……"

副所长一大段话一大段话地批评陶姮时，所长又吸上了一支烟，也又给了沃克一支。陶姮觉得，副所长那么不客气地数落她，是正中所长下怀的。她开始认为自己被数落被别人夹枪带棍地嘲讽和挖苦确实是自找的了，因为自己真的给别人添了大大的一种麻烦。

所长终于又开口说话了。他朝陶姮笑笑，幽默地说："行了，批判会到此结束。陶女士，别生我们副所长的气啊，他性子直，心里有什么嘴上说什么，得罪不敬之处，您可多担待呀！"

"我不生气。我向你们道歉。"

陶姮向他鞠了一躬，也向副所长鞠了一躬。

"哎呀哎呀，不敢当不敢当！……"

副所长也脸红了，赶紧反鞠一躬。

所长又笑道："看，更复杂了吧！你们接着聊，我得到后院去和我的狗告别了……"

他说罢便往后院走去。副所长说了句"失陪"，也跟去了。沃克看着陶姮脚下却已迈出了一步，欲相随而去又忽觉不太应该，一时犹豫在那儿了。

陶姮说："别看着我啦，去吧。"

沃克大孩子似的笑了，不好意思地说："就去一会儿！"

前院只剩陶姮一人时，她心中顿生一种大的孤独感和一种新的内疚。如果说回国前她认为自己只对不起陶老师一人，那么现在则不然了，别人使她明白，她给不少人添了事端和麻烦，她也应该觉得对不起那些人……

后院传来那凶猛大狗亢奋的叫声。

屋里，王福至和大力争吵了起来：

"腊肉不长毛还叫腊肉吗?!"

"你住嘴，我在执行命令！"

连丈夫她也觉得对不起了，她忽然想哭……

163

此地的夜晚才更像夜晚。一年三百六十几天,当地人所见明月当头银河呈现繁星布满夜空的情形是不多的。通常的夜晚,总像是一只无形的大手将拱形的盖子盖将下来。那盖子起初并不多么黑,随着夜晚时间的推移,渐渐地就很黑了,终至黑得伸手不见五指。这样的夜晚,说是"天黑了",确是再恰当不过的说法。

这个夜晚也不例外。

前两个晚上,陶姮对于"天黑了"还没什么不适应的感觉。十三岁的时候,随父母落难此地的她是很盼望天黑下来的。因为"天黑了",则意味着对于她和父母,一白天谨小慎微提心吊胆的处境似可暂告一个段落了,不至于再听到呵斥和辱骂了。"天黑了",安全也就开始降临了。而"天亮了",却使她的神经随之又紧张起来了。此地是一处小盆地,四周被半高不高的群山包围,湿气浓重,形成了多雨少晴的小气候,所以连夜晚也一向潮热无风。

但此刻,陶姮忽觉很不适应了。除了不适应仿佛被置身在桶中的那一种黑,还很不适应那一种无边无际似的静。那一种黑那一种静,使她觉得除了王福至家的宅院,除了自己和丈夫以及另外两个男人,地球上似乎再没有人类了。这农家宅院以外,也似乎再没有别的宅院,再没有村落、小镇、县城、市以及省城了。似乎北京只不过是一种传说,而外国则纯粹是神话了。她这种不适应,很大程度上是由于内心的孤独引起的。但她尽量掩饰着不流露出来,因为她明白,她的情绪怎样对丈夫和另外两个男人的情绪影响很大,她宁肯强装笑颜,也不愿使他们再感到什么气氛压力了。

所长副所长走后,陶姮抢着做了晚饭。说是抢着,其实也只不过是代替了丈夫而已。王福至因为腊肉和腊肠全被扔了,大为不满,闹起情绪来。

他说:"一点儿腊肉腊肠都没有了,这饭我根本不知道该怎么做了!"

听来,他的话简直就是"罢工"宣言。

大力白他一眼,也发表声明似的说:"我的任务是保卫你们三个的安全,可不是留下来给你们做饭的。真没人做饭的话,我饿一顿两顿那也没什么。"

王福至挖苦道:"保卫我们的安全? 你连支枪都没带,就是万一发生了不好的事,你又能靠什么保卫我们? "

大力正气浩然地说:"为什么非带枪不可? 方圆几十里内都是农家,万一发生了不好的事,那我们面对的也是农民。用枪对付农民是错误的,也是愚蠢透顶的。能用道理把聚众闹事的农民说散了,那才算能耐。"

王福至继续挖苦:"就你,有那种能耐吗? "

大力自负地说:"我还真挺希望有个机会让我证明我有。"

沃克怕他俩越说越不快,息事宁人地来了一句:"我做! "

王福至和大力一齐转脸看他,都不接话,都一脸的嘲意。

沃克表情不自然了,追加一句:"我做有什么问题吗? "

大力这才说:"爱做你就做呗,但我们有不吃的权利。"

王福至接着说:"冰箱里还剩几块冻骨头,我看你把骨头化了喂狗去吧! 你不是挺在乎那狗对你的态度吗? "

陶姐看不过去他俩拿自己的丈夫打趣,庄重地说:"他很会做饭的。但是今天晚上,我又想做顿饭了! "

王福至几乎同时说:"要得要得! "

陶姐派王福至骑摩托到镇上去买馒头和咸菜。等王福至回来时,她已煮好了粥,拌了一盘西红柿,一盘黄瓜,炒了一盘青椒土豆丝和一盘茄子。王福至不但买回了馒头、咸菜,还买回了几瓶啤酒和半只熏鸭。

晚饭大家吃得倒也个个满意,连陶姐也喝了一杯啤酒。但她一口也没吃熏鸭。王福至不许大力吃熏鸭,护着。大力趁他不备抢到了几块,边啃边说味道很不错。沃克见他俩吃得津津有味,忘了所长的叮嘱,禁不住诱惑,也吃了几块,也说味道不错,并夹了一块想往陶姐的粥碗里放。陶姐却将所长的叮嘱牢记在心,用筷子搪住丈夫的筷子,端着粥碗起身离开了桌子。

晚饭后,她冲过澡,早早地就回到了房间里,躺在床上看《弟子规》。而三个男人,则在楼下看电视。

她忽然听到丈夫在楼下大声叫她,不知他有什么急事,赶紧穿上鞋走下楼,丈夫却说她下楼晚了,没看到电视里播的一条重要国际新闻。

她皱着眉埋怨:"全世界每天都有新闻,我就是少知道一条也变不成傻瓜,非得你大喊大叫地把我惊动下来吗?"

丈夫神情凝重地说:"美韩还是在黄海进行联合军事演习了!"

陶妲一愣。自从踏上中国的国土,她已经连续几天没看电视没看报了。并且,也不觉得那样的一条新闻有多么不寻常。她愣是因为丈夫的样子,而不是因为那条新闻使她感到吃惊。

沃克看出了这一点,又说:"中国外交部发言人表示强烈抗议了。"

她反问:"那不很正常吗?"

丈夫也被反问得一愣。

大力说:"中国的抗议很正常,美韩的联合军演不正常。"

那话听来,像一位中国外交官在答记者问。

王福至紧接着问她:"如果中美打起来了,你们还回不回美国了?"

陶妲立刻敏感地联想到了自己的话曾被"汇报"的事,以问代答:"你认为中美发生战争的可能性很大吗?"

王福至也被反问得一愣。

陶妲白答自问地说:"中美之间根本不会发生战争,因为首先两国人民将一致反对,包括你们,包括我们,对不对?"

三个男人便都看着她频频点头,如同三名接受老师论文辅导的政治系研究生。

你一句我一句的,不知是谁扭转的话题,又都议论起了所长和副所长。

王福至说,其实他对所长在陶娟家的表现是超服气的。以前他也没看出所长有什么能力水平呀,怎么今天换了个人似的,彬彬有礼地,三下五除二地,易如反掌似的,就将陶娟和李顺利给摩挲得服服帖帖的了呢?没法让他不服气。

大力说,所长当然是有水平的,人家从二十来岁就是镇派出所的警员了,都二十六七年了才熬成所长。他的最大长处是了解农民,知道在什么情况之下怎么使情绪化的农民平静下来。论他这方面的丰富经验,那都可以写成警校教科书了。

沃克说,他觉得副所长今天的一些话说得也很实在,尽管差不多都是训他和妻子的话。但人只要实话实说又说得有几分道理,大多数挨训的人是不会生气的。

大力说你们夫妇俩没生气就好。说副所长是从省警校毕业的研究生,因为家是农村的,没任何城里的关系,本来能留校,最终还是被有硬关系的同学顶出了校门;能留在省城最终也被顶出了省城;被有各种各样社会关系的同学顶来顶去,最终顶到了这个镇的派出所,才算终于落脚稳定了,没人再跟他争位置了……

"他看问题很深刻。"

大力用这句话结束了对副所长的评价。

王福至说:"听你话的意思,好像所长就不深刻。"

大力立刻表白:"他们二位做证,这可是你说的,我的话没那种意思。所长看问题,掰开了揉碎了,喜欢看到最简单明白的那一方面。而副所长习惯于往一些事情的根子上细看。都不是菜鸟,各有各的能力,各有各的水平。"

听得出来,他对两位顶头上司很是钦佩。

沃克忍不住问:"那你,就甘心当一辈子小镇警员,不想努力混个所长副所长的当当?"

大力哈哈笑了两声,轻描淡写地说:"咱也不是那块料哇!在两位领导心目中,咱还算是名称职的属下,那就谢天谢地心满意足了!这人嘛,多少总得有点儿自知之明啊！"

陶姐单看着丈夫一人又说："别瞎聊了，跟我上楼吧。"像一位对儿女管教很严的妈妈对小儿女说别玩了跟妈回家。

丈夫冲另外两个男人发窘地笑笑，很乖地跟在她后边上楼去了。

夫妇二人一回到房间，丈夫不悦地说："随便聊聊有什么？你不至于以为他俩谁的兜里揣着录音机吧？"

"那谁知道？"

陶姐往床上一躺，又拿起了《弟子规》。

丈夫却在屋里东看西看起来。

她奇怪地问："你想找到什么？"

丈夫说："想检查一下房间里有没有窃听器。"

她皱眉道："别贫。快去冲澡，早点儿上床休息。"

丈夫却说上床可以，但睡觉太早了。一边说一边脱了鞋上了床，俯身吻她一下。她领会了那一吻的诉求，将身子一翻，侧躺着了。于是丈夫也躺下去，从背后温柔地搂着她，不着边际地说："我再一次向你请罪。"

她一动未动，困惑地问："又做什么对不起我的事了？"

丈夫说："还是我和丽丽那件事儿。"

她扑哧笑了："别牵连上人家丽丽啊，那纯粹是你自作多情。你以为每一个年轻的中国女子都对美国老头儿想法多多呀？栽面子了吧？"

他说："我想，当时我是真醉了。"

她说："我想，当时你是真以为中国小镇路边的野花一定很容易采了。不过你的自作多情是全世界已婚男人的通病，我宽恕你就是了，以后别再提了，过去了那就是过去了。"

丈夫问她对镇派出所的四名干警今天的表现怎么看。

她反问他怎么看。

他说，和他们发生冲突那次，他认为他们是中国的一些坏警察；和他们坐一块儿喝酒那次,他认为他们是些本色不好不坏的警察;而今天,他认为他们是些很称职的警察。尤其所长的表现,不但很称职,简直还挺有水平,使他见识到了他们警察本色的另一面……

陶姐表示同意丈夫的看法。她举美国电影《撞车》中那名警察为例,认为全世界各个国家都有些同样的警察,就职业本色而言他们差不多是优秀的,就人性本色而言他们各有各的心理问题。当他们的心理问题凸显,占了上风,必然给人以坏警察的印象;当他们的职业本色凸显,责任感占了上风,自然令人起敬意……

丈夫说,所长发给每个部下的《弟子规》,肯定是希望通过良好的文化来化解自己和部下的心理问题,这一种想法是积极的。

陶姐说最近她形成了一种社会观点,那就是她认为文化在政治之上。政治中如果少了文化元素,那就差不多仅仅变成统治术了,除了权谋与阴谋,差不多再就没什么了。而从文化中剔除了政治,它还是那么源远流长,气象万千,丰富多彩。一个好的社会一定是一个好的文化体现于方方面面的社会。而一个特别政治化的社会肯定是不成熟的社会,甚至可能是病态的畸形的社会。中国的问题恰恰在于,某些政治人物过分迷信政治手段,对文化的态度仍仅仅是利用,而不是尊重。并且,他们自身又往往是没有多少文化可言的,几乎彻底成为政治动物,所以他们只善于背极其政治化的话,很少能说出几句体现自己独立见解的有文化的话……

丈夫说,中国的官员们不是都很重视文化吗?所长就是一个例子自不必说了……

陶姐打断道,所长不能成为一个例子。镇长才是科级干部,他只不过是副科级,根本算不上是官员,是国家公务员而已。他的做法,也只不过体现了基层国家公务员对文化的本能觉悟。

丈夫说,能有这一种觉悟也很好啊!

陶姐说,但是中国大小官场上有种普遍现象,在那类"场"上文化分为四类:政治的,即有利于统治的;古代的,以孔子为代表,教化人民大众怎样做模范公民的;商业的,引导文艺家挣钱的;娱乐的,逗大人孩子笑的。但你就是很难听到他们口中也谈点儿西方文化思想,比如关于民主、自由、社会公正、平等、博爱情怀什么的……

丈夫说,能教化人做好公民的文化当然值得大力弘扬啦!孔子是伟大的,我可是先爱上孔子,后来才爱上你的!

陶姐说,孔子当然是伟大的,但他首先是封建历史时期的思想家,他维护封建秩序和道统的思想根基是至死没变的。"克己复礼,悠悠万事,唯此为大"之类的话证明了这一点。不少中国当代复古派文化人士,却成心回避这一点,仿佛如果能成功地用孔子语录来教化当下人,自己们就为中国当代政治立了文化大功了似的……

丈夫连连摇头,说亲爱的啊,我至今仍是孔子的忠实粉丝啊!你不能这么无情地动摇我心目中的文化偶像啊。我记得八十年代中期,西方有几十位诺贝尔奖获得者聚在一起开会,说只有用中国孔子的思想,才能更好地解决世界上遗留的和将会发生的种种问题……

陶姐说,亲爱的,你别忘了,我可正是那个时候才离开中国的。那时候,中国的文化禁锢局面还没怎么破除,人作为人,独立之精神自由之思想的权利还无从谈起。结果又搞起了"小文革""清除精神污染""反对资产阶级自由化",双管齐下,许多知识分子又噤若寒蝉了!孔子都不能帮中国解决好自己的问题,又怎么能帮全世界解决问题呢?现代的国家问题,世界问题,只能靠现代的文化思想来解决……

但孔子"己所不欲,勿施于人"这句话难道不是放之四海而皆准的至理名言吗?

但怎么才能使人做到这一点呢?孔子并没给出具体可行的方法。比如这《弟子规》上说的,"同是人,类不齐;流俗众,仁者稀。"希望一概的"流俗众"都像君子圣贤一样行事,那现实吗?所以得有这等振聋发聩的话——"天赋人权""不自由,毋宁死""思想之权是人世世代代不可度让的权利!"

陶姖像是在研讨会上与学术对手辩论,振振有词。

丈夫将手从陶姖身上移开了。她感觉到他坐了起来,便也又一翻身,仰躺着了,这样两人就可以互相看着了。

对于他们夫妇二人而言,如此这般的床上思想交流、碰撞、讨论乃至辩论,太是家常便饭了。双方有时都会辩论到面红耳赤的程度。但总的来说并不损伤感情。恰恰相反,关系越来越亲爱了。并且,因为互相经常能从对方的思想中吸收营养,取长补短,丰富自己的思想,所以由亲爱之中,渐生出彼此都很由衷的感激和敬爱来。

如果说这世界上只有为数不多的两口子关系不但是一向亲爱的而且还是彼此敬爱的,那么这两口子便是少数之中幸运的一对儿了。更有时,床上辩论还会成为这两口子之间的一种乐趣。丈夫为了补充思想论据以使自己立于不败之地,每至于赤身裸体蹦下床去,启动电脑搜索一番相关的资料,或站在书橱前不厌其烦地东翻西找。放回一本书籍取下另一本书籍,直至从书中发现了一心想要找到的一段文字为止。再上了床,则会将她搂在胸前读给她听,之后每问:"亲爱的,承认我是对的,你是错的吗?"

倘她确被辩服了,她会乖乖地承认的。

即使未服,往往也会这么说:"今天到此为止,明天继续行不?"

或说:"咱们先让思想见鬼去,互相补点儿氧怎么样?"

于是丈夫就会放下书籍,情欲强烈地吻她。

接下来,连做爱的感觉都好得没比……

简直也可以说,这两口子在床上的思想交锋,大有做爱前戏的意味。他们在床上讨论和辩论过的事情、问题,几乎涉及了古今中外的方方面面。一对夫妇如果都不是喜欢思想的人,他们一辈子在床下说的话肯定比在床上说的话多得多。上床之后再缺少做爱的"节目",其实同床而眠是顶没意思的,那真的还不如各睡一张床舒坦。倘只有一方是喜欢思想的人,那么这一方往往会将床笫当成了"百家讲坛";而另一方要么终于有一天烦了,恨不得将对方一脚踹下床去;要么修炼出了一种真功夫,能将对方的喋喋不休当成催眠曲。只有夫妻双方都是像陶姬和沃克那样的人,床才不但是有性趣的地方而且是有兴趣的地方,才是值得宁肯多花点儿钱也要求一下品质的东西。

丈夫将双腿蜷曲了,搂抱着,侧脸低头看着她说:"我想听听你对中国传统文化思想的总体看法。以前,我们在这方面交流得很少,我一直觉得你是像我一样热爱中国传统文化思想的。现在我才了解,其实不是那样。说说吧,我现在比任何时候都想听你的真实想法。"

丈夫的话说得很忧郁,表情也那样。

陶姬心里倏然一阵难过,几乎掉下泪来。她明白丈夫的话其实等于在说——亲爱的,留给我们能这样交流思想的时间已经不多了啊!

她伸出了一只手,丈夫便也默默伸出一只手,让她握着。

她也温柔地看着他,苦笑一下,回味地说:"以前,我们不但在自己家的床上,而且在我们旅行时所住的酒店的床上、汽车旅馆的床上、乡间旅馆的床上,也说啊争啊的讨论过各种各样的问题,但却从没在别人家的床上讨论过对不对?"

丈夫点了一下头。

她问:"亲爱的,你至今仍觉得那是些愉快的时光吗?"

丈夫又点了一下头,将她的手举到嘴边轻吻着,他快哭了。

她安慰道:"别哭,亲爱的……依我看来,传统的意思无非是说某种道统的传承,对于中国古代的文化思想,一次文化大革命造成极大扫荡。'文革'以后几乎全体中国人的头脑,都须经过一个排毒的过程,才能再装进新的与现代人的头脑相匹配的思想。有的人较快也较彻底地完成了排毒过程,当然也就较自觉地往头脑里装进了新思想。有的人的头脑里,早已被塞满了有害的思想,连脑壳骨都中毒了,整个大脑快变成一块有毒的结石了,哪儿那么容易装进什么新思想呢? 而还有更多更多更多的人，头脑不是用来自己思想的，似乎天生就是用来供别人往里塞思想的器物。没谁天天月月年年像从前那样硬往他头脑里塞了，他的头脑似乎也就没什么用了，似乎只接受或产生一点儿能不使自己吃亏的小聪明小狡狯也就够了。如果还能使自己善于占便宜，在名利方面先下手为强，那他就会自认为是个智慧型的人。厚黑学在以前是一种讽刺的文化现象，现在呢，似乎成了普遍的价值观，人人心照不宣，奉为广大神通的诀窍。所以中国哪有什么传统文化思想呢，只有历史概念的古代文化思想罢了。倒是也有些人士在传，但即使这些人士中，真信奉并且身体力行照着那么去做的又有几个呢？他们中某些人，一方面在电视中大谈君子近义小人近利，一方面趁机炒作自己。他们与出版社出版商那种既同谋又在版税方面贪欲十足的劲头，比他们所谓的小人更近利忘义甚而根本不义。亲爱的，作为中华民族的女儿，我陶姮有何德何能，竟敢蔑视我们几千年以来丰厚无比的文化思想呢？我并不赞成鲁迅们将中国传统文化思想视若粪土的态度，我也做不到像王观堂那样为中国传统文化思想去殉身。我所无比敬爱的，其实是蔡元培、胡适、李大钊、陈独秀们那样一些历史人物。蔡元培、陈独秀们，早年是组织过‘四不会’的，就是不吸大烟，不酗酒，不赌博，不嫖妓。我猜想，他们小时候即使没读过《弟子规》，肯定也有师长们用《弟子规》教诲过他们。而陈独秀们，后来还将‘四不会’更名为‘八不会’，对自己德行的要求更多更严了。像陈独秀和李大钊这样的人物，他们既是倡导变革的革命者，又是按中国传统文化思想所推崇的‘士’的风范要求自己的君子型人物。他们可不是那种乱世枭雄式的革命者。但亲爱的，我对中国近代史的真相了解得更多一些之后，以现代人的眼光来看他们，简直不能不被他们的人格魅力所折服啊！最主要的，他们在他们所处的时代，又都是民主主义者。民主主义在当年不就是新思想吗？所以他们当年又都是些以火一样的热情拥抱新思想的人。蔡元培病逝后，傅斯年说：‘蔡元培先生实在代表两种伟大文化：一曰，中国传统圣贤之修养；一曰，西欧自由博爱之理想。此两种文化,具其一难,兼备尤不可觐。先生殁后,此两种文化,在中国之气象已亡矣!'而蔡元培说:'近代学者人格之美,莫如陈独秀!'他又说胡适:'旧学邃密,新知深沉。'还有人说,胡适是'传统中国'向'现代中国'发展过程中,继往开来的一位伟大的书生,一位启蒙大师。陈独秀呢,他是这样评价李大钊的:'从外表上看,守常是一位好好先生,像个教私塾的人;从实质上看,他生平的言行,诚如日月之经天,江河之行地,光明磊落,肝胆照人。'而陈铭则如此评价陈独秀:'谤积丘山,志吞江海,下开百劫,世负斯人!'啊,中国当年还有一位人物卢作孚,是上海也是全中国全世界最清贫的银行家,梁漱溟说他:'胸怀高旷,公而忘私,为而不有,庶几乎可比于古之贤哲焉。'他们都是被传统文化思想化到了灵魂深处的人,也都是西方现代文化思想的播种者……亲爱的,我说了这么多,其实是想嘱咐你,我死后,你不要像以前那样,再轻易发表一些关于中国传统文化思想的文章了。比起我来,你还是不太了解中国的。中国的问题,最终是会出在文化上的。占世界人口将近四分之一的一个国家,一直缺乏当代的文化思想力怎么行呢?而现在正是缺乏,也简直可以说是没有。没有新的,才只能祭起古代的。古代的再好,也不能靠它来当盾,企图阻挡新的。这是很可笑的,是文化思想方面的懦夫行径。与当年的蔡元培们相比,实在是虚伪。所以,作为我的丈夫,你不要由于看不透这一点而跟着瞎起哄。孔子解决不了中国的什么实际问题,仅仅靠《弟子规》也不能为中国造出一代新人。如果你真的也像我一样爱我的中国,替我的中国忧顾,那么你倒是应该多和你以后接触的中国人传播传播西方那些优秀的文化思想、社会思想,就像我们当年的蔡元培们所做的那样。即使被宣布为不受欢迎的人,也要在所不惜……"

丈夫孩子似的哭了起来。

这时,窗外忽然呈现了满夜空的礼花。

几分钟后,夫妇二人出现在王福至和大力面前,奇怪地问他俩礼花为何而放?

那两位爷都舒舒服服地仰坐在竹躺椅上,各自手持蒲扇,边看电视,边用蒲扇啪啪地打蚊子。另一只手也没闲着,不时从托盘里抓起瓜子嗑。嘴也够忙的,还抽空儿发表几句评论。

两位爷看的是《非诚勿扰》。

王福至说,礼花是另一个村"同志村"的人家放的,证明那一户人家明天要为儿子办喜事了。说我们这地方还没实现社会主义新农村,东一户西一户,住得特别分散。农村又不时兴送请柬,买请柬那不还得破费几个钱吗?为办喜事儿多破费几个钱现在的农民倒也不在乎,主要是觉得挨家挨户送太麻烦,骑着摩托也得送一天。而且呢,不打算参加的,你不晓得偏将请柬送上门去,那双方是多么尴尬?一心想要喝你家喜酒的,若又偏偏没将请柬送到,人家不挑理才怪呢!头天晚上放礼花就很好,方圆十几里内是个人就看得到。喜事放礼花,丧事放鞭炮。看到的听到的,互相一打听一告诉都知道了。不单独请谁,也就没有远近亲疏的关系区别。广而告之,一视同仁,愿者自往。不至于得罪谁家,也不至使哪一户认为是被勉强。办事儿的人家显得多么自尊自重。放礼花放鞭炮也有分教,如果只放十几分钟,那就是一种小操小办的声明,仅限于对本村人的广告,外村的亲朋好友,若有忙事不去,那也是能被理解的。若一放半个多小时一个来小时,那就是一种大操大办的声明了,外村的亲朋好友,再忙每家也得派出一名代表去参加的。居然没代表人物到场,一般性的理由可就解释不过去了……

王福至虽然说得很详细,陶姐和丈夫心中还是难免生出一个大的疑惑。两口子交换了一下眼色,陶嬗对丈夫嘀咕了几句,由沃克将他俩那个共同的疑惑问了出来:"那个村,为什么叫同志村呢?"

大力为他俩解惑了。

他说,一九四九年以前,放礼花那村叫尚礼村,有一名中共地下党员在这一带潜伏过。不知被什么人出卖的,总之是某一天从县城来了一批国民党特务,五花大绑地将他从村里抓走了。没过几天,在县城被枪毙了。尚礼村的些个农民,觉得那姓周的中共地下党员平素对大家客客气气的,谁家日子过得苦常帮谁家干农活,分明是个好人。他们念他这一点为人方面的好,就凑钱买了份薄礼,托人情找关系,将那周姓中共地下党员的尸体弄回了村,挖个坑埋在山脚下了。当时连块碑也没敢立。解放了,才为他立了块碑。因为不知道他的名,只知道他姓周,所以碑上只刻了"周同志"三个字。再后来,因他确实在村里住过,全村人感到光荣,就将尚礼村改成"周同志村"了。"周同志村"说起来绕口,再再后来,干脆把"周"字省了,说成"同志村"了……

大力讲完"同志村"这一村名的来龙去脉,也奇怪地反问:"同志村这村名不好么?"

陶姁肯定地说:"好。"

大力又问:"好你们两口子为什么那种古怪表情?"

沃克刚欲回答,被陶姁在胳膊上暗拧一把,将到嘴边的话咽回肚里去了。

陶姁又说:"大概全中国只有一个村是叫同志村的,所以我们都觉得好奇。听你一讲,我们明白原因了。"

沃克忍不住还是问了一句:"那位周同志,他当年潜伏在尚礼村,究竟是为了执行什么特殊任务呢?"

大力说,那就没有任何人清楚了。甚至也没有任何人知道他是不是真的姓周。一九四九年以后,县里听说了他的事,派人调查了解过,打算将他的尸骨移到县城去,再为他立座烈士纪念碑。可当地农民们对他的任务一点儿也不了解,只不过都认为他是一个好人。大部分敌伪档案也不存在了,残存的里边,根本没有一笔关于他的事的记载。县里就将他的事上报到了市里省里,希望由上边来验证他的确切身份。当年也挺重视这件事的,可是不少人费了不少时间和精力,到底也没调查个水落石出。所以也可以这么说,山脚之下埋的被当年些个农民认为是好人的人,究竟是否真的就是一位中共地下党员,官方的态度其实是存疑的。

既然连这一点都存疑，那当然就没法儿被视为烈士了。也许当年要是从容细审县里的一些敌方俘虏，能审出点儿有参考价值的线索来。但当年县城一经解放，那些没来得及逃跑的国民党委任的头头脑脑文的武的，几天内就都被接二连三地镇压了。没被枪毙的些个一般"敌职"人员，对周姓共产党人的事儿同样一无所知……

"现在县里和上边有关方面的领导，对这件事是这么个态度，既然那姓周的人被当年的老百姓认为是个好人，又确实是死于国民党统治者的枪口之下，民间如果宁愿将他视为中国共产党的烈士，那也绝不加以反对。尚礼村也完全可以继续叫'同志村'。只要人民群众宁肯那么叫下去，各级当局没什么意见……"

大力一挥蒲扇，啪地拍了王福至的后脑勺一下。如同说书的拍了一下醒木，戛然而止地结束了具有权威意味的陈述。

"我又没打岔，你给我一蒲扇干什么？"——王福至不高兴，也还击了他一蒲扇。

大力笑道："你看你这人，不识好歹！我奉命保护你们，那就要尽职尽责，连蚊子在你后脑勺嗡嗡我也得有作为嘛！"

"这话我听着还怪顺耳！"

王福至也笑了。

陶姮却笑不起来。关于"同志村"的往事，令他俩本已有些忧伤的心情更忧伤了。

而礼花仍五彩缤纷地在窗外的夜空绽放着。

电视里传出一阵集体的掌声，《非诚勿扰》即将结束了。

王福至一边按遥控器选择频道，一边说礼花都放了快半个小时了，看来明天将有一场大操大办的婚礼。又说"同志村"放礼花那户人家，和他家沾着点儿亲。按辈分，他得叫那户人家的男当家人三叔。所以呢，他明天必得去送一份彩礼钱，也得去赴那一场喜宴。

大力说，你大包大揽的破事儿还不知该如何了结呢，倒有心去凑热闹喝喜酒,没你这样的! ——刚一说完,看了陶姮夫妇一眼,又连说些对不起冒犯之类的道歉话——因为将他们夫妇的事一顺嘴说成了"破事儿"。

陶姮尴尬地笑笑说没什么,尽管他们夫妇要办的事儿不是一件"破事儿",但确实给不少人添了麻烦,被麻烦的人有理由发发牢骚。

王福至就打圆场,说你俩那事儿,你们尽管高枕无忧,各级领导都重视了,还一一作出了电话指示,那就等于官方开始介入了。官方介入的事,那还有个解决不完满的吗? 所以呢,自己明天当然也可以大松心地去喝喜酒。

"官方介入"四个字,令陶姮夫妇听了又顿生郁闷。二人互相望望,心里都有话,嘴上却都不便说。

大力看出来了,纠正王福至的话,说他说得不对,不应该说是"官方开始介入"。正确的说法应该说是"各级有关部门开始协助,促成。"

王福至居然一反常态,以作检讨似的口吻承认自己的说法的确不妥,容易使人产生误解。分明是为了冲淡自己的错误言论造成的沉闷气氛,他一转话题,极富热忱地游说陶姮夫妇明天和他一块儿去赴喜宴,并说那是他俩一次难得的感受民生和民风的机会。

可陶姮夫妇又哪里有良好的心情去感受呢? 都摇头。

大力也从旁极力劝说。夫妇二人经不住他俩左一句右一句一个比一个能说会道一个比一个热忱恳切的动员,终于都违心地点了点头。

直至那时,礼花还在夜空绚丽绽放,一番更比一番美艳……

第八章

"同志村"比尚仁村小一半。人口少,土地少,自然就小。但据王福至说,三个村子比起来,还数"同志村"的富裕人家多。因为当年,他们那个村的党支部胆子大,中央还没下"红头文件",他们就偷偷将土地划分了。等别的村也动起来了,"同志村"的人都开始出外打工了。等别村的农民醒过神,也紧赶慢赶地出外打工,"同志村"的农民已用打工挣的钱盖起小楼了。正应了那句话,"所谓命运,其实只是人生关键处的几步。"——对于一个村,差不多也是那样。

大力接到了丽丽发的短信,匆匆到尚仁村找她。只王福至一人陪陶姐夫妇到"同志村"去了。

新郎家楼前的水泥平场面积很大,用竹竿做支架,搭起了遮阳板的凉棚。但从一清早就开始下雨,九点多了还没停的意思。好在人们也不管下雨不下雨的,从四面八方赶来,聚在棚下,依然全都兴致勃勃。有的亲朋好友还带着孩子,男孩女孩兴奋地在棚下跑来跑去。居然从县里请了助兴的"赶婚乐队",正式的婚礼主持人。主持人是个伶牙俐齿的姑娘,乐队是由一些有点儿音乐细胞的农村男女青年组成的。据王福至说他们业务很忙,临时是绝对请不到的,得提前多日才能预约上。主持人和乐队都特敬业。怕大家等得寂寞,一会儿主持人唱首歌,或说一段逗乐子的笑话,一会儿乐队奏乐。集体制造出大的响动。间杂着,东边的一个孩子摔了,哭了;西边的两个孩子打起来了,小嘴儿里骂出脏话了。而大人们,则全都处之泰然,坐在一张张桌旁,饮茶,嗑瓜子,吸烟,在热闹得近于混乱的气氛中,习惯又从容地聊天。

沃克看得来趣,说是他所参加过的气氛最生动活泼的婚礼。

陶姮却看出了不寻常,也可以说看出了问题,看出了不平。她见些个十八九二十几岁的青年男女,也都围坐在两张桌旁,一个个穿得光鲜齐整,或勾肩搭背地说着亲密的话,或独自架着二郎腿吸烟,嗑瓜子,仿佛是些身份更上等的贵客。从他们中,不时爆发出一阵阵笑声。而忙忙碌碌干这干那,淘米洗菜烧火拎水倒水的,却几乎尽是老头老太太。他们连身体面的衣服也没换上,忙得彼此顾不得说话。有时说了对方也难以听到,便扯开嗓门喊。竟有那老太婆,显然忙得晕头转向了,端着大盆或抱拳着双手自言自语:"我该干啥子来,我该干啥子来?"

陶姮将王福至招到跟前,问他:"怎么能这样?"

王福至莫名其妙地反问:"哪不对劲儿了?什么事使您不高兴了?"

陶姮指着说:"你看,只些个老人在忙,年轻人们反倒闲得大爷似的。"

王福至笑道:"看不惯?"

陶姮生气地说:"当然!你看得惯?"

王福至从桌上抓起一支喜烟,不慌不忙地点着,有滋有味地吸了一大口,吐出一缕幼蛇般的青烟,见惯不怪地说:"他们可不是大爷嘛!如今大多数农户也只有一个下一代了,独苗啊。城里人拿自己的独苗从小当宝贝儿,当宠物,当上帝,当小太阳什么什么的,就不许农民拿自己的独苗也那样了?"

陶姮说:"平常是平常,这会儿不正是忙的时候吗?怎么也不能干坐那儿,干看着,该干那也得帮大人干点儿什么呀!"

王福至朝青年们围坐的两桌瞥了一眼,压低声音说:"这种时候,他们又能插上手干什么？那些活那些事，他们也不懂怎么干怎么做啊！如今这一代农民的后代，不要说都不怎么下地干农活了，从小连家务活也很少帮着大人干了。都已经在外打工了，一年到头多少总能带回来一笔钱。能带回点儿钱来，就比父母辛辛苦苦在地里干一年挣得多。现在的农村，父母对他们太不重要了……"

陶姐指着说："重不重要的单论，你看你看，俩老太太在贴对联，上下联贴反了不是，这种事儿他们总能比老人们做得好吧？"

王福至朝两位正贴对联的老妪望一眼，不以为然地说："那未必。让他们贴，也许照样贴反了！还有呢就是，您不必替那些老人抱什么不平，这种时候，他们倒觉得自己终于又派上了用场，忙得高兴，时兴的话那叫体现了一种价值！"——尽管嘴上这么说，毕竟也还是和陶姐一样有些看不过眼去，扭头朝青年们喊，"那边儿把对联都贴反了你们没看见呀！"

而青年们，有的似乎根本没听到；有的虽然听到了，朝两个贴对联的老太太或王福至望了望，但也就是望了望而已，转眼该怎么样又怎么样了。

王福至苦笑，表现出他的无可奈何，嘴角斜叼着半截烟，自己纠正两个老太太的错误去了。

陶姐说："真想训训他们。"

沃克说："你完全没那个必要，我认为也许正是他说的那样。"

陶姐望着王福至将贴反的对联揭了下来，较真儿地说："老人们自己心里怎么想的不必非搞清楚，问题是那些他们的儿女或孙儿女心里究竟是怎么想的！"

丈夫刚欲再说什么，忽而有个中年男人来到棚下，说由于昨天夜里一直下雨，路上出现了塌方，迎亲的车队被堵住了。

青年们皆望着那人，听着他说，却没一个往起站一下。倒是几个中年的老年的男人，这里那里找到几把锨，相跟着报信儿的男人匆匆而去。

棚下刚安静片刻,乐队又奏起了震耳欲聋的喜乐。

陶姐冲丈夫的耳朵大声说:"咱们走吧,震得我头疼,你不走我走!"

丈夫点点头,便也站了起来。就在此时,棚下一角忽而混乱,接着有个老汉冲乐队大喊大叫,于是喜乐顿停,棚下肃静无声。然而混乱却仍继续着,看来是发生了很不好的事,因为连青年们也几乎全都站了起来,一个个踮起脚尖,伸长脖子,往混乱处看。

那制止住了喜乐的老汉冲青年们嚷嚷:"还都傻看着干什么啊? 还不跑路上去拦车!"

于是有几个青年离开大棚,朝公路跑去。

陶姐夫妇欲上前看个究竟,有位抱孩子的妇女拦住他俩说:"别看,烫得怪吓人的,别吓着你们这样的人!"

她将"你们这样的人"几个字说出格外强调的意味。

接着陶姐听到周围有人七言八语地说,谁谁家前来帮喜的老娘,从一口大锅里捞尽了米饭,将米汤舀在一个大盆里,端着要去倒掉,不料脚下一滑,仰摔在地,一大盆米汤当胸扣在她身上……

"烫得要不要紧啊?"

"还问要不要紧! 一大盆滚热滚热的米汤当胸扣在身上,只穿了件薄衫子,那能有好吗?!"

陶姐未听犹可,一听那话,双膝顿时发软,一下子坐在一条长凳上。还幸亏身后恰巧有那么一条长凳,否则坐湿地上了。

从人们围住的角落,响起了令人揪心的呻吟。

陶姐脸色刹那间苍白了,且从额角淌下两行冷汗。她是个对于别人的伤痛极为敏感的女性,一旦就近见闻,仿佛连自己身上都疼起来了。汶川地震中那些令人骇然的电视新闻画面,她是不敢看一眼的。但是却赶快往灾区寄钱,还积极踊跃地参与各种形式的募捐活动。总而言之,她的神经脆弱得很。她觉得周围原本坐着的人都站了起来,唯独自己反而坐了下去,不好。努力站了两次,竟没站得起来。她朝公路的方向望,见几个青年的身影,还木桩似的站在公路边上。分明没车辆经过。

"沃克!"

丈夫也在往公路的方向望,听到她叫他,将目光望向了她。

"快让王福至把那辆'奔驰'开来啊!"

于是丈夫大喊:"王福至!王福至!王……"

别人告诉他,王福至扛着锨清路去了。

他就又呆望着陶姐,摊开双手,没辙地摇头。

陶姐冲他嚷了一句:"你摇什么头啊,你自己就不会开了吗?!"

丈夫其实也有点儿被突发事件搞蒙了,经她一嚷,猛醒,二话没说,拔腿便往尚义村跑。陶姐这才又往起站,总算能够站起,便一小步一小步地离开了棚下,抄近路也往尚义村走。别人还以为她心脏不好,是想回到住的地方躺下。担心她不等走到,晕在半路,于是互相问要不要有人扶她回去。有个少女听大人们互相这么问,追上她,要扶她。她说不用扶。她心脏倒没什么毛病,是心细,怕丈夫忘了带钱,即使将烫伤的老太太送到了医院,也不能使她及时得到救治……

快到中午时,婚礼还是"按既定方针办"了。尽管受到突发事件影响,喜气多少打了折扣,却倒也算进行得有条不紊,圆满成功。

陶姐夫妇自然是错过了婚礼的,那时他俩已在医院里,相跟随的还有尚义村的一个青年。陶姐坐在后排座照应着一路呻吟不止的老太太,车里再就坐不下人了,所以尚义村也只能跟去那一个青年。破"奔驰"关键时刻竟特争气,居然一路没出什么毛病。那青年也充分发挥了作用,陶姐怎么吩咐他便怎么做,表现出极为服从的配合。先是送到了镇医院里,镇医院给做了番简单又必要的处理,并给伤者打了一针止疼针,便催促快往县医院送。镇医院的条件毕竟差,那么严重的烫伤,他们不敢留治。多亏破"奔驰"争气,多亏陶姐想得周到带上了钱;多亏沃克驾车的技术高超;也多亏那个跟去的青年极为服从支使,那阿婆被及时推入了抢救室。住院手续也办得顺顺利利。

等陶姐夫妇回到王福至家,已是下午三四点钟了,大力和丽丽已在王福至家等他俩。沃克没能将车开回王福至家,那破"奔驰"似乎在将老阿婆送到医院后就完成了最后的"神圣使命",于是咽下了最后一口气。三人再坐入车内时,沃克怎么也不能将它发动起来了。拥有美国的汽车维修技师证的沃克忙了半天,急出了一头汗弄了两手油污,也没能使它再喘上一口气儿来。三人只得一块儿使劲,将它推到医院的停车场,之后乘出租回到了各自的村里,都没顾上吃饭。非中午非晚上的,王福至见家里没什么可吃的,他就骑上摩托去镇里买回了几个馒头。

大力责备王福至,说他小抠,不买包子偏买馒头——那才能少花几角钱?难道就不被陶姐夫妇所感动吗?人家夫妇二人可是几千元住院费都为不相干的人垫上了。

王福至瞪起眼睛反驳:"龟孙子是因为小抠才偏买馒头!不许买有馅的面食给他俩吃,这不是你们所长叮嘱的吗?"

大力又说:"那你起码应该买点儿咸菜回来!哪怕买瓶腐乳回来,那也算你不小抠!只买回几个馒头算怎么回事儿?让人家夫妇俩干啃馒头啊?"

王福至被噎得没话了。不跟大力斗嘴了,红着脸请陶姐夫妇原谅,说他委实是忘了。丽丽命他快去烧水。他转身去烧水时,陶姐夫妇已都洗了手,各自抓起一个馒头狼吞虎咽。丽丽呢,则娓娓道来地告诉他俩她与陶娟交换意见的情况。她说她将尚仁村当年对不起陶姐一家三口那些罪过的事如实讲了以后,陶娟虽然嘴上不再坚持起先那种狮子张大口的态度了,但心里明显还是有所不甘的。今天上午,她又对陶娟进行苦口婆心的说服工作,晓以利害,说事情关系到中美关系的,各级领导都很重视,希望陶娟能顾全大局,为中美关系正常化作出份贡献。殊料陶娟不信任地问:"你又不是从'文革'那个年月过来的人,你怎么会知道那些事?我凭什么信你说的那些?"

陶姐咽下一口馒头,看着丽丽也问:"是啊,你怎么会知道呢?我要是陶娟,我也要这么问你啊!"

丽丽笑道:"我既然对她那么讲,当然得有备而言呀!那些事儿,终究是确确实实发生过的。那是历史。是历史就总归会留下些这样那样的证明,谁也不能把它抹得一干二净了。预先我到县档案室去查阅过,复印了一些具有说服力的材料,昨天带着了。材料中还有署着陶老师名字的批判稿呢,有一篇就是批判您父母的,编在《优秀大批判文集》中。还有一篇也是批判您父母的,编在《红色县志》中。我一份一份地都让陶娟看了……"

陶姮大为惊讶地问:"在一个县的资料馆里,那些东西还会保留至今?"

丽丽又笑道:"这就得感谢一位馆长了。"

她说八十年代的时候,馆里的人请示一位新上任的馆长那些东西该怎么处理,要不要全都销毁,以便腾出地方摆放新的资料。他说那是本县历史的一部分,绝对不许销毁。既然是本县历史的一部分,就要永远在本县的资料馆占有一席之地。如果销毁了,不留痕迹了,本县的历史也就不全面了,会出现整整十年的空白。再过几十年,当事人和经历过的人全都死光了,后代人就谁也说不清了,而且能说清也没人信了。所以,那些东西居然得以保留。只不过现在被堆在一个角落,遍布灰尘,没人整理,也没人关心都是什么。说不定哪一天,真就当一堆毫无用处的东西卖了……

陶姮夫妇不禁对视一眼,她又问:"那陶娟接着又说什么了呢?"

丽丽说:"她嘴里忽然蹦出两句——中美关系和我一个农村妇女有什么关系?要我顾全的哪门子大局?"

沃克连连点头,表示很同意陶娟的话。

陶姮也说:"是啊,她那话说得不无道理,我也是这么想的。我此行要做的事,只不过是要了却一种个人心愿,真的和中美关系一点儿也没关系。"

沃克支持地说:"这一点,我们已经向你们所长当面声明过,我们特别反对将我们的私事政治化。"

丽丽又笑了,却随即表情严肃,庄庄重重地说:"逻辑上,我是同意您夫妇的话的。我们几名镇派出所的干警,一听上边指示说事关中美关系,我们头都发大。但您二位想啊,如果您在这个地方遭遇不测,以您夫妇美国公民的身份,能不被涂抹上政治的色彩吗?一旦涂抹上了那种色彩,事情的性质不就多少具有国际政治的性质了吗?一名英国男子在中国贩毒,我们依据中国法律将他审判了,处决前,英国首相不是还给我们中国领导人写信替之求情吗?所以大姐,您的事儿,我们只能配合着您把它办好。办好了,皆大欢喜。办砸了,不就等于证明我们都太无能了吗?你们这事一上升到政治的高度来重视,一当成一项政治任务来对待,那办好的系数远比办砸了的系数大多了!我们呢,也拿上方宝剑来说事儿,配合起来那也理直气壮啊!"

丽丽一番话说得推心置腹,合情合理,陶姐夫妇的表情渐听渐变,竟由不以为然而都变得肃然起敬了。那会儿王福至已烧开了一壶水,给每人沏上了一杯自家茶,之后坐下,安安静静地倾听着了。他是多么善于察言观色又多么善解人意的人!看出陶姐夫妇原本强烈的"去政治化"意识,分明被他小姨子的"政治挂帅"的思想说得心悦诚服了,为使气氛更加和谐,也是为了趁热打铁,鼓掌道:"哎呀老天爷,我家丽丽几时变得这么懂政治,这么能说会道啦?"

丽丽抬起一条腿,佯踢他一脚,嗔道:"滚一边儿去,谁是你家丽丽。狗嘴里吐不出象牙来!"

于是大家都笑了,丽丽自己也笑了。众人笑罢,大力认真地说:"丽丽就是与时俱进,而且是偷偷地进。还窝在咱们一个镇的小派出所,真的是被埋没了。"

丽丽也白大力一眼,佯装认真地说:"你就向县里举荐我呀!"

大力遗憾地说:"我不是没资格嘛!"

丽丽立刻跟进一句:"那不等于送了个空人情?这种空人情送给我的人多啦!"——接着对陶姐说,以她经常和小地方老百姓打交道,尤其经常和小地方的农民打交道的经验看,如今用一般性的顾全大局的大道理说服他们理智地对待什么事情,那种思想工作的法宝早已不灵了,他们也早已不买账了。但有时候,一把事情拔高到国际关系的高度,还是能劝通他们,蒙住他们,压服他们的。特别是中国和美国的关系,连农民也知道非同小可,事体重大。最后,她总结式地说:"如果哪一天连这一招也不灵了,那我这儿就再没什么特殊武器了。"

陶姐终于开口道:"丽丽,大力同志和你姐夫刚才夸你的话,有几分是发自内心的,有几分是打趣你,这我不知道。但我却要完完全全发自内心地夸你两句,你还真是比较懂政治,讲政治。以对一个小镇派出所的女警员的要求来说,你简直算得上是特别懂了。你也把我说服得没什么话好讲了,从现在起,我的事该怎么办,我全听你的。"

丽丽就红了脸,低下头说:"难得大姐这么信任我,有上级领导的重视,有全所同志的默契合作,我相信一定能将大姐这件事办得各方面都相当满意。"

陶姐又说:"但对于陶娟他们,还是要以劝通为原则,蒙他们和压服他们都是不可取的。如果那么一来,我们夫妇俩从美国来此要办的事,就的确是无事生非了。"

她的话听来像领导干部在下达指示,然而包括丈夫在内的四个人谁也没笑,都点头。倒是她自己,说完笑了,又补了一句:"真不好意思,我像是成了你们的核心了,我怎么变得这么说话了?"

沃克说:"是你的一种愿望将我们大家团结在一起的,所以你本来就是核心人物嘛。"

大家就又笑了,笑罢都喝起茶来。

丽丽忽又说:"差点儿忘了汇报一个重要的情节和一个重要的细节了。今天上午,我不是接着又劝陶娟吗?正劝着呢,一下子来了不少人。

你们猜他们到陶娟家干什么？也都是去劝她的。都说像你们夫妇这么好的人，如果还非狮子大张口地讹你们，那就会臭名远扬，下场肯定是没讹诈成，还把自己的名声搞得一臭到底。不管什么时候被提起，都会遭人耻笑的，也许会被耻笑一辈子！"

陶姐奇怪地问："他们怎么夸起我们来了？"

丽丽说："你们夫妇俩在同志村的好表现，赢得了不少参加婚礼的人的称赞啊！尚仁村也有不少人去参加婚礼了，他们把看到的听到的带回了本村。要多巧有多巧，被烫伤的恰恰是陶娟的二舅奶。陶娟的二舅爷也去劝陶娟了，你们谁都猜不到他带去了什么，他带去了一册发黄的陶氏家谱，当众展开，指指点点地对陶娟说，按那家谱往上推，陶老师他们家和大姐你们家，五代以上原是尚仁村的陶姓一族。面对那卷家谱，那么多人七言八语地一劝，还真将陶娟给劝通了。她当场对我表达，为了顾全中美关系的大局，也为了使各级领导高兴，她愿收回昨天要求的赔偿钱数。只要给她一笔钱，够她将宅院翻修翻修，她也就知足了，愿意一切由我们镇派出所来做主。她还说，希望大姐您能见见她父亲陶老师。那样她面子上也好看点儿，否则，怎么说也像是她借着她父亲当年的事由讹了一笔钱似的。刚才大力和我姐夫一打岔，这么好的结果差点儿忘了向大姐汇报了……"

她的话使陶姐夫妇心头一块重石顿时化为乌有，喜悦之情溢于言表。陶姐关心地问陶老师的病况怎么样了，如果他们师生二人相见，对陶老师的精神康复究竟有益无益。

大力说，都是三十几年的精神病人了，没什么彻底康复的希望了。对于精神病患者，哪有彻底康复那一说呢？好也好不到哪儿去，坏也坏不到哪儿去。见与不见，不必太当成回事儿考虑，可完全由陶姐自己按照意愿来决定。

丽丽却有不同的看法，说为了给陶娟一种心理温暖，最好还是见见。光靠钱这种东西，能减轻人对人的怨恨，却不见得能使人心真的由怨恨扭转向互相的宽恕,达到温暖。

陶姁夫妇听了,都点头不已,接着都将目光望向了王福至。

王福至说,为了陶姁夫妇的事,他到医院里去探视过陶老师。他也是在尚仁村那所学校读完中学的,虽然没做过陶老师的学生,但论起来,叫陶老师为"老师"那也是顺理成章的。他正是以学生的身份去探视陶老师的,依他看来,陶老师的精神面貌挺不错的。如果不是在精神病院那种地方见的,如果不是一个知情者,简直就看不大出陶老师是一名精神病患者。而且医护人员们也告诉他,陶老师的精神状态超稳定,其实不住院也是没问题的。还告诉他,常有学生去探视陶老师。还有学生带着自己的儿女去探视陶老师,为的是请陶老师当面指点一下儿女们的学习疑问。给陶老师往医院里寄信的学生或学生们的儿女,那就更不少了。他有些学生的儿女经由他多次当面答疑,或网上指导,进步飞快,甚至考上了北京、上海、南京等大城市的名牌大学……

沃克惊讶地问:"他有电脑?"

王福至说,不但有,还是台好电脑,儿女经他辅导考上了大学的他的学生,为了感谢他送给他的。医院里的医生护士,也有请他辅导自己儿女学习的,他们对他也都挺好的,拿他当一名特殊患者特殊照顾着。

陶姁也惊讶地问:"一个三十多年的精神病患者,怎么可能保持那么良好的智商呢?"

王福至说:"是啊是啊,我也是这么疑惑的。但医生说,在精神病学记载中,类似的特例比比皆是。比如有的患者病前是诗人,病后还喜欢写诗,而且写出了更与众不同的好诗。又比如有的患者病前数学头脑特别强,病后显著的特点就是整天埋头解难度很高的数学题,而且病前都没解出过的,病后反而解出了……"

丽丽打断他道:"你就别扯那么远了,简单点说,依你看,大姐去探视陶老师好,还是不去探视的好?"

王福至说:那当然还是去探视的好。因为他试探地问了陶老师——

还记得他教过一个叫陶姐的学生吗？他说当然记得,她是他在"文革"时期教过的最聪明的一个学生,也是给他留下最深刻印象的一名学生。说"文革"期间,许多中国中小学生的脑子都被搞坏掉了,要集体恢复到正常的智商水平不是一件容易的事。说他认为,陶姐是少数脑子没被搞坏掉的中学女生,所以也是那一代人中幸运的一个。他又问:那,如果在美国当了大学教授的陶姐专程从美国回来看你,你愿意见她吗?陶老师连说愿意愿意,我有太多的话要跟她说了!可,真能有那么一天吗?……

王福至说,那时的陶老师眼中充满泪水,半天再没说话。仿佛一开口说话,立刻会哭起来……

陶姐也听得眼中充满泪水。

她低声然而果断地说:"我一定要见我的老师……"

当陶老师出现在陶姐眼中,她觉得自己来到的地方仿佛不是精神病院,而是教廷所在地;陶老师仿佛是教宗,赐给了她被接见的荣耀。并且,她迅速地联想到了一个在中国被高度黑色幽默了的汉字,那就是"被"字本身。是的,她觉得自己由一个主动对一名精神病患者探视的人,变成了被一名精神病患者所接见的人。进一步认为,大约陶老师也有一种"被"探视的感觉。她有以上荒诞的印象,和王福至有直接的关系。因为王福至事先往医院打了一次电话,进行了通知。是丽丽吩咐他那么做的。而丽丽那么吩咐,又是所长指示的。所长在电话里对丽丽说:"要使医院了解,这不是一次寻常探视,是总体这一项政治任务中的一环,医院也有政治责任予以必须的重视。"丽丽不敢"截留"所长的话,只字不差原汁原味地转达给了王福至。王福至对于安排陶姐与陶老师的见面原本就是积极的,倘由他一手安排,会使他享受到一种成就感。他认为派出所根本没必要插一杠子。一件并不复杂的事,难道他王福至还会安排出什么差错吗?所以听了小姨子的话,他不高兴起来,有种连自己也被安排了的感觉,消极地说:"那还莫如你自己或你们所长通知好啦!"丽丽说不能那样。要最大程度保持此项政治任务的主体的非政治性,非官方色彩也就是纯粹的民间色彩。积极也罢,消极也罢,电话还是由王福至打了。他也将丽丽转达给他的所长的话,几乎只字不差原汁原味地对院方说了。院方接电话的是一位副院长。那位副院长回答王福至说,县里有关方面的指示也及时传达到了,就不劳他一个农民操心了。王福至问县里的有关方面是哪方面,人家副院长反问,你一个农民知道那么多干什么?该你知道的必然也就使你知道了,不该你知道的你就别打听!放下电话,王福至心里很不舒坦,觉得既被支使还被轻视了。他原以为在此项政治任务的主体之中,自己是很重要的人物,没想到鞍前马后的,到头来却似乎成了个催巴儿。但转而一想,连同样鞍前马后任劳任怨的他的小姨子、大力以及所长副所长看来也非是什么重要角色了,心中的不满也就消解了许多。

是由两辆出租车将陶姐夫妇一行送到医院的。丽丽、大力和王福至乘一辆,陶姐夫妇乘另一辆。丽丽和大力都脱去了警服,各自一身便装。下车后沃克付车费时,司机说不用,有关方面已经付了。陶姐夫妇听了,对视一眼,都不再说什么问什么,顺其自然地默默地下了车。

精神病院在县郊,是一项惠民工程的成果,也是县人大和县政协多年呼吁的结果,是由县政府出资兴建,民政局募集各界人士所捐的善款予以管理的。对于一个县来说,那样的精神病院够高档的。自从住进了第一批精神病患者以后,它成为各级领导视察本县必到的一处地方,他们留下了不少题词;而陶姐夫妇享受到的,是各级视察领导的接待规格。一条从公路拐上小路直达医院大门前的水泥专道,在陶姐他们光临之前被清扫得干干净净。偌大的院子同样干干净净,一名花工正在修剪花、树。院子里种得最多的是美人蕉、鸡冠花、蔷薇和栀子花。黄、白、红三色美人蕉开得娇态可人,赏心悦目,满院弥漫着栀子花芬芳的香气。

病房楼的台阶有十几级,陶老师伫立在楼门前,穿一身崭新的病员服——白底竖蓝道,崭新得白蓝分明,显然还熨过。他将一大束鲜花拿在胸前,前后左右都是穿白大褂的人。陶姮也手捧一大束鲜花。她上了车才想到应该带一束鲜花,埋怨丈夫没提醒她。司机却说,已经预备了,放在后备箱呢。

手捧一大束鲜花的陶姮站在离第一级台阶几步远的地方。身旁站着她的丈夫。丽丽、大力和王福至站在院门口那儿没有跟过来,远远望着他俩。而高高在上的陶老师们却似乎并没有走下来的意思。这令陶姮有几分困惑,不知自己该不该还往前走,尽管踏上台阶去。她想见的只是陶老师一人,陶老师前后左右都是人,很出乎她的意料。

她不由得扭头看了丈夫一眼,见丈夫也同样一脸困惑不解的表情。正是在那一时刻,她觉得陶老师分明"被探视"了,而自己似乎"被接见"了。高高在上的仿佛也不仅是从前那位陶老师了,似乎还代表着一段从前的历史。那段历史高高在上地注视着她,如同教宗注视着一个朝拜者。

陶姮正感到不知如何是好,高高在上的精神不正常的"历史"开口了,问:"是陶姮同学吗?"——三十多年过去了,陶老师的声音仍像当年那么宽厚,具有磁力。

陶姮毕恭毕敬地回答:"是的老师。我是您当年的学生陶姮,专程从美国来探视您。"——直至那时,她内心里还是有点儿怀疑那究竟是不是陶老师,因为他脸上似乎没有那一片紫痣了。

陶老师朝左右两边穿白大褂的人们看看,他们一齐点头,他这才踏下台阶。陶姮也迎上前去,不待她踏上台阶,陶老师已站在她对面了。

陶老师眼中闪着喜悦的光彩,激动地说:"陶姮,我经常想到你。"

"老师,我也经常想到您。"

陶姮的内心同样激动。她笑了。

陶老师也笑了,笑得像个腼腆的孩子。

这时,台阶上忽地闪出了两个没穿白大褂的人,一男一女,都是青年。女青年手拿照相机不停地拍照,男青年肩扛摄像机绕着陶姮和陶老师摄录。

男青年小声说："别各拿着各的鲜花,互相交换。"

经他提醒,陶姐和陶老师就将鲜花交换了。

男青年又小声说："别互相呆看着,都说一两句话。"

陶姐不由得看着他问："说什么?"

他说："说你俩刚才各自说过的。"

于是陶姐和陶老师互相看着,一边交换鲜花,一边将他俩说过的话又说了一遍。那青年听出错误来了,告诉陶老师他说的不是"曾经"而是"经常"。陶老师却似乎对"曾经"二字情有独钟,重复了几次重复的都是"曾经"。终于有一次说出了"经常",却又忘了与陶姐交换鲜花。表演多遍,二人才总算过了关。那些穿白大褂的人顿时围住了他俩。

男青年又提醒："陶老师,由你来作介绍。院长,由你来说欢迎探视的话。记住,别把探视说成参观或者视察,也都不要看着镜头说……"

于是陶老师向陶姐一一介绍院长、副院长、书记、主任医生、护士长一干人等。

于是陶姐一一与他们握手。

于是院长说："你从美国远道而来探视你的中学老师,本院成为你们师生三十多年后首次相见的地方,荣幸之至。"

男青年说："'荣幸之至'四个字不好。"

院长说："不是预先确定的要这么说吗?"

男青年说："不好就是不好。预先确定的也不好。这么来说吧——我及我的同事们,和你们一样感到激动和愉快。"

多亏院长具有演员记台词那般本事,一次就过了。

接着是照集体相。为了将横幅照完整,众人改变了几次排列。

贴在那横幅上的白纸大字是——"欢迎陶姐夫妇从美国前来探望恩师"。

照完相,院长请陶姐夫妇进入病房楼参观。他挽着陶姐的胳膊告诉她,青年摄影师是市电视台派来的,对任务的自我要求很高。县电视台的人缺乏那么高的自我要求,所以市电视台才将他派来。陶姐本希望由自己挽着陶老师的,但陶老师已被身后穿白大褂的一干人等挡在更后边了,她只得不情愿地由院长挽着了。

院长还说——本院第一次有美国公民身份的人来参观,所以他说"荣幸之至"其实也不为过。况且他们夫妇还不是一般的美国公民,而是美国名牌大学的两位教授。

陶姐纠正道:我不是来参观的,是来探视的。

院长说——对于提高本院的知名度,客观效果那都是一样的。

直至大家进入会议室,陶姐才终于有机会摆脱了院长的亲切挽行。然而夫妇二人作为特别受精神病院欢迎的探视者或曰远来贵宾,他们的义务尚未尽完。夫妇二人被要求在纪念册上留言。各自所要写或曰应写的话,别人已替他们写在纸上了。陶姐应写的是——"感念师恩是我们炎黄子孙的美德之一。"沃克应写的是——"我在这所精神病院感到了人性化管理的温暖。"陶姐接过笔时犹豫了一下,考虑"我们炎黄子孙"六个字与她宣誓成为美国公民时的誓词是否冲突。院长似乎猜到了她在想什么,对她耳语:"全世界各国华侨都可以说自己是炎黄子孙。"她觉得院长说得对,就那么写下了留言。经院长提醒,在下边写下了自己的美国单位和教授身份。丈夫在类似的情况下一向是跟着陶姐的感觉走的。既然她没提出任何疑义,他也就以一种恭敬不如从命的心态完成了他的留言。只不过,他的留言以及署名、美国单位和身份,被要求用英文来写。这时他说了一句:"我本想用中文来写的,其实我的中国字写得更好些。"结果,他刚在留言纪念册上写完留言,桌上已展开了一大张宣纸,备好了一杆大毛笔和墨,院方众人又请他留下墨宝。他红了脸推诿一番,却哪里推诿得过去,只得硬着头皮拿起了那杆大毛笔。说出的话泼出的水,收不回来了。他思忖片刻,无奈地也是一笔一画地写下了八个稚拙的大字是"己所不欲,勿施于人。"那是他这位中国书法爱好者在美国的家里最常习写的八个中国字。尽管最常习写,水平还是只能用稚和拙来评论。待他放下笔,院长恰恰就是这么评论的。他说:"天真稚拙,这也是一体。"旁边就有人说,院长是县书法家协会的副主席,在全省书法比赛中获过奖的。沃克听了,刚擦去汗的脸上又冒汗了,一边掏出手绢又擦,一边说:"快收走快收走,否则我无地自容了。"

扛摄像机的男青年再次出现,要求陶妲夫妇对镜头补说几句话,比如对于本县本医院的印象;在这样一所医院里见到自己中学老师的心情;最想对老师说些什么话。说前两种话倒没怎么难住他俩,无非说些在场人都爱听的话而已。入乡随俗,夫妇二人已有点儿识趣了,宁愿那么说了。但第三个话题,却使陶妲面对着摄像机镜头脸上也淌下了汗。因为过会儿单独和陶老师在一起时,她的话该从何说起她还没想好。预先想好也毫无意义。陶老师毕竟是一名精神病患者,该说些什么话,不该说些什么话,主要还得根据陶老师过会儿的情绪状况来说。而且,作为教授,说话对于她虽然不成问题,但对着摄像机镜头说话却是大姑娘上轿头一回。尽管刚才已经被摄像了,却是看着陶老师说的,不是看着镜头说的。不对着一个具体的人说话,她很难说出真心实意的话。但她终于还是将那一艰巨的说话任务也完成了。当对方做出 OK 的手势,周围响起了掌声,院长称赞她"讲得还不错"时,她几乎要大发脾气。然而她将恼火强压下去,笑问院长:"现在我是不是可以和我的老师在一起了?"

院长说:"当然可以了,当然可以了。你们夫妇的任务已全部完成,到此为止了。"

她二话不说,转身就往会议室外走。她已发现陶老师向会议室里探头看了几次了,心想陶老师肯定等得不耐烦了。

陶老师果然还在会议室外。

她问他为什么不进去。

他说医院里是绝对禁止患者进入会议室的。

她又问老师在哪儿能单独说说话。

陶老师说这得请示他那一个病区的值班医生。值班医生不批准,他是不可以和探视者在院子里随处走动或停留的。

陶姮说别管那么多,我刚才已经问过院长了,院长同意我们可以在一起单独说说话。

这时会议室的门开了,有人走出了。陶姮怕又被什么事纠缠住,挽住陶老师的胳膊就往前走。虽听到身后有脚步声紧随着,竟一次也没回头。

陶老师对精神病院的环境到底是熟悉的。他引领陶姮绕到了病房楼的后院。后院比前院大,有几名园林工在植树,看见陶老师和陶姮,都停止劳动,以友善的目光望着他俩,像致注目礼。陶姮被望得有点儿不自在,想放下手,不挽着陶老师了。陶老师却将胳膊夹紧,使她的手臂抽不回去放不下来,只有依旧挽着他。

一名园林工大声问:"陶老师,又是学生来看你啊?"

陶老师说:"是啊。我三十多年前教过的,专程从美国回来看我,现在已经是美国一所大学的教授了!"

他的话充满自豪和荣耀,又小声对陶姮说:"跟他们打个招呼。"

不认不识的,陶姮不知该说什么,但为了使陶老师高兴,还是向园林工们举起了另一只手,也大声说:"师傅们好!"

他们便都愉快地笑了。

后院一角,有扇铁栅栏门,挂把大锁。陶老师引陶姮走到那儿,隔栅栏望着外边,掏出烟来。外边是片茶地,有几个农妇在采茶。陶老师转身大声问:"谁有火啊?"

于是一个园林工跑过来,掏出打火机替陶老师点着了烟,也小声问:"想不想让你学生陪你出去走走?我有钥匙。"

陶老师摇头道:"这会儿还真不想。"——说完,蹲了下去。陶姮略一犹豫,也蹲了下去。

陶老师吸吐一口烟后,侧着一边的脸说:"看我这边脸上,从前那片痣浅多了吧?"

陶姐不好说什么,只是点了一下头。

"心情好,吃嘛嘛香。吃得好,睡得好,牙齿就好。牙齿好,从前那片痣就浅了。心中正则眸子明,对不对?"

陶老师的话说得像养生专家。

陶姐听着东一耙子西一扫帚的,分明是精神不正常的话,心情有点儿紧张,更不敢轻易开口了。

陶老师接着说:"其实,我没疯。"

陶姐一愣,想问:那是什么人非把你送进精神病院的?觉得既然陶老师说他没疯,"精神病院"四个字就应避免从自己口中说出,该说"这里"或"这个地方"……甚至,也许最好是什么都不问,先听陶老师还怎么说……正这么犹豫着,陶老师却问:"对我的话你一点儿都不惊讶?"

陶姐又一愣,随即坚决地说:"谁要是迫害您,我和谁斗到底!"

陶老师也一愣,接着笑了,望着远处采茶的农妇们,以一种沧桑感十足的语调说:"斗到底这话可是久违了呢。有时,无论对于一个人,一个民族还是一个国家,斗是难以避免的,所以就成为必要的。但也要考虑斗的方式,斗的成本,如果代价巨大,要牺牲成千上万人的生命,那斗争就可以暂缓。暂缓不是干脆放弃必要的斗争,而是审时度势,韬光养晦,避免惨重的代价,寻求更理性的斗争方式。"——说完,吸一口烟,眯起眼,陷入沉思。

陶姐又不知说什么好了,良久才小声问:"老师在这里,总是思考那些问题?"

陶老师看她一眼,微微一笑,将烟蒂插入土中,淡然地说:"勤思考的人不太容易得老年痴呆。我确实没疯,我是宁肯被认为疯了。被认为疯了我才能住进这里,而我逐渐喜欢起这里来了。"

按陶老师的说法,他住进精神病院,起先为的是躲避女儿陶娟对他永不满足的勒索。他说陶娟由于婚姻失败,心理问题严重。再加上从小被宠惯得任性无比,又养成了好吃懒做的恶习,所以,虽然才四十九岁,却变成了一个不能自食其力的女人。退休前,他这一位父亲的工资基本上是给她花了。退休后,她这个女儿对他的勒索更是变本加厉,连他逢年过节给孙子买套小衣服或一样玩具几种食品,都会使她气不打一处来。按她的想法,她哥哥的生活是幸福的,那么他这位爷爷花在孙子身上的每一分钱都完全是多余的。她这个女儿才是最需要钱的可怜人,所以他这位父亲简直应该干脆将退休金全部给予她才对。至于他的基本生活费,她保证会按月支给他。他一个七十多岁的独身老男人,又生活在农村,攥着退休金不松手为的是哪般呢?……

"你说她可多坏。"

陶老师淡淡地评论了一句,叹口长气。

说的毕竟是老师的女儿,陶姐不便置评,试图避开沉重的话题,问:"那老师每个月的退休金有多少?"

陶老师说,没多少,两千多元。幸亏他当年大学里的同学中出了几位县市级的领导干部。而这所精神病院,条件又确实不错。在他们的关心下,他只需交半费就可以入住。这是具有福利性质的精神病院,半费每月才六七百元……

"县里就没有一所养老院吗?"

"有。"

"那为什么不住养老院呢?"

"我把钱花在养老院,陶娟她还不仇恨死我了?我住的是精神病院,她就没理由闹了。半费一直对她保密着,不能让她晓得的。再说这里从没住满过疯子,空闲病房不少。空着也是空着,有领导们打过了招呼,我享受的是单间待遇。若住养老院,享受单间那钱可就多了,绝对住不起。你看,事情就是这样,自己当不上官,掌不了权,有当官掌权的人关心着,爱护着,也可以活得比一般人强。这不算什么腐败现象吧?"

陶姮庄重地点头说："不算的。"

陶老师说，他在"这里"发挥的人生余热还不少。他经常教患者们唱歌、绘画；读诗给他们听，讲历史故事给他们听；甚至还能起到心理辅导师的作用。他劝患者们比医生护士劝患者们还见效。他说他在"这里"有成就感，所以也有种优越感……

不知何时，那几名园林工走了。偌大的后院只剩师生二人了。陶老师是很有蹲功的，但陶姮的双腿却早已蹲麻了。她见一棵树下有石桌石凳，扶陶老师走过去。

师生二人面对面坐下后，陶姮鼓足勇气，提起当年那五十几元学费的事，说自己后来一直希望能有今天这样的一种机会，可以当面向老师忏悔……

不料陶老师说："有那样的事吗？我怎么一点儿都不记得？"

陶姮说："老师，可我想忘都忘不了。三十多年来，越往后，那事呈现得越经常，回忆起来的细节越多，越清楚。"

陶老师说："那可不好。"

隔了一会儿，又说一句："那可不好。"

接着，陶老师就以专家般的口吻向陶姮解释起她的困扰来。他说，那是人的一种"伪记忆"现象。越是文化程度高，智商高的人，其大脑越容易产生"伪记忆"现象。"伪记忆"完全是主观臆想出来的一种记忆，它一经在大脑之中产生，人的大脑就会陷入类似勤奋作家进行创作时的亢奋，而且对那一种"创作"的水平自我要求极高，直至在情节、细节、思想、意象等诸方面，都达到了"作者"也就是"伪记忆"强迫者的高标准要求为止……

既然陶老师说当年之事是她的"伪记忆"，陶姮一点儿辙都没有了。不能也不必与一个身穿精神病病员服且经常住在精神病医院里而又自认为没疯的人争论谁可能完全失忆了谁的大脑产生了"伪记忆"这么深奥的问题——基本的明智陶姮还是有的。

她以学生般虚心的样子和口吻问:"之后呢?"

陶老师说:"没有什么之后,因为纠缠于'伪记忆'者对'伪记忆'的真实性的高标准严要求是无休止的。"

她又问:"那结果呢?"

陶老师又说:"结果当然是最后疯掉了。"

"老师……认为我在精神方面……出现问题了吗?……"

"有问题是肯定的了,所以我刚才说'那可不好'。但我们及时发现了问题,引起自我重视,却又是好事,对不对?"

"对。"

"对"字刚一出口,陶姐觉得不对了。一个"对"字,仿佛使她承认自己确实是受到"伪记忆"的困扰了。仿佛如果她还坚持当年之事是事实,那么她离该住进这样的地方也就为时不远了。

她尴尬极了,想掩饰都掩饰不了。

陶老师拍拍她手背,安抚道:"也别太当成回事儿,不能有压力。教你一个解决的办法,说'那不是真的',说一句。"

陶姐就低声说了一句。

"再说一句。"

她又说了一句:"那不是真的。"

陶老师欣然一笑,夸奖道:"你不讳疾忌医,这就好。要经常对自己说刚才那句话。我的大脑中也曾产生过一些'伪记忆',靠经常对自己说那句话,'伪记忆'一扫而光。'金猴奋起千钧棒,玉宇澄清万里埃'……那句话胜过灵丹妙药。"

陶老师举了一个例子来证明"伪记忆"是足以使人疯掉的。他说,这一所精神病院曾收住过一名患者,是个五十多岁的男人,论起来还是县里的一位副局级干部,他和某一女子发生过一夜情,不知怎么一来,大脑被"伪记忆"盘踞了。"伪记忆"经常暗示他,对方为了他俩的关系作出了很大的牺牲,多次堕胎。他觉得太内疚了,就不断地给人家写信表达自己那份真实的内疚。后来,人家不堪他的滋扰,终于忍无可忍地跟他大吵了一架。再后来,他就疯了。再再后来,自杀了……

陶老师问:"是不是很有说服力的例子?"

陶姐说:"是。"

陶老师又问:"太可悲了吧?"

陶姐说:"对。但我不会像他那样的。"

陶老师说:"你没到那么一种程度嘛。"

陶姐凝视着陶老师的脸,从他的表情中读到了一种优胜的意味。她恍然大悟。陶老师肯定是又进入了这里的心理辅导员的角色,而将她当成他的一名病友了……我俩究竟谁的精神不正常?……

这想法一从她头脑中掠过,她不禁打了个寒战。

"我的精神没有病,我的精神很正常……"

她用陶老师教的方法,反复在心里那么说了多遍,才总算找回了一个精神正常的人的坚定自信。

这时,她发现丈夫不知何时也来到了后院,在离她和陶老师不远的地方,倚着一棵树望着他俩。

"在精神病院这种地方,精神正常或者不正常,是由谁穿什么来区别的。穿白大褂的无疑正常,穿我这种病员服的肯定不正常。正常也不正常。如果两种人换穿了白大褂和病员服,疯子不一定就会精神正常了,但那个穿上病员服的医护人员,不久却可能疯了。知道为什么吗?"

"为什么?"

"因为精神病不仅能遗传,还能互相传染。一个原本精神正常的人,整天被一些疯子所包围,他心理上会渐渐生出一种宁愿被同化的放弃倾向,就是放弃做一个精神正常的人的那一种坚持和恪守。因为坚持和恪守会很累,不容易,痛苦。一旦放弃,和大家一样了,反而会顿时活得轻松,乐在其中。"

陶姐不禁又打了一个寒战。

201

忽然院墙外传来哭喊声和咒骂声。陶老师猛地站起,跑向铁栅栏门那儿。陶嬗犹豫一下,也走了过去。隔着铁栅栏,师生二人看到茶地里,有一个七十多岁的老汉正挥镰肆砍茶秧,边砍边咒骂。而一个老妪企图阻拦,由于老汉手中的镰刀舞得疯狂,不敢接近,只有跺着脚哭喊的份儿……

师生二人不一会儿就听明白怎么回事了——那是一对老夫妇,他们的儿女都进城打工去了,最后一次回村已经是三年前的事,各自将儿女也带走了。那一走就再没了音讯,采茶卖茶是两位老人赖以为生的劳动,可他们都人老眼花手脚不灵活了,采不了啦……

陶老师说:"报应。"

陶嬗问:"您认识他们? 他们也曾对儿女不好过?"

陶老师说不认识。说再过一二十年,砍茶秧、砍果树的农民会更多。他们也就只有那么发泄。说农村荒芜的农田也将更多。说往后三十年内,中国还对土地有感情的农民,将会一批批地死,最终接近死绝。而他们的后代,十之八九不会再回到农村,住进小时候成长的家,继续像父母辈一样一年到头辛辛苦苦地侍弄土地。他们的后代们不会的。如果家和土地居然能卖掉,后代们将毫不犹豫地通通卖光,带着钱返回城市的边角褶皱,不几年将那肯定不太多的一笔钱用光花光。而那时的他们,还是成不了城里人,他们的下一代,十之七八也成不了城里人……

"陶嬗,'一个贵族需要三代的教养',这话是谁说的来着?"

"巴尔扎克。"

"那么,一户农民变成一户城里人家,怎么说也得经过三代辛辛苦苦的打拼吧?"

"也许不需要那么久,中国现在不是推行城镇化吗?"

"可我们镇上的房价都快涨到三千元了。县里的平均房价已经四千多了……"

"老师为什么说报应?"

"中国的革命,没有农民的巨大牺牲,哪能成功?建国以后,不是靠农民养活这个国家,中国能有今天?但从前那种牛马一样的农民,难道不是死一个少一个,死一批少一批,死一茬少一茬?指望八九十年代出生的农民儿女还像他们的父母辈一样为这个国家作牺牲,我看是休想。他们有多少?两亿?三亿?还是更多?欠了债总是要还的。他们会成为向这个国家讨债的人,怎么还?……你想过这个问题吗?……"

"没……没想过……"

陶姐口吃了,打了个大寒战。

她吞吞吐吐地劝道:"老师,别想这些,这些不是让一般人来想的事,想这些多累呀。"

陶老师说:"在这里,我不是一般的人。不是一般的人就得想不一般的问题……可是陶姐,我确实累了……"

他指指自己太阳穴,长出一口气,自言自语地说:"这儿,真累啊!昨天夜里我做了个梦,梦见陶娟把我们那破家院给卖了,带着钱进城去了,连去哪儿都不留个口信儿。那……那我除了这里,不就再没地方可住了吗?我也不能老住这里啊!可陶娟她使我们那个家,败落得快没法住人了啊!我每次一进那破院子,就想立刻转身回到这里……"

陶老师伏在石桌上呜呜哭了。陶姐起身走到他背后,轻轻将一只手放在他肩上。除了这样,她不知怎么样更算对这位曾是自己老师的精神病院里的"思想者"表达怜悯。

而丈夫,举起手臂,在向她指腕上的表……

陶老师问:"那是你丈夫吧?"

陶姐点了一下头。

陶老师又问:"为什么不让他过来呢?"

陶姐窘了一下,解释道:"都把他给忘了。"

她朝丈夫招招手,丈夫就大步走了过来。不待她介绍,他向陶老师鞠一躬,彬彬有礼地说:"陶老师好。"

陶妲说:"他叫沃克。"

陶老师说:"你是我见过的第一位美国人。不是我的学生有出息,咱俩认识不了呢。"

陶妲不由得笑了。

这时,前院响起了汽车喇叭声。"是在催你?"——陶老师看着陶妲,这才掏出手绢擦脸上的泪。

沃克说:"有人要和我们商谈一些事,不过还可以让他们等几分钟。"

陶老师说:"那就别让他们等了。"——说罢站了起来,问陶妲,"我可以和你先生单独谈几句吗?"

陶妲看看丈夫,尽量用一种愉快的语调说:"可以啊老师。当然可以,有什么不可以的呢?"

于是陶老师挽着沃克的手臂走到一旁去了。陶妲看着他俩,忽觉脸颊湿,摸了一下,方知自己刚才也流泪了。她也掏出手绢擦脸,望着陶老师和丈夫,一边想——老师的精神肯定还是不太正常。进而又想,我陶妲这一次回国,也许真的多此一举吧?

忽然前院响起了汽车喇叭声。

陶老师挽着沃克的手走回来了,无奈地对陶妲说:"陶妲,谢谢你来看我啊。"

沃克说:"她是您学生嘛,应该的。"

在汽车喇叭声中,陶妲说:"老师,再见啦,下次回国再来探望您。"

陶老师说:"那我可盼着啦。"

于是丈夫挽着她的手臂就走。

陶妲走了几步,心里很不是滋味,站住了。

丈夫疑惑地看着她。

她觉得和陶老师的见面似乎不该这么就结束,但究竟怎么结束自己才满意,又没有具体的想法。

"陶妲……"

听到陶老师叫她,一转身又快步走到了陶老师跟前。

陶老师吞吞吐吐地说:"陶姮,我想拥抱你一下。"

她就主动拥抱那七十来岁的老人。不料陶老师又说:"陶姮,从前的事,对不起。三十多年了,老师做梦都盼着能有今天这样一个机会,亲口当面地对你说对不起……"

那话不能不被她认为是一句最最明白的话。

她顿时泪如泉涌,立刻说:"老师,我也和您一样……对不起,太对不起了……"

她像个孩子似的哭起来。

她还很想说:"老师,我根本没有第二次再回国的可能了,我们就此永别了!"

却忍住了没说……

当她坐入车里。问丈夫:"陶老师跟你说了些什么?"

丈夫回答:"说你记忆中那些往事都是伪记忆。他说得那么确定,我都有点儿相信了。不是你的伪记忆吧?"

陶姮默默摇头而已。

"他还说,我要更加爱你,爱是擦掉伪记忆的百洁布。这是句明白话还是句糊涂话?"

陶姮低声说:"我也不知道。"

"那,你和他都谈了些什么?"

她搪塞地说:"没谈什么。"

丈夫有点儿不满了:"怎么能没谈什么呢?"那意思是,我等了将近一个小时啊,和你一样被摆布来摆布去的,我是你丈夫啊。有什么可对我保密的呢?

她握握丈夫的手,耳语道:"回去再说。"

她觉得那出租汽车司机不寻常,怀疑出租车里安装了窃听器。丈夫点点头,反握一下她的手,表示领会了她的担心。

回到王福至家后,王福至也一进院门就问谈了些什么。

她说记不得了。说自己头一次单独与一个精神不正常的人谈话,一直有些紧张,左耳听,右耳出,一句也没往心里去,所以记不得了。

大力说:"忘了告诉你了,我和丽丽始终在二楼的一个窗口观察着你俩。我们是干什么的?那还能使你的安全出问题?"

她说:"陶老师的话,全是半疯不疯的话,不值得记住,更不值得再讲给别人听啊。"

丽丽就理解地说:"耐心地听一个疯子说了一个来小时,不是一般人能做到的,大姐能做到太不容易了。今天的探视任务顺利圆满地完成了,大力你回所里当面向所长汇报,我呢还要去尚仁村,进一步稳定陶娟的情绪。姐夫你不许再问什么了,陶姐你上楼去休息吧!"

沃克指着王福至问:"姐夫指他还是指我?"

一句话将大家逗乐了……

回到房间,躺在床上了,陶姐将陶老师说的话一段段说给丈夫听了,问丈夫陶老师的话哪些肯定是疯话?哪些又是明白话?

丈夫认为,除了那句说自己没疯的话肯定是疯话,其余全是明白话。

陶姐说这么认为不符合逻辑——一个疯子怎么能在一个来小时里只说一句疯话,其余全说的是明白话?

丈夫说,疯子人疯话不疯,精神正常的人却很可能每每说听起来精神不正常的话,这两种情况在现实中都经常发生……

陶姐觉得丈夫的话是强词夺理,但一阵困意袭来,懒得再说什么,眼一闭,不一会儿就睡过去了。

她梦到了自己十三岁那一年与同学们扛着青竹走在尚仁村最宽的一条村路上的情形……

两天以后,在尚仁村的学校里,召开了隆重的捐赠大会。虽然是暑假期间,操场上仍集合了二三百名学生,都穿上了校服。也来了不少老师,还来了镇里县里的几位领导。各村也动员来了一些农民,总数大约也有四百多人。陶姐夫妇自然是坐在台上的。

王福至对陶姐说,在本地区的农村,五六年没开过这么大场面的会了。也自然地,一般大场面会议的程序,每一项都照搬不略——升国旗唱国歌,校长致辞,镇、县两级领导讲话,学生代表读感谢信,陶娟代表她父亲发言……

最后,沃克代表陶姐,将一张十二万元的支票捐给了学校,又将五万元现金在台上直接交给了陶娟,都是人民币。十二万元是为学校添置电化教学设备的;交给陶娟的五万元是要求她用来为自家修家院的,怕她挪用专款,由尚仁村党支部监督使用。建材涨价了,五万元当然不够,沃克代表陶姐承诺,回到美国后,很快会再寄五千美金来……

陶姐说胃疼,会务组体恤她,就没勉强她发言。最后,有人代表尚仁村,向他们夫妇颁发了"荣誉村民"证书。

……

在飞往美国的飞机上,陶姐说按照上帝的旨意行事永远是对的,此刻自己心中充满了对上帝的爱。

丈夫问:"因为我们大方地捐出了对于我们来说数目不小的一笔积蓄?"

陶姐幸福地笑着说:"还因为上帝对我们的眷顾。"

她告诉丈夫,登机前接到了学校代为转达的歉意通知——医院误将一位叫"姚姐"的女士的化验结果记在她的病历上了。由于肯定将给她造成精神痛苦和思想负担,愿与她达成令她满意的经济赔偿协议……

丈夫不相信地叫起来:"美国绝不会犯这么低级的错误!"

"但是美国已经犯了。"

陶姐笑得像中了彩票大奖一样开心……

一个多月以后,陶姐收到了丽丽的来信。

她在信中告诉陶姐:她的所长调到县里去,当一个区的派出所所长了,不久即将走马上任。虽然是平级调动,但毕竟如愿以偿,全家可以随他迁往县城了。她的副所长升为镇派出所的所长了;大力升为副所长了。而她自己也将调往县妇联,任群工部部长,正科级。由一般科员一跃而升为科级干部,并且由镇里调到了县里。她在信中写道:"大姐,我是平步青云呀,这几天高兴得都有点儿找不着北了!据我所知,县里的几位领导也受到了表彰。连我姐夫还得了五百元奖金呢!我们都认为,多亏了您,您是我们这些人的贵人。只有我姐夫不太知足,嫌五百元奖金太少了……"

一年多以后,陶姐收到了陶老师的信,内附一张照片。陶老师在信中除了对她这名学生表示感谢,还以两页多更加具有理论逻辑水平的文字,进一步阐释了"伪记忆"是怎么回事以及"那不是真的"五个字强大的战无不胜的神圣之力。

照片上,陶老师站在新家门前自信地微笑:一种精神病患者的微笑,一种杰出思想家的微笑。他脸上一点儿也看不出来曾有痣了。

王福至经常给沃克发短信,告诉他那条藏獒活得挺好,请他不必牵挂……

图书在版编目（CIP）数据

生非 / 梁晓声著 . — 青岛 : 青岛出版社 , 2014.12
（梁晓声文集 . 长篇小说 ; 17）
ISBN 978-7-5552-1319-2

Ⅰ . ①生… Ⅱ . ①梁… Ⅲ . ①长篇小说－中国－当代
Ⅳ . ① I247.5

中国版本图书馆 CIP 数据核字（2014）第 283750 号

责任编辑　　常　红
特约编辑　　代　敏

梁晓声文集·长篇小说

20

懦者

青岛出版社

序言

某日,友不速而至,随陌生客,郑重曰:"此君当待以上宾,否则你终生遗憾!"

岂敢怠慢,恭请落座,易水更茶,以表敬意。

客容止若思,言词安定,分明性静情逸者也。

谨问:"有何赐教?"

友代答:"此君云游四方,收集故事新闻多多,愿贡献其一,任你演绎创作。"

问:"素材乃宝贵之资,怎不自己从容作为?"

客自答:"实不相瞒,羞染文名耳。每道于投缘结谊之人,倘中意,略收润舌费而已。"

"愿洗耳恭听,但请道来。"

客绘声绘色,渐入佳境;余且听且记,兴趣盎然。

及罢,余拍案曰:"甚中意!"

客笑道:"不虚此行。"

问:"润舌费几何?"

答:"内部人,打折价,二万可也。"

略沉吟,思忖颇值,击掌成交。

便有此小说也!

梁晓声

二〇一二年十一月十二日于北京

第一章

一九四四年秋季的一个下午，天高云淡，太阳看去很沉，如同灌满血浆，却又不那么情愿西坠。国家满目疮痍，哀鸿遍野。华北平原的这一片大地上，具体说是北平和天津之间的田野，高粱红似火。公路两侧，除了高粱，还是高粱，比火更红。于是，也接近着血色了。红得接近着血色的高粱，一片连一片，一望无际；这一片大地，渗入了很多中国人的血，死于战乱的，是黎民百姓的中国人的血；直接死于战役的，是军人的中国人的血——先是军阀和军阀之间的战争要了很多中国人的命，后来更多的中国人为了保卫这一片土地而捐躯。在高粱之间，矗立着一座座日军的炮楼，像狂野非洲的一座座蚁穴。

斯时，夕阳的余辉洒在一片片高粱穗上，使成片的高粱看去是更加血红。在一座炮楼上，有一名年轻的日军士兵端着上了刺刀的步枪在瞭望——红得接近着血色的一望无际的高粱，使他的胃剧烈地疼了起来。

日本人不爱吃高粱米，爱吃大米。不是他们挑食，全世界人都如此。在他们日本，不论穷人还是富人，一向是吃大米的。区别仅仅在于，富人一向吃优质的大米，而穷人吃的是劣质的，并且一向吃不饱。

爱吃大米的些个日本兵，自从成了这一片土地的占领者，进入了那

1

些炮楼,就再没吃过大米了。只有驻扎在县城里的日军军官们才吃得上大米——从东北运过来的,甚至是远从朝鲜运过来的。在东北,在朝鲜,日军强征也就是掠夺了去的大米,得供给他们的关东军吃,而且总是不够。

所以驻扎在炮楼里的日军,他们的肠胃几乎都因为长期吃高粱米而吃伤了。

他们恨那成片成片一望无际的高粱。

但即使恨,那也得抢。否则,连高粱米也吃不上。

而这个季节,正是他们离开炮楼窜到附近农村去抢粮食的季节。他们监视着中国农民收割;监视着农民将收割了的高粱集中到晒场上去,在他们的眼皮底下碾压、去壳、装袋、装车,赶在天黑前运往炮楼。如果他们不这样,连高粱米也吃不上。

韩王村里,日本兵正呵斥着中国农民们往马车上堆放高粱米袋子。最后一袋装满了高粱米的袋子也扔到马车上之后,为首的日军小队长藤野命中国农民们聚拢在一起,开始训话。他原本是驻扎在县城里的日军最高长官的机要文书,会说不少中国话,因为犯了过错,被贬出县城,当了炮楼里的一小队日军的头目。他是用中国话来训话的。他喜欢用中国话来对中国人进行训话,觉得那会使他显得是一位有文化的因而特文明的占领者。他训话的内容大致是——大日本皇军不爱吃高粱米,爱吃的是大米!从明年起,不许再种高粱,必须种水稻。种水稻,那才是大大的良民。继续种高粱的话,统统死啦死啦的!……

其实,那些中国农民们的胃肠,十之八九也由于连续多年吃高粱米而吃伤了。在这一带的农村,患胃肠病的老人和孩子多极了。但那样他们也宁愿种高粱。让狗日的鬼子兵吃高粱米全把胃肠吃伤了,是他们巴不得的事。他们是农民,不是军人;既不能亲自拿起枪来消灭侵略者,那么搭赔上自己的胃肠,自己老人孩子们的肠胃,把鬼子兵们的肠胃也吃伤了,亦大快事。许许多多的中国人为了抗日,死都不怕,稍有点儿爱国心的中国人,难道还顾惜自己的胃肠吗?何况,只有长势良好的高粱地和玉米地,在整个夏季才能构成青纱帐;而青纱帐乃是中国共产党领导之下的敌后武工队消灭日伪军的有利掩体。国民党的正规部队,由于难敌在武器装备方面占尽了优势的日军,不得不进行战略性的撤退,使中国人民的抗日信心大受影响。幸而还有敌后武工队在日军占领区坚持武装抗日的活动,人民便还能看到着几线胜利的希望。所以,尽管这一片土地上曾经麦海无边,但自从被日军占领以后,中国农民却宁肯改种高粱了——种高粱就是爱国,种高粱就是支持抗战!自然,平均每亩地上的高粱的收成,比之于小麦确实是要多不少的。但这一带的中国农民们的抗日觉悟普遍很高,他们首先算的是种什么才对抗战有利这一笔大账。又自然地,种高粱、玉米也等于是在种青纱帐。但一俟成熟,县城里的,炮楼里的日军、伪军,往往倾巢出动,开来他们的卡车,强征了马车、牛车乃至驴车,与中国农民抢地里的收成,成车成车地拉往县城和各个炮楼。比之于高粱,对日伪军们,玉米是更容易抢的。从棵秆上掰下玉米棒子,往车上一扔,拉回去就完成了抢的任务了呀。并且呢,吃起来也省事。最懒的办法就是直接煮了玉米棒子来吃。在大米、玉米和高粱三者之间,玉米是日伪军们退而求其次的选择。他们不像恨高粱那么恨玉米。他们军中的营养专家向他们宣传,玉米的营养成分比高粱的营养成分要高些。他们的胃肠消化起玉米来,实际的感觉也舒服一点儿。在中国农民方面,经过了教训后,连玉米也不种了,只种高粱了。

日伪军们对这一点恼火透顶。是的,他们的胃肠消化起高粱米来,确实有些受不了啦,却又拿中国的农民们干没辙。不想吃高粱米了?想吃玉米了?可以啊!就是想吃馒头烙饼也是可以的,那我们就改种小麦好了!这一片中国的土地上,原本就是麦田相连的嘛,我们中国人也早就想吃白面了!谁不知道白面比高粱米好吃呢?可是,拿种子来!种什么收什么,这个道理你们日本人那也是应该懂得的。玉米种也罢,麦种也罢,反正我们是没有的。不拿种子来,那我们就还是得种高粱。中

3

国农民又不是神仙，怎么会春天种下去高粱，秋天收获的是玉米或小麦呢？日军拿不出玉米种，更拿不出麦种，所以也就只能一直痛苦地吃着高粱米。倒是伪军，有时竟还能吃到馒头和烙饼。了解中国人的自然还是中国人。他们知道有些农民家里多少还藏着麦种，并且在不易被发现的地块，一直偷偷种着麦子，为的是使自家的老人和孩子，一年里可以偷偷吃上几顿面食。也是为了抗日的人们来到时，临走能带些面粉去。所以伪军们常溜到村里，威逼带哀求地，直至吃上顿面食才肯走。往往，两碗疙瘩汤外加单饼卷韭菜或卷大葱，就能打发得他们心满意足了。一九四四年后，从官到兵，伪军们是更伪了；国际反法西斯战局开始呈现明显转机，不利于小日本的消息频频传入国内，他们皆内心恓惶，意识到应给自己留条后路了，不太敢像以前那么肆无忌惮地为虎作伥了。对于日军，不再悠悠万事，效忠为大了。能敷衍一下，也就敷衍而已了。能骗一下的事，也就干脆骗过去拉倒了。他们常二三结伴地溜出炮楼，去到附近的村里，一为寻觅点儿好吃的，解解馋；二为跟农民们套套近乎，倾诉一下以前做恶事时的迫不得已，当伪军的无可奈何与苦闷。不管是发自真心还是虚情假意，总之确实开始和农民套近乎了。对于他们，一根黄瓜、几个柿子那也算好吃的，平常他们猫在炮楼里连青菜也吃不大到，更不要说时令瓜果了……

但是训话的藤野却并不认为，或者说并不觉得皇军的侵华战争正在走向穷途末路。当然，他也不认为自己是在参与侵略。恰恰相反，他确实很信"大东亚共荣圈"那一套说法，所以也就认为自己参与的确实是一场"圣战"。至于对中国人进行的屠杀，他认为那是完全必要的"震慑"。不抵抗，不就不"震慑"了吗？他认为中国人的抵抗是很不明智的，打不过，臣服不就得了吗？甚至还认为，日本和中国的关系，是亚洲兄弟之间的关系——日本虽然领土小，人口少，但是世界上的军事强国，理应做老大；而中国，虽然领土大，人口多，但国力虚弱，皆"东亚病夫"，那么就应该将领土拱手相让，就应该乖乖地当"小弟弟"，一切听老大的。如果不听,老大狠狠地教训"小弟弟",直至教训得百依百顺,这是完全合乎中国人几千年内常言的那个"道"的。日本靠日本的武士道精神使全体中国人明白中国那个"道"是甘当奴隶的意思,实际上是对中国所进行的武力的"文化启蒙"——这么简单的道理,中国人怎么就是想不通呢?

在一九四四年的秋季,在藤野这一个日本下级军官的内心里,充满了焦虑。"多少事,从来急;天地转,光阴迫。一万年太久,只争朝夕。"用毛泽东后来写的这几句诗词形容藤野当时的焦虑心情,那是特别恰如其分的。依他想来,大米就快有了,面粉就快有了,皇军整天吃高粱米的日子就快结束了。为了让皇军不但尽快吃上大米白面,还能尽快吃上鸡鸭鱼肉,他认为自己有责任替皇军对中国农民进行思想教育。

他满口说着"日中亲善""大东亚共荣圈"什么什么的美好愿景,说得连自己都很陶醉都很感动了。当然,有些话他说得也是特别严厉的。

"明年的,高粱的,统统的不许再种! 大日本皇军,高粱的不爱吃! 种高粱的,死啦死啦的! 种水稻的,大大的良民! 种小麦的,也是大大的良民! 大米,白面,皇军的爱吃! 你们的,要大大的明白! ……"

藤野在些个中国农民们面前踱来踱去。他双手戴着雪白的手套,右手按在刀柄上。说那些话时,胃在疼,忍着。他脸上的表情不但严厉,而且目光中射出杀气。不远处的一马车高粱米使他腻歪透了。可是再腻歪也得拉回去呀,不拉回去自己和手下又吃什么呢? 总不能喝西北风吧?

些个中国农民,皆低着头听他吼,全当是听驴叫。

忽然,不好的事发生了——一头小猪崽不合时宜地出现,一边喜悦地哼哼着,一边将嘴巴插入高粱堆里大快朵颐。

藤野的目光完全被小猪崽吸引了过去。

十二名日本兵的目光也都被小猪崽吸引了过去。

村里早已没有鸡了。因为日本兵总来抢,农民们干脆不养了。公鸡母鸡都不养了。农妇们的手,已经两三年没捡起过鸡蛋了。

藤野们的胃肠,也已两三年没挂过油水了。那头小猪崽,在他们眼里变成了脆皮焦黄的烤乳猪——它也就三十来斤那么大。

藤野戴着雪白手套的右手离开了刀柄,朝小猪一指,口中喊出了一道命令。于是十二个日本兵,一齐去逮小猪。有的放下了枪,一扑又一扑的,企图将小猪扑着。有的用刺刀捅,巴不得一下子将小猪捅死。然而那小猪蛮机灵,在围追堵截之下,左闪右避,冲突腾挪,看去无所畏惧,似乎以为是些人在与它闹着玩。周旋间,居然还顾得上再拱一口高粱吃。这乃因为,炮楼里的日伪军一出动,主人便牵着它,跟随村人们往村外躲避,所以它对人不那么怕了。再者,秋季的晒场是它的最爱,是可以往饱了吃几顿的地方,是不甘心被轻易撵走的地方。

村人们都抬起头来了,面无表情地望着那情形,替小猪暗暗着急,希望它能识时务点儿,赶快跑掉。

藤野面无表情地望着,终于望得没了耐性,一挥手,大吼了一句日本话。

于是牵着狼狗的日兵放开了狼狗。狼狗也早已捺不住攻击的性子,一蹿一蹿的,要不是被绳套拽住着,一开始就冲过去了。此刻日兵松了手,狼狗如箭射向小猪。它可比那些日兵们顶事儿多了,三下五除二,转眼将小猪扑倒了。

一名日兵倒提小猪两条后腿,咧嘴笑着走到了藤野跟前。藤野脸上也终于露出了笑容,其他日兵也都眉开眼笑。而小猪自然感到了恐惧,可怜地吱哇乱叫。

藤野一摆头,另一名日兵解下鞋带,相帮着将小猪四蹄捆住,扔到了装满高粱米袋子的马车上。

"太君,太君放了它吧!它还太小呀,又瘦,没多少肉的。等把它养大了再让太君们吃行不行?那时太君们吃到的肉会多一些不是吗?……"

村人中走出了六十多岁的韩大娘,迈动一双小脚,一边向藤野跟前走，一边哀求。那小猪是她家亲戚好不容易从山东带过来的。河北这一地区的农村里，已经很难再见到小猪了。农民们早已不养猪了，养了岂不等于是为日伪军们养的么？那还养它干什么呢？若非亲戚千辛万苦地带过来了，韩大娘家也是不养的。可既然带过来了，就只好偷偷养着。这一养，便养到了那么大。而能养到三十来斤，除了韩大娘倍加爱护，也实在应该说那小猪命大。韩大娘对它可有感情了，非一般养猪的人对猪的感情能比，接近着是一种患难情愫。以至于韩大娘一家，从没想哪一天要杀了它吃它的肉。小猪的叫声使大娘心疼极了，她壮着胆子想要救它一命。但藤野毕竟是令她害怕的，看出藤野眼中投射出冷的杀气，她不敢再接近他了，但口中仍重复着刚才那些哀求的话。

藤野笑过一下之后，心里又顿时怒火中烧。他那因吃高粱米吃伤了的胃，疼得更加厉害了。

他一步步走到韩大娘跟前，瞪着她喝问："鸡的，猪的，都藏在什么地方？你的，说出来！不说，死啦死啦的！"

韩大娘被吓傻了，双膝一软，瘫在地上。

那也得说话呀。不说结果肯定更不好，她明白这一点。她开始后悔了——为了救那小猪一命，自己的胆子也太大了。

她声音抖抖地说："太君，鸡的，猪的，统统的没有……真的没有……我们不养那些操心的东西了……"

藤野朝马车上一指："那是什么？"

依他想来，情况肯定是这样的——这个村的中国农民，肯定在什么地方偷偷养着猪，养着鸡，肯定在什么地方偷偷种着水稻和小麦；那么，有时候就可以偷偷吃上大米白面和鸡肉、猪肉、鸡蛋了！而皇军却只有高粱米吃！如果不离开炮楼到村里来挨家挨户地翻、抢，那就连口咸菜都吃不上，更不要说青菜了！长期吃高粱米的恼火，加上想象出来的被欺骗的恼火，两股火互助着，不但怒火中烧，而且火冒三丈了。

韩大娘朝马车望一眼，恰见那可怜的吓坏了的小猪由于不停地扭动,分明就要从马车上掉下了。车上装高粱的袋子堆得老高,大娘担心小猪摔断了脊骨或摔断了腿,顾不得回答藤野的话,迈开小脚便朝马车那儿走,想在小猪掉下时接住它。

"八嘎!"——藤野一巴掌将韩大娘扇倒在地。

与此同时,小猪也掉在了地上,发出一阵长音的哀嚎。两名日军跑过去,一个揪住小猪耳朵,一个抓住小猪尾巴,甩高粱米袋子似的,又将小猪甩上了马车。之后,互相看着笑,你揣我一拳,我踢你一脚地打闹起来——那是两名年轻的日本兵,看去都只不过二十几岁。

藤野扭头朝他们吼了一句日本话,他们立刻安静了,并都啪地立正了。其他日本兵,也都啪地立正了。所有的日本兵,全将目光望向了藤野。

气氛一时紧张。

村人们原本以为,高粱米装上马车了,出个人将马车赶到炮楼去,一年中最别扭的一天,大约也就平安无事地过去了,不成想藤野还要训话;更不成想,藤野训话时,韩大娘偷偷养着的小猪还出现了。这真是节外生枝,大家都极为忐忑,一个个屏息敛气。除了那小猪在马车上哼哼,整个晒场鸦雀无声。

韩大娘不敢往起站。她嘴角流出了血,蜷卧于地,嗫嗫嚅嚅地说,那小猪是她从山东来的亲戚捎给她家的,全村就她家有这么一头小猪——她说的是百分百的实话。

藤野却哪里肯信呢!

他穿皮靴的右脚朝韩大娘胸口一踏,将韩大娘踏得仰在地上动弹不得。

"你的,大大的撒谎,死啦死啦的!"

藤野按在刀柄上的右手,随着他的吼叫将战刀抽出了一截。

"不许欺负我奶奶!"

韩大娘的孙子韩柱儿从村人中冲了出去。韩柱儿不但是独生子,还是遗腹子。他尚未出生,父亲就失踪了,离家时说到长白山采参去,一去便没了音讯。小伙子才十七岁半,韩大娘将他拉扯大委实不易,他也很敬爱他奶奶。

韩柱儿双掌齐出,将藤野推得连退数步,差点儿一屁股坐在地上。他刚一站稳,军刀也抽出了鞘。而韩柱儿刚扶起他奶奶,几名日兵步枪上的刺刀齐刷刷对准他俩的胸膛了。

藤野也用军刀指着韩柱儿吼:"烧死他!"

此令一下,几名日兵如狼似虎地将韩柱儿从他奶奶身旁拖走了,拖到了晒场边的一棵大树那儿。转眼间,韩柱儿被草绳结结实实地捆到了树干上。紧接着,一抱抱高粱秆堆向了他,一直堆到了他胸口那么高。

"救救我孙子……"

韩大娘说出那么四个字,身子晃了晃,晕倒了。

乡亲们心里那个急!可都不知该怎么救韩柱儿。大家对藤野之残暴是早有所知的,他在别的村曾下令烧死过一个农民。正因为他很残暴,所以有时候才在中国人面前佯装出斯文的模样。这日军小队长特喜欢玩味自己不但是军人还是一位绅士的那么一种良好感觉,但更喜欢玩味自己可以任意处死一个中国人的种族优势上的感觉。在他看来,中国人尤其中国农民,与一头猪一只鸡或鸭没什么两样,任意处死是丝毫也不觉得罪过的。从前一种感觉过渡到后一种感觉,在他那儿只不过是刹那间的情绪转变,就像汽油沾火就着是刹那间的事情。而后一种感觉,对于他比前一种感觉更良好。至于以什么方式处死一个中国人,那就完全由他头脑之中的第一闪念来决定了。有时是吊死、淹死、刺刀捅死,让狼狗咬死;更多的时候是烧死。听一个中国人在烈焰中惨叫,于他是一种快乐的享受。

村人们一阵骚动后,本能地向前迈出脚步;大家也只有以那么一种集体的下意识来无声地表达抗议;但几把刺刀的刀尖,几乎就要触到前排人的胸膛了,人们只得站住,都束手无策地眼巴巴地望着韩柱儿……

韩柱儿明白自己死到临头了。横也是死,竖也是死,怕死也没用了,哀求更没用了。小伙子便不怕死了,干脆破口大骂起来。藤野听出韩柱儿是在骂他,但不能句句听得明白。些个日本兵也明知韩柱儿是在骂他们,却一句也听不明白。

那时的韩柱儿,一心只想在乡亲们面前死得有种,死得壮烈了。

几名日兵呀呀怪叫着,一个个平端步枪冲向韩柱儿,想要一齐捅死他。

藤野大声制止住了他那几名擅自行动的部下。如果还没点火韩柱儿就被捅死了,那"烧死他"的命令不就等于没下达一样了么?

他可不允许事情的结果变成那样。

他戴雪白手套的左手伸入耳朵似的裤兜,从容地掏出打火机递给离他最近的一名日兵,仿佛一个吸烟的人将打火机递给另一个吸烟的人,仿佛后者也只不过是为了吸烟才需要一下打火机,而根本不是要去点火活活烧死一个人。藤野是吸烟的,不论到哪儿,兜里永远揣着烟和打火机。但在"工作"的时候,却从不吸烟。即使没有比他军阶高的长官在场,自己便是最高长官的时候,也不。他认为好的军官应给士兵做榜样。尽管他只不过是军曹级的小队长,那他也自觉地按好军官的标准严格要求自己。当然地,他认为自己确实是在进行严肃的"工作"——一个中国农村里的小伙子,居然敢当众将他这位大日本帝国皇军的军官推得差点儿一屁股坐在地上,不将对方活活烧死以儆效尤,行吗?!而更主要的是,活活烧死一个中国人,其他看着的中国人就会感到恐惧,再问他们什么,他们就不敢撒谎,就会乖乖地如实回答。那么,也许大米就有了,白面就有了,鸡鸭以及鸡蛋鸭蛋和猪肉,也许就统统都有了!

这是多么意义重大的工作!

为了达到目的,烧死一个中国人还不行的话,他打算接着烧死第二个、第三个,直到目的达到为止!

他紧绷着的脸腮于是反而松弛了。

工作着是愉快的嘛!何况是对他们大日本皇军意义重大的工作。

他甚至微笑了一下,朝接过打火机的日兵挥了一下手,示意对方快去执行命令。他扫视着一村子中国农民,在他们面前缓缓地踱来踱去,以一种异常平静的表情,证明着他对他们的无声抗议的宽容。

韩柱儿还在骂不绝口。

而那名接了打火机的日兵,一边向韩柱儿走去,一边按了一下打火机——打火机的火苗挺长,足以保证他很容易地就将高粱秆点着。何况,连日艳阳高照,高粱秆被晒得极干,必会沾火就着。

那日兵也笑了一下,他希望能将小队长的命令执行得非常利索,确信自己能如愿以偿。

就在此时,村人中有谁大声说了一句日语。那句日语翻译成中国话的意思,不是断喝式的、正义凛然的"住手!"——而是乞怜式的、发着颤音的"不要!"。

首先倍感诧异且惊愕的是村人们。他们太奇怪了——怎么会有一句日语发自他们之间呢?在这个村里,没有谁会说日本话啊!他们从没听到过任何一个自己人说过任何一句日本话啊!尽管他们不明白那是一句什么意思的日本话,但分明是一句日本话,这一点他们是听得出来的。也分明是从某个自己人口中说出的,这一点也完全没有疑问。于是前排的人不禁都回头看;左边的人不禁都往右边看;右边的人不禁都往左边看,都如此这般地一看,目光就集中在一个三十多岁的男人身上了。大家都看出来了,刚才那句日本话肯定是从他口中说出的。为了保护妇女们,在藤野训话之前,男人们有意将些不至于引起日兵淫念的中老年妇女们围在中央(年轻妇女们都躲到各处安全的地方去了),而那个三十多岁的男人,站在妇女们之间。这乃因为,他的身板看去很单薄,样子很斯文,头发也没剪短,还戴眼镜,一看就是读书人。而日兵们,对读书人是反应很敏感的。他们对三类中国人一向绝不轻易放过:一是抗日军人;二是年轻妇女;三便是读书人。凡抗日之中国军人,他们必定是要杀掉的;凡年轻的中国妇女,他们必定是要强奸的;凡中国之读书人,他们必定是要怀疑的——倘若还没被他们收买过去,思想上十有八九是抗日的。那么,也当在消灭之列。村里的男人中没有便装军人,除了韩柱儿等少数几个后生,其余皆五十岁左右的男人和些个老汉,没有军人们连日兵也是看得出来的。被他们围在中央的妇女们,日兵们显然也不感兴趣。那个一看就知道是读书人的三十多岁的男人,反倒成了别的男人们要像保护妇女一样本能地、不约而同地要加以保护的人。所以呢,在将妇女们围在中央的同时,也有意将他围在了中央。因为都知道,他没被日本人所收买,以后也不会被日本人所收买。不但男人们对他怀有一种保护心理,连女人们也是的。这个村里还有二十几个孩子,他教她们的孩子识字读书,教她们的孩子懂做好人的道理。她们当然都希望自己的孩子将来是一个好人,并且自己平时也进行教诲的。但穷苦还丝毫没有安全感的日子,每将她们的教诲心情扫荡得一干二净。然而站在她们之中的这个男人却很有些方法,孩子们不仅听他的教诲,也都特别喜欢他。在那么兵荒马乱鸡飞狗跳的年月,他真的可以说是本村的孩子王。孩子们整天形影不离地黏着他,做父母的,尤其母亲们就会觉得自己的孩子比较安全,自己少操许多心。他还常对大人们说,小日本在中国的气数总归是长不了的,中国人的苦难就快熬出头了。他是个有文化的人,不但读过古今中外很多书,还留过洋。故他的话,村人们是很信的。他的话使大家从苦难中看到了确切的希望。所以呢,女人们觉得,保护他也就是保护那希望,保护自己的盼头,保护孩子们的将来。她们尽量用身体组成人墙,将他挡在后边。作为一个男人,他并不愿在那么一种情况之下既被别的男人们掩护,也被些中老年妇女们所掩护;实际上他几次想要挤到前边去站在第一排,但那些妇女们一个紧挨一个组成了第二道人墙,使他没有能按想法做到……

此刻,他口中说出的一句日本话,使他自行暴露了,两道人墙也掩护不了他了。

那句日本话也使藤野大为诧异和惊愕。拿着打火机走向韩柱儿的日兵停止了脚步,扭回头望向中国农民们,同样一脸的诧异和惊愕。每一个日本兵都听到了那句日本话,没有不诧异和惊愕的。

藤野威武地分腿站立,右手仍按刀柄。他摆了一下左手,几名日兵冲到中国农民们跟前,用刺刀分开了人墙。于是,三十多岁的、一看就是读书人的那个人,坦然地离开了人群,在左右两列刺刀的逼对之下,镇定地向藤野走去。但他并没径直走到藤野对面,在距藤野五六步远的地方,他站住了,望着藤野,又说了几句日本话,翻译成中国话的意思那就是:尊敬的太君,请您息怒,千万不要和一个生性莽撞的中国小伙子一般见识。他还未满十八岁,是个未成年人。您的怒火,很可能对你们天皇陛下实现东亚共荣的远大目标是一种危害。

不但藤野,每一个日兵又都清清楚楚地听到了他的话。一个中国农村里的人,居然能说那么流利的日语,这使他们极为困惑,一时间你看我,我看他。

本村的人们也都极为困惑。此前,他们谁都根本不知道孩子王会说日本话。而且,他能将日本话说得那么悦耳、好听!像一位修行高深的出家人,在用润美的嗓音低声诵念经文,听来具有磁力性,具有催眠力,简直会使人产生一种享受般的感觉!对于这个村的人,日本话听到得太多了。可那是种什么样的日本话啊,像凶狗叫,像狮吼狼嚎,那种日本话是不配当成人话来听的啊,难听死了!

他们不但也都极为困惑,还都一时暗暗地自豪起来——小日本,听我们一个中国人是怎么说日本话的!羞死你们些个畜生!这时候,他们的自豪多于了他们的困惑。

藤野左手叉腰,右手呢,总算是离开了刀柄。他将离开了刀柄的右手举起,却并没举得太高,只不过举到指尖齐眼那么高,手心向面,朝那将日本话说得又流利又好听的中国人勾动雪白的食指。

将日本话说得又流利又好听的那一个中国人,就又缓缓向他走去,但仅仅向他走了三步,在距他两步远的地方,又站住了。并且,低下了头,垂臂肃立。

藤野绕着这个令他诧异且惊愕的中国人走。绕一圈,又绕一圈,走到第二圈半时,在此中国人跟前站住了,仍威武地叉着双腿,上下打量眼面前的中国人。此中国人身材不高不矮,一米七六左右。他穿白色无袖的旧东洋布褂子,领口、肩部、肘部、前襟底边都打了补丁。补丁却除了白布,还有黑布和蓝布的;这使他那褂子挺惹眼。用现今的说法就是挺吸引眼球。甚至也可以说,显得挺酷、挺另类、挺潮,而一列盘花扣袢,却完整无损,每一组都扣着。所谓东洋布,是指在日本国内纺织出厂,运到中国来卖的一种布。当然,棉花却可能是从中国运到日本的。日本的纺织技术当然高于中国,故那种东洋布质地紧密,结实、耐磨。并且,价格也不明显地贵于国产布料。尽管如此,爱国心强烈的中国人,那也还是宁肯买中国布料做衣服,而绝不问津东洋布的。他的黑布裤子同样是东洋布做的,像背后那些男人一样,裤腿卷至膝盖以下。唯有他脚上的鞋,是一双不折不扣的中国鞋,叫作"踢死牛"的那一种布鞋。虽说是布鞋,底儿很厚,是由几十层褙褙砸在一起做成的。每增加一层,便用麻线纳一遍。"千层百纳",指的正是这种鞋底儿。鞋的前端,也纳着很厚的一层里子,故很硬。除非是铁脚趾,否则前端不太会被脚趾顶破的。穿破那样的一双鞋,往往指的是鞋帮穿破了。至于底子,只会薄,不会破。对于过日子仔细的中国人,磨薄了的那样的鞋底,往往舍不得扔。上下再纳几层褙褙,做副新鞋帮缝上,又是一双耐穿的"踢死牛"了。他穿的那双布鞋的鞋底,便经过一番变旧为新之加工。但藤野当然是看不出来的。藤野只看出了他的褂子裤子是东洋布做的。不消说,也看出了眼前这个中国人是一个文化人。尽管他的两条瘦胳膊晒得和背后那些中国农民一样黑,同样瘦的腿杆还呈现出一点儿可怜的肌肉。

"你的,什么人的干活?!"

自以为中国话说得不错的藤野,成心用中国话问眼面前这个将日本话说得极好听的中国文化人。但藤野就是藤野,自从他穿上那一身皇军的军装来到中国以后,想要将他的母语说得好听点儿都不知道该怎么说了。从早到晚,他差不多总是在喝吼着喊叫着说日本话。他的上级,基本上也是那么样在跟他说日本话。确确实实地,他已经很久没听到另一种日本话了;即那种语音连贯,仿佛每一个句子必须一气呵成地来说才有日本话的绵劲糯劲儿;而且,只要心平气和地说,真的挺好听的日本话。他不愿陷入惭愧境地,所以成心说中国话。但他的中国话说得根本不像他自以为的那么好。恰恰相反,如同一个结巴竭力要将话说得不结巴,每一个字听来都很生硬、别扭,总之难听。

那三十多岁的有文化的中国人,一直低着头垂臂肃立。虽然藤野是在用中国话问他,他却还是用日本话回答。他的回答还不是一两句,起码回答了四五句。也还是将日本话说得极好听,甚至更好听了。

他背后的乡亲们听呆了,虽然听不懂。

些个日兵也听呆了。他们已用刺刀围成了一个半圆,每一把刺刀的刀尖都对向着他。他说时,他们的刺刀的刀尖逐渐下垂,有的刺刀的刀尖已快接触到地面了。连他背后的乡亲们都看出来了,那些日兵,他们不但听呆了,脸上还都呈现出微妙的、难以掩饰的表情变化。有那么点儿欣赏,有那么点儿佩服,还有那么点儿刮目相看。所有那一点点儿,全是由凶相的后边渗出来的,如同盖住蒸屉的屉布底下上升着蒸气。

藤野所会的中国话,在听了他说的那几句日本话后,显然不足以继续发问了。他又不愿不许近在咫尺的这个中国人说日本话而必须说中国话,那样的恼火太损失面子了。何况,即使对于他,眼前这个中国人口中说出的极好听的日本话,竟然也使他听来倍觉亲切,还勾起了他的乡思。

于是呢,他也只得说起日本话来。

就这么着,一名叉腿而立,右手扶在刀柄上,姿态威武一脸霸道,随时会恼羞成怒进而杀人不眨眼的下级日本军官,与一个三十多岁戴眼镜穿无袖褂子生死完全由对方来决定的中国文化人之间,你有来言我有去语你问我答有问必答地用日语对起话来。

那不知为什么会生活在农村的中国文化人还低着头,还垂臂肃立着,一口流利的日本话还是说得那么好听。

他俩就那么你一句我一句地说了半天。

些个日兵听得松懈了,有的索性将枪背在肩上了。

马车上的那头小猪也不叫唤了。

乡亲中有两个大胆的男人将韩大娘扶起,搀回到自己人中去了。藤野瞪视着那一过程,居然也没大发淫威。

不知藤野后来说了句什么话,"眼镜"低着头,缓缓将一条腿跪下了。日兵们都笑了。有几个指着"眼镜",边笑边哇啦哇啦地说什么。

藤野用带鞘的战刀挑着"眼镜"的下巴,将他的头挑了起来,使二人的目光可以对视着,并又说了句什么,声音不是很大,但语调特别严厉。

于是,"眼镜"的另一条腿也跪下了,但他的下巴还被藤野的战刀挑着,二人的目光也就还注视着。藤野的左手伸入裤兜,掏出了和他的手套一样白的手绢,拎着一角,使手绢垂在"眼镜"面前。

"眼镜"他抬起右手,接过了手绢。这时,藤野的战刀才离开了他的下巴,而与此同时,藤野的右靴,踏在了"眼镜"的左肩上。

"眼镜"呢,就开始用手绢擦起藤野的右靴来。

日兵们兴高采烈,围绕着"眼镜"和藤野手舞足蹈,大声唱起了一首日本的什么歌。

藤野笑了。

望着那一过程的乡亲们,又都纷纷垂下了头。他们心里产生过的那一种脆弱的自豪此刻是荡然无存了,都更加感到集体的屈辱,更加难受了。

那韩柱儿这会儿又大骂起来。骂的不是日本人,而是"眼镜"。大概他认为,对于狗娘养的鬼子,骂不骂无所谓了。骂他们,他们是畜生;不骂他们,他们也还是畜生,根本不是人,绝不会因为一被骂,就由畜生变成人了。那还值得一骂吗？骂得有什么劲儿呢？那农村青年头脑中的这一种想法，基本上也是乡亲们头脑中的想法。那是现实使他们学习到的一种明智，或曰一种生存法则。所以他不骂日本人，单骂"眼镜"。论起来，他虽已不是孩子了，不是"眼镜"的正式学生，但得闲之时，也喜欢去听听"眼镜"给孩子们上课，也间接地识了一些字，也一向恭恭敬敬地叫"眼镜"老师的。

那一时刻老师在他心目中的可敬形象轰然倒塌。几分钟之前也就是老师没跪下之前，那形象还没怎么受到影响，当然，在他看来也不算是高大。低着头，垂着胳膊，对一个凶暴的日军小队长和和气气轻声慢语地说着些日本话，那样子与汉奸有多大区别呢？怎么能算高大呢？

但他怎么也没料到老师会跪下，而且是双膝跪下！不跪下又怎么样呢？大不了不就是一死吗？就那么怕死呀？

所以他骂的尽是些贪生怕死，孬种，没骨气，给全村人丢脸也给全中国人丢脸之类的话；那生性刚烈的青年觉得只破口大骂都是不足以解恨的，若非被捆在了树上，那他肯定会冲将过去，狠踢被他骂的人几脚。

但"眼镜"那时仿佛聋了，仿佛听不到世界上的任何声音了，也仿佛觉得自己真就是一个擦鞋人；他专心致志地擦那只踏在自己肩上的靴子，如同那一向是他赖以为生的事。

藤野被韩柱儿骂得顿时恼火起来。他听不懂韩柱儿在骂什么，却听得出是在骂。并且自信他的判断是正确的——不是在骂他，只不过是在骂跪在自己跟前的这个中国人。

那也令他恼火。

他一摆手，又吼了一句日本话，于是一名日兵朝韩柱儿走过去，到了大树那儿，朝韩柱儿头上捣了一枪托；韩柱儿头一歪，昏过去了。

乡亲们之间，韩大娘也又昏过去，瘫倒于地。

晒场上于是一片寂静。

幸而藤野并没作出韩柱儿是在骂他的判断，并且对自己的判断又是那么自信——否则,韩柱儿还将被活活烧死无疑,绝不会头上仅仅挨了一枪托。

真是老天保佑,也算是韩柱儿命大。

"眼镜"就那么跪着擦完了藤野的右靴。实事求是地说,他将藤野的右靴擦得很干净,擦得皮光锃亮,连藤野自己都觉得满意。他右靴落地,紧接着将左靴踏在了"眼镜"肩上。

这时,"眼镜"又开口说了几句日语。声音很小,乡亲们是都根本听不到的。连四周得意忘形着的日兵们,也是都根本听不到的。但他又说得非常清楚,显然是只想说给藤野一个人听的。尽管他双膝跪着,那几句日语却说得不卑不亢,语调既温良又庄重,一如他之前所说那些日本话的语调一样。藤野清清楚楚地听到了他说的日本话,也感觉到了他是只说给自己一个人听的。他扭头看看周围的部下,看出了他们谁都没听到。这使他内心里暗自钦佩,钦佩眼前这个双膝跪着的中国文化人,居然能将音量控制得那么好。

他收回目光,定定地瞪着眼前这个令他感到不可思议的中国人。

而"眼镜",说完那几句日本话,接着仔仔细细擦藤野的左靴。

藤野忽然做出了一个举动,一个令日兵们,也令在那会儿抬起了一下头的中国农民们农妇们倍感意外的举动——他略微弯下腰,一把从"眼镜"手中掠去了手绢,竟自己擦起那只踏在"眼镜"右肩的靴子来。

而"眼镜",仍一动不动跪着,只不过上身比刚才直挺了。

藤野擦完自己的左靴,将手绢扔在地上。他的左靴刚一落地,旋即来了一个军人标准的立正,向后转,同时大声喊出了一道命令。

日兵们顿时一个个抖擞精神,迅速站成两列。

"眼镜",还一动不动地跪着。

藤野一摆手,又说起中国话来。

说的是——"开路!"

他终于说出了一句使乡亲们听来说得不太难听的中国话,一说完,率先大步便走。

日兵们就都跟着走。有一名日兵,从乡亲们之间扯出了一个男人——中国的马不听日本话吆喝,得有个中国人为他们赶马车。

藤野大步朝前走了几步,忽然想到了什么,站住,缓缓转身,朝"眼镜"一指还是用中国话大声说了句:"带走他!"

于是另一名日兵跑回到"眼镜"跟前;不待那名日兵跑到跟前,"眼镜"已站了起来。

乡亲们看得分明,他长长地吁了一大口气。他首先扭头将目光望向大树那儿——韩柱儿仍昏着;接着他将目光望向了乡亲们,大家又看得分明,他脸上有种诀别似的,特眷恋的表情。

乡亲们都猜测得到,一个中国人如果被带往全是日本兵驻守的炮楼里去,他不是汉奸的话,那么总是凶多吉少的。通常情况下,不死也往往会被扒下三层皮。

可他怎么会是汉奸呢?

于是有女人低声哭了。

肯定是由于他的双腿跪麻了,看去有些迈不开步子。那日兵嫌他走得慢,用枪托在他后腰捣了一下。他受那一击,趔趄数步,几乎扑倒。

他站稳了的同时,目光再次望向乡亲们,无奈地苦笑了一下。

斯时,浴过血似的夕阳,已快吻着华北大平原的地平线了……

第二章

　　韩王村是华北平原这一地区不大不小的一个村。从前有二百几十户人家,由于多年战乱,到一九四四年只剩一百几十户了。直奉两系军阀大动干戈时,村里的宅屋被炮火摧毁了一些。日军侵占华北过程中,又被摧毁了一些。韩王村离一座小县城很近,才七八里路。那县城也只不过万余人口,但一有战事发生,却是兵家必夺之地。离那县城很近的韩王村,太平年月是沾了近的光的,而到了天下大不太平的年月,竟由近而经常遭殃了。县城被直系军阀的部队占领过,也被奉系军阀的部队占领过;某一时期曾由"国军"驻守,而现在有日军的一个团安营扎寨。部队是少不了给养的,给养一旦不足,便只得到附近的村去搜寻。每到那时,韩王村就成了重灾村。军阀的部队也罢,"国军"的部队也罢,终究都是中国人,一般情况之下是要东西。没得给,自然也恼火,也怀疑明明有而偏不给,于是挨家挨户翻个乱七八糟。被翻到了点儿东西的人家如果还扯着拽着硬不让带出门去,难免地也骂也打,却并不烧房子,也不杀人。除那虽穿军装骨子里仍匪气成性的,大抵不至于强奸妇女。他们的行动,一般是冲着东西。但日本兵可不是那样,他们一旦恼火了,既放火烧房子,还杀人泄气。而他们看着中国人,往往是会恼火起来的。所以韩王村一半左右的人家，都先后逃往离县城远的地方去了。有亲的投亲，无亲的靠友。那年月中国人虽苦难深重，重情义的传统观念却仍根深蒂固，只要算得上是友，靠一靠大抵是不会被拒绝的。

韩王村像华北平原上千千万万个村子一样，年轻人的身影已少见了，大抵都参军去了。有的参加了"国军"，有的参加了八路军或敌后武工队。那些年轻人较一致的思想，也大抵是为了抗日救国。尤其那些亲人被日本兵杀害了的青年，参军参得义无反顾。找到了八路军或敌后武工队的，便成了共产党领导下的人。找不到报仇雪恨之心又特急迫的，恰逢"国军"在招兵的话，便会不管三七二十一地先穿上军装扛上枪再说。也有被迫穿上军装扛上枪的，被"国军"抓走的青年们就是那样。故他们虽成了"国军"的一名，内心里对"国军"是积下了怨恨的。

青年的身影既少，华北平原千千万万个农村里，能看到的差不多就尽是中老年男人、妇女和孩子了。从前的中国人尤其农村人太容易老，即使年纪未老看去也显老。四十多岁五十多岁，样子往往和"老汉"似的了。十几年不曾间断的战乱年代，越来越穷困悲苦日夜不安的生活，使那一代中国农民老得更快了。

然而韩王村在华北平原的那一地区又是一个可敬的村子。一个村子可敬，当然也就意味着一个村子里的人可敬。是的，在方圆几十里的百十来个农村的农民们心目中，韩王村是榜样。

韩王村是首先不种麦子改种高粱的村子。

其他村明白了韩王村为什么那样，便也都种高粱了。

韩王村也是第一个灭狗的村子。

狗与中国农民们的关系比与城里人的关系亲密多了，历史也古远多了。在华北平原的农村里，狗往往被许多人家视为不会说话的一口"人"。狗虽起不到什么实际的效劳作用，但却是家家户户孩子们忠心的朋友。这一点其他三牲六畜起不到的作用，使华北平原的农民们对狗相当有感情。通常，人有一顿吃的，狗便也有一份。杀狗烹肉之事，肯定是罪过的。

但从某一天起,韩王村里一条狗也没有了,皆被爱它们的主人一咬牙一狠心结果了性命。

其他村明白了韩王村为什么那样,也都先后将狗消灭了。

于是,一年四季,每至天黑,华北平原的那一地区静得出奇。

敌后武工队的队员们趁夜出没于各个农村进行抗日活动,也就绝不会因为狗吠而引起炮楼里的日伪军们注意了。这对农民们其实也是有好处的。因为武工队往往在夜间活动,以前摸进哪一个村,那村里必会有狗叫起来。一条叫,全都叫,结果叫成一片。这个村里的狗叫声一片,周边村里的狗听到,也会紧接着叫成一片。那么,第二天上午,日军肯定纠合了伪军,离开炮楼,去到传出第一阵狗叫声的村里,将村人们集中起来,严加逼问甚至拷问,问昨晚是不是有武工队进村了。即使真有武工队进村了,那乡亲们也不能说啊。说了还算是个有点儿起码的中国人味儿的中国人吗?可即使明明没有武工队进村,日伪军们也是绝不会信的。他们不信到了夜晚,狗有时候也会一惊一乍地叫成一片的。要说服他们信,太费口舌了。如果被纠合的伪军们非是死心塌地的伪军,局面还好收场点儿。非是死心塌地的伪军,会夹言溜缝地相帮着劝,比如会说中国农村的柴狗和大日本皇军从日本带到中国来的纯种高贵的狼狗是多么多么不同,中国农村的柴狗们闷得慌了,喜欢瞎咋呼,凑热闹地乱叫一阵之类的话。而倘若被纠合的是死心塌地的伪军,那么情况就反过来了,对乡亲们极为不利了。伪军们首先就不信狗们会无缘无故地叫成一片,他们会影响日本官兵更加不信。死心塌地的伪军们虽也是中国人,却极怕中国的武装抵抗力量在抗日战争中最终胜利了。他们深知那么一天如果到来,他们是绝没有好下场的。所以他们的立场完全地站在日本人一边。正如民间话所说的——他们和日军,是一条绳上拴的两只蚂蚱,生死与共了。炮楼里的伪军,有不那么死心塌地的,也有死心塌地的。那些炮楼的布局基本是——一个中心炮楼里驻守着一小队日军,周边几个炮楼由伪军驻守。在他们一年到头对农村的不断骚扰中,纠合的是死心塌地的伪军的时候并不在少数。像今天这样日军单独行动的情况倒是不怎么经常。不论哪一种情况，逼问拷问之后，进行全村大搜查是必定的。倘没搜查出日伪军们认为武工队必定趁夜来过的证物，那乡亲们还算能避过一劫去。但如果武工队真的来过，并且很不幸真的被搜查出了什么证据，那么不得了，必将有乡亲付出性命……

自然，将狗们都自行地消灭了，对狗们是太可悲了。

但乡亲们又不得不那么做，权当中国的狗是为中国人的抗日捐躯了。

在华北平原的这一个地区，每至天黑，那一种寂静无声令炮楼里的日伪军惊恐不安，虽然再也听不到狗叫声了，听不到却比能听到还令他们悚然。一点点野外的响动，都会使他们的神经极度紧张，不是虚张声势地发出吼喝，便是乱放一阵枪，以壮其胆。

而事实上，在整个华北平原上，抗日活动也几乎只有中国共产党领导下的敌后武工队在坚持着了……

日兵们从晒场上撤离之后，韩王村的乡亲们从大树上解救下韩柱儿，有的背着那昏迷不醒的小伙子，有的搀扶着韩大娘，先将他们祖孙二人送回了家。人们也没转身而去，有那懂些土法子的，负责将韩柱儿弄醒了——无非就是喷凉水，捏耳垂儿，掐人中，揉太阳穴之类的做法。等韩柱儿终于睁开了双眼，看着奶奶流下泪来叫了一声"奶奶"，众人这才纷纷放心离去。他们都惦着女儿、儿媳呢。村里虽然几乎不见了青壮年男人的身影，但年轻女人们却还为数不少。她们是那些不知人在何方的青壮年男子们的妻或妹，是最容易受到日伪军伤害的弱势群体。她们受到危害的几率远远大于孩子们，所以是男人们的重点保护对象。而保护的方法，就是在日伪军进村之前，快速地帮她们隐藏起来。帮她们隐藏在院子里，屋子里的地窖中早已没什么意义了，那是很容易被发现的。在田地里，乡亲们挖了些可以互相串通的藏身洞。那些藏身洞有多处出口,有的出口就在村子里,各家都做了各自不同的伪装和标识。女人们已在藏身洞里猫了整整一个下午了,和她们在一起的还有孩子们,男人们想象得到她们是多么为自己担惊受怕,都急着去向她们报平安,把她们和孩子们接出洞来……

天黑了。有几个男人又聚集在韩大娘家,都是能对全村之事出主意想办法的男人。一则他们还要看看韩柱儿怎么样了,二则要讨论一下如何将"眼镜"王文琪从炮楼里营救回村。

韩柱儿基本已经没事了,坐卧炕上,他奶奶正往他口中塞一个剥了皮的鸡蛋,而小伙子左扭头右扭头躲闪着不想吃。韩大娘家不但偷偷养了那小猪,还养了只母鸡。其实养母鸡的人家不少,日伪军一要来了,年轻的女人们就抱着母鸡往藏身洞跑。韩大娘一个老女人是不必躲的,她家的母鸡由别人家的女人抱走。

来到韩大娘家的男人中,有一个是村长韩成贵,与韩大娘家沾亲。村长是区武工队罗队长当众封他的,他的真实身份是中共地下党员,任务是收集民间情报,对有汉奸行为的人予以监视;同时尽可能地保护乡亲们的生命不受危害,在必要时出头露面替全村人与日伪军周旋。对于日伪军,他是保长。韩王村没有一个有汉奸行为的人,韩成贵的任务主要是第二方面。

他对韩柱儿说:"怎么那么不懂事?你奶奶多心疼你体会不到?乖乖把鸡蛋吃了!"

韩柱儿这才张大嘴,咬了半个鸡蛋,之后接过了奶奶手中剩下的半个。日兵那一枪托捣得不轻,小伙子左边耳上方肿得明显。

韩大娘转身埋怨起韩成贵来。她说:"成贵,晒场上的事我对你有看法。柱儿就要被活活烧死了,你当村长的怎么连个屁都不敢放?"

韩大娘这么一说,除了韩成贵,另外几个男人全都低下了头,觉得那话也是说给他们听的。藤野的凶残冷酷在这一地区是出了名的,胆小的农民被他看一眼腿弯就不由自主地打颤。他们也都是凡人,内心里也都深惧藤野。当时他们都有点儿吓蒙了,都不知该怎么办才好了。韩大娘一数落韩成贵,他们心里都惭愧了。

韩成贵的样子却并不怎么惭愧。

他顶了韩大娘一句:"怎么不怨你自己? 为什么不把小猪藏好? 小猪要是不突然跑到晒场上,后来的事那能发生么?"

他的话虽然说得很平和,但谁都听得出来,那也是顶。

韩大娘怔了怔,又小声嘟囔:"俺柱儿明明把它藏了起来……"

韩成贵就扭头瞪视韩柱儿,意思是你小子怎么藏的?!

韩柱儿咽下口鸡蛋,说他没想到小猪居然能将藏它那地方的盖子给拱开……

韩成贵板着脸问:"为什么不压块石头?"

韩柱儿说:"压了。"

韩成贵又问:"压了? 压了还被拱开了,那就证明压的石头小! 为什么不压块大的?"

韩柱儿低下头不说话了。

"为什么不用绳拴上?"

韩成贵的话问得严厉了;韩柱儿抬起头张一下嘴,把到唇边的一句什么话咽下去了。

"你小子想说什么?"

韩成贵的双手叉在腰里了。看样子,如果韩柱儿再说出句他不爱听的话,他会一巴掌扇过去。亲戚辈分上论,五十多岁的韩成贵是韩柱儿的舅爷,扇了那还不是白扇?

韩柱儿就又低下头不说话了。

坐在炕沿一边的韩大娘抹起泪来。

有个男人小声阻止道:"成贵,别说那些多余的话了。说那些有什么用呢?"

韩成贵一转身大声反驳:"不多余! 有用! 有的话非说不可! 咱们

中国,大半个国家都快被日本占领了,而且他们还在继续占领! 这种局面下,一头小猪崽子有什么重要的? 重要的是咱们中国人的人命! 被杀了那么多了,让咱们活着的人深更半夜睡不着觉,有人味的中国人直想号啕大哭! 可哭有什么用? 咱们是农民,不守着土地守着破破烂烂的家园种地那不行! 那咱们的武工队也吃不上粮食了! 所以,能多保住一条命比保住鸡啊猪啊粮食啊重要得多! ……"

又有个男人扯了他一下,低声相劝:"成贵,有些话以后再说不迟,怎么营救王文琪才是首要的事。"

韩成贵激动地说:"让我说完我这会儿想说的话!"——跨到韩奶奶跟前继续说,"老姐,你刚才埋怨我,可我还要埋怨你呢! 如果你不为了那头小猪挤到藤野跟前去招惹他,后边的事会发生么?"

韩奶奶心里还是生气地说:"那你也不能眼望着柱儿要被活活烧死了连个屁都不敢放! 你可是柱儿他五服内的舅爷!"

韩成贵也生气了,脸涨得通红,挥舞着一只手臂大声嚷嚷:"说来说去,怎么还是你老姐有理? 你倒在地上那时,我正想上前阻止藤野伤害你,不成想你那宝贝孙子噌地蹿到藤野跟前了! 更不成想他敢把藤野推得差点儿一屁股坐在地上! 你孙子被捆在树上以后,我正火急火燎地寻思着怎么才能万无一失地救下他的命,王文琪不是抢先了嘛! ……"

其他男人皆点头,表示他说的是事实,也完全相信当时他内心里的想法。

韩大娘却抬起头,噙泪的眼只看定他一个人,一字一句不依不饶地质问:"如果'眼镜'没出头,你打算怎么出头?"

韩成贵说:"老姐,你这话听来像是审我。你是我老姐,有资格审我。既然你当众审了,那我不得不回答了。回答了,也等于你老姐给了我个机会,容我也把窝在心里的话当众说开了。如果王文琪没出头,那我绝不会做孬种! 我会站出来说话的!"

韩大娘追问:"说什么?"

韩成贵说:"藤野他是个恶魔,我当然不能说半句冲撞他的话。那不是火上浇油也成心找死吗?咱们全村人的死活还不全凭他一句话?我得对大家的性命负责,所以那也得可怜兮兮地求他饶了柱儿。如果他喝我跪下,我也得乖乖跪下,不跪行吗?如果他让我替他擦靴子,那我也得乖乖地替他擦靴子。如果我都那样了他还不饶柱儿,那我只得说,我愿用我的命换柱儿的命,烧死我吧!……"

他说得悲壮,一时眼泪汪汪的了。

韩大娘说:"行了。你的话解开我心里的疙瘩了,我信,成贵,你心里以后也不许存什么疙瘩,啊。"

韩成贵刚点一下头,韩柱儿却大声道:"我宁肯被活活烧死,也不愿被人像王文琪那么下贱地救了条命!我心里还存着疙瘩解不开呢!哪天把小日本从咱们中国的地面上彻底赶跑,咱中国人说起抗日时期的事,有无数不怕死的是英雄的中国人值得称颂,我听着脸往哪儿搁?还不如干脆被烧死算了!"

韩成贵指着他大吼:"我揍你!捡了一条命不知庆幸,这会儿还说不识好歹的话!想当英雄,那也得看当得值不值!"

韩柱儿据理力争地说:"怎么叫值?怎么又叫不值?给中国人做出个不怕死的榜样,我认为就值!"

韩大娘也指着孙子教训:"你被活活烧死了,那奶奶还活得成吗?你老老实实闭上嘴,不许再说话!还说些混话,别怪我真叫你舅爷揍你!"

其他男人们也都批评韩柱儿的话不在理。也都认为他没被活活烧死确实是万幸,是万幸那首先就应该谢天谢地。

韩大娘不坐着了,站起来,迈着双小脚缓缓走到孙子那儿,向孙子俯身又说:"柱儿,你看着我。"

韩柱儿有些不情愿,别别扭扭地,最终还是不得不看着他奶奶了。

韩奶奶语重心长地说:"你给我牢记住,你的命是王文琪救下来的。只谢天谢地不行,他是你的救命恩人,所以也是咱们韩家的大恩人!他救了你的命那也等于救了奶奶的命，如果他大难不死，以后你一定要替咱们报答他！就这话，现在我要你当着叔叔大爷们的面，发誓你牢记住了！……"

韩奶奶的话说得动容，几个大男人也都听得动容，一个个点头不止。

韩柱儿虽然嘴上尽说些刚烈的话，但内心里毕竟明白，如果不是王文琪以那么一种屈辱的方式相救，自己这会儿已变成炭了，哪儿还能说下贱不下贱，英雄不英雄的话呢？但当着外人的面，发誓的话却怎么也说不出口。韩大娘觉得失面子，又急又气，拧孙子耳朵，还要咬孙子胳膊。

倒是韩成贵这舅爷替韩柱儿垫了个台阶，他说："算啦算啦，发誓嘛就没必要非强迫他了。但是柱儿，'记住了'三个字你要是也不肯说的话，那我们几个叔叔大爷也是不会依你的！"

那韩柱儿无奈，只得大叫一嗓子："记住了！"

他这一嗓子将屋里喊得静了片刻。在那片刻的静中，韩大娘回头看着韩成贵问："咱们该这么依了他么？"

韩成贵苦笑道："他才十七岁多一点儿，咱们眼里仍算个孩子，不依了还能怎么的？"

他的话刚说完，门外有人轻轻咳嗽了一声，于是大家都将目光望向门帘。

韩柱儿理直气壮起来，又说："什么依不依的，不爱听！要是连罗叔叔也认为我是个孩子，我才承认我是个孩子！"

门帘一挑，进来了区武工队长罗尚毅。这罗尚毅三十六岁，山东人，两年前被党派到河北这边来的。虽然只来了两年，在拥护抗日的群众中已树立了极高的威望，成为当地抗日群众的主心骨。他的名字，对于伪军也具有非同一般的威慑力。好几次有些伪军实际上是掌握了他的行踪的，但是居然没敢向日本军方报告。毕竟，抗战已进入了第六个年头，更多的中国人拥护抗战的民族觉悟大大提高了，中国最终必胜的信念也更加坚定了。大多数伪军，也都想暗中掂量自己的行为。

对于这屋里的人,罗尚毅不啻是个救星。尽管他神出鬼没,一向来无影去无踪的,但哪一个村里若出了不好的情况,他总能在人们束手无策的时候悄然而至。并且,差不多又总是能使不好的情况有所改观,避免引出最悲惨的后果。

他曾说:"对于咱们中国人,最悲惨的事是什么事呢?不是粮食被抢了,不是房子被烧了,甚至,也不是父老兄弟被打残了,妇女被奸淫了,而是我们中国人被残酷地弄死了!因为这样的仇恨是没法报的。鬼子弄死了我们一个同胞,一些同胞,即使我们后来也消灭了一个鬼子,一些鬼子,我们的同胞也还是不能起死回生了。所以我们武工队的任务,不但是消灭敌人,更主要的是保卫同胞。在现阶段,武工队要想在一个区的范围内获得抗战的全面胜利是根本不可能的。但如果靠了我们的存在,使日伪军不敢过分地气焰嚣张,不敢动不动就以惨无人道的方式杀害我们的同胞,那我们的存在就是意义重大的!……"

此话,罗队长在许多场合对自己的同志们和基础群众们说过,所以人们对他一贯的对敌斗争思想特别了解。因为他的对敌斗争思想是这样的,而且自认为是正确的,符合当时对敌斗争的策略,甚至有一次没有执行上级也就是县武工大队的战斗命令。

当时——我们的情报员获悉,由于驻扎在县城里的日军中流行开了甲肝,不久又将甲肝传染到了炮楼里的敌伪军中间,于是石家庄和保定方面的日军,向这个县的日军派出了由五名日本军医组成的医疗小组,在一个班日军的护送之下,将乘卡车到县城里来。县武工大队命令区武工分队,在半路伏击两辆日军卡车。区武工分队有三十六名队员,人数上占绝对优势,但所配基本是短枪。也有手榴弹,不多。敌人的两辆卡车上,却各配一挺轻机枪。一个班的日军人手一支的,也是德国造的冲锋枪。可以埋地雷,然而大白天公路上过往的绝不会仅仅是两辆日军卡车,还间或有各村农民所驾的马车,如果时间掌握得不够精准,误伤群众,提前暴露埋伏在所难免。又据区武工分队侦察员汇报,驻扎在县城里的日军最高长官池田大佐的妻子和九岁的儿子,也刚从日本来到中国,乘坐两辆卡车中的一辆前往县城……

罗队长最终没有执行那道战斗命令。

他因而被撤了职,受到了严厉的批判和处分,还被视为"抗日斗争意志消退""畏敌思想显而易见"的反面典型。

他自然是不服的,据理力争,说在不能埋地雷,而战斗火力配备敌强我弱的不利情况之下,仅靠人数上的优势取胜,纵使全歼了敌人,我方的伤亡代价也必惨重。区武工分队几经损失,刚刚恢复元气不久,当继续养精蓄锐,委实冒不得险,付不起惨重代价。而最主要的是,近一年内,敌我双方处于战略对峙阶段,由于武工队的威慑实际存在,日军嚣张残暴的气焰有所收敛,群众恶劣的生存状态也稍有缓解。若因一次得不偿失的伏击使敌人受到强烈刺激,因而对人民群众大举报复,群众的命运可就惨了,必将又死人多多。果而那样,莫说仅仅三十六人的区武工分队,就是有近百名队员的县武工大队,八成也是无法拯救群众于血腥之灾的。

他的据理力争,在上级听来简直就是花言巧辩,往他们的恼火上浇油!若不是许许多多共同出生入死过的战友苦苦求情,他几乎被以"狂妄自大,违抗军令"的罪名给毙了。

后来一位八路军的首长听说了他的事,派一位代表来到县里传达指示,充分肯定了他的对敌斗争思想,认为他很善于审时度势。县大队这才又恢复了他的职务。

事实证明,罗尚毅在对敌斗争中,并非只一味地养精蓄锐,按兵不动。他的仇恨之火一旦燃烧起来,那也是管叫敌人心惊胆战的。他重新担任区委书记和区武工队长之后不久,中秋节那一天,有座炮楼里的日伪军集体喝醉了,将附近一个村的三名妇女抓到炮楼里,不但轮奸了她们,而且残忍地杀害了她们。五六天后,两名武工队员装扮成送菜的农民混入炮楼,里应外合,使区武工队在傍晚几乎兵未血刃地拿下了那个炮楼。罗尚毅"代表中国人民"，就在炮楼里审判了那些日伪军们——凡参与暴行的，一律处以绞刑。没参与的，每人也被割去了双耳，口中一一塞了东西，结结实实地捆绑于各处。只放走了一人，是为日伪军做饭的中国农民。宣判执行完毕，却没烧炮楼，神不知鬼不觉地撤走了。第二天第三天第四天，炮楼仍安然无恙地耸立在原野。第五天，县城里的池田大佐的办公桌上，出现了罗尚毅亲笔写给他的一封信，毛笔字。罗尚毅虽然自幼家境贫寒，却有幸读过几年私塾，毛笔字写得不错。信的内容如下：中国共产党领导之下的抗日敌后武工队本分队，对那一座炮楼进行的当然是军事报复行动。而这一次报复行动，完全是那座炮楼里的日方士兵的暴行所引起的后果，可谓咎由自取。如果他也因而采取报复行动，那么武工队员们将使县城再无宁日，使他焦头烂额，防不胜防，也陷于咎由自取之惶恐之境。而正是为了使他在部下面前保留"最高指挥官"的颜面，所以这一封信才不以传单的形式在县城各处张贴，"希望能理解本队长的一番苦心"……

池田大佐看罢这一封信，暗吃一惊，表面上却未动声色，将信烧了。却也不敢怠慢，急率一彪人马赶往那座炮楼。去了也晚了，该死的已死，没被处死的也差不多都快饿死了。他能做的，只不过是替几名日本兽兵收尸而已。不但要驻守县城，还要保卫炮楼，他手下的兵力不足，便决定将那座炮楼遗弃了之。不那么决定又能怎么办呢？那座炮楼已成日兵的死亡象征，他明白手下肯定没人情愿再去保卫它。空无一人的炮楼不久成了乌鸦栖息、鼠类繁殖、野猫野狗的藏身之处。每至黄昏，那里向四面八方传开阵阵鸦噪。而天一黑，狗猫齐叫，扰得距离最近的炮楼里的日伪军心神不安，难以入睡。一想到它，池田大佐心里就添堵，成了他的一块心病。终于有一天，他下了一道命令，派工兵将那座炮楼炸毁了。在抗战八年中，在华北平原上，那是唯一一次日军自行炸毁了他们的炮楼。

晋察冀边区首长知道了这件事后，对罗尚毅进行了文件嘉奖，称赞

31

他灵活运用了战略战术,将对敌斗争的军事打击、惩罚与心理战术结合得特别成功⋯⋯

村长韩成贵向罗队长汇报了王文琪怎么怎么被鬼子带走的经过后,大家的目光就都默默望着罗队长,期待他拿出个主意。而他,接过韩成贵为他卷的一支叶子烟,深吸缓吐,陷入了沉思。

韩大娘这会儿就跟韩柱儿咬耳朵,让他懂事点儿,别在炕上半躺半卧的,出去回避一下。她虽然不是党员,但她的儿子也就是韩柱儿的父亲,是晋察冀边区某抗日纵队的团政委。罗队长每次秘密来村里了解什么情况,布置什么工作,她都是不可或缺的人物;何况今天的凶险之事,也是由于自己当时的冲动造成的,所以她认为自己当然更应该在场了。

不料孙子大声说:"我不出去!我又不是小孩子!问问我罗叔,我还算小孩子吗?难道我在敌人们面前表现得不是像大人们一样不怕死吗?"

他这么一说,众人的目光又都望向他了。

罗尚毅掐灭烟,慢条斯理地说:"柱子,你当然不算小孩子了,咱们武工队里就有一名才十九岁的队员。咱们的正规部队里,十九岁二十来岁的小战士多了去了,比你年纪还小的战士也有。某些事,你也参与着听听,不但是可以的,而且还是完全应该的。在村里你几乎是唯一的男青年,以后要起些重要的作用了,听听对你有好处,会使你在敌人面前表现得更加冷静,更加成熟。"

听了他的话,大家都点头。

韩柱儿又说:"什么叫冷静成熟我不太懂,但怎么做才算是咱们中国人的好榜样,我心里一直是明白的。我认为我今天没给咱们中国人丢脸!倒是那个王文琪,在藤野面前的表现太叫人瞧不起了,太是十足的亡国奴样了!比亡国奴还亡国奴,简直⋯⋯反正从今天起,我以后再也不会正眼看他了!"

罗尚毅说:"如果不是他那样,你就被活活烧死了。那你奶奶这会儿还不心疼死了？也许会心疼得要了她的老命！而如果今天你和你奶奶都没了，你父亲知道了，还不难受得肝肠寸断啊？”

韩柱儿一吐为快地说："罗叔，我也不懂什么肝肠寸断不肝肠寸断的，就算我和我奶奶白天都死了，那也都死得值！我父亲肯定会记下仇恨，指挥战士消灭更多的鬼子，血债必得血来偿，不过就是这么回事罢了！"

韩大娘刚要训他，韩成贵听得不耐烦了，按捺不住地开口道："柱子你给我住口！怎么你罗叔说了上句，你那下句就接得快快的？你这么学着懂事学着冷静成熟的呀？再多说我把你拖下炕踹出去！"

韩柱儿这才身子一哧溜，躺在炕上了。又一翻身，背对着大家了。

罗尚毅笑笑，未再就韩柱儿的话说什么，态度极其严肃地小声问韩成贵，关于韩柱儿他父亲的身份，是否仍一如既往地实行着严格的保密纪律。

韩成贵说是的，除了在这屋里的几个人，村里再无别人知道柱子他父亲是我们共产党领导下的正规抗日军队的团政委。大家一向都按照统一口径编了个谎言，说韩柱儿他父亲到长白山采参的路上失踪了。

罗尚毅点头道，严格保密是对的，也是必须的。不是不相信这个村的群众，而是不怕一万，就怕万一。万一知道的人多了，日伪军哪天又不知抽什么疯，再次到村里来逮捕中共领导下的抗日官兵的家人亲属，那韩大娘和韩柱儿的命运就极不安全了。牙关一咬就是同胞的生命线，这话说起来很英雄气概，听起来也感天地泣鬼神的，对于党员和我们队伍上的指战员，也是起码的要求。否则不就成叛徒了吗？但对普通百姓，这种要求太高了。谁都是血肉之躯，日本人又是那么残忍，不能要求普通百姓也都像党员和我们队伍上的指战员们一样，有熬得住严刑拷打的坚强意志，也都是"特殊材料制成的"。如果百姓明明知道而不说，拷问他们的敌人是完全看得出来的，那点儿拷问经验他们是有的，于是他们定会以更加残忍的手段折磨百姓。而某个百姓一旦说了，则就成了告密者。一旦事实上成了告密者,那就是永远洗刷不掉的污点了。咱们中国人看重民族大义,一个人如果有了这方面的污点,往往连儿孙辈都会被打上耻辱的烙印,那对后人是多么委屈又无奈的事?所以,是秘密的事,就一定要保密在最小也最可靠的范围。在对敌斗争十分严酷的当前,有些事尽量不使普通群众也知道,正是替他们考虑,为他们负责……

罗尚毅一番话,说得大家皆点头称是。以充满敬意的目光望着他,被他看问题的全面性和周到性所折服。

罗尚毅问王文琪是否知道柱子的父亲是我们部队上的团政委。

韩成贵回答不知道。

罗尚毅又问有什么不该王文琪知道的事他其实知道了。

韩成贵想了想说没什么不该他知道的事他却知道了。说他回到村里才一年多,除了教书、看书、练书法,再就是经常主动帮这家那家干活。乡亲们对他印象都挺好,他也不是个喜欢打听这家那家什么事的人。

韩大娘说他父亲曾是石家庄有名的中医,他自己也懂中医,还经常替乡亲们号脉诊病开药方,也很舍得花自己的钱亲自去县城里为乡亲抓药。她觉得他是个好人。

有人说他父亲给他留下了一些古玩字画、珠宝玉器什么的,寄存在县城的一家当铺里。当铺老板是他父亲的知交,绝对信得过的人。他用钱了,就去县城里换些钱花。在这国难当头、民不聊生的年月,他倒有幸是个衣食无忧、无家一身轻的男人。

有人说没想到他日本话说得那么流利,那么好听,简直像京剧里的花旦青衣的念白,藤野和些个鬼子兵都听傻眼了……

韩成贵见大家七言八语地说时,罗尚毅听得认真,忍不住问:"罗队长,你对他这个人有什么怀疑吗?"

罗尚毅说:"那倒没有。你们村打从日本回来了这么一个不寻常的人,我们的情报人员不可能一点儿都没关注他。根据我们目前所掌握的情报看,他是一个爱国者。回到你们这个村里来,一是由于他家祖坟在村里,兵荒马乱的,他怕祖坟遭毁坏,要亲自守护着才放心。二也是出于一腔爱国的情怀,甚至爱国的情怀可能是更主要的回国原因。"

他说时,大家也听得极认真。如同他说的每一句话都是"最高指示",唯恐漏听了一句似的。

韩大娘急道:"既然他是个爱国者,咱们就先别说其他了呀,快商议怎么把他救出来啊!"

于是大家的目光又一齐望在罗尚毅身上了,韩成贵也又卷了一支烟递给他。他一边吸着烟,一边慢条斯理地说:"要是为了救出他,就干脆拔掉那座炮楼,分明是不实际的。不实际的行动就是冲动的、冒险的,不计后果的行动。虽然我说了他是一个爱国者,也不能为了救他,我便率领三十六名武工队员去拔炮楼。那么硬干,武工队员们的伤亡成本太大了。也许事与愿违,反而害了他的命。所以,这种救法,大家连想也不必想。就是明知日本人正在折磨他,而且几天后必定杀害他,那我也不会率领人去攻炮楼的。"

他的话说得明白而又决绝,气氛一时极其凝重。韩大娘又不禁抹起眼泪来,连韩柱儿也朝大家翻过了身。

他接着说:"刚才大家聊他时,我心里已在想究竟该怎么救他——今晚就要动员乡亲们,把家家户户东埋西藏的好吃的东西,全部奉献出来,就集中在大娘家里吧。然后呢,我们将鬼子们爱吃的选出来,尤其要多选那个藤野爱吃的。装在两个篮子里,明天派人挑着给炮楼送去。以前咱们不是也都用这种法子往外赎人的吗?不是往往也能成功吗?要把王文琪救出来,还是得先用这个老法子。"

大家一时你看我,我看他。

韩成贵说:"藤野那厮,凶恶得很,也多疑得很。万一他又多疑起来,非但没救出王文琪,连送东西的人也被扣在了炮楼里呢?"

罗队长说:"藤野是个什么鬼东西,我也很了解。有你说的那一种可能,但可能性不是特别大。藤野固然凶恶,却又是个日本文化的狂热崇拜者。而王文琪呢,据我所知,他在东京大学里学的就是日本文化史。如果他够聪明,当能智慧地以这一点来保护自己免受或少受些皮肉之苦的。藤野固然多疑,比狐狸还多疑,但他同时也是个阅咱们中国人无数的日本人了。以他阅中国人的经验,肯定能够看出,王文琪不会是一个他们非得从肉体上加以消灭不可的中国人。而以上两点呢,是咱们以非武力的方式有几分把握将王文琪救出来的根据,大家说是不是呢?"

大家便又纷纷点头称是,都打内心里认可他的分析和判断。

韩成贵就说:"那,明天我去送吧。"

罗队长说:"我也是这么想的,别人去我还着实不放心。你进了炮楼,凭你的机智见到王文琪最好。即使见不到,那也要尽量把他的情况探听清楚,起码要知道他的死活。"

韩成贵犹像片刻,吞吐地问:"那,要是我真回不来了呢?"声音很小,还显出有点儿不好意思问的样子。

一阵静寂。每个人都听到了他的话。

罗队长用小指挠挠额角,不以为然地说:"凭你在敌人面前一向表现出的大智大勇,还会把事办得那么糟?"

韩成贵却固执地说:"我说万一。"

韩柱儿大声插了一句:"成贵叔今天表现得可既不智,也不勇。眼看我要被鬼子活活烧死了,根本就没见他那儿有什么表现。"

韩成贵扭头望他一眼,张张嘴,没说出话。

韩大娘搐了韩柱儿一拳,斥道:"大人在商议重要的事,没你小孩子插嘴的份!"

一人替韩成贵化解尴尬,幽幽地说:"情况发生得太突然,你成贵叔他当时是蒙了。"

另一人说:"是啊是啊,谁都有一时发蒙的时候,再智勇的人也有。"

罗队长从小凳上站起,双手叉腰,左右扭动着身子说:"如果藤野那厮连你也扣在炮楼里了,而且居然真的打算加害你俩……"

韩柱儿又大声接言道:"那罗叔叔肯定就率人把他的炮楼给端了!"

罗队长坐在炕沿脱起鞋来,边脱边说:"那我更不能硬干了。那藤野还不拼到底啊?那你成贵叔和王文琪还有命吗?"

事关自家性命之安危,韩成贵岂能掉以轻心?急切地追问罗队长究竟有什么打算。罗队长已仰躺下去了,往炕里挤了挤韩柱儿,胸有成竹地说,那他就要设计活捉几个鬼子,用鬼子来交换韩成贵和王文琪。韩大娘将一只枕头放在他身边,他枕了枕头,闭了双眼,说困了,得眯一会儿,之后就不再说话了。

大家一时都闷声不响地互相看着。

沉默之际,韩大娘自言自语:"没把握的打算,罗队长可是从不随便乱说的。"

韩成贵一挥手:"那都走呗!"

于是大家都相跟着走了……

一小时后,都回来了。带回来的东西样数还真不少,有一篮子枣、一篮子花生米、一袋子小米、半袋子大米……当然,所谓袋子,并不是能装三四十斤米的米袋子,而是用枕头套改的。中国农民自有他们的智慧,谷子稻子种在高粱地之间,成熟后,偷偷收割了,偷偷碾去了壳,干脆缝在枕套里充作枕头。白天和枕头摞在一起,晚上就是枕在头下的枕头。居然还带回了半枕套面粉!面粉原是和玉米磨成的小掺混在一起的,小孩子或老人病了,现用细筛子筛出些,做面条或疙瘩汤。此外还有鸡蛋、咸鸭蛋、蜂蜜、各类干菜、新下来的瓜果……

罗队长已睡醒了,一手一碗白开水,一手一个窝头,在吃着。人们一一将带回的东西放他眼前,他看着,连说好东西好东西,都是好东西,直往下咽口水,很难再吃得下窝头去了。

韩大娘问:"既然有鸡蛋了,我给你冲两个鸡蛋?"

罗队长见鸡蛋不多,也就十来个,摇头说:"大娘不麻烦你了,我吃两个更显得少了,太少了拿不出手了不是?"听他那话,像是要串亲戚。韩成贵递给他一个咸鸭蛋他也没接,只打开了盛蜂蜜的小坛子的坛盖,蘸着蜂蜜将手中窝头吃光了。

韩成贵问:"你觉着这些东西够不够? 不够我们再去动员乡亲们捐出来点儿。"

罗队长说不用了,足够。说罢往起一站,恨恨地骂了一句"他妈的"。

大家不明白他为什么忽然恼火起来,一个个看着他发愣。

韩成贵又说:"为了尽快搭救出王文琪,乡亲们藏的什么好东西都舍得给……"

罗队长更加恼火了,冲他吼:"你以为我替乡亲们舍不得吗? 是咱们一个同胞的命宝贵,还是这些东西宝贵,我就掂量不出轻重来吗?!"

大家见他急赤白脸的了,皆充聋作哑。

他又没好气地说:"狗日的鬼子! 占领咱们的国土烧咱们的房屋抢咱们的粮食,奸淫咱们的妇女杀害咱们的同胞,咱们还要把这么多自己平日都舍不得吃的好东西上赶着给他们送了去,我内心里一百个不情愿!"

韩成贵说:"不情愿不就是舍不得吗? 刚才问你还不承认!"

罗队长争辩:"不情愿是不情愿! 舍不得是舍不得!"

韩成贵也犯了倔,顶撞道:"问问大伙儿,有什么不一样的? 再说办法是你首先提出来的。而且目前除了这一办法,也想不出更好的办法!"

罗队长瞪着他张张嘴,被噎得没说出话。

警卫员张奎胜小张忽然探入头,报告说王文琪回来了,就在屋外边,请示让不让他进来。

包括罗队长在内,都倍觉意外地愣住。

倒是韩大娘首先说:"快让他进来!"

罗队长这才紧接着说:"有请! 有请! ……"

既然队长连说有请,小张自然遵命,替王文琪挑起门帘,毕恭毕敬地往屋里边请着王文琪。

小张的毕恭毕敬，令王文琪煞是疑惑。他进了屋，韩大娘已下了炕，走到了门口。她绕着他踱了一圈，上上下下地打量他，之后攥住他双手问："鬼子们没折磨你？"

王文琪微微一笑，说自己很幸运，藤野没打他，也没骂他，对他还挺客气。那鬼子小队长竟然允许他和他面对面地坐着说话。

韩大娘说这就好这就好，不由得又落下泪来。

王文琪说，怕大娘替他担心，所以一进村没顾上回自己住的屋，先到这儿来报个平安，免得大娘牵肠挂肚的。

一屋子人都呆呆地望着他，使他很不自在。

韩大娘就向他介绍了罗队长，说："罗队长知道了咱们村发生的事，很重视，天一黑就赶来了。"又说，"你看这些东西，全是家家户户的乡亲为了搭救你给拿出来的，打算明天一早由成贵挑往炮楼，探听探听你的情况。"

王文琪听了极感动，眼眶也顿时湿了，说："惭愧惭愧，我白天给咱们中国人丢了那么大的脸，哪里值得成贵哥还为我去闯虎穴狼窝，又哪里值得乡亲们为我这么费心啊！"

罗队长拍着他肩说："话不能那么讲。你今天表现得很机智嘛！不是你那样，柱子小命没了。韩信甘受胯下之辱，为的只不过是自己不吃眼前亏。而你是为了救同胞一命，你比韩信还韩信嘛！来来来，坐下细说……"

于是他执王文琪一只手，将王文琪带到炕边，自己又脱了鞋坐在炕上，笑着对王文琪说："连藤野那厮都允许你平起平坐了，咱们自己人之间，当然更应平起平坐！你快把鞋脱了，坐我对面。"——说罢，盘起腿来。

王文琪脱鞋时，韩大娘搐了孙子一拳，命他起身，快在炕上给王文琪磕个头，谢过救命大恩。那韩柱儿佯装睡死过去了，还故意发出几声鼾。大家都看出他在装，罗队长笑道，别理他，咱们还是安静下来，听文琪说话吧。

于是没人再理韩柱儿,都肃立炕前望着王文琪。

王文琪脱了鞋,都没像罗队长那么盘腿坐着,而是像日本人那么双膝一跪,一屁股坐在小腿上了。

大家看得发愣。

韩成贵说:"文琪,罗队长要听你汇报,你干吗跪呀?那明明是小日本的坐法嘛!快别那么跪,让大家看着心里多不舒服啊!"

王文琪却显出那样跪坐得挺舒服的样子,并说在中国的古代,许多人也是习惯于跪坐的。日本人跪坐,实际上是从咱们中国学去的坐法。正如日本的不少文字,是从中国照搬去的。说自己在日本留学多年,深受几位日本老师的抬爱,每到他们家去做客,老师们都是对面跪坐的,哪有一个学生盘腿大坐的道理呢?所以也必定跪坐。起初非常不习惯,每坐得双腿麻木。但日久天长,渐渐坐习惯了。不跪坐,反而怎么坐都觉得不舒服了。

听他娓娓道来,大家一时都不知说什么好了。

佯装睡死了的韩柱儿突然冒出一句:"你的日本人老师,那也终究还是鬼子!他们对你好点,肯定虚情假意,亡国奴才会觉得那是抬爱!"

韩大娘又挥起拳欲打他。罗队长竖掌阻止了,扭头说:"还想在屋里呆不?"

韩大娘对王文琪说:"他不懂事,文琪你千万别往心里去。"

王文琪红了脸道:"大娘我不会往心里去的。"

罗队长说:"那你怎么舒服怎么坐吧。讲讲,被带到炮楼后,小半天的时间里,藤野那厮都问了你些什么,让你做了些什么?"

王文琪感受到了乡亲们对他的友善,也感受到了罗队长将他视为"自己人"的那份信任,心中一点儿顾虑没有了,放心大胆地说:"藤野那厮没文化,被我骗得一愣一愣的,所以才没加害我……"

见大家都看着他笑。他被笑困惑了,收语缄默。

韩成贵就说:"藤野那厮是罗队长发明的说法,我们早就跟着那么说他了。现在你也那么说了,我们是高兴地笑你。"

王文琪听罢也笑了。他说他被带到炮楼以后,刚开始藤野还是煞有介事地审了他一通的。但一听他说出他老师的名字,态度顿时变了,对他多少有点儿礼貌了。因为那是一个在日本几乎家喻户晓、德高望重的日本文化大师级人物的名字。只要上过中学的日本人,没有不知道那个名字的。因为日本中学语文课本中,几十年来一向收入着那位著名的日本文化学者的文章。而且现在日本军队里的不少中高级军官,都以当年曾是他的学生为荣……

韩成贵忍不住问:"日本也有那等人物?"

王文琪说:"日本毕竟也是亚洲的一个文明古国啊,古往今来,那样的人物当然也不少了。"

罗队长问:"你怎么会成为那样一个日本人的学生呢?"

王文琪孩子般笑了。他说自己根本就不是那样一个日本人的学生,也不可能成为那样一个日本人的学生。因为那样的一个日本人,已快九十岁了,患了老年痴呆症了,大小便都失禁了。但自己日本老师的老师,确乎是那样一个日本人的学生。由于老师器重他这个中国学生,便带他去拜见了老师的老师。老师的老师是东京大学的一位副校长,在日本知名度也很高。老师的老师一高兴,那天就带他的学生及学生的中国学生,去探望自己的老师。一个患老年痴呆症了的人,几乎什么人都不认识了,其实一句话都没说,只不过活偶像似的坐在榻上接受观瞻和敬仰而已。老师的老师却偏说自己的老师分明是认得自己的,因为自己叫他老师时,他微微睁开了一次双眼。而所谓拜见和接见的过程,也不过就是在二十几分钟里,老师的老师流着眼泪在颂扬自己的老师在文化方面为日本作出的丰功伟绩和留下的宝贵成果。而自己,也只不过始终低着头,陪自己同样流着泪的老师在倾听罢了……

大家站累了,都纷纷找地方坐下了。

罗队长问："藤野那厮信你的话？"

王文琪说，开始是不大信的，接着半信半疑，后来全信了。说他和藤野那厮对过了几句话，立刻就判断出那厮是个胸无点墨的鬼子。并且凭自己看日本人的经验也看出，那厮手下的鬼子，穿上军装来到中国以前，大抵都是日本的农家子弟，一个个没读过几年书的。他说自己二十岁就到日本求学了，三十多岁了才回到中国，在日本也可以说是阅日本人无数了，穷的富的城里的乡下的各个阶层形形色色的日本人自己接触得挺多，那点儿判断经验是有的。正因为有，所以敢唬藤野那厮。说依他看来，那厮连中学也肯定没学好。因为课本中既然收入文章，那就不可能不注着作者的出生年份。而且老师讲课文时，也会首先讲到这一点。如果那厮是一名好学生，当记得十分清楚。人中学阶段的记忆力是神奇的，记住了的事往往一辈子不忘。而那厮如果记住了，暗自一算，立刻就会作出判断，他根本不可能是那位日本文化学者的学生。也正因为他看出了藤野那厮忘得一干二净，所以才敢骗那厮……

有人问："就因为你说的那么一种关系，藤野那厮居然就对你以礼相待了？"

王文琪看出，包括罗队长在内的所有人，对他的话可信程度有保留了。

他看着韩大娘又说："大娘，对不起您了。他们一回到炮楼里，藤野那厮就下令把您那头小猪给杀了。按那厮的意思，是要烤了吃。这时我说，太君别烤了吃呀。不大的一头小猪，烤了吃片不下多少肉来的。您一个人大饱口福之后，剩下的肉就不多了。您手下还一个班的士兵呢，他们肯定会对您有意见啊！您是这炮楼里的最高长官，与部下有福同享，部下才会忠诚于您嘛！大日本皇军的武士道精神，才能被您发扬光大嘛！……"

众人便都望着罗队长了。显然地，都不知该怎么表态了，都想先听听罗队长说什么了。

罗队长看着王文琪,不动声色地说:"往下讲。"

王文琪说:"藤野那厮就问我那该怎么享用,我对他使了个眼色,他就让部下退去了。于是呢,我机密地对他说,太君,炖了吃呀。加入土豆萝卜,不是能炖成一大锅吗?熟了后,您吃一大碗肉,您那一个班的皇军弟兄也可以捞些骨头啃啃。那厮拍拍我肩,笑了。接着就改命令了,不烤着吃那头小猪了,炖着吃了。炮楼里的厨子也是鬼子兵,不是伪军。怕不由他们鬼子兵当厨子,哪一餐里被下了毒药,集体呜呼哀哉了。那是厨子的鬼子,显然厨艺不怎么样,将猪蹄猪尾巴猪内脏全扔了。我又对藤野那厮说,别扔啊,都是好东西呀。那鬼子兵厨子不知怎么做,我说我会。于是藤野那厮就命令鬼子兵厨子跟我学着做,其实是从旁监视着我做。我呢,也不管监视不监视的,挽起袖子就细细地做起来。什么熘肝尖、炒肺片、爆猪肚,总之猪蹄猪尾巴猪肠子猪腰子一样没糟蹋,一盘接一盘做了好几盘,鬼子们一个个吃得很高兴。藤野那厮更是吃得眉开眼笑,还找出半瓶酒来,让我陪他饮,跟他划拳。我不陪也不行啊……"

韩柱儿又突然骂道:"真他妈会溜须拍马!"

竟没人训斥他了。

王文琪低下头说:"我承认,作为一个中国人,在藤野那厮和那些鬼子们面前,我是表现得一点儿中国人的骨气都没有了。我怕我一表现骨气,惹恼了那厮,我的命就没了。对于他们鬼子,杀死一个中国人有什么呀?还不是想怎么杀就怎么杀么?我打定了主意,能活着离开炮楼才是目的。我想,如果我残了,甚而被杀了,韩大娘和柱子心里还不一辈子都会留下是伤口的记忆啊?我绝不能使事情变成了那样!最好是毫发无损地走出炮楼,那才是我这个中国人的胜利!所以我一口一个太君,一句话一弯腰,低三下四,阿谀奉承,使出浑身解数尽量讨好他们。在陪藤野那厮饮酒划拳时,我继续骗他,漫不经心似的,隔会儿就从嘴里说出一个那厮肯定也听说过的日本大佬的名字。那厮每听到一个名字就愣一次,接着就问我是怎么认识的。我呢,装出不想告诉他的样子。他呢,还生气,逼我非告诉他不可。当然正中我下怀了,编出些我与某些日本人的特殊关系,接着骗。当他听我说我是日本某黑社会大佬家的常客,眼睛都直了。我说那是因为我用针灸、推拿和中草药相结合的医法治好了对方腰腿疼的病,他立刻说他也腰腿疼,当即就让我也为他按摩、推拿。幸亏我是名医后代,自幼在父亲的指导下学过,谙熟此道。否则,露馅了……"

有人问:"你也学过厨师吗?"

王文琪说:"那倒没学过。可咱们中国男人,谁还不会弄那么几样菜呢?"

罗队长终于也说:"难怪你毫发未损地回来了。你刚才的话对,你不但救了柱子一命,还能平安无事地回来,这确实就是胜利。你要是有个三长两短,我作为武工队长,肯定是要替你报仇的。那么一来,咱们的武工队员免不了也会有伤亡。你也不要觉得自己丢了咱们中国人的脸嘛,那叫机智,是另一种勇敢。"

他这么一说,大家就都频频点起头来,也都说是啊是啊。并且,都对王文琪刮目相看了,目光中流露着敬意了。

而韩柱儿那会儿又佯装睡死过去了。

"罗队长,"王文琪非但没变得意了,看去反而忐忑不安了,他吞吞吐吐地说,"您不必表扬我,我也不配您的表扬……我……我还是深感罪过的,因为……因为我将咱们的一项国家机密泄露给鬼子们了……"

他的话立刻使轻松了的气氛变得严峻了。人们瞪了他片刻,又都将目光望向了罗队长。连罗队长的表情也立刻挂霜了,低声说:"那,那你可得老老实实交代清楚。"

王文琪看去不但忐忑不安,而且神情紧张了。说出的话不但吞吐,简直就是结巴了。他说,日本这个国家是不种高粱的。种也长不好。日本的土地不适合高粱生长。所以大多数日本兵,在日本时不但没见过高粱,连听说也没听说过,更没吃过了。他们来到中国以后,尤其占领了咱们这个地方以后,吃高粱米可把他们的胃肠吃惨了。不少鬼子患了胃肠病,便秘在他们中成了普遍现象。而他为了讨好他们,取悦他们,就告诉他们,其实高粱米也不是那么难吃,关键在于煮粥时应该放碱。咱们中国人都知道的这点儿经验,他们的鬼子厨子却根本不知道。所以呢,他就告诉他们,高粱米是酸性的,煮粥时放了碱以后,酸碱中和,喝起来也黏稠,滑滑溜溜的,口感挺好。如果与玉米子一起煮,再放些芸豆,那粥就更好喝了,营养成分也丰富了。他还告诉他们,高粱米磨成面粉,与玉米面两掺着,发了,蒸出的发糕暄腾腾的,比玉米面饼子和窝头松软多了。藤野那厮听罢,使劲夸他是大大的中国良民,当即命令两名鬼子明日进县城去买几斤碱……

"罗队长,我真是罪该万死。虽然,煮高粱米粥放碱,只不过是咱们中国人的厨房常识,但现在是战争时期,日军占领我们城市、烧毁我们乡村、屠杀我们同胞、掠夺我国家民间财富如狼似虎,他们无恶不作是我们不共戴天的仇敌,吃高粱米全都吃出了胃肠溃疡,一个个大出血也活该,那我们才高兴!可我却为了取悦他们,讨好他们,竟教给他们如何将高粱米做得好吃的方法,难道还不罪该万死吗?所以,请罗队长和乡亲们重重地惩罚我吧!……"

王文琪此一番话说得羞愧难当,真诚无比。大家听他说完,又是一阵你看我,我看他,最后又都将目光集中在了罗队长身上。

韩大娘似乎有话要说,可张几张嘴,仅说出两个字是:"这这……"

王文琪目不转睛地望着罗队长,一副心甘情愿听候处置的样子。仿佛,即使罗队长大吼一声"拉出去毙了!",他也会毫无怨言,面不改色心不跳地赴死,且绝对不必谁拉扯他。

罗队长却避开了他的目光,将脸转向一旁,微蹙其眉在思索,同时将一只手伸向韩成贵。韩成贵明白他要什么,赶紧替他卷了一支叶子烟。他吸了两口,这才看着王文琪,亲切又和蔼地说:"文琪啊,你言重了。那事,没你说得那么厉害。"——说罢,扫视着大家问,"你们说,是不是没那么厉害呀?"

只韩大娘点了一下头。其他人都没点头,一个个脸上觉得性质严重的表情也都毫无变化,更没人接他的话。

罗队长又吸一口烟,缓缓吐出一缕青雾,对王文琪笑了笑,依旧亲切和蔼地说:"文琪啊,你有那么鲜明的、同仇敌忾的民族立场,这我很高兴,大家也都会很高兴。你因为你的所作所为有罪过感,这是难能可贵的。那种事嘛,往严重了说,确实是令人气愤的。但具体情况应该具体分析,你当时为了能活着走出炮楼,所作所为全是违心的,不得已的。而且呢,那事毕竟不真的属于什么国家机密。所以,我说你言重了。在我这儿,那不是什么大不了的事,是完全可以理解,可以原谅的。当然,我只不过是我。一个人不能代表大家的看法……"

他不再望着王文琪了,又一次扭头扫视着大家,催促地说:"亲爱的同志们,都怎么了呀? 别都闷声不响的嘛,也都发表发表你们的看法嘛!"

大家这才纷纷点头,都说是啊是啊,那事,是没多么要紧。文琪你确实言重了,不必太有思想负担。你人平安地回来了,免了周折,大家不必煞费心机地救你了,这是最好的结果嘛!

王文琪顿时流泪了。

罗队长又郑重地说:"文琪同志,你们村我最信任的人,今晚都在这儿了。从今往后呢,你也做他们中的一分子吧!"——说罢,向王文琪伸出了一只手。

王文琪赶快伸出双手,一手从下握着罗队长的手心,一手在上,摁住了罗队长那只手的手背,感动加激动,眼泪刷刷地流,嘴唇抖抖地说不出话。

至此,大家的心情彻底放松了。韩成贵说那就散了吧,也好让罗队长早点儿休息。他问罗队长愿意在谁家休息? 罗队长说谁家都行,就是别留住在大娘这儿吧。大娘和柱子白天都被鬼子们折腾了一番,让他们老少俩互相安抚安抚,早点儿歇息。拍了柱子一下,说:"你呀,柱子呀,看人论事不要那么死性。咱们中国的抗日是一场人民战争,要打持久战的。都像你那么看人论事,英雄倒是英雄,可抗到后来,还不成了孤家寡人?咱们中国的抗日战争,那是不可能仅仅由几个英雄来赢得最后的胜利的。"

大家又对他的话表示赞同。

韩成贵说:"那罗队长,你就跟到我家去住一宿吧。"罗队长说:"好啊,那就住你家。你们其他人,再将从各家各户要来的东西送回给各家各户吧。"

王文琪已穿上了鞋,下了炕。他说:"罗队长,东西别往回送了,就放韩大娘家吧。明天一早,让人替我套上村里那辆驴车,我把这些东西全送炮楼去行不?"

驴车是韩成贵家的。他首先反对,态度一下变得很激烈,脸红脖子粗地数落:"文琪你有病啊?你对鬼子讨好卖乖还上了瘾啦?你平平安安地回来了,万事大吉,躲过了一劫算你命大,为什么明天还要主动再去讨好?这些东西是乡亲们平时舍不得吃,东埋西藏才保留住的,是为了搭救你才奉献出来的,你怎么能说出那种不嫌害臊的话呢?"

王文琪也被数落得脸红脖子粗了。

罗队长看出他有话要说却又不敢再说,就鼓励道:"文琪同志,把你的理由讲一讲。"

王文琪怯怯地说:"我的一些想法,也许是……不,肯定是极端错误的想法,还是不讲了吧,就当我没说……"

罗队长坚持道:"一定得讲出来,一定得讲出来。我不管别人,反正我是在洗耳恭听呢!"

王文琪见不说肯定是不行的了,便以豁出去的口吻说:"好,既然你们已经不拿我当外人了,那我就干脆把我的想法直说了吧!我确实是要进一步去讨好藤野那厮。而且,希望能一而再、再而三地去讨好他。我并不是一个善于讨好别人喜欢讨好别人的人，但从此往后，我以前不善于的事我要变得善于起来，以前不喜欢的事我也要尽量在鬼子们面前装得喜欢起来。为什么呢，刚才罗队长讲了，我们中国人的抗战，肯定将是一场持久战。目前的情况分明是敌强我弱，还要坚持持久战，那么，我觉得就得有一些我这样的人假装着去讨好鬼子，逐步取得他们的信任，争取被他们看成是大大的良民。如果有了我这样的人，当鬼子们又要杀害我们的同胞时，我也许还可以凭着我似乎在为他们考虑的假相，凭着讨好的话语，将我们同胞的生命挽救下来。而且呢，我通过与他们的接触，还能预先了解到他们的行动打算，提醒咱们武工队和乡亲们防备在先，少受损失。我这么做，无非有可能被不了解我良苦用心的人误视为是汉奸，无非在必要之时，乡亲们得奉献出一些自己舍不得吃的东西，由我去送给鬼子们。但利弊相较，我觉得利还是大于弊的。在此国难当头之岁月，我一个书生型的男人，两手无缚鸡之力，用刀枪来杀敌连柱子都会有的那种英勇我都没有。但我早就想也能为抗战有所作为了，经由白天发生的事，我认为适合我做的，也值得我做的，实在不是很多，就我想到的那点儿并不光彩的打算罢了……"

王文琪不停止地说完了以上一大番话，之后长长地出一口气，又坐在炕沿了，谁也不看，目光定定地只看在罗队长一个人脸上。他说时也在看着罗队长。但罗队长却不看他，一直在低着头认真地听。他已经坐在炕沿了，罗队长仍低着头。

别人们却听得都有点儿目瞪口呆。

那时候屋里真是静极了。

在那静中，有人看着王文琪，有人看着地上的东西，有人看着罗队长。

终于，韩大娘首先开口说："老罗……"

罗队长这才抬起头，见大家的目光又都在看着他了。

他明白韩大娘的意思，干咳一声，望着王文琪说："你站起来。"

王文琪站了起来。

罗队长又说:"你过来。"

王文琪两大步跨到了他跟前,脖子一挺,头一扬,表现得像是一名军人准备挨长官的大嘴巴子抽一顿似的。

不料罗队长却伸展开双臂,一下子紧紧将他搂抱住了。被搂住的王文琪一动不动,然而眼神糊涂了。罗队长的一只手,不断地轻拍他后背,喃喃地说:"文琪啊,王文琪啊,我的好乡亲,好兄弟,好同志,难得你有那么一种想法! 咱们中国人要是打不败小日本才怪了呢! 咱们的抗战一定能胜利! 一定能胜利! ……"

他眼中也扑簌簌落泪了。

王文琪这才恍然大悟,原来罗队长不但理解他,而且被他感动了。他眼眶又湿了。

受到他俩的情绪的感染,别人们的眼眶也都湿了。

只韩成贵还有几分郁闷,不情愿地说:"文琪同志啊,明天你不赶驴车去送,赶马车去送不行吗?"——尽管他眼眶也湿着。

罗队长这才放开王文琪,不解地看着韩成贵。

王文琪说:"马车不方便啊成贵大哥,过得了吊桥,那也过不去炮楼的拱门。东西不多,放马车上显得更少了,还是我赶驴车去送的好。"

韩成贵忧心忡忡地说:"我早发现过了,鬼子每次闯到村里来,都不拿好眼光打量我那头驴。我那头驴正当年,我饲养得又上心,挺壮实的。我怕你二进炮楼还是能平安无事地回来,可我却从此见不着我那头驴了!"

王文琪信誓旦旦地说:"哥你放心,我要与你那头驴共存亡。"

一句话,把大家都逗笑了。

罗队长严肃认真地说:"文琪同志,绝对不许你为了那头驴而不惜搭上自己的命啊!"

韩成贵也又说:"要不还是我跟你把东西挑着送去吧!"

王文琪说:"老哥,那不好。发生了白天的事,藤野那厮们再见到咱村的人,必定反应强烈,说不定会残暴突发,伤害你以泄积怒。他们现在仅对我一个人还能表现出几分容忍,那就还是我自己去的好。"

罗队长说:"文琪考虑得周到,听文琪的吧。"

韩成贵哭丧着脸嘟哝:"我太担心我那头驴的下场了!"

众人不知怎么劝他是好,皆同情地望着他苦笑……

第三章

翌日一大早,王文琪赶着小驴车将东西送入了炮楼。

下午,炮楼升起一阵浓烟。

村里,人们望着浓烟,都挺疑惑,不知敌人是在烧什么。

韩成贵痛心疾首地说:"完了完了,我那驴肯定被龟儿子们杀了,他们在炖它!"

浓烟升了约有一个时辰,之后渐变为青烟,约莫又一个时辰,才连青烟也不见了。

乡亲们的疑惑更大了,都不明白王文琪只不过送去些东西,才两三里远,一大早上路,怎么到了下午还不回来呢?

人人又都担着份心。

直至傍晚,炮楼与村子之间的小路上,终于出现了王文琪赶着驴车的影子。于是乡亲们都到村口迎他。出现在大家面前的王文琪,一张儒气斯文的脸变成了包公似的黑脸,衣服裤子上也着了一片片的黑烟油腻。人们问他怎么回事,他说当初修炮楼时,烟道设计得不科学,不论做饭还是烧水,一年四季总是往炮楼里倒烟。他指挥藤野调去的伪军们重新改了一下烟道。经一改,顺烟了,一点儿也不往炮楼里倒烟了。

韩成贵正搂抱着他那头驴的头亲热,不爱听地数落他:"文琪啊,你究竟是假去讨好他们呢,还是真去讨好他们呀?把东西主动送给他们,大伙依了你,可你又何必替他们改烟道哇,你这不等于是对狗日的们犯贱吗?"

王文琪自然听出了韩成贵讽刺的意味,不介意地一笑,大有成就感地说:"为了博得他们的好感,假戏不是得往真里去做嘛。下贱不下贱的,左不过由我一个人来感受。我是目的达到了,那点儿内心里的屈辱就不算什么了。"

有人问鬼子怎么没将那头他们早就看着馋涎欲滴的驴杀了吃呢。

王文琪说狗日的们没敢。

众人就都眈眈地瞪他,看得出,每个人内心里的想法都是——你吹牛呀!你以为你是谁?难道你还能镇住了杀人不眨眼的鬼子不成?

王文琪解释道:"狗日的们不但这一次没敢杀驴,我保证他们以后也是不敢的。我给他们上了一堂遗传学方面的课,估计他们再也不会看着那头驴咽口水了。"

乡亲们没听说过什么遗传学,都要求他解释。他们想,如果遗传学能使鬼子们怕,那么以后不是可以放心大胆地公开弄起鸡鸭猪鹅来了么?鬼子们若进村抢,不是同样可以吓退他们吗?

王文琪说:"亲爱的乡亲们啊,你们想得太简单。我肯定没那么大的能耐,所以大家以前偷偷弄的,以后还是得偷偷地弄。鬼子们一旦发现,那就只有任由他们抢了去。不论对谁,命只一条。而三禽五畜,抗战胜利以后,还不是愿养多少养多少吗?至于那头驴,如果不是因为我有点儿知识常识,急中生智又编了个子虚乌有的瞎话骗成功了,它这会儿还真就成了鬼子们的锅中肉了……"

他以为他这么一说,也就谁都不问了。可他想错了,大家不满意他的话,仍不依不饶地追问,他编的那瞎话究竟是怎么一种瞎话。

他只得耐心地又说——自己骗鬼子们,说那头驴,原本是他家养的一头驴的后代驴。当然是华北平原的良种驴,漂亮,吃草料少,乖顺,拉车驮物又蛮有长劲儿。最主要的,与一般的马比起来,更通人性,善解人意,所以买时比买一匹一般的马价钱还高。体面的人家养那么一头驴,配上一辆带篷的小型车,是一种身份的象征。但是呢,中日大战一爆发,驴姥姥有次受了惊吓,当时它正怀着胎。小驴一落生,驴姥姥变成了一头疯驴,像疯狗那样,动辄见了活物就追,追上一口咬定就不松口。没法子,心疼归心疼,只得杀了,肉被些下人们东分一块西分一块,分吧分吧吃了。而生下的小驴呢,也是一头母驴,长大后起先也是一头漂亮可爱的驴。不久受了孕,成了驴妈妈,生下了现在这一头驴。驴妈妈后来也变成了一头疯驴,也落了个被杀的下场。它的肉,可就没人再敢分着吃了。因为,吃过驴姥姥的肉的人,主要是些叫花子乞丐,接连不断地也疯了好几个。他对鬼子们说,出现在驴身上的那一种疯病,显然已经具有了遗传病的特征。别看现在这头驴好端端的,不定哪一天也会突然变疯狂了。说我是什么人啊,我是你们皇军大大的朋友啊,我不能不告诉你们这个真相啊!那我的良心不是大大地坏啦坏啦的吗?鬼都知道,你们皇军杀死一个中国人,跟踩死一只蚂蚁似的随意而为。可你们不杀我,还开始信任我,所以我要报恩。皇军大人们你们思一思你们想一想,月亮代表我的心。如果我明知不说,你们为了满足口福,把这驴杀了,全都吃了它的肉,以后你们回到日本去,突然某一日变疯了,那是你们及你们的亲人多大的不幸啊!……听他那么一说,鬼子们对韩成贵的驴不敢造次了。非但不敢造次,还一个个诚惶诚恐,敬而远之了。所敬自然是它的优良品种,而惶恐什么,不言自明。藤野那厮,甚至将他扯到一旁,要求他下次不许赶那驴车进炮楼。他说也不是他特愿意赶驴车,大日本皇军威风八面,别说中国百姓怕了,就连中国的马也怕。一望见炮楼,就不往前迈蹄子了。但这驴却大为不同,仿佛对"东亚共荣"具有驴子的天生理解力,一上了通往炮楼的路,反而欢欢地跑。有什么法子呢,以后还是得赶着驴车来给皇军送好东西呀!没别的选择呀!……

听王文琪说完，乡亲们全都欣慰地笑了。在好长好长的时期里，他们没有那么欣慰地笑过了。日军长驱直入地占领了华北以后，城城乡乡的老百姓更没一天安生日子可过了。之后，鬼子一次次对乡村进行扫荡，企图一举剿灭中国共产党领导的抗日武装队伍，没达到目的就野蛮地对平民百姓实行报复。没什么可高兴的事，大人孩子都笑不出来呵！

在王文琪眼里，乡亲们脸上的笑容弥足珍贵，如同漫长的漆黑的洞道里出现的一线光亮，他自己也孩子般笑了，觉得自己在日本人面前伪装的一切低三下四的言行，都完全是值得的了。

连一向脸上愁云密布的韩成贵也不由得笑了。他说："你呀文琪兄弟，平日里觉得你少言寡语，斯斯文文，大户人家规矩小姐似的一个人，没想到还有编瞎话的能力！你要是能用一套套瞎话将小日本忽悠出中国去，不敢说全中国，起码咱村里会给你塑全身像，盖庙堂，把你当活菩萨供着！"

王文琪红了脸说："我要有那么大本事还不早使出来了？"——说罢，向韩成贵使眼色。

韩成贵看出王文琪是有话还要单独跟他说，就命乡亲们散了。并回了王文琪个眼色，示意王文琪跟他走。

韩成贵的女人将驴车牵回家去了。他却没往家走。他女人和十一二岁的女儿都不知他是共产党员，而他又是个极谨慎的人，凡需要保密的事从不与人在家里谈。

二人走到小河边，韩成贵蹲下吸烟，王文琪蹲在了他旁边。

韩成贵问："有情报？"

王文琪点点头。他说在炮楼里时，听到藤野那厮接了一次电话，猜是县城里的老鬼子池田大佐对他下达命令。以他听到的内容判断，鬼子又要开始扫荡行动了。

韩成贵说，隔一年的秋收以后，敌人往往都是要进行扫荡的，这已经快成为敌人的一种规律性的军事行动了，算不得多么有价值的情报。

王文琪说,鬼子将要进行的扫荡,肯定比前几次更残酷。因为,他听到藤野那厮一边听电话一边重复着什么"捕捕奇袭""反转电击""纵横扫荡""篦梳扫荡""铁壁合围"之类的话。而且,所调集的军队有两三万人,看来是企图毕其功于一役了。

"调那么多人?"——韩成贵顿时重视起来。

王文琪肯定地点头。他心诚意切地说:"哥,不管你怎么认为,反正我觉得,千万要当成重要的情况通知到咱们的队伍,让咱们的部队战术上及早做准备,有准备肯定比无准备好是不是?哥,我说的可是情况二字,没说情报这个词。我又不是情报员,刺探情报那种事其实我一点儿也做不来。但我亲耳听到的情况,如果不汇报,那不就是我的不对了吗?我进炮楼去送东西的目的之一,不就是为了能替乡亲们和咱们的部队及时了解到敌人的一些情况吗?……"

韩成贵打断了他的话,说:"文琪你怎么变得老太婆似的?车轳辘话颠过来倒过去絮絮叨叨的没完。我如果不打断你,估计你还得絮叨。你放心,你掌握的情况,不管算不算是情报,我肯定会尽快告诉咱们的人!"

王文琪脸上这才有了放心的表情,说:"我的好哥哥呀,我也觉得与信任我的人说话,反而变得像老太婆似的絮絮叨叨的了。我怕你们对我的信任是打了折扣的嘛!我跟藤野说话都不啰唆。他对我这个中国人另眼相看,正是由于我说每一番话之后都表明这么一种态度——爱信不信!结果他反而不得不信。我跟你们说话就不能是这么一种态度对不?"

韩成贵扭头看着他说:"对。当然不能。"

王文琪愣了片刻,叹口气,无奈地问:"哥,那你可不可以告诉我,你们对我的信任打了几分折扣?"

韩成贵笑了:"套我话你也该拐弯抹角的,哪有这么直来直去的?"

王文琪固执地追问:"快告诉我嘛!"

韩成贵又笑道:"兄弟,别胡思乱想,别人我不好评论,你把我的驴赶回来,我现在要对你说谢谢。至于信任嘛,起码我开始百分之百地信任你了!"

"这才不枉我口口声声叫你哥。"——王文琪鼻子一酸,低下了头。

韩成贵不敢掉以轻心,很快通过联络员将"情况"传递到了武工队。由于武工队的存在,周边十几里窝居于炮楼的日伪军天黑后都不太敢离开炮楼,所以那算是迅速又顺利的传递。他对联络员交代任务时说的不是"情况",而是"重要情报"。只不过内心多少有些失落,认为既是"重要情报",本该是由自己了解到的。功劳记在一个"大地主大富绅的儿子"头上,他阶级感情上不无别扭。

罗队长接获重要情报后也极为重视,又立刻派人向隐蔽在山里的部队传送。我们的部队让联络员捎回口信,要求他也率武工队转移到山里。秋收以后,庄稼不得不割倒了,青纱帐消失了,抗日武装力量之游击战术在平原上丧失优势了,敌人进行"铁壁合围"之前,转移实乃明智之举。

接下来的十几天中,平原上呈现诡异的寂静。没有哪一座炮楼里的日伪军到村庄里进行过骚扰,这座炮楼那座炮楼里的日伪军也互无来往,只偶尔有鬼子的摩托兵出现,在炮楼与炮楼之间检查电话线是否遭到破坏。

忽一日,敌人的扫荡真的开始了。敌人的保密工作这一次滴水不漏,预先没任何征兆地,原野上很快集中了两三万之众的大部队。他们似乎估计到了村庄里肯定不再有什么抗日武装力量,有的只不过是零星的抗日分子。而要将抗日分子从普通中国农民中区别出来,不论经验多么丰富,那也不是轻而易举的事。毕竟不可能为了从肉体上彻底消灭每一个抗日分子,而将中国农民一批又一批地屠杀光了。那每年谁们种粮食呢?倘根本没了种粮食的中国农民,他们又吃什么呢?没有吃的,他们又怎么可能在平原上长期站得住脚呢?所以,他们的这一次扫荡名曰"篦梳扫荡",实际却是放过了平原上的村庄,极快地向山区直扑而去。

他们当然知道中国共产党领导的晋察冀抗日武装部队的主力一向驻扎在山里,妄图杀我们的部队一个措手不及……

然而两三万日伪军在山区扫荡了一个来月连个"八路"的人影也没见着。不管"八路"或是山民,仿佛一下子全都蒸发了。他们人马辛苦而又枉自周旋,那份气急败坏不必形容,于是只有沿途放火以泄憎恨,山区的村庄大部分被烧毁了。所谓烧毁,是指一幢幢农舍的门窗、屋顶、家具变成了灰烬,四堵墙却还在的。山区的农家大抵是石墙,非是纵把火就烧得塌的。但那也使许许多多的山区农民有家住不成了。敌人一撤,我军赶快与群众从大山深处转出,帮群众抢修家园。秋季一过,山区一天天冷了,住在没门没窗的家里是会冻死人的……

那些日子里山区浓烟不断。白洋淀上也从昼至夜火光冲天。

扫荡甫一结束,并无斩获的敌人在报上吹嘘——"战役全胜,八路主力逃回延安"。

但没过几天,我军一支主力部队神不知鬼不觉地出现在平原,与某武工队共同攻入一座县城,几乎全歼日伪守军,运走了大批军火。

在这一鼓舞人心的消息不胫而走的日子里,韩成贵亲自告诉王文琪,晋察冀边区抗日总司令部对他进行了口头嘉奖。待抗战胜利后,还要正式向他补发嘉奖证书。

王文琪急问:"在扫荡中我们的军队伤亡是否严重?"

韩成贵说:"不论是山区的还是白洋淀边上的农村,敌人所到之处,房屋是基本全被烧了。但有时敌人刚一走,我们的部队和群众赶回去得早,合力灭火,被烧得就不那么惨。"

王文琪更着急了,大声说:"我明明问的是人!"

韩成贵说:"你急什么啊,我不是先说房屋后说人嘛!能不说到人吗?幸亏提前十几天就做种种准备了,我们的部队和群众几无伤亡。也幸亏采取了你的办法,尽管鬼子果然放火来烧白洋淀,火势却没能连成片,隐蔽在苇丛深处的我们的人躲过了葬身火海之劫……"

王文琪听罢转身便走,韩成贵大为困惑,跟上他问他到哪儿去。

他头也不回地说回家。

韩成贵生气地说:"你这人这是怎么了呢?咱俩正说着话,你问的我也回答了,没藏着掖着隐瞒什么,那你也就没什么理由不高兴,你怎么可以刚听完我的回答二话不说拔腿就走呢?"

王文琪说:"你回答了,我听明白了,再没什么可问的没什么可说的了呀。我不是生你的气,那是回家有事。"他说时看也不看韩成贵一眼,脚步加快了。

韩成贵的困惑却一点儿没消除,但不知再说什么好了,一头雾水,满腹郁闷,默默地仍相跟着。

王文琪终于站住,也终于看着他了,说:"我的好哥,我回家有与你不相干的事,你就别跟着我了呀!"

韩成贵只得站住,心中困惑非但没减,反而增加了。他呆呆望着王文琪的背影走远,低头寻思片刻,决定非跟到王文琪家去看个究竟不可……

第四章

　　王家在村里原本是有一处高台阶阔门楼的大宅院的,占地约四五亩,里外三进大小总共二十几个房间。他祖上原是京城的名医,有自家的药库。清末民初,先人过世后,家门的医名在京城不那么显赫了,于是满门搬离京城,回到原籍,盖起了那大宅院。他祖父此后没再入过北京,只居住在县城里行医。祖父一死,父辈人闹分家。他父亲决心遵从祖父的遗嘱做那老宅的守护人和家门医名的继承人,而叔伯们都家家巴望着离开村里。结果自然是各遂所愿,钱财细软十之八九被叔伯各家所分,老宅和少许古物件归在了他一家名下。军阀内战的年头,他家在县城里的医堂不止一次遭到兵痞的骚扰和抢掠,名贵药材被洗劫一空,女眷们还受到过调戏与凌辱。他父亲一气之下,关了医堂,干脆回到村里做起了宅公,那自然是坐吃山空。华北沦陷后,日军占领了县城,原野上到处筑起了炮楼。县城里的炮楼里的日军经常率领伪军窜到各个农村烧杀奸掠,而他有个小他一岁的漂亮的妹妹,遂成最使父母担惊受怕的“心病”。每次一听说日伪军又要来了,往哪儿藏也还是个提心吊胆。父母年纪已大,总那么样非长久之事,于是他父亲决定托一位老友的儿子将女儿带去香港。他二伯一家那时已定居香港,经营一家衣布店,生意还算可以。按他父亲的安排,是要将妹妹寄养在二伯家,并由二伯做主,在香港寻得佳婿代嫁了,以早日了却一桩心事。殊料那老友的儿子与他的妹妹一并失踪,多方打听仍无下落,生死不明。他父亲那一急非同小可,病倒在床。那时他在日本,收到家信赶回村里,父亲已逝。王家对村人们一向仁慈,诊病给药分文不收。村人们对他王家人也一向尊敬,齐心协力帮他母亲将他父亲埋葬了。他虽没见到父亲最后一面,却陪伴着母亲度过了她人生最后的一段日子。他见到的也是卧床难起的母亲。在那一段日子里,老鬼子池田的一团人对这一带进行扫荡,将他的家占领为团部。一边是病倒在床奄奄一息命脉如丝的母亲,一边是穷凶极恶的鬼子,使他咀嚼到了种种屈辱滋味。鬼子军官还当着他母亲的面接连扇他的耳光,但即使在那一种情况之下,他口中也没说出过半句日本话,更没企图利用过自己是东京大学日本文化史博士的另种身份自保一下。日军撤走当天他母亲就咽气了。老夫人分明强努一口气活着,为的是能带着一种安心而死——起码知道日本人走之后儿子还有生命。

当然也是乡亲们帮他埋葬了他母亲。

而那时的王家宅院,已多次遭过轰炸,处处残垣断壁,梁倒檐折,几成废墟了。他收拾出了一间角屋,孤单单地住了下去。

他是可以远走高飞,避开战乱,去往一处较为安全的地方重新料理人生的。盘缠他是不会缺的。不管在任何地方,包括国外,即使几年内没有收入,衣食住行也不至于成为问题。

但他选择了留下。

他觉得自己决不能一走了之。

他要报答乡亲们帮他埋葬父母的恩德。虽然他从没对任何一个乡亲这么说过,心里却真的是这么想的。而那报答的大愿望,在当年,除了是与乡亲们共历苦难,再也就只能是给乡亲们治病和教他们的孩子识字了。

韩成贵来到王家的地点,踏在王文琪住的那一间角屋外墙的瓦砾堆上,从窗纸破损的后窗向内窥望,所见却是王文琪的背影,双膝跪地,显然在对着什么祷告。

韩成贵没看分明,这反倒使他非要看分明不可了。他蹑足下了砖瓦堆,绕到门口,闪在门一侧再看。这一次看分明了——王文琪面前摆一只小凳,凳上放着有底座的十字架,十字架上还"悬"着一人物,除了腰部有布状纹遮盖而外,几乎是裸体的外国男人的偶像。而他双手也持一十字架,口中念念有词。

韩成贵不知小凳上放的是耶稣受难像。没见过。

他在门外干咳了一声。

王文琪立刻站起,同时拿起耶稣受难像打算往什么地方藏。正旋转着身子不知藏哪儿是好,韩成贵已一步跨入了屋里。

王文琪将拿在双手的大小两个十字架往身后一背,极为不快地瞪着韩成贵,那副表情的意思是——你这人怎么这样? 你怎么可以偷偷跟踪我,监视我?!

韩成贵笑道:"你不就是一心急着回来拜神祇嘛! 这你可以明说呀。你偏不明说,那我能不奇怪? 我奇怪了,能不跟着你来看个究竟? 你刚才拜的是何方神圣?"

王文琪听出他的语气老大不以为然,矜持地说:"我知道你是个没有宗教情怀的人,跟你说了,还不更使你取笑? 我不拜了,你也别再多问了行不?"

韩成贵说:"那不行。罗队长不是当着我们几个人的面跟你说过了吗? 你已经是我们的人了,而且是我们的人中立了大功的人。你信哪路神祇,这情况我是必须掌握的。"

王文琪问:"真的?"

韩成贵严肃地说:"当然!"

于是王文琪很不情愿地将耶稣受难像又摆放在小凳上。

韩成贵要拿起细看,王文琪一伸手臂阻拦道:"你不能动他。"

韩成贵问:"为什么?"

王文琪说:"你不是他的信徒,你拿起他横看竖看的,对他是不敬。"

韩成贵疑惑全释,觉得王文琪实在好笑,也觉得自己实在好笑。忍住笑,故作庄严地问:"你信的什么教?拜得还怪虔诚的哩!"

王文琪说:"那是耶稣,基督是他的信仰。"

韩成贵是听说过耶稣的,但从没见过耶稣像。当年县里有一座基督教堂,还有一位英籍教士,信众渐多,约两三百人。日军占领县城后,将教堂征用为军火库了,还逮捕了教士和几名信徒,从此没人家里胆敢再有耶稣像,更没人胆敢佩带十字架。而王文琪说罢,将耶稣像和十字架用布包好,放入一小匣子,掀开地上一块方砖,再将小匣子放入砖下的坑里。韩成贵微微皱眉,默默看着他那么做。等王文琪直起腰,他严肃地又问:"你竟然信基督教?"

王文琪点点头。

韩成贵说:"文琪,佛教儒教道教,你信哪一教派不好?为什么偏偏信洋教?"

王文琪说:"洋教也是教啊,有什么区别呢?"

韩成贵说:"明明有区别的,你还装糊涂反问我!你是中国人,中国有几种教还不够你信的?放着咱们中国的教不信,偏信洋教,你怎么想的啊你?!"

他的话中此时便有了进行爱国主义教育的意味。

王文琪说:"我没有什么不好的想法。我爷爷奶奶早年间不知怎么成了基督徒,我父母也随着成了基督徒,我们家族中大部分人都成了基督徒,我自己也是了一点儿都不奇怪啊!再说,佛教也不是咱们中国的宗教啊,是从印度传入中国的。而儒家不是严格的宗教,是思想学派。道教虽然是个教派,可太神秘了呀,不符合我的心性啊。总之宗教信仰是这么一回事,谁如果信了,别人就不可以对他说三道四的了。"

他最后几句话把韩成贵造了个大红脸。

韩成贵说:"好好好,你爱信就信吧。但千万要小心防备,别叫鬼子哪天又来村里骚扰时发现了! 你知道鬼子为什么逮捕了那教士和几名信徒? 怀疑他们是英美联军的情报员! 若被鬼子发现,肯定也会怀疑你啊!"

王文琪说:"你表示这份儿好意我才高兴。在河边听你说咱们的人没伤亡,我内心特别激动,所以急着回来祷告一番。"

韩成贵说:"咱们的人没伤亡,是由于你汇报的情报准,我看与你的耶稣没什么关系,又不是他保佑着才没伤亡的。"

王文琪说:"很可能正是因为有耶稣保佑着! 鬼子一开始扫荡,我每天替咱们的人祈祷好几次!"

他说罢笑了,显然连自己也不相信自己的话。笑罢又说,有时候祷告祷告,心情会好受不少。

韩成贵被他的话感动了。由于感动,似乎也理解他偏信洋教的原委、缘由了,不由得轻轻拥抱住了王文琪。王文琪呢,则一动不动任他轻轻拥抱着,良久叹道:"唉,咱们多灾多难的国啊! ……"

第二天上午,十几名鬼子驾驶摩托驶入村中。其中一辆带斗的摩托车斗里坐着藤野。对于村人们,除了藤野,其他鬼子全都陌生,看去个个是县城里的鬼子。那些鬼子,此次却没凶神恶煞般地对待乡亲们。甚至也可以说,竟没骚扰乡亲们,只不过威逼一名乡亲将他们带到了王家破败的宅院前。王文琪正在院中的空场地指挥孩子们唱《大刀向鬼子们的头上砍去》。村里就十三四个男孩女孩而已,从七八岁到十五六岁不等,都是王文琪的学生。他不但教他们识字,也给他们讲中国历史及历史人物的故事。自然,还教他们唱歌和做操。有个孩子听觉好,在他和别的孩子都没听到摩托驶来的声音时,那孩子已听到了,赶紧大声告诉了他。他刚垂下指挥着的双臂,孩子们的歌声刚一停止,摩托已停在院门外了。他还没来得及让孩子们四散开躲藏起来,藤野率先,鬼子们已进了院子。孩子们都是见过鬼子的,也自然,每次见了鬼子没有不害怕的。这一次孩子们见到鬼子的情况与以往任何一次都不同。以往有父母在他们身边，并且差不多总是被全村大人们掩护在背后。而这一次除了他们的老师王文琪，没有第二个大人和他们在一起。猛然地看到一队鬼子出现在眼前，有一个还牵着大狼狗，他们比以往哪一次都更加害怕了，纷纷本能地聚到了老师身旁。年龄稍大点儿的，也本能地将年龄小的掩护在背后。

王文琪万万没有料到藤野会率领一队非是炮楼里的鬼子兵出现在自己住的地方。他立刻就猜测到了，那肯定是些县城里的鬼子兵无疑，也立刻就明白，鬼子们肯定是冲着他来的，顿时心里七上八下，一颗心突突乱跳，因不知鬼子们会将自己怎么样而万分紧张。见藤野脸上尚无凶相，才稍稍镇定了一点儿。镇定也镇定不到哪儿去。唯恐孩子们万一受到伤害时，自己根本无法予以保护。

藤野的皮靴照例乌黑锃亮，手套照例雪白。

他瞪着王文琪问："王，你的，在干什么？"

王文琪说在教学生们唱歌。

藤野扫视着孩子们，又问王文琪在教唱什么歌？以上两句，都是用中国话问的。并且看得出来，他是在尽可能地将中国话说得像一个中国人在说。不仅如此，还要尽量说得像一个普通的中国人在说。这一点不但王文琪看出来了，连孩子们也看出来了。孩子们看出来了这一点，恐惧心理稍微减轻。起初每一个孩子都在浑身发抖，有一个男孩儿已尿湿了裤子。

藤野是会说不少句中国话的。他的长官池田大佐，颇具有侵略及占领的长远眼光，也可以认为那是一种经验和学问。按照老鬼子池田的要求，他这一级军曹们在进驻炮楼前接受过初级"支那语"培训。他们的教官灌输给他们的思想是——"中国"其实已不存在，只不过是无法统一，一盘散沙的"支那区"混战战场。既然如此，日军在这一地区的一切军事占领，也就不是侵略，而是为了这一地区的"长治久安""共荣整合"。那么，完成"整合"之前，中国话就不配叫中国话。也不配叫"汉语""华语"。因为"汉朝"是这一地区的一个古代概念,"中华"是一个分崩离析的当代现实。所以只配叫"支那区""支那人""支那语"。藤野的受训成绩挺不错,结束时获得了优秀证书,是他的军靴踏上中国的国土后受到的唯一一次表彰,被他自己视为第一份军人荣誉。然而,那毕竟不是战斗荣誉,故他自己又很清楚,是不足以在军中炫耀的。他一心想要抓住机遇,参与大战役,多立战功,迅速地由低级军官而高级军官。却一直没逢上什么参与大战役的机遇,任务仅仅是驻守一座炮楼。这令他特失意,也特郁闷。

来到韩王村抢粮那天,他觉得在王文琪这一个"支那人"的面前多少有点儿羞愧。一个"支那人"竟会将日本语说得那么好听,说出了一种低吟轻唱般的音乐美感,而自己们身为大日本皇军的成员,说出的日本话却像狼嗥狗吠!并且,似乎个个都已根本不会像在国内那么以正常语调说本国话了。这不是挺丢大日本帝国的脸吗?所以他今天也要尽量将"支那语"说得好听一点儿。对于那厮,语调正常地说也就等于说得好听了。那是很难为自己的事,但他确实在尽力那样做了。日本人的"支那语"培训教官当初对他们进行培训时,是以两种截然不同的语调来教他们的。一种是凶横威暴的语调,如说"混蛋""你的,狡猾狡猾的!"或"你的,死啦死啦的!"那种时候;另一种是团结的友善的语调,如说"很好""你的,皇军的朋友的是"或"皇军大大地喜欢你"那种时候。按照老鬼子池田的想法,是希望部下以前一种语调说"支那语"的时候越来越少,以后一种语调说的时候越来越多。因为那将意味着,占领者不但占领了别国的领土,而且成功占领了别国的人心。将"支那地区"最终变成为"日语地区",前提是要用"支那语"打开"支那人"视皇军为敌人的心锁。这是老鬼子的理想主义侵略步骤。实际上当然恰恰相反,受过"支那语"培训的藤野们,以后一种语调说"支那语"的时候越来越少,即使对皇协军就是伪军们,以前一种凶横威暴的语调说的时候也越来越多了。这是因为他们对伪军们恼怒起来的时候越发地多了。渐渐地,连藤野这样获得过"支那语"受训优秀证书的鬼子,起初那点儿"优秀"的老本儿也所剩无几了。他们动辄吼叫着说的,是一种"日语"与"支那语"相结合的话语,如:"八格牙路,你的,死的不怕?!"

王文琪从藤野说话的表情、语调,立刻就将他那时刻的心理分析得八九不离十了。虽然还猜不到他率领十几名鬼子前来的目的,但估计不是凶残的目的,于是一颗七上八下的心完全镇定了下来。他用日语告诉藤野,这些孩子们就是他的学生,他刚才在教他们唱中国古代一位伟大诗人的诗词,他在日本东京大学求学时,协助自己老师的老师的老师用日语翻译过那位叫李白的中国古代伟大诗人的诗词。而那一部诗集在日本甫一问世,不久便成了日本上流社会人士争相阅读和保存的诗集。藤野出身于日本草根阶级,家族中几代先人都是贫穷的农民,直到父亲那一代才奋斗成了日本小城里的底层人家。故他自幼怀有深深的出身卑微的沮丧,对日本上流社会也怀有又嫉妒又敬畏的复杂心理。那日在炮楼里的近距离接触和日语交谈,使王文琪从心理上了解了他这一名日军军曹。

藤野几乎是彬彬有礼地请王文琪让孩子们唱一首听听。王文琪又看出来了,藤野彬彬有礼的假面背后是狡诈,对方并不怎么相信自己的话。也许对方也在猜,说不定他刚才正在教孩子们唱抗日的歌。如果孩子们不会唱什么李白的歌,那就有了翻脸的理由。大出藤野所料的是,王文琪比他更加彬彬有礼地问,尊敬的太君,您是想听我的学生们用我们中国话唱呢,还是用日本话唱呢?

藤野听王文琪说前半句话时,顿时将脸一板。中国人口中说出"我们中国话"五个字,他认为足以使他抓住了随之大翻其脸的理由。你认为你这个"支那人"替我驻扎的炮楼改过烟道,替我这名大日本皇军的军官按摩过肩腿,还帮我们炖过一锅小猪肉,告诉过我们做高粱米饭放碱才好吃,才胃不泛酸水比较容易消化,你就可以自认为你不是"支那人"而是"中国人",你们"支那人"的话不是"支那语"而是什么"中国话"

了么？你头脑之中有着如此顽固的中国意识，你简直就该"死啦死啦"的！但听完了王文琪的后半句话，脸上板起来的肌肉一下子松弛了。

"你的，教他们，日语的唱歌？"——藤野有点儿不相信自己的耳朵似的。

王文琪说："是啊太君，我们中国古代伟大诗人的诗词，用日本话唱那也非常好听啊！"

藤野微微眯起双眼注视他片刻，又问："你为什么用日语教你的学生们唱？"

王文琪特真诚地说："我在日本一流高等学府求学八九年，我关于日本这个国家历史的、地理的、文化的、民俗的知识，全都是我的老师们用日语传授给我的啊！日语是我的第二语言啊，我对日语的感情像我对国语的感情一样深啊！"他镇定着并且审时度势着，谨慎着，这一次不再说"我们中国话"而说"国语"。

藤野脸上的肌肉不但松弛，而且重又呈现出彬彬有礼的表情了。他请王文琪快让孩子们唱来听。

近日，王文琪确确实实是用日语教他的学生们唱过中国古代诗词歌的，甚至还用日语教他们唱会了几首日本民歌。否则，他又怎敢那么问藤野呢？他用日语教孩子们唱歌这一件事，遭到过全村包括韩大娘在内的所有人的反对。韩大娘说："文琪啊，你不但往炮楼里给日伪军送好吃的，这么样那么样地讨好他们，巴结他们，还要教咱们的孩子用日本话唱歌，甚至还要教咱们的孩子用日本话唱日本歌，你是想要把咱们韩王村变成一个亲日村啊？"王文琪说："对啊大娘，我正是这么想的啊。当然不是真的亲他们，他们是禽兽兵，对咱们中国犯下了滔天罪行。但当前呢，他们强势，咱们弱势，装出亲他们的样子，可以起到麻痹他们的作用，对于保护自己是一种好策略。如果咱们的孩子会用日本话唱日本歌了，在特殊的情况之下一唱，或许就会使咱们的孩子逃过刀砍枪杀之难的。"为了进一步说服大家，他还给大家讲越王灭吴的中国历史事件。也讲

"四面楚歌"的典故。尽管乡亲们理解了他的动机是良好的,但感情上仍那么难以接受。韩成贵就亲自去找了一次罗队长,将他的想法向罗队长汇报了。罗队长听后,沉吟良久,表示自己也做不了主。罗队长说:"凡是咱们也同意了的事,王文琪那么做了,就不仅是他一个人所做的事了,而是代表着全村乡亲们的一种做法了,也是代表着我们这些中国共产党党员和抗日的坚定分子的做法了。他前边的做法,是在身陷虎穴的情况之下做的。已经那么做了,情有可谅,我们应予理解。他后来主动往炮楼里送东西,是咱们同意了的,那就实际上是代表着咱们的做法了。不管到了什么时候,面对什么样的人物不解的质问和指责,咱们都得如实承认,也都得把指责替他担过来。但他现在要做的,老实说,究竟是对是错,对几分,错几分,对能压过错去,还是错必定压过了对,老实说,连我也难下结论了。告诉他先不要用日本话教孩子们唱歌,咱们明明做不了主的事不能瞎做主,得请示请示上级。"于是罗队长遂请示了上级中共地委。地委也做不了主,又往省委请示。一级一级逐级请示,说明哪一级都认为王文琪的想法并不是毫无道理,也说明哪一级都挺重视。不久,不知省委哪一位领导反馈回来一项指示,大意是说既然王文琪这个人是可靠的,那么他的出发点当然是良好的。而既然出发点是良好的,又何必非要坚决反对?指示还认为,在韩王村所在的地区,即使有二三个表面上看起来像是亲日的村子也不要紧,没什么可怕的。只要内心里有爱国情怀,有对日寇的仇恨,有坚决抗战到底的心志,表面怎么样只不过是表面嘛。抗日斗争日益残酷,在离一座被日军占领的县城近的地方,在炮楼林立的地方,几乎可以说是在敌人的眼皮子底下的地方,如果有那么两三个村子被敌人认为是亲日村,而实际上又是爱国村的村子,对我们也是有利的。比如有利于掩护我们的情报联络员,有利于我们的伤病员能在距县城近的地方疗伤养病。甚至也有可能使敌人产生幻想,以为这一地区的中国人已经被彻底征服了,抗日意志已经被彻底瓦解了。果而如此,我们的抗日力量不是正可以在敌人的眼皮子底下悄然凝聚和壮大吗?

上级毕竟是上级,站得高,看得远。有了上级高瞻远瞩的指示,大人们便一一打消了可能被疑似汉奸的顾虑。大人们思想通了,认识统一了,孩子们的思想却一时难通,王文琪这位乡村孩子王,又做了大量耐心的思想工作,孩子们才也终于与他统一了认识。统一认识归统一认识,平日里他所教唱的当然还是以抗战歌曲为主。至于日语歌曲,孩子们也不过就学会了唱几首而已。本就是出于自我保全之目的,王文琪适可而止。

这会儿,在藤野的"要求"下,王文琪命孩子们站成两排,指挥着用日语唱了一首李白的《静夜思》。而藤野和鬼子们站在孩子们对面,看着,听着,皆不动声色。

孩子们唱罢,藤野微闭双眼未作反应。

王文琪赔着小心问:"太君,您还想听吗?"

藤野点头。

于是王文琪又指挥孩子们唱起《兵车行》来。先用我们中国话唱,之后用日语唱。比之于李白的《静夜思》,杜甫的《兵车行》字数长出十余倍,那区别简直可以说是小品文与中篇小说之区别。而且杜甫的《兵车行》气势恢宏,场面广阔,意境雄壮惨烈,具有史诗性,不论是一个人还是一些人,也不论是大人还是孩子,只要明白所唱的内容,想毫无感情地唱都是不可能的。孩子们当然是明白内容的,因为王文琪教唱时讲过的啊。既明白,又自然而然地联想到鬼子对中国的野蛮侵略给家园造成的破坏,给自己们和亲人们造成的苦难,亦悲亦愤,唱得便情绪饱满。将中国的古典诗词当作歌用日语唱起来,非是一件简单之事,那得先将诗词用日语精彩地进行翻译。意译不行,那唱起来不好听。须翻译得合辙押韵,恰到好处地断出旋律感。而且,原诗又不曾被谱过曲,得王文琪自己来谱。翻译成日语,对王文琪不是太难的事。在文学语言的中译日或日译中方面,他具有堪称一流的水平。他是才子型的人,文艺爱好广泛,不但自幼喜欢过绘画、书法,也尤喜欢写诗作词骈赋。在日本,他也确实曾以善于俳句而受到老师的青睐。至于谱曲,对他更是兴趣颇大之事。起初他将《兵车行》译成日文,并谱曲之时,不过是当成一件屈辱而又应该做的事来做的。译和谱的过程中,自我要求越来越高,反复地改,反复地教唱,一边教唱还一边改,结果就逐渐地当成一次创作来进行了,当成是作品来完成了。可以这么说,当年他用日语译成谱就的那一首《兵车行》歌曲,若今日在北京的音乐堂排练了公演,有一二百男女歌者分了声部来几重唱,并有交响乐团伴奏,再打出巨大屏幕的投影背景,不被视为史诗性演出才怪了呢!

但在当年,在他家颓败的老宅的一处场地上,由十几名乡村孩子们来唱,自然是唱不出那种回肠荡气的效果的。

不过,因为孩子们唱得特别投入,藤野们还是听呆了。也可以说,是被"震撼"了。孩子们用中国话唱时,藤野们只不过无动于衷地看着听着而已。当孩子们开始用日语唱时,藤野们的表情渐渐由漠然而庄严而肃然了,又渐渐由庄然肃然而愀然而怆然而接近着凄然了。

"新鬼烦冤旧鬼哭,天阴雨湿声啾啾!"——孩子们刚刚唱罢这两句,藤野戴白手套的右手突然举起,手掌竖得笔直,紧接着横向一滑,仿佛擦一面无形的镜子。那手势表示的意思是明白而坚决的——停止!

但孩子们都没看到他的手势,他们皆全神贯注地望着王文琪呢。王文琪眼睛的余光注意到了藤野的手势,却装作并没发现。那时的他,已暂时忘了自己和孩子们所处的局面,差不多完全沉浸甚至也可以说是陶醉在一种精神的幻境之中了——如同自己真的是一位音乐指挥大师,而孩子们是一个合唱团,正在一处什么舞台上,由他指挥着,演唱一首他本人创作的具有史诗性的气势恢宏的大音乐作品。按照作品规定,最后那两句,是要反复唱三次的。一次的声音比一次小,最后渐敛于无。他正得意着呢,所以明明发现了藤野所作的手势却成心装得什么都没看见。

"八嘎!"

藤野吼了一句日语。

王文琪的双手随之一抓,抓住了一只大飞鸟比如孔雀仙鹤鸿雁的两只脚爪似的,似乎想要将别人看不见的大飞鸟从空中扯拽下来,搂抱在自己怀里。完成了这一动作之后,他的双手缓缓垂下了,接着缓缓转向鬼子们,右手往胸前横着一放,向鬼子们特绅士地深躬一躬,如同谢幕那般。

鬼子们皆一动不动,面无反应地望着他。然而,他们内心里是有迷惘且伤感的情绪在激荡着了。这一点孩子们是看不出来的,却瞒不过王文琪的眼。在中国的土地上,倒在血泊之中的毕竟不只是中国人,也还有他们日本的官兵。虽然,中国军人的伤亡肯定是他们这些侵略者的几十倍。如果加上中国人民的伤亡,一百倍都不止。但中国军民却是死在自己的国土上,道义也完全在中国军民这一边;而他们却是死在异国他乡,是为着根本没有半点儿道义的侵略战争而亡的,有些死了也是做了异国他乡的孤魂野鬼——如此这般之心理影响,正是王文琪译、谱《兵车行》的初衷。刚刚,他的目的达到了,他因而倍觉欣然。甚至觉得,总算为同胞和国家之抗战做了微不足道的一丁点儿助力之事,便死也不自惜了。

他接着又向藤野深躬了同样一躬,佯装出对那日本军曹单独的一份敬意。

"刚才唱的,大大的不好! 皇军的不喜欢听! 你的,用心坏啦坏啦的!"——藤野一手扶着战刀刀柄,几步跨到王文琪跟前,愠怒瞪他。

王文琪仍躬躬着,扣在胸前的手也并没放下。

他用日语说:"尊敬的藤野太君,我之所以指挥孩子们唱那一首歌,实在是因为日语歌唱时的魅力,通过那一首音调变化多端的长歌,能够体现得更为充分。没想到您并不喜欢听,这使我感到罪过。但我亲近皇军的心并没变,为了证明此点,请太君千万给我一次机会,允许我指挥孩子们再唱一首皇军们喜欢听的歌。"

他说得恳切极了,态度也恭顺极了。语调嘛,仍是那么一种吟诗般的语调。

藤野沉默片刻,扭头看了其他鬼子们一眼。其他鬼子们有的仍在发呆着,仿佛灵魂出壳了。有的向藤野点头,表示还想听。那是一种下意识的点头,点了头其实还浑然不知自己已作出了表示。然而即使是那么一种糊里巴涂的表示,对藤野的心理也起到了不容忽视的影响。毕竟,他们是县城里来的士兵,是池田大佐的"亲兵"。而他是驻守炮楼的,是一名派出军曹,是在配合他们执行池田大佐的命令,所以他不能不照顾他们的情绪。

他退回原地,目不转睛地看着王文琪,一脸严肃地让王文琪报出歌名。

王文琪说那就为太君们唱《樱花》吧。

藤野点头。

王文琪便也退回原地,调整一下情绪,指挥孩子们唱起了《樱花》。

孩子们的歌声刚一结束,藤野背后的鬼子兵们居然鼓起掌来。藤野皱了一下眉,但脸上也难免地出现一种动容的表情了,尽管他竭力将那一种表情克制在不被看出的程度。然而王文琪有的是一双曾阅日本人无数的眼,瞟了他一眼就洞察尽净了。

王文琪不失时机地又用日本话对藤野说:感谢太君们的掌声,请允许我的学生们最后为太君们唱一首《故乡》。我也就教我的学生们用日语学会了唱这么几首日本歌,太君们再想听我们也没可唱的了。

鬼子们又鼓掌。

藤野则又皱眉,亦皱眉亦点头。

这时,除了藤野,别的鬼子似乎全都忘了他们是罪恶的侵略者,是中国人最仇恨的士兵,倒像是些到中国乡村观光的旅游客了。就连那条壮大凶猛的狼狗,其狼性似乎也收敛了,狗性似乎增加了。它蹲着了,不再以随时准备扑咬的狗眼瞪着孩子们和王文琪了。

当《故乡》也唱罢,那狼狗已趴着了。而鬼子兵们,一个个泪眼汪汪的了。连藤野也不顾一向在中国人面前的威严了,他掏出雪白的手绢擤起鼻涕来,擤出了很大的怪异的响声。并且,转过脸去随手擦了一下眼角。

王文琪再次以绅士范儿向藤野们谢幕。

藤野踱到孩子们面前,扫视着孩子们,来回走着。忽然,他抽出了军刀……

王文琪内心一激灵,赶紧上前一步,弯腰低头说:"太君,真的武士,是不做使女人和孩子们害怕的事的。否则武士精神就被玷污了。您如果内心里因为什么恼怒了,何不对我发作呢?"

藤野却对他跷起了另一只手的大拇指,以表扬的口吻说:"王桑,你的,大大的好。皇军的朋友的是!"

接着,他用军刀的刀尖指着那个失禁了的男孩的裤裆,大声说:"小孩,你的尿裤子的不好,将来勇士的不是!"

于是其他鬼子哈哈大笑。

王文琪趁机连连挥手,孩子们在鬼子们的笑声之中四散跑光了。

王文琪暗舒长气。

破败的院落顿时静了下来,鬼子兵们迅速地又站成了两列,将藤野和王文琪夹在中间。

藤野和颜悦色地看着王文琪,向大门口作请的手势。那手势他也几乎作得彬彬有礼,相当绅士。

王文琪问要将他带到哪里去。

藤野说驻守县城的池田大佐要见他。

王文琪又问池田大佐怎么会知道在韩王村有他这么一个中国人呢。

藤野说是他在写给池田大佐的述职报告中提到的;说那些从县城里驾驶摩托而来的皇军士兵是奉池田大佐之命相请的,而他只不过是配合他们完成任务。

王文琪接着问池田大佐如此抬举他,是想让他为皇军效什么劳呢。

藤野说那他就不知道了。

王文琪无可再问,也怕将藤野问烦了,虽然满腹狐疑,那也只得与藤野肩并肩地向大门口走啊。

当他在两列鬼子兵的押解之下走到院落外时,见院落外聚集了不少乡亲,其中有韩成贵、韩大娘。原本也有韩柱儿的。他被几个男人硬给拖走了,怕藤野发现了他,对他又生狠毒之心。也怕他又看到了藤野,按捺不住憎恨,做出于己于大伙都不明智的事来。

藤野们倒也不怎么理睬乡亲们。

乡亲们也都保持着距离,肃默地望着而已。众目睽睽之下,王文琪被藤野"请"上了一辆摩托车的车斗,藤野自己也坐入了一辆摩托车的车斗,六七辆摩托绝尘而去。

藤野那个班的鬼子们所驻守的炮楼在县城与韩王村之间。摩托队经过炮楼时,藤野下了摩托,站在炮楼的吊桥前向王文琪敬了一个军礼。这使王文琪心中更加一团狐疑了,捉摸不透鬼子们要的什么花招,将会把自己怎么样。

说不害怕是骗人的。

那时王文琪内心里是怕极了。他是特别了解日本人的一个中国人啊。打定主意要向对方实行最残酷的折磨的日本人,往往会在之前向对方表现出最虚伪的礼节。这种玩味礼节玩味虚伪的过程,对某些日本人是极大的心理享受。

鬼子们一离去,乡亲们立刻议论纷纷。有的说,这次又幸亏了文琪,孩子们平安无事;有的说,文琪被押往县城了,池田那老鬼子比藤野狡诈得多,不知他还能不能自保性命。总之又是庆幸又是感激又是担心,一个个唉声叹气,徒唤奈何。但乡亲们谁也没看到院落里的情形,只听到了院落里传出的歌声,遂将孩子们召集在一起,七言八语地询问。孩子们也就七言八语地回答,每个孩子都认为,老师让他们用日语唱日本歌,完全是不得已的,要不然结果可能很惨。因为鬼子们忽然出现以前,老师正在指挥他们唱"大刀向鬼子们的头上砍去"啊!

韩成贵等抗日骨干就都到韩大娘家去,商议该怎么办。在韩大娘家,他们也只有一个个唉声叹气,谁也想不出应该做什么。用今天的说法,他们都陷入了无作为的郁闷。不是主观上不想作为,而是客观上难有作为。整整一个团一千余名鬼子兵驻扎在县城里,不调动更多的抗日正规部队,是攻不下县城的。再说,为了救一个人而调动正规部队强攻一座县城,那也没有先例啊。我们的抗日正规部队是保证中国抗战胜利的宝贵实力,非是梁山泊的绿林好汉,不兴为了救一名"弟兄"而呼啸出山,不计代价。鬼子究竟为什么将王文琪押走,将他押到县城后又会怎样对待他,一切情况不明,谁都没了主张。商议的最后结果是,由一个人进山去找到罗队长,听听罗队长有何主张。韩柱儿表现主动,诚心诚意地要求进山。韩成贵沉思良久,决定亲自前往。

武工队仍隐蔽在山里呢。一年四季,夏秋两季因有遍地青纱帐的掩护,是武工队进行抗日活动的有利季节。而春冬两季,青纱帐割倒了,炮楼上的鬼子兵居高临下,他们的步枪可以清清楚楚地瞄准半里地内的人。何况他们还都有望远镜。春冬两季的平原,可以说差不多全面暴露在敌人的军事控制范围以内,所以武工队一向也只能和我们的正规部队一样,躲在山林里养精蓄锐,兼做抗日宣传和秘密组织的建立工作。

然而韩成贵找到他们是不难的。有路径熟悉的交通员引领,他一早悄悄离开韩王村,傍晚就见到了罗队长。

罗队长听了他的汇报,同样的唉声叹气,一筹莫展。

韩成贵问:"是不是应该将王文琪的事向我们正规部队的首长们汇报呢?"

罗队长说:"没必要啊。汇报给首长们听了,首长们除了和我们一样替王文琪担心,那也肯定是干没辙啊。要抗战,就会有牺牲。我们已经牺牲了多少好同志,好战友,可亲可敬的人民群众啊!别说王文琪了,就是咱俩的父母,咱俩也没法营救啊。就是咱们正规部队的首长,咱们的正规部队也只能按兵不动啊！"

韩成贵说："罗队长，那些大道理我都懂。我没有让咱们的正规部队赶快去营救王文琪的意思，我不那么幼稚嘛！但，你罗队长能不能派两名队员，到县城去打探打探消息呢？"

罗队长想了想，一口否决地说："不能。"

韩成贵瞪着他呆愣住。连这样的要求也被干脆反对，是韩成贵万万没想到的。

罗队长耐心地、循循善诱地又说："成贵同志啊，池田大佐那老鬼子最近从保定调来了一批汉奸特务，都是受过专门训练的，配合鬼子加强了县城各处关口的盘查，对他们认为可疑之人一律逮捕、刑讯。仅仅是为了派人进县城去打探情况，那不是让咱们的武工队员去冒极大的危险吗？"

韩成贵说："那我白来一趟了？咱们就什么事也不必做了？"

罗队长说："你也不要闹情绪嘛！你为什么偏偏往最坏的结果去想呢？也许两三天后，王文琪他又毫发无损地从县城回去了。咱们先都这么想，心情不是都会好点儿吗？"

韩成贵说："如果王文琪这次不像上次被押往炮楼那么幸运了呢？"

罗队长半晌没吱声，只闷头吸烟。

"如果过几天从县城里传出消息，王文琪被折磨死了呢？"

罗队长终于又说道："那我们就再记住一笔对鬼子的仇恨吧！"——说时，都没抬起头看韩成贵一眼……

第五章

　　韩成贵在回韩王村的一路上别提心情有多郁闷了。一方面,他明白罗队长半句错话都没说,如果自己是罗队长,也只能说那样一些话,也肯定除了相陪着汇报者着急上火唉声叹气,再就是一筹莫展徒唤奈何。另一方面,又因罗队长将话说得过于冷静过于直白而大为不快。理是那么个理,但话可以不那么明说嘛!干吗非那么明说呢?其实,他走在进山的半路上,就已经估计到注定是白去一遭了。一年十二个月,几乎月月有我们的好同志、好战友、好乡亲乃至优秀的抗日运动领导者落入敌人魔爪。有时是一个,有时是几个,有时是一批,即使明知他们还没被敌人残酷地杀害,那也只有干着急啊!何况,敌人往往以我们被捕的亲爱的同志、战友、乡亲和领导者为诱饵,布下陷阱,单等我们的营救人员往圈套里钻。稍有点儿大局意识,那就不能轻举妄动啊!每有一个自己人落入魔爪,便找到我们的武工队或正规部队要主张的话,那不简直是儿童般幼稚的行为吗?再者说了,王文琪不是党员,算不上是好同志;不是对敌战斗成员,算不上是好战友;更不是抗日运动的什么领导。就目前而言,往最好了说也只不过是韩王村一个好乡亲。即使在这一点上,也不是每一个韩王村人都认为他是好乡亲。不错,他救了韩柱儿一命,也使一些孩子免受鬼子的伤害,但他在万恶的鬼子面前那种种可以说是下贱之极的表现,却是某些乡亲们打心眼里嫌恶的。他教孩子们唱日语歌尤其是用日语唱日本歌,更是某些乡亲们所难以接受的事。特别是那些有亲人被鬼子杀害的人,背地里已开始叫他"汉奸王"了,他自己不知道而已。因为这么样一个人被鬼子客客气气地"请"到县城里去了,还没有什么消息从县城传出,预兆着鬼子将要把他杀害了,自己作为韩王村地下党支部的支书,风风火火地急走了一天进到山里,找到武工队队长,逼着似的非要求武工队队长当面给出主张,实在是小题大做强人所难嘛!但即使理解罗队长半句错话都没说,他心里的不快却难以消除,实际上,他是希望罗队长用另外一些话骗他,比如罗队长完全可以这么说——成贵啊,大老远地进到山里来,辛苦了!你放心回去,我会派武工队员混入县城去打探情况的。如果鬼子并没有杀害王文琪的打算,还则罢了。如果有,咱们武工队一定要想方设法地营救他!他是受过边区正规部队首长口头嘉奖的人,咱们怎么能不营救他呢?或说——成贵啊,你放心回去,情况我一定及时地郑重地向咱们正规部队的首长汇报,如果王文琪的生命确实危在旦夕,那具体怎么个营救法,要按首长们的作战方案去执行。早就该教训教训池田那老鬼子了,说不定首长们意见统一了,咱们就对县城来一次突袭,一举将鬼子都消灭了,将池田那老鬼子活捉了,开公审大会,就地枪决……

哪怕他看出来了听出来了罗队长明明是在哄骗自己,给自己一种心理安慰,那也不枉自己从天蒙蒙亮走到天黑进山一次啊!

偏偏,罗队长是个实事求是,有一说一,有二说二,一向不打诳语,心里怎么想嘴上就怎么说的人,结果使韩成贵有了一种类似自讨没趣的委屈感。

他回到韩王村时,天自然又黑了。他女人告诉他,那些孩子们的父母来过几次了,都为的是向他探听王文琪的安危。

他没好气地说我和大家一样住在村里,又不是住在县城,我哪里会知道呢?

他女人又告诉他,韩大娘也来过几次了,也许有些人还聚在韩大娘家里等他回来。他女人知道他是在党的人,也知道在群众和武工队之间,他是个重要角色。但那女人明智得很,从没捅破过窗户纸。

韩成贵二话没说,喝了一瓢凉水,抓起一个窝头,边吃边就来到了韩大娘家。进门后,见该聚一块儿的人都聚一块儿了。他三口两口吃光窝头,立刻说起了和罗队长谈话的内容。没按实际情况说。觉得若按实际情况说,人家心里八成也会郁闷起来。他是按自己所希望的那样来"传达"罗队长的话的。他虽然也是个实事求是的人,但有些时候,有些情况之下,比罗队长说话活泛多了。

大家听了他的"传达",一个个像吃了定心丸,虽然心情还是无法完全稳定,却毕竟不再是那种坐立不安的心情了。韩王村是有几个人死在鬼子的刀枪之下的,但罪恶不是藤野那个班的鬼子犯下的,而是之前驻扎在那座炮楼里的鬼子犯下的。藤野那班的鬼子们接手炮楼以后,他的战刀尚未染过中国人的血,他那个班的鬼子尚未枪杀过中国人。在别处杀害没杀害无法知道,杀害过多少也无法清楚,但自从来到华北这一处地方,进驻了那一座炮楼,一年多的时间里还没有。或者也可以说,还没顾得上大开杀戒。人的心理是这样的,亲人一旦被杀害了,死人无法复活,悲痛一阵子,渐渐那悲痛就化作了仇恨的种子,在心里生根发芽。又渐渐地,悲痛被仇恨替代了。而悲痛是令人夜不能寐的,担心也是令人无法成眠的。但仇恨却不是那样。仇恨恰恰相反。人心里一旦仇恨满满,反而吃也吃得下,睡也睡得实了。"不是不报,时候未到,时候一到,一切都报。"正是有仇必报,十年未晚的"境界"。可如果亲人不是眼睁睁地看着被杀死了,而是被押往狼窝虎穴了,那种不安那种担心,是比悲痛更折磨人的。那是对人性最柔软处"实行"的一种酷刑。虽然王文琪不是在韩大娘家那些人中任何一个人的亲人,但他在村里一向待人真诚,乐于助人,并且一向对乡亲们温良恭敬,很有人缘。说他是一位好乡亲,那是符合实际的。对在韩大娘家那些人而言,尤其是好乡亲。罗队长都当着大家的面吸收他为"内部人"了,那还不是好乡亲吗?他们与那些心里暗生着对王文琪的鄙视的人对他的看法是不一样的。因为他们这些"内部人"都知道,王文琪那些被某些乡亲所嫌恶所鄙视的做法,是经过一级级批准的。而且两天前的事实也证明了,十几个刚刚唱罢"大刀向鬼子们的头上砍去"的孩子,因为会用日语唱歌,哄得鬼子开心,居然一个也没受伤害,是多大的幸运啊!尽管藤野们那天是冲王文琪来的,但若看着中国孩子突然恶性大发,战刀劈一个,刺刀挑一个,开枪打死一个,对于他们那还不是儿戏般的事吗?他们以"内部人"看待"内部人"的眼光看待王文琪,于一般乡亲感情之外,自然又多了份特殊感情。受两种感情的压迫,就都觉得如同自己一个亲人落入虎口了,不担心是不可能的。一个个眼睛红肿,分明地连续两夜都没睡好。听了韩成贵的"传达",都吃了颗定心丸。倒也不是一点儿都不担心了,而是担心小了。起码,认为王文琪的命是有保障了。于是很快也就纷纷散去,各自回家补觉。

韩成贵回到家里却彻夜未眠,翻过来掉过去的,一合眼就见王文琪在被鬼子用酷刑折磨,逼他出卖"内部人"。遍体鳞伤的王文琪则痛苦哀号不止,就要经受不住拷打了。结果惊醒了。惊醒之后,睁大双眼,那可怕的情形也同样在眼前浮现,耳旁仍有声声哀号回响。

一夜噩梦连连的韩成贵,第二天上午谁也没告诉,悄悄进了县城。他要独自打探一下王文琪的处境。他并没去找在县城里的地下关系,怕引起特务们的注意,而是向一些三教九流的熟人打探。他年轻时曾在饭馆当过跑堂,结交下了五行八作的朋友。但从朋友们口中一无所获,都说没听到过任何关于他的亲戚王文琪的事。他看得出,他们并没骗他。这就令他更替王文琪担心了——也许从村里押走王文琪不是鬼子的一般行动,而是"特高科"的行动。他那些朋友,大抵是眼观六路,耳听八方的人。连他们都一无所知,足见那行动的保密程度啊!而被"特高科"

带走的中国人,竟然活下来的几乎没有。往往是再就活不见人,死不见尸。他也不仅是替王文琪的生死万分担心,也是替自己及村里"内部人"们接下来的安危提心吊胆。倘王文琪经不住酷刑招了,那么鬼子第二次到韩王村去抓的人,首先必是他韩成贵无疑啊!

一无所获的韩成贵回到村里,对自己悄悄进了县城一次的事守口如瓶,没跟任何人说。一无所获,有什么可说的呢?说了,还不是徒增别人的不安和郁闷,所以也就只有自己一人继续受那份不安和郁闷的折磨。

又一天过去了,王文琪没回到村里。

又两天三天四天过去了,王文琪仍没回到村里。

韩成贵带回来的那颗"定心丸",其镇定的效力渐渐在人们心里消化掉了,失效了。人心于是起了变化,替王文琪的担心快没了,一部分一部分地转变成对他这个人的猜疑了。猜疑既生,则是越猜疑点越多。是啊,他在日本十来年,说是求学,谁知他究竟在日本成了什么人啊!他被押到炮楼里去,那对别人是九死一生之事,为什么他就能安然无恙地离开呢?他说他跟藤野那厮只不过说了些什么什么,可究竟说的是什么,别人也没法搞清楚啊!为什么藤野信任他?仅仅因为他在日本待过,日语说得好吗?为什么此次被鬼子客客气气地"请"到县城去那么多天,连点儿关于他的消息都没从县城里传出过?

一种惶惶不安的气氛已在村里蔓延,全村笼罩在不祥之中。许多人预料某一天鬼子会突然扑入村子,王文琪自然也跟回来了,狐假虎威地带领鬼子抓这个抓那个……

连韩成贵也是如此了。

然而孩子们心里却只有为他们的老师担心,没有什么猜疑。孩子毕竟是孩子,不谙大人们因被伪装蒙蔽所历的危险,也不谙暴力四伏血腥遍地之年代大人心的复杂和叵测。他们白天经常聚在村口张望,有的还爬上树,久待在树上眺望,想要望到老师回村的身影。

第六天晌午,孩子们慌慌张张地跑进村向大人们报信——又有鬼子们的几辆摩托向本村驶来了!

韩成贵就挨家挨户告诫"内部人"们紧急隐蔽。向村外跑是来不及了。一眼能望到几里地外的平原野地上,跑也没处跑藏也没处藏啊。说隐蔽,其实也就是猫在自家屋里或附近挖的秘洞里而已。

韩成贵自己刚刚猫起来,鬼子的摩托队已进了村。他们和来"请"走王文琪时一样,一直将摩托开至王家院落外。藤野仍在鬼子兵之中,也仍坐在摩托车车斗里,王文琪坐在另一辆摩托车的车斗里。该紧急隐蔽的隐蔽起来了。一时没顾上东躲西藏的,或自认为不至于被怀疑是危险抗日分子的,见鬼子们的来势并无搜捕的架势,而且来的不多,便陆续壮着胆子跟到了王家院落前,一个紧挨一个站成一堆远远观望。他们那么做,是出于一种安全感的促使。好比非洲大草原上食草类动物的种群,当狮豹出现都本能地聚拢那样。事实上那也是明智之举,因为如果一户户被堵在家里,面临的危险更大,被杀害的几率也更高。

他们看到,藤野先下了车斗,然后以特绅士的手势将王文琪请下了车斗。再后,啪地双腿并拢,对王文琪敬了一个极标准的军礼,一转身旁若无人地又上了车斗。而摩托车一辆紧跟一辆调转车头,片刻未停地离开了。

王家门楼歪斜,台阶坍塌的院落前,于是只留下了孤单单的王文琪一人。

村人们远远望着他。

他也不知所措地望着村人们。

村人们都不敢上前跟他说话了。

孩子们也从各家聚拢来了,也远远地呆望着他,不敢上前和他说话了。

他右手缓缓举了起来,分明是在向大家打招呼。

大人孩子,没有一个也举手向他打招呼的。

他那只举起来的手,在空中僵了片刻,缓缓地垂下了,仿佛被看不见的绳索往下拽,仿佛不情愿垂下,却又扛不过那看不见的绳索往下拽的力道。

他一转身快步进入院落里去了。

大人孩子一个个满腹狐疑地散了。

不一会儿,韩成贵也进入了王家的院落,脚步轻轻地走到王文琪住的那间小角屋门外,干咳了一声。

王文琪在屋里说:"听出你是谁了,进来吧。"

一种大郁闷着的语调。

韩成贵进了屋,见王文琪低着头呆坐在炕沿,旁边放着那卷白布。

韩成贵说:"回来了?"

王文琪抬头呆看着他,不说话,那意思是——这不明摆着的事嘛!

韩成贵又说:"你怎么把自己变成了这副样子?"

王文琪从头上抓下军帽,往炕上一摔。接着双手交替褪下手套,也摔在炕上。

韩成贵皱眉道:"聋啦?"

王文琪这才恼火地说:"你问的废话!难道会是我向鬼子死乞白赖非要到不可呀?池田那老鬼子非给我,还逼我在回来之前穿上,我有什么办法?"

韩成贵被反问得也一时说不出话。

王文琪恨恨地又补充了几句:"我一个人被押到了虎口里,满眼看见的全是鬼子。我看池田那老鬼子笑里都藏着刀,彬彬有礼和颜悦色地说话时,眼神里都透着杀气。我不是英雄好汉,我骨子里是贪生怕死之徒。在那么一种情况之下,我每一天的分分秒秒都如同是在刀尖上挨过的,连装也装不出一分英雄好汉的样子。还不是他要我怎么样,我就只有俯首弯腰、奴颜婢膝地怎么样吗?"

韩成贵也默默坐在炕沿,卷了一支烟递给王文琪。王文琪吸过几年烟的,后来戒了。即使在吸烟的那几年里,也从没吸过农村汉子吸的叶子烟。但他犹豫一下,接了过去。

韩成贵也为自己默默卷了一支烟。

二人都吸着烟后,韩成贵垂下目光,望着地面说:"汇报汇报吧。"

王文琪犯了倔劲儿,顶撞道:"没他妈什么可汇报的。"

韩成贵猛一抬头,转脸看他,见他也正恼火地瞪着自己,严肃地问:"你拒绝汇报么?"

二人互瞪了一阵,王文琪低下了头,语气顺从了:"你倒是要听我汇报些什么啊?"

韩成贵一点儿没变严肃的口吻,审讯般地说:"把你到了县城以后的一切经过,一五一十地都汇报给我听!"

王文琪沉默良久,终于开口汇报了起来……

他的说法是:在敌人进行那次扫荡时,藤野向池田报告了韩王村有他王文琪这么一个非同一般的中国人,可以经过进一步考验之后,培养成值得他们日军特别信任,而又特别能为日军服务的人。

韩成贵问:"是藤野那厮对你说的?"

王文琪摇头。

韩成贵又问:"那你怎么知道?"

王文琪说:"我推测肯定是那样。"

韩成贵说:"你的推测只不过是你的推测,别那么肯定。"

王文琪又恼火了,也又顶撞道:"你如果不许我说我的推测,那我就没法汇报了,也根本汇报不清楚!"

韩成贵又卷了一支烟递给他,替他点着后,用肩头撞了他一下,缓和了口气说:"你别跟我抬杠嘛!我来听你汇报汇报,这可是为你好。你想啊,鬼子用摩托车将你接到县城里去,一去六天,今天又是鬼子用摩托车将你送回来的,而且藤野那厮还向你敬军礼,而且你变成了这样子,许多乡亲都看见了,许多孩子也看见了。你是聪明人,他们心里会怎么想,不必我说你也明白吧?如果你没做对不起中国人良心的事,那就得有个人替你把乡亲们内心里的种种猜疑消除了吧？靠你自己去消除的话，你有几张嘴呢？由你自己去消除，谁又信呢？那就莫如由我听了你的汇报后替你去消除。当然，首先你得老老实实地向我汇报，并且，得能让我相信你说的都是真的，对不？"

王文琪固执地说，他的汇报必须加入他的推测、判断，否则，不仅韩成贵肯定会听不明白，就连他自己也是没法说明白的。

韩成贵愣了愣，强调说："那你得这么汇报给我听，你得把你的推测、判断和实际发生的事严格区别开。哪些是你的推测和判断，你要预先来个声明。"

王文琪问："讲后声明就不行？"

韩成贵不耐烦地说："叫你别跟我抬杠，你还非跟我抬杠！讲后声明当然也行啦。"

王文琪就说："刚开始汇报的是我的推测。信不信，只能随你了。"

韩成贵没表示信，也没表示不信，只催促他接着往下讲。

王文琪问："你认为藤野那厮他为什么要向池田老鬼子报告我这个人？"

韩成贵想了想，摇头。

王文琪说："那厮是个军官迷，做梦都想在他们日本发动的这场侵华战争中多立战功，胸前挂满勋章，以军官的身份回国返乡。他对自己来到中国四五年了仍是个小军曹，别提有多沮丧了。他曾在炮楼里跟我说过这么一句话：'我讨厌炮楼像讨厌活棺材。'据守炮楼的日军是基本上没有提拔机会的，他的话暴露了他强烈的爬升欲望。那么，想要爬升只剩下了一种选择——引起长官的注意。于是，我就成了他引起长官注意的事。以上，是我根据我的推测所进行的分析、判断。你认为我的判断有道理吗？"

韩成贵不置对否地说："咱不管他们鬼子之间的鬼事，你快讲你那六天是怎么过来的！"

按王文琪的说法是,池田老鬼子在扫荡中从马上跌落了一次,将腰扭伤了。他被押到县城后,池田先是命他给自己治腰。

韩成贵问:"你又想说,是藤野那厮向老鬼子池田举荐的你,而这是你的推测对不对?"

王文琪说:"对。肯定就这么回事啊。要不没法解释了。我在炮楼里为藤野那厮按摩过嘛!"

韩成贵忍不住又问:"县城里有日本军医,他有什么必要非派鬼子兵骑摩托将你押到县城去?"

王文琪说:"这你就只知其一,不知其二了。在日本民间,也是很信服中国的中医的。但在日本军队里,军医差不多都是毕业于军医学院的。而日本维新以后,医学院里逐渐形成了鄙视中医、崇尚西医的偏见。尤其军医学院,所开的课程全是西医课程。所以他们日本的军医,几乎没有中医治疗能力。而治疗腰扭伤,要按西医的方法,得用夹板将腰部夹住,还得终日仰面朝天卧床不动,一天服几次西药丸。少说半个月才能拆夹板,拆了夹板也不会就行动自如了。而且,估计半年一年内是骑不了马的。池田那老鬼子,哪能接受这么一套治疗方法呢?治疗肢体扭伤,咱们中医有诀窍。按摩加上敷膏药,见效快,愈后情况好。可他们的鬼子军医不行啊!请县城里的中医吧,老鬼子又防戒心极大,唯恐遭到咱们中国人暗算。所以嘛,藤野那厮一举荐,他当然就同意啰!"

韩成贵眯起眼,又转脸看王文琪。

王文琪也转脸看他,也坦然而期待地眯着双眼。

韩成贵终于说:"算你判断得对。"

王文琪就又娓娓道来地往下说,他被押到县城以后,由藤野带到了长官居住区的一间小屋里。小屋里有单人床、床头柜、暖水瓶、水杯、钟表、尿盆什么的。总之,旅馆房间应有的那些东西差不多全有。不同的是,门外有名小鬼子兵把守,三八大盖步枪还上着明晃晃的刺刀。

韩成贵揶揄:"亏你还知道三八大盖!"

王文琪苦笑:"那谁不知道啊!"

他说,在那间小屋里,藤野那厮才告诉他,为什么把他请到县城。还双靴一并,弯一下腰,用日语小声说请多关照。藤野走后,他无所事事,想到屋外观察观察环境。刚一推开门,被小日本兵用刺刀挡住了。他只得听天由命地往床上一躺,回忆中医治疗腰部扭伤的种种经验,思忖先用轻柔的手法好还是先用深重的手法好;一次按摩多长时间;该用哪几种膏药;怎样取得池田老鬼子的信任,才能使他尽量配合自己的治疗,等等……

韩成贵问:"你还心想,只有治好那老鬼子的腰扭伤才能顺利脱离虎口对不?"

王文琪回答:"对。"

韩成贵又问:"也这么想,如果治不好,离开虎口就很难了?"

王文琪回答:"不错。"

"万一没治好,反而加重了,那老鬼子肯定轻饶不了你。还这么想了吧?"

"确实。还那么想了。"

"所以,使出浑身解数,也要把那老鬼子的腰扭伤给治好了——这是你想来想去,最后的想法吧?"

"正是。我想的有什么问题吗?"

"又杠!我那么说了吗?"

"这一次是你跟我杠。"

"我是跟你杠吗?也得允许我推测推测你,有点儿自己的判断吧?"

"我当时只身落在虎口里,面对的是装出客气,骨子里穷凶极恶的鬼子,我不推测行吗?你是在我家里,咱俩都是'内部人',你犯得着也推测我吗?"

"正因为咱俩都是'内部人',所以我才心里怎么推测的,嘴里就不绕弯子地问了。别啰唆,赶紧汇报!我可有言在先,今天你不老老实实汇报个一清二楚,从明天起,那你就不再是'内部人'了!"

韩成贵最后一番具有忠告意味的话对王文琪的逆反心理起到了解构性的作用,王文琪不再抬杠了,他的汇报开始变得自觉了。

按照他的讲述,当天晚上,藤野陪他在军营中的长官用餐室共进晚餐。所谓长官用餐室分为一室、二室、三室。一室是池田及参谋长团宪兵队长等高级长官的用餐室。藤野与王文琪面对面坐下后,倍感荣幸地告诉王文琪,那是第一餐室。王文琪自然也相应地表现出受宠若惊的样子来。没上酒,却吃到了久违的大米饭。藤野说,那可是正宗的日本北海道大米,是专列从日本运来的,特供给团以上长官的。王文琪心事重重,面对着雪白的大米饭和香味四溢的红烧肉,也还是觉得腹胃胀气,没有食欲。倒是相陪的藤野狼吞虎咽,直撑得肚子突凸起来,饱嗝不断,才恋恋不舍地放下了碗筷。

饭罢,藤野将王文琪引领到了池田的长官办公室门外。鬼子卫兵都没让藤野进入,他只得盘腿坐在门外的木板廊阶上等着。卫兵搜了王文琪的身以后,才允许进去。池田的办公室、会客室、卧室是相通连体的三大间屋子,王文琪正站在办公室中央犹豫着该不该往里走,戎装挎刀威武雄壮的一位军官从会客室大步而出。王文琪以为他便是池田,赶紧躬身,连说:"皇军万岁万万岁!"那军官傲慢地声明自己并非池田大佐,只不过是他的副官。之后,示意王文琪跟随着他往里走。走过会客室,也就进入了池田的卧室,那卧室有四十平方米,除一张宽大的双人床,两个中式衣架,角落那儿的一个大木桶以及一张不大的桌子,再就没别的东西。两个衣架一立于床左,一立于床右。立于床左的,挂着军衣军裤军帽;立于床右的,挂着军刀和套中的短枪。而桌上,也仅有一面小圆镜和洗漱用品、刮脸刀而已。

池田原来是瘦小老头,刚出浴,穿着和服,出家人似的在床上打坐。副官和王文琪进去后,他连眼都没睁一下。他显然刚修了面,一张苍白瘦脸刮得铁青。已经快完全秃顶了,一圈稀疏灰白的头发贴脑壳梳得顺顺溜溜的。

副官走到床前,俯身用日语低声说:"大佐,那个姓王的中国人在您面前了。"

池田仍没睁一下眼,仿佛坐化了。

副官也不再说什么,大步然而是轻轻地走到大木桶旁,拽一根垂在桶边的绳子,于是将桶内的一个木塞拽了起来。那桶连着一截胶皮管,分明地,可将水放到外边的水沟里去。副官那么做时显得特麻利,看得出那也是他的一种职责。

在汨汨的流水声中,池田老鬼子终于睁开了双眼。

王文琪暗吃一惊,他没想到那老鬼子有一双与其瘦脸不相适的大眼睛,一双深陷的大眼睛,目光冷飕飕的,流露着老谋深算。这使他的头看去像一只鹰的头。如果他还长着鹰钩鼻子,那就更像了。虽不是鹰钩鼻子,鼻梁却挺高的。那老鬼子没留军棋胡。肯定是因为连胡子也花白了,若留反而有损长官形象。

他用日语叫王文琪走到他跟前去。他的话说得声音细小,王文琪无法判断那算不算是一种和气的语调。但不能算凶恶,甚至也无威严可言却是真的。

王文琪怯怯地走到了床边。一半是真的忐忑,一半是装的。

老鬼子问他打算怎么治。

他说那当然要认认真真全心全意地治了。

老鬼子就无声一笑,对他的回答作出了满意的表示。

他请老鬼子背对他坐到床边,说是要先检查检查扭伤的情况。

老鬼子又一笑,默默照办了。

这时副官也站到了床边,左手握刀鞘,右手握刀柄,防备地盯着王文琪的一举一动,随时预备拔出刀来一刀将他劈为两半的架势。

此时的他,也只有当那副官并不存在,当自己确是一位推拿高手,池田那老鬼子也只不过是扭伤了老腰的患者,认认真真全心全意地为其检查了。结果令他七上八下悬在胸腔里没着没落的一颗心稳定了——池田老鬼子的腰椎关节两节发生错位,使两侧的软组织扭曲,显然那会压迫到两侧的神经,并影响两侧血管中的血液正常运行。只要能使两节错位的关节复位,一切痛苦症状自会消除大半。

他问老鬼子头晕不晕,双腿麻木不麻木。

老鬼子回答头一直晕,双腿麻木得不听使唤。

他说那是必然的,将自己手感的印象说了一遍。

老鬼子问:"没拍片子,你的手感印象肯定准确无误吗?"

他自信地微笑道:"那是中医推拿师的一般经验,绝不会有误。"自从坐上鬼子的摩托车,他第一次脸上露出了笑模样。同时暗想,你个可恶的老东西,今天也得依靠中国人来替你解除痛苦了吧?

老鬼子又问:"那你打算怎么治呢?"

他说:"以我的经验,虽不敢言手到病除,但使关节复位是不成问题的。"

老鬼子说:"那开始吧。"

于是他请老鬼子背朝自己侧卧下去。

他和那老鬼子始终说的是日语。老鬼子的日语有着浓重的北海道腔调,而他说的是极标准的东京日语,即日本的"官话",国家广播电台播音员才能达到的水平。池田老鬼子是从关东军调过来的,已来到中国多年,参加过日俄争夺旅顺的战役。那老鬼子在军中被誉为中国通,中国话说得挺溜儿。但他一句中国话都不跟王文琪说,王文琪推测,是出于骨子里的傲慢。也许他认为,跟一个"支那人"细声慢语地说日本话并不有损他作为大日本皇军军官的威严,但用"支那语"跟一个"支那人"细声慢语地说就有损了,那是支那中国人不配享有的对待。心里这么推测,王文琪就成心将每一句日语都说出日本"官话"的标准,并在内心里暗自获得一种语言优于对方的快感。那老鬼子显然也觉得自己在日语方面自愧弗如了,能用点头或摇头表示的话就干脆不说了呗。

　　王文琪请老鬼子放松身体,一肘抵住他后背,一手扳住他的髋骨,轻轻哼着日本民歌,摇动一截圆木似的来回摇动他的身躯。摇着摇着,骤一发力,但听咔嚓一声骨节响,老鬼子同时哎哟大叫一声。

　　副官一脚将王文琪踹倒于地,右手随之抽出了战刀,双手将战刀高举在王文琪头顶,口中大吼一句:"混蛋。"

　　王文琪坐在地上,并不理会头上那刀,只看着池田老鬼子的身躯,欣然地说:"已经复位一节了。"

　　副官愣了愣,也不由得扭头看他的长官。

　　老池田欠起身,以手势命王文琪站起来。

　　王文琪却不往起站,捂着肋部开始"哎哟"。

　　老池田就用眼色命副官将王文琪搀起。王文琪被搀起后,这才说:"太君,是我不对。我忘了告诉您,是会有点儿疼的。我以为,那点儿疼对您不算什么呢。您请躺下再欠几次身,看疼感是不是轻了?"

　　老池田于是重新躺下,再次欠身。如是三次,自言确实疼感轻了。

　　王文琪仔细将他腰椎按了一遍,说一节错位的关节果然复位,而且复得很正。老池田命他再复位另一关节,他说今天不能进行了,明天吧。

　　老池田板脸问为什么。

　　他说刚才猝不及防挨了一脚,自己的肋部被踢得很疼。而且呢,受了惊吓,一时难以集中精力了。若这会儿非要求他继续,难保不会出闪失。一旦出了闪失,后果将极严重,也许会导致下肢瘫痪的。

　　老池田谴责地看了副官一眼,无奈地命副官送王文琪回去。

　　王文琪临走时说,刚刚复位那一关节周边的软组织、血管和神经,需要重新适应复位后的生理状况,所以,不能急,最早也应该是明天晚上再复位另一关节。也最好是在太君泡完澡后。其实他内心里的真实想法是,我才不将你老鬼子的痛苦一下子全解除了呢,你今天晚上也照样别想睡成好觉!

　　副官将他送至他住处的门前,并拢双靴微鞠一躬,老大不情愿地

91

说:"请多包涵!"

王文琪也很绅士地回一躬说:"我容忍您的野蛮。"——将"野蛮"二字有意说出强调的意味。虽然嘴上是这么说的,却将腰弯到了七十度左右。在日本,九十度大躬表示"最敬礼",对至尊长者才鞠此大躬。一般男人和男人之间七十度左右的一躬就意味着老大的敬意了。那鬼子副官听他说自己"野蛮",本欲发作的,见他立刻又对自己鞠七十度左右的一躬,忍住了恼火没有发作,猛转身悻悻而去。

王文琪问"站岗"的小鬼子藤野到哪里去了?小鬼子说藤野已经被送回炮楼去了。

他进入房间,往床上仰面一躺,因为藤野离去,身陷虎穴的凶险之感和孤独之感,竟又增加了几分。他觉得,和老鬼子池田相比,藤野到底还算是一块自己的挡箭牌。又想,第一天总归是相当平安地挨过去了,虽然结果难料,但若注定了凶多吉少,那么担惊受怕也还凶多吉少。倒莫如听天由命,该吃便吃,该睡便睡的好。想开了,于是一翻身,酣然睡去。

第二天清晨,他被日军出早操的军号声惊醒。那"站岗"的小鬼子多了一项任务,似乎兼是他的勤务兵了,给他送来了香皂、毛巾、牙刷、牙粉,皆军中发的日货。

他洗漱时,小鬼子居然替他倒了尿盆,并冲洗得干干净净。

他连说"再不可""再不可"。

小鬼子不看他,也不说话,又默默替他倒洗脸水。

他问小鬼子是日本什么地方人,小鬼子却突然翻脸,冲他低吼了一句:"放肆!"

那是一句中国话,发音还挺标准。

见小鬼子一副拒人千里的凶相,他明智地不打算再和对方套近乎了。

早餐是大米粥、馒头、一小碟咸菜、一个咸鸭蛋。他从容地吃时,发现小鬼子在窗外偷看他,看得直咽口水。分明,那样一份早餐,是小鬼子平日所吃不到的。虽然他已打定主意不和对方套近乎了,但一经发现小鬼子那馋样,主意又改了。他没吃那个咸鸭蛋,连同一个馒头给予小鬼子。小鬼子这一次没说"放肆",犹豫一下,左右看看,见四周无人,急忙接过揣入兜里。

饭罢,他被允许在院子里散步。那日军的团部,原本是县女中。日军占领了县城以后,谁家的姑娘还敢上学呢?校长举家南逃了,老师失业的失业,改行的改行,根本不必日军驱赶,空无一人的女中就成了他们的团部。王文琪留了份心思,一边绕着操场信步走似的,一边将哪几排房子是警卫连,哪几排房子是军官宿舍,哪几排房子是伙夫房、医务室、会议室等,在心中清清楚楚地暗记住了。连团部总共大约有多少鬼子,也估计了个八九不离十。

中午饭和昨天的晚饭一样。一经想开,也有胃口了,饱饱地吃了一顿,倒身又睡了次长长的午觉。

晚饭后,和昨晚差不多的时间,鬼子副官将他请到了池田那老鬼子的卧室。真的是请,因为那鬼子副官口中不但清清楚楚说了"请"字,还做出了请的手势。老池田已浴罢,照例穿着和服盘腿坐在床上。

他问了几句类似查房医生该问的话后,向老池田讲起了《三国演义》中扁鹊为关云长刮骨疗毒的片断。刚讲了几句,老鬼子竖起一只手掌打断了他,说自己读过日文的《三国演义》,知道关云长这个人物,当然也知道刮骨疗毒那段故事。并说在必要的情况之下,关云长能做到的,他也完全能做到。

王文琪始料不及,轮到他自己发愣了。但那仅是几秒钟的一愣,随即对那老鬼子大加奉承,说自己之所以讲起关云长,其实没别的意思,只不过是想对他这样一位可敬的大日本皇军军官表明这么一种看法——日本的武士道精神,与中国古代的英雄本色以及西方的骑士风尚,内涵是相通一致的。而通过昨晚短暂的接触,他从对方不言而威的气概中,领略到了他一定是一位关云长式的义勇兼备的人物。

老鬼子听罢哈哈大笑。笑罢，眯眼看着他说："你的，狡猾狡猾的，拍马屁的内行！"

心机被道穿，他也只有陪着讪笑而已。

池田老鬼子倒也没继续使他难堪，像昨晚那样，主动背朝他侧身躺下了。因为昨晚第一处错位关节一下子复位，王文琪竟心生了一种类似初战全胜的感觉。今晚他自信满满，在几乎毫无心理负担的较好情绪的支配之下，像昨晚一样，一边用日语轻轻哼着日本民歌，一边进行按摩，以使老鬼子的腰肌完全松弛。老鬼子被按摩得直哼哼，如同一头猪被挠痒挠得极舒服。

又是出其不意的一发力，又是"咔"的一声……

老鬼子这次倒没疼得叫起来，只低沉地"嗯"了一声。

王文琪小声说："太君，不要动，请保持姿势。"

老鬼子就一动没动。

王文琪接着又按摩了半个小时左右，这才停止，退后一步，双臂肃垂，低头又小声说："太君，您可以坐起来活动活动腰部了。"

老鬼子不说话。

副官也说："大佐长官……"

老鬼子发出了微微的鼾声。

王文琪抬起了头，见副官正不知如何是好地看着他。

他说："我又成功了，请允许告退。"

副官懵里懵懂地点一下头，王文琪躬一七十度躬，也不直起腰，一步步退了出去……

那时也就八点多钟，天黑不久，离就寝的军号响起还早。王文琪回到他住的屋子百无聊赖，就想再出去走走。"站岗"的小鬼子阻止住了他，有点儿抱歉地说，天黑以后，他是不得离开那屋子的，除非去厕所。而即使去厕所，自己也得相陪着去到厕所前——是长官的命令。

他问是哪一位长官的命令。

小鬼子装聋作哑,不说。

他又问:"那我唱歌可以不可以? 用日语唱日本歌,不大声唱。"

小鬼子想了想,说:"长官没下达不许你用日语唱日本歌的命令。"

这就等于同意了。

于是,他将碗、盘子和杯子一溜摆在桌上,端坐椅上,轻轻敲击着唱了起来。

他会唱的日本歌很多。可以这么说,在占领县城的这整整一团日本官兵中,绝对找不出一个比他会唱的日本歌还多。如果进行对歌 PK,那么冠军肯定是他这个中国人无疑。而且,他天生有副好嗓子。那副好嗓子,又似乎天生适合唱日本歌。凭这样的好嗓子,他曾在东京大学的歌咏比赛中一举夺魁,戴上过"最能歌先生"的桂冠啊!

他原本是为了自娱自乐,排遣内心里的孤独和寂寞才唱的。一边唱一边还不无自得地想,可以在日本军营里随便唱歌的中国人,自己肯定是第一个了。

无意中一扭头,发现窗外伫立着些人影。他立刻就明白了,是些被自己的歌声吸引过来的日军士兵。

他笑了,内心顿然升起爱国情怀。干脆起身推开了窗,推开了门,重新坐下,继续轻轻敲击着唱。方才为了使自己的心情好一些,他唱的是欢乐的日本歌。重新坐下以后,他不唱欢乐的,开始一首接一首唱想念恋人的,思乡的,因而也是特感伤的日本歌了。唱得感情越发投入,越发饱满了,连自己都被自己唱得泪眼汪汪的了。

窗外门外的身影是越聚越多了,他发现其中也有几名下级军官。那些身影一动不动,如同一部分石林。在月光下,他们肩章、领章上的金属星、豆亮晶晶的,显得异乎寻常地诡秘。

忽然,有年轻女子妙曼的声音响了起来。那声音和他而歌,渐唱渐近。于是,一个穿和服的女郎进入他视野,边唱边走到窗口那儿,款款地坐在窗台上,睇视着他,仍和唱着。他看出她不仅是穿和服的女子,而且确实是一个日本女子。但只看了一眼,不敢一直看着她唱。他心里明白,她看着他唱是没什么的,若他也一直看着她唱,对于自己则是极其危险的。因为他与她和唱的是一首日本情歌,如果哪一名伫立窗外的日军军官听得冒火,一枪毙了他,那毙了不也就是毙了吗?但他并没停止歌唱,因为一旦停止,必定会使鬼子们认为他内心卑怯。而一旦给这些鬼子兵和下级军官那么一种印象了,他的安全也又减分了。他深知,日本男人,尤其日本军人,是打心眼里鄙视在他们面前显得卑卑怯怯的别国男人的,不论是哪一国的。倘若遭到鄙视,那么尊严也就不保了。倘若遭到极端的鄙视,那么就等于被视为猪狗了,恐怕连生命都可虞了。因为人性恶的一个特征乃是——起先只不过是拿被鄙视的对方耍弄着开心,随之"娱乐"欲望升级,变得强烈,接下来就要以虐待、折磨和伤害来满足了。人性恶的此种特征,在侵华日军身上体现得格外分明。王文琪太清楚这一点了,所以才不停止歌唱,才旁若无人地继续唱。同时他想,我是池田那老鬼子请来的,在那老鬼子面前,我只得装出几分卑怯,那是我取得他信赖的策略。但对这些鬼子兵和下级军官而言,我毕竟是被请来为他们的一号长官治病的,是享受他们一号长官款待的客人,我犯不着在他们面前表现出半点卑怯嘛!何况在一概日本人面前,他心中从无丝毫的卑,只不过因情况不同而有过或大或小的怯罢了。

那日本女子嗓音很好,属于娇柔甜绵的那一种。确切地说,她实际上只能算是日本小女子,估计年龄也就在十六七岁左右。不管谁,一味往大了猜她,那也不会猜到十九岁以上去。乌黑的长发在她头顶盘了一个大髻,盘得挺紧,用一柄红色的簪子插住。一张尚未褪尽少女纯情的脸上,单眼皮的大眼睛黑白分明,流露着生性调皮的眼神。她的脸庞很白皙,蛾眉入鬓,唇红齿白。显然,她是惯于与人和唱的。她的声音不高不低,既未喧宾夺主地大过王文琪的声音去,也不至于小到使别人听不到了。总之,她将自己的音量控制得恰到好处。通过那么一种声音,她似乎是在向王文琪也向窗外的军人们证明,自己只不过是一个前来凑趣的歌者,一个和唱者。虽然已经九月初了,华北地区的晚上开始凉了,她却仅穿了一件白底蓝花的布料和服,呈现着修长的小鹿一般的脖子和上部分胸脯。她的脖子和胸脯也是那么白,比脸庞更白。如玉。她脚上没穿袜子,双腿交叉,木屐在光脚丫上挑着,随着歌唱的音节一晃一晃的。

二人同时收声。窗外居然响起了掌声。当然不是齐刷刷一致的掌声,而是此起彼落分分散散的掌声。

王文琪站起身来,垂首肃立,先向那小女子鞠了一躬,接着向窗外门外的官兵们又鞠两次。是微躬,礼节性的那种。此时他不禁地产生了错觉,仿佛自己仍是东京大学的中国学子,仿佛是在大学礼堂的舞台上谢幕。

坐在窗台上的日本小女子向他伸出了一只手,意思是让他将她扶下来。他走到她跟前,她的一只手搭在他肩上,软绵绵的,无意撑持,双脚也不往地上蹦,一双眼目不转睛地看着他,笑成了一钩弯月。他明白了,她是要他将她抱下窗台。王文琪犹豫了,望窗外的鬼子们,见他们一个个也都在面无表情地望着他。那是真正的面无表情,魂游千里之外还没回归自己肉身的那一种无表情的面相。他想也不能让她的一只手长时间地搭在自己肩上啊,趁外边的鬼子们一个个还没醒过神儿来,干脆顺了她的意就将她抱下来得了。于是他弯下腰,一只手臂往她双腿下一探,另一只手臂揽着她后背,轻轻松松地就将她抱了起来。在他将她往地上放时,她的一只脚轻轻一踢,将一只木屐甩出去了。她这一小动作他看在眼里,心里也明白她是故意的了。刚才她坐在窗台上唱歌时,他以为她是哪一位军官的女儿。偶尔,也有鬼子军官们的家眷到中国来看望他们,她这样一个小女子出现在日军的军营里也不是太稀奇的事。但此刻,他立刻又作出了另一种判断——她才不会是什么军官的女儿,肯定是一名随军妓女无疑。倏忽间,他心中生出嫌恶来。但随之,同情也在心中接踵而至。如花般年龄的一个女孩啊,还自己不为自己叹息,还得看机会不管对什么样的男人就施展一下卖弄风情的小伎俩,你天生的下贱坏子啊!

她却悄声用日语对他说："你不能让我一只光着的脚也站在地上。"

他用日语回答："你说得对。"之后，不得已地将她横抱胸前走到了那只木屐旁，轻轻放下她。她当然是一足着地啦，另一只光脚丫向前伸出着，伸直得连脚踝都快与脚面水平了。似乎他俩在跳什么双人舞，而她做的是一种舞蹈所规定的动作。她的一只手依旧放在他肩上，这次有点儿劲了，算是在撑着了。并且，她的身子斜靠着他的身子。他怎么会不明白那是什么意思呢？于是，默默替她将木屐套在脚上了。

窗外的门外的鬼子官兵们，一齐朝屋里望着他俩的举动，全在无声地笑，脸上全都出现一种骄矜的表情。分明地，他们认为，那是一个有特殊身份的中国男人奴仆般臣服于一个他们日本的小军妓的证明。确乎，关于他曾是东京大学什么博士这一点，已在军营中传开了。他的高学历使他们暗生嫉妒。全体这一个团的鬼子中还没一个曾是大学生的呢，他们的一号长官池田大佐也只不过是从军校毕业的，怎么能不嫉妒呢？何况那"支那人"是他们堂堂东京大学的博士。即使是在日本，他是一个日本人，他们这些底层人家出身的士兵和下级军官，那也是会嫉妒他的！不论在哪一国家，不论在古代还是近代，底层人家出身的士兵和下级军官，对自以为是高级知识分子的人，一向是心理不平衡的。在他们经常出生入死的战争年代，这一种不平稳的心理每变得相当强烈，甚至会形成歧视。那会儿，他们倾斜的心理平衡了不少。支那人就是支那人！曾是东京大学什么博士的支那人，那也终究还是支那人！只要是支那人，其身份就在一概的日本人之下，包括日本的小军妓！看，这一个自以为身份特殊的支那男人，不是正在为我们的一名小军妓穿木屐吗？他们内心里几乎全都在这么想。虽然，他一次也没敢在他们面前流露出半点儿自恃身份特殊的样子，但是在他们看来，似乎他内心里就是那么自以为是的……

王文琪替那小军妓的光脚丫套上木屐之后，特绅士地做了一个往外恭请的手势。当时的他,内心里充满了对她的厌恶,也充满了惜香怜玉之同情。两种几乎同等程度的情绪在他内心里打架,难分胜负,纠结一团。

小军妓却不想离去,她大大方方地拉着王文琪一只手,将他拉到了窗前,问外边的鬼子们还要不要听他俩再唱了。

那些鬼子们就七言八语嚷嚷着说还要听。

她又问王文琪还会唱什么日本歌。

他说:"凡是你会唱的,我估计自己都会唱。即使连你都不会唱的,我也会唱不少。"

她不言语了,轻轻唱了起来。刚唱半句,王文琪立刻和之。他一和,她马上改唱另一首,而他又立刻和唱。如是四五番,她终于不再改唱,看得出是信服王文琪的话了。最后他俩唱的是一首相当古老的插秧歌,歌词大意是一位老母亲在插秧的季节累得腰都直不起来了,盼望儿子能回到家乡帮他插秧。可儿子已离开乡多年未归了,在哪里不知道,在干什么不知道,死活也不知道……

他俩一个站立在窗的左侧,一个站立在窗的右侧;她看着他唱,他垂着目光唱。

窗外那些鬼子官兵,有的脸上闪着泪光了。

"八格牙路!"——外边突然响起一句恼怒的咒骂声,王文琪本能地戛然而止,那小军妓却继续唱,仿佛没听到。又仿佛,虽听到了,但根本不将咒骂之人放在眼里,仍目不转睛地看着王文琪,都没朝窗外瞟一眼。

王文琪听出了那是老池田的副官的声音,但也没朝窗外转脸,低着头,垂着目光,一动不动地肃立着而已。

鬼子副官继续咒骂着,从头上扯下军帽,用以抽打那些呆呆听着的鬼子。待他将那些鬼子从窗前门前驱散了,小军妓也唱完了。她看着王文琪微笑,笑得有几分洋洋得意。仿佛对副官的粗暴制止不予理睬,是体现了一种尊严。

那副官闯入屋里，朝小军妓扬起了抓着军帽的手。她则毫无惧色地仰着脸，瞪视着他，似乎认为他不敢用军帽抽打她。

那副官也确乎被她瞪得犹豫了，抓着军帽的手僵在半空中。

王文琪此时已抬起了头，用日语低声说："太君，一位有军队荣誉感的军官，是不会摘下军帽抽打别人的，更不会用军帽抽打一个小女子。军帽对于军人是比军服还神圣的，是军威的象征，正如军旗是军魂的象征。"

那鬼子副官被王文琪的话说得愣愣的，扬起的手不由自主地垂下了。

王文琪又说："太君，虽然我还不理解您刚才为什么大发脾气，那我也觉得自己应该向您指出，您刚才的做法有失副官身份，我不认为池田大佐会很欣赏您那么做。"

以前在一般为人处世方面，王文琪并非是个很会说话的人。父母甚至认为他是个很不会说话的人。往往，心里怎么想的，嘴上就怎么把话说了，一点儿也不善于绕弯子。经常地，因为话说得太直，已将人得罪了，自己还浑然不知。这样的儿子，即使凭着聪明医术学得挺快，那也是继承不了祖上的衣钵，在县城里经营不好医堂的。所以父亲也不指望他子承父业了，宁肯花大把的银子遂他的意愿让他到日本留学，并且同意他想学什么就学什么，想学多少年就学多少年。在当年，父母那么顺着他，也算是很开明的父母了。父母能那么开明要感激"五四"。"五四"之后的中国，但凡是接受了一点儿新思想的父母，都尽量避免使儿女觉得自己是典型的封建专制式的家长，都尽量表现得与时俱进，哪怕内心里其实并非多么情愿。在日本留学时期的王文琪，逐渐学得会说话点儿了。身处异国，人际关系相比于国内复杂多了。因为不会说话很吃了几次苦头，再没记性的人也长点儿记性了，往往就善于将话说得八面玲珑、滴水不漏了。而开始善于说话了，加上日语说得极好，使他受益匪浅，尝到不少甜头。一尝到甜头，则就更会说话了。但自从回国后，他似乎又变回了从前那个王文琪,并且变得有过之而无不及,却不是经常因说话而得罪了人自己不知道,而是变得话少了。眼见日寇猖狂,山河破碎,百姓命如蝼蚁,许多人朝生夕死,且死得悲惨,他觉得能不说话便不说话,哑巴似的活着,心里反倒好受些。即使与乡亲们之间,他采取的也是一种言简意赅的说话方式。如果靠了摇头、点头、表情及手势也能使对方明白自己的意思,他就宁肯选择不说话。只有和孩子们在一起,自己的心情也较好的时候,他的话才多些。那日为了救韩柱儿一命,他急中生智地也可以说是条件反射地居然说起了日本话,随之又孤单单地被押入炮楼,不得不与藤野等鬼子机智周旋,使他在日本时面对日本人很会说话的技巧又恢复了。同样孤单单地被押入县城置身狼窝虎穴之后,他觉得自己那一种技巧获得了很大的提升。那是性命攸关的前提之下被逼迫出来的智慧的提升,是出于保命的本能。

面对扬起手来,要用军帽狠狠抽打那日本小军妓的鬼子副官,他说话的智慧和技巧又一次良好地发挥了。斯时,他内心里对那小军妓的怜花惜玉的同情,终于打败了他对她的厌恶,完全占了上风。

鬼子副官狠推了他一掌,将他推得倒退数步才稳住双脚。而鬼子副官擒住小军妓一腕,拖了她大步往外便走。王文琪看见,小军妓被拖得跟跟跄跄,才走了五六米远,一只脚上的木屐掉了。她低头咬了副官一口,副官怪叫一声,她得以挣脱了腕子,跳格子似的往回跳,穿好那只木屐后,还没忘朝窗口瞭他一眼,摆动摆动手,扮了个鬼脸,朝另一个方向跑掉了,那个方向有她住的屋子。

鬼子副官也朝窗口转过了身。直至那时,军帽仍拿在他手中。他戴上军帽,笔直地伸出一只手臂指了王文琪一下,猛转过身去迈着大步走了。

王文琪呆立片刻,关了门窗,仰躺于床。

他怀着一种爷不畏死,奈何以死惧之的好汉大丈夫般的英豪气概,就那么和衣睡了过去。一夜无梦,天亮方醒。

又出乎他的意料,鬼子副官居然来陪他共进早餐,说奉了池田大佐的指示。早餐也居然不是馒头和大米粥了,而是油条和豆浆了。这当然表明待遇又升格了。但待遇升格了究竟是好还是不好,他就难以推测得准了。他深知日本这个民族有着这样一种"传统",那就是,如果决定要杀死一个其实自己本应感激的人,在杀之前尤其要尽到该尽的礼节,以抵消"歉意"。并且,要杀得对方猝不及防,顷刻丧命。对于日本男人,那似乎是一种特人道主义的讲究。若连杀也杀得干脆利落,那么便连杀死了应该感激之人的那一份良心不安也对冲光了。因为王文琪了解某些日本男人这一种彬彬有礼的流氓性,他一边吃着久违了的油条喝着久违了的豆浆,一边猜测着,若那鬼子副官果然是为了杀自己的,那么自己究竟会遭到一种什么死法。他倒没太怕。头两天分分秒秒地提心吊胆,到了这时,怕劲儿过去了。身在虎穴,一条命攥在对方们手中,怕也没用啊。他只不过是由于好奇。那鬼子副官没佩军刀,用刀杀死自己首先可以排除。鬼子副官坐下之前,将枪套摘下挂衣架上了,估计也就不会用枪杀他了。那不符合出其不意的快捷原则——得起身去从枪套里拔出枪来,麻烦。用皮带勒死自己?可对方坐下前连军腰带也解了,一并挂在衣架上了。掐死自己?自己又不是个婴儿,肯定本能地挣扎和反抗啊?那还不蹬倒了桌椅?那种杀法太不成体统,有违武士道精神。日本的所谓武士道精神,不仅体现在杀人和自杀方面,也体现在杀死自己本应感激的人方面。在中国古戏或古小说中,惭愧极了每曰"愧杀人也"。日本人杀死自己本应感激之人时,也有那么一种"愧杀"之感。杀是肯定要杀的,愧也不是丝毫没有,所以才尤其要杀得讲究些,就是中国俗话讲的"大面儿上过得去"的那么一种杀法。

是在我这一大碗豆浆里下了毒吧?

王文琪几经猜测,最后估计到了自己唯一可能的死法。

这时他已将那一大碗豆浆喝下去一半了,却暂时还没有毒性发作的感觉。

那鬼子副官将枪套和军腰带挂在衣架上之后,曾从兜里掏出一个小纸包,将一些白色的粉状物倒在他的碗里,还替他用小勺搅了搅,说是军队里供给的糖,从日本运来的糖。怕他怀疑,又说,自己不爱喝甜豆浆,而更喜欢喝淡豆浆。当时他其实倒没怀疑,这会儿断定,那正是毒药无疑,一种作用缓慢发生的毒药。

王文琪想确定了之后,全然无所畏惧了。尽管他为了能够活着甚而能够怀着几乎胜利者似的骄傲脱离虎口,言行谨慎小心翼翼度日如年,但分明到了明摆着活不成了的时候,则就要求自己在一名鬼子军官面前死得不失尊严了。他认为比起别种遭杀害的死法,自己摊上的死法毕竟还算幸运。也可以说不同于杀害,而更接近谋杀。对方们想怎么杀害他就怎么杀害他,想多么残忍地杀害他就多么残忍地杀害他,却偏要煞费苦心地置他于死地,而且由一名军官彬彬有礼地作陪将这一过程进行到底,足见自己这个中国人在对方们看来非是等闲之辈,不可以随心所欲地乱来。能使对方们这么对待,也算是种胜利吧?也算没给中国人丢脸吧?也算死得其所了吧?他进而这么一想,不但全然无所畏惧,也同时觉得着一点儿欣慰了。

他用小勺轻轻搅着豆浆,喝得缓慢起来,也一小口一小口喝得更加斯文起来。他想干吗明知是下了毒的豆浆也喝得那么快呀?不怕死也没必要不怕到急着死的份儿上啊!自己一口气喝光了,对面那狗日的鬼子副官不就立马完成任务了吗?想拍拍屁股就走人?没门!狗日的你乖乖陪我坐在这儿吧!谁叫你下的毒药作用如此缓慢呢?!

鬼子副官忽然问他:"是不是觉得豆浆不够甜?不爱喝?"

他嬉笑道:"甜!很甜!真是甜得不得了。大日本帝国出产的砂糖,比我们中国的砂糖甜多啦!"

因为他说话的表情是嬉笑的,语调又是插科打诨的,鬼子副官就觉得他是在说反话,一只手伸入兜里,又掏出一小纸袋,欲往他的碗里再加入所谓"砂糖"。在他看来,那当然是所谓的"砂糖"。

他连忙用一只手罩住碗,变换了一种庄重的表情庄重的语调说太君太过客气,我虽然爱喝甜豆浆,但这并不意味着我爱喝过甜的豆浆。己所不欲,勿施于人。

这"己所不欲,勿施于人"八个字,翻成日文,全没了中国文言那种含蓄之美。在孔子,说那话时,其实是劝告的意思。而翻成日文,不论译者的水平多么高超精妙,都只能是——"自己不喜欢的,不要强加于别人"。不光日语,对于世界上其他一切国家的语言,都只能是这么一种不拐弯不抹角的表达。除了这么直来直去的表达,根本没有拐弯抹角的余地。而且可以说,这么表达便是一切外语最为客气的一种表达了。王文琪成心不委婉地说。他将"己所不欲,勿施于人"八个字翻成了这样两句日语——"自己强烈讨厌的,不要强加于别人"。这么翻其实与孔子的原意是有区别的,因为在中国古文中"不欲"并不直接等于讨厌,更不等于"强烈讨厌"。"勿施"之"施"字,也非是很霸道的"强加"。所以呢,经他那么用日语一说,含蓄地委婉地劝告的意味荡然无存了,表达的完全是一种抗议的意思了。

鬼子副官瞠目视他片刻,将头一低,郑重地说对不起。停顿了一下,又苦着脸解释——他有糖尿病。

王文琪不再说什么,只管一小勺一小勺地喝豆浆。那时那半碗豆浆已快凉了,一个人那么一小勺一小勺地喝已快凉了的豆浆,任何一个别人看着都难免会觉得奇怪的。那根本不像是在喝豆浆了,而更像是病入膏肓的人在喝珍贵的保命参汤了。他成心拖延时间嘛。拖延时间就等于对那鬼子的心理强加了不耐烦的感觉,而这正是他所要达到的目的,也是他所要好好享受一番的快感,一个人临死前的最后快感。同时他心里不无困惑——毒药的作用发挥得也忒慢了呀!他知道世上有数小时后才发挥毒性的毒药。这一类毒药也分两种。一种始终不使人感到明显痛苦,所谓慢性无痛中毒。数小时后是它,数天之后也是它。人在浑然不觉之际猛然一头栽倒,一命呜呼。或者口喷鲜血,或者连口血也不吐。另一种毒药毒死人的过程就太不人道了,同样使人慢性中毒,却又是极其痛苦的中毒,使人饱受生不如死的折磨。那是很残忍也很冷酷的一种毒死人的方式。在古代,世界各国心如铁石的人,都曾用那么一种毒药毒死过自己的仇人。

那鬼子副官给自己下的是哪一种毒药呢?

他一时无法得出判断结论,觉得甜丝丝的豆浆甜得越发可疑,更加难以下咽,也就喝得更慢了。并且,不由得不寻思——如果豆浆碗里下的是后一种毒药,那么为了免遭痛苦折磨,应如何自我了断? 是寻找机会撞头而亡呢? 还是上吊好些呢? 如果鬼子们偏要使他活得悲惨,将他绑在床上,那可怎么办呢?

鬼子副官此时已吃光了油条,喝光了豆浆,掏出白手绢擦擦嘴角,双手横按膝上,腰板挺直,面无表情,眯起双眼研究地注视着他,不知内心里在对他作何想法。有一点他是看得出来的,对方表现出了极大的耐性。

他碗里的豆浆少之又少了,毒性却仍迟迟没有发挥。再用小勺舀着喝,连自己都觉得那自己就像是一个赖饭桌的孩子了。于是他放下小勺,双手捧起那大号碗,将剩下的豆浆全饮入口中。

不成想鬼子副官偏偏那时刻说起话来,说的是:"王桑,我请求你一件事,永远不要将我差点儿打了佐艺子的事汇报给池田大佐。因为,池田大佐对佐艺子是很喜爱的,他如果知道了将会对我不利……"

鬼子副官的话还没说完,王文琪噗的一口将豆浆喷了出来,喷了鬼子副官一脸一身。他是因为听了对方的话,一时心花怒放,所以才高兴成了那样。当然高兴啦,对方的话意味着,他喝的豆浆真的是放了糖的豆浆,而非下了毒的豆浆。自己又能多活一天了! 王文琪你多伟大呀! 不但使鬼子们不杀害你,而且还越来越礼遇你了,你了不起呀你! 他高兴得直想喊:活着万岁! 生命万岁!

高兴归高兴,喝在口中的豆浆喷了陪自己吃早饭的人一脸一身,毕竟是使他觉得尴尬的事。尽管陪自己吃饭的人是个令他憎恨的鬼子,但那也是相陪之人啊！

他也赶紧掏出自己的手绢，起身走到对方跟前，仔细帮对方擦军服上的湿处，一边说对不起请原谅；说自己绝不会告对方的状的；说只要佐艺子不告对方的状，那些士兵和那些下级军官也不告对方的状，那么池田大佐将肯定不知道他昨晚亵渎军帽之事。永远不会知道。

鬼子副官一边继续擦着，一边又说，池田大佐是特别在乎部下对军帽、军服的态度如何的。也多次训诲部下，军帽是军威的象征，军服是军人精神的一部分，自己昨晚忘记了长官平时的训诲，实在是应该受到惩罚。还说佐艺子原名叫古艺子，由于长官喜爱她，所以为她改名佐艺子。本想为她改名池田艺子的，但因为她毕竟是一名军妓，而他的姓在日本属于大姓，他这一支姓池田的家族，又曾是日本军界地位显赫的家族，所以不愿使她的名字与自己的姓发生关系，就以自己的军阶来表明自己和她的特殊关系了……

既然对方主动说了这样一些事，王文琪也就干脆趁机问道——池田大佐使一名军妓和自己的军阶发生了关系，那就一点儿都不顾虑责怪之声吗？鬼子副官说那不必，也不会有什么责怪言论。在日本军中，军妓像武器和军需品一样，是按军阶配给的一种待遇。既然是待遇，也可以视为荣誉。好比战马，军阶低的军官，那就不配享受出行骑马的待遇。而在日本军界，某些有授予之权的高级军官，甚至每每授予自己的爱马或爱犬以军荣。那么，池田大佐的做法，当然在军中也就无可厚非了……

其实此种现象，即使对方不说，王文琪也是早有所知的。他是专门研究古往今来之日本各类文化史的博士啊！但是呢，他却装出原来如此的样子，连说些多谢指教的虚心话。并且真诚地进言——尊敬的池田大佐的病还没完全被他治好，错位的腰椎关节虽然复位了，但周边的软组织还有粘连需经进一步的按摩使之分离，也需贴敷膏药促使血液流通，达到将养筋肌的效果。

鬼子副官说，池田大佐也是这个意思，所以希望他在军营多留住些日子。

王文琪说,自己并不急着回去,能为一位皇军长官彻底解除痛苦,是自己多大的幸运和荣耀啊!皇军待自己如上宾,在这里吃的住的都比在村里好,自己独身一人,无家属牵挂,为什么要急着回去呢?自己虽然不是什么推拿神医,但彻底治好池田大佐的腰伤那还是胸有成竹信心满满的。

他为什么要上赶着这么表示呢?因为判断到了——老鬼子池田派副官陪他吃早饭,那肯定就是不愿放他走啊!对方不愿放他走,不论他多想走那也走不成啊!既然明知走不成,何不顺水推舟给对方点儿高兴呢?将对方哄高兴了,于自己必是没亏吃的事嘛!识时务者为俊杰啊!……

听罢王文琪的汇报,韩成贵皱眉问:"连去带回六天啊,你不可能整天都为那老鬼子按摩嘛。你得写份文字的报告,否则别说村里人的怀疑消除不了,连我对你的怀疑也难以彻底消除。"

王文琪说:"怀疑就怀疑吧。怀疑我也没办法啊!老鬼子还有别的病呢,不定哪天又把我请去了。文字的汇报,以后一总写吧。"

韩成贵还想问什么,王文琪推说在鬼子军营里夜夜提心吊胆,没一天睡好过,要补觉。说罢一躺,闭上了眼睛。

韩成贵见他根本不愿再谈下去,只得离去。

还真叫王文琪说着了,没过几天,县城里又来了鬼子的摩托兵,二次将他"请"了去。

鬼子副官显出挺高兴又见到他的样子,说池田大佐仍觉身体不适,希望他继续医治。问他有什么要求没有,如果要求合理,他基本上都可以代表长官予以允许。

王文琪说只有一个要求——允许他离开军营,亲自到县城里去抓药,他要亲自为池田大佐熬制膏药,研配丸散。

那鬼子副官更高兴了,说完全可以。说为了他的安全,还要派两名士兵对他加以保护……

鬼子副官走时,对他啪地来了一个立正,居然微鞠一躬,口说请多关照,拜托了!……

屋里就剩王文琪自己时,他缓缓坐在椅上,坐得笔直,双臂交抱胸前,头脑中过电影似的,将单独与藤野,与老鬼子池田以及那鬼子副官包括监视他的小鬼子兵、佐艺子等一概敌方人士凭着机智进行周旋的过程全面梳理了一遍,不忽略任何细节。于是得出了一个结论那就是——他们也是秉性各异的,也有可以利用之弱点。只要自己利用得巧妙,安然无恙地脱离虎口返回村里是大有希望的。树立了这么一种信心,胸怀豁然开朗。

第六章

　　在县城里,身后跟随两名全副武装的鬼子兵的王文琪不论走到哪里,都会招致异乎寻常的睽注的目光。这三人走在县城里的身影,自然是太特殊太令人觉得奇怪了。县城里的人们,经常见到鬼子们在街上巡逻,对这里那里进行搜查;也经常见到鬼子们和汉奸特务们一起巡逻,一起搜查,但总是鬼子们走在前边,汉奸特务们一个个屁颠颠地跟随其后。对什么地方进行搜查,也总是汉奸特务们服从鬼子们的命令。还见到过化装成形形色色的外地人或本县城普通人的汉奸密探,搭搭讪讪地这里坐坐,那里问问,无非是说投亲靠友而来,却找不到亲友了,出示张照片打听亲友的下落;或者,装出消息准确的样子,散布些中日双方的军事动向,观察聆听者的反应。曾发生过这样的事——有聆听者仅仅因为脱口说出了一两句情不自禁的话,汉奸密探立刻原形毕露,如狼似虎起来,不由分说,将不幸之人扭拖而去。这样的事出了几起,全县城的人都提高了警惕。汉奸密探们的狡诈阴险不复再能得逞。险恶年代,老百姓虽只不过是老百姓,没有什么能力改变时局,但自保平安的能力却大大增强,具有了善于洞察的敏锐目光,是不是汉奸密探,一看其做派、行色,一听其说什么问什么,说时问时表情怎样,心中也就有数了。故充聋作哑,根本不接他们的话茬。这就使他们极无奈了,也极感自讨无趣。他们就又想出了另一种阴谋,迫使一些在人们中印象好的人,比如以前的教师、学生;卖烟的老汉、洋车夫、算命先生;小店铺老板、进县城卖菜的农民,让他们记住一些话主动跟别人说,或问别人听别人怎么说。总而言之,是迫使好人充当汉奸密探们自己已经难以达到目的之角色。而汉奸密探们则若无其事地也从旁听,装出也饮茶也算命也坐在小饭馆用饭也买烟买菜买东西的模样。但有民族良心的中国人哪里会心甘情愿地陷害中国人呢? 若选择了谁非要利用谁而谁偏不被利用,那么谁的下场可就不堪设想了。所以,受了一番皮肉之苦后,大抵也就屈服了,表示可以被利用一下了。既那么表示了,被逼着记住些什么话,也就只有非记住不可了。并且,在某些场合,对自己的某些同胞,便非那么问那么说不可了。但他们是留了份心计的,自己被逼无奈充当了怎样一种可耻的角色,预先就告知亲朋好友了,并嘱咐亲朋好友们替自己告知更多的人。一传十,十传百,迅速地几乎全县城人也就都知道了。所以呢,他们如果坐在茶馆里饭馆里了,先前坐定在同一桌的人便端着茶杯茶壶或饭菜起身转移到别处去坐了,避之如避瘟神,结果就只有汉奸密探还相陪而坐了。那情形自然是很尴尬的,但被逼充当钓饵的人,却都是暗觉欣慰的,因为民族良心获得了救赎啊! 而他们中是小店铺主人的,或守着摊床卖东西的,生意就难免会因而冷清,收入大受影响。老雇主们不太亲自去买他们的东西了,而打发孩子们或女人们去买了。甚至,一时不买也行,那就干脆不买了。一旦有陌生人买他们的东西,旁边又恰巧站着汉奸密探,他们免不了也要说几句教他们说的话。他们深知那是考验他们的时刻——汉奸密探在考验他们;民族良心也在考验他们。经不住前一种考验,往往当天就没他们的好果子吃。经不住后一种考验,那就犯下了一种民族罪行,自己的人生就永远留下了洗刷不掉的污点。在那种两难情况之下,他们也像王文琪一样,被激发出了种种前所未有的智慧。

"听说了吗? 小日本是兔子的尾巴长不了啦,在中国横行不了多久了！不定哪一天，八路军就会将县城给拿下的！……"

以上一句话，是他们被逼着记住的若干话中，最经常说的。也是他们最喜欢说的，因为说时，也等于说出了自己的一种大心愿。

听了这种话，对方们首先的反应自然会是一愕。因为这是一句说了也许会掉脑袋的话啊！

但说此话的人，随之就会抻抻耳垂。或抻左边的，或抻右边的。他一抻耳垂，对方立刻就明白了他是被逼无奈在充当什么角色。抻左耳垂，暗示汉奸密探正在左边。抻右耳垂，自然暗示右边有鹰犬。听到此话的人，即使是外地人，那也不会贸然搭讪的，通常是充聋作哑转身便走。有的走时还骂一句："你混蛋！"——因为，"抻耳垂的人"，已经成了全县城男女老幼人人皆知的一句暗语，只汉奸密探们自己不知而已。初入县城的人，通常也必有人告诉他们这一点。就像有人告诉自己的亲朋好友，初到某地，应注意当地的哪些事项。

发生过这样的事，一位曾是县女中老师的四十余岁的男人，某次在茶馆里跃上了桌子，挥舞手臂，慷慨激昂地进行了一番抗日言论宣传，照例是那样一些话——小日本是兔子的尾巴长不了啦！美国在世界各战场开始反攻了！德军自顾不暇了！日本海军在太平洋又吃了大败仗！中国军队大反攻的日子也临近了！……

等等，等等。句句是被逼着记住的，也是被逼着必须在某些场合说的。但问题是，却没抻耳垂。别人们听了，也就躲得远远的，仿佛集体聋哑了，没一个人搭理他，也没一个人看他一眼，皆默默喝茶而已。仍坐于他附近不转移的，是三个便衣密探，不时应和着说，或振臂高呼："打倒日本帝国主义！""同胞们团结起来，将日本鬼子赶出中国去！""与鬼子决一死战！"……

忽然，沉默的大多数不再沉默，齐发一声喊，几乎同时猛然站起，将振臂应和的那四个团团围住，不待他们明白是怎么回事，已被一个个扭按住制服了。有人不知怎么变出了足够用的绳索，于是那四个被结结实

111

实地捆绑了。随之被拖将而去,押送到了伪警察局……

过后一个极小范围里的人们才知道,那件事是以那一位姓姚的教师为首的一些有勇气的人,经过密议合演的一出戏,为的是耍戏汉奸特务、密探们一番,以其人之道还治其人之身。耍戏鬼子,县城里是断无一人敢的。而耍戏汉奸特务、密探们之勇气,县城里具有之人是不乏其数的。因为惹恼了汉奸特务、密探们,若被他们关了起来,往往还可具保相救。而如果被鬼子们逮捕,关押在了日本特高科的牢里,那就任何一个中国人也搭救不了啦,心有余而力不足了。

事实上,汉奸特务、密探们那么做,也是被鬼子逼的。具体说,是被池田大佐那老鬼子逼的。

老鬼子池田大佐有一种幻想,希望能将自己奉命驻扎并守卫的这一座县城,变成华北平原上的一座模范占领城,以充分证明日本"东亚共荣""日中亲善"之借口不仅仅是宣传,而是有样板足以体现的。故他对部下在县城里的行为要求也是颇严的。扰乱县城治安,比如酗酒滋事、抢掠烧杀,那也是会受到惩处的。对鬼子们如此,对伪军、汉奸特务、便衣密探们更是如此。算得上也是个中国通的他,对日本发动了全面侵华的战争,既有远忧,亦有近虑,故他希望能以两种伎俩来实现对这一座县城的长期稳定的占领。他首先企图做到这么一点——将县城里一概有仇日思想的中国人全部寻找出来,若通过恫吓利用之法能将他们"改造"成不但不再仇日了,反而开始亲日了的大大"良民"固然更好;若不能,一批批从肉体上予以消灭,就像德国人对犹太人所做的那样。当这首先之目的实现以后,那就要开始实行"绥靖"的政策了。老鬼子认为,归根结底,占领是为了统治。而只有实现了长期稳定的统治,大日本帝国才能在中国实现利益的最大化。而要实现长期稳定的统治,单靠武力征服是不行的,归根结底也要以"绥靖"政策相配合。他认为,对于被占领国,一味地施加武力以使人心屈服,肯定会种下深埋心底的反抗种子。而"绥靖"政策却会使反抗情绪日渐削弱,直至泯灭,最终忘记了,或没忘记也不在乎是被谁所统治了。他甚至潜心研究过中国的历史,发现蒙古人对中国的统治是不成功的,因为他们似乎根本不懂"绥靖"的高妙之处,年复一年的一味对汉人实行镇压手段,还企图永永远远视之为奴人,役之为奴人。所以元对中国的统治仅仅八十九年而已。他觉得"八十九"似乎是一个诡异之数。因为他知道,在中国人的观念中,"九"是"天数",乃大吉之数。而你元朝对中国的统治,就差一年就能达到九十年了,偏偏就没让你达到,偏偏就让你近于"九"而又止于"九",这岂不也意味着是某种"天意"吗?而这种"天意",是否还意味着是给不善"绥靖"的统治者的一点儿颜色呢?相比而言,他对清朝早期皇帝对中国的统治,那还是较为佩服的。因为后者们在征服以后,显然十分善于"绥靖",而且开创了"以汉治汉"的高招。不拘一格,利用汉族中的精英统治汉人,而清王朝仅仅统治精英汉人,不但允许而且刺激他们参加科举,中了榜就可以封官,干得好还可以当大官,委以重任。统治一个民族的一小撮精英,那不是比统治一个世界上人口最众多的民族省力多了吗?统治方式也简单多了,统治成本也小多了啊!清王朝二百六十七年中,汉族精英分子个个都想当官出人头地想得多急迫啊,为异族皇室当官也当得多来劲儿多忠心耿耿啊,替大清王朝的长治久安出主意想办法,谏言献策,一个个又是多么积极啊!不是有时候遭到贬斥甚至革职查办的冤枉也无怨无悔么?若非深谙"绥靖"之道,一个人数加起来不足汉人百分之一的异族,何来二百六十七年之久的统治期呢?至于清朝的亡,他认为那也是"天意"。以百分之一的少数而统治百分之九十九的多数,二百六十七年够悠久的了。天道有定数!同时,老鬼子还从中国历史中发现了一种深刻的统治规律,那就是单靠武力镇压不行,加上"绥靖"配合也不行,还须懂得变革之道。唯变革之道,能使一个故步自封的老王朝重新焕发生机。清王朝当然也是亡在忽视这一点上。从中国早期革命志士"同盟会"人士以及后来孙中山们的革命口号之中,他总结出了更加深刻的规律,那就是——憎恨异族统治的种子,很难在被统治国的一切人心中连根拔掉的。"同盟会"人士们也罢,孙中山们也罢,他们所提出的革命口号,第一条不就是"驱逐鞑虏"吗?孙中山的"三民主义",头两个字不也是"民族"吗?在中国为什么会出现"同盟会"人士和孙中山们一派革命党呢?还不是因为他们出过国,亲眼看到了别国不同于自己国家的先进情况吗?即使他们要革命,实行剪辫子时,些个汉族的中国人,不是也双手护住后脑,哭哭啼啼地哀求别剪吗?说明什么呢?说是有最高超的统治,是千万勿许被统治的人们看到世界别国的变化。而"闭关锁国",其实本不失为统治良策,在一个国家内部足可实现更长久的统治内循环。清王室的愚蠢不在于他们"闭关锁国"的统治术不对,而错在他们以往连自己也不往外走走,全世界到处看看,别国的科技引进引进,自己的落后改良改良。结果错过机会,想开始改良也晚了,被革命抢在了改良前边。

一名大佐,也就是团级军官,却为他们日本在中国的占领研究中国历史,而且还考虑了那么多问题,客观地讲,简直使人会不得不承认他是一个有思想、有主张,较有长久统治眼光的侵略者了。

他自己当然也这么认为了,并且引以为荣,却从不当人自诩。也很客观地讲,在日军中,在官阶不相上下的军官中,他是个很低调的人。又矜持又低调,要求自己不论在荣辱的情况之下,都应踏踏实实,任劳任怨,不计较任何条件地为大日本帝国的侵华战争服务。

他居然给天皇写下了一封万言书。在那万言书中,知无不言,言无不尽,毫无保留地汇报了自己在"对华战争"中的心得体会,献策多多,其中最主要他自己认为也最重要的两条是:武力征服与"绥靖"政策交替使用。一旦全面占领中国,随之要采取清王朝"闭关锁国"的统治术,不许中国的精英人士以及大小知识分子跨出国门,连商人也不许。通过"闭关锁国"将中国人的思想闷死,最好是使他们的头脑根本丧失了产生新思想、活思想的能力。进言之,要通过奴化教育使中国人的大脑退化。适当时期,也可考虑让某些中国人出国见见世面,而出国的名目只能是留学,并且只能到日本去留学,那他们所见的世面,也就只不过是大日本帝国的世面了。而大日本帝国,正可以通过他们之留学诉求,对他们进行洗脑,进一步强化他们的亲日思维。如果一代一代的中国精英和大小知识分子,都先后成了由衷的亲日人士,那么就不必太担心中国普通老百姓如何统治了。依他的眼看来,中国老百姓虽然是世界上人数最为众多的,却也是最容易统治的。只要能使他们吃得半饱,日子好歹过得下去,他们才不管是什么人在统治他们呢!何况,还有一批被大日本帝国洗脑过的,变成了由衷亲日人士的中国精英帮着统治,大小亲日中国知识分子帮着维稳,何愁大日本帝国对古老中国的统治将比清朝的统治长久多了?往少了说也将会是清王朝统治时期的两倍——六百多年啊!那么,有地广物博的中国作为大日本帝国突飞猛进地发展的巨大仓库,大日本帝国遂成世界上第一强大的帝国,令世界一切国家望尘莫及,怯于威慑,服服帖帖唯恐不及——这一远大目标一定会实现,必然会实现!……

不过池田老鬼子并未发出,仅给军中极少他所尊敬的人看过。而他所尊敬的人,当然非是头脑简单的赳赳武夫,是和他一样有思想或曰有侵略思想的人。他打算等他真的将这一座由自己攻占并守卫的县城改变为一座亲日模范县城,总结出了一套成熟的经验以后再发出。日军中那些有侵略思想的人看过信后,都表示思想之赞同和钦佩,认为他写出了他们大家共同的思想。他的副官也有幸拜读了那封信。虽然他从不认为他的副官是有什么思想的人,但也正因为如此,他让副官看了那封信,目的是为了使副官学得有一点儿思想。副官究竟从信中汲取了多少思想无人知晓,从此对他更加崇拜却是事实。

汉奸特务、密探们难以将每一个有仇日心理的人全都从县城里"挖"出来,于是只得做表面文章应付池田老鬼子。他们逼迫商人们捐款,将"集资"所得瓜分了一部分,用剩下的一部分买了多匹白布,再迫使一些人赶制成了百余面膏药旗。县城里也没有一家布料染印坊,所以膏药旗上的"红膏药",只不过是用低劣颜料画上去的。特务、密探们将膏药旗一面面发给临街的人家、店铺,威吓必须悬挂。敢有领到了而不悬挂者,按"仇日分子"论处。他们还振振有词,说不收一文钱白给的也不挂,那不是成心与皇军为敌吗?人们不敢不挂啊,就或高或低地都挂了。于是县城里的主要街道,一眼望去,两侧处处悬垂着膏药旗了。

特务、密探又忽悠池田老鬼子,说经过他们一番番努力又辛苦的肃清,有些"仇日分子"被铲除了;有些悔过了,愿意做"亲日良民"了;有些则侥幸逃出了县城,大约以后也不敢轻易回来了。总而言之一句话,现在的县城接近是一座亲日的模范县城了,家家户户主动自觉地挂出了大日本帝国的国旗便是证明。

池田老鬼子听了汇报挺高兴,确定了一个日子,要亲自巡视县城。

天有不测风云。头天晚上,乌云堆墨,电闪雷鸣,下了足足三个来小时的瓢泼大雨。大雨一下起来,挂出膏药旗的人家和店铺忙碌了。都知道第二天上午池田老鬼子要巡视,于是都找长竹竿,没有的冒着大雨四处借。借到谁家,谁家立刻就猜到了他们的打算,心照不宣地赶快相给。自家也没有的,打发孩子冒雨帮着借。于是,每一面挑着膏药旗的竹竿都换成了或接成了长长的,起码要长得足以探出房檐,使膏药旗能被大雨淋到。

雨过天晴。第二天上午的县城,像是被雨水洗了一遍,空气清新,每一扇窗都刚擦过似的,明亮亮的。石片路面也被雨水冲得干干净净的,每一条石缝都仿佛被清理过了。只这里那里,堆着一堆堆被冲拢的垃圾,连一堆堆垃圾看去也像是洗过后才堆在那儿的。

有人敲着铜锣边走边喊:"今天皇军要巡视啰,快将垃圾扫起来哟,给皇军一份大大的高兴啊!"

那喊的人,没人指派给他那么一项任务,他是自觉地,当成一项义务。而且看得出来,他尽那一项义务尽得可开心了。

不少人都出现在街面上了,比着积极性似的,争先恐后将垃圾扫走。不但扫自家门前的,还拿着笤帚、撮子走出挺远争着去扫别处的。边扫边互相交换会心的快活的笑。县城里的人们很久没那么集体开心过了，也没像那天上午那么表现过对公共卫生的在乎。

十点钟左右，日上三竿，娇红彤透，光芒普照。而一面面日本国旗上的大红"膏药"，已被昨夜的瓢泼大雨冲花了，变成一块块血赤乎拉的白布了。白布自然也非上等好布，一湿一干，缩水了，皱巴巴的了，说多难看有多难看。

老鬼子池田骑一匹高头东洋大白马出现在街上了。马旁紧紧跟随着他的副官，牵着奔拉血红长舌的大狼狗。其后，是百余名荷枪实弹的鬼子兵，再后是五十余名伪军。伪军后边是些便衣队的特务们。他们见膏药旗变成了那样，全都暗暗叫苦不迭。街两旁站些妇女、儿童和老人，是他们自己的家眷，经他们动员了前来烘托人气。由别人们烘托他们不放心，怕万一都不往街两旁站，冷了皇军的场。

池田老鬼子毕竟是有性情修炼的一个老鬼子。他见日本国旗变成了那样，内心当然恼怒。可那是雨淋的不是人为的啊，而雨又是在天黑以后下起来的，下得又特别大——即使想要怪罪于人，一时也决定不了应该首先怪罪哪些人才对啊！所以呢，他目不斜视，直望前方，根本不往街两旁看了。

他想，天气这么好，就当成是出来散散心也不错。他一向是很谨慎的，没有什么必要，很少离开军营，怕遭到武工队的暗枪。但军营终归是军营，只不过是以前一所女中校园内那么大的范围，平时除了能在操场散散步，再就没有什么另外的活动空间了。眼前所见，除了现在的营房以前的教室，再就是几棵桑树，清一色的他部下的身影，以及少数伪军的身影。女中刚被占据为军营时，各种各样的花本是不少的。老鬼子下令统统连根拔掉，绝不许留下一株。他深知花是最容易使人多愁善感的，而花开花落在人心中勾起的那种莫名忧伤，对军心尤其具有瓦解性的侵蚀，所以在他作为一号长官的军营里，不得有任何一种花存在。这么一来，军营里就只有五种颜色了——灰瓦白墙的营房；几根桑树的绿色；

部下和他自己黄色的军服;一个排的伪军的灰军服色。另外,还有两处红色——两面国旗上的红太阳。一面悬于操场中央的旗杆上,一面挂在他长官办公室的墙上。而实际呢,他本人不但是一个从小就喜欢花的男人,也是一个自少年时起就经常容易多愁善感起来的老男人。只不过他穿上和服独处时,允许自己多愁善感一下。而一旦换上军装,眼见尸横遍野,耳听鬼哭人号,他心里也不会有什么恻隐产生的,不论尸横遍野的是敌方的官兵还是日本官兵。按说一个人是很难因为穿上了不同的衣服心性就变得截然不同判若两人的,但他确实做到了。他的座右铭乃是——穿上和服继承大和民族的优良传统,穿上军装发扬大日本帝国之武士道精神。

当他信马由缰地来到两旁站着人的街上时,目光不由得左右看去。一看之下,立刻就猜到那都是些什么人了。那些人的表情不仅是卑恭的,奴相的,忐忑不安的,也还有着想要隐藏都隐藏不了的羞耻感。正是这一点使他立刻猜到了他们是一些什么人。

他心中居然生出了几分理解和体恤。

他想,是啊,当伪军当汉奸特务便衣密探的那些中国人,也是多么不容易!尤其是为他这样连对自己部下都一向高标准严要求的皇军军官当走狗!要使他经常对他们的效劳表示满意几乎是不可能的。而他们还要经常面对自己同胞的鄙视、憎恶和敌意。这不,为了讨他高兴,他们让自己的家眷冒充起寻常百姓来了。当然,从大的概念上说,他们确乎都也算是中国百姓。但只不过是一小部分中国百姓啊,而且是不再需要征服,甚至也没必要"绥靖"的那一小部分!

在他眼里,伪军、汉奸特务、便衣密探,只不过是为大日本皇军效劳的走狗而已。

但大日本帝国征服整个中国的伟大事业需要汉奸啊,需要走狗啊,多多益善啊!那么,该理解一下走狗们的难处的时候,就应该给予几分理解;该体恤一下的时候,也应该体恤。

想到这里,他嘴角浮现出了一丝微笑,举起戴着雪白手套的右手,频频向街两旁的人招着。尽管那时,他其实满肚子的不快。

巡视平平淡淡又可以说顺顺利利地结束了。

一回到营区,伪军和特务们的头头脑脑全都赶紧地向他去请罪。

他没训斥他们,也没点破他看出了什么。他装出对他们的工作挺满意的样子,反而表扬了他们一番。

这使他们一个个诚惶诚恐,受宠若惊。

挥走了他们以后,他独自盘腿而坐,陷入沉思默想。不由得翻出万言书又看起来。看了两页,无心看完,放在了膝旁。

那时他心生种种感慨——看来大日本帝国征服并驯化古老中国的伟大目标任重而道远,大功尚未告成,皇军仍须奋战啊!……

经过以上诸事,县城里颇为平静了一个时期。那平静当然并非中国百姓仅靠了些无关大局的小把戏争取来的。正如王文琪身陷虎口而不得不尽量施展的种种心机,说到底只有益于保住他自己的命,对于抗日战争是没什么意义的。如果非说有点儿意义,不过就是也许能少死一个他那样的中国人罢了。那平静其实是假象,是老谋深算的池田的策略。如果他不想给予县城一个时期的平静,全县城的中国人无论怎么争取,那也是绝对争取不到的。日军就要进行大扫荡了,他不愿在大扫荡之前将县城里搞得风声鹤唳,草木皆兵,鸡犬不宁。那种紧张会影响到山里去,会使山里的抗日军队早有准备的。而且城里的平静,自然也会麻痹山里的抗日军队……

扫荡结束回到县城里的池田,因日军兴师动众却扑空一场无功而返,连日来闷闷不乐。石家庄方面的皇军司令长官认为肯定是中国抗日军队具体说是共产党领导下的八路军打算根本放弃在华北的抵抗了,所以早就悄悄从山里撤离了。他却认为事情没那么简单。依他的推测,当然是由于军事机密被泄露了。可是控制在那么小的核心范围内的军事机密,怎么就会泄露了呢?要知道那个核心范围中可个个都是皇军的高级军官啊！正因为想不出个所以然,也就没有发表他的看法。那么一种看法一旦谈了出来,还不将同胞们都得罪了？所以,他也只能独自郁闷而已。再加上腰扭伤了,行动不便,为大日本帝国忧虑、操心的劲头,也就大大地受了影响。那些日子里,连他的士兵也很少见到他的身影了。他几乎不太离开他的长官住屋了,一遍遍修改、补充他的万言书,再不就卧在床上看译成了日文的《孙子兵法》,或听佐艺子唱唱日本歌,看她跳跳舞;命副官研好墨,备好纸笔,写几幅中国字。自己觉得满意的,给予佐艺子、副官,以及其他下级军官。他们自然都如获至宝,倍觉宠幸。他的书法,姑且这么说,起码他自己认为是书法——也就某些喜欢练书法的中国小学生的水平。但相对于日本人而言,尤其相对于几乎戎马一生的日本军官,那种水平也是不低的水平了。

他比较消停了,他那一个团的日军也就暂时消停了。日军暂时消停了,伪军、特务、密探们也都暂时消停了。

于是呢,整个县城又平静了一个时期。

王文琪出现在县城里那天,正是那么一种平静时期中的一个日子,也大约在上午十点钟左右,与池田老鬼子那次巡视县城的时间是一致的。

上午十点左右,是日军占领情况之下县城较有生气的时候。至中午,行人最多,五行八作的买卖会热闹一阵子。两点以后,逐渐归于平静。三点以后,街面上人影已很少。在日军占领之下,县城里的中国人,习惯了将每一天只当半天来过。买什么办什么事,都希望在上午赶快买到办成。下午就都明智地待在家里足不出户了,怕万一遭遇什么不测。天一黑,整座县城几乎是死寂的。

王文琪和两个小鬼子兵在街面上一出现,看到他们的人着实看不明白了——他是中国人还是日本人？如果是日本人吧,不像啊,明明从上到下都是中国人穿戴啊！对襟的白绸褂子、黑绸裤子、白袜子、黑皮帮便鞋,日本人才不这么穿戴呢！如果再戴黑色礼帽和墨镜,就完全是汉奸便衣队的特务样子了嘛！可如果是中国人，身后怎么会跟随两名肩挎三八大盖的小鬼子兵呢？而且两支枪都上了刺刀，看去显然是在寸步不离地保卫他嘛！一个什么特殊身份的中国人，值得鬼子那么重视，居然还派两名士兵加以保卫！

王文琪那时刻成了焦点人物，想不引起注意也不可能啊！鬼子副官向两名小鬼子兵交代任务时根本没提监视不监视，只强调要保卫他的安全，所以两名小鬼子兵确实对他进行保卫的意识很纯粹。既然他是他们负责保卫的对象，他们的脸上就不再有往常的骄横了，而都呈现着顺从的表情了。他站住，他们也站住。他走，他们也保持适当距离地相跟着。

但王文琪究竟是谁，很快也就被看见他的某些人猜到了。他们联想起几天以前韩王村的韩成贵进县城来打听一个人下落那件事。韩成贵所打听的人不是姓王名文琪吗？王文琪不是当年北平的名医，后来在县城里开医堂的王老先生的孙子吗？韩成贵说他被鬼子带入了县城里，想要打听出他的安危死活，不是什么消息也没打听到很失望地离开县城的吗？那么，这个人会不会便是王文琪呢？八成是他！别八成了呀，肯定是他无疑啊！不是他的话，当下的别的中国人，哪儿找那么簇新的绸衣绸裤啊！而且一双鞋还是皮帮的！县城里除了汉奸特务，没哪个男人还有心思穿得那么油光水滑的啊！何况大部分原本富裕的人家早已被战争消耗清贫了，还有心思那么穿戴估计也找不出那么一套了啊！也就只有王老先生家的后人，还可能从箱底翻出那么一套衣服吧？既然他是王文琪无疑了，那么他要到哪儿去呢？去干什么呢？鬼子为什么派两名士兵保卫他呢？甭猜了，他准是投靠了鬼子，当上高级汉奸了啊！不是听说他在日本留学多年吗？那么肯定是个日本通了啊！鬼子正需要他这样的中国人充当高级汉奸啊！成了高级汉奸了，鬼子当然也要保卫一下的嘛！能为鬼子充当高级汉奸的中国人也并不遍地都是啊！……

王文琪首先要去的地方是药铺，抓药对于他是正事，是得以逛一逛县城的理由。自他从日本回到中国以后，还没在县城里放心大胆从容不迫地走过呢。保留在他记忆之中的,是少年时期的县城印象。能有机会重温记忆,这使他心情大为好转。心情一好,脸上就流露出来了。脸上的表情一开朗,在某些审视着他的同胞看来,那就接近是种春风得意的表情了。

县城并没遭到战火的太严重的破坏。他少年时期的县城印象基本还都保留着。当初守卫县城的是国军的一个团,日军还在向县城挺进的途中,国军那个团已预先撤退了。所以,事实上是,池田老鬼子率领的那一团皇军未交一战就占领了县城。明明占了大便宜,老鬼子当初还特失落——他宁愿通过一场恶战而将县城占领了,那样才更能满足他作为占领者的虚荣心。

王文琪仍从容不迫地走着呢,关于他是谁的种种信息,已经口口相传,迅速散播到他行走方向的前边去了。有些人自己一信了那些信息,转身就加快脚步超过他,本打算买东西或办事的,那时也不买东西不办事了,以尽快将那些信息散播开去为己任。从这一点上说,这一县城里的中国人,爱国心那还是特齐的。在日军的占领之下,他们的爱国心往往也只能那么体现一下——让同胞们都警惕一个已成为日寇走狗的高级汉奸,不能说是并无必要的啊!

等王文琪来到县城里最大的一家药铺,五十多岁的药铺老板也已先入为主地认定他是一个高级汉奸了。这几乎是不容置疑的。不是高级汉奸鬼子会派了两名士兵保卫他? 不是高级汉奸他一脸的春风得意? 不是高级汉奸,国难当头,在鬼子占领的县城里,他有心思穿得油光水滑上下簇新地招摇过市?

故他一迈入药铺门槛,老板就绕出案台,双手抱拳,连连打躬作揖,亲热地说三少爷光临,本店生辉,荣幸之至。

对高级汉奸,不管内心里多么鄙视,那也更得殷勤接待啊!

药铺老板一称王文琪"三少爷",王文琪也认出他来了。当年,这药铺是在王文琪祖父的热忱相助之下才得以顺利开业,逐渐经营到目前有一百平方米左右的规模的。自家开医堂,别人开药铺,不以同行冤家即将出现为虑,反而热忱相助,可见王老先生是活得何等豁达仁义之人。说起来,王老先生还是这药铺老板的恩人了。王文琪小的时候,逢年过节,药铺老板是必会拎了礼物前去王家谢恩的,王文琪自然多次见过对方。所以细看对方几秒钟,立刻就将对方认出来了。这一认出故人来,他的心情不仅开朗,简直还十分高兴了。能在县城里见到关系较亲近的人,尤其在他所处的那么一种孤立无助的情况之下,怎么会不高兴呢?

在药铺老板看来,已是高级汉奸的三少爷脸上洋溢着的高兴,分明是伪装的。他请王文琪坐下说话,并亲自为王文琪沏了一杯茶。之后,恭恭敬敬地陪坐一旁。

王文琪问药铺生意如何。

他说生意马马虎虎。兵荒马乱的年月,富人变穷了,穷人更穷了,大多数中国人抓不起药,治不起病了。小疾挨着,大病不治了,索性等死了。只有不大不小的病,相信服几服药准能治好的病,才舍得花钱抓药。而估计靠不花钱的民间偏方也能治好的病,往往也就图省下一笔钱靠偏方治了。说如果不是有着以医济世的信念支持着,真不想开下去了。可关了也不是回事啊,利润再薄,一家老小也在依赖这药铺的收入度日啊!改开饭馆的话,情况也好不到哪儿去呀!开饭馆自己也没经验啊!

王文琪无话可以安慰,同情地叹气而已。

两名小日本兵没进药铺,站在门外吸烟。

药铺老板试探地问:"三少爷,有一件最令我头疼的事,您也许能帮上忙,不知肯不肯替我排忧解难?"

王文琪心想,以我目前所处的情况,能帮什么人排忧解难啊!你指望我那不是白指望吗?!

可他的处境也不是短短三言两语就能说清的啊,一言难尽啊!外边有两个小日本兵,也不便直说啊!

所以,他只得问是什么事,先要考虑自己是不是真帮得了。

药铺老板压低声音说:"也有鬼子……"

王文琪急忙制止:"你指的是皇军太君们吧?"同时就向门外使眼色。

药铺老板立刻会意了,重又改口说:"也经常有皇军太君们前来光顾,往往不说什么不问什么,自己一通乱翻,凡认为需要的,左一包右一包,凑凑合合包了,拎上匆忙就走。我倒不太心疼一些药被白白拎走了。药是治病的,治什么人的病还不都是治病吗?这么想符合佛家教义啊!但话得分两头说不是吗?是药三分毒,中药那也不能不经中医开方就随便服用啊!万一有哪位皇军太君自配自熬,服用出个三长两短,皇军怪罪下来,我怎么担待得起呢?"

王文琪更加同情他了,问:"你究竟希望我为你做什么呢?"

药铺老板说:"三少爷,我哪能让你帮明明帮不上的忙啊,那不是成心为难于你吗?咱们这县皇军的最高长官不是池田大佐吗?我只求你跟池田太君说说,约束一下他的士兵,以后别再光临我这小药铺了。他们军营里有医务室有自己的军医啊,他们的军医给他们的士兵开的药,那可都是从日本特运来的西药,服用起来不是百分百放心吗?即使他们的军医偶尔也想给他们的士兵开点儿中药,那也应该由他们的军医亲自光临是不?中医也罢,西医也罢,军医也罢,我这样的民间医生也罢,医对医,不才更负责任一些吗?你说是不是这么个理呢三少爷?……"

王文琪不由反问:"可你怎么就知道我能跟池田大佐说得上话呢?"

药铺老板也反问:"难道你还真的连那么几句话都跟他说不上?那不也是为他们皇军好吗?说那么几句话也不至于太使你为难啊!"

王文琪听了,心中明白对方显然是错将他看成什么人了。又想,这也怪不得人家啊,门外明明跟来两个小鬼子兵啊,他内心很委屈,可还是不愿意浪费口舌予以解释。两个小鬼子兵之一是奉命在军营里监视过他那个,那个小鬼子兵究竟能听懂多少句中国话他心中没数,万一解释的过程脱口而出一句不妙的话,恰恰被那小鬼子听入耳中于是汇报了,那自己的性命不又玄而又玄了吗？打算解释的话都顶嘴唇了，又被他吞咽了回去。

他微微一笑，说那自己就相机试试看。那么几句话自己肯定是会替对方说的，至于起不起作用就不敢打保票了。

药铺老板也高兴了，说："不需要你三少爷打什么保票了。你答应了，就是给足我面子了，你给足我面子，我就该先谢你一番。"

于是起身，又双手抱拳，作揖不止。

王文琪连说："免了免了。您是长者，不必这么多礼数啊！您求过我了，现在轮到我有事相求了！"

接着就出示了一个单子，单子上列着自己前来所需抓的中草药。而且预先声明，没带钱。多少钱，只能先欠着，以后还。

药铺老板接过单子看看，脸色不太好了，说："三少爷你要抓的可都是好药，贵药。"

王文琪说："是啊，实不相瞒，池田大佐相信我，请我为他治腰扭伤。好药能使他的腰扭伤好得快嘛！"

药铺老板心中暗骂："呸！王八蛋狗汉奸！你还有脸那么说！"可脸上，却勉强挂出心甘情愿的笑容，起身往案台里请道，"那三少爷只管自己取吧！你是要为池田太君治腰扭伤，我再多说别的不是等于给脸不要脸，不识抬举了吗？"

王文琪看出了听出了人家是老大不乐意的。可人家再不乐意，他也非得带走药不可啊！

于是他也就不客气了，绕入案台，一样一样该拿便拿，自包自捆。大大小小的纸包捆了两串，又一眼看到铁铸造的药碾子，说："这个我也得借用。"

人家说："三少爷，那是我这药铺离不开的东西啊！一日没它，我这里岂不是等于开饭馆的却没炒勺吗？你叫我不知说什么好啊！"

王文琪说："我抓的可都是原药，你不借给我药碾子，我没办法加工呀！"

药铺老板被他磨得唧唧歪歪的,忽然有了两不为难的主意,告诉他去往何处可以买到小磨。

他也唧唧歪歪地说:"我买小磨干什么呢?"

人家说:"小磨也一样能将原药磨碎嘛!你愿制膏丸还是愿制丹散,没什么差别啊!"——一边说,一边连连往外请他。

无奈之下,他只得率领了两名小鬼子兵去买磨。那卖磨的石匠铺里没小磨了,最小的直径一尺半。那也得买呀。管不得人家脸色那份难看,打了欠条,借根抬杠,亲自捆了石磨,命两名小鬼子兵抬起跟着他。两名小鬼子兵也都气哼哼的,那石磨不轻啊!他们的任务只是负责保卫他,不是听他指使卖力气的啊!走着走着,捆磨的草绳开了,石磨落地,险些砸了一个小鬼子兵的脚。那小鬼子兵恼火了,骂了一句"八格牙路",扇了他一耳光。那情形,被不少同胞目睹了。同胞们心里都觉解恨——别看你大摇大摆人五人六的,自以为是高级的汉奸就真的高级了?惹得小鬼子兵一生气,还不是照样当街扇你大嘴巴子?!

他也恼火,也用日语将那小鬼子兵骂了一通。那小鬼子兵欺软怕硬,被他一骂,顿时服帖了,没用他发话,自觉地就重新将石磨结结实实重捆了一遍。

王文琪在前,俩小鬼子兵在后,三个又往前走一段路,经过一家饭馆门口。那时已是中午,他犹豫一下,转身朝俩小鬼子兵一招手,领先进了饭馆。他落座了,俩小鬼子兵也抬着石磨走至眼前了,却没敢放下,不知他怎么命令他俩,仍抬着。他过意不去了,和颜悦色地吩咐放下磨,与他坐一桌。

饭馆里人不多。正吃着的几个,见他们仨进来了,吃得匆了,先后离去了。不一会,饭馆里只剩他们仨了。也是老板亲自招待。点头哈腰的,一副小心翼翼的样子。尽管是鬼子占领之下的县城,一家饭馆既开着,家常菜总还是能炒出那么十几样的。鸡蛋、鸡鸭鹅肉也必定会多少备着点儿的。于是他点了一盘炒鸡蛋、一盘糖拌西红柿、一盘拍黄瓜、一大瓷盆土豆粉条炖鸡块、一盘青椒炒茄子,外加三大碗炸酱面,半斤白酒。预先没说打欠条,怕老板给不好的脸色看,使自己在俩小鬼子兵面前尴尬。他饿了,俩小鬼子兵也饿了。酒菜一摆到桌上,三个之间互相没半点儿客气,自斟自饮,狼吞虎咽。一个丧失了自由的中国人和两个小鬼子兵之间,谁对谁都不愿客气一下啊!转眼间,风扫秋叶般的,菜光了酒光了,三大海碗面条也都吃得干干净净的了。结账时他才说欠着,要打欠条。老板拉长着脸说:"省了那事吧。您就是打了欠条,我哪儿找您去呢?你就是告诉我去哪儿找您,我敢去那种地方找您吗?不就一顿家常便饭嘛,算我孝敬您了!"

他说:"我不必你孝敬我。我既然没说白吃的话,那就一定会还你这一顿饭钱。不定哪天我会亲自送来!"

抛下这番话,扬长而去。那时的他心中有数,相信自己不至于死在日军的兵营里了。仿佛一位孤胆英雄,大步流星,率先走得雄赳赳气昂昂的。

俩小鬼子兵不但吃饱了,还饮了酒,有劲儿了,也高兴了,虽然抬着磨,同样走得脚底板抹了油似的。并且,还高声大嗓地唱起了日本歌。听得他喉痒,也随着唱了起来。

这三个自然成了那时县城里的一景。

望着的同胞皆在内心里暗暗诅咒:别看你今天闹得欢,就怕将来拉清单!

三个一回到军营,王文琪立刻开始磨药。磨过的,一撮撮搭配了,仍粗糙的加水放入一个陶罐里,磨成细粉的一小包一小包均匀地包了几十包。

他命两名小鬼子兵照看着熬陶罐里的药,自己则回到房间,倒头便呼呼大睡。

第七章

晚饭后,鬼子副官来请他去继续为老鬼子池田治腰。他带上那些小药包,请鬼子副官捧着陶罐,俨然大救星似的来到了老鬼子池田的长官作息室。

池田大佐照例已经泡过了澡,照例穿着和服,盘腿于床,微闭双眼,不知打坐多久了。他听到王文琪和副官蹑足而入的轻微响动,朝床旁边的一把椅子摆了摆下巴。

虽然就一把椅子,王文琪想那肯定是为自己预备的,不会是为他副官预备的,就不谦让,大大方方坐了下去。

那鬼子副官将陶罐放桌上,接过王文琪递向他的大公文袋,将装在里边的药包也放桌上,之后肃立床边,以崇敬目光望着他的长官。

斯时大立钟的指针指在七点半,当地响了一声。

老池田这才睁开眼,朝桌上看看,转脸看看王文琪,满意地点了一下头,仍不发一言,背对王文琪,侧身躺在床边了。

王文琪也不想说什么,默默地就开始为那老鬼子按摩。

都料想不到,忽然发生地震。

华北大平原近百年没发生过地震了,那晚偏偏发生了。还好,不算大震,估计是三级左右的小震。虽是小震,结果也严重了——副官抢前两步,及时护住了陶罐。而大立钟倒了,砸在了副官肩部。池田老鬼子双手紧扳住床帮,差点没滚在地上。王文琪却连人带椅子被震倒了,衣架也倒在了他眼前,险些砸了他的头。衣架一倒,池田老鬼子的手枪从枪套里滑了出来,半截战刀也滑出了鞘,横在他手边。受一种本能反应的驱使,王文琪一手抓起了手枪,一手握住了战刀。

地震还在持续。鬼子副官双手抱着陶罐,紧贴墙站着,大瞪双眼盯视着他。池田老鬼子双手扳着床帮,也大瞪双眼盯视着他,他二人一个床上趴着,一个地上坐着,离得近在咫尺,互相瞪着。

地震的间隙,趁那几秒钟屋子不晃了的当儿,王文琪将手枪扔在了床上。又趁几秒钟不震的间隙,他将滑出半截的战刀插入刀鞘,也放到了床上。

三分多钟的地震终于结束。副官放下陶罐,扶起了大立钟揉肩。而王文琪扶起了衣架和椅子。

那时的情形是这样的——老鬼子池田仍趴在床上,一手握着刀鞘中段,一手抓住着手枪。是的,那只手并没握住枪柄,确切地说是还没来得及握住枪柄,而只不过是抓住了枪身。他就那么四肢叉开趴得像一张人皮似的,不错眼珠地瞪着王文琪,眼中充满惊悸。

副官快步走过来,向他伸出一只手。

他却没将刀或枪递给副官,却瞪着王文琪说:"你的,挂起来。"

王文琪愣一下,立刻明白了他的意思,也向他伸出一只手。他先将军刀递给王文琪,等王文琪将军刀挂在了衣架上,又将手枪递给了王文琪。等王文琪连手枪也挂在衣架上了,他已在副官的扶持下坐了起来,并且,又盘着双腿了。

王文琪低声问:"太君,还继续吗?"

老鬼子突然哈哈大笑。王文琪和副官看着他,也都笑了。副官是受到了老鬼子的感染而笑。王文琪则纯粹是出于识趣表现而笑。

老鬼子笑罢,微闭双眼,矜傲地点点头。王文琪明白了他的意思,做了一个手势,请副官扶他躺下。不料副官的手刚一触到他身体,他立刻感觉到了是谁的手,皱眉道:"一边去。"那三个字他是用中国话说的。虽然是用中国话说的,副官也还是听得懂,愣了一下,闪在一旁,老鬼子向王文琪做了一个请的手势。同时,他嘴角浮现出了令人莫测高深的微笑。

王文琪像对待八九十岁老太太似的,以特专业的动作,轻轻扶老鬼子躺了下去。

后来的四天,王文琪似乎真的成了一位日本兵营里的客人。而且不是一般的客人,是最高长官的客人。他不再受监视了,离开房间没人管了,行动相当自由了。偶尔与佐艺子一起唱唱日本歌,副官也不禁止了,甚至有时还从旁听听。两名小鬼子兵轮番熬药。熬好了,王文琪才亲自捣制成膏药,每日数贴,为老鬼子亲敷亲揭。还有一日三次的药汤,更是亲自捧碗,次次眼看着老鬼子服光。每晚的按摩也不曾间断,老鬼子说他的腰几乎一点儿都不疼了。他起先青黄晦暗的脸上泛起了红晕,饭量增加了,精气神有了明显的改观。他居然与王文琪对聊了几次,从中医聊开去,聊到了中国文化,孔子孟子老子庄子什么的。也聊日本历史、文化、文学什么的。兴致高时,还命副官笔墨伺候,写几幅字请王文琪欣赏。或者,命佐艺子打扮得花枝招展的,手持纸扇,为他和王文琪表演歌舞。中国文化、文学也罢,日本文化、文学也罢,他虽然是颇能说点儿什么的,但只不过略知一二,皮毛而已。然而他谈时,一副自视甚高的表情,仿佛大学问家,不论对于中国还是日本的文化、文学,都有高人一等的见解似的。他谈时,王文琪肃然聆听,一脸崇敬,其实心里腻歪透了。因为听老鬼子谈那些,对于他简直等于是听小孩子在正儿八经地给自己上中日文化课。但在谈到中医时,老鬼子的态度还是比较谦虚的,不耻下问。一问再问,离不开养生与男人如何提高床笫本领的内容。王文琪则有问必答,每答皆说出在古老医书中的出处。最困惑老鬼子的一个问题是——为什么中医认为纵欲伤身,却又有采阴补阳之妙窍?王文琪就从《黄帝内经》为他补课,解释中医所言的阴阳平衡,性悦心情于是心情养人之类的说法。点到要处,老鬼子每显得茅塞顿开,欢喜无比。

老鬼子曾写下一个大大的字是"忍",以赏赐的姿态给予王文琪,王文琪自然又表现得诚惶诚恐,掌心向上,平举双手接之。老鬼子"请"他也试写几字。他略一犹豫,没作声,顺服地点头以示遵命,遂起身写了四个隶体小字是"忍者近仁"。老鬼子似乎意犹未尽,又写了一个"武"字,再请王文琪写;王文琪就再写了四个小字是"武者不辱"。

老鬼子问他这后四个字何意。

他说真的武士,必有第一等的道德操守,是绝不会自恃强大而凌辱弱小的,更不会滥杀无辜。

老鬼子顿时将脸一板,瞪着他厉问:"你的,对大日本皇军的,不满的思想,大大的有!"

副官也将脸一板瞪着他了。

正翩翩舞蹈着的佐艺子,那时就停止了,噤若寒蝉,惴惴不安地看着他们三个男人。

王文琪退离桌案,垂下头,镇定地说:"太君误会了,我是要通过'武者不辱'四个字表达对您的敬意啊!我听我们的同胞说,您及您的部下,相比于其他皇军,是屠杀我们中国百姓最少的。那么,想必您对大日本帝国的武士道精神,有着高于其他皇军军官的领悟啊!"

老鬼子沉吟片刻,忽又哈哈大笑。笑罢,示意王文琪坐下,之后自己也坐下了。

他看着王文琪又说:"你的,狡猾狡猾的。"

王文琪说:"我对太君您很坦诚啊。不坦诚还敢写什么'忍者近仁''武者不辱'吗?不坦诚还敢说刚才那番话吗?"

老鬼子说:"你不要狡辩,狡猾就是狡猾,这一点蒙蔽不了我。但是,你也确实够坦诚的。你是个狡猾的坦诚者。我喜欢你这种狡猾的中国人。你要去掉狡猾,只保留坦诚地回答我,你是不是企图通过那么八个字,那么一番话,动摇我征服你们中国的军人心?"

王文琪老老实实地说:"是啊太君,作为一个中国人,眼见我们中国的领土一部分又一部分地被皇军所占领,我们中国人,包括妇女老人和儿童,几乎天天被皇军杀害着,我当然希望更多的皇军能像太君您一样,不以屠杀无辜的中国人为乐事啊!那对于占领是一点儿帮助也没有的啊。"

老鬼子说:"你的话不对!有!屠杀虽然是野蛮的,但从古至今,仍是最有效的征服手段。冷酷的屠杀,能使被征服者胆量完全丧失,尽快屈服。"

王文琪说:"那种屈服肯定是暂时的啊!难道太君没听说过,我们中国人的抗战口号是——'用我们的血肉,筑起我们新的长城'吗?没听说过,我们许许多多中国人被你们皇军杀死之前,满怀仇恨喊出的话是——四亿五千万中国人是你们屠杀不完的……"

"住口!"——副官在那时刻怒斥了他一句。

老鬼子瞪了副官一眼,挥挥手,副官悄没声地退出去了。他命佐艺子为王文琪的怀中添水。佐艺子添罢水,刚想坐在王文琪身旁,老鬼子让她也出去了。

"王,你的,仔细地看看。"老鬼子向王文琪伸出了双手,手心朝上,两条手臂很放松,平常又随意的那么一种伸法。

王文琪垂下目光看一眼他的手,旋即抬起头,望着老鬼子的脸平静地说:"太君,我不会看手相。"

老鬼子微微一笑:"我的,手相的不要你看。我的手,我这双天皇军人的手,你的应该,印象大大的。"

王文琪迷惑地愣了愣,也伸出自己的一手,轻轻抓住了老鬼子右手的四根手指,心想,不是让我看手相,那么就是让我观手诊病,进一步试探我的中医修行呗,这有何难呢!我就当你是一个病人,继续为你诊诊病呗。

他又垂下目光,刚欲细看老鬼子的右手,不料老鬼子将手迅速一翻,不知怎么一来,自己的右手反被老鬼子紧紧抓住了。

他吃惊了,抬起头疑惑地看老鬼子的脸。

老鬼子却闭着双眼了,一边的嘴角仍浮现着一丝高深莫测的微笑。王文琪也不动声色地使暗劲儿,欲抽回双手,却哪里抽得回去!两个较了几十秒钟暗劲儿,老鬼子忽出左手,抵住了王文琪左腰部,不待他有什么反应,但听"嗨"的一声,已被盘腿而坐的老鬼子举了起来,从头顶摔到背后去了。

副官和佐艺子听到大的动静,一前一后进屋了。副官在前,握着手枪。佐艺子在后,一脸惊慌。

老鬼子哈哈大笑。

王文琪四仰八叉地躺着,一动不动,也不"哎哟",死了一般。

佐艺子显然猜到发生什么事了,以手掩口,哧哧地笑。

副官却仍处于神经紧张的状态,也仍握着枪,大步跨到王文琪身边,踢了他一脚,喝问:"你的,什么企图的干活?!"

王文琪缓缓坐了起来,晃了晃头,谁也不看,径自苦笑道:"太君和我开玩笑。"

虽然是木板地,但却没摔疼他哪儿,只不过受了一大惊吓,心怦怦乱跳。身体落地时,头与地板咚地相磕了一下,有点儿晕。

老鬼子盘着双腿向他转过了身,如同磨盘转了半圈,看着王文琪问:"王,摔疼了没有?"

王文琪也盘腿坐定之后,迎视着老鬼子的目光,平静地说:"太君,幸亏您手下留情。"

老鬼子就又哈哈大笑。

副官的神经这才松弛了,将手枪插入枪套,走到老鬼子背后,叉着双腿,双手叉腰看着王文琪也幸灾乐祸地笑。

老鬼子举起右手,反向挥了挥。

副官与佐艺子互相看看,又都悄没声地退了出去。

老鬼子大声说:"门的,关上。"

双扇的对开门就被关上了。

老鬼子声音更大地说:"偷听的,不许!"

副官的皮靴和佐艺子的木屐走动之声在门外渐远。一会儿,他俩的身影从窗前走过。

老鬼子的目光注视在王文琪脸上,自己脸上仍保持着微笑。王文琪迎视着他的目光,装出一副傻乎乎的样子也笑。

老鬼子推心置腹似的说:"你的,不要生气。开个玩笑的,可以。人的,长期不开玩笑的,大大的不行。"

王文琪点头道:"太君,我理解。"

他确实理解,在这处日军军营里,没人敢跟对面的老鬼子开什么玩笑的,那结果将肯定是自讨苦吃嘛。即使他主动跟哪个下属开玩笑,下属也不敢因而就放肆啊!何况他也不会经常跟下属开玩笑的。他得在下属面前时刻保持不苟言笑的威严,所以他必经常感到寂寞。虽然有佐艺子可以随叫随到,为他唱唱歌、跳跳舞,以解其闷,但谅那佐艺子也只敢在他面前撒撒娇、卖卖嗲罢了,肯定同样不敢当他想开玩笑时,便没大没小没深没浅地互相逗弄的。就好比一个人想下棋了,别人都不跟他真下,都一味让着他下,那棋下得还有意思吗? 也就只有不下。

王文琪还明白,老鬼子刚才突然对他来那么一手,也并不完全是跟他开次玩笑,而是为了使他明白——即使在只有他们两个人的情况下,如果他突然发起攻击,那肯定是不自量力的事。

他正这么想着,老鬼子的双手,又手心朝上伸向他了。

他语言乖巧地说:"太君,不要再开我的玩笑了吧。刚才那样的玩笑,我经得起一次,恐怕经不起二次的。"

老鬼子笑道:"玩笑的不开了。我的手,你的看出什么来,要老老实实的,讲给我听。"

于是王文琪只得再次轻轻握住他的四指，认认真真仔仔细细看起来。看罢手心，托住手背看手指肚。之后，将老鬼子的手翻过来，认认真真仔仔细细看手背，手指甲。

老鬼子的手挺大，五指粗长。肉很厚，也很硬，指根有一排跰子。不过，皮肤却保养得很好。男人到了他那种年纪，不论哪一国的男人，手背的皮肤一般会变得皱巴巴的。老鬼子的手却不同，手背的皮肤挺光滑，没皱没褶，中年奶妈的手似的。

王文琪看罢老鬼子左手，接着认认真真仔仔细细地看老鬼子右手，同时觉得不可思议——那么样的一双手，那么一个干巴瘦的老鬼子，盘腿大坐，刚才却将自己举过头顶摔到了背后，不是亲眼所见的人，十之八九没人信。

他抬起头时，见老鬼子又微闭着双眼了，寻思几秒钟，低声说："太君，您的肝不怎么好，肝火太旺。不过，也不是什么器质性的问题，是思虑甚多、睡眠不足引起的。明天我再进城为您抓几服舒肝祛火的药，调理调理就会见效的。"

老鬼子睁开了眼，问他"器质性"是什么意思？

他就在一张纸上，用毛笔写下"器质性"三字，耐心地解释"器质"一词在汉字中是什么意思，在中医和西医概念中又是什么意思。

老鬼子终于听明白了，也拿起毛笔，将"性"字一圈，急切地问："那么，我的，这个的，大大的好，问题的没有？"

王文琪这才知道老鬼子误会了，不禁笑道："太君性的方面，问题的没有，大大的好。"

老鬼子听了特高兴，又是一阵哈哈大笑。待他笑罢，王文琪语调缓慢地接着说："但是，从您的掌心纹来看，太君的肺也不是太好。"

老鬼子点头，承认自己的肺确实经常犯病，还留下了一到冬季就犯哮喘的病根，在户外不得不戴口罩。

"您的胃近来常泛酸水是吧？"——王文琪说得不是那么有把握了。

老鬼子却啧啧称奇了,连赞王文琪是神医。

王文琪谦虚地笑笑,说自己能看出以上情况来,其实不足为奇。因为在中国古老的中医经验中,有一派总结的便是"掌诊"的学问,几乎能做到观一掌而知全身,由于被些冒充江湖郎中的小人所利用,骗钱财,渐渐名声狼藉,最终被主流中医所不耻,没谁愿意继承衣钵,久而久之便失传了。但自己的父亲在世时,曾一度潜心研究并多方收集整理过其经验。而自己当年替父亲誊抄过,也受父亲指点过迷津,自然略通。

老鬼子听得兴趣浓厚。

王文琪最后提出了一个问题,说自己不明白老鬼子手上的茧是怎么来的。

这一问,竟使老鬼子打开了话匣子。他说自己从军官学校毕业后,一正式入伍就处处表现优秀,二十八岁时就当上了一位司令官的副官,三十出头就当上了有资格佩带军刀的少佐,从那时起,一天二十四小时里,除了睡眠时,在大多数时间,右手习惯性地按着刀柄。尽管手上经常戴手套,日久天长地,还是磨出了不褪的茧了。

老鬼子的话匣子一打开便收不住了,滔滔不绝地只管说起来没完。他说他非常感谢第二次世界大战,非常感谢大日本皇军对中国发动的全面占领的"圣战"。说在他看来,皇军对中国发动的全面占领的战争,当然是一场"圣战"。因为像中国这样一个疆土广阔,人口众多而又衰败得不可救药的国家,靠中国人自己是既统一不了也管理不好的,只能由某一个或某几个强国统一代为管理。由某几个强国莫如由一个强国,由别的强国莫如由日本这个强国。很遗憾,国民党不懂得这个道理,不肯接受现实。共产党也不懂得这个道理,也不肯接受现实。那么,大日本皇军,就不但要狠狠地教训国民党的军队,也要将共产党的军队斩尽杀绝。他说,作为一位军官,如果一生没有参加过战争,那就不但枉为军官,而且简直也枉为军人了。他认为全世界的军官肯定都是这么想的。因为如果没有战争,低级军官几乎永远是低级军官,高级军官也几乎永远是并无实际光荣可言的高级军官。每年有百分之七八的低级军官晋升为高级军官，那也就足以补充高级军官的序列不至于缺位了。而那种晋升，对自己虽然是好事，实际上与一个国家的文官们的晋升没了什么区别。不但说起来文官们会不以为然，晋升了的军官们自己也会不无惭愧。他说自己就是一位被如此这般耽误了的皇军军官。如果日本的对华战争早几年就发动了，那么自己现在肯定是一位司令官了，怎么会才仅仅是一位大佐？都五十多岁了，有时一想很悲哀。

王文琪问："太君，您如果死于这一场战争，不论是大佐还是司令官，不是都没了意义吗？"

老鬼子愣都没愣一下，表情庄严地说那不同，结果完全不同。如果死前是一位司令官，并且是死在战场上了，那么骨灰大抵是会被供奉在靖国神社的，就是大日本帝国的民族英雄，国家级军人楷模了。而若仅仅是位大佐，除非死得特别壮烈，一般是不会享受到骨灰被供奉在靖国神社的殊荣的。靖国神社里虽然连普通士兵们的牌位也供奉着，但基本上是按军官番号整班整排整连一起供奉的，而且基本上是在极残酷的战役中所牺牲，牺牲人数又超过编制人数一半以上。

王文琪始终装出一副肃然起敬的样子听着。他看得出来，老鬼子对于他所提出的问题，早已思考过多遍了，所以才连愣都没愣一下，就导师解惑似的侃侃而谈。令王文琪感到奇怪的是，老鬼子一旦自己开说，而不是与他一问一答地说，中国话的水平竟也高了些。只不过偶尔夹杂一句日语，对于王文琪，那完全不造成任何倾听障碍。他想了想，也就一下子想明白了——少了什么"你的""我的""大大的"，听起来顺耳多了嘛！

老鬼子继续表白地说，他感激第二次世界大战，尤其感激大日本帝国皇军对中国发动的全面占领的战争，不仅仅是出于狭隘的一己利益的思想，更是由于他作为一位大日本帝国皇军之军官，对战争具有一种相当本能的热爱。甚至也可以说，能亲身参加一场灭掉别国的战争，是他从少年时期就梦寐以求的向往。他说那种热爱，像艺术家痴迷地热爱艺术一样。那种向往,像年轻人向往爱情一样。总之,那是大日本帝国从他是一个少年时起,对他所进行的最良好的教育……

老鬼子说到这里,终于站了起来,对王文琪做了一个手势。王文琪明白,是命他也站起。

他默默站了起来。

老鬼子抓住他一只手的手腕,将他牵引至世界地图前。确切地说,那是一幅日本绘制的二战战局军事地图。

老鬼子指点着说:"新加坡、马来西亚、韩国、菲律宾,小小的,对于我们皇军,轻松占领的事情。你们中国有一个古代的词,我的,一时想不起来了……"

他翻转了一下自己的手,不错眼珠地瞪着王文琪,等待王文琪帮他想起来。

王文琪小声说:"易如反掌?"

"对,对,正是易如反掌。"老鬼子的目光又望向地图,那时他双眼炯炯有神,像刚吸足了鸦片,接着以雄心勃勃的语调说,"看,你们中国,地域广大广大的,人口多多的,全面占领你们这样的国家,对于我们日本,才是最应该做的。如果你们中国人不驯服,不愿当亡国奴,我们就从东杀到西,从南杀到北,一直杀到你们驯服了为止!再看我们日本,与你们中国相比,小小的,是不是?"

他的目光再次望向王文琪,王文琪默默点了一下头。

"我们日本虽然小,但我们的海陆空军,却在世界上伟大伟大的。虽然,某一次战役,我们也会失败的。但最终,第二次世界大战将证明,我们的军队是不可战胜的!俄国,我们不怕。在旅顺,我们打败了他们!英国,我们也不怕!我们的海军,对他们的海军,威胁大大的。在海上,是他们怕我们,不是我们怕他们!美国,我们也敢挑战。而且,我们已经那么做了!他们占领的珍珠港,彻底地,被我们摧毁了!我们的飞机,将他们炸得……"

他又想不起一个中国词了,拍拍王文琪屁股,口中发出"噗、噗"之声,接着做出撒尿的样子。再接着,拍拍王文琪脸颊,笑道:"王,你的说。"

王文琪说:"屁滚尿流?"

"对,对!"——老鬼子又拍拍王文琪脸颊,表扬道,"王,你的,大大的聪明。聪明的人,我的喜欢!屁滚尿流,这个词,我也喜欢!看,将来的世界,应该是这样的——欧洲、美洲、北美洲,由德国和意大利去分。他们怎么分,日本的,不管。但是,全部的亚洲,都要在日本的占领和控制之下,这是必须的!你们中国,像大大的面包,夹奶油的面包,明白?"

王文琪眼望地图,装没听到"明白"二字。

老鬼子的双手捧住了他的左右脸颊。确切地说,是夹挤住了。手劲特大,将他的双唇都夹挤得由横而竖了。

"你的,不明白?"

王文琪的头,在夹挤之下赶紧点了一下。

老鬼子的手这才从他脸颊上放下,严厉地又问:"说,明白,还是不明白?"

王文琪只得小声说:"太君,我的明白。"

老鬼子笑了:"我们日本,小小的领土,大大的军事帝国!面包的,我们喜欢吃!奶油的,日本多多的需要!日本虽然比中国小,但是拳头,钢铁的拳头,能将中国砸成薄饼的钢铁拳头!在你们中国,皇军势不可挡!……"

他突然给了王文琪腹部一拳。那一拳的动作幅度很小,力道却蛮大的。王文琪疼得捂着腹部蹲下了。

老鬼子又开心得哈哈大笑。

那时的王文琪,内心里的屈辱感早已变成熊熊烈火,仿佛连五腑六脏都是固体汽油,也一并燃烧起来了。又仿佛,除了紧闭着的嘴,所谓七窍已有六窍在往外冒烟了。而只要他往起一站,冲着老鬼子张大嘴,口中就会像火焰喷射器一样喷射出猛烈的火焰,将老鬼子顷刻烧成一地灰。

他真希望自己的右手握着一柄锋利无比的匕首！那么,他也可以出其不意地将匕首刺入老家伙腹中！刺入,横剖,接着连手也探入老家伙腹中,上三下四,左五右六,用匕首在老家伙腹中一通乱挑乱割,那是多么痛快的事情！

正这么仇恨地想着,听到老鬼子吼了一声:"站起来！"

他并未立刻站起。不是因为疼。忍着疼他也是可以立刻站起来的。而是因为怕,怕立刻站起来,自己内心里的仇恨会凝聚在双眼中,结果将老鬼子激怒了。而老鬼子一旦被激怒了,不知会对他做出什么事情来。而自己对个人屈辱、民族屈辱、国家屈辱的忍耐,实在已经到了极限！那么,自己若不再忍,结果不是秃子头上的虱子明摆着吗？ 自己此前的一切所忍,不是全白忍了吗？

"起来！"老鬼子踢了他一脚。在王文琪听来,那是老鬼子口中说出的最地道的一句中国话。虽然说得凶巴巴的,但因为是最短的一句人话,竟一点儿"鬼子味儿"都没有。也幸亏老鬼子说了一句一点儿"鬼子味儿"都没有的中国话,王文琪胸膛里像有一处喷火器阀门被关上了一样,仇恨的怒火顿时熄灭。当然,说到底,是他的理性,被老鬼子踢他那一脚反而给踢回来了。否则,他的理性肯定随着一股浓烟导弹似的飞往爪哇国,根本找不回来了。

他捂着肚子站起来,对老鬼子苦着脸说:"太君,我这寻常中国人的肚子,怎么能经受得了您这位皇军大佐的拳头呢？ 您那一拳使我岔气了,请求您别再开使我吃苦头的玩笑了好吗？"

老鬼子再一次哈哈大笑。那是忍都忍不住的开怀大笑,响亮得余音绕梁。他的笑声戛然而止,脸上一时出现了痛苦的表情,一手撑着桌角,一手捂着心窝,低俯下身去。

王文琪走近他,不安地问:"太君,您怎么了？"他的不安语调是装出来的,实际上,巴不得老鬼子心绞痛突然发作,结果在他眼前一命呜呼。

老鬼子说他也笑岔气了,说时的样子可怜兮兮的。

王文琪说:"太君,您就这样别动,几分钟内我就会使您顺过气来。"

于是,他在老鬼子背后这拍几下,那拍几下,接着从后搂抱住老鬼子的腰,将老鬼子的双脚抱离地面,猛地往下一顿。放开其腰,又在其背后猛击一掌,大功告成地说了句日本话。他之所以这时候说了一句日本话,乃因他见老鬼子也笑岔气了,自己的心里忽然一下子放松了。他这时候想——你他妈不就是一个可憎、狡猾,此刻倍觉无聊,所以猫玩耗子似的耍弄着我解闷的老鬼子嘛!我要是一直在你面前提心吊胆的,那我不等于认了自己是你这只老猫爪子底下按着的一只小耗子了吗?我才不认!即使我难以将自己想象成猫,反过来将你想象成耗子,那我起码也将咱俩都想象成猫,或者干脆他妈的都想象成耗子!你拿我解闷?我还闷呢!我还要拿你解闷呢!反正看样子你今天是不会杀我的,那我就和你个老鬼子来一场猫与猫,或耗子与耗子的平等的解闷游戏吧!

他这么一想,心里就更加放松了,连那一句日本话,也像是日本朋友跟日本朋友之间说话那般无拘无束了。

老鬼子直起腰,缓缓转过身,眯眼看着他,表情极其郑重地说:"你的,日本话的不许说。"

王文琪愣了一下,随即笑道:"如果太君愿意,我们互相说英语也行。"

他以为老鬼子根本不会英语,成心让老鬼子尴尬。

不料老鬼子用流利的英语说:"也不许你说英语。在我面前,只许你说中国话。"

王文琪不由得一愣,想不明白老鬼子为什么只许他说中国话。想不明白也得再说句话呀!灵机一动,脱口来了一句:"客随主便。"

老鬼子也一愣。他看出来了,老鬼子不太明白"客随主便"四个字的意思,暗想:你他妈的可恨的个老东西,连"客随主便"四个字都不明白,你有什么资格偏跟我说中国话啊!心里这么暗想着,嘴上却不卑不亢地解释着"客随主便"的意思,趁机强调自己是客人的身份。

老鬼子耐心听罢,笑了,慢条斯理地说:"客随主便的,顶好。你的,我的客人的是。我的,大大的喜欢你!中国话的,我的不行,要好好地,好好地向你的学习学习的!"

王文琪说:"太君过于谦虚了,您中国话说得很好。"

老鬼子说:"我的,岔气的没有。玩笑的大大的。"

王文琪就又说:"太君爱跟我开玩笑,实在是我的荣幸。"

老鬼子坐在椅子上了,将一只手平放在桌上,语调近乎温柔地说:"我的手,你的闻闻。"

王文琪又一愣,猜不透老鬼子葫芦里卖的什么药,但那也得闻啊!为了不至于显出闻得卑贱的样子,他将双手背到身后,俯下身去,像闻一朵花儿那么姿势优雅地闻了闻老鬼子的手。

"这只手,你的,也要闻。"——老鬼子将另一只手也平放在桌上了。

王文琪只得再次以那种优雅的姿势闻了闻。他已从桌旁倒开了,还没将老鬼子的用意猜到。但他的双手,却仍背在身后,暗想——你他妈刚才还说我是你的客人!哪有主人坐着让客人站着闻自己手的?我如果不背着我的手,不愿在你面前表现得下贱,岂不也还是有几分下贱了吗?

于是他更直地挺了挺腰,老鬼子本就是个干巴瘦的小老头,往大椅子上一坐,顿时显得更小了。王文琪那时望着老鬼子,就有点儿俯视的意味了。

老鬼子并未介意王文琪那会儿成心显出的士可杀不可辱的样子。分明地,老鬼子的心里那时也极其放松。他依然以近于温柔的语调问:"我的手,怎样的味道?"

王文琪回答有种富士山香皂与樱花香脂混合的味道。富士山香皂是日本当年的名牌,中产阶级以上的人家才用得起。而樱花香脂乃是中产阶级以上人家的女子们的最爱。其实他并没闻出什么味道,只不过那么随口一说。

老鬼子微微一笑，点点头，又问："还有一种特别的味道，你的，没闻出来？"

王文琪摇头。

老鬼子说："你的，再闻。"

王文琪又闻了闻，还摇头。

老鬼子说："是人血的味道。你们中国人的，血的味道。"说罢，也闻了闻自己的双手。

王文琪说："您肯定经常洗手。所以，我闻不出来我们中国人的血的味道了。"

老鬼子盯着他的脸，在他面前走来走去，边走边说："是的。我讨厌血的味道。最讨厌你们中国人的，血的味道。那是，很不好的味道。你们中国人，为什么还将禽畜的血，以各种方法做来吃？"

王文琪承认自己对他所得出的问题没思考过，更没研究过，不知道。

老鬼子说他们日本人就不将任何禽畜的血做了吃。非但不吃，将肉做来吃之前，要一洗再洗，直至洗得毫无血色和血腥味。他说欧洲人也和他们日本人一样，所以，他们日本虽然是亚洲的一个国家，但却开始和欧洲一样文明。因为日本人的血，和欧洲人的血一样，是纯洁的人类的血。说只有血管里流着纯洁的人类的血的民族，才是优等的民族。而世界，最终要由少数优等的民族来统治。

他在王文琪面前站住，将双手举在自己眼前，看着说："我这一双手，杀死过许多你们中国人。有些中国人，非常怕我，就像羔羊怕猛兽那样。他们对我们大日本皇军不构成任何威胁，不给我们制造任何麻烦，对我们百依百顺，在我们面前战战兢兢，希望我们别杀他们。但是，他们有时怕我怕得使我大大的讨厌。所以，我的，一讨厌，就杀死了他们。你们有另一些中国人，却往往地，偏要在我们大日本皇军面前，表现出一点儿都不怕我们的样子。那种样子，敌意的，大大的。我们大日本皇军，绝对的，不能容忍你们中国人，敢于那种样子。所以，他们的，必须死了死了的。

统统的,死了死了的。还有一些中国人,是对于我们很危险的,抗日的分子。那些中国人,是我们大日本皇军眼中的,肉中的,什么什么的,王,你的说。"

王文琪看着他的脸平静地说:"眼中钉,肉中刺。"

老鬼子拍拍他的肩,微笑道:"对的。他们,仇恨我们。所以,是我们的,眼中钉,肉中刺。这两句中国话,我的,会说。由你的说,是因为,有些中国话,我的,喜欢听你的说。我们大日本皇军,当然的,也大大的仇恨,仇恨我们的中国人。我们一旦抓住他们,肯定要,那个那个……高级的厨师,做一道好的菜肴一样地,折磨他们。如果,用两三个字的中国话,应该,怎么样的说?"

王文琪想了想,以反问的口吻回答:"认真的?"

老鬼子摇头道:"不不不,比认真的,更认真的。"

王文琪:"仔细的?"

老鬼子:"你的,帮我想起来了。不要仔,只要细。细而又细,细细的。我们要,细细的,折磨他们。细细的,顶好顶好的中国话。文艺语言的,大大的是。就像作诗那样,绘画那样,刺绣那样,细细的,细细的,折磨他们,使他们,成为出卖自己人的叛徒。如果他们很坚强,那就一直将他们折磨到死为止。折磨坚强的中国抗日分子,是细细的一种,很艺术的工作。我的,喜欢。如果他们不坚强,叛徒的,做了的,我的,还是要,杀了他们。叛徒的,我的,大大的不喜欢……"

老鬼子一转身,从刀架上抓起了他的军刀,并且将刀从鞘中抽了出来,将刀鞘朝王文琪一递。王文琪默默接过刀鞘,默默放在架上。一转身,见老鬼子双手握刀,刀尖对着他,几乎触到了他的心口。

他朝旁边闪开一步,平静地说:"太君,这很危险。"

老鬼子再次将刀尖对向他心口,也平静地说:"王,你的,闻闻。"

王文琪就俯下身闻了闻刀尖。

老鬼子:"怎么样的味道?"

王文琪:"血的味道。我们中国人的血的味道。"

其实,他不可能从刀尖上闻出任何味道。

老鬼子举起了战刀。

王文琪微微扬起头,斜望着那把杀死无数中国人的战刀,像乐队队员望着指挥家手中的指挥棒,镇定得近乎白痴。

老鬼子开始绕着他转,边问:"你的,死的不怕。"

王文琪也随着旋转身子,边回答:"太君,我非常怕死。但是我知道,太君舍不得杀我。因为您说过,您喜欢我。您现在只不过是在跟我开玩笑。我想,近来您一定太寂寞了。"

高举在王文琪头上的战刀终于垂下了,老鬼子笑道:"王,你的,大大的会说话。我的爱听,杀你的,不会。你的,相信吗?"

王文琪自然只有点头的份。

老鬼子将战刀在手中一倒腾,刀柄对向了王文琪。

王文琪问:"太君是允许我接过来吗?"

老鬼子也点头。

王文琪就毫不犹豫地接过了战刀。

而老鬼子则从刀架上拿起了刀鞘,比比划划,教王文琪怎样用战刀杀人。怎样怎样,一刀直劈下去,一个人(当然是一个中国人)会从头顶被直劈至腿叉;怎样怎样横挥一刀,一个人的头颅会从颈上被削掉;又怎样怎样,一个人的头以及一边的肩连同半部分胸脯,会被一刀劈为两半。他用刀鞘比比画画的,王文琪也用战刀比比画画的。那时的王文琪,战刀在手,一边仿佛很认真地学,一边暗自寻思,该用老鬼子教的哪一种方法,将老鬼子一刀结果了。依当时的情况看,杀死老鬼子,他有九成的把握。但自己要想活着离开军营,那可就连半成的半成的把握也没有了。而且,自己将肯定死得比老鬼子更惨。虽然他表面看去学得很认真,内心里杀死老鬼子的欲望却一念强过一念。但同时,一想到因为自己的行为,不知会有多少个村子将被血洗,有多少中国的男女老幼将被屠杀,理性的堤坝在他头脑中也越筑越牢固,一道又一道,始终将那杀死老鬼子的欲望围困住,不使那欲望在自己头脑中形成不可阻挡之势。居然,由于那一道又一道理性堤坝的作用,极想杀死老鬼子的欲望,竟渐渐地平息了下去。到后来,只是在学着杀人了。他脸上淌下汗来。他的上衣湿了。他每劈砍一次,有汗珠落在地上了。渐渐地,他开始喘粗气了。因为,杀死老鬼子的欲望虽然平息了,老鬼子始终是他的杀人靶子这一点,却分分钟都不曾改变过。而老鬼子不同,双手握的是刀鞘,没什么分量。只不过是象征性地比画,当然既没出汗也不气喘。

终于,教练老鬼子叫停了。

大汗淋漓喘息不止的王文琪,低下头,弯下腰,恭恭敬敬地双手将战刀呈还给了老鬼子。他直起腰抬起头时,见副官和佐艺子的身影,一左一右闪在窗子的两边向屋里偷窥。

老鬼子将刀握在右手中,命王文琪挽起一个衣袖。王文琪照做了。老鬼子抓住他那一只手的腕子,横刀于他臂上,从刀的中锋一直切移至刀尖,王文琪的臂上既没皮开肉绽,也没出一滴血,只不过留下了一道白印。那柄战刀没开过刃,并非老鬼子的战刀,而是一柄摆设刀。

王文琪的整个心像被老鬼子的一只手紧紧攥住了,不能跳了。但那只不过是一两秒钟的事,他随即微微一笑,态度卑恭地说:"太君,我也只不过配用没开过刃的刀向您学习杀人。"

老鬼子也微笑了,夸奖道:"王,你是个好学生。"将刀插入鞘中,放于架上。之后,盘腿坐于矮茶几旁,招手示意王文琪也坐下。王文琪坐在他对面后,背对窗子的老鬼子举起右手又一招,佐艺子转眼进了屋,为王文琪和老鬼子各自沏上了茶,转眼又飘出去了。

二人各自喝了几口茶后,老鬼子说:"王,我的,派人调查过。你的,东京大学博士的,情况真实的是。你的老师,在我们日本,受尊敬的,大大的,这个情况,也是真实的。但,你的老师的老师,与大日本帝国天皇的启蒙老师,任何关系的没有。你的,编了一个大大的谎言。说,为什么？"

老鬼子居然为了自己这么一个不三不四的中国人（自从和鬼子们有了"亲密接触"，王文琪渐渐开始觉得自己是个不三不四的中国人了）派人回到日本调查了一番，是王文琪万没想到的。谎言既已被当面戳穿，除了从实招来，他再就没辙了。于是，他干脆敞开天窗说亮话，采取"坦诚相见"的策略了。

老鬼子听他从容不迫，娓娓道来地陈述了一遍前因后果，不动声色地说："那个韩柱儿，胆敢冒犯皇军，应该被烧死。你的也为他冒犯皇军，罪行大大的。"

王文琪就替自己辩护。他说："太君啊，我并非要冒犯皇军呀！藤野命我跪下，我乖乖地跪下了呀。命我擦他的靴子，我也乖乖地擦了呀。他将我带走时，我丝毫也没反抗呀。到了碉堡里，我不是将我们中国的国家机密，也就是做高粱米饭要放碱的机密泄露给他了吗？我还教了皇军的炊事兵种种粗粮细做的法子呀。一切事实足以证明，我是愿意与大日本皇军交朋友的呀。为了一只小猪崽，就下令烧死一个中国的乡村青年，这么做没有太大必要嘛！说明藤野那厮头脑里缺乏大局观点啊！……"

老鬼子双眼一瞪："那厮的，什么意思的？"

王文琪意识到自己说秃噜嘴了，赶紧往回找补。他说那厮在中国话中，是对鸟人的一种统称。鸟人嘛，在中国话中，泛指种种智商不高爱犯冲动的人，"二杆子"是其中的一种人。结果是，越解释，老鬼子越加听得云里雾里。越听不明白，越一再地追问。王文琪则举《水浒传》中的人物为例，说李逵就是个"二杆子"。所以，也是鸟人。也可以被叫作那厮。

老鬼子终于有点儿明白了，颇有同感地说："藤野军曹的，优秀军人的不是。他的头脑，猪的一样。"

王文琪说："太君，这种话只有您可以说，我是绝对不敢那么说的。其实，我并无贬低藤野君的意思。我只不过觉得，他作为您的部下，如果能多学习您的大局观念,那对于皇军是有益的啊!"

老鬼子被奉承得很舒服,几乎是不由自主地笑了。

王文琪暗自庆幸自己又逃过了一劫,也几乎是不由自主地笑了。不料刚一笑,老鬼子出其不意地又问:"你的,恨皇军吗?"

王文琪立刻低下了头。怕因老鬼子的话,使自己脸上出现了根本难以掩饰的深仇大恨。而只要出现了一点点,那也肯定能被老鬼子看出来呀。他还没来得及细想应该怎么回答呢,听到老鬼子又说:"抬起头来!"——其声严厉。

王文琪怎么能不抬起头呢!他直视着老鬼子,眼中几乎喷出火来。

老鬼子:"说!"

王文琪:"恨!"

老鬼子:"你的,把心里的恨,统统说出来!"

王文琪:"你们的炮弹,炸平了我父母的坟!炸毁了我的家宅,使我现在连个像样的住处都没有了!如果我竟然不恨你们,那我不是一个鸟中国人了吗?!"

老鬼子:"继续说。"

王文琪:"说完了。"

老鬼子:"你的,最主要的恨,没说。"

王文琪冷笑道:"我知道,太君是想从我嘴里听到这样的话——皇军没完没了地杀我们中国人,一个省又一个省地侵犯我们的国土,我心中到底是恨,还是不恨?"

老鬼子:"对。"

王文琪:"更恨。"

老鬼子:"说下去。"

王文琪:"我恨我们中国的军事力量很弱,皇军太强大。目前这样的抵抗,等于用鸡蛋砸石头,结果对于我们中国,当然是浩劫,是苦难。所以,恨也没用,我这样一个具体的中国人,莫如与你们皇军搞好关系,那就兴许还能活到战争结束的一天。我是个极其怕死的中国人,我只能苟且偷生。"

老鬼子:"说完了?"

王文琪:"说完了。"

老鬼子忽然哈哈大笑,笑声极其响亮,于是窗外又出现了副官和佐艺子的身影。他亲自为王文琪续茶,居然对王文琪肯于当着他的面说真话的态度表示感动。

"王,你的,问题看得很清楚。头脑,冷静冷静的。你们中国话,怎样来说你这样的人?"

老鬼子甚至以茶代酒,示意王文琪举起杯,互碰了一下杯。

王文琪呷一口茶后,一脸卑恭之相地说:"我们中国有句著名的古话,是'识时务者为俊杰',太君是想借这句话来夸我么?"

老鬼子笑道:"对,对! 正是这句话。你的,俊杰的,大大的是! 我的,希望你的,要多多的,经常的,对你们不识时务的中国人,说你刚才那些识时务的话!"

王文琪装出受宠若惊的样子说:"太君,我早已经那么做了。更多的中国人听了我的话,就会和我一样活下去了。战争总是会结束的,少死一些中国人,对中国是幸运的。"

老鬼子一边听,一边不住点头。

当天晚上,王文琪这位日本军营里的不三不四的"客人",受到了规格更高的礼遇。那确实是礼遇——老鬼子池田大佐亲自陪他共进晚餐,开了多听日本罐头以及两瓶清酒,都是对大佐那一级军官的特殊配给,而且还不经常,时有时无。老鬼子平时舍不得独享,由副官登记保管。高兴时,每赏给他认为有功的部下。副官和佐艺子,也沾光陪于主宾左右。佐艺子说,她义父很久没饮过酒了。席间,佐艺子唱罢,王文琪被要求接着唱。佐艺子只会唱些民歌小调,王文琪却会唱一首首俳句。据他说,有些日本古代俳词,是从一代代幕府里流传出来的,在民间基本已经失传。他唱时，不唯佐艺子，老鬼子和副官也学唱。他俩学唱得特来劲儿，王文琪自然表现出相应的热情，一遍遍也教得不厌其烦耐心可嘉。佐艺子更是不失时机地博取义父的欢心，一次次翩然起舞。王文琪不仅日本歌唱得好，各种日本舞蹈也跳得好。不必要求，他也一次次按捺不住似的起身与佐艺子对舞，直将老鬼子和副官两个，学得听得看得不亦乐乎。老鬼子半醉时，忽拿副官开起玩笑来，指着叫"那厮""鸟人""二杆子"，叫得副官莫明其妙，一次次傻笑着也说自己是"鸟人""二杆子"，于是老鬼子一阵又一阵哈哈大笑……

　　四人一直娱闹至半夜才散。散时老鬼子已七八分醉了，命佐艺子当夜必须好好服侍王文琪于枕席，命副官指派一名士兵，必须彻夜为王文琪和佐艺子站岗。王文琪并没怎么醉。他是天生的酒精免疫者，席间撒过两泡尿，头脑清醒着呢！眼见老鬼子和副官都醉得糊里巴涂的了，便以佯醉模样蒙混过关。一听老鬼子命佐艺子陪他睡一夜，那一惊使头脑更清醒了，连说不敢当不敢当。他想，自己身不由己地与日军"打成了一片"，不但连自己都觉得自己作为一个中国人未免太不三不四了，而且连自己也觉得快要跳进黄河洗不清了。若再与一名日本军妓在军营里睡过，岂不是在国难当头，全民族艰苦抗战的年代，完全成了一个寡廉鲜耻的中国人吗？！法西斯侵略者必败，德国意大利必败，日本也必败，对于此点，王文琪这样的人，比许许多多别的中国人更加坚信不疑，甚至比韩成贵还要坚信不疑。那么，即使身在虎穴，即使血管里已吸收了日本清酒的酒精了，他的思想也还是瞬间就飞驰到了以后。如果真与佐艺子睡过了，以后怎么办？倘自己不说，被别人了解到了，予以揭发，那不就等于隐瞒可耻的历史了吗？为什么要隐瞒？在日本的军营里，日本大佐为什么命一名军妓向你王文琪这么一个中国人献身？他不将你王文琪当成日军的忠实走狗，怎么那么喜欢你？你又为日军效了什么劳，才使日军大佐对你厚爱有加？若被一问再问地问下去，长十八张嘴也辩解不清了啊！倘自己一回村就向韩成贵汇报了呢？那韩成贵以后将怎么看待自己呢？韩成贵知道了，也就等于村里的"自己人"们也全都知道了呀！一传十，十传百，不久便会传到外村的"自己人"耳中的！那么，估计韩大娘也会知道了，韩柱儿也会知道了。韩大娘是特别具有宽容心的，如果连韩大娘都因而不搭理他了，那他还有何脸面继续生活在村里呢？中国虽大，不论去往哪里，身上的历史污点将带往哪里呀！至于韩柱儿，说不定每见他一次，都会往地上啐口唾沫，再踏一脚的……

头脑里一时间想到这么多，王文琪赖在门口不肯往外走了。

这使老鬼子困惑了，板起脸，生气似的问："你的，觉得我们日本姑娘不可爱么？"

王文琪乱了方寸，语无伦次地说："可爱，非常可爱……但是她……我觉得……太君也应该问问她的想法……"

佐艺子却开始往外拖他了，脸儿笑成了一朵怒放的花。

老鬼子一边朝外挥手，一边又说："佐艺子的，大大的高兴！我们日本的姑娘，大大的好！小狼狗一般的讨人喜欢！你的，要像吃奶油蛋糕一样，细细地，细细地享受……"

王文琪无话可说了。佐艺子在前拖他，副官从后推他，在老鬼子的笑看之下，他像个不愿上幼儿园的小孩子似的被弄了出去。那时军营一片寂静，只有两三扇窗子还亮着，操场上也只有两名哨兵的身影在走动。佐艺子仍在前边倒身拖着他，副官仍从后边推着他。三人斜穿操场时，副官喊了句日本话，一名哨兵便跟随着了。

佐艺子和王文琪刚一进入他住的套间，她就像猴子似的攀住在他身上了，双臂搂住他脖子，双腿盘住在他腰际，饿鸡啄米似的，小嘴不停地亲他的脸，亲得呱呱有声。

门被副官关上了。副官关门之前，在门外冲不知所措地看着他的王文琪做了个鬼脸。门关上后，王文琪听到副官吩咐哨兵找把锁，从外将门锁上。

王文琪心中叫苦不迭。

攀在他身上的佐艺子,已开始迫不及待地解他的衣扣。

一股怒火从王文琪心底突然升起!他想,反正是跳进黄河也洗不清了,我堂堂一个有教养的中国男儿,与其被动地被这淫荡的日本小女子玷污了声名,还莫如索性反过来——就像老鬼子说的那样,今夜干脆大快朵颐,将这日本奶油蛋糕享用个痛快!

能这么想,他也总算是想开了。不管什么人在什么情况下,一旦想开了,就不再会有任何心理负担了,行动也就随心所欲了。他任凭佐艺子吊在胸前,一只树袋熊似的走入了卧室,仰面朝天往大床上一倒,接着一翻滚,压在佐艺子身上了。

离开时天尚未黑,卧室的窗帘未拉上。那夜月色很好,水银般的月辉洒满一大床,使佐艺子的脸儿看去极白,五官也很分明。并且,看上去很美。

王文琪心中的怒火却还在熊熊燃烧。他三下五下将佐艺子的衣裳撕扯掉,顷刻使她裸了体了。她仍高兴地笑,很享受他的粗暴。这使他更加恼怒了,又三下五下,也使自己裸了体了。紧接着,他就开始没够地折腾起她来了。多亏那床够大,折腾过来折腾过去的,居然一次也没一块儿折腾到地上。佐艺子果然淫荡,床上的活乃是她的熟练工种。与她比起来,自信满满的王文琪,床上的能耐只不过是学徒工水平而已。在日本求学时的王文琪,生活从未拮据,也并不是一个洁身自好、行为检束的君子型中国青年。日本的烟街柳巷,他也是光顾过的。日本女人的滋味,他也不是没尝到过。她们都曾夸他床上的表现良好,所以他才有那满满的自信。正因为内心里有那满满的自信,他暗下决心,不将佐艺子折腾到苦苦求饶的地步,此夜绝不善罢甘休!哪承想,真的"开战"了,自己根本不是佐艺子的对手!任凭他折腾过来折腾过去的,她非但不求饶,还一直是一副不满足不够爽的模样,嘴里也一直叫着些渴望他更凶狠才好的日本话。三招两式之后,他的本领已用尽,却又身心极其投入了,欲罢不能。于是呢,局面发生了变化,觉得不满足不够爽的佐艺子,心急火燎地猛一翻身,变下为上,反过来骑在他身上了……

王文琪醒来时,天已大亮。佐艺子不知哪儿去了。他穿上衣服走出卧室,见佐艺子正端着一托盘早餐进来,身后跟着一名士兵,也端着一托盘早餐。那士兵放下托盘,用日语请王文琪跟他去洗澡。他自从进入军营,没洗过一次澡。但他是个干净人,心情稍好时,便在房间里擦擦身。

他询问地看佐艺子,那意思是——今天怎么了,为什么早饭前要请我洗澡?

佐艺子说,早饭后就要将他送回村里了。按日本的礼节,送客之前,请客人洗得干干净净的,是对客人的极尊敬的表示。

一听就要回村了,王文琪大为高兴。二话不说,跟着日兵往外便走。那名日兵并没将他往日军集体洗澡的浴室领,而是将他引到了一处地方较隐蔽的单独的小浴室。他进入浴室看出来了,分明是专供佐艺子洗澡的浴室。也由而明白了,"极尊敬的表示",并不意味着是老鬼子对他的表示,也不意味着副官以及任何一名日本官兵对他的表示,只不过是佐艺子个人对他的一种表示罢了。他又本能地起了疑心,怕请他洗澡是一个圈套,这间小小的弥漫着日本香水味的浴室,是自己死于非命的所在。疑心一起,连香皂、洗发液之类都不敢碰一下了,唯恐有剧毒。水流很冲,水温是稳定的。对于这县城里的军营,煤和粮食一样重要。女中原本就是有锅炉的,但很小,当年也就是日本兵没占领县城之前,那锅炉起两个作用:平时供给师生们开水,周六的下午,教员们可以在男女两间浴室洗澡。教员不多,洗澡也不成问题。但鬼子们一将学校占领了,那小锅炉的作用就起得十分有限了。鬼子们也终究是人类,长期不洗澡也是会人人都有怨言的。于是他们命县里的铁匠给造了个特大的锅炉,并且也将浴室的间数增加了。那么,煤就变得宝贵了,每个月都要由省城里的鬼子们驾驶军卡车运来两车。煤既然宝贵,池田老鬼子就命军中的技工对供水系统加以改造,除了他本人可用很热的水泡澡而外,任何别人洗澡的水温都必须控制在五十度以下,佐艺子也不例外。但佐艺子毕竟还是沾他的光享受到一定的特权了——不仅拥有一间单独用的小浴室,而且每天每时每刻都可以洗澡。

王文琪因为有疑心,只敢洗清水澡。洗着洗着,忽然又想——别他妈的这水也有问题!这想法刚一产生,立刻从笼头下闪了开去,呆望着水流发了一会儿呆。再看身上,皮肤并没起什么不良反应,疑心这才打消,继续站在水流下洗起来。洗着洗着,忍不住扑哧笑出了声。他是笑自己由于身在狼窝虎穴般境地,终日担惊受怕,都快落下了疑心病了。既然水是好水,没什么问题,那么香皂、洗发液什么的,当然也可以放心大胆地用啰。疑心彻底打消,便又用那些东西洗开了第二遍……

佐艺子一直在耐心地等着他。当他坐在她对面开始用餐时,她哭了。她说她不喜欢军人,包括皇军,更不喜欢和他们发生肉体关系。而王文琪是她来到中国以后遇到的唯一一个不是军人的男人。

她遗憾地说他不是中国人多好。

他敷衍地说她如果不是日本人多好。

她问:"那么,你像我希望你是一个日本人一样,也希望我是一个中国女人吗?"

王文琪顿时火冒三丈,放下碗瞪着她,用中国话一字一句地说:"错!我不希望你是一个日本女人这一点倒是真的,但我绝不希望你是一个中国女人。如果那样的话,对我就是不好再加上一百个不好的坏事了!"

佐艺子也是会说几句中国话的。她能听懂的中国话,比她会说的中国话多不了几句。虽然如此,王文琪的话的基本意思她还是听明白了。

她连忙道歉,不知王文琪为什么生气。王文琪不愿再理她,只管冷着脸快速地吃着。吃完自己那份,见佐艺子没心思吃她那份,毫不客气地也连托盘端过去吃了个精光。他风扫残云般地吃时,佐艺子含情脉脉地望着他,不敢再跟他说话,径自吧嗒吧嗒掉泪。

王文琪刚吃完佐艺子那份早餐,副官进来了,将一套鬼子的军官服放在床上,说是池田大佐奖励给王文琪这位皇军的朋友的,命王文琪立刻穿上。王文琪离开心切,尽管内心里一百二十分的不情愿,却什么话也没说,匆匆将军官服穿在自己那身衣服外了。刚穿上,副官向他做了一个"请"的手势。他来时什么东西也没带,走时自然也就不必想想落下什么东西没有。他是巴不得一眨眼就已回到了村里的,看也不看佐艺子一眼,拔腿往外便走。操场上不知何时停了五辆摩托,两边还各有五名骑兵。见第三辆摩托的车斗是空着的,猜那肯定是留给自己坐的,大步腾腾走将过去,也不问一句,理所当然大模大样地就坐了上去。刚一坐上去,副官跟至,向他解释说池田大佐昨夜失眠,今日起得迟,不便相送,请他见谅。穿木屐的佐艺子也捯着碎步跑了过来,不停地向他鞠躬,连连说:"还要再来啊,一定再来啊……"

王文琪哪里还有心情理睬他俩呢?

他忽然举起右手,向前一挥,用中国话喊了两个字是:"出发!"

直至那时他才觉得,自己这一个被变得不三不四的中国男人,多少为自己争回了那么一点儿面子……

老鬼子池田昨夜并未失眠。恰恰相反,睡得很好,醒得也很早。他穿戴整齐,隐立窗子内侧,将操场上那几分钟内的情形看得分明。

半小时后,老鬼子召开了一次军官会议,按他的说法是一次"战局思想训导会议"。他在部下们面前踱来踱去,一副满腹文韬武略的样子,大谈自己的"绥靖占领"思想。

他说,要使四亿五千多万中国人放弃抗日意志,认同大日本帝国最有资格也最有能力全面统治中国,无非两种方法。一是杀服。不断地,冷酷无情地杀、杀、杀,将"三光政策"进行到底。残杀能不能使一个民族屈服呢?老鬼子认为完全可以。只要对一切表现出不屈服情绪的人格杀勿论,那么一个民族也就会渐渐地屈服了,并且会一代一代地习惯于屈服地活着。但老鬼子又强调,这第一种方法,更适合于对待被占领的小国。比如一个国家如果只有五六千万人口,索性大开杀戒,杀掉一半,那么剩下的一半人口,起码在一百年内是会屈服的。可中国是一个地域广阔、人口众多的大国,杀光四亿五千多万中国人的一半,每年杀掉两千多万,那也得可持续地杀上十年。而大日本帝国对中国的全面占领和统治,不能等到十年之后才实现巩固。因为没有办法预测到,十年之内世界会发生多少次不利于日本的大事件。所以,依他看来,对于大日本帝国之中国愿望,第一种方法不现实。而恩威并施的第二种方法,亦即"绥靖占领"的策略,才是高级的策略。他以元朝和清朝对中国的统治为例,认为只知一味屠杀和镇压的元朝统治者是失败的,结果才统治了八十几年。而采取以汉治汉的清朝却是成功的,因而不但能统治了中国二百六十多年,还实现了康乾两个盛世时期,还在二百六十多年里,造就了一批又一批死心塌地忠于大清朝的文官武将,这是了不起的统治成就。清朝的灭亡,其实并非由于它自身失去了统治能力。依他看来,如果不是因为有包括日本在内的列强国家对它一次又一次发动的现代军事攻击,它对中国再实行二百六十多年的统治是根本不成问题的。腐败不能使它灭亡。它完全可以又腐败又驾轻就熟地实行统治。它的一代代忠臣良将,也完全习惯了既不满于它的腐败,还一如既往死心塌地无怨无悔地忠实于它。而中国的老百姓,也早已习惯了做大清的顺民,并以此为良民的第一准则……

王文琪认为池田只不过是一个会几句中国话而已的老鬼子,这一点他大错特错了。实际上老鬼子是日军中很有文化的人,中国话说得相当不错,对于中国的历史、政治、民族心理,也很有研究,并且不乏独到见解。他是成心在王文琪面前装得只会几句中国话而已,此外对中国一无所知。那是他在王文琪面前的策略。

老鬼子话锋一转,接着又大谈起"识时务者为俊杰"这句中国话来。他称赞汪精卫便是中国当代的一位俊杰。他说,作为中国曾经很有抱负的政治家,汪为什么宁肯被戴上汉奸的帽子,与我们大日本帝国合作呢？因为他也有做中国第一号统治者的野心。他想要借助大日本帝国实现他的野心。而我们日本，也要利用他实现我们在中国的远大理想。我们和他互相利用，对双方好处都大大的。他识时务，所以他是俊杰。如果我们对中国的全面占领实现了，我们当然也要以中治中，扶植他替我们统治全中国。那我们将会很省心，很省事。为什么不呢？所以，我们大日本帝国要实现在中国的远大理想，不仅需要一个汪精卫，而是需要千千万万个汪精卫！最好是，每一个村子都有一个汪精卫，每一个县城都有几个汪精卫！不是伪军，不是由中国人组成的便衣特务队，不是告密者，而是千千万万以普通中国人的身份生活在中国人之间的汪精卫，能以"识时务者为俊杰"的思想影响一大批一大批中国人的思想型的汪精卫！……

老鬼子忽然问："你们认为那个王文琪，他恨不恨我们大日本皇军？"

军官们中，除了他的副官，谁也没接触过王文琪，自然一时间地你看我，我看他，皆默不作声。

老鬼子扫视着部下们，自问自答："他承认他恨我们大日本皇军。但他说，那是因为，我们皇军的炮弹，炸平了他父母的坟墓，炸毁了他家的老宅。那个王文琪，狡猾狡猾的。他的恨，绝不只这么一点点。他更恨我们侵略他的国家，杀害他的同胞。他这种恨，大大的，隐藏在内心里边，不肯老老实实地说出来。但是，你们要给我听明白，我认为他也是一个识时务的中国人。在我们这里，在我的面前，他非常的，善于忍受屈辱。否则，我早已亲自杀了他，或者命令你们杀了他。在中国，我们需要走狗。走狗只能从识时务的中国人中去发现。一旦发现了，我们要装出几分对他们友善的样子。这样一来，他心中原有的恨，渐渐地就会消除的。那时，他就不知不觉地，真的成了我们的走狗。好的狗，它希望在自己和主人之间，体会到这样的感觉——它是主人的一部分，并且，那种感觉很好。当一条狗有了这样的感觉，就是好的走狗了。今后，你们谁都不许找那个王文琪的麻烦，我要用事实证明，一个中国人，即使他内心里是恨我们的,我也能用我的智慧,为了我们大日本帝国的长远利益,将他培养成我们非常需要的走狗,一个我们在中国民间的小小的,汪精卫式的榜样中国人⋯⋯"

军官们皆心领神会地点头称是。至于是否真的都心领神会,那就只有他们自己知道了。

第八章

　　再说王文琪,在离韩王村还二三里处,非闹着下了摩托自己走回村去不可。于他,那自然是明智的决定。不是古代金榜上独占鳌头的状元郎,不是荣归故里的官老爷,不是衣锦还乡的大商人,搞那么耀武扬威的护送阵仗,他哪里经受得了呢?何况是国难当头时期,何况是由中国人见了都痛恨的鬼子兵护送!明摆着会使乡亲们不拿好眼色看他!可那也不是他自己说了算的事啊!那些鬼子是在执行任务啊!他们认为他们必须将任务完成到底啊!如果他进行解释,他们也许会被他说服,依了他。但他那些顾虑,难道是可以向鬼子兵们陈述的吗?不解释,还偏要下了摩托,不肯再被老老实实护送着往前走,这就使鬼子兵们一个个特恼火。像他恨他们一样,他们一个个也是极恨他的,每个的内心都涌着想杀了他的冲动。站在他们的角度而言,王文琪同样是个不三不四的中国人。这不三不四的中国人只不过为他们的池田长官治好了腰疼,并没对大日本皇军作出了什么巨大贡献,何以就该在军营里受到那么高规格的优待?这使他们不以为然。特别是,当佐艺子奉命陪他睡了一夜的"新闻"在军营中不胫而走,他们人人都知道了以后,每一个都心理特不平衡。都不由得想——我们背井离乡,多次冒着枪林弹雨出生入死,难道不比这个不三不四的中国人更有资格享受享受佐艺子那性感十足的肉体吗？更使他们恨到牙根的是,据说佐艺子还兴高采烈的,看去根本不是在奉命行事,而是也被赐给了一次享受他的良机似的!不错,他说日本话的语调好听,日本歌也唱得好听,这两点强过于他们,分明使佐艺子那个淫荡的小尤物受了蛊惑!但一个不三不四的中国人,居然能将日本话说得比他们这些帝国皇军说得还好听,居然也能将日本歌唱得比他们还好听,据此两点,还不该一刀杀了么?仅据此两点中的一点,那也该一刀杀了呀!允许中国存在着这么一个不三不四、不土不洋、不文不野,日本话说得比帝国的皇军们还好听,日本歌唱得连帝国的皇军们都爱听的中国人,难道不是对大日本帝国、大日本皇军的羞辱吗?用中国话来说——是可忍,孰不可忍?

所以他们都恨不得杀了王文琪。

如果,他们也听了池田老鬼子那番对军官们进行的训导,心中对王文琪的恨或许会消除了一点儿。但他们没听到啊!

跳下了摩托的王文琪,蹲在路边,说什么也不肯再坐入摩托车斗里了。

负责护送的鬼子兵班长大怒,狠狠一脚将他踢倒在地。紧接着,另几名驾驶摩托的士兵围上来,一个个全都踢他,踩踏他。其中一个解开裤子,要朝他身上撒尿。骑在马上的鬼子们,看着全都解恨地笑。

鬼子兵班长及时将那名想要往王文琪身上撒尿的鬼子兵推开了,指着趴在地上一动也不敢动的王文琪摇头——他是因为王文琪身上穿着日军军官服而制止对方。

虽然池田老鬼子赠他那么一身日军下级军官的军服动机阴险,但事实却是那身日军下级军官的军服当时起到了保护他的作用。

鬼子兵班长怒吼:"八格牙路!装死的,立刻死啦死啦的!"

王文琪麻溜站了起来,身上哪哪都被踢得生疼,想揉,却不敢揉,忍着。垂着双肩,低着头,像被罚站似的站着。那会儿,他觉得反而是军营里较为安全了。

鬼子兵班长喝令他抬起头。他刚一抬头,立刻挨了一个大嘴巴子。那鬼子班长自己扇了他一个大嘴巴子还不算,居然示意其他鬼子兵都扇他耳光。五辆摩托,除了他,五名驾驶摩托的,四个斗里也各坐一个;再除了鬼子兵班长已经扇过他了,那么还有八个鬼子兵没扇过他。他们一领会了鬼子兵班长的示意,顿时将他团团围住,依次扇他耳光。每一记耳光都扇得响亮,也扇得狠。此时的王文琪,既躲闪不开,也不敢反抗,只有紧闭双眼默默挨着的份。挨一记,暗数一记。鬼子兵们倒也保持着一定程度的理性,每人只扇他一记耳光,谁也不多扇。王文琪暗数到第四记时,觉出口中有腥咸的东西从嘴角流出来了,鼻孔里也有同样的东西淌下来了。他知道自己已被扇得口鼻出血了,而那时他刚暗数到第四记。

他突然睁开双眼,二目瞪圆,眼中喷火,也怒吼:"八格牙路! 你们,统统死了死了的!"

第五名鬼子兵的手掌僵止在了空中。

围住他的,骑在马上的鬼子兵,全部呆呆地也瞪着他,仿佛他吼的不是日本话,他们一个字也听不懂。

王文琪环指围住他的八名鬼子兵,声色俱厉地继续吼:"我的,死的不怕! 开玩笑的,更不怕! 池田太君的跟我开玩笑,我的大大的喜欢! 你们的,这样的玩笑,我的不喜欢! 大大的生气! 我要向池田太君郑重地汇报! 韩王村的,不回去了! 军营的,我的要求立刻回去! ……"

鬼子兵们一时大眼瞪小眼,面面相觑。

骑在高头大马上的十名鬼子兵,一个个也都顿敛冷笑。

鬼子兵班长一一拨开围住王文琪那些鬼子,歪头瞪着王文琪,在他面前踱了个来回之后,啪地双腿一并,笔直地立正着了,并且将头一低,叽里咕噜地说了一大串日语,大意是——他们对他毫无恶意,确实如他所说,只不过是在跟他开玩笑。如果他觉得他们的玩笑开过了头,那么请他多多原谅,千万不要向池田长官汇报。但是,他必须由他们护送回到韩王村。这一带的抗日分子经常神出鬼没地活动,万一他路上有个三长两短,他们是担责任的……

"你的,明白?"

王文琪除了点头,无话可说。

"你的,摩托车的,高兴的上去了?"

王文琪也只有点头,还是无话可说。

鬼子兵班长做了一个"请"的手势,王文琪一手捂着嘴角流血那半边脸,一手撑着后腰,恨恨地又坐入了摩托车斗里。

王文琪被护送到村里时,已快晌午了。韩王村静悄悄的,没有三禽五畜的叫声与踪影,也不见有人在村里走动。甚至也不见谁家的烟囱冒烟,似乎是一个被全体人家遗弃的村子了。自从王文琪被县城里的鬼子兵带走,村人们日夜提高警惕。白天几个半大孩子爬在树上,注意观察有无鬼子向村里运动。晚上由大人们轮班值更,时刻倾听四面八方的声音,稍觉可疑,便学韩成贵家的驴叫,于是妇女们带领儿童们迅速隐藏。人们警惕性如此之高乃是因为,没有谁能够说得清楚,王文琪与鬼子们的关系究竟是一种什么关系了。人们自然希望是一种对大家有利的关系,却又都难免十分担心,怕其实是一种有害的关系。比如怕王文琪向鬼子告密——区武工队是经常出没于本村的。果而如此,那全村人的命运还不惨了?韩成贵们尤其不敢掉以轻心,因为他们的"内部人"身份,不是已经向王文琪公开了吗?

护送王文琪的鬼子小队伍离韩王村还有一里多远时,已被树上的孩子们望到了。家家户户顾不上做午饭了,女人们带领孩子们东躲西藏地隐蔽起来了,只有韩成贵和些老头老太太不躲不藏,为的是总得有人出面应付鬼子。人们让他也躲藏起来,他偏不躲藏,说是祸躲不过。说如果真是祸,那么肯定是王文琪招致的。那么,他就是豁出一死,也要死个明白,亲眼看看王文琪那厮是怎么充当鬼子们的可耻走狗的。他这么说时,似乎认为,王文琪肯定已经变成鬼子们的走狗无疑了。他反劝韩大娘赶紧躲藏,认为鬼子此来,八成凶多吉少。韩大娘是令鬼子们恼火过的人,他怕鬼子们这一次来饶不过她。韩大娘也认为,果而凶多吉少的话,当然必是王文琪出卖大家无疑了。她都这把年纪了,动辄东躲西藏的,早已躲藏烦了。躲得了初一,躲不过十五。也要豁出一死,亲眼看王文琪如何做汉奸。并且,死前非将他骂个无地自容不可。听韩大娘这么一说,老头老太太们都七言八语地说开了。如果王文琪听到了他们的话,一定会真的无地自容的,也一定会大喊冤枉的。他们中有人甚至恨恨地开骂了,将王文琪连同他的祖宗八代骂得痛快淋漓。当时那种情形是很奇怪的,也是现实生活中常有的,即某事尚未分明,某些人任由主观臆断所主宰,全体陷入了自以为是又互相影响的坏情绪之中。

于是,在视死如归的韩成贵的率领下,些个同样视死如归的老头老太太,干脆一起走向村口,准备从容就义,用自己的血和命来向鬼子证明——中国的老头老太太们也都不是孬种!

他们刚走到村口,摩托队和骑兵队也来到了村口。

王文琪下了摩托车斗,不明白韩成贵为什么率领村里的老头老太太们出现在村口。穿一身鬼子下级军官军服的他,在韩成贵和老头老太太们那种意味极其复杂的目光的注视之下,难免地大为尴尬,不知所措,恨不得地上裂开道缝一头钻进去。

他张了几次嘴,终于说出一句自认为得体的话是:"大爷大娘们,又让你们担心了。我王文琪命中有菩萨保佑着,这次又毫发无损地回来了。"

话一说完,立刻意识到说得不对。左右脸都被扇肿了,鼻唇之间,一边的嘴角那儿还凝结着血呢,怎么能说"毫发无损"啊!

他苦笑一下,纠正道:"也不能说是毫发无损,但基本上算是平安无事地回来了。"

老头老太太们都不接他的话,意味极其复杂的目光中,既没因他的话多了点儿什么,也没因他的话少了点儿什么。

韩成贵则根本连看都没看他一眼,只望着鬼子兵们说,自己是村里临时主事的,带领乡亲们前来欢迎皇军的大驾光临。太君们有什么需求只管对他讲,他一定吩咐乡亲们尽量办得使太君们满意。为了工作,他也是学会了几句日本话的,有些还是王文琪教他的。他用日本话与中国话混杂着将他的意思表达完毕,便低头垂手地等待吩咐。

鬼子们都基本听明白了他的表达,一个个显出对他印象挺好的模样。鬼子兵班长站起在摩托车斗里,也用日本话与中国话混杂着问他,为什么他带领的人这么少?而且都是“老东西”?

他回答说大多数中青年男人为了逃避战争,早都不知流浪至何方去了。剩在村里的十来个,跟女人们与大点儿的孩子们四处讨饭去了。今年的收成虽然还不错,但为了保证对皇军的粮食供给,收下来的大部分粮食都送到周边几座炮楼里去了。所以呢,怕以后自己们留下的粮食断顿,趁冬天没到,能靠讨饭度过一两个月是一两个月。

鬼子们居然听得一个个点头。

韩成贵又说,从明年起,村里决定也种几片地的水稻和麦子了。等秋收,细粮一定先想着满足太君们的需要。不能做到使太君们万分的满意,但使太君们每个月也能吃上几顿细粮,那是全村人的愿望。只要太君们不是一来了动不动就生气,一生气就烧房子、杀人,村里人是乐于与太君们搞好关系的。

鬼子们居然听得一个个表情起了变化,看去接近着和颜悦色了。

那鬼子兵班长,也不再追问更多的人都到哪里去了,夸奖了韩成贵几句,说他是大大的良民。

韩成贵受宠若惊,堆上谄媚的笑脸说:“为皇军效劳应该的,应该的!”

鬼子兵班长指着王文琪宣布:“这位王桑,是皇军的大大的朋友,以后会被经常请到县城里去做客的。今日将他护送回来,全村人都要对他日后的安全负责。如果他被抗日分子杀死了,那么全韩王村的人,统统死啦死啦的!皇军必将因他的死,杀许多许多中国人进行报复!"

韩成贵说:"太君们放心吧。你们将他护送回来了,那么他就等于是在保险柜里了。一旦他的生命面临危险,全村人都会奋不顾身地保护他的!"

鬼子兵班长对他的回答非常满意,点一下头,坐在了车斗里,将手一挥,摩托车队与骑兵队调转方向,绝尘而去。

老头老太太们都长舒一口气,分头散去。韩大娘最后才走。直至那时,她也没正眼看一次王文琪,只看着韩成贵问,如果没什么事了,她是不是也可以回家了。

韩成贵说:"没什么事了,大娘您赶紧回吧。"

于是韩大娘也走了。

转眼村口只有王文琪与韩成贵二人了。王文琪因韩大娘对他的态度也那么冷,望着韩大娘背影,心里别提有多么不是滋味。

韩成贵干咳一声,朝王文琪缓缓转过了身。王文琪收回目光,看着他无奈地说:"我担心的就是这样的事。"

韩成贵反问:"哪样的事?"

王文琪说:"乡亲们对我真发生了误会。"

韩成贵又反问:"如果全村没一个人对你发生误会的,你觉得咱们韩王村一个个还正常吗?"

王文琪又问:"那么,听起来你也又对我有误会了?"

韩成贵冷冷地说:"瞧你这身鬼子皮!瞧他们护送你回来这阵仗!究竟是不是误会,只有由日后的事实来证明了。估计你还没吃午饭,回家弄口吃的吧。我也饿了,有什么事以后再谈。"说罢,一转身也要走。

王文琪一把抓住他手腕,不让他走成,逼他将他心中的误会说出来。

韩成贵使劲挣几下手腕,没挣脱,急了,脸不是脸鼻子不是鼻子地说:"你放开我! 我不是说我饿了嘛!"

王文琪执拗地说:"我也饿了。饿不饿对我是小事,你和我是'内部人'和'内部人'的关系,你对我也有了误会是大事!"

韩成贵说:"我不是清清楚楚地说了嘛,究竟是不是误会,那得由日后的事实来证明。"

王文琪也急赤白脸地说:"你这么说,那就更加证明你内心里对我确实有着很多很大的误会了! 别人怎么误会我,我不在乎。你和韩大娘也误会我,我是非常在乎的! 今天你非把你的误会讲出来不可! 今天你也非听我解释清楚不可!"

韩成贵说:"这刚中午,今天过去还早呢! 我的误会你的解释,都留待晚上再说。"

王文琪说:"我忍不到晚上了! 我这就跟你去你家,你边吃饭边听我说好了!"

韩成贵拿他没办法,只有由他跟到了家里。韩成贵女人和十一二岁的女儿已在家里凑合着吃上了——无非一盘子蒸土豆,几个窝头,一碟咸菜,一盆苞谷面菜粥而已。母女二人见丈夫后边跟入了王文琪,都不由一愣,各自抓起一个土豆躲了出去。

韩成贵大声说一句:"不许偷听!"

门外没任何动静,猜到那娘俩不知去谁家了,便对王文琪说:"那就什么也别隐瞒,放心大胆,一五一十地照实说吧!"

他确实饿了,抓起个窝头就是一大口。王文琪虽也饿了,却哪里有心思吃什么! 看着韩成贵来了这么一句:"你先说。"

韩成贵瞪着他一怔,咽下一口窝头,捧起粥盆喝了口粥,送顺了食道,不禁反问:"我先说? 我倒是先说什么啊?"

王文琪:"先说你的误会啊! 我跟到你家来,忍着饿,看着你吃饭,不就是因为急着想听你说这个嘛?"

韩成贵只得将刚又拿起的窝头往桌上一放,开诚布公地说:"我先说就我先说。你被藤野那厮带到了炮楼里去,乡亲们谁也没对你产生什么误会。事情的前因后果,大家都看在眼里了。虽说你当时的表现不够英勇,但那是为了救韩柱儿一命,大家都能够理解的。那种情况下表现英勇,非但救不了韩柱儿一命,连自己的命也会白白搭上。鬼子们拿咱们中国人的一条命不当人命,咱们中国人自己犯不着非将脖子往他们锋利飞快的刀刃上凑……"

王文琪插言道:"我当时就是这么想的。好汉不吃眼前亏,何况我也不是好汉。"

韩成贵接着说:"所以,那第一次,乡亲们非但不误会你,而且还都因你担心。一动员捐出东西赎回你,没有舍不得的人家。"

王文琪说:"这我知道,心里边一直对乡亲们很感恩。"

韩成贵继续说:"那第二次,是藤野那厮突然地就来了,将你往县里押送,乡亲们虽又为你不安,但谁敢拦呢?眼睁睁地看着你被带走,没有心里不难受的。都以为肯定是凶多吉少,有去无回,以后再也见不到你了。想到你平日与大家相处的种种仁义,能不难受吗?我还亲自冒险进县城打探你的消息,却白去了一次,什么消息也没打听到……"

王文琪说:"我心里也一直对你很感恩。"

韩成贵说:"感不感恩的,对我是无所谓的。你从炮楼里平安回来,队长当着你和我们几个同志关系的人的面,宣布你也是我们的'内部人'了,那你和我们之间的关系,也就不单是乡亲关系了,而且还是同志关系了。一名同志被押往虎口了,其他同志能漠不关心吗?那完全是应该的。"

王文琪动情地说:"我知道,为我那件事,你还进山去找过咱们的正规部队,希望他们……"

韩成贵挥手打断了他的话,仍板着张脸说:"咱不论那些。你从鬼子们的兵营里,总算也平安回来了,乡亲们都为你高兴。可是你并不知道,我虽然没从县城探听到什么消息,两天后,却有些关于你的说法,一传十,十传百,也传到乡亲们的耳中了……"

王文琪说:"第一次在鬼子兵营里的情况,我不是如实地向你作了汇报吗?我觉得我是说清楚了的。也觉得,包括罗队长在内,你们大家是相信了的。"

韩成贵已卷好了一支烟,吸了几口之后,低头看看手中的烟说:"不错,你当时是汇报得挺清楚,我们大家当时也的确是信的。但有一点大家心里其实都很困惑,那就是——藤野那厮也罢,老鬼子池田也罢,为什么都不加害你,反而都对你特别好?仅仅因为你会说日本话?会说日本话的中国人未必都愿当汉奸,会说日本话又不愿当汉奸的中国人,那鬼子对他还能像对你这么好吗?"

王文琪想了想,肯定地回答:"不能。"

韩成贵一拍腿:"问题就在这儿!事情有蹊跷,那你就不能怪大家对你渐渐地心存猜疑!"

王文琪力辩道:"也不能说有什么说不清道不明的蹊跷吧?无非就是鬼子们觉得我似乎可以利用,于是在我身上下注,打算充分地利用我罢了。"

韩成贵出溜下了炕,将烟吸了最后一口,扔在地上,并踩一脚,倒背双手,研究地盯着王文琪说:"他们让你捎话回来,希望咱们明年多种稻子和麦子,还要像他们没占领县城以前一样,多养鸡鸭鹅猪,对不对?"

王文琪点头说:"对。"

韩成贵问:"那是希望咱们能最大程度满足他们的抢掠,对不对?"

王文琪又说:"对。但罗队长不是向上级汇报了吗?一级级的上级,不是也都表示同意吗?不是也都认为,咱们可以明修栈道,暗度陈仓,也能趁机改善对咱们自己人的给养补充吗?"

韩成贵说:"理是那么个理。还有挂太阳旗,都是同一个理。麻痹鬼子,也有利于咱们抗日力量的喘息,以求暗中发展。这么想,理上都是说得通的。"

王文琪也拍了下腿,大声质问:"那我就不明白了,我要来听你心中的误会,你审讯似的审了我半天,你心中那误会,干脆你直说吧,你们大家的种种猜疑,究竟是什么呢?"

韩成贵又盘腿坐在炕上了,双手往左右大腿根一撑,更加严肃地说:"你既然问到这份上了,那我也不想再对你说含糊的话了!你刚才自己都说,鬼子们无非是打算充分地利用你……"

王文琪忍不住又打断道:"可我也正打算充分利用他们,好为咱们中国人的抗日做点儿有益之事!"

韩成贵眯起双眼瞪他片刻,语调缓慢地说:"总而言之,到目前为止,鬼子对你的利用是明摆着的,你对鬼子的利用,还没有什么具体的事可以证明……"

王文琪火冒三丈了,一拍桌子嚷嚷起来:"姓韩的你放屁!大批鬼子进山扫荡之前,如果不是我及时汇报,那一次咱们山里的军民将受多大的损失?!哎你怎么翻过来掉过去的,偏往歪了寻思我呢?!"

韩成贵也拍了一下桌子,严厉地训斥:"你别跟我嚷嚷!不是我偏往歪了寻思你,你变歪没变歪,究竟是你被鬼子利用了,还是你在利用鬼子,这都得靠许多事实来证明。仅仅鬼子扫荡那一件事,证明不了什么!你不要以为那是你立的一次大功!实话告诉你,不完全是你以为的那样!你当咱们的情报员都是饭桶啊?在你汇报前,他们的情报早已送达山里了!……"

王文琪愣愣地看他,半天没说出话。

韩成贵谴责道:"你看你今日回来这种阵仗,这不明摆着使乡亲们心里犯嘀咕吗?鬼子们当着些乡亲的面,指着你说你是他们大大的朋友,还说你若有个三长两短,你们就会大开杀戒为你进行报复,你说当场听到了的那些长辈心里会怎么想?我能一个个为你警告他们,不许他们传吗?几天后,全村的人还不都知道了?再过些日子,其他村的人不也都知道了吗?……"

王文琪不由得长叹一口气,说显然是鬼子们使的离间计。说自己其实料想到了的,怎样怎样在离村子二三里的地方闹着想要自己走回来,怎样怎样惹恼了鬼子们,被他们扇了一通耳光。

韩成贵说:"我还以为你在鬼子们的军营里天天被待为上宾,好吃好喝,弄得红光满面,胖了许多呢。"

王文琪满腹委屈地说:"我那是在狼窝虎穴里你不明白么? 我得整天与敌人斗智斗勇,我得……"

韩成贵又拿起了窝头,请求地说:"行了行了,我的爷! 你还让不让我吃成这一顿饭了? 这样吧,你将你两次在鬼子们军营里的经历,点点滴滴详详细细毫无遗漏地,写成一份文字的汇报材料交给我,我替你交给队长,作为你的一份材料先在我们有关同志那里备上案,将来抗日胜利了,革命成功了,若有什么小人翻起你的老账来,也算是你的特殊经历的历史证明,对你有好处的。抓紧写。别不当成回事。"

王文琪诺诺连声,再也忍不住饿,也抓起个窝头狼吞虎咽起来。

王文琪一回到自己住的那间小屋子,倒身便睡。在鬼子军营里第二次经历的几日,与第一次经历的几日一样,没睡过一夜整觉,夜夜被噩梦多次惊醒。只有一天的后半夜睡得较踏实,便是与佐艺子同床共枕的一夜。一来是由于两个你折腾我,我折腾你,折腾来折腾去的,折腾累了。二来是因为有佐艺子陪睡,不那么风声鹤唳,神经高度紧张了。

但回到家里这一觉他并没能一直睡到第二天早晨,半夜醒了。一醒饿了,煮了半锅玉米面粥全喝光。喝光之后,不困了,索性润笔研墨,翻出家藏的一沓上好信纸,燃起残烛,写起汇报来。

天一亮,他红着双眼,去到韩成贵家,将刚刚起床的韩成贵带到了河边,将二三十页一卷汇报材料交到韩成贵手中。

韩成贵吃惊道:"这么快就写成了?"

他说:"你不是让我抓紧写,别不当成回事吗? "——逼着韩成贵立刻就看,希望韩成贵能给自己指出,哪处哪处,写得还不够详细。昨天与韩成贵一番长谈,他开始意识到,鬼子们对自己"好",公开宣布自己为他们顶好顶好的朋友这一"事实",的确很可能真的会成为自己以后的"历史污点"的。字里行间流露替自己叫屈的情绪。

已是晚秋,早上凉意袭人了。偏偏那时,河对岸漫过大雾来。转眼间,二人已在雾中,只得分开了各自回家。

王文琪想学生们了,希望从孩子们那里首先重新获得信任,继续当他们的孩子王。他要去把他们一一找来,刚走出破败的宅院,又退回去了,怕从孩子们那里,获得的也只不过是冷淡和鄙视。一白天,他坐卧不安,好比一名犯人,呈交了申诉状,却估计不到法官将如何判决。在那种没着没落心绪烦乱的状态下好不容易熬到傍晚,决定再去找韩成贵时,韩成贵来了。

王文琪急切地问韩成贵的看法,韩成贵摇头说不行。

王文琪激动了,忍不住嚷嚷:"你说你说,哪点我写得还不够详细?!"

韩成贵盘腿往炕上一坐,批评道:"问题就在于你写得太详细了。"

王文琪说:"不是你叫我点点滴滴都要写的吗?你自己说过的话你忘了?"

韩成贵白他一眼,继续以批评的口吻说:"不错,我是那么说的。但你自己没长脑子啊?拉屎撒尿也在点点滴滴的范围内,哪些事应写,哪些事写了对你自己绝无好处,只有坏处,你就不替自己考虑考虑吗?千不该,万不该,你不该还跟一名日本军妓发生了那种事,更加不该的是,你自己还白纸黑字写出来!那不仅是丢不丢你的人,失不失你的名节的事,还关系到你的将来。如果将来有谁以你自己白纸黑字写下的这汇报质问你——鬼子们用美人计从你口中得到了什么不利于我们自己人的消息,姑且就说消息,不说秘密吧,你怎么替自己辩护?"

王文琪说:"我也不知道什么秘密呀,这一点老哥你还不清楚吗?"

韩成贵说:"就算我那时替你这么做证了,别人如果连我的话也不信呢？我告诉你文琪，一位我们自己的同志，不论他平时给大家的印象是多么坚定的革命者，也不论他曾为革命怎样地出生入死过，只要他一旦被捕了，不论他是被鬼子逮捕了，还是被伪军、特务逮捕了，那么只有两种情况能证明他在革命性方面的清白，一种是他被杀害了，一种是他被自己人营救出来了。除了这两种情况，别的任何一种情况，都很难证明他革命的清白性了。他说他并没变节行为，是逃出来的，谁能百分之百地信？谁又敢百分之百地信他？万一不是那样呢？即使被敌人处死了，疑点那也还是照样存在——如果他变节在先，被敌人处死在后呢？这种事也不是没发生过！有我们的同志，一旦被捕，成了软骨头，或经不住金钱美女的诱惑，变节了，但敌人还是把他处死了。也有一种情况是，一名同志被捕了，大家念他曾是一名好同志，想方设法甚至采取冒险的武装行动，将他营救出来了。更甚至，还搭上了营救他的同志的性命，可不久查明，其实他已变节叛变了！严刑拷打对我们革命者是一种考验，美人计是一种更难经受得住的考验。至于金钱考验，那倒是微不足道的考验。兵荒马乱的，得了钱又哪儿去花，买什么？不瞒你说，反正我不说你以后也会知道，罗队长他也由于叛徒的出卖被捕过，因为他被捕前是我们革命性极坚定的好同志，所以咱们自己人不惜冒险采取武装营救行动，在敌人往保定押解他的途中，成功打了一次伏击，将他给救了。但就是罗队长，他也得向组织写汇报材料的。对他的汇报材料，组织也不能百分之百全信的。据我所知，武工队里就有人接受了组织的特殊任务，时刻监视他的行动。这是毫无办法的事，如果他实际上已经变节了，由他主要领导着的区武工队，稍有闪失还不被敌人连锅端了？……"

王文琪突然大叫："别说了！"

韩成贵冷下脸瞪着他问："连你根本没资格知道的事，我也违反原则地告诉你了，你反而不爱听了？"

王文琪愤愤地说："是不爱听！太不爱听了！听不得你像讲什么家长里短似的，讲罗队长他也因为被捕了一次，就如何如何地不被充分信任了!"

韩成贵沉默片刻,叹道:"斗争残酷无情,形势复杂多变,谁又愿意这样啊!也包括我自己在内,哪一天被捕了,即使侥幸活着脱离了虎口,那也不再是被捕之前的我了!"

王文琪低声问:"罗队长他知道自己一边继续领导着武工队,一边受到自己同志的暗中监视吗?"

韩成贵反问:"他那么个眼观六路、耳听八方的人,你以为会不知道吗?"

二人说话期间,王文琪一直站着的。一问一答地说到那会儿,他也在炕沿坐下了,垂着头,一副失魂落魄、六神无主的样子。

韩成贵推心置腹,谆谆教导地说:"文琪老弟呀,所以呢,你这份汇报,我看得重写。白纸黑字的,我一旦替你交上去了,将来那可就是对你作什么结论的依据了。你重写时,那得下一番心思,多动动脑子。"

王文琪低声说:"听了你这些教诲,我心里更乱了,只怕重写也还是写不好的。究竟怎么写才对,你指点指点我。"

韩成贵郑重地说:"那你可给我认真听着。我的话只说一遍,不说二遍。而且呢,哪说哪了,天知地知,你知我知。除了你我,再连个鬼也不许让他知道。这第一点,便是你与那名日本军妓乱搞到一起的事,在鬼子们的军营里,你居然有过那种可耻的行为,跟一百个人解释不是鬼子对你使的美人计,一百个人肯定个个都不信。那事你自己先忘了吧,就当根本没发生过,一句别提。"

王文琪说:"我那也是被逼无奈。"

韩成贵说:"被逼无奈?鬼子们怎么逼你了?枪口对着你太阳穴了?刀刃压在你脖子上了?"

王文琪说:"那倒没有。反正我是迫不得已。"

韩成贵又嘲讽了:"迫不得已?我就不信,你一个不缺胳膊不短腿的大男人,照你写的来说,她一个才十六七岁的日本小妮子,你要是像古书中说的不近女色的英雄好汉们那样,坐怀不乱,正气凛然,她能反过来把你给强奸了?"

王文琪不爱听地说:"你话别说得这么难听行不行? 我又不是不近女色的英雄好汉。"

韩成贵习惯地一拍腿:"你也别我有来言你有去语的行不行? 你再不识好歹我可不指点你了!"

王文琪赶紧说:"我的好哥,千万别不指点,你说的每一句话我都认真往心里记呢。"

韩成贵白他一眼,接着指点:"池田老鬼子将战刀塞在你手上那段,也只字别提。你说你啊,但凡多少有点儿英雄气,上次他的枪在你手中时,我要是你,也早啪啪两枪结果了那老鬼子的狗命! 你可倒好,乖乖将枪放老鬼子手边了! 这次也是,刀在你手中了,我要是你,狠劈猛砍,那老鬼子也肯定见阎王去了。你呢,又没下手! 你为什么要丧失两次替咱们千千万万被鬼子杀害的中国人报仇雪恨的机会呢?"

王文琪长叹一声,羞愧难当地说:"还能为什么呢? 我不是你,贪生怕死,没那种胆量呗。"

韩成贵又白他一眼,加重了语气说:"记住我的话,那段也只字别提。再说最后一点,别夹杂着些委屈的话,好像别人猜疑你是别人们的不对。别人们有什么不对的? 你和鬼子们的关系明明变得那么不清不楚了,别人们都一点儿不犯猜疑反倒对了? 你要写成那样——时刻做好了与鬼子拼个鱼死网破的思想准备。在鬼子面前,你虽然不得不巧言周旋,却半句有损于咱们堂堂中国人名节的话也没说过!"

王文琪又长叹道:"我的哥,那种话,不论在藤野那厮面前,还是在池田老鬼子面前,我可是没少说啊! 想想我在鬼子面前低三下四、奴颜婢膝的样子,这会儿我还羞臊得慌!"

韩成贵理解又怜悯地说:"别后悔了,后悔也没用。你还知道羞臊,那就证明你还有中国人的人味。既然如此,也就大可不必将汇报写得像认罪似的。我昨天在鬼子们面前,不是也低头哈腰地说了些不要脸的话么? 在敌人面前,总是要讲些策略的。所以可以理解。可以理解就可以原谅。可以被原谅就可以首先自己原谅自己。首先自己原谅自己那就大可不必写在汇报里嘛! ”

王文琪忧郁地问:“哥,你为什么对我这么好。昨天我还以为你对我不好,成心把我往变节分子堆里推,现在我觉得你对我太好啦! ”

韩成贵就告诉他,他们王家,对他是有大恩的。王文琪在日本时,他韩成贵的老父亲患了没法治的绝症了,却一时还死不了。但所受那些痛苦,使他这个儿子看在眼里,整天心如刀绞一般。王文琪的父亲知道了,主动为他父亲治病。靠着服王文琪父亲给配的药,他父亲多活了三四年,并且活得不是多么痛苦了。所以,他要将欠下王文琪父亲的一份大恩,报答在王文琪身上。

王文琪又小声问:“好老哥,我不头顶着个 ‘内部人’ 的特殊身份了成吗? ”

韩成贵瞪着他反问:“你什么意思? ”

王文琪说:“如果,我不是什么 ‘内部人’ 了,我还能知道自己应该怎么应付鬼子们。一成了 ‘内部人’,我在鬼子们面前,反而更加顾三虑四、左右为难了。”

韩成贵极其严肃地说:“不成。晚了。自从罗队长那一天当着你和我们的面,宣布你是 ‘内部人’ 了,你就做不回从前的自己了。有些委屈,你就必得担待。比如,我如果哪天被敌人抓走了,后来被杀害了。或者咱村的其他人发生了那种不幸,咱们的同志第一个应该怀疑谁告的密呢? ”

王文琪声音更小地问:“谁? ”

韩成贵突然提高了声音:“你! 当然是你王文琪! 只有彻底排除了对你的怀疑以后,才会再接着怀疑别人。”

王文琪顿时目瞪口呆。

韩成贵又下了炕,倒背双手看着他说:"因为罗队长那一天已经宣布你是'内部人'了,所以你知道了一些只'内部人'才知道的事。因为你知道了一些只有'内部人'才知道的事,所以你想不是'内部人'也不行了。又所以,许多只有'内部人'才体会得到的委屈,你也得无怨无悔地经受!好啦,不跟你多说了。对于你,认认真真地,花心思,动脑子地将汇报写好才是正事,别想那么多没用的。有些事,临到头上了再想不迟!"

韩成贵说罢,一转身扬长而去。

王文琪想叫住他,再问几句心中的困惑,张了张嘴,竟没叫出声。

从那天晚上到第二天晚上,王文琪除了弄几口吃的垫垫饱,再就只重新写汇报了,没做别的任何事。

又一天上午,王文琪将重写的汇报送给韩成贵看。不论在城市还是在农村,只要不是当了兵在战场上,即使国难深重,即使在日军占领区,每一户中国人家还是得强打起精神来过日子。王文琪先是去韩成贵家里找他的,他女人说他到地里刨高粱根去了。就说了这么一句,再就没说第二句话。一说完,继续扫院子。受到冷待的王文琪颇觉尴尬,也二话不说,一转身到地里去找韩成贵。

这一带没出现炮楼时,农民们收完庄稼,随后几天里就会将庄稼根刨出来,晒在地里,赶在天冷前运回家当烧柴。一座座炮楼出现后,天一冷,守在炮楼里的鬼子们也冷啊,于是会到村里来抢烧柴。经历过两次被抢后,农民们长心眼了,不一总将庄稼根刨出来弄回家院了。他们干脆就让庄稼根继续留在地里,没烧的了,提前两天再去地里刨。无非冬天一到,土硬了,刨起来费些劲。因为还有水分,烧起来起火慢罢了。

王文琪在韩成贵家的地头遇见了他和他女儿。驴车上装满高粱根,十一二岁的少女坐在车板前一角,韩成贵走在驴旁边。那少女看着王文琪走近,没像以前那么礼貌地叫他叔,蹦下车,背冲他坐到车后去了。韩成贵料到了王文琪找他什么事,默默将驴缰往驴颈上一搭,拍了拍驴背,驴便自行往家走了。

韩成贵还不说话，默默伸出一只手。王文琪也不说话，默默将一卷纸递给他。韩成贵从腰间取下烟袋，也默默递给王文琪。

王文琪说："我不吸烟。"

韩成贵说："让你给我卷一支。"

王文琪卷烟时，韩成贵蹲下看起来。王文琪卷好烟递给他，他不用手接，指指嘴角，张开了嘴。王文琪就将烟塞在他嘴角，划根火柴替他点着了。韩成贵看得极认真，时而还移开目光，皱眉望着远处想什么。王文琪站累了，也蹲下，韩成贵将目光望向哪儿，他也将目光望向哪儿。韩成贵低头接着看时，他就研究韩成贵脸上的表情，猜测他的态度。

韩成贵终于看完了，腿也蹲酸了。王文琪搀扶着他，二人同时站起。

王文琪惴惴地问："还是不行？"

韩成贵说："我说不行了吗？"用那卷纸轻拍着掌心又说，"不但行，而且好。很好。这么写就对头了。"

王文琪情不自禁地笑了，感激地说："还不是多亏你指点。"

韩成贵白他一眼，提醒道："刚才的话，哪说哪了，不许对任何人说第二次。我才没指点过你。我干吗指点你写这种汇报？"

王文琪愣了愣，随即领悟了，赶紧说："老哥放心，我保证不对任何人说。"

韩成贵问："第一份带身上了吗？"

王文琪说估计他会对比着看，带了，遂从兜里掏出递向韩成贵。韩成贵没接，让他烧了。王文琪就划根火柴，将第一份汇报材料烧了。一阵风刮过，烧成灰烬的纸骸荡然无存。

韩成贵又叮嘱道："我再说一遍，根本没有第一份，我也根本没指点过你怎么写。"

王文琪自然诺诺连声。

二人同时将目光望向远方，视野内或远或近的几座炮楼，像大平原上的巨树桩。

韩成贵恨恨地骂:"他妈的,如果不是因为鬼子们,咱们中国人之间何至于也这么别别扭扭,你防我,我防他的。"

王文琪不知说什么话合适,只有苦笑。

韩成贵又指着问:"你看那像什么?"

附近一个村子里,一根碗口般粗的,剥尽了皮望去光溜溜的高树干上,悬着一面日本国旗。那时没风,旗未招展,垂着。旗上的太阳,只显露着中间一道血红。

王文琪望着回答:"咱们不都管那叫膏药旗吗?"

韩成贵说:"我看像月经布。"

二人相视都笑了。

韩成贵又说:"将来,凡是挂起膏药旗的村里的人,回忆起这年头的事,你王文琪的大名肯定常被他们提到。不知那时他们怎么评论你,你猜你的口碑会如何?"

王文琪苦笑道:"不好猜。人们爱怎么评论就怎么评论吧。能不能活到将来还不一定呢,将来如果我死了,却留下个骂名,拜托你替我辩护几句了。"

一番话说得韩成贵心里难受了,两眼噙泪,重重地在王文琪肩上拍了一下,鼓励道:"以后咱都不说丧气的话,都要争取活到将来!"

二人往村里走时,王文琪心中郁闷有所消解,不免抱怨起韩成贵的女人和女儿来,说那母女俩冷淡他,是他心口的疼,希望韩成贵从中做做工作。韩成贵说他穿着一身鬼子的黄皮,使自己的女人和孩子根本不可能像从前一样对他亲的。他也不要活得太娇气,别往心里去就是了。王文琪解释,不是自己喜欢穿,而是因为那一身鬼子下级军官的军装是粗呢子的,穿着正当季,暖和。自己脚上生过冻疮,一到冬季就犯,鬼子的一双皮靴也许能保护他的双脚今年冬季安然无恙。韩成贵说:"有一得必有一失嘛,那你就更别抱怨什么了!"王文琪说:"要不我用鬼子的上装换你那件旧棉袄吧！"韩成贵说："你想得倒美,我那棉袄只不过布面旧,里边的棉花可是八成新的。三层呢顶不了一层棉,傻瓜才跟你换！……"

好像学生的论文导师看了满意,于是师生二人都高兴似的。他俩一路相互打趣着走至村里分开,各回各的家。

从那一日起,王文琪也为自己做起过冬的种种准备来。事实上,村中大部分人家耕种着的土地,仍属于他王文琪家名下的土地。每年秋收以后,各家各户都会主动送给他粮食。是地租那么一种意思,但国难当头,就都不提地租二字了。王文琪从日本回到村里所做的第一件事,便是将乡亲们召集在一起,当众将自家拥有的地契烧了,宣布不管谁家租种着他家土地,那些土地从此便归在谁家名下了。只不过希望,租种得较多的人家,分给租种得少的人家和没有土地的人家一小块地,以使全村家家户户都有地可种。这韩王村,一大部分人家是王家的佃户,一小部分人家虽也有自己的土地,但人口多,地少,打下的粮食不够吃,便也租王家的一二亩地补短。还有少数的几户人家,既无自家的地,也没租到王家的地。因为王家当年收的租公平,一开始租,呼啦就被抢租光了,便只有靠成年男子给王家当雇工维持生活。说起来,这是抗战以前的事。王文琪的做法,自然使乡亲们都感动,都表示由他来分最好,他怎么分大家都没意见。于是,他就本着家家有份的原则,将自家的土地进行了一次相对公平的分配。地是分了,家家也都有地可种了,却并没同时拥有一份有效的地契。抗战的年月,没有什么地方的什么人管发正式的地契这种事了,故在乡亲们的意识里,仍视土地为他王文琪家的。他当时又分得特急,竟忘了也给自己留下块地。大家就说那重分吧。王文琪却说,别重分了呀！已经分得大家比较满意了,省省事吧。只要你们别让我挨饿就行啊！结果呢,他反倒成了村中唯一没有土地的单身户。乡亲们哪能使他挨饿呢,每到秋收以后,家家户户送粮菜给他,而且都想送得比别人家多。太多了,他吃不了啊！就要求乡亲们干脆每年轮着送。所以,他的入冬准备也很简单,无非就是收集更多的烧柴,往秘密地窖里储藏粮菜,修严透风的门窗,和泥补抹上掉泥的墙皮而已。但这些事,也够他独自忙碌的了。以往,不必请也有人来帮,最热心相帮的是韩柱儿。该年却连韩柱儿的影都不见来过一次,也没另外的人来相帮。只韩成贵路过他家门前时进了一次院子,替他往墙上抹了几抹子泥,作作示范,教他怎么正确使用抹子,怎么能将泥往墙上抹得又快又平,之后说有事匆匆便走。迈出他家院门前又说,他这少爷型的农民,应该尽早学会各类居家过日子的农活。

忽一日上午,王文琪正在往秘密地窖里放土豆,韩成贵慌慌张张地出现在眼前,说情况不太好,发现鬼子们朝村里来了,队伍中还有几辆马车,那就肯定是来抢东西无疑的了。说自己得赶快照料着乡亲们该躲的躲,该藏的藏,让王文琪到村口去应付一下鬼子们,尽量拖时间。

王文琪不敢稍慢,爬出地窖,拍拍身上土就要往外走,韩成贵提醒他戴上帽子。他一摸脑袋,没摸到那顶戴不惯的鬼子的军帽,就说戴不戴的没什么。韩成贵却说那不同,戴着军帽了,就是身着全套的鬼子军装了。那样去迎鬼子们,他们必然高兴。他们一高兴,也许会少抢点儿东西,乡亲们岂不是少遭点儿殃?王文琪听他说得有理,便这儿那儿地找那顶鬼子的军帽,越急越找不到。韩成贵居然不怕耽误工夫了,也帮他找,还说别急别急,急中出错。终于是韩成贵找到了。王文琪已戴上了帽子,韩成贵又扯住他,从地上抓起几把草,搓软了,蹲下将他靴子上的泥土擦尽……

王文琪迎候在村口时,鬼子们转眼已到了近前,他们人数不多,只不过是炮楼里的藤野将他那个班的鬼子率领来了而已。另外还有十来个男人,是别村的农民,赶着他们的马车各自带着他们的种种工具,一看他们的脸就知道一个个来得憋气,显然是被逼来的。马车上载着些砖石木料,也显然是别村哪户人家准备修房子所备的,被"强征"了。

藤野歪头打量王文琪,显出愉快的样子,拍拍他肩说他很像一名日本文职军官,说自己是奉池田大佐之命,前来监督着为王文琪家修修家院的。知道了鬼子们不是征用别村的两挂马车来抢东西的,王文琪忐忑不安的心稍定。他说家中就剩自己一人了,有两间小屋住着足够了,至于东倒西塌杂草丛生的其他房间和大院子,他早已习惯了,不收拾也罢。藤野却说他怎么想是他的事,池田大佐既然向自己下达了命令,自己就必须认真执行。王文琪无奈,只得依从。

人马来到王家大院门外,鬼子兵们吆喝别村的男人们往院子里搬砖石木料,藤野则请王文琪带领着,绕院子外墙观瞻了一圈,接着又请王文琪陪他在院子里各处欣赏。共有二十几间屋子的家院,已被日军的炮弹和从飞机上投下的炸弹、燃烧弹炸毁烧毁了十之八九,面目全非,有什么好欣赏的呢? 藤野一边东望西看的,一边随便聊似的,问王文琪在军营里为池田大佐治病时,与池田大佐交谈过些什么内容。王文琪一听心里就明白了,敢情是在主动搭讪着向他示好。这正中王文琪下怀,便夸大其词地说,池田大佐多么多么信任自己,对自己多么多么友善,而自己多么多么感到三生有幸。藤野开始撑不住以往趾高气扬不可一世的架子了,厚颜无耻而又试探性地问,池田大佐是否也与他谈到过自己? 王文琪自然回答谈到过,说如果没有您藤野太君的极力举荐,我王文琪又怎么可能接触到池田大佐呢? 我连那样的好梦都不敢乱做啊! 说大佐太君对您藤野太君印象深刻,评价很高的,称赞您是大日本皇军忠心耿耿而又表现优秀的军官呢! 藤野忍不住喜笑颜开,请求王文琪再有机会时,在池田大佐面前多多美言自己几句,转达自己想要调回县城军营里去,能够近在池田大佐身边效忠于皇军的希望。说如果那一希望实现了,自己便可经常聆听大佐的训导,经常学习大佐身上可敬的种种军人品质了。说事成之后,自己必定会对王文琪表示感谢的。王文琪听了,心中暗笑,想不到在鬼子们军中,也有溜须拍马以达目的之现象。更想不到,藤野那厮,为了达到目的,居然不顾身份地央求到自己头上了。又一想,鬼子们也是人嘛! 凡是人,为了达到趋利避害之目的,谁不是有病乱投

181

医的呢？他知道，驻扎在炮楼里的鬼子，没有不盼着调回到县城军营里去的。比之于县城军营里，驻扎在炮楼里不但生活条件艰苦，而且日夜神经高度紧张，唯恐何时一个不防，炮楼被端了，自己成了俘虏，甚而一命呜呼。藤野那些冠冕堂皇的话，实在是拙劣的借口，说白了，他是怕死罢了。王文琪心里一边这么想着，嘴上一边无比真诚地说："您藤野太君同样是高看于我，对我有恩的人啊，玉成太君您的希望，当然也是我三生有幸的事啊！只要有机会再见到池田大佐，我一定会将您的希望，用我最能打动人心的语言，替您向池田大佐表达得包您满意！"藤野那厮乐不可支，又拍王文琪肩，口中连说："王桑，你我，大大的好朋友的是！"

正那时，韩成贵等一些老人，以及一些孩子，被两名鬼子押进院子里了。两名鬼子喝令他们帮着干活。老人孩子们，其实插不上手干什么的，也不知究竟该干什么，都木呆呆站着，不拿好眼色瞪看王文琪。王文琪见状，对藤野那厮说："太君您看，您召集来的外村人，他们都是会工匠活的，您看他们干得多内行啊！而我们村这些老人孩子，哪里会干工匠活呢？人多手杂，他们来了只会添乱不是么？我的意思是，别叫他们干什么活了，只让他们拔拔荒草丛蒿就行了。"藤野那时格外顺心，王文琪怎么说，他都点头同意。

老人孩子们拔草时，王文琪借故离开藤野，大约两锅烟的工夫，回到了藤野身旁，手掌托着一环镯子，恭恭敬敬地说，是他母亲家祖传下来的上品手镯，他要进县城去将它卖了，为皇军们买些吃的喝的。为他修家院，有劳皇军们了。他不表示表示，内心里过意不去。藤野拿过去镯子看着问值多少钱，王文琪说，若倒退十几年，能值不少钱。现在县城里的有钱人家都走光了，值不少钱也卖不成好价钱，但若换吃的喝的，一定能换挺多。藤野还给他镯子，嘱他别忘了换瓶好酒。拍拍他肩，准许他赶上马车去了。

下午两点多钟王文琪才回村。他歉疚不已地向藤野"报告"，说自己这时候能回来，其实是很辛苦了那匹马的。并请藤野到马前去看，马果然出了一身汗。他说事情并没有自己预想得那么简单，县城里仅有的两家当铺，出的价一家比一家低。按那么低的价，卖不了多少钱的。卖不了多少钱，就买不了多少东西。以很低的价卖了，自己又舍不得。干脆不卖了，向几家商铺餐馆打欠条。好在他是名门之后，老板们都信得过他，估计他家里会留下些更值钱的东西，便都给他面子。车上放着四五只大盆和一个食物篮子，皆盖着罩布。鬼子兵们都围住了马车，藤野一一掀开罩布看，见盆里满出尖地装着馒头烧饼、油条包子。另外两只盆里，一只装着十来只烧鸡，一只装着炒肥肠、炖猪蹄、切碎的猪头肉之类。盆与盆之间，插空夹放着几瓶白酒。食篮子的罩布之下，另有两瓶白酒四只烧鸡。

王文琪指着低声说："太君，这是单独孝敬您的，您走时带着。"

藤野那厮早已饿得饥肠辘辘，一挥手用日本话说了句："开饭！"之后，抓起一个包子，拎起篮子就要走。

王文琪阻止道："太君，您何必非吃篮子里的，省着您带回去吃多好。"——撕下一只鸡腿递向藤野。

藤野一手拿包子，另一只手接过鸡腿，嘴里还嚼着，想对王文琪的"巴结"说句高兴的话，却又没法说，竟与王文琪撞了一下肩头来表示，接着坐在马车赶车的位置那儿了。

而那时，其他鬼子已饿狼似的一拥而上，双手齐出，争拿起来。

王文琪又对藤野说："太君，干活的那些人，是不是也应该给他们吃点儿？否则他们下午饿着肚子干，干不好，那就辜负了池田大佐对我的一片厚爱了。"

藤野只顾吃，点头而已。

王文琪接着"请示"地说："我想，我们村里的人，也应该给他们吃点儿。池田大佐希望我为皇军做出一个中国良民的榜样，如果我和他们的关系搞不好，那我就很难起到榜样的作用了。"

藤野就又点头。

得到了藤野那厮的同意,王文琪也该出手时就出手,岂敢稍慢?赶紧往一只盆里放了两只烧鸡,抓了几把肉食,小跑着端去给外村的那伙男人们吃。之后小跑回来,又往另一只盆里放了两只烧鸡,爬了几把肉食,端去给本村的老头老太太和孩子们吃。见满院所有的人,分成三堆都在吃着了,王文琪暗吁一口气,这才从容不迫地走到马车前,也坐在车前另一边,抓起一个包子安心稳定地吃起来。

回村的半路上,王文琪最担心的是出现这么一种情况——鬼子们一见了好吃的,集体产生护食心理,既不许外村那些干活的男人吃,也不许本村的人吃。尽管多他们也护食,吃不了统统带走。他们吃时,自己的同胞只能眼巴巴看着。饿着肚子的同胞看着鬼子们津津有味地大嚼大咽,而且下午还要接着干活,又是为一个受鬼子青睐的,在鬼子面前极尽讨好卖乖之能事的中国人干活,那对于自己的同胞们该是多么来气的事啊! 大家心里要不恨他王文琪才怪了呢!

现在好了,鬼子们、本村人、外村人三方面,他可算做到比较一碗水端平了。这"一碗水"能不能端平,他是没有半点儿自主权的,尽管各种吃的全是他——打了欠条买回来的。"许可证"在藤野那厮手里攥着,藤野那厮偏不发给他,那他也干没辙。藤野今天这么好说话,是王文琪没想到的。他扭头看藤野,见那厮已不知何时开了瓶酒,一手抓着一整只烧鸡,一手握着酒瓶的细脖子,嘴对嘴喝一口酒,啃一口烧鸡。

有两名鬼子走到了马车跟前,想要端走车上那两只装面食的盆。

藤野斜瞪他们一眼,骂了句"混蛋",他们立刻乖乖地将盆放下,只抓走了几个包子馒头。

藤野扭头看着王文琪问:"王桑,你的家里,中国大富翁的是?"

王文琪淡淡一笑,以略带忧伤的口吻说:"大富翁是谈不上的,但肯定曾是我们中国人所说的家底不薄的殷实之家。只不过比起某些中国的大富翁来,因为我祖父、父亲的医名医德远播近传,我的家曾比某些大富翁家更受人尊敬罢了。到了我父亲那一代,由于兄弟们闹分家,家道开始败落了。我父亲一故，家门医名无人继承，我就成了一个没出息也不受人尊敬的人。我活着的唯一意义，似乎就是要替父母看坟尽孝，捎带守着这个破败的家院。哪一天这家院倒塌得连我一个人都没法住了，我就只有远走他方，四处流浪，记着在每年清明这一天，赶回来为父母祭祭坟了。"

若他完全用中国话回答，藤野肯定是听不大明白的。所以他只得中国话日本话夹杂着说。

藤野向他这边移近了些，仍扭头看着他，又问："那么，你的家里，古物流传下来，多多的？好东西大大的有？"

王文琪刚才那一大番话，既是在回答藤野，也并不完全是回答，而更接近着是那时那刻的自说自话，更接近着是自己苍凉心境的一种独白。听了藤野的第二句问话，他不禁在心里骂：妈的，你个狗养的鬼子！我说了那么多日本话向你大费口舌地解释我的中国话，闹半天你个狗养的根本没注意听，你感兴趣的只不过是我家留下了多少好东西！转而一想，他个随军侵略中国的鬼子，怎么能指望他对自己家族的兴衰感兴趣呢？他最感兴趣的当然只能是后一点啦，这是太自然不过的事啊！别说他个狗养的鬼子了，他将目光望向那些外村男人——心想就是他们，在这种国难当头的年月，我要是跟他们去说我家以往的兴衰，他们也会左耳听右耳出呀！自己穷愁着的人，谁有心思听别人说他家当年的名门往事啊！名门不再是名门，望族不再是望族，名门望族之后，落魄到了也是穷困潦倒之人的份上，这才是世代中国老百姓喜闻乐见之事啊！他又转脸望向本村的人们，心想包括我这些父老乡亲在内，他们拔我家院子里的野草刺蒿时，心里大约也在想，这下老天公道了，国难当头，其他中国有钱人家是不是也遭殃了不知道，但这王家，我们亲眼所见，已是风光不再啰！这么想时他们心里边未必就不因而舒坦了些。像韩成贵那种铭记着我家对他家的一份恩情的人，即使在自己的乡亲中，估计也不是太多的吧？

王文琪由藤野所问的又一句话,一时想到了许多,不由得倍觉孤独。

"王桑,你的,为什么不说话?"

王文琪朝藤野转过脸,见那厮在看着他,表情迫切地期待着他的回答。这就使他不可能不回答了,回答得藤野不信也不妥了。

他指着藤野手中的酒瓶问:"太君,我可以喝一口吗?"

藤野一愣,接着掏出白手绢,煞有介事地将瓶口擦了擦,挺哥们儿似的将酒瓶朝王文琪一递。

王文琪接过酒瓶,抿了一口,将酒瓶还给藤野之后,郑重地说:"太君,并不像您想的那样,我这个中国人还守着祖上留下来的种种值钱的好东西。实不相瞒,我家祖上流传下来的好东西曾经的确不少,宋代的青花瓷,明清两代的家具,餐具、书架、八宝格,哪一样都是好东西中的上品,还有不少古今名人字画……"

藤野的眼睛发光了,用自己油腻腻的一只手抓住王文琪一只手腕,摇着问:"在哪里?!"

王文琪挣出手,环视着家院,语调缓慢地说:"都在贵军的轰炸中化为乌有了。"

藤野不明白"乌有"是什么意思。

王文琪解释:"瓷的全炸碎了,木的全被爆炸后的大火烧光了,只保留下了这镯子和一幅唐伯虎的画。"

藤野自然不知唐伯虎是何人,王文琪只得又向他解释一番。

藤野的眼睛也再次发光,提高了声音以命令的口吻说:"你的,带我去看!"

王文琪似乎早有准备,平静地说:"人多眼多,不防君子防小人。这时带您去看,对那幅画太不安全了。我已经向池田大佐保证过,必会将那幅画送给他,您还是以后在池田大佐那里向他请求看吧。我现在等于是为池田大佐保藏那幅画,责任在身,所以不会给任何人看的。"

藤野眼中的光顿时也"乌有"了,盯住王文琪的腕子目不转睛地看。

镯子戴在王文琪那只手腕上。

王文琪问:"太君喜欢?"

藤野连连用日本话说:"要,要!"

王文琪默默从腕上退下镯子,还没来得及给予,便被藤野那厮一把夺将过去,急不可耐地往自己手腕上套。但王文琪的手及腕瘦秀,如女人的手及腕一般,戴上退下都挺容易。而藤野那厮,手大腕粗,根本穿不过镯去。

王文琪出主意说:"太君也可以拴在身上。我们中国人认为,身上佩玉,可以避邪。"

藤野那厮开了窍,蹦下马车,解开武装带,将镯穿在武装带上了。

韩大娘也来拔草了。韩成贵估计到了藤野必来,怕韩柱儿与藤野那厮互相见着了,又闹出人命危机的大事来,严厉地命令韩柱儿躲了起来。天已下午,韩柱儿不见奶奶回家吃口饭,哪里放心得下?他冒险来到王家,踏上坍塌不整的台阶,躲在一侧院墙后向院子里窥视。不料被一名鬼子发现,鬼子大叫一声日本话。这一叫,使得其他鬼子兵包括藤野在内,也不吃喝了,同时如临大敌般紧张行动起来,持枪的持枪,握刀的握刀,一齐冲出院子,霎时将手无寸铁的韩柱儿团团围住。那些鬼子兵都已认得韩柱儿了,藤野和韩柱儿两个,更是仇人相见,分外眼红。几把枪上的刺刀对准韩柱儿胸膛,他就是心里再恨,那时也只有听天由命的份了。

藤野将战刀横压在韩柱儿脖子那儿,连声怪叫死啦死啦的!

韩柱儿难道就真的不怕死么?一个十七八岁的少年,虽然在国难当头的年月见多了生生死死的情形,但那也还是有着贪生怕死的本能啊!何况,今日不同于他被绑在树上那一天。那一天他认为自己必死无疑,所以破口大骂。那叫死到临头。骂也是死,不骂也是死。不骂白不骂,死得窝囊。而今日,似乎不是必死无疑。似乎尚有一线生机。因为如果鬼子们一心要他的命,其实是不必非摆出这种恐吓的架势的。一认出是他,你一刺刀我一刺刀,直接捅死他不就算了嘛!

正因为觉得尚有一线生机,韩柱儿今天紧闭双唇一句都不骂了,也不怒瞪着鬼子们了。他合上了双眼,默默祷告老天爷救他一命。

王文琪及时跟了出来。韩王村的老者孩子们也跟了出来。连些个外村的男人们都跟了出来。

韩大娘见那情形,双腿一软,瘫于地上。

王文琪见那情形,大惊失色,心说韩柱儿韩柱儿,你干吗不好好躲藏着,非主动出现在鬼子们眼前呢?

些个孩子们隐在老者们背后,屏息敛气,吓得不敢抬头。

王文琪强自镇定地对藤野说:"太君,我们中国人相信,修缮家院的日子里,如果发生溅血之事,对家院的主人那是大大的不祥的。甚至也许,不祥还会形成连环的灾祸,降临到所有在场之人的头上。"

韩成贵从旁帮腔道:"是啊是啊太君,真是他说的那样。太君这一点您可不能不信,发生过的例子举不胜举呀!"

于是韩王村的老者们,外村那些男人们也都七言八语地跟着说千真万确是那样。

王文琪又说:"同样的忌讳,在大日本帝国也是人人有所顾虑的。"

听他用日本话这么一说,鬼子们枪上的刺刀尖垂落了。

王文琪又说:"那韩柱儿,自幼父母双亡,缺少家教,形成了野驴一样的恶劣性格。太君既然是奉了池田大佐之命,前来监督着为我修缮家院的,那么请千万给我个面子,今天别与这野驴一样的青年一般见识。您如果不给我面子,对我以后为池田大佐及皇军在村中开展拥护皇军的工作很不利。您如果肯给我个面子,我以后一定找机会对池田大佐再三称赞您,争取使他嘉奖您……"

他这一番日本话中国话夹杂着说的相劝,终于也使藤野那厮的战刀从韩柱儿的脖子那儿移开了。

"野驴的,更要像驴子一样,苦力的干活!"藤野那厮吼出三句话,猛转身回到院子里，又坐在马车上吃烧鸡喝酒，大快朵颐起来。

韩成贵急忙分开鬼子兵，将韩柱儿扯入了院子，扯到本村人刚才吃包子的地方，命他蹲下，不许乱说乱动，只许老老实实吃东西。

鬼子兵们，韩王村的老者孩子们，外村的些个男人们，也都先后回到了院子里。

院外只伫立着王文琪一个人了，他额上不知何时已冒出细密的冷汗来。他抹了一把汗，心中一阵后怕，心想幸亏自己刚才将镯子给了藤野那厮。当时自己给得没法形容地违心，现在看来给对了。比起自己说的那儿番话，刚才已经穿在了藤野那厮武装带上的玉镯，即使起到的不是决定性作用，那也起码是对等重要的作用啊！如果少了玉镯所起到的一半重要的作用，韩柱儿的小命此时是死是活，那也许就难说了。什么中国人的忌讳不忌讳的，藤野那厮要是听得心烦起来，一声令下，鬼子兵们转眼将韩柱儿你一刺刀我一刺刀捅死了，难道还会真有人办那厮的罪不成？韩柱儿也只能在阴曹地府后悔自己的冒失了！

想到以上这些，王文琪竟有几分迷信起来，认为好玉也许真的有灵，足以避邪了。尽管是佩在了鬼子身上，那也会保佑一个正值大好年华的中国青年的性命免遭无谓杀害。他一时独自推想了许多，却就是没这么想——说千道万，今天是他又一次救了韩柱儿的命！

那韩柱儿倒有口福，盆里还剩着包子什么的，他抓起来就吃。王文琪进了院子后，又从马车上的盆里撕了半只鸡给他。他既不说句谢话，也不抬头看一眼两次救了自己命的大恩人，低着头伸手接过了就下嘴。那一天，不仅他，包括韩王村的老者孩子们以及些个外村的男人们，可算是饱饱地解了一顿馋了！别说国难当头的年月了，就是鬼子们没占领这一带以前，他们一年到头又能吃上几次肉馅包子、馒头烧饼啊！至于县城馆子里卖的那种烧鸡，他们更是连见也没见着过。

又开始干活时，不论韩王村的老者孩子，还是外村那些工匠男人，明显地都顺气多了，起码从表情上看是那样。有年头没饱饱地吃上一顿面食了。对于大家,肉包子糖三角,大白馒头酥烧饼,便是糕点了。而藤野以及鬼子兵们,一个个胃口像无限大了似的,仍吃了这样再吃那样,边吃边喝,不亦乐乎,没饱似的。韩柱儿并没和本村人在一起拔草,鬼子们命他干搬搬扛扛的重活。

傍晚,在王文琪的提议下,藤野允许收工了。大门外的石台阶砌平稳了;王文琪住的两间小屋,里里外外的墙抹平了;窗台下边踹一脚能踹出个窟窿的土墙,推倒后用砖石砌得结结实实了;歪斜的门框窗框矫正了,朽木断木换下来了。院子里的杂草棘蒿拔光了,环望着不那么荒芜了。碎砖乱瓦清除出去了。拆下来的烧黑的木料,分成能用的不能用的装了满满两马车。那时藤野已喝糊涂了,王文琪自作主张,将能用的那车给了外村的男人们,嘱他们将不能用的那车送往炮楼,给鬼子们当烧柴。

韩成贵想不通,对王文琪说:“那些还能用的木料给外村人我没意见,人家也搭工搭料了嘛。但满满一车不能用的,为什么非拉给鬼子们去当烧柴,而不分给乡亲们?乡亲们做饭取暖就不需要硬柴硬火了吗?”

王文琪说:“给鬼子们是为了进一步讨好他们,可我有必要讨好乡亲们吗?”

韩成贵愣了愣,不满地说:“你这话说得气人!你对鬼子们讨好得还不够吗?”

王文琪说:“怎么叫够,怎么叫不够,老实说我自己也不知道。我只知道一点,鬼子们一不顺气,动不动就杀人放火。所以得先尽量讨好他们。咱们自己人再不顺气,也就是冲我发发火而已。那没什么,我忍气吞声就是了。这事你老哥就别计较了,由我说了算吧。”

韩成贵张张嘴,无话可说。

包括藤野在内的鬼子们,全都喝醉了。东倒一个西卧一个,有的用日本话高喊大叫,有的在嚎一样唱日本歌。他们的枪,也丢得这一支那一支。

韩成贵看着说:"这时候,将狗日的们全结果了,真是易如反掌。"

王文琪也看着说:"是啊。"

韩成贵又说:"可咱们却不能那么干,对不?"

王文琪说:"对。"

韩成贵思忖着说:"如果杀了他们,县城里的鬼子非血洗了咱们韩王村不可。那他们也不会解恨,必定还到附近的几个村去进行报复。结果呢,为他们一个鬼子的狗命,不知要死咱们多少中国人。"

王文琪说:"正是那样。"

韩成贵心有不甘地说:"难道就只有眼睁睁看着他们走掉?"

王文琪说:"是的。"

他不再跟韩成贵说什么,一一去将鬼子们的枪拿起,放在第三辆马车上。送给藤野的那一只装着酒和烧鸡的篮子,已在第三辆马车上了。他让外村的男人们,帮他将一个个烂醉如泥的鬼子弄上第三辆马车,他们虽然气顺了些,却还是都装聋作哑,不肯相帮。本村人皆是老者孩子,他不便支使本村人,只得喊韩成贵帮他。韩成贵也是不愿帮的,但巴不得眼前不见了鬼子们,眼不见心不烦、不恨,不得不帮。

二人将鬼子们全都弄上车了,韩柱儿走到了马车跟前,瞪着一车鬼子说:"你当汉奸当得还蛮在行,鬼子们,本村人外村人,都让你讨好了这边讨好那边的,讨好得还都挺成功。"

王文琪听出韩柱儿那话是对自己说的,本不愿理他,忍了忍没忍住,一边将草料袋子里的草料抖在地上让马吃;一边顶韩柱儿:"心里绝不甘当汉奸的中国人,那就不能以汉奸来论。又不甘当汉奸,又得做像是汉奸的事,这是一种本事。我以前从没这等本事,为了中国少死人我在学。有那二杆子,只怕想跟我学还怎么也学不来,这叫朽木不可雕也。"

韩柱儿倏地朝他一扭头,瞪着他鄙视地说:"王文琪,你别跟我转文!不错,我今天是吃了你一顿好的,但我也为你出力干活了。而且,总有一天,我会还你!"

王文琪也来气了,指着他,冷下脸说:"韩柱儿,咱们一言为定。你如果以后忘了你今天的话,你不是个东西!"

韩成贵站在王文琪一边也生气地训斥韩柱儿:"说你是个二杆子,你还偏耍二杆子!人家今天二次救了你的命你不明白吗?滚!"

见他抬脚要踢自己,韩柱儿一转身跑了。

为了一车烂醉如泥的鬼子的安全,王文琪对韩成贵说他得跟去。

韩成贵意识到兹事体大,劝他说:"你别跟韩柱儿那小子一般见识,我找机会替你训他。是得跟去一个人,要不然,哪怕只有一个鬼子出了差错,咱韩王村的乡亲们也担待不了罪名。你去,我最放心了。"

于是王文琪收了草料,也坐到车上。他发一声喊,亲自赶着第三辆马车离开了自家的宅院前。

一车鬼子,互相搂抱着,仍怪叫着,乱唱着……

第九章

十一月初,河北早早地下了一场大雪。雪下得那么早是多年没有的事。昼夜不断下了两整日。雪一停,气温骤降,寒冷了。一尺多厚的雪,使大地白茫茫一片,一里地开外走着的一个人,都能被别人望见得分明。麻雀蹦过的地方,田鼠兔子跑过的地方,在洁白如毡的雪面留下清楚的印痕。

欧洲战场上,不断有美英苏三国的好战绩传到中国。中国各大城市里具有爱国良知的中国人,奔走相告,无不大受鼓舞,都预见到德意日三个法西斯国要完蛋了,中国抗日胜利的曙光在眼前了,受日军蹂躏的苦日子就要熬出头了。

然而在河北平原的这一地区,农村里的同胞,依然过着终日提心吊胆的日子。只要鬼子们存在一天,他们的恐惧心理那是很难由于欧洲战场上传来的好消息而彻底解除的。何况种种好消息,并不能及时地、直接地传到他们耳中。别说农民们了,连罗队长这样的人物,也是过了很久才经由上级的形势传达渠道所知晓。

王文琪又被池田老鬼子派兵"请"入了县城一次。因为藤野那厮亲自进了一次县城,向池田老鬼子汇报替王家修缮家院任务的完成情况,得到了池田老鬼子的表扬。他趁机就问,何时派兵保护着王文琪将他家的古画送来？池田老鬼子本不知道古画不古画的这么一件事。但他是何等狡猾的家伙,一听就猜到了在藤野和王文琪之间肯定有过怎样的谈话,装出知道古画一事的样子,问藤野是否已从王文琪那里得到了宝贝。

长官这么问,藤野岂敢撒谎,立刻从武装带上取下了那环玉镯,说是王文琪主动送给他的,而他带入县城,就是为了要当面转送给尊敬的长官,以感激长官对自己的教诲。

老鬼子接过去,翻来覆去地看个不休,边问藤野——自己派他去守炮楼,他有怨气没有？

藤野双腿啪地一并,挺胸昂首,敬过军礼之后信誓旦旦地回答,起初是多少有点儿怨气的。但后来想明白了一个道理,就非但一点儿怨气也没有了,反而万分地感激长官了。

池田问他想明白了什么道理。

他说,长官将艰苦的任务派给自己,等于是将磨炼的机会赐给了自己。而一名大日本皇军的军人,没有经过磨炼的话,那就不配继续提拔,那也就不能在军中进步。

池田老鬼子听了高兴,将爱不释手的镯子还给了他,说自己非常希望早日欣赏到那幅中国古画,命他尽快保护王文琪带上画到军营里来。

就这么地,王文琪又出现在了老鬼子池田面前,穿着鬼子的军装、皮靴,戴着鬼子的帽子,军装外还披着藤野的呢大衣。

那是一幅唐寅唐伯虎的画,而且还是唐伯虎的一幅较著名的画。虽经千年流传,品相仍好。王文琪同时还带去了一册古画鉴别方面的书,翻开来请老鬼子看——书中整整一页评价的正是那一幅画。

老鬼子趋前看,退后看,从左看,从右看,看得眉开眼笑,笑得合不拢嘴。

王文琪说那册书籍是特意带来,要一并敬献给他的。老鬼子乐不可支,不断拍王文琪的肩,拍王文琪脸颊。藤野从旁看得明显地嫉妒,因为在日军中,等级之间的尊卑是极严格的,一位长官不论对下级多么赏识,那也只会拍拍对方的肩而已,从不会拍对方脸颊的。

老鬼子欣赏到后来,席地盘腿而坐,不再跟王文琪和藤野说话,也不再看他俩,仿佛已根本忘了他俩的存在,望着古画,大睁双眼入禅了似的。

藤野趁此机会悄悄与王文琪耳语了几句,提醒王文琪别忘了在他的长官面前替他说好话,王文琪请他放心,说绝对忘不了。走近池田,也弯腰对老鬼子耳语道:"太君,藤野君要回炮楼去了,他等着向您告别呢。"

老鬼子这才站起,亲自从墙上取下画,缓缓地小心地卷起,连同那一本书籍,放入了专用以存放保密文件的保险柜。转身对藤野说了几句勉励的话,挥手让藤野走了。

当晚,老鬼子亲自也是独自陪王文琪吃饭,二人又饮了清酒。老鬼子饮得很节制,王文琪更是作作样子而已。

饭后,老鬼子将王文琪请到二战军事地图前,指着突出标明的诺曼底说,自从美英联军赢得了这一战役的胜利以后,欧洲战场的战局便发生了根本性的转变。他认为,不久事实将证明,德国必败,意大利军队更经不起美英联军的迅猛打击,二战首先在欧洲战场结束的日子不远了。

王文琪暗自一算,那时诺曼底战役已经结束五个多月了,心中不禁五味杂陈,感慨万千。

老鬼子话锋一转,用语调铿锵、落地有声的中国话说:"但是二战的结束,并不意味着日本对中国的征服战争也会随之结束。只要中国还没彻底屈服,大日本皇军就要将这场对中国发动的圣战进行下去。二战是二战,大日本皇军的圣战是圣战!德国和意大利都失败了,完蛋了,大日本皇军的对华圣战那也不会失败!中国必将成为日本的全面占领国!日本必将成为整个亚洲的长期统治国!英美两国即使大获全胜,那也根本顾不上转过身就来插手亚洲的事!百万皇军陈兵中国东北,蓄势待发,随时会给予企图从中国东北入境支援中国的苏军以迎头痛击！……"

老鬼子一句说得比一句语气加重,接二连三不停顿地说了以上一大番话,说得很激动,脸由于激动而涨得通红,一直红到了脖子,连脖子上的青筋也凸显着了。仿佛,王文琪是一个不同意他的看法,并以辩论冒犯了他的大胆之人,而这令他恼怒。

王文琪觉得,老鬼子肯定是受到了什么严重刺激,所以才会忽然地情绪那么失控。

可能有什么事会使他大受刺激呢?

除了从欧洲战场上传来的不利于日军的战况消息,难道还会是别的什么事吗?

王文琪一作出此种判断,心中暗喜,甚至也涌起了一阵大的激动。但他装出木讷的漠然的样子,一会儿随着老鬼子的手望向地图,一会儿将目光收回,表情卑恭而困惑似的望着老鬼子。

老鬼子终于发问了:"你的,明白?"

王文琪低声回答:"太君,我不怎么明白战争的事。"

老鬼子对他的回答明显不满地"嗯"了一声,后退一步,不错眼珠地瞪着他又问:"你的,不相信我的看法?!"

王文琪立刻"特鬼子"地将头一低,双腿一并,姿态更加卑恭地说:"尊敬的太君,我不敢。正因为我不明白战争的事,所以我百分之百地相信太君的看法。我认为,太君您不但是一位皇军中杰出的实战指挥官,而且还是皇军中的一位军事思想家、观察家。您的看法,那一定是正确无比的。"

老鬼子听着听着,脸上渐渐浮现起微笑了,拍王文琪的肩,拍王文琪的脸颊,连说:"很好,很好。你的,立场大大的好!"

那时王文琪内心里,喜悦和激动过后,心波还未平静,随之又生出有悲哀意味的感想来——欧洲战局发生了那般巨大的变化,德意法西斯国分明已处于战役劣势,败象显现,可自己这个并不真的是农民的中国人,竟然一无所知！及时知道的话，自己起码会早喜悦几个月啊！这几个月里，他的日子就从没有过任何喜悦，除了为保全性命而经受的提心吊胆，再就是因所受的误解而感到的委屈和郁闷！

老鬼子又盘腿坐下了，命王文琪坐他对面，换了一副面孔，和颜悦色，推心置腹般地说，王文琪既然相信他的看法，那么作为他的也是大日本皇军信任的朋友，就理应替他将他的正确看法告诉更多的中国人，使更多的中国人也深信不疑。

王文琪保证自己会那么做。

"麦子的，水稻的，明年，皇军要求多多的种。违抗的，死啦死啦的！"——老鬼子又声色俱厉起来。

王文琪说："太君请放心，我们韩王村的人，没人敢违抗。别的许多村，我也通告过了，农民们都表示服从。"

老鬼子说："鸡、鸭、鹅、狗，还有猪的，必须统统的养！狗肉的，皇军也大大的爱吃！各种蛋类，营养的好！皇军在中国，营养要加强加强的！"

王文琪频频点头，连说那是。并且小心翼翼、试探地说，中国农民们养是没问题的，他们本就愿意养。但能否考虑，皇军不要全部征收，也给农民们留点儿，以使他们长期保持养下去的积极性？

老鬼子微笑了，说那当然可以。王文琪说的道理，他当然是懂得的。说他希望以后看到的情况是——皇军根本不必各村去搜。说抢的不好，有损大日本皇军的形象，也不符合"大东亚共荣圈"的远景。而应该是中国农民们按时地，定量地，主动地送到军营里来。说到了那时，他将向上级要求，长期驻守这一地区，将县城当成他在中国的第二故乡。他要像派驻总督那样经常各处视察，奖励良民，惩罚逆民，同时留意散落于中国民间的字画、古物。他承认他对中国的那些东西喜欢之至……

王文琪显出很向往的样子，说但愿那样的时候早点儿到来，那真是太美好的前景了。

　　副官轻轻推着佐艺子进入，老鬼子终于结束与王文琪的长谈，向佐艺子招招手，佐艺子心领神会，当着王文琪和副官的面，乖乖地坐到老鬼子怀里去了。老鬼子低头亲了她一下，挥挥手，王文琪也心领神会地起身，随副官默默退了出去。他忽然因为亲眼看到了老鬼子与佐艺子之间的猥狎之态，因为自己与佐艺子之间也发生过那种难以对人启齿的关系，而感到全身肮脏似的。

　　晚饭是副官陪王文琪吃的，未见清酒，菜也只不过是一盘日本罐头肉和几碟小咸菜。那副官一声不吭，也不看王文琪一眼，只顾自己大口大口地吃。吃罢，才双手横放左右大腿根那儿，冷冷瞪着王文琪，看他吃。

　　王文琪被瞪得赶快往口中又扒了几口饭，也放下碗筷不吃了。

　　"你的，胆敢背叛大日本皇军的话，我的，亲手一刀劈死你！"

　　副官恶狠狠地抛出几句话，猛起身而去。

　　王文琪愣了愣，径自笑了。他一想立刻就明白了——看来鬼子们有些担心他们的对华"圣战"的前景了。

　　他高声唱起歌来。刚唱半段，门嘭的一声开了，副官站在门外，喝吼地禁止他唱。尽管他是用日语唱的。

　　那一夜，他睡得极好。在日军的军营里，他从没有哪一夜没做过噩梦。而那一夜，不但无梦地一觉睡到大天亮，还由于睡得打起鼾来，自己将自己憋醒了两次。

　　第二天一早，也没有哪一个鬼子招待他吃早饭，空着肚子就被几辆摩托送回了韩王村。

　　七八天后，罗队长带几名武工队员深夜来到了韩王村，召集包括王文琪在内的"内部人"开了一次会。也没什么重要的事，只不过奉上级指示，向各村的"内部人"传达欧洲反法西斯战争的战况。

　　王文琪问罗队长："既然通知我也听您传达，那么我还算是咱们'内部人'啰？"

　　罗队长说："当然啦！我当着他们的面郑重宣布你为咱们村的'内

部人’,你又没做什么不利于抗战的错事,更没做过什么对不起咱们中国的坏事,谁敢不拿你当‘内部人’看?”——说罢,不明所以地扭头望韩成贵。

韩成贵笑道:“别瞪我。他那么问你跟我一点儿关系都没有,他近来脑子有毛病。”

王文琪又问罗队长:“那,我写的那份,关于我几进几出鬼子军营,以及我和鬼子们的关系的报告,您看过了没有呢?”

罗队长也笑道:“不但看过了,而且认为写得诚实,有一说一,有二说二,一看就知道毫无隐瞒,总之我认为写得很好。不但我认为写得很好,一级一级上级领导也都认为写得很好。几进不是你情愿的,你能平安无事地几出,而且带回来了某些情报,这是需要大智大勇的,你王文琪不容易呢!有的上级领导还要我替他们表扬你呢!”

王文琪乐了,心里顿时一阵舒坦,如同服了一剂他家祖传秘制的“活络顺气散”,觉得胸中某些郁结的块垒,一下子松解开了。他看一眼韩成贵,见韩成贵也正看他,他的目光中于是流露出由衷的感激,同时也掺杂着些许羞愧。

他立刻低下头去。

罗队长所传达的内容,竟与老鬼子池田“告诉”王文琪的情况基本一致。

韩成贵不满地问,欧洲战场上的战局发生了如此大的变化,都小半年的时间过去了,为什么才想到传达给大家啊?

罗队长解释,他自己也是不久前才知道的。说军分区的领导们肯定知道得早些,但若将好形势一级级传达下来,那并不是一件像摆龙门阵的事嘛。比如得有善于传达得清楚明白的一些同志,那样的一些同志必须相当熟悉欧洲的地理概况,起码知道诺曼底是种什么地方吧?

大家便问那究竟是种什么地方。

罗队长说他也不清楚,总之大家理解成是德军的一道沿海岸的军事防线就没错。说美英联军突破了它,胜利登陆了,那么以后就等于是在德国本土作战了。

大家听了自然一个个兴奋不已。

罗队长接着说:"欧洲的战局发生了有利于美英联军的逆转,苏军对德军的大反攻也捷报频传,这对于我们中国,当然都是好消息。但他们的胜利,毕竟不能完全等同于我们中国人的抗战的胜利。我们中国人的抗战的胜利,最终还要靠我们中国人出生入死前仆后继地去争取。如果美英苏三军一直攻打到了柏林,打得德军屁滚尿流无条件投降了,那么小日本在中国的嚣张气焰自然也是兔子的尾巴长不了啦。但如果美英苏三国与德国最终来个停战协议,那么小日本在中国的嚣张气焰绝对不会因而收敛,我们中国人的抗战还将会进行得很艰苦。正因为对欧洲战场上的这一最终结果难以判断,所以上级才一直犹豫怎么传达。"

大家就七嘴八舌起来,议论了一通之后,由韩成贵总结性地向罗队长发问:"听了你前边的话嘛,我们都大受鼓舞。听了你后边的话嘛,我们又都有点儿心凉了。难道你这么传达,就是一级一级上级的意思啦?"

罗队长笑道:"别心凉啊!又都心凉了,那就只能怪我传达得不好。总而言之,欧洲战场上传来的都是好消息,心凉的不该是我们,应该是小日本!"

王文琪忍不住接言,说他完全同意罗队长的话,并将他在鬼子军营里所感觉到的低沉气氛,以及老鬼子池田一反常态的色厉内荏,副官无缘无故大发脾气的情况予以汇报,以证实鬼子们确实开始心虚胆怯了。

罗队长说:"上级指示,尽管欧洲战场上的战局无疑是对我们中国人的抗战有利的,但大家在受到鼓舞的同时,依然要具有进行艰苦的持久战的思想准备。"

王文琪又将老鬼子威胁如果明年不多种麦子、水稻,不养禽畜将要对各村怎样怎样的话学说了一遍,问罗队长该如何应付。

罗队长说,明年麦子、水稻要多种,禽畜也要多养。鬼子们必到各村抢是肯定的,因而希望大家提高应付鬼子的斗争艺术性,尽量使被鬼子抢去的少,留给自己人吃的多些。说鬼子们终究是在咱们中国的地面上,一天天被消灭着,战斗实力只会削弱,不可能反倒增强的。而我们中国各方面的抗日队伍,却实打实地一天天壮大着。总有一天,我们也会像苏军一样,开始全面的大反攻。他表扬王文琪起到了值得称赞的作用,鬼子们的确被我们顺其道而行之的假象在一定程度上迷惑了,我们的正规部队、武工队也的确在一定程度上获得了养精蓄锐的时机……

他这么一说,大家又都高兴了,王文琪更是心里美滋滋的。

那一年的冬季鬼子们一次也没到各村骚扰,各村农民,总算盼着过上了一次基本平安无事的新年和春节。虽然照常地缺吃少穿,但平安无事便是福了。

第二年的春天来得特别早。播种前,不知从哪儿开来了许多辆日军的卡车,向各村分发麦种、稻种。见多识广的人说,是从中国的东北征收也就是抢夺来的。既然有种子了,而且是成色优良的种子,干吗不播种呢?先种了再说啊!

于是各村都将种子珍惜地播种下去了。

到了五月,麦子、稻子全都高过一尺了。风调雨顺,长势好得喜人。

忽一日,确切地说是一九四五年的五月十一日,各炮楼的鬼子们,全都仓仓皇皇地撤到县城的军营里去了。天黑以后,有些胆大的农民持着火把成帮结伙地进了几座炮楼,但见满目狼藉,有的鬼子连枕头和晾着的内衣短裤都没带走。

第二天,从县城传出消息——柏林已被美英苏三国军队攻陷,德国于八日那天无条件投降了,希特勒本人都不知所踪了。

县城里的也罢,农村的也罢,中国人见了中国人,互相都笑容满面地说"贺喜贺喜"。

罗队长又来到了韩王村,证实那消息千真万确。

于是大家都开玩笑说,鬼子们八成吃不上一口他们收获的麦子和水稻了。

又几天后,开始有县城里的人陆续离开县城,投奔往各村的亲友家了。也有的,干脆远走高飞了。鬼子们似乎意识到了什么,从某日开始,派兵把守城门,只许人进,不许人出。非出城不可的,须有宪兵队的出城证明。还要由家人来担保,务必在规定之日按时返回县城向宪兵队报到。但那时,其实已有三分之一左右的人口离开了县城,多为青年壮年。本能提醒他们,鬼子们凶暴残忍,大势已去之际,不定会做出多么罪恶的事来,还是早早离开的好。

到了六月底,地里的麦子、水稻都快熟了。

又忽一日,鬼子们从县城里倾巢而出,同时押解出了成千上万的县城里的人,包括老人和孩子,用刺刀逼着他们收割尚未灌足浆的麦子、稻子。十之八九的人并无镰刀,只得在威逼之下连根拔起。傍晚鬼子们将所有的卡车都从县城里开出来了,将麦子稻子胡乱扔到车上,载回县城去了。而被迫"收割"的人们,又被迫回到了县城。回去时,人人还得背麦子、稻子。那一天,鬼子开枪射杀了两个企图趁机逃跑的人。否则,成千上万的县城里出来的人也许跑光了。最后一批撤回县城的鬼子兵扑入邻近的村里大肆掠夺。各村早有防备,人们提前四散而去。反正早已被掠夺得没件像样的东西值得保护了,干脆撇下空无一人的村子任他们破坏。鬼子兵们一无所获,一个个失望之极。据说老鬼子池田下达了命令,可以抢,不可轻易杀人。

那以后,武工队秘密向各村的"内部人"发了枪,并传达上级指示,随时准备组成民兵,配合八路军彻底消灭县城里的敌人。

王文琪也得到了一支长枪,还是支半新的三八大盖,同时得到十颗子弹。韩成贵教他用枪时,他问韩成贵——老鬼子池田是不是真的下达了不可轻易杀人的命令?

韩成贵说真的。

王文琪问韩成贵对此怎么看。

韩成贵反问他怎么看。

王文琪困惑地回答，他有点儿不明白那老鬼子了。

韩成贵说："老鬼子下达不可轻易杀人的命令，并不意味着他忽然变得仁慈为怀，打算放下屠刀，立地成佛了。只不过证明他对他所谓的圣战，仍抱有一线不败的幻想。他希望像对你所说的那样，以后当咱们这里的总督似的统治者，当然以尽量少杀人为好了。但是，倘若他抱有的那一线幻想彻底破灭了，他肯定将大开杀戒，估计甚至会疯狂地下令屠城。"

王文琪刮目相看地问："你怎么会对那老鬼子有这么透彻的判断呢？"

韩成贵说："是罗队长这么判断的，并且已将判断及时向上级汇报了，上级认为他的判断完全正确。"

王文琪顿时忧虑起来，急问："那可怎么办啊。"

韩成贵说："所以要有警惕和准备，必要时得先下手为强嘛！"

王文琪又问："如果保定和石家庄的鬼子扑过来进行报复，咱们山里的正规部队阻挡得了吗？阻挡不了的话，这一带的老百姓不就惨了吗？"

韩成贵说："所以攻打县城的决心，也不是那么轻易就下得了的啊！"

韩成贵这么说了，自己也不免地忧心忡忡起来。

鬼子们抢了将成熟的未成熟的庄稼后，一个多月里，就再没出过县城。各村的受害农民憎恨极了——与往年相比，这一年的境况是太糟糕了，庄稼还没到碾场，还没等去壳变成粮食，眼睁睁地全没了，往后吃什么呢？女人们和孩子们只得到地里去捡掉落的麦穗稻穗，男人们准备外出乞讨。那年月走到哪儿都很难找到可挣点儿钱的活干，只有乞讨一条生路了。便有些满胸膛怒火无处发泄的农民，今天一拨明天一拨，纷纷来到韩王村，扬言要将王文琪这可恶的"汉奸"活活打死，为国除害，为民除害，以消愤慨。幸而韩成贵早有所料，安排王文琪东躲西藏，使他一次次避过了恶劫。各村的"内部人"也大费唇舌地作解释工作，说王文琪委实是无辜的，谁也想不到鬼子们会突然来这一手。对鬼子们的憎恨，不应算在中国人自己头上。然而解释工作并不能真的浇灭那些农民们胸膛里的怒火，他们暗发誓言，非要了王文琪的性命不可。那些日子里的王文琪，实际上已经被以"汉奸罪"判了死刑，所谓格杀勿论，人尽可诛之。就连韩王村本村的一些男人，对王文琪也是暗恨得很的。不但恨他处处站在鬼子们的立场，替鬼子们着想，败坏了自己以及家庭的名节，更恨他连韩王村的名节也一并败坏了。韩柱儿终日在村里转悠，手握棒子，说只要见到了王文琪，先替别村人打他个半死。所以，王文琪躲在哪儿了，韩成贵连韩大娘也不告诉。怕韩大娘嘴一松，韩柱儿于是知道了。

许多人家就要断了口粮，这是燃眉之急。不及时解决问题，不久就要饿死人的。武工队员们变成了工作队，变成了运送队，从较远的村里搞到些粮食，夜里挨家挨户背给急需救济的人家。同时抚慰他们，说敌人最疯狂的时候，那就是离穷途末路的时候不远了。

从县城里也传出来了不好的消息——鬼子们开始在县城里大肆抢掠。只要是能吃的能用的，发现了就抢回军营里去。县城里几乎天天被鬼子们闹得哀哭之声不断，人心惶惶。

许多条秘密地道加快了挖掘速度，再过个把月，有的地道就挖至城门口了。手里有了枪的男人们摩拳擦掌，只待一声令下，将人人奋不顾身地舍命攻打县城。

人们在神经紧绷的日子里，不知不觉地熬过了一个多月。

八月十七日，通往保定、石家庄的公路上，忽然出现了一支约有四五百人之多的八路军的队伍。他们向这个县城急行军，沿途短暂休息、讨水喝时，告诉了各村的农民一个惊天动地的大好消息——美国靠飞机向日本国内投下了两颗叫"原子弹"的大炸弹，威力之大没法形容，小日本被炸得举国魂飞魄散，吓蒙了，已经于八月十五日宣布无条件投降了。而他们，是奉命赶往县城里去受降的。如果县城里的鬼子不肯乖乖投降，就消灭他们！

被告知那消息的农民们也听懵了。

别说对于国外的战事了,就是对于本国的战事,他们也是所知甚少的。消息太突然了,也知道得太寻常了。不错,对于不是汉奸走狗的每一个中国人,那消息无疑是惊天动地的大好消息,但正因为如此,便更应该有从城市到农村举国欢腾的大场面来烘托才对,而不应该由些歇脚时讨水喝的八路军来告诉啊!听得发懵的农民们起初还半信半疑,见战士们说时表情无比兴奋,才都相信了,也都高兴了。

那支队伍行进到离县城一里多远的地方停止了,几名鬼子们的骑兵拦在路中央,其中一名擎举太阳旗。我们队伍的领导以为他们是奉命前来联系投降事宜的,便指示翻译上前与他们对话。但听为首的一名鬼子大声用日语哇啦了一通之后,他们一齐拨转马头疾驰而去。翻译向领导报告,说他们根本不是来联系投降事宜的,而是向我方口头下战书的——他们绝不投降,誓为大日本帝国血战到底!即使拼得只剩一兵一卒,那一兵一卒也绝不投降!

我军官兵听了,一个个肺都气炸了,一片怒吼地嚷嚷——直接攻打县城!将鬼子们消灭光!

公路上随之又出现了几个带枪的人,是罗队长他们。罗队长向部队首长这么汇报——在县城里,鬼子们将三百多男人逼入了军营,作为血拼到底的人质。据极为可靠的情报证实,老鬼子池田下达了命令,只要我方一攻入县城,便将那三百多男人全部杀死。用机枪扫射、手榴弹炸或武士刀劈、刺刀捅,任由部下"自行方便"。

这太始料不及了,部队领导一时没了主意,不知是该进还是该退。在罗队长的建议之下,只得派几名战士向上级汇报,再将队伍带往韩王村暂且待命。

韩王村的人们,那时已由罗队长口中知道了日本投降的消息,王文琪也从隐身之处回到了家院。乡亲们喜极之后群情激愤,围堵于王家院门外,大人孩子一齐吵吵嚷嚷,叫喊着要王文琪滚出来给个说法——你王文琪处处讨好的老鬼子池田拒不投降,还扬言屠城,你现在说说该怎么办？韩大娘劝大家息怒也不起什么作用，韩成贵和"内部人"们阻挡在院门口，防止乡亲们冲入，丧失理智地伤害了王文琪。乡亲们吵嚷得韩成贵发起火来，环指着大家训斥："文琪的所作所为，不就是为了能一次次活着脱离虎口，能使各村庄一个时期内少死人吗？他的目的达到了，他的出发点有什么不对?!"

正闹得不可开交，罗队长带领着部队来了。在罗队长和部队同志的帮劝之下，乡亲们这才悻悻而去。部队的领导说，院子不小，干脆也别分散开住了，就都先住这儿吧。反正人人随身带着干粮，不必麻烦乡亲们提供吃的。

王文琪默默听着大人孩子骂他时，心里一直思忖着自己还能做什么。有了一套成熟的想法，先跟罗队长说了。罗队长听后，认为他如果那么做自己太冒险，只要一个环节出了差错，不但不能扭转局面，反而会将自己的性命也白白搭上了。王文琪表示自己已将生死置之度外，要使县城里的许多同胞免遭屠杀，不论多么冒险那也值得他以身一试。于是罗队长将他引荐给了部队的领导。部队的领导耐心地听了他的想法之后，表扬他愿意舍生取义的精神，但也和罗队长一样，认为环节太复杂，成功的把握有限，说还是等听了上级的指示再决定。

两个多小时后，罗队长迎接八路军的几名骑兵来到了韩王村，随同前来的还有一位战时的日本"和平组织"的成员，他自告奋勇以同是日本人的身份前来对池田老鬼子劝降。

部队的领导觉得事不宜迟，派一名战士陪同劝降者到了县城门口。城门前已用沙袋堆起了掩体，由几挺机枪的火力组成了第一道防线。劝降者刚喊着说完自己的身份和目的，一挺机枪突然开火，他连老鬼子池田的面也没见到便中弹身亡，那名陪同的战士也不幸牺牲。

那一夜，王家大院里，没有一个人合眼睡成一觉。

将在外，军命可自行也。顽敌不降，分明只有智胜一法了。

于是第二天上午，被五花大绑的王文琪，也由几名战士推搡着来到了城门前。对鬼子们喊话的不是他自己，而是部队上的正式翻译。

翻译说：既然你们誓要决一死战，我们也只得成全你们。中国人多，不惜再牺牲一些。但双方交战之前，我们希望能以这一名可耻的汉奸，换县城里的一件中国人的宝物。

什么宝物呢？

便是日军军营内的一根木包石的拴马桩。

翻译说那是中国明朝一位忠勇之将专用的拴马桩，值得中国人世代保存，以纪念那位为了抗击元军而战死沙场的古代将军。说为了不使那拴马桩毁于战役，用一名汉奸来换取是值得的。反正县城必定要解放，汉奸王文琪只不过才能多活几天。

那些鬼子们是认得王文琪的。

既然不是来劝降的，他们未敢擅自开枪，而是立刻去向老鬼子池田报告了。

老鬼子池田绕那拴马桩看了会儿，居然命令将它刨出，派一名骑兵拖出城去。其实，那只不过是一根晚清守城将领专用的拴马桩而已，没什么历史价值的。由于四边包了木框，挺美观罢了。我们部队上的翻译呢，也只不过王文琪教他怎么说，他便怎么说。

王文琪见到老鬼子池田时，池田正席地而坐，怀拥面如红玫、媚眼迷瞪的佐艺子，在呆望着那幅唐伯虎的画。老鬼子显出极高兴的样子，推开佐艺子，任由醉如软泥的佐艺子仰躺地上。他起身替王文琪松了绑，连连拍王文琪的肩和脸颊，和颜悦色地说："王桑，你的出现在这里，大大的好。我们的，玩笑又可以多多地开。"接着，按着打火机，将画点燃了。看着那幅画的火焰烧大，老鬼子说心疼的没有必要，画已经保存在他头脑之中了。

王文琪其实一点儿也不心疼，因为画是赝品。家传的真品确乎是有的，藏于何处，除他自己，绝无第二个人知晓。他父亲在世时，为了能一代代传得保险，深谋远虑地请民间绘画匠人临摹了一幅，不成想赝品被他派上了那么一种用场。

他愤恨地对老鬼子说,他明明也是为同胞好,所以才为皇军效劳,可是同胞却不视他为同胞了,将他看得连一根拴马桩都不如!那么,他就只有忘记自己也是一个中国人,决心与皇军同生共死了。反正自己又孑然一身,死了也无牵无挂,更不怕后人受汉奸罪名的连累。

一番话,说得无怨无悔又符合他的处境,听得那老鬼子不由不信,亲自将他带到军械库,指着各式武器由他挑选。

他却只挑选了一把手枪。说战斗自己肯定是不如任何一名皇军士兵的,手枪是为了到最后关头用来自杀的。自己还能为皇军效劳的,恐怕也是充当一名伙夫了。替皇军做做饭自己还行,保证能使皇军在决战前和决战中,吃上比以往好吃的饭菜。

老鬼子二话不说,又将王文琪带到了炊事班,当着他面解除了炊事班长的职务,命那名鬼子去到战斗班当普通一兵,接着任命王文琪当了炊事班长。

日军几乎将全县城一概好吃的东西都抢到军营里来了。中午王文琪大显厨艺,荤的素的,甜的咸的,干的稀的,做得种类颇多,忙得出了一头汗又出一头汗。

鬼子们连晚饭也吃得同样满意。

一夜平安无事。

翌日早餐,简单而又讲究营养搭配。每名鬼子一个蛋,爱吃煎的有煎的,爱吃煮的有煮的。几大盆疙瘩汤里加入了鸡丁、山药块儿,香味四溢,成了使鬼子们胃口大开的最爱,一个个喝了一碗又一碗,直喝得几只大盆见了底。

终究是意识到将要死到临头了。无条件投降乃是他们的天皇下的诏书,他们却偏要由长官掌控命运,说什么为效忠天皇决一死战!有那不情愿的小鬼子兵,一边喝着疙瘩汤一边偷偷抹眼泪。

早餐过后不久,有些鬼子开始往茅房跑,并且在茅房里抢占起茅坑来。另外许多鬼子笑话那些鬼子,认为他们是吃多了撑的。又不久,笑话者们自己也纷纷往茅房跑了。一个半小时后,全体鬼子都开始跑肚窜稀了。茅坑有限,许多等不及的鬼子只得一排排蹲在操场拉起来了。一蹲下去,就三番五次地再也提不上裤子了。还有不少鬼子,憋不住便拉在裤子里了,于是跑往军需库去要裤子换。军需官刚换上第二条裤子又拉在裤子里了,完全顾不上登记了。于是不少拉在了裤子里的鬼子就在军需库抢开了裤子。没有那么多裤子可抢,互相抢急眼了,居然一对对扭打起来。

老鬼子池田只喝了一碗疙瘩汤。虽然拒绝投降、血战到底的命令是他下的。但他心里也明镜似的,清楚一旦双方开火,自己便没了生路,哪里有心思多喝呢。只喝了一碗的他,也拉在了裤子里一次。换裤子时,隔窗望见院子里的情形不成体统,又望见军需库那边部下们在抢夺裤子,立刻就意识到是怎么回事了。

他喊来了副官,命令快去将王文琪押到他面前。

因为刚换上的裤子又被稀屎拉湿了,副官没法立正,又腿站在他面前说自己已觉事情可疑,亲自带人将军营搜索了一遍,却不见了"王桑"的影子。

老鬼子扇了他耳光,吼道:"王桑的没有! 他是狡猾的奸细! 所有在押的中国人,统统死啦死啦的!"

副官转身,带领一名机枪手一名续弹手,红着杀气腾腾的双眼来到了关押着三百余名中国男人的一间空闲的大房子门前,也不进去,命机枪手隔门朝里边一通扫射。木门被扫射倒了,屋里后墙出现了被凿开的洞,不知何时已空无一人……

就在那时,军械库爆炸了。

随着爆炸声,城外我们的部队发起了进攻。

按说那么一种情况之下,就鬼子方面而言,战斗几乎是没法进行了的。其实不然,鬼子们一见"敌人"出现在他们的军营里了,一个个肾腺素骤增,顿时同仇敌忾,仿佛都不觉得裤裆里有稀屎是什么问题了,也仿佛都不再跑肚拉稀了。来得及抓起件什么武器的,武器一旦在手就变成了魔鬼战士似的,纷纷哇啦哇啦乱叫着负隅顽抗。赤手空拳的,没提上裤子的,也都疯狗似的扑向了我方战士。军营的操场上,各间营房里,总之这里那里角角落落,到处展开了白刃战,肉搏战,双方厮杀得血光四溅,横尸绊脚,鬼哭神泣。毕竟,这是日本宣布无条件投降之后的一次战斗,而且我方官兵已知道了被关押在军营里的同胞全获解放,并无担心又加正气浩然,自会越战越勇。而鬼子们再多么顽固多么疯狂,到底还是一个个被跑肚拉稀搞得体力虚弱了,而且心理上已未战先败,半个多小时后,终于总体上开始丧失抵抗力。

混战中,王文琪双手握手枪,坐在一把椅子上——那把椅子在一间屋子里,那间屋子的窗玻璃已被子弹打碎一地,只剩边边角角还连着窗框。

他隔几分钟就朝窗外用日语大喊一句:"统统的,到这里共同战斗!"

那种生死瞬间的情况之下,居然还有鬼子听到了,居然还有听到了当成命令的。只要那种鬼子一出现在窗外,他便扣一下扳机,并说一次数。房间的门被他从里边插了,当成命令的鬼子只能先出现在窗外。当然的,随着他说一次数,那鬼子便中弹倒地了。他觉得自己的战斗方式不够光彩,所以尽量只向敌人的肩部腹部开枪,以求敌人不死。

又一次出现在窗外的是副官。那鬼子双手握着滴血的武士刀,见屋里坐着王文琪,顿知上当,怪叫一声,高举武士刀便往屋里纵跃!不料武士刀砍在上窗框,卡住了,只他自己扑通一声摔倒在王文琪脚前。王文琪耳畔霎时响起他对自己说过的一句狠话,再无仁慈之意,枪口对准他的头就扣了一下扳机。却没子弹了,那鬼子腾地一个鲤鱼打挺跃了起来,而同时,窗外响了一枪,那鬼子旋即扑倒,蹬几蹬腿,没气了。

王文琪缓神朝窗外一望,是韩成贵及时相助。

韩成贵笑道:"你可是立了大功!以后再没人敢说你是汉奸了。"

王文琪说:"以前有人说我不在乎,以后再有人说我麻烦可就大了!"

他出了门,见战斗已经结束,操场上跪了一大片约三百多鬼子,另外二百多非死即伤。相比之下,我方伤亡不严重。

王文琪首先在跪着的鬼子中寻找藤野那厮,未见。又在死伤者中寻找,终于找到了。藤野已死。王文琪从他皮带上取下了那环玉镯。它可是真的。他极在乎它的得失,刚将玉镯戴在腕上,罗队长匆匆走到了他跟前。

罗队长说:"快跟我来,老鬼子要求见你。"

王文琪惊讶地问:"他还不肯投降?"

罗队长说:"你见了他就知道了。"

罗队长将他推入老鬼子池田那间屋里时,又说:"里边的情况不比院子里的情况好,你不必太吃惊。"

王文琪进了屋,见佐艺子卧在地上,身下一摊已快凝固的血,染红了她的白色和服。

老鬼子池田坐在不远处,竟没着军装,也穿一件白色和服。他双手捂着腹部,看定王文琪说:"是我杀了她。"

又见到老鬼子,王文琪无比镇定。他从头上摘下那顶鬼子军帽,抛在老鬼子跟前,平静地说,自己来到这军营时,那顶军帽还是半湿半干的。为什么呢?因为头天晚上,用他们王家曾经研制成的一种剧性毒药煮了又煮,将毒性煮到布纹里了。只要自己偷偷将那顶帽子放入给他们鬼子做饭的大锅里,哪怕仅放一分钟就取出,不论一锅汤还是一锅粥,都足可要他们一半鬼子的命。但他没那么做,又为什么呢?因为日本明明已经无条件投降了,他不忍心使些本可活下来的年轻的日本兵在回国之前的几天命丧黄泉……

老鬼子默默听到此处,五官突然扭曲,用日本话大叫:"不要说了!"

王文琪顿时七窍生烟,火冒三丈,直伸一臂,指着那老鬼子厉声训斥:"混蛋!你这个老魔头必须老老实实听着!"——又一指窗外,接着训斥,"外面那种情形,完全是你造成的!你不但对中国又犯了一桩大罪行,对你的部下也同样罪恶深重!"——看一眼血泊中的佐艺子,怒吼,"你为什么还要将她杀死?!"

老鬼子也大叫起来:"帮帮我!"——随着那大叫,双手一展。王文琪这才看清,一柄匕首深及刀末刺入他腹中,只有柄还留在腹外。

王文琪这才明白,老鬼子企图剖腹自杀。

他冷笑道:"帮帮你?怎么帮?又为什么要帮你?!显示你的武士道精神,自己结束自己啊!你们这种日本人,不是都善于剖腹自杀吗?你横着用力,自己剖啊!"

"我不能。我做不到……王桑,求求你,帮我……"

老鬼子说话时,匕首的柄一动一动的,却不见血流出来。显然,由于他全身紧张,腹肌收缩,刀口被刀刃封闭住了。

王文琪讽刺道:"你怕了!你手软了?你屠杀我们中国人时怎么手不软?原来你也是个怕死的胆小鬼吗?!……"

"王桑……拜托……"

老鬼子眼角淌下泪来。

"文琪,既然他这么相求,那你就成全了他吧!"——门外传入罗队长的声音。

于是王文琪走向刀架,从鞘中拔出了老鬼子那把武士刀。

老鬼子扭头看着,并低声说:"谢谢了。"

王文琪也扭头看着他说:"你教过我怎样用刀杀人,我也算是实践一次吧。"——说罢,跨到了老鬼子斜背后,以很低很平静的声音问,"准备好了?"

"准备好了。"——老鬼子的双手又握住匕首柄了。那是本能的举动,如同胆小之人面对大恐惧,往往会随手抓紧什么。

王文琪比划了一下准头,深吸一大口气,闭上了双眼,接着,用尽全身之力,将武士刀横向一挥……

一股黏热溅了他满脸。

他听到有一个木球似的东西咚的一声掉落地上,不知滚到哪个墙角了。

片刻,又是"扑通"一声。

王文琪仍闭着双眼,张开嘴,长长出了一大口气……

后来的事

县城光复以后不久，当地的八路军部队奉命调往别处。一支国民党的部队接管了县城，设立了党部。不久，来了几位迟到的接收特派员。一个被日军占领多年、早已抢掠得民不聊生、彻底贫穷的县城，除了人口，其实已没任何值得接收的了。

但他们总是要作出点儿政绩的，于是"肃奸""除奸"。

真正的汉奸早就被武工队除掉了，伪军也被八路军及时解决了。

他们收集了一些不经核实的情况，将王文琪逮捕，匆匆秀了个审讯的过程，贴出告示，要将王文琪枪决。

一些村子里的农民不明真相，奔走相告，拍手称快。但对于全县城里的人，王文琪是大恩人。结果在县城里引起众怒，许许多多人欲要砸国民党党部。这引起了有责任感的国民党人士的过问，一了解，事实相反，勒令将王文琪释放了。

几天后，王文琪从当地消失了，实际上是被罗队长护送到八路军的队伍里去了。不仅王文琪消失了，武工队也消失了，韩成贵那样一些地下抗日时期的"内部人"一同消失了，连韩柱儿都跟他们走了。

又不久，内战开始。

到一九五一年，王文琪脱下军装回到家乡，被任命为县中学校长。那所县中学的前身，便是当年的县女中，校址依旧在原址。韩柱儿也转业了，改名韩铸，成为土改工作组的一名骨干。因为他父亲是烈士，尽管他脾气不好，也喜欢独断专行，上下左右的同志们都尽量包涵之。罗队长在内战中牺牲了。韩成贵随大军南下，在福建某县当上了副县长。

关于王文琪家的成分，土改工作组中存在分歧。有人认为，既然他当年曾将地契烧了，并且自行将土地分给了乡亲们，自己一亩都没留，无论如何不该定为地主。根据他父亲在世时对农民们挺好这一事实，定为"开明乡绅"比较恰当。另一部分人则认为，工作组定农村人们的成分，主要是以土地多少为原则的。有多少土地定什么成分，上级是有明确而具体的规定的。在文件中，并无所谓"开明乡绅"的条目。县一级工作组无权自作主张，那是要犯错误的。非定什么"开明乡绅"，须打报告请示上级。等上级批复下来，肯定是旷日持久的事。而且，未必就是同意的批复。至于王文琪烧地契、分土地，那种个人行为固然可嘉，但并不能代表新中国具有绝对权威性质的政府行为，实属无效，不应影响土改工作组划分阶级成分的原则。在后一部分人中，韩铸是态度最为坚决的。

于是，王文琪的家庭成分被定成了地主。向他宣布时，他很不愉快。事后，欲找韩铸理论，要求改正。一想韩铸脾气不好，怕结果更加不愉快，就变了想法，决定请韩大娘间接向她孙子反映反映他的个人意见。隔了一夜，自己想通了，觉得成分不过就是成分，无所谓。反正自己单身一人，又已经是党员了，对自己今后的人生能有什么实际影响呢？便作罢了。但不愉快却埋在心里了——别人什么主张他不在意，他在意的是韩铸也那样坚持。心中明明有不愉快，某时话里话外地就带出来了。

韩铸对王文琪也是心存老大不快的——王文琪当年两次救了他命的事，每被同志们借以开他的玩笑。在那种玩笑中，更受人尊敬的，似乎不是他，反而是向日本鬼子跪下过的王文琪了！这使他特别恼火。尤其令他恼火的是，当有人想听当年那段往事去问王文琪时，王文琪居然每笑着说:"请韩铸同志专门讲给你们听嘛!"

韩铸认为王文琪这么说,是成心想使他丢丢脸。

其实,有的同志并不是借以开他的玩笑,而只不过是对那段往事颇感兴趣罢了。

两年后,王文琪结婚了。那一年他虚四十岁了。他的妻子叫刘梦舲,二十二岁,是县中的教师。

王文琪不知韩铸也对他心存芥蒂。在他那儿,觉得只有自己对韩铸不满的理由,他韩铸哪有也对他王文琪恼火的把柄呢? 所以,婚礼前,他还是托人给韩铸送了一份亲笔书写的喜柬,为的是主动表示依然友好的意思。毕竟,是一个村里出来的人啊!

举行婚礼那天韩铸借故没到场,但让人捎去了一台德国相机,那是韩铸的部队首长送给他的纪念物,他很喜欢的东西。王文琪收下了,觉得是收下了一份深情厚谊。

婚后的王文琪,夫妻相敬如宾,恩爱有加,着实过了几年幸福美满的日子。若说也有遗憾那便是,刘梦舲不能生育。但王文琪却不以为憾,每将妻子当女儿宠爱着。

五七年号召给党提意见时,王文琪表现得积极踊跃,逢会必大发其言,还说:"终于盼到这一天了,我的意见可多了,再没机会提出来快憋死啦!"

他给已经当上了县委干部的韩铸也提了不少意见,认为韩铸好大喜功,又每每凡事充内行,比如对县中学的工作就经常下达很外行的指示。

韩铸那时也结婚了,妻子是地委一位书记的女儿。

在划"右派"时,韩铸坚持道:"如果王文琪不是右派,那简直就没有什么右派了,反右斗争干脆也别搞了!"

于是王文琪不久后被宣布为"右派分子"。

客观而论,即使韩铸不那么坚持,王文琪也必定还是会被划为右派。即使他替王文琪说好话,结果也不会改变。他说得不错,如果连王文琪都不是"右派",那简直就没有什么右派了,"反右斗争"干脆也别搞了。

但韩铸同志并不认为,王文琪一旦成了"右派分子",他的人生就会是另一番情形。今朝是"右派"了,明朝悔过自新了,摘去帽子,依然可以重新成为党所信任的人嘛!他认为"反右"只不过就像父母惩罚一下不懂事的儿女。不论站在党的立场上,还是个人解解气,他都认为太有必要惩罚一下王文琪了。

王文琪也是这么想的。便闭门思过,开始写哪一次都通不过的检讨,承认自己言词过激。

偏偏那时,福建方面派人来搞韩成贵的外调,王文琪是重点询问对象。王文琪做梦都想不到,由副县长而副书记的韩成贵,在福建那边也成了右派。他还以为韩成贵又要进步了,升职了呢。

尽管自己的日子开始不好过了,王文琪还是乐于成人之美。他说韩成贵是大好人啊!怎么个好法呢,他就讲起了当年韩成贵如何教他写汇报,如何让他将第一份汇报烧掉了的事。话一秃噜,连自己和佐艺子之间的事也说了出来……

结果韩成贵那边的命运就雪上加霜了。好么,当年教王文琪那么一个软骨头的中国人如何隐瞒在日本军营里的重要而可耻的经历,如何欺骗抗日组织,这是性质何等严重的问题啊!

韩成贵哪里能料到王文琪会对搞他外调的人说那些陈年旧事呢?暗暗叫苦,据理力争,说王文琪当年的骨头一点儿也不软。

两个右派,一个说对方是大好人,另一个替对方辩护骨头之软硬,工作组的同志理所当然地认为他俩是两个"右派"之间的"惺惺相惜"。

而韩成贵则转而认为,王文琪是为了自保,所以出卖他以求有功。他心说,王文琪啊王文琪,你何必害我?!

王文琪也由于自己暴露出了可耻的历史问题,结果不仅已是"右派",而且又有"汉奸"之嫌了。

韩铸良心发现,去找他地委书记的岳父替王文琪做证,说王文琪当年肯定没有汉奸行为。

岳父反驳他:"凡事谁也别那么肯定。王文琪当年在日本军营里的行为,除了他自己清楚,没第二个人清楚啊!如果不是他自己说走了嘴,谁会知道他竟与一名日本军妓有那么一腿呢?你韩铸并不知道吧?那个韩成贵倒是当年就知道,可是却教他隐瞒。他后来的表现确实有功,但怎么能证明他就不是随机应变的一种狡猾招数呢?现在看来,他一刀砍下了池田的头,就不能不说是疑点。如果池田被救活了,成了战犯,留下口供,不就不必怀疑他了?可正是他一刀将池田杀死了呀!……"

韩铸被岳父说得哑口无言。

岳父又说:"我们是讲政策的,实事求是的。目前虽不能就给他戴上'汉奸'的帽子,但此人有重大历史疑点,这种结论也是没法不下的吧?"

结果王文琪自然当不成校长了。

结果组织不得不出于好意,劝刘梦舲与王文琪离婚。

刘梦舲哭着回到家里,质问王文琪与佐艺子的事究竟是怎么回事?

王文琪只得对妻子细说当年,倾诉自己当年经历的种种恐惧、屈辱和无奈,也坦率承认自己与佐艺子确有过那么一件事;并将当年自己的种种想法,耐心地向妻子一番番解释。

最后他问:"你能理解吗?"

妻子默默点头,表示可以理解。

他又说:"为了你好,我愿意离婚。"

但刘梦舲反而更加爱丈夫了。她一向认为他是个特别诚实的人,对他的陈述和解释句句相信,很为他不平。

所以她态度坚决地说:"可我不愿离。"

王文琪劝了她半天,强调种种离婚对她的好处,直至将她劝哭了,大声嚷嚷起来:"你怎么就不说说对你有什么好处?你说你说,对你自己有好处吗?!"

王文琪愣了,半天说不出话。

　　结果,连刘梦舲也当不成教师了,与丈夫一起被遣回韩王村,成了"劳改"对象。

　　韩王村的大多数老人都还健在,他们经常叮嘱晚辈,不许欺负王文琪夫妻。他们并没经受与乡亲们不同的什么苦难,一如既往地恩爱着。王文琪又充当起了乡村医生,不久便被乡亲们视为村里不可缺少的人物了。

　　王文琪五十三岁那年,刘梦舲三十五虚岁了。那一年,"文革"开始。与"文革"时代相比,两口子变成农民夫妇的十来年,简直可以说是幸福的。县城里的形形色色的红卫兵、"造反派"们,三天两头到村里来批斗他们一番,还有时押着他们去各村游斗,或将他们押到县城里去,召开场面更大声势也更大的批斗会。批来斗去,夫妻二人渐渐明白,与其说他们是"革命"的敌人,莫如说他们实际上成了"革命者"们的玩物。批斗他们能使"革命者"们无比娱乐。而那种时代是缺少娱乐理由和方式的时代,而人又是多么需要娱乐的动物,中国人也不例外。成了玩物比是敌人更加可悲。因为批斗敌人的方式,无非就是戴高帽子、挂大牌子、剃阴阳头、以墨泼脸、扇耳光、皮带抽、冬天勒令在严寒中冻几个小时、夏天被迫在大雨中淋或在烈日下晒那么几种;而同时又成为玩物,被凌辱被虐待的方式,则就五花八门,层出不穷了。不论农村还是县城里,有些老人死了,还活着的变得明哲保身了。他们也每对王文琪进行揭发,说昧良心的话。他们的行为一受到鼓励和肯定,渐渐地便不觉得昧良心了。中青年们都是更需要娱乐的,即娱乐着也等于革命着,干吗不快乐地进行呢? 至于当年的事实,谁还管那些呢!

　　夫妻二人,只有用一个"忍"字相互开导着坚强地活下去。

　　韩铸起先也是挨了批斗的,但"根红",后来被"革委会"结合了。唯恐哪一天再被踢出"革委会",于是亲自组织了一场对王文琪夫妻的批斗,痛斥到愤慨之际,也扇了王文琪一耳光。王文琪嘴角流血呆呆地看他时,他往下猛按王文琪的头,同时骂:"给我低下你的狗头!"接着又小声说了一个字,"忍。"

一次,在县城里,刘梦舲被一名红卫兵猛地一推,一头跌下卡车,昏过去了。王文琪独自将妻子背回家,第二天,她没苏醒。第三天,还没苏醒。第四天王文琪明白,妻子成了植物人。

幸而乡情始终偷偷地存在,转成为"地下活动",就像当年的抗日是"地下活动"那样。这使王文琪得以有较多时间护理不省人事的妻子。他一有空就为妻子进行按摩。起码,每天睡前的一次全身按摩是几乎未间断过的。一次从头到脚任何部位都进行到的按摩做下来,每每两个多小时,做得他自己出一身汗。至于白天,头部、双手、双脚、双耳的按摩,更是随时见缝插针地进行。他和妻子的两口之家还是当年他自己住过的那两间屋,另一间当年修缮过的屋子已塌了。院子也早已又破败不堪杂草丛生了。许是老天见怜,住在老宅院中使他的妻子能一天天活着。因为在院中一个秘密的地方,地下深处埋着几大坛名贵的中草药。他也在院子里种起各类草药来,将寻常草药与名贵草药搭配了,每夜熬成药汁或药膏。汁以口哺妻,日数次。膏敷妻各穴,勤换之。并将各种豆子、粗粮细粮自磨成浆;凡能搞到的瓜果蔬菜,亦皆细捣成糊状,同样以口哺妻。日久,妻竟可咽下他嚼过的馍了。某日坏人们又来找麻烦,发现药锅中有熬过的完整老参,大为惊讶,严审从何而来,答曰家传下来的。问尚有多少,藏于哪里,答曰再没有了。坏人们不信,轮番掴其耳光,以致口鼻流血,然其答始终如第一句。坏人们不信,东掘西找,一无所获,悻悻而去。

王文琪相信体温、语言、爱抚之法,亦对恢复植物人知觉起作用。夏日每眠,必执妻手。秋冬则夜夜拥妻而睡,历春至夏方止。按摩之后,欲睡之前,必爱抚良久,对耳喃喃诉说从前恩爱关系及盼恢复之殷切。至于替妻子擦洗全身,以使洁净,更是从不懈怠。梳发,剪指甲、趾甲,为惯常之事。那刘梦舲,虽处植物状态,却不但一年年活了下去,而且一年比一年头发黑亮、皮肤细腻、双唇红润、脸色粉白、容光焕发,宛如被催眠之美妇人。逐渐,手指脚趾能动,唇角可现微笑,面有小表情。然此一切变化不为他人知。

某夜睡前,妻在他的爱抚之下,忽然说:"恩爱原来这样。"

王文琪大为惊诧,以为幻听,点燃残烛,擎举照视,见妻双目睁开矣,黑白分明如从前,眸子晶亮。

问:"方才是你说话?"

妻点下颏作答。

问:"别怕,我不是坏人,是你丈夫,你可记得吗?"

妻又说:"不必解释。你夜夜此时在我耳旁絮语,使我忆起咱们是夫妻。"

王文琪置烛床头,紧抱妻子,喜极而泣。

几天后,北京逮捕了"四人帮。"

又几天后,有村人发现有女人在院子里走动,误以为王文琪行男女私通之事,谣言顿起。王文琪听到,请大家来见妻子,谣言止而众人异为奇事。那一年,王文琪六十三岁了,头发蓬乱,久未刮脸,满脸半黑半白硬胡茬,一邋遢老农模样。而其妻,年龄一如三十几岁时,甚而俊秀超过当年。

众人都说,当年还像两口子,现如今太不般配了。

妻子命王文琪不许再那种样子。

第二天王文琪便另一种样子了,不像老农像老教师了。

气质是想找回来就很容易找回来的"东西",只要真的曾有。

接着这夫妇二人好事连连:

王文琪的右派问题彻底纠正了。

他所谓的"历史疑点"也被宣布为无稽之谈了。

部队出具证明,郑重承认他是抗日时期参加革命的一个人了。

组织部门宣布他享受副县级干部的退休待遇了。

刘梦舲也享受退休教师工资了。

夫妇二人都可补发一大笔钱了。现在看共两三千元而已,当年就是一大笔钱了,尤其以农民们的眼光来看。夫妇二人坚决不要补发工资,并立下字据,放弃领取退休金至死。补发工资作为一笔奖励基金,每年奖给县中学的好学生、好教师。退休金可由学校按时助济给家庭困难的学生、在职教师及退休教师。

校方的同志大惑不解,奇怪地问:"那你们靠什么生活啊?"

王文琪笑答:"反正能生活下去就是了。"

刘梦舲也说:"信他的话吧。"

虽然不领退休金,夫妇二人却过得有滋有味,不愁吃不愁穿的。而且,吃的穿的,都越来越好了。经常买了大量的糕点罐头学习用品衣服帽子鞋子什么的,分发给村里的孩子们。逢年过节,也经常地结伴慰问村里的贫病老人。就像后来的干部们访贫问苦那样,给钱还给物。

乡亲们都猜测,准是因为王家当年有些值钱的东西在王文琪手上,时代变了,可以卖钱了,所以不稀罕要那笔补发工资,也不稀罕每月去县中学领退休金了。

有以往善待过王文琪的乡亲,私下里问他大家猜得对不对。

王文琪笑道:"是有那么点儿东西。"

乡亲们便又猜,都认为怎么也得几万那么多。八十年代初,谈到钱,万元就是天文数字了。比几万还多的钱,农民们连想都不敢想。

那年冬季特别冷,王文琪夫妇住到省城一家最高级的宾馆去了。有人说他是怕妻子冻出病来,也有人说妻子是怕他冻出病来。夫妇二人在"文革"中受苦多多,体质很差了。当年省城的高级宾馆也高级不到哪儿去,需要资格介绍信才住得进去,却毕竟有暖气。他们图的是温暖。王文琪已经享受副县级干部待遇了,刚够资格住进去。

到了春季,韩王村的人们听县中学的人说,夫妇二人直接从省城申请去了香港,去看王文琪的妹妹及一位堂兄。那堂兄在香港经商,生意做得颇大。而他妹夫是一位大学教授。

初夏的雨季过了以后,夫妇二人回到了韩王村,捐了一笔钱,监管着大兴土木,租来了两台铲土机,将自家各处摇晃欲塌的老宅院推为平地,要为村里建成一所中小学合为一体的学校。还捐了另一笔钱,对县中学进行彻底翻修。据说两笔钱加在一起一百多万。这两件事使村人们对夫妇二人无限热情、无限崇拜起来,表现就是,跟他们说话"您""您"的了,开始称呼王文琪"王先生",称呼刘梦舲"刘老师"了。而以前他们当面叫他"老哥""老弟"或"死文琪",当面叫她"他王家婶子",背后叫她"文琪老婆"或"白菜心娘子"。后一种叫法,亦褒亦贬——白菜心固然嫩,也好看,却不能按实际的菜论的。

那年雨水少,老天爷挺照顾两项工程。国庆前,都竣工了。县中开庆祝会时王文琪夫妇都没去。他累病了,刘梦舲得服侍他。村里也为学校的落成开了庆祝会,是夫妇二人自己张罗开的。开庆祝会也总须花钱的,村里出不起那份钱,人们都有庆祝一番的心思,却没人愿说。那不等于要人家夫妇俩再掏钱吗?夫妇俩主动张罗开,正符合人们想法,都支持。村里的庆祝会开得还场面颇大,地点就是学校操场,周围插了几十面彩旗,放飞一串串气球。原本只请了各邻村的农民们,没请县里任何方面的领导。但他们闻讯都来了,连即将从副县长位置上退下来的韩铸也现身了。领导们来了就要人人讲话,他们也都喜欢在大场面中讲话。唯独韩副县长没讲话,请他讲话时,他说没作大会讲话的准备。他说倒是对王先生有几句悄悄话要讲。悄悄话嘛,自然不适合在大会上讲的。

领导们都讲过话就中午了,大人孩子都着急地等着聚餐。操场上摆了几十张桌子,从县城请来的五位大厨,便在操场边上搭案支锅,各显其能。

那一顿大聚餐丰盛无比,人们海吃山喝,一片高兴。

韩铸终于一手酒瓶一手酒杯地来到王文琪跟前了,醉意醺醺地说:"老哥,你得谢我。这么多年了,我一直等着,可你没有。"

王文琪沉吟着问:"柱子,我谢你什么呢?"

韩铸说:"当年批斗你时,我悄悄对你说过一个'忍'字。你忍对了吧? 如果不忍,想不开寻了短见,能有今天的风光? 我一句话拯救了你的命运,还等于救了嫂子的命,对不对?"

王文琪想了想,笑道:"说得是,那谢了。"

二人一碰杯,各自一饮而尽。

几天后,王文琪夫妇跟谁也没打招呼,悄悄离开了韩王村。

又几天后,夫妇二人出现在福建某县,找到了已离休的韩成贵。韩成贵在家中热情款待他们。二人将当年的误解说开了,两位夫人从旁听着,忽而相对落泪,忽而喜笑颜开。

从那时起,王文琪夫妇再没回过家乡当地,也再没有任何家乡当地的人见过他们。关于他们的传说,家乡当地却流传不少。有人说,王文琪将祖传的唐伯虎、张大千、齐白石等人的画以及几件唐宋明清的瓷器玉器抵押在香港某银行了,价值三四亿。也有人说不止,应值七八亿。那家银行特许他随时可从银行支取资金,按借贷算息记账。还有人说那是起初的事,还没拍卖,又需钱用,没法子。后来都拍卖掉了,钱存在银行里了,利息都怎么花也花不完。

各地时兴招商引资以后,家乡当地新上任的县领导在一次干部会上说,王文琪从本县的地界内消失了,是本县的巨大损失。如果有谁能将他请回来,那就等于对本县立了大功。是干部的,提一级。是百姓的,给资金。是年轻人的,负责安排满意的工作。是农民的,全家可以"农转非"。

于是,形形色色的家乡当地人,不须号召,发起了"寻找王先生"的群众运动。干部带头,几年内越"运"越"动"。

然而,却没人真的找到过王文琪夫妇。

有人说他们根本不住在大城市,只住在中小城市。也从不在任何地方置房产,包宾馆饭店的套房住,或租房子住。大隐隐于市,低调得没法使人想得到他们是亿万富翁。并且,夫妇二人都改名了。

北京几家影视公司知道了王文琪夫妇的"故事",都想找到他们,游说他们出资,以他们的人生经历为原型,拍电影、电视剧以及专题片,还要搞各种戏剧。他们耳目灵通,信息多又快,都怕行动迟了,都想独占鳌头。

还真被一家影视公司的人在一座小县城找到了王文琪夫妇,他们认为最能使夫妇俩动心的游说理由是——电影准得奥斯卡大奖!电视剧绝对在央视一套"黄金段"播出。

刘梦舲见王文琪快被纠缠得恼火了,掩饰着同样的反感说:"我先生身体不好,求求你们,今天到此为止,明天你们再来谈吧!"

第二天那家饭店去了更多找"王先生"的人,包括导演、编剧、演员、制片一干人等。

饭店的人告诉他们,"王先生"退房离去了,说是出国。具体到哪个国家去了却不知道。

二〇〇〇年后,陆续有些日本人出现在当年池田大佐那支日军部队驻守过的县城里,多数日本人的父亲当年都有幸活了下来,他们是代表父亲前来中国对一个叫王文琪的中国人感激予命之恩的。也有少数日本人便是当年的"鬼子兵"。

他们自然没见到王文琪,便都又到韩王村去朝拜他的故居。自然也没了什么故居,只有都在学校操场跪成一片,以了心愿。

现而今,关于王文琪的最新也是较可靠的信息是——他已经去世了,刘梦舲剃度出家,皈依佛门,隐居某庵。

至于那一大笔钱,据说由一批可靠人士经管,成为民间慈善组织的善款……

二〇一二年十一月十一日于北京

225

图书在版编目（CIP）数据

懦者 / 梁晓声著 . — 青岛 : 青岛出版社 , 2014.12
（梁晓声文集 . 长篇小说；18）
ISBN 978-7-5552-1319-2

Ⅰ . ①懦… Ⅱ . ①梁… Ⅲ . ①长篇小说－中国－当代
Ⅳ . ① I247.5

中国版本图书馆 CIP 数据核字（2014）第 283737 号

责任编辑　　常　红
特约编辑　　代　敏

书　　　名	梁晓声文集·长篇小说
著　　　者	梁晓声
出　版　人	孟鸣飞
顾　　　问	柴剑虹
出版发行	青岛出版社
社　　　址	青岛市海尔路 182 号（266061）
本社网址	http://www.qdpub.com
邮购电话	13335059110　0532-85814750（兼传真）　0532-68068026
总责任编辑	常　红
装帧设计	乔　峰
制　　　版	青岛双星华信印刷有限公司
印　　　刷	青岛国彩印刷有限公司
出版日期	2015 年 3 月第 1 版　2015 年 3 月第 1 次印刷
开　　　本	16 开（710mm×1030mm）
总　印　张	636
总　字　数	8500 千
书　　　号	ISBN 978-7-5552-1319-2
定　　　价	3680.00 元（精装全 20 卷）

编校质量、盗版监督服务电话　4006532017
青岛版图书售后如发现质量问题，请寄回青岛出版社出版印务部调换。
电话：0532-68068638